COLLECTION FOLIO

Jón Kalman Stefánsson

Ton absence n'est que ténèbres

Traduit de l'islandais
par Éric Boury

Gallimard

Les citations de Søren Kierkegaard pages 15 et 314 sont extraites de *Crainte et tremblement* (*Frygt og Bæven*), paru en 2000 en islandais sous le titre *Uggur og ótti* dans la traduction de Jóhanna Þráinsdóttir.

La traduction française ici utilisée est de Paul-Henri Tisseau. Introduction de Jean Wahl. Paris, Fernand Aubier, Éditions Montaigne, 1960, 219 pages. Collection : « Philosophie de l'esprit ».

Titre original :

FJARVERA ÞÍN ER MYRKUR

Jón Kalman Stefánsson, né à Reykjavík en 1963, est poète, romancier et traducteur. Il est notamment l'auteur d'*Entre ciel et terre*, de *La tristesse des anges*, du *Cœur de l'homme* et de *Ásta*. *D'ailleurs les poissons n'ont pas de pieds* a reçu le Grand Prix SGDL de traduction 2016. Son œuvre a reçu les plus hautes distinctions littéraires de son pays, où il figure parmi les auteurs les plus importants.

RACONTE MON HISTOIRE
POUR M'AIDER
À RETROUVER MON NOM,
OU BIEN, EN D'AUTRES TERMES :
LE PREMIER ÉCUEIL

Le plus important, les choses qui vous marquent durablement, grands sentiments, expériences difficiles, chocs, bonheurs intenses – épreuves ou violences qui viennent secouer la société ou votre existence –, peuvent laisser en vous des traces si profondes qu'elles s'impriment dans votre patrimoine génétique, lequel se transmet ensuite de génération en génération – façonnant les individus qui naîtront après vous. C'est une loi fondamentale. Vos gènes charrient vos émotions, souvenirs, expériences et traumatismes d'une vie à une autre, et dans ce sens, certains d'entre nous sont vivants longtemps après leur disparition, y compris lorsqu'ils ont sombré dans l'oubli. Nous portons perpétuellement en nous le passé, continent invisible et mystérieux qui affleure parfois, quelque part entre le sommeil et la veille. Un continent dont les montagnes et les océans influent en permanence sur les couleurs du temps et les chatoiements de lumière que nous abritons.

IL SE TROUVE TOUJOURS UNE CONSOLATION

C'est sans doute un rêve :

Je suis assis au premier rang dans une église de campagne, il fait froid : une profonde quiétude règne à l'extérieur, à peine troublée par les bêlements des moutons et les cris lointains des sternes, les vitres du bâtiment encadrent le bleu du ciel, la mer, une bande d'herbe verte et une montagne presque nue.

J'espère que c'est bien un rêve parce que je n'ai aucun souvenir de ma personne, je ne sais pas qui je suis, ni comment je suis arrivé ici, j'ignore…

… mais je ne suis pas seul.

En lançant un regard par-dessus mon épaule, j'ai vu un homme assis à l'extrémité du dernier rang, tout près d'un vieux mât en bois abîmé qui repose sur les cinq rangs de sièges. Svelte, la petite cinquantaine, le visage taillé à la serpe, les tempes dégarnies, des rides apparentes sur le front, il me toise d'un air moqueur.

Je suis peut-être simplement mort.

C'est donc ainsi que ça arrive : le monde s'éteint, votre personne s'efface, puis on vous réveille dans une chapelle où le diable est assis quelques rangs derrière vous – et vient prendre votre âme.

Je regarde à nouveau par-dessus mon épaule. Non, je n'ai pas l'impression que ce soit le démon en personne. Mais quelque chose dans son attitude me dit qu'il connaît la région. Je me tourne, je le fixe, je toussote : Pardon, seriez-vous par hasard le pasteur ?

Il me dévisage un moment en silence. Un moment si long que c'en est désagréable. Pasteur, répète-t-il. Il suffirait donc que je sois assis là pour faire de moi un homme d'Église – dans ce cas, vous seriez évêque puisque vous êtes tout près de l'autel ! Serais-je chauffeur de bus si j'étais à côté d'un autocar, médecin si cet endroit était un hôpital, malfrat ou banquier si nous nous croisions dans une banque ? Et si j'étais tout ça à la fois, combien de temps sommes-nous ceux que nous sommes, puisque, après tout, la vie est censée nous transformer constamment, c'est-à-dire, pour peu que nous soyons à peu près vivants – par conséquent, dites-moi à quel moment on cesse d'être pasteur ou malfaiteur pour devenir autre chose ? Si des questions se posent, elles doivent bien avoir des réponses ? Quand s'appelle-t-on Ding-Dong, quand s'appelle-t-on Snati, lequel de ces deux noms est préférable ? Et gardez à l'esprit que, parfois, les questions sont la vie et la réponse la mort – faites donc attention où vous mettez les pieds, mon brave !

Sa voix n'est pas vraiment sombre bien qu'on y décèle un soupçon de noirceur, et son apparence en impose. Ses traits anguleux, les rides profondes de son front, ses yeux bleus. Je ne puis m'empêcher de penser que ce genre d'homme est dangereux.

Donc, vous me croyez redoutable, demande-t-il.

Je sursaute. Je ne voulais pas, dis-je, mais il agite un bras comme dans l'intention de me faire taire, de se débarrasser de moi en un coup de balai ou de me prier de partir. J'opte pour la dernière solution. Je me lève, je lui adresse un signe de la tête. Le sol craque sous mes pieds quand je sors et…

… quand je quitte cette vieille église de campagne bâtie vers l'embouchure d'un fjord plutôt court, entouré de montagnes d'altitude modeste et d'un large golfe bleu de froid – ces montagnes presque entièrement nues semblent cependant gagner à la fois en hauteur et en verdeur quand on s'enfonce vers l'intérieur du fjord. Le cimetière est manifestement plus vieux que l'église car les tombes les plus anciennes ne sont plus que de grosses mottes d'herbe anonymes sous lesquelles reposent des gens oubliés depuis longtemps, cette herbe verte attrape les rayons du soleil et les leur envoie au fond des ténèbres. Peut-être est-ce quelque part une consolation.

Les sépultures les moins anciennes se trouvent au sud du bâtiment et la plus récente que j'aperçois en me promenant dans le cimetière est entretenue avec soin. Certes, le nom de la femme gravé sur la croix est maculé de guano, mais l'épitaphe inscrite en dessous, « Ton souvenir est lumière, et ton absence ténèbres », prouve clairement qu'elle a été aimée. La chose n'est pas aussi certaine concernant son voisin, Páll Skúlason de la ferme d'Oddi, dont la pierre tombale, un rocher pesant ramassé sur le rivage, n'offre pour tout renseignement qu'une citation du philosophe danois Søren Kierkegaard : « Si l'éternel oubli toujours affamé ne trouvait pas de puissance assez forte pour lui arracher la proie qu'il épie, quelle vanité et quelle désolation serait la vie ! »

Ton absence n'est que ténèbres.
L'éternel oubli guette ta mémoire.
Où trouver dans ce cas une consolation ?

MÊME LES DÉFUNTS SOURIENT, ET MOI, JE SUIS VIVANT

Quelqu'un – peut-être moi – a garé sa Volvo bleue si près du grand mur d'enceinte qu'elle est invisible à qui se tient parmi les tombes. Je découvre à mon grand soulagement que la voiture n'est pas fermée à clef, mais alors que je m'apprête à m'asseoir à la place du conducteur, j'aperçois une femme qui descend de la maison installée au sommet de la colline, légèrement en surplomb de l'église, et qui marche dans ma direction. Svelte, ses longs cheveux noirs en bataille, elle porte négligemment un sac à dos marron à l'épaule. Et elle n'est pas seule : une brebis brune court devant elle et me rejoint sans la moindre hésitation, elle renifle mes chaussures, puis se frotte comme un chien à mes jambes, avec une telle ardeur qu'elle me fait presque tomber à la renverse. Hrefna, arrête, crie sa propriétaire d'un ton cassant, et la brebis obtempère.

Ah, ne lui en veux pas, me dit la femme avec un sourire quand elle arrive à mon niveau, cette bête est spécialiste de ce genre de chose – mais sois sincèrement le bienvenu. Mon Dieu, j'étais tellement heureuse quand je t'ai aperçu marcher dans le cimetière par la fenêtre du salon. Heureuse et évidemment surprise, parce que je m'attendais à tout sauf à te trouver ici. Tu es arrivé quand ? Je ne t'ai pas vu te garer à côté de l'église, c'est pourtant le genre de chose qu'on remarque, les voitures sont rares dans les parages si tôt un dimanche matin. Tu prévois de passer à l'hôtel pour voir Sóley, n'est-ce pas ? Elle va faire un bond quand je lui annoncerai qui est en route !

Cette femme me connaît ! Elle pourrait peut-être m'aider à retrouver la mémoire, ou tout du moins, me dire mon nom, voilà qui ouvrirait sans doute quelques portes.

Quelque chose me retient cependant de l'interroger. Peut-être les paroles du pasteur, à moins qu'il ne soit chauffeur de bus ou le diable en personne : Et gardez à l'esprit que, parfois, les questions sont la vie et la réponse la mort – faites donc attention où vous posez les pieds, mon brave !

Elle me fixe de ses grands yeux noirs rieurs, sans doute attend-elle que je prenne la parole, mais la brebis se met à bêler en regardant vers la maison d'où un chiot noir et blanc accourt à vive allure, la langue pendante d'impatience, tellement débordant de vie que même les défunts sourient. Je m'agenouille à côté de lui, ce qui me permet de garder le silence. Hrefna se frotte à moi avec une telle insistance tandis que je caresse le chiot que je peine à garder l'équilibre. Chut, ordonne la femme d'un ton sec à sa brebis, puis elle me demande à nouveau d'excuser le comportement inhabituel de l'animal – qui est manifestement convaincu d'être un chien.

Elle passe son temps à renifler les gens et à marquer son territoire au lieu de brouter tranquillement à l'écart des humains comme le font d'habitude ses congénères, précise mon interlocutrice. Enfin, ce n'est pas sa faute, elle a été élevée par une chienne qu'un couple de Norvégiens a écrasée l'été dernier. Je suppose que nous devons sacrifier certaines choses en échange du flot de touristes qui viennent ici. Pauvre petite Snotra, il est difficile d'imaginer meilleure chienne ou plus fidèle compagne. Ces Norvégiens étaient vraiment désolés, je dois le reconnaître, ils m'ont envoyé une carte pour Noël dernier et du fromage de chèvre typique de chez eux, l'attention était touchante, mais naturellement, j'ai d'autant plus de mal à oublier Snotra. Comme si je pouvais effacer ce jour où je l'ai ramassée, agonisante, sur le bord de la route où le choc l'avait projetée, je l'ai emmenée derrière la maison pour l'achever et abréger ses souffrances. Elle me regardait tout le temps, ses yeux noirs débordant d'une confiance absolue, persuadée que j'allais lui porter secours. Au lieu de ça, je l'ai tuée.

Désolé d'apprendre ce qui lui est arrivé, vraiment désolé, dis-je sans réfléchir, sans prendre la peine de chercher les mots adéquats. Vraiment désolé.

Tu as toujours tellement aimé les chiens, reprend-elle d'un ton si chaleureux que ma gorge se noue. Finalement, je n'ai pas pu me passer d'une telle compagnie et j'ai pris ce rayon de soleil, ce border collie, chez mon cher Eiríkur, je l'ai baptisé Cohen. Voilà qui aurait plu à maman ! En tout cas, ma chienne Snotra avait adopté Hrefna. Elles s'entendaient à merveille et Hrefna avait à peine un an quand ces Norvégiens ont écrasé Snotra. La pauvre brebis a passé des semaines à bêler devant la maison, elle ne comprenait pas ce qui était arrivé à sa mère adoptive. Il va falloir se résoudre à abattre cette bestiole, on n'arrive plus à s'entendre penser, disait parfois mon père quand elle bêlait constamment, mais il n'était pas sérieux. Il… mon interlocutrice s'interrompt à nouveau, ou disons plutôt que j'ai l'impression que sa voix s'éloigne. Le soleil monte plus haut dans le ciel, le matin se réchauffe et elle descend la fermeture Éclair de son gilet en polaire bleu marine sous lequel elle porte une chemise verte, les boutons du haut sont dégrafés. J'aperçois la rondeur de ses seins, je baisse les yeux à la vue de ses tétons qui frôlent le tissu tandis qu'elle fait passer le poids de son corps d'une jambe à l'autre, et j'ai l'impression de sentir quelque chose dans les profondeurs de mon ventre, je ne saurais dire si c'est du désir ou du chagrin – n'est-on pas censé reconnaître l'un de l'autre ?

Elle rit doucement, d'un rire presque sombre. Ah, je suis tellement contente de te voir ! Tu avais littéralement disparu, on aurait dit que tu t'étais évaporé. Laisse-moi te serrer dans mes bras, ça ne nous fera pas de mal, ajoute-t-elle. Elle semble hésiter un instant puis se débarrasse de son sac à dos, s'approche et m'étreint. Elle se blottit si fort contre moi que je sens la chaleur et la douceur de son corps. Puis elle recule la tête, peut-être pour mieux me voir, et me caresse le visage de sa main droite. Sa petite paume est si fine qu'elle me fait penser à un papillon. Mais un papillon qui aurait de la corne, parce que ses doigts portent la marque des travaux de la ferme. Cette proximité impromptue m'a peut-être raidi, elle le perçoit et s'apprête à relâcher son étreinte, mais je l'étreins à mon tour. Je la serre fort, je me gorge de sa chaleur et de sa douceur tout en luttant contre les larmes.

J'en déduis que je suis en vie.

LES DÉFUNTS PERDENT-ILS LEURS NOMS SI NOUS NE RACONTONS PAS LEUR HISTOIRE ? RACONTE MON HISTOIRE POUR M'AIDER À RETROUVER LE MIEN

La Volvo longe l'étroite route de terre cahoteuse qui passe à cent mètres en surplomb de la mer, elle est assez droite et on n'y rencontre que peu de dos-d'âne, l'herbe devient de plus en plus verte au fur et à mesure qu'on s'enfonce vers l'intérieur du fjord – qui semble moins court qu'il n'en a l'air quand on le regarde depuis le cimetière.

Je roule vers l'hôtel où Sóley « va faire un bond » quand elle me verra. Certes, j'ignore où se trouve cet établissement tout autant que j'ignore à quoi ressemble ladite Sóley. Mais je devrais le trouver sans trop de difficulté, ce fjord est très peu peuplé et un grand bâtiment vous saute nécessairement aux yeux. Il ne vit ici que trente-six âmes.

Dont six enfants, d'après la femme du cimetière, ce qui est une proportion inquiétante.

Elle ne pouvait pas me laisser repartir comme ça, m'a-t-elle dit. J'ai de quoi manger dans mon sac à dos, et si nous profitions du beau temps, assis auprès de maman.

Au lieu de remonter vers la maison, elle est entrée dans le cimetière et je l'ai suivie – découvrant que sa mère était la femme au nom partiellement effacé par le guano et dont l'absence n'était que ténèbres. Décédée il y a un peu plus de trois ans. Mon interlocutrice a rendu hommage à l'homme qui reposait dans la tombe voisine, Páll d'Oddi, et en passant devant celle avec la grande pierre où était gravée la citation de Kierkegaard, elle l'a saluée joyeusement, comme un vieil ami, puis elle a sorti quelques victuailles qu'elle disait avoir « balancées à la va-vite » dans son sac à dos et enfin une couverture qu'elle a étendue par terre pour y installer les mets. Des assiettes avec des galettes plates au seigle – des flatkökur –, du beurre, du mouton fumé, quatre parts de tarte à la rhubarbe, deux verres à vin et une bouteille de rouge qu'elle m'a demandé d'ouvrir. Je me suis adossé au mur du cimetière, elle était face à moi, au plus près de la tombe, les jambes croisées, ses longs cheveux bruns gorgés de soleil. Ses grands yeux noirs au contour plissé d'un élégant réseau de rides d'expression me regardaient avec une telle douceur qu'à nouveau, j'ai senti ma gorge se nouer.

Du vin rouge un dimanche matin, en plein soleil, en compagnie d'un ami dont on attend depuis longtemps le retour, c'est ainsi qu'on devrait vivre, a-t-elle déclaré – maman disait parfois que ce coin du cimetière était leur bar préféré, à elle et papa, tu le sais, n'est-ce pas ? On est à l'abri du vent d'où qu'il souffle, ils étaient assis ici quand leurs destins se sont unis. Ou plutôt, le jour où la vie a vraiment commencé, comme répétait ma mère. Enfin, tu connais l'histoire. Je ne veux pas te fatiguer en te la racontant. Même si elle est belle.

Je crois, ai-je commencé, hésitant, l'estomac noué, craignant de commettre un impair, que l'oubli est ce trou noir tapi au centre de toutes les galaxies qui anéantit la lumière émanant des souvenirs. Certes, je me rappelle leur histoire, mais pas en entier. Alors, raconte. C'est tellement agréable de t'écouter.

Elle m'a souri, s'est penchée en avant, a gratté le guano qui maculait la croix de sa mère dont le nom est alors apparu : Aldís.

Sa mère s'appelle donc Aldís.

Ou plutôt s'appelait puisque, évidemment, elle est morte et que, dans ce cas, on ne s'appelle plus. La mort nous prive de notre nom et fait de nous des anonymes. Quant à son père, il se prénomme Haraldur, il est encore en vie, et pourtant, pas vraiment.

Mes parents étaient assis ici il y a presque un demi-siècle, a-t-elle repris. Presque un demi-siècle. À une époque où les vivants étaient plus nombreux qu'aujourd'hui.

Elle a contemplé la croix un moment, a vidé son verre, s'est resservie et m'a regardé intensément.

AINSI DÉBUTE DONC NOTRE PREMIÈRE HISTOIRE

Et le premier écueil ?

•

IT'S ALL OVER NOW, BABY BLUE – EST-CE MATURITÉ OU MANQUE DE COURAGE QUE DE SE RÉSOUDRE À SON DESTIN ?

Aldís est venue ici, dans les Fjords de l'Ouest, pour faire l'amour avec son fiancé dans la piscine de Krossneslaug. Âgée de dix-neuf ans, elle avait passé son bac à MR, le lycée du centre de Reykjavík, à la fin du printemps, et s'était inscrite à l'université pour le semestre d'automne. Elle n'était pas censée s'attarder dans ce fjord. Ni elle ni son petit ami n'avaient pris la peine de se renseigner sur le nom qu'il portait. La piscine de Krossneslaug, située à environ cent kilomètres plus au nord, « un bassin extérieur en ciment tout près du rivage, d'une longueur de 12 mètres sur 6 de large », était l'unique motif de leur passage. C'était leur voyage de fiançailles. Ólína, la mère d'Aldís, avait organisé une grande fête pour le couple dans sa villa de Laugarás, ce serait sans doute la dernière qu'elle donnerait dans cette maison : le père d'Aldís avait été emporté par un cancer l'automne précédent et la bâtisse mise en vente.

Le jeune couple avait entendu dire que la piscine de Krossneslaug, située à l'écart de toute zone habitée et parfois surnommée la Piscine du Bout du Monde, offrait une vue imprenable sur l'océan Glacial arctique bouillonnant. Elle était en outre réputée pour ses mystérieux pouvoirs. Ils avaient donc parcouru tout ce trajet, huit heures sur des routes de terre parfois plus que médiocres, dans le but unique de faire l'amour face à la puissance brute de l'Arctique, bercés par ces eaux chaudes. Leur voyage, censé être initiatique, était en même temps une invocation au destin pour que leur vie commune ait la fougue de l'océan et baigne dans la chaleur de l'amour.

Puis voilà qu'un des pneus de leur voiture avait crevé. À deux kilomètres au sud de la ferme de Nes. À cent kilomètres de la piscine. Et leur cric était cassé.

C'était une magnifique journée d'été, la brise était légère, la température de quatorze degrés, le temps sec, le fjord résonnait de voix de paysans en pleine fenaison, et sentait bon la mer.

Mais il n'y avait personne à Nes.

La mère de Haraldur était allée à la ferme d'Oddi avec l'un des tracteurs pour chercher la remorque que les deux exploitations avaient achetée ensemble et emprunter l'un des fils de la maison, Halldór ou Páll le géant, de manière à pouvoir, avec l'aide de son propre fils, terminer le ramassage du foin de la grande parcelle avant le soir – cette parcelle que Haraldur était en train de faucher sur le Zetor rouge, les portes de la cabine flambant neuve grandes ouvertes sur le soleil radieux et les *Greatest Hits* de Bob Dylan à fond sur le magnétophone lorsque ce jeune couple venu de Reykjavík était arrivé à pied en marchant sur le champ fauché et avait entendu une mélodie familière derrière le bruit de la faneuse.

Un péquenaud qui écoute du Dylan ! Et moi qui croyais qu'on n'entendait pas sa voix résonner au nord de la bourgade de Borgarnes, et encore moins ici, dans ce trou paumé, s'était étonné Jóhannes, le petit ami d'Aldís, épaté, tandis qu'il observait avec sa fiancée le paysan en plein travail. Le foin était si sec qu'il était difficile de distinguer les pales les unes des autres quand il roulait face au soleil, heureux d'être seul avec lui-même. La chanson « It's All Over Now, Baby Blue » débutait tout juste quand il avait aperçu ces deux inconnus dans son champ, entourés par les chiens curieux de la ferme. À en juger par leur tenue vestimentaire et l'attitude de l'homme avec les animaux, rigide et plutôt réticent face à leur excitation et leur excessif intérêt, ces gens venaient de la ville. Haraldur avait soupiré, tourné son Zetor dans leur direction puis roulé vers eux tandis que Dylan continuait à chanter, accompagné par le cliquetis de la faneuse et le bruit rauque du moteur : Leave your stepping stones behind now, something calls for you, forget the dead you've left, they will not follow you. Laisse tous tes tremplins derrière toi, quelque chose t'appelle, oublie les morts que tu as quittés, ils ne te suivront pas.

Super chanson, avait crié Jóhannes quand, après avoir arrêté la faneuse et coupé le moteur, Haraldur était descendu en un bond du tracteur : svelte, le teint hâlé, il portait un jeans et n'avait pas pris la peine de boutonner sa chemise à carreaux dont les pans flottaient autour de son corps.

Super chanson.

Haraldur n'avait pas répondu, il avait baissé les yeux pour dissimuler sa curiosité. Ce n'était pas tous les jours que des inconnus, qui plus est originaires de Reykjavík, débarquaient dans le champ de Nes. Arrivé face à eux, il avait levé les yeux en rabattant négligemment sa mèche.

Il y a sans doute trois choses qui m'ont désarmée, a plus d'une fois confié Aldís à ses filles : la manière dont votre père a sauté de son Zetor, celle dont il a rabattu sa mèche et le regard qu'il m'a adressé, ce regard bref, ferme et insolent, il avait soulevé notre voiture avec son cric et le pauvre Jóhannes commençait à remplacer le pneu.

Diplômé de l'École d'agriculture de Hvanneyri au printemps précédent, Haraldur était destiné à reprendre la ferme de Nes, de la même manière qu'Ari, son père, avait pris le relais de son père, lequel avait pris le relais du sien et ainsi de suite sur six générations. Haraldur, l'unique enfant de la maison après la noyade de son frère en mer quelques années plus tôt, serait la septième génération. C'était une telle évidence qu'il était inutile d'aborder le sujet. Mais un soir de printemps, environ deux mois avant la crevaison d'Aldís et de Jóhannes sur la route en surplomb de la ferme, Haraldur était assis à la table de la cuisine avec ses parents, ils prenaient le café et la collation du soir, Ari plongé dans sa comptabilité sur l'agnelage, quelles brebis avaient mis bas, combien devaient encore agneler, lesquelles allaient arriver à terme, Agnes marmonnait, ses aiguilles à la main, un des chiens somnolait à leurs pieds, la radio ânonnait en sourdine le feuilleton du soir, *La Mère* de Maxime Gorki. Une journée parfaitement banale dans la campagne islandaise où tout était comme il fallait. Une nature perfide, rude et exigeante bien que généreuse, une existence solide et d'un seul tenant où chaque chose était à sa place. La tasse de café de Haraldur refroidissait entre ses mains depuis un moment, il observait ses parents, leur calme, leur pondération : leur vie leur procurait une évidente sécurité. Ils sont heureux, avait-il pensé. Il n'avait pourtant jusque-là jamais imaginé que le mot bonheur puisse s'appliquer à eux. Mais voilà maintenant que cela lui sautait aux yeux : en dépit des coups que la vie leur avait assénés, d'une lutte épuisante contre les éléments, de journées de travail interminables, ils aimaient le lieu où ils vivaient. Ils ne pouvaient envisager de vivre autrement et la perspective que Haraldur prendrait la ferme après eux donnait un sens à tous leurs sacrifices.

C'était le soubassement et le diapason de leur existence.

Il avait baissé les yeux sur la table massive de la cuisine, fabriquée par son grand-père soixante ans plus tôt à partir de bois dérivé glané sur le rivage. Ses parents soupçonnaient depuis quelques mois qu'il avait le sentiment d'être coincé au fond d'une crevasse d'où il n'arrivait pas à s'extirper. Ils avaient espéré que ses études à Hvanneyri lui permettraient d'assouvir en grande partie sa soif de connaissances, de se résoudre à son sort et d'accepter les devoirs qui lui incombaient envers eux, envers son frère défunt et leurs ancêtres, ces sept générations qui reposaient dans le cimetière et le surveillaient en silence. Mais son désir d'étudier, de partir loin d'ici, n'avait fait que grandir au fil de l'hiver et lorsqu'il était rentré à la ferme, au printemps, il avait décidé de se battre pour lui-même et pour ses rêves : s'inscrire à l'université et, si possible, aller passer quelques années à l'étranger.

Il était cependant accablé à l'idée de leur annoncer la nouvelle. Il savait qu'il blesserait sa mère en la plongeant dans la tristesse. Il froisserait tout autant son père, mais craignait surtout qu'il ne se mette en colère, que jamais leurs relations ne s'en remettent et que ce désaccord n'empoisonne leur quotidien, surtout celui de sa mère qui se verrait déchirée entre les deux hommes qu'elle aimait. Elle marchait toujours tête baissée, comme constamment pensive, à moins qu'elle n'ait pris cette habitude pour ne pas paraître plus grande que son petit mari. Haraldur avait hérité d'elle sa jovialité et sa fougue, que trente années passées à exploiter une terre aride dans une région austère avaient toutefois quelque peu émoussées.

Les yeux baissés sur la table, il l'écoutait tricoter et fredonner « Vegir liggja til allra átta » / « Les routes vont dans toutes les directions » d'Ellý Vilhjálms qui avait pris le relais du feuilleton radiophonique, son père marmonnait, plongé dans sa comptabilité, ce petit homme tellement endurant et énergique que certains voisins le surnommaient entre eux l'Homme de fer.

Les routes vont dans toutes les directions, et nul n'y peut rien.

Si elles vont dans toutes les directions, il est donc toujours possible de s'en aller et de quitter l'endroit où l'on est ? Il vous suffit de…

Il avait levé les yeux en se rendant compte que les aiguilles avaient cessé de cliqueter et sa mère de fredonner. Tout va bien, mon petit Halli, avait-elle demandé d'un ton si candide et sincèrement inquiet qu'il avait subitement compris qu'il avait échoué à dissimuler son agacement grandissant et l'angoisse qui l'étreignait depuis son retour de Hvanneyri. Il avait regardé son père du coin de l'œil, ce dernier était toujours plongé dans sa comptabilité, comme inconscient de leur présence, mais il avait cessé de marmonner. Haraldur avait alors pris la parole. Pendant un bon moment, il n'avait même pas entendu les mots qui sortaient de sa bouche tant l'étau de l'angoisse lui étreignait la tête. Depuis plusieurs semaines, il avait beaucoup réfléchi à la manière la plus douce dont il pourrait leur annoncer la mauvaise nouvelle, parce qu'il voulait tout leur expliquer afin qu'ils comprennent à quel point c'était difficile pour lui aussi. Et parce qu'il savait tout simplement qu'il…

… ne serait pas heureux comme fermier. J'aime la terre, mais je ne peux pas me résoudre à reprendre l'exploitation. Je ne peux pas l'imaginer. Je veux faire des études. J'ai envie d'apprendre. Je ne peux envisager la vie sans commencer par étudier. J'ai envie d'être heureux. Peut-être que dans vingt ans, je serai prêt à reprendre la ferme. Après tout, vous n'êtes pas si vieux. Oui, je suppose que je serai prêt. Je ne vous décevrai pas. Mais j'ai tellement envie d'être heureux et de faire des études. Il faut que je parte. Pardonnez-moi.

Ses paroles avaient été suivies d'un long silence, on n'entendait plus que le ronronnement de la radio. Eh bien, mon garçon, voilà qui est assez inattendu, avait dit sa mère, ses mains usées par le travail posées sur la table comme si elle avait besoin d'une chose à laquelle se cramponner. Le père avait continué à se taire, plongé dans ses registres, puis il avait commencé à bourrer sa pipe avec un calme olympien, avait tiré dessus pour allumer la braise et l'avait fumée les yeux mi-clos.

Le bonheur, avait-il déclaré après un long moment, comme s'il ne savait pas trop quoi faire de ce mot, comme si c'était la première fois qu'il le prononçait, il avait sorti sa pipe de sa bouche, avait regardé la braise refroidir et s'éteindre dans le foyer, l'avait tapotée sur le cendrier, s'était levé, puis avait rangé sa pipe, son tabac et son papier à cigarettes dans sa poche en disant, sans regarder son fils, tu prends le relais à trois heures du matin. Sur quoi, il était sorti s'occuper des brebis.

Soixante d'entre elles n'avaient pas encore mis bas, l'agnelage avait été très tardif cette année-là, le printemps froid, humide et venteux, ils avaient dû garder les moutons dans la bergerie et veiller sur eux de jour comme de nuit. Prendre soin de la vie. Sa mère avait commencé à débarrasser la table, il avait remarqué que ses mains tremblaient. Tout cela va s'arranger, avait-elle dit, comme pour essayer de leur donner à tous trois du courage, mais on percevait comme une lézarde dans sa voix. Puis les jours avaient passé.

Et l'hiver avait enfin commencé à reculer.

Le père et le fils avaient épandu l'engrais sur les champs début juin. Haraldur conduisait le tracteur pour l'heure dénué de cabine, Ari vidait les sacs dans l'épandeur. La conversation en était restée là. Ari espérait sans doute effacer les paroles de son fils par le silence. Faire comme s'il n'avait jamais prononcé ces mots. Certaines choses sont d'ailleurs tellement stupides que ça ne vaut pas la peine d'en discuter et qu'on laisse le silence les enterrer.

Haraldur avait conscience qu'il lui incombait de remettre le sujet sur le tapis. Ou bien de laisser les choses en l'état et de se résoudre à son sort. C'est bien beau d'avoir des rêves, mais ils ne doivent pas nous détourner de nos devoirs et responsabilités.

Voici donc la question : est-ce maturité ou manque de courage de se résoudre à son destin ? Est-ce signe de responsabilité ou de lâcheté ?

Haraldur décrivait cercle après cercle dans le champ, assis sur son Zetor sans cabine, tandis que ses pensées tournaient en rond à l'infini, pétries de doute et de désespoir. Ce jour-là, son père se montrait plus loquace qu'à l'accoutumée – du reste, il flottait dans l'air un parfum d'été. Les congères fondaient peu à peu, la terre affleurait sous les plaques de neige, la vie revenait, effaçant les rudesses d'un interminable hiver et d'un printemps trompeur. Haraldur avait reculé, l'épandeur à vide, vers le hangar où son père l'attendait avec les sacs d'engrais.

C'est le moment, avait-il pensé en descendant du tracteur pour aller se poster à l'arrière. Ari s'était penché en avant pour attraper le premier sac, il s'était redressé nonchalamment en le portant sur sa poitrine puis l'avait vidé dans la machine. Haraldur avait toussoté. Son père lui avait adressé un bref regard, esquissant un sourire, avant d'attraper le sac suivant. Papa, avait commencé le fils, sursautant aussitôt au ton résolu et presque acerbe de sa voix. Il avait à nouveau toussoté dans l'espoir de l'adoucir. Papa, ce dont je vous ai parlé l'autre soir… Ça me hante, papa, j'en suis tellement désolé, affreusement désolé, je dois t'avouer que ça me rend malade, mais je crains de ne pas pouvoir… Il s'était interrompu en voyant Ari s'affaisser. Papa, s'était-il inquiété, surpris, ça ne va pas ?

Ari n'avait rien répondu, il était tombé sur les sacs d'engrais comme dans l'intention de se reposer, de piquer un somme – de dormir pour oublier les bêtises que débitait son fils.

Mais il ne s'était jamais relevé et dix jours plus tard, on l'avait enterré dans le cimetière. Dès le lendemain, Haraldur avait commandé une cabine pour le Zetor.

OÙ ALLER LORSQU'ON A CESSÉ DE PENSER – VINGT POÈMES D'AMOUR, PLUS UN SUR LA FEMME DU LIEUTENANT

Jóhannes installe la roue de secours, il met le pneu crevé dans le coffre, le jeune couple prend congé du paysan et repart. Deux bonnes heures de trajet pour atteindre la piscine. Enjambant des landes et longeant des fjords où la route se suspend par endroits, incongrue, à de vertigineuses corniches. Aldís et Jóhannes font l'amour dans la piscine, bercés par le souffle et le ressac de l'océan glacial. Jóhannes pousse un cri quand il jouit en elle, sa fiancée s'agrippe au rebord du bassin en pensant constamment à ce jeune paysan.

Ils rentrent à Reykjavík le lendemain. Quelques jours plus tard, Aldís prendra l'autocar pour Hólmavík. Nous sommes début septembre, au milieu des années soixante-dix.

Ólína, la mère de la jeune fille, sut évidemment quoi faire lorsqu'elle rentra, l'air absent et perturbé, de ce voyage de fiançailles : enfermée dans sa chambre, Aldís ne répondait que rarement aux coups de fil de Jóhannes, elle s'alimentait à peine, et le quatrième jour, elle fondit en larmes dans les bras de sa mère.

Au début, elle se contenta de pleurer, puis peu à peu, d'abord par bribes décousues, elle expliqua ce qui lui arrivait, et le puzzle finit par s'assèmbler : elle n'arrêtait pas de penser à ce paysan, pourtant, elle ignorait tout de lui. Si ce n'est qu'il s'appelait Haraldur, qu'il écoutait Bob Dylan et qu'il avait des yeux d'un bleu irréel. Elle était cependant persuadée d'être heureuse, elle avait hâte de partager la vie de Jóhannes, d'avoir une belle maison avec lui, trois enfants, et de partir voyager dans les pays lointains. Puis voilà que brusquement, tous ces rêves lui étaient arrachés – elle avait l'impression d'être au bord d'une falaise et n'avait qu'une envie : sauter.

Maman, je dois être folle. Je ne pense qu'à une chose : la manière dont cet homme m'a regardée, et ses yeux sans pareils. Je suis obsédée par l'idée de retourner là-bas, et… évidemment, c'est complètement idiot. Pourquoi le ferais-je ? Pour me ridiculiser ? De plus, il est paysan. Et nom de Dieu, je t'assure que je n'ai pas envie de vivre dans ce trou paumé. Pourtant, je suis incapable de penser à autre chose. J'ai l'impression de perdre la tête. Je ne me suis jamais sentie aussi malheureuse. Et en même temps aussi heureuse.

Bien sûr qu'Ólína sut quoi faire – elle avait le devoir de rappeler sa fille à ses responsabilités, de lui rappeler combien elle avait de la chance d'être fiancée à ce garçon si gentil, si fiable et promis à un bel avenir, ce jeune homme qui l'aimait plus que tout, qui se pliait en quatre pour elle – et qui l'emmènerait avec lui à New York où vivait le frère d'Aldís, parti étudier là-bas. La métropole se chargerait d'effacer l'image de ce paysan et d'en dissiper les effets.

Mais voilà : depuis plusieurs semaines, Ólína se prépare à déménager dans un logement plus petit. Depuis plusieurs semaines, elle passe en revue tout ce qu'elle et son mari décédé ont accumulé en trente ans de vie commune. Elle a classé les photos, les lettres, les papiers, les vêtements, les livres… Celui qui doit, quelle qu'en soit la raison, entreprendre de démonter son foyer vis après vis, pièce après pièce, se retrouve nécessairement confronté à ses souvenirs, il revit les instants qui ont jusque-là constitué son existence et met sa vie dans la balance. C'est une évidence : la vie d'Ólína a été belle, et même enviable. Cela dit, elle n'a jamais été réellement amoureuse de Þorvaldur, son mari, le père de ses enfants.

Elle a démonté son foyer, désossé son passé, il arrive que la compagnie de Þorvaldur lui manque. Elle a vécu de bien belles années. Malgré ça, elle a l'impression qu'on l'a privée de quelque chose, elle s'en veut d'avoir hâte de cette nouvelle vie sans lui ; et voilà qu'Aldís fond en larmes dans ses bras.

Elle pleure, elle tient des propos insensés sur un paysan qui l'a regardée de ses yeux d'un bleu irréel et a tout transformé. Elle explique qu'elle et Jóhannes ont continué leur voyage, il était tellement heureux, mais elle comme tétanisée, elle s'entendait lui répondre, elle s'employait à lui sourire aux moments adéquats. Ils sont arrivés à cette piscine où ils ont fait l'amour… et maman, c'est là que j'ai compris que je ne l'aimais pas, que je ne l'ai jamais aimé et que je ne l'aimerai jamais. J'ai beaucoup de tendresse pour lui, il est tellement gentil et il se plie en quatre pour me faire plaisir. Mais je suis incapable de l'aimer. Je suis tellement méchante. Peut-être que je pensais qu'aimer passionnément n'était pas nécessaire. Oui, j'imagine que je croyais qu'un trop-plein d'amour risquait de me rendre vulnérable, de m'embrouiller l'esprit, de me rendre irresponsable. D'ailleurs, maman, regarde-moi ! Tout ça, c'est tellement stupide. D'une stupidité abyssale. Cinq jours ont passé et j'ai l'impression d'étouffer. Ce serait donc ça, l'amour ? Est-il à ce point imbécile, à ce point aveugle et complètement irréaliste – il s'imagine peut-être que j'ai envie d'aimer un paysan qui vit dans cet affreux fjord du bout du monde ? C'est tellement idiot. Je crois que je vais quand même devoir y retourner.

Plutôt que d'essayer de ramener sa fille à la raison, la voyant épuisée et tellement bouleversée qu'elle est incapable de réfléchir correctement, plutôt que de lui acheter un billet pour le prochain vol vers New York, Ólína l'accompagne à la gare routière au petit matin deux jours plus tard.

Tu dois tenter ta chance, dit-elle, il y a des femmes à qui une telle occasion n'est jamais offerte, ou qui n'ont pas le courage ni la force de la saisir et de façonner elles-mêmes leur destin. Va là-bas et vois ce qui t'attend. Tu pourras toujours revenir. Tu comprendras peut-être que ce n'est qu'un rêve imbécile, mais qu'importe. C'est en commettant des erreurs qu'on en apprend le plus. En revanche, ce n'est qu'en partant qu'on a la possibilité de revenir.

Elle lui avait donné de l'argent et deux livres qu'elle

venait de lire avec son club de lecture. Des textes qui l'avaient beaucoup émue pendant qu'elle préparait son déménagement et qui l'avaient conduite à repenser sa vie. Un recueil de poèmes de Pablo Neruda, *Twenty Love Poems and a Song of Despair*, et un roman anglais récent de John Fowles, un jeune auteur, *The French Lieutenant's Woman*. Ce matin-là, il pleuvait, le vent soufflait, Ólína s'était mise à l'abri, adossée au mur de la gare routière et, une main sur son cœur, elle avait envoyé à sa fille un baiser du bout des doigts quand l'autocar était parti. En route vers l'inconnu.

Le voyage avait été interminable. Bien plus long que celui de l'été et la plupart du temps, il avait plu si dru, des gouttes si serrées que le paysage avait disparu et, avec lui, le monde. Sur les routes étroites et sinueuses, l'autocar avait souvent failli rendre son dernier souffle en gravissant les côtes les plus abruptes. Par moments, Aldís aurait voulu qu'il vole à toute allure pour atteindre au plus vite sa destination, puis soudain, elle priait de toutes ses forces pour que ce voyage ne prenne jamais fin, et que l'éternité se confonde avec ce trajet en autocar, le roman de Fowles et les poèmes de Neruda posés à côté d'elle.

Mais tout périple finit par s'achever et vers cinq heures, elle s'était retrouvée sur le parking de la Coopérative de Hólmavík, le vent était piquant, il faisait huit degrés. La pluie avait cessé dans le Hrútafjörður, mais les pesantes plaques de plomb des nuages planaient au-dessus de cette bourgade de grisaille, l'océan tout en froideur se hérissait de vagues, les gens maussades et taciturnes n'accordaient pas le moindre regard à la jeune fille.

Jamais Neruda n'aurait pu écrire ses poèmes d'amour et de désespoir dans un endroit pareil. Il aurait sans doute sombré dans la déprime, accablé, et n'aurait pas écrit une ligne, ou peut-être seulement quelques-unes sur les poissons, les moutons, les rhumatismes, la grisaille de la vie, l'alcool.

Elle avait reniflé, s'était mouchée, puis réfugiée dans le magasin de la Coopérative, elle avait acheté un hot-dog dont elle n'avait pas envie et qu'elle avait mis à la poubelle dès la première bouchée. Le pain reposait à l'envers dans la corbeille, béant, et il semblait au bord des larmes. Neruda n'avait jamais écrit aucun poème sur un pain à hot-dog au bord des larmes.

Ayant promis à sa mère de lui téléphoner dès son arrivée à Hólmavík, Aldís devait trouver le bureau de poste, seul endroit du village où on pouvait appeler à Reykjavík. S'il n'était pas encore fermé. Mais qu'allait-elle lui dire ? Tout avait semblé si simple quand elles avaient préparé ce voyage, sa mère s'était même montrée enthousiaste, elle lui avait dit qu'elle s'embarquait pour une grande aventure – elle avait même avoué qu'elle l'enviait.

Une aventure ?

Elle observait l'océan bleu de froid, les maisons de grisaille, la poussière qui tourbillonnait, soulevée par la bise glaciale. Ce village était affreux. Il semblait que rien de beau ne puisse s'y produire. Quelle idée de venir ici ? Comment sa mère avait-elle pu l'autoriser à faire ce voyage, à prendre l'autocar vers cette désolation ? Ah, si seulement Jóhannes avait pu arriver au volant de sa Toyota sur le parking de la Coopérative pour venir la chercher. Comment avait-elle pu envisager de le quitter ? C'était plutôt lui qu'elle devait appeler.

Elle avait fermé les yeux, pris une grande inspiration, honteuse de telles pensées et, les paupières closes, elle avait revu ce jeune fermier sauter de son tracteur, la manière dont il avait rabattu sa mèche en arrière et dont il l'avait regardée. Elle avait rouvert les yeux, prête à ressortir du magasin et à chercher le bureau de poste pour appeler sa mère. Elle ne savait pas quoi lui dire. Elle ne voulait ni l'inquiéter ni la décevoir.

Et comment allait-elle s'y prendre pour arriver jusqu'à cette maudite ferme baptisée Ystanes, le Bout du Cap ?

Allons, tu n'auras qu'à demander à quelqu'un de t'y déposer, avait assuré sa mère, personne ne saurait refuser ce genre de service à une jolie jeune femme comme toi.

Aldís avait balayé les alentours du regard, apparemment, il n'y avait personne dans les parages qui ait envie d'aider « une jolie jeune femme ». Deux jeunes hommes étaient sortis de la Coopérative, chargés de quelques courses, ils étaient montés dans une jeep Willis rouge vif et avaient démarré en trombe avant de disparaître. Il n'y avait plus que le vent, la mer indifférente, les bâtiments engourdis, un fermier voûté qui faisait le plein de sa Land Rover et la vendeuse qui l'avait d'abord regardée d'un air inquisiteur, puis s'était replongée dans sa revue *Vikan / La Semaine*, pour se repaître des ragots sur les célébrités, vêtue d'un corsage brun beaucoup trop ajusté, la bouche pleine d'un gros caramel Freyja. Aldís s'était avancée vers le comptoir et avait dû toussoter deux fois pour qu'elle lève les yeux de sa revue – pouvait-elle lui indiquer le bureau de poste ?

La jeune fille avait pris tout son temps pour lui répondre, peut-être n'avait-elle pas envie de renoncer à mâchouiller son caramel qu'elle prenait plaisir à faire mollir dans sa bouche en se délectant de son goût sucré. Elle avait soupiré, d'un air presque las, avait attrapé l'emballage et y avait soigneusement recraché la friandise. Elle s'était essuyé les lèvres sur la manche de son chemiser, était passée devant son comptoir et avait dit : ce manteau est vraiment magnifique. Puis elle avait pris cette jeune femme venue d'ailleurs par le coude et avait ajouté : et quelle douceur ! Regarde, avait-elle poursuivi, l'index pointé entre deux bâtiments, le bureau de poste est là-bas, mais il ne va pas tarder à fermer et je te conseille de te dépêcher. Au fait, c'est la première fois que je te vois ici. Tu viens de Reykjavík, n'est-ce pas ? Tu as de la famille à Hólmavík ? Tu attends que quelqu'un vienne te chercher ? Je veux dire, j'espère que tu ne vas pas à la campagne, c'est qu'il ne faudrait pas, vois-tu, avec un manteau pareil, parce que dans ce cas, il faudra que je te le garde, ha, ha, ha ! Mais dis-moi, il y a quelque chose qui ne va pas ?

Il s'en était fallu de peu qu'Aldís fonde en larmes face à la gentillesse qui affleurait sous la logorrhée de la jeune fille. Elle avait réussi à se maîtriser et à lui expliquer d'un ton presque posé qu'elle devait appeler chez elle à Reykjavík… et qu'ensuite, elle devait se rendre à la ferme d'Ystanes – la vendeuse savait-elle comment y aller ?

À Nes ? C'est là-bas que tu vas ? Chez Haraldur ? Mais ça tombe sous le sens ! Il s'en est trouvé une qui porte un beau manteau ! Il y a longtemps que je l'aurais coincé si je n'étais pas en couple ! Tu es sûre de ne pas vouloir me confier ton vêtement… ha, ha, ha, ne t'inquiète pas, je te taquine ! En tout cas, tu as de la chance parce qu'en ce moment, il te sera plutôt facile d'aller là-bas. Tu vois cet homme qui fait le plein et remplit ses deux jerricanes à la pompe à essence – c'est Skúli de la ferme d'Oddi. Oddi est tout près de Nes, avait-elle ajouté, voyant le regard perdu d'Aldís, et Skúli sera sans doute d'accord pour t'y déposer. Il en a tellement dans la tête qu'on pourrait croire qu'il est allé à l'université. Enfin, ça ne l'empêche pas d'être un brave type. Hafrún, sa femme, est sans doute ici avec lui. Ils ne se quittent pas d'une semelle et elle, elle est adorable.

Aldís avait traversé le parking, le pas hésitant. En la voyant approcher, le fermier avait sorti le pistolet à essence de son jerricane et s'était redressé. Longiligne, musculeux, le visage dur. Elle avait l'impression que son regard perçant lisait en elle comme dans un livre ouvert. Les yeux baissés sur ses grandes mains, ses mains de travailleur, elle avait senti l'angoisse remonter sa colonne vertébrale. Elle n'allait tout de même pas dire à un homme avec des battoirs pareils qu'elle avait passé huit heures secouée dans un autocar simplement pour revoir les yeux du fermier de Nes. Tout ça lui semblait désormais tellement ridicule. Les gens d'ici riraient d'elle des années durant. Ce dont, évidemment, elle se fichait éperdument puisqu'elle avait l'intention de prendre le premier autocar pour rentrer chez elle et ne plus jamais revenir ici.

Je peux vous aider, s'était enquis le fermier. Elle avait alors remarqué que l'espace entre ses yeux était d'une largeur inhabituelle. Peut-être qu'il en voit plus du monde que le commun des mortels, s'était-elle dit. Elle avait baissé la tête, s'était apprêtée à poser sa petite valise par terre, mais s'était rendu compte qu'elle se tenait au milieu d'une flaque d'eau, chaussée de ses bottes élégantes. Et merde, avait-elle pensé, puis relevant la tête, elle avait aperçu une femme aux cheveux bruns légèrement grisonnants qui transportait un paquet sous le bras. Le fermier avait suivi le regard d'Aldís. Voilà donc les disques de Halldór, avait-il dit. Oui, les voilà, avait confirmé la dame, le gamin va être heureux. Mais qui est là, avait-elle ajouté en détaillant Aldís. Eh bien, avait répondu le fermier en se grattant la nuque, c'est justement ce que j'essaie de découvrir, mais ça ne va pas sans mal. Je crois que tu sauras mieux y faire que moi.

La dame avait ouvert le coffre de la Land Rover pour y déposer le paquet, puis s'était avancée vers Aldís qui la dépassait presque d'une tête. Bonjour, ma petite, avait-elle dit en lui tendant sa main chaude et solide ; Aldís avait senti sa paume calleuse quand elle l'avait serrée. Je m'appelle Hafrún et le bonhomme, c'est mon cher Skúli. En quoi pourrions-nous aider une jeune femme si élégante et si jolie ?

En quoi pourrions-nous vous aider… Cette manière de s'exprimer, cette poignée de main ferme, ce regard gris et chaleureux avaient libéré quelque chose en Aldís, l'étau qui lui enserrait la gorge s'était relâché : elle avait répondu qu'elle était arrivée par l'autocar, qu'elle ne connaissait personne ici, mais qu'elle devait impérativement se rendre à la ferme d'Ystanes.

Mais on l'appelle également Nes, si j'ai bien compris. La vendeuse de la Coopérative l'a appelée ainsi. Enfin, si je ne me trompe pas. En tout cas, il fallait absolument qu'elle se rende là-bas. Qu'elle monte à Ystanes ou qu'elle y descende… Je ne sais pas comment vous dites. Je ne connais pas du tout la région. Je n'y suis venue qu'une seule fois, et encore, pas vraiment. Par contre, il faut d'abord que j'aille à la poste pour passer un coup de fil à Reykjavík, pour téléphoner à la maison, à ma mère.

Le couple l'avait écoutée en silence débiter ces explications chaotiques. Ça ne nous dérange pas du tout de te déposer là-bas, avait répondu Hafrún, mais tu devras t'asseoir entre nous. L'arrière est plein de cartons, comme toujours quand on vient au ravitaillement.

Ils avaient attendu qu'elle aille à la poste. Elle avait demandé à la guichetière de passer un appel à la capitale et sa mère avait immédiatement décroché, suffoquant d'impatience. Tout va bien, maman, avait-elle débité à toute allure, je suis à Hólmavík, j'ai trouvé des gens qui m'emmèneront à la ferme, je te donnerai des nouvelles, avait-elle promis, et elle lui avait dit au revoir en vitesse avant de fondre en larmes.

Ils avaient quitté la bourgade.

Hafrún n'avait pas tardé à allumer la radio où Haukur Morthens interprétait *Fyrir átta árum / Il y a huit ans*, le poème de Tómas Guðmundsson mis en musique par Einar Markan. Une chanson qui raconte comment votre vie peut se transformer en une vallée de regrets et de mélancolie si vous ne saisissez pas l'occasion quand elle se présente.

Jolie chanson, n'est-ce pas, même si elle est un peu triste, avait dit Hafrún. Mais n'a-t-on pas de temps à autre besoin de la tristesse ? L'existence recèle quantité de facettes et nous n'en connaissons sans doute qu'un petit nombre. Tu n'as pas beaucoup de bagages, ma petite. Je ne savais pas que Haraldur et ma chère Agnes avaient engagé une fille de ferme. Je suis soulagée de l'apprendre. Ils en ont bien besoin. Le décès d'Ari au printemps dernier était un sacré coup, c'était tellement subit, il n'avait même pas soixante ans et n'avait jamais été malade. À dire vrai, nous nous inquiétons un peu pour eux, surtout pour Haraldur, nous le sentons agacé, il ne se résout pas à – mon Dieu, ce que je peux parler ! Ne lui dis pas que je t'ai raconté ça, ce garçon déteste qu'on le plaigne.

Je n'ai emporté que cette petite valise parce que je ne compte pas rester. Et je ne suis pas fille de ferme, avait répondu Aldís, je viens d'obtenir mon bac à MR, le lycée du centre de Reykjavík. D'ailleurs, je ne suis pas sûre de savoir travailler. En tout cas, pour ce qui est des travaux agricoles.

Dans ce cas, pourquoi aller chez Haraldur de Nes, ma petite ?

Je ne sais pas. Je crois que j'ai arrêté de penser.

Donc, si on arrête de penser, la meilleure solution est d'aller à Nes, c'est ça ?

Je crois que je suis amoureuse du fermier, je veux dire, de Haraldur. Je vous prie de m'excuser, ce n'est pas mon habitude de dire ce genre de choses.

Voilà un motif qui vaut amplement une visite. Même si on a cessé de penser et qu'on ne sait pas travailler. J'ignorais que Haraldur avait une petite amie. Quelle bonne nouvelle !

Aldís : Il sait à peine que j'existe. Il ne m'a regardée qu'une seule fois.

Hafrún : Et il ne s'attend pas à ta visite ?

Aldís : Je suis arrivée par l'autocar. Mon fiancé m'a dit qu'il mourrait si je le quittais. Si je rompais mon engagement. C'est ma mère qui m'a encouragée à venir ici. Elle m'a dit qu'il était nécessaire de partir pour avoir la possibilité de revenir. Je crois qu'elle entendait par là qu'il faut saisir les occasions quand elles se présentent. Comme dans la chanson de tout à l'heure.

Hafrún : Ta mère semble savoir de quoi elle parle.

Aldís : Je me demande quand même si je ne commets pas une erreur. J'ai l'impression de divaguer complètement et de ne plus rien maîtriser. Maman m'a prêté deux livres pour le voyage, un roman anglais et un recueil de poèmes sud-américain qui parle d'amour et de désespoir.

Hafrún : C'est important d'avoir de quoi lire pendant ces longs voyages éreintants. Mais, si j'ai bien compris, tu es fiancée à un autre ?

Aldís : Plus maintenant. J'aurais dû dire : mon ancien fiancé. J'ai laissé la bague qu'il m'a offerte chez ma mère et je lui ai écrit une lettre où j'ai essayé de tout lui expliquer en lui demandant de me pardonner.

Skúli : Et tu ne crains pas pour la vie de cet homme ?

Aldís : Non, il ne supporte ni le chaos ni les imprévus.

Hafrún : Et Haraldur ne t'a regardée qu'une seule fois ?

Aldís : Je sais.

Hafrún : Tu sais quoi, ma petite ?

Aldís : Que je donne l'impression d'être une écervelée à moitié hystérique. D'ailleurs, en fin de compte, c'est sans doute vrai. Mais la manière dont il m'a regardée a tout changé. Depuis, je n'arrive pas à penser à quoi que ce soit. Sauf à lui. Ce parfait inconnu. Il a les yeux bleus. Et évidemment, il est fermier et moi, je suis à peine capable de distinguer une vache d'une brebis. Vous diriez sans doute qu'une personne comme moi n'a aucune expérience de la vie. Je ne suis jamais entrée dans une bergerie et j'ai très peur que l'odeur me fasse tourner de l'œil. Vous ne devez pas avoir beaucoup de respect pour quelqu'un comme moi. Pardonnez-moi, je n'ai pas l'habitude de m'exprimer de manière aussi… déraisonnable. Vous risquez de croire que je suis mal élevée.

Hafrún : Allons, à ta place, je ne m'inquiéterais pas pour ça ! La raison et l'amour font rarement bon ménage. Il vaut peut-être mieux qu'il en soit ainsi. Sinon, nous aurions de quoi nous inquiéter pour l'être humain. Et les jeunes n'ont pas forcément besoin d'être raisonnables. Laisse donc les plus âgés comme nous faire semblant de l'être. La vie elle-même mourrait d'ennui si jeunesse ne faisait jamais de folies.

Skúli : Aux dernières nouvelles, on cherche un enseignant à l'école pour cet hiver. Au cas où tu aurais mal interprété le regard du jeune Haraldur ou si vous avez besoin d'un peu de temps pour que les choses se mettent en place, disons que tu seras la nouvelle institutrice. Les gens d'ici écoutent parfois nos conseils, je n'ai jamais compris pourquoi. Mais tu es bachelière et par conséquent, tu peux enseigner. En outre, ce fjord a grand besoin de gens comme toi.

Aldís : De gens comme moi ? C'est-à-dire ?

Skúli : De ceux qui osent tout quitter et laisser derrière eux pour un seul regard. Et qui permettent à la vie de ne pas se figer.

EST-CE QU'ON T'A DÉJÀ DIT QUE TU AS DES YEUX D'UN BLEU INCROYABLE ?

Haraldur remonte du rivage, sa remorque à foin chargée de bois flotté qu'il veut mettre à sécher pour l'hiver dans le grand hangar à engins agricoles quand Aldís arrive avec les fermiers d'Oddi – Hafrún et Skúli entrent aussitôt dans la maison pour prendre un café avec sa mère, confiant le sort du jeune homme et de la jeune femme aux mains du destin.

Il remonte le cap sur son Zetor, la porte de la cabine grande ouverte, et Leonard Cohen, jeune chanteur canadien, interprète un titre de son premier disque. I showed my heart to the doctor, he said I'd just have to quit, then he wrote himself a prescription, and your name was mentioned in it. J'ai montré mon cœur au docteur, il m'a conseillé d'arrêter puis s'est prescrit une ordonnance où ton nom était mentionné. Haraldur s'engage sur le chemin qui monte à la ferme, regarde Aldís, adossée au grand mur du cimetière, tout en reculant la remorque jusqu'au hangar, il coupe le moteur, éteint la musique, et descend.

Encore une crevaison, demande-t-il.

Elle porte un beau manteau. Personne n'en a sans

doute jamais vu d'aussi beau dans la campagne, pas plus que de bottes en cuir noir aussi élégantes.

Encore une crevaison ?

Aldís se mord les lèvres. Son cœur bat si fort et si vite qu'elle a mal à la poitrine. Peut-être que tout cela n'est qu'un malentendu aussi idiot qu'humiliant : cet instant, ce qu'elle a cru percevoir chez ce paysan, sa désinvolture et sa tristesse. Peut-être l'avait-il simplement regardée d'un air absent, comme on le fait souvent, sans même réfléchir. Peut-être l'avait-il toisée avec concupiscence, tel un rustaud qui ne s'intéresse à rien d'autre qu'à la fenaison, à la santé du bétail et au prix des agneaux. Peut-être n'était-il intéressé que par l'idée de la prendre par-derrière contre le mur du cimetière. De remonter sa robe, de lui ordonner de se mettre à quatre pattes et de la prendre en levrette comme n'importe quelle brebis. Peut-être qu'au bout du compte, il n'a pas les yeux aussi bleus que dans son souvenir.

Il se tient droit comme un piquet à deux mètres d'elle, on entend les cris des sternes arctiques sur le cap, les deux chiens qui accompagnent le jeune fermier ont reniflé Aldís tout leur soûl. Assis entre eux, ils les regardent tour à tour, inquisiteurs : et maintenant ?

Haraldur passe sa main dans ses cheveux, il demande, encore une crevaison, puis, comme elle ne lui répond pas aussitôt, il ajoute : Au fait, je m'appelle Haraldur.

Elle se mord la lèvre inférieure, parfaitement inconsciente de l'effet que cela produit sur lui. Il s'agit maintenant de te montrer raisonnable, ma fille, pense-t-elle. Puis elle se rappelle les paroles de Hafrún, la femme de Skúli : la vie elle-même mourrait d'ennui si jeunesse ne faisait jamais de folies.

Je sais que tu t'appelles Haraldur, répond-elle,

espérant que sa voix ne tremble pas trop. Je n'ai pas oublié. Non, je ne suis pas là pour une crevaison. Je suis venue ici par l'autocar. C'est la première fois que je prends le car. Le voyage était affreusement long et je n'avais pour me distraire que la pluie, un roman anglais et un recueil de poèmes qui parle d'amour et de désespoir. Un recueil de Neruda. Tu connais ? Et ce roman, *The French Lieutenant's Woman* ? Ma mère dit que c'est l'un des meilleurs qu'elle ait lus et crois-moi, c'est une grande lectrice. Pardonne-moi, mais j'étais obligée de revenir. Avant tout pour te demander pourquoi tu m'as regardée comme ça l'autre jour. Je sais que ma question est idiote. Mon comportement te semble scandaleux ? Si oui, les fermiers d'Oddi peuvent m'héberger, ensuite, je prendrai le premier autocar pour rentrer chez moi. Tu n'as pas à t'inquiéter pour moi. Tu n'as pas à m'épargner. Mais est-ce qu'on t'a déjà dit que tu as des yeux d'un bleu incroyable ? Au fait, je m'appelle Aldís. Nous pourrions peut-être nous asseoir quelque part, je crois que nous avons besoin de discuter. La gentille fermière, Hafrún, m'a donné une bouteille de brennivín. Fermière, ça se dit, n'est-ce pas ? C'est la première fois que je parle à des campagnards. Ces hommes ont parfois besoin qu'on leur délie la langue, m'a-t-elle dit. Naturellement, j'ignore tout de toi. Et si je m'autorise à te parler de cette manière, c'est peut-être parce que l'autre jour, tu écoutais du Dylan et aujourd'hui du Cohen, qui plus est ma chanson préférée. C'est inutile d'en rajouter. Mais me voilà ici et j'ai besoin de savoir qui tu es vraiment. Tu crois qu'il nous faudra vider la bouteille ?

Haraldur écarte sa mèche de ses yeux, il sourit, le cœur d'Aldís bondit, puis le jeune homme lui montre le mur du cimetière, je connais un bon endroit pour boire cet alcool. Tu as du temps devant toi ? Je suis tellement heureux de te revoir.

Tellement heureux de te revoir.

Et eux sont si jeunes qu'on dirait que le temps n'existe pas.

LES AURORES BORÉALES, DIEU EST UN FUMEUR DE HASCH

Ils n'eurent pas besoin de finir la bouteille. Dès la première gorgée, Aldís grimaça et Haraldur éclata de rire. Puis ils se turent et se regardèrent jusqu'au moment où elle déclara, je n'ai encore jamais embrassé un fermier. Moi non plus. J'entre à l'université cet automne. Moi aussi, je voulais y aller, mais mon père est mort. Condoléances, je suis désolée. Merci, en tout cas, son décès m'empêche de partir. Il y a toujours une solution. Ah bon ? Oui, je crois que si une personne comme moi embrasse un fermier, alors tout est possible. Tu es quel genre de personne ? Le genre qui t'embrasse. Puis elle approcha son visage de celui de Haraldur. Ils se marièrent l'été suivant.

Elle entra à l'université à l'automne, étudia le français pendant un an, mais ne supportant pas l'absence de son bien-aimé, décida de s'installer définitivement dans les Fjords de l'Ouest. Elle s'habitua sans difficulté à l'odeur de la bergerie et enseigna pendant longtemps à l'école qui fut plus tard transformée en hôtel. En revanche, sa mère ne supporta jamais l'odeur des moutons bien qu'elle vînt régulièrement lui rendre visite. Elle restait plusieurs semaines et s'entendait bien avec la mère de Haraldur qui, sans qu'on sache pourquoi, était en proie à des crises de rire interminables dès le premier verre de sherry. Aldís veillait à ce qu'il y en ait toujours une bouteille à Nes. Tout cela ne les empêcha pas de continuer à rêver de faire des études et quand Sóley, leur fille aînée, s'en alla au lycée à Reykjavík, ses parents louèrent leurs terres à Páll d'Oddi et s'inscrivirent à l'université. Ils rentrèrent sept ans plus tard, après avoir vécu à Reykjavík et à Paris : il y a toujours une solution.

Puis environ quarante ans après, au mois de mars, ils rentrent d'une virée à Hólmavík avec leur fille cadette – celle qui était assise pieds nus face à moi dans le cimetière et m'a raconté ces histoires. Ils se sont offert un petit plaisir, ils ont dîné dans le restaurant qui vient d'ouvrir dans la bourgade. C'est une nuit claire et étoilée, les aurores boréales dansent dans le ciel quand ils traversent la lande pour rentrer chez eux ; elles ondulent, elles voltigent, si puissantes et fascinantes qu'Aldís ne peut s'empêcher de détacher sa ceinture pour les prendre en photo sur son téléphone et réjouir ses amis étrangers en les postant aussitôt sur sa page Facebook sous le titre : Les aurores boréales en Islande, quand Dieu devient fumeur de hasch !

Maman était joliment éméchée, m'a confié sa fille cadette environ trois ans après cette nuit-là, et dès qu'elle avait un petit coup dans le nez, elle était complètement marteau de papa. Elle redevenait cette gamine de dix-neuf ans, assise à l'avant de la Land Rover de Hafrún et Skúli. C'était moi qui conduisais, elle était tellement surexcitée qu'elle avait essayé de rejoindre papa sur la banquette arrière pour le taquiner après avoir posté les photos sur Facebook, mais il avait dit je ne sais plus quoi, elle s'était esclaffée et le haut de son corps s'était coincé entre les deux sièges avant où elle se tordait de rire. Papa ne pouvait pas faire grand-chose pour venir à son secours, lui aussi, il avait détaché sa ceinture, il riait tout autant qu'elle, couché sur le plancher de la voiture. Vous n'êtes quand même pas bien nets, leur ai-je dit en les regardant.

J'ai commis là une grave erreur, a-t-elle repris, les yeux fixés sur la croix de sa mère. La route était une vraie patinoire, j'étais stressée à cause des deux verres de rouge que j'avais bus pendant le dîner et j'avais l'impression d'être beaucoup trop soûle en traversant la lande, avec tous ces virages et ces côtes. Maman gloussait comme une gamine, elle suppliait papa de voler à son secours. Tu n'as qu'à nager jusqu'à moi, a-t-il crié, frétillant sur le plancher à l'arrière de la voiture. Et là, je les ai regardés.

La route était une vraie patinoire, a-t-elle répété, comme pour expliquer à sa mère les causes de l'accident et lui demander pardon.

En tournant la tête, elle a reçu le talon de la botte en cuir d'Aldís dans l'œil droit, elle a perdu le contrôle du véhicule qui a quitté la route au sommet d'une grande côte. La voiture a effectué trois ou quatre tonneaux puis s'est arrêtée six mètres en contrebas. La conductrice s'est retrouvée tête en bas, suspendue à sa ceinture de sécurité, comme une chauve-souris endormie. Aldís était en sang, le corps brisé, morte dans les bras de Haraldur lorsque sa fille cadette avait repris conscience.

QUEL GENRE DE PERSONNE SUIS-JE ?

De celles qui empêchent la vie de se figer.

Puis nous mourons, ce que rien ne saurait empêcher. La mort vous frappe si lourdement que même les dieux la craignent.

Au fait, je m'appelle Aldís et je suis morte.

Je m'appelle Haraldur. Je suis hémiplégique et ton absence n'est que ténèbres. Et vous, comment vous appelez-vous ?

QUELQU'UN TIRE À LA CARABINE SUR UN CAMION, UN HOMME DIPLÔMÉ EN LITTÉRATURE VEND DES PALES DE RÉACTEURS, DES RÉFUGIÉES SYRIENNES CUISINENT DES PLATS À SE DAMNER

C'est une torture de ne pas me souvenir du nom de mon interlocutrice. Manifestement citoyenne du monde, elle a fait de longues études supérieures. Elle est revenue ici, dans les Fjords de l'Ouest, trois mois avant l'accident – « cabossée par la vie », pour reprendre son expression. Je ne connais pas le contexte, je n'ai pas le fin mot de l'histoire, mais il semble qu'elle ait vécu un naufrage, une infidélité, qu'elle n'ait pas pu avoir d'enfant. Tout cela s'est conjugué, engendrant une tragédie tellement douloureuse qu'elle s'est réfugiée chez ses parents pour se remettre. Elle s'était sentie à l'abri ici, à l'écart du monde, les escarpements de la vie étaient un peu moins raboteux, un peu moins abrupts. Le soir, elle aimait s'allonger sur le canapé pour lire, elle écoutait Haraldur et Aldís qui se chamaillaient tendrement, mais avec fougue, pour décider qui de Dylan ou de Cohen était le meilleur chanteur, qui d'Arnaldur ou de Mankell était le meilleur auteur de romans policiers, qui de Zidane ou de Thierry Henry était le meilleur footballeur. C'était si bon de les entendre… puis la voiture a quitté la route.

Elle est revenue chez ses parents pour se remettre, pour panser ses blessures les plus profondes et attendre qu'une fine membrane de peau les recouvre. Elle n'avait pas envie de reprendre la ferme. Elle n'avait pas écrit une thèse en histoire de la philosophie pour finir comme paysanne sur une exploitation aux terres arides et loin de tout. Mais Haraldur refusait de partir et elle ne pouvait pas l'abandonner et le laisser seul à Nes, hémiplégique.

Nous avons une centaine de moutons, m'a-t-elle répondu quand je l'ai interrogée sur le cheptel. Ils étaient cent deux l'hiver dernier. Évidemment, ça ne suffit pas à nous faire vivre et ça ne suffirait pas non plus si nous en possédions quatre fois plus, mais nous n'avons pas envie de nous en séparer. Nous apprécions leur compagnie et, depuis deux ans, je participe à une très intéressante expérience innovante concernant la laine. C'est une manière de diversifier l'activité agricole, on reçoit des subventions, et nous continuons à faire les foins, ainsi, les champs ne sont pas en friche. Papa a demandé à Eiríkur d'Oddi et à Ási de Sámsstaðir de lui construire une grande mezzanine équipée d'un monte-charge pour son fauteuil roulant dans la bergerie, il aime bien y passer ses journées d'hiver à écouter de la musique ou à lire, il arrive aussi qu'il griffonne, il y reçoit des visiteurs et… Tu sais, la vie n'est pas trop désagréable dans notre fjord. Certes, nous ne sommes plus vraiment une ferme digne de ce nom, mais ces dernières années, toutes sortes de gens sont venus s'installer dans la région, certains fuyant plus ou moins la vie. Il y a, par exemple, un ancien professeur d'histoire qui habite à Vík, un ancien maître de conférences en littérature qui, je ne sais pourquoi, vend des pales de réacteurs à des entreprises basées dans des pays lointains, il s'est construit un chalet d'été à la ferme de Sámsstaðir où il passe le plus clair de son temps. L'an dernier, Sóley a embauché deux sœurs syriennes, des réfugiées, elles sont hébergées dans l'hôtel et cuisinent des plats à se damner, si bien que les gens viennent de loin simplement pour déjeuner. Eh oui, il y a malgré tout de la vie, tu n'as pas oublié combien notre fjord est beau, y compris en hiver, lorsqu'on a l'impression d'être tellement coupés du monde qu'on se dit qu'on n'en fait plus partie. « Ici, le silence est tellement profond que vous entendrez le bruissement des aurores boréales et de l'éternité », claironne le site Internet de l'hôtel. Sóley a réussi la prouesse d'attirer un grand nombre de touristes avant que le coronavirus paralyse tout. Il y a quand même eu beaucoup de passage l'an dernier et l'année précédente, souvent des groupes. Évidemment, depuis six mois, c'est presque le calme plat. Nous avons vu pas mal d'Islandais l'été dernier, mais les étrangers se sont évaporés, ce qui n'est pas étonnant. Nous n'avons pas arrêté pour autant de communiquer sur les réseaux sociaux, nous avons même accéléré la cadence de nos publications et Sóley attend justement son premier grand groupe aujourd'hui.

Donc, vous dirigez l'hôtel conjointement ? ai-je dit.

Pas vraiment. J'aide ma sœur à faire la promotion de son établissement, je prends des photos qu'elle poste sur sa page Facebook et parfois, je me laisse tenter et j'en mets quelques-unes sur mon profil, surtout pour faire plaisir à mes amis à l'étranger. La quiétude hivernale ou le calme de l'été, des agneaux en plein soleil, un phoque assoupi sur un rocher du rivage. On dirait que tu vis dans un poème, s'est extasiée une amie new-yorkaise l'an dernier. C'est peut-être vrai dans une certaine mesure, mon sort est donc plutôt enviable. Enfin, depuis deux ans, je gagne ma vie principalement en traduisant les notices de toutes sortes de médicaments, c'est parfois d'un tel ennui qu'il m'arrive de sortir avec mon fusil pour tirer sur les poteaux de la clôture. J'en ai abîmé un bon nombre cet hiver. Ça peut être distrayant de vider son fusil, ça vous calme. Cela dit, mon cher Eiríkur a tiré sur un camion et là, il risque la prison. La vie n'est qu'injustice.

Tiens donc, revoilà cet Eiríkur. Il semble qu'il habite dans une ferme baptisée Oddi, comme le philosophe enterré dans le cimetière. Eiríkur a offert un chiot à mon interlocutrice, puis il a tiré à la carabine sur un camion et par conséquent, risque d'aller en prison. Elle prononce son nom sur un ton chaleureux. Seraient-ils amants ? Pourquoi cet homme s'en est-il pris à un camion, risquant la prison, alors qu'il a dans sa vie une femme comme celle-là, d'une intelligence manifeste, une femme au charisme éclatant, aux yeux noirs emplis d'une lueur presque insolente, la commissure des lèvres empreinte d'une mélancolie aussi vague que fascinante… Celui qui se sait aimé d'une femme pareille n'a aucune raison de tirer sur les camions, il serait bien plus logique qu'il fasse un feu d'artifice pour se réjouir.

Haraldur, quant à lui, ne se réjouit pas en tirant des feux d'artifice, il reste allongé dans son lit, les jambes paralysées, il reste assis à la table de cuisine que son grand-père a façonnée avec du bois dérivé qu'il avait glané sur le rivage, il reste dans la bergerie ou se poste devant la grande baie vitrée qui encadre le fjord, ce large golfe, la ferme de Vík sur l'autre rive, la vieille église, le cimetière, une partie du grand champ qu'il a fauché au son de Bob Dylan voilà presque un demi-siècle. Les jours passent, les semaines, les mois deviennent des années. Il lit des biographies, des documents historiques, il écoute de la musique, il s'immerge dans une époque depuis longtemps révolue, se plonge dans la vie des autres. Quand votre existence se fige, dit-il, vous n'avez plus qu'à vivre par procuration.

LES SEULS MOTS QUI COMPTENT

Je n'ai pas connaissance des détails et la plupart des éléments me parviennent par bribes. Peut-être n'y a-t-il aucune image d'ensemble. Peut-être la vie se résume-t-elle à des fragments.

Je veux que tu m'enterres, a dit Aldís à Haraldur quand ils se sont retrouvés en sang, le corps brisé, elle, mourante, dans la voiture en miettes – je veux que tu m'enterres là où nous étions assis la première fois. Tu te souviens, je venais d'arriver par l'autocar, nous avions bu quelques gorgées de cette bouteille de brennivín que Hafrún m'avait donnée à la dérobée en me disant, nous allons rester un moment avec Agnes, au cas où tu aurais besoin de repartir avec nous. Mais évidemment, je ne suis pas repartie avec eux puisque j'avais trouvé ma maison, je t'avais trouvé, toi. Tu as toujours été mon chez-moi. Tu as toujours été mon foyer. Serre-moi dans tes bras, mon amour.

Serre-moi dans tes bras, mon amour. Les dernières paroles.

Et les seuls mots qui comptent.

CE QUE NOUS VIVONS, CE QUE NOUS INVENTONS

Non, je ne connais pas assez bien les détails pour me faire une image d'ensemble.

Détails ? Image d'ensemble ?

Les premiers, nous les vivons, la seconde, nous la composons.

JE M'APPELLE ROBERT DESNOS,
JE SAIS QU'IL EN COÛTE DE DEMANDER
DE L'AIDE, MAIS CONSOLEZ-VOUS,
JE PORTE DES CHAUSSETTES DÉPAREILLÉES
ET LA VIE EST UN CADRAN SOLAIRE

Jusqu'où ce fjord s'enfonce-t-il dans les terres ?

Je m'éloigne de la ferme de Nes, le paysage verdit quand on roule vers l'intérieur, les collines gagnent en altitude, elles se parent d'un tapis de végétation, et des étendues plates, presque fertiles, se déploient au fond de la vallée.

J'ai pris congé de la femme du cimetière, elle m'a serré dans ses bras, nous avions pratiquement terminé la bouteille. C'est tellement agréable d'être soûl en plein jour, m'a-t-elle dit, en fait, on devrait passer son temps dans cet état. Puis je me suis éloigné. Je suis parti dans la Volvo à bord de laquelle je suppose que je suis arrivé ici. Je ne saurais dire quand. Peut-être dans une autre vie. Mais c'était douloureux de voir la ferme et son environnement à la fois vert et aride s'éloigner dans mon rétroviseur avant de se perdre derrière les collines et les crêtes. Ce qui disparaît de votre vue semble ne plus exister. Et c'est une torture de ne pas réussir à me rappeler le nom de cette femme.

J'ai peine à croire que tu m'aies fait autant parler, m'a-t-elle dit quand nous nous sommes quittés, et toi, tu es pratiquement resté muet, voilà qui ne te ressemble pas – qu'est-ce qui t'arrive ?

Qu'est-ce qui m'arrive ? Excellente question. Qui reste sans réponse.

Je continue à rouler en écoutant la chanson qui a débuté quand j'ai démarré le moteur. « No Introduction » de Nas. Je l'ai reconnue dès les premières notes. C'est l'une de ses meilleures. I wrote that piece to get closure… this goes to her with love, also goes to y'all. J'ai écrit ça pour tourner la page, c'est dédié à elle avec mon amour, c'est dédié à vous tous.

Surprenant.

J'ai l'impression d'avoir oublié tout ce qui se rapporte à ma personne, j'ignore quelle profession j'exerce, je ne sais rien de mes aptitudes, je ne sais pas s'il y a quelqu'un qui m'aime, je ne sais pas si j'ai des enfants – comment oublier tout ça ? Mes souvenirs ont disparu sans laisser de traces, il ne reste que cette douloureuse nostalgie. J'ai l'impression… qu'on a effacé mon identité et que quelqu'un a comblé le vide ainsi laissé avec le monde, son histoire, ses agacements, sa nostalgie, son désir d'équilibre… Une question se pose : dans quel but ?

Peut-être n'existe-t-il justement pas de but en dehors de celui que nous inventons nous-mêmes.

L'Irlandais Damien Rice prend le relais du chanteur américain au moment où Nes disparaît dans le rétroviseur : It takes a lot to give, to ask for help, to be yourself, to know and love what you live with. Il faut beaucoup d'efforts pour donner, pour demander de l'aide, pour être soi-même, pour connaître et aimer qui vous entoure.

It takes a lot to ask for help. Il faut beaucoup d'efforts pour demander de l'aide.

Voilà qui s'appliquerait parfaitement à Haraldur, n'est-ce pas ?

Ne s'est-il pas enchaîné, entraînant ses deux filles, à ce fjord et à la ferme de ses aïeux – ne sont-ils pas tous les trois figés dans la sidération parce qu'il n'a ni la volonté ni la capacité d'appeler à l'aide ? Piégé qu'il est dans son hésitation à vivre. Marié avec la mort. Incapable de quitter sa femme.

Lui, qui a jadis été si jeune.

Certes, tout le monde a été jeune un jour – pourtant, personne ne l'a été exactement comme Haraldur.

Personne ne sautait comme lui de son Zetor alors qu'il venait d'écouter Dylan – qui lui aussi était jeune à l'époque. Quand on pense que même Bob Dylan l'a été un jour !

Il sautait de son tracteur, atterrissait en douceur sur le foin fraîchement fauché, sa longue mèche sombre lui couvrait les yeux et il devait la rabattre régulièrement, son radieux sourire de gamin s'était cependant légèrement assombri pendant les deux mois qui avaient précédé le décès de son père, lequel, par sa mort, l'avait enchaîné à son exploitation.

Forget the dead… they will not follow you. Oublie les morts… ils ne te suivront pas.

Hélas, Dylan se trompe – les morts nous suivent toujours. À la fois ténèbres et lumière, consolation et reproches.

Avant de se relever et d'abandonner la bouteille de rouge presque vide, la femme du cimetière m'a parlé d'un journaliste français venu ici l'an dernier à la fin août. Il s'était fait remarquer avec ses chaussettes dépareillées. Un journaliste culturel arrivé de Paris tellement fasciné par la musique et la littérature islandaises qu'il avait entrepris le voyage vers les Fjords de l'Ouest pour écrire dans le magazine *Geo* un grand article sur l'Islande, sa nature et sa culture. Pourquoi avoir choisi de venir chez nous, lui avait demandé Sóley. Parce que j'ignore tout de ce fjord, je n'ai pratiquement rien trouvé le concernant sur Internet, mais en regardant la carte, j'ai eu l'impression qu'il ressemblait à une paume ouverte, puis j'ai découvert que tu as une belle piscine et une source chaude où l'on peut se baigner.

Sóley avait aussitôt appelé sa sœur, la femme du cimetière : j'ai ici un journaliste français, un exemplaire très réussi, il est arrivé avec ses chaussettes dépareillées pour écrire un article sur l'Islande. Il en porte une blanche et une noire, et des noms de poètes sont imprimés sur le tissu de chacune d'elles. J'en ai reconnu certains que tu aimes beaucoup. Je te l'envoie.

J'étais censée, m'a dit mon interlocutrice en posant prudemment son verre de vin sur l'herbe de manière à ce qu'il reste en équilibre avant de passer ses deux mains dans ses épais cheveux pour les soulever comme deux ailes sombres, j'étais censée lui montrer l'église et le cimetière, le site de nidification des sternes, la vieille conserverie à l'abandon sur le cap, le bois qui dérive chaque année jusqu'ici depuis la Sibérie en essayant de lier tout ça aux théories de Susan Sontag parce que, apparemment, les Français ont du mal à comprendre la nature autrement qu'en l'associant à la philosophie. Ce journaliste est passé, ce qu'il a vu l'a beaucoup séduit. Surtout l'église, les tombes enfouies sous les mottes d'herbe et toutes les histoires oubliées qu'elles abritent. Quant à moi, il m'a permis d'examiner ses chaussettes et ma sœur n'avait pas menti – des noms de poètes comme Robert Desnos, César Vallejo, Elizabeth Bishop, Sylvia Plath, Cavafy y étaient inscrits. Vous êtes un homme de goût, lui ai-je dit. Il a passé cinq jours dans le fjord, il s'est soûlé avec papa sur la mezzanine de la bergerie, ils s'entendaient drôlement bien. À son départ, il m'a promis qu'il m'enverrait de Paris des chaussettes qu'il me choisirait tout spécialement dans une boutique du Marais. Il a réitéré cette promesse quand il m'a écrit cet hiver. Il s'est excusé de m'envoyer de vraies lettres plutôt que de passer par les courriels, mais se dit persuadé qu'on met plus de sa personne dans une lettre manuscrite, en outre, ça fait plaisir d'en recevoir une par la poste – sans parler du fait que ça crée des emplois. Son article est paru dans le numéro de janvier de *Geo*, il nous en a fait parvenir un exemplaire. Cet homme sait écrire, à ce que dit papa. Dans la lettre qu'il a jointe au magazine, il dit rêver de bientôt pouvoir nous rendre à nouveau visite. À quoi ressemble le fjord au printemps, demande-t-il. Puis le virus est arrivé peu après et depuis, plus personne ne voyage. Dans sa dernière lettre, il affirme avoir enfin acheté ces chaussettes et laisse entendre qu'elles sont en route. Sa façon de s'exprimer est en fait tellement imprécise que je ne saurais dire s'il compte les envoyer par la poste ou me les apporter en personne. Je dois avouer que je suis assez curieuse de découvrir celles qu'il a choisies, et bien sûr, de savoir s'il viendra me les offrir à domicile. Je ne sais pas vraiment ce que je veux, je pourrais sans doute tomber amoureuse de lui, mais je ne suis pas certaine d'avoir pour ça le cœur assez solide. À son départ, il avait mis ses chaussettes Robert Desnos ornées d'un poème célèbre que le poète avait écrit à son amoureuse dans les années vingt. *J'ai tant rêvé de toi*. Évidemment, ce salaud a choisi les chaussettes qui affichaient les vers les plus puissants : « J'ai tant rêvé de toi, tant marché, parlé, couché avec ton fantôme qu'il ne me reste plus peut-être, et pourtant, qu'à être fantôme parmi les fantômes et plus ombre cent fois que l'ombre qui se promène et se promènera allègrement sur le cadran solaire de ta vie. »

En fait, a-t-elle conclu en me regardant de ses yeux sombres, je ne sais pas pourquoi je t'ai raconté tout ça. Peut-être parce que j'ai pensé que ça te distrairait ou pour que tu n'ailles pas imaginer que ma vie est ratée, que je suis condamnée à la solitude et à la monotonie, à l'écart du monde, où mon existence se résumerait à une ombre. Mais qu'en penses-tu, je veux dire, tu ne trouves pas incroyable qu'un bel homme plutôt sensé et sympathique vienne voir une femme comme moi avec des chaussettes où sont inscrits de tels vers, est-ce acceptable, peut-on le justifier ou est-ce pure cruauté ?

UN QUAI DE GARE NOMMÉ NOSTALGIE : ET LE TRAIN EMPORTE TOUJOURS L'OBJET DE TON DÉSIR

Elle m'a pris dans ses bras quand je l'ai quittée. En me serrant fort tout contre elle. Svelte, ses yeux noirs et ensorcelants illuminés par un sourire – mais la commissure de ses lèvres était empreinte de tristesse. Étais-je censé la désirer ? Ou avoir une érection en sentant sur mon torse sa poitrine et son corps brûlant ?

Mais rien de tel ne s'est produit. J'avais simplement envie de contact physique. Un besoin si profond que je peinais à dissimuler mon émotion, peut-être l'a-t-elle perçu puisqu'elle m'a souri de son sourire mélancolique tout en me caressant doucement la joue en disant, mon Dieu, que c'est bon de pouvoir à nouveau étreindre quelqu'un.

Je m'arrête, je me gare sur l'accotement et je descends pour reprendre mes esprits. Il y a les effets du vin rouge, mais surtout, je suis tout à coup tellement bouleversé que les larmes me montent aux yeux. Je descends, je m'adosse à la voiture, je ferme les paupières, je respire l'odeur des landes et de la mer, la quiétude environnante m'apaise peu à peu. J'ouvre les yeux, je lève la tête et je sursaute en découvrant une femme et un homme postés à côté de la clôture légèrement en contrebas, ils me dévisagent. Ils sont à peine à cinq mètres et la femme est armée d'un fusil.

J'étais tellement distrait et à moitié aveuglé par les larmes quand je me suis garé que je n'ai remarqué ni cette clôture, ni la ferme, ni les bâtiments agricoles légèrement en surplomb de la rivière qui serpente dans la vallée avant d'aller se vider de son sang dans la mer. En apercevant ma voiture, le couple a dû sortir de sa maison devant laquelle jouent trois enfants, armés d'épées et de boucliers. L'homme est grand et maigre, la femme, légèrement plus petite et grassouillette, tient un fusil, canon baissé.

Quelle belle journée, dis-je en m'efforçant d'adopter un ton guilleret pour masquer ma surprise, sans cesser de fixer le canon. Ils ne me répondent pas, la femme adresse un regard à son mari avant de baisser les yeux sur son fusil comme si elle envisageait de me mettre en joue. Puis elle prend l'arme sur ses bras, le canon calé comme un enfant dans le creux de son coude, tourne les talons et repart vers la maison. L'homme se racle la gorge, crache, plonge sa main dans la poche arrière de son pantalon, en sort un étui en plastique, l'ouvre, prend entre ses doigts une généreuse pincée de tabac, penche légèrement la tête en arrière et le saupoudre sur sa dentition. Ou plutôt sur sa gencive puisque je remarque qu'il est à moitié édenté, les dents qui lui restent ressemblent à des pierres tombales affaissées et malmenées par les vents dans un vieux cimetière. Puis il range son étui, m'adresse un petit signe de la tête, tourne les talons et emboîte le pas à son épouse.

Que faisait cette femme avec un fusil ? Aurais-je l'air dangereux ? À moins que ce ne soit la norme dans ce fjord que de se balader une arme à la main pour tirer sur les camions, les poteaux des clôtures et les amnésiques qui ploient sous la tristesse au volant de leur voiture ? Les gens d'ici disent-ils, eh bien, mon cher fusil, ma petite carabine, si nous allions faire un tour, tu as besoin d'air, et qui sait, tu pourras peut-être faire feu sur quelqu'un – ce qui ne manque sans doute pas de mettre l'arme en joie.

Me voilà reparti, je m'éloigne de cette ferme, de ce fusil, et je reprends la direction de l'hôtel. J'ignore ce qui m'attend là-bas – j'espère qu'on m'accueillera autrement qu'avec un flingue. Je roule lentement, heureux d'entendre « The Train Song » de Nick Cave qui a pris le relais de Damien Rice sur l'autoradio. Nick Cave est né en Australie en 1957, il entame donc la seconde partie de sa vie, parce que toute chose vieillit et que, pour finir, tous ceux qui sont aujourd'hui de ce monde sont condamnés à disparaître. Y compris les enfants. La mort est l'impeccable immobile, pourtant, elle ne s'arrête jamais, lit-on quelque part. Elle balaie les humains, les arbres, les empires, les présidents, les montagnes et les aveux les plus incandescents. Elle ne s'arrête jamais, sauf peut-être l'espace de quelques chansons, de quelques poèmes :

Tell me how long's the train been gone ? (...) And was she there ?

Difficile de faire plus simple comme texte. Quelques apostrophes répétées à l'infini.

Dites-moi depuis combien de temps le train est-il parti ? (...) Et est-ce qu'elle était là – est-ce qu'elle était à bord ?

N'importe qui aurait pu écrire ça. Un tradeur agacé, un politicien buté, le jour le plus gris du monde. Mais où que vous cherchiez dans l'histoire de l'humanité – vous trouverez toujours ce même leitmotiv d'amour, de nostalgie et de désir. Ce refrain monotone, constamment rabâché, et en fin de compte tellement galvaudé qu'il n'est plus depuis longtemps qu'un cliché éculé. Or il est tellement facile de se rire des clichés. Tellement facile de les renverser. Vous secouez la tête avec un sourire, bien à l'abri, en sécurité dans votre univers. Puis tout à coup, y compris le plus banal des jeudis, le plus morne des lundis, ces clichés rebattus et monotones vous visent et vous atteignent entre les deux yeux.

Ils vous déchirent la poitrine.

Plongent dans les profondeurs du cœur.

Réduisent à néant votre volonté.

Et c'est vous qui courez, affolé, dans cette gare de chemin de fer en hurlant, Dieu Tout-Puissant, est-ce que le train est parti, est-il déjà en route, a-t-il disparu – dites-moi, est-ce qu'elle était à bord ? Dites-moi, est-ce qu'il était là, avez-vous vu comment il était habillé ?

Comment elle était coiffée ?

Vous courez, désespéré – foudroyé par la plus vieille mélodie du monde. Les murailles les plus épaisses ne sauraient vous protéger, les abris atomiques les plus résistants ne suffiront pas à vous sauver. Cet antique refrain, cette maudite rengaine, s'infiltre partout. Imprégnant sans effort vos connaissances, votre sagesse, vos muscles et votre expérience. Fuyez à l'autre bout de la terre, vers un autre pays, un autre continent, allez vous cacher au fond d'une vallée perdue, dans les ruelles sombres des grandes métropoles, cette maudite mélodie, ce satané refrain, retrouvera votre cœur où que vous soyez : à Buckingham Palace, dans les sous-sols du Pentagone ou sous le lit du pape. Il vous retrouvera, vous arrachera vos armes et se mettra à chanter :

And was she there ?
And was she there ?

Je roule si lentement qu'on pourrait me croire en route vers une tombe anonyme où personne ne viendra jamais me rendre visite et où je demeurerai à jamais introuvable... sauf pour ce refrain, cette rengaine, et cette nostalgie qui mettrait la Camarde elle-même à genoux.

Puis brusquement, un coup de klaxon tonitruant me déchire les tympans.

Je suis tellement distrait que je n'ai pas même remarqué que j'attaque une grosse côte qui s'achève par un dos-d'âne, j'avance si lentement que ma voiture est presque immobile au milieu de la chaussée, un énorme camion descend à toute allure dans l'autre sens et fonce droit sur moi, il occupe toute la route, beaucoup trop rapide pour freiner à temps. J'appuie comme un fou sur l'accélérateur et, l'instant d'après, je me retrouve sur l'accotement, la Volvo dérape, fait une embardée puis s'immobilise, les pneus avant sur les graviers, les roues arrière enfoncées dans les touffes d'herbe. Le moteur cale. Je suis plaqué au siège. La chanson s'arrête. Tout comme cet appel, cette imploration à la femme emportée par le train.

Le train a disparu.

Désormais, il emportera perpétuellement l'objet de votre désir. Disparu, vous vous retrouvez seul et désemparé sur un quai de gare baptisé Nostalgie – où le nom de cette femme résonnera jusqu'à la fin des temps.

Le camion me dépasse, la Volvo est secouée par l'appel d'air, un second, en tous points semblable, apparaît au sommet de la côte, qui roule lui aussi à tombeau ouvert. Tout s'est passé si vite, j'étais tellement affolé que je n'ai pas eu le temps d'apercevoir le conducteur du premier, mais c'est une femme qui est au volant du second. Jeune, de longs cheveux blonds, elle me décoche un baiser du bout des doigts tout en me dépassant comme une flèche, une main sur le volant, trimballant ces tonnes de marchandises sur la route étroite et défoncée. Les flancs des deux véhicules affichent la même photo : une grande centrale d'énergie de couleur jaune nichée dans un joli paysage de montagne parsemé de chutes d'eau écumantes et une famille qui rayonne de joie de vivre.

Les deux enfants ont entre huit et douze ans, ils regardent leur téléphone en souriant, la femme, campée sur ses jambes écartées, tient une tablette d'un air concentré mais enjoué, l'homme empoigne les cornes d'un bélier et regarde vers la centrale d'un air radieux. Une phrase en arc de cercle dessine un sourire en surplomb de la famille :

METTONS L'HUMAIN AU PREMIER PLAN !

En effet, ces camions passent ici deux fois par semaine en roulant comme des fous, aussi peu respectueux que les plus extrémistes des ultra-libéraux – on peut dire qu'ils ont hâte d'arriver à destination. À deux reprises, ils ont écrasé les chiots de mon cher Eiríkur d'Oddi, des border collie pure race. La première fois, ils en ont tué deux, la seconde, un troisième, les pauvres bêtes ont été complètement écrabouillées. Tu serais choqué de voir ce qu'infligent à un petit chiot les douze roues bien lourdes d'un camion lancé à toute allure. Elles n'ont laissé d'eux qu'une tache imprimée sur la route, plus rien ne rappelait qu'ils avaient vécu, leur joie sans pareille était effacée. Ils passent en semant la mort dans leur sillage, s'est écrié Eiríkur, à la fois furieux et abattu, et le maître d'œuvre du chantier l'accuse d'avoir voulu se venger en tirant à la carabine sur ses camions. Eiríkur était tellement soûl après une demi-bouteille de calvados qu'il avait évidemment plus de chance de dégommer la Lune ou de se blesser lui-même que d'atteindre sa cible, et voilà maintenant qu'on le traîne en justice et qu'il risque la prison. Mais je ne me souviens pas si c'est pour avoir tiré sur ces maudits véhicules ou pour avoir manqué sa cible… enfin, ne te fie pas trop à ma parole et encore moins à la sienne en la matière, Eiríkur aime tellement les animaux qu'il considère pour ainsi dire ces chiots comme ses enfants, on comprend qu'il ait réagi aussi violemment. Et ce n'est pas tout… je lui ai demandé s'il n'avait pas essayé de viser le destin plutôt que ces camions, il m'a ri au nez. En tout cas, je me répète, ne fais pas trop attention à ce que je dis, tu te souviens de mon caractère. Et je ne me suis pas beaucoup bonifiée avec le temps. On dit souvent que les années vous apportent la maturité. Je ne l'ai pas remarqué, ni chez moi ni chez qui que ce soit. Certes, il y a des gens qui se calment avec l'âge, des gens qui perdent de leur fougue. Ou qui s'éteignent. Si c'est là ce qu'on entend par maturité, je prie Dieu pour l'acquérir aussi tard et aussi mal que possible… mais allez, bois un bon coup, je comprends que tu sois choqué.

Me voici arrivé à l'hôtel.

Le voilà donc, s'est exclamée cette femme qui affirme que je ne devrais pas trop me fier à ses dires. Sóley. Qui est à la fois un soleil et une île. Qui était censée « faire un bond » en apprenant que je m'apprêtais à lui rendre visite.

Le voilà donc.

J'ai passé un long moment assis dans la voiture, assommé par la décharge d'adrénaline qui s'est déversée dans mes veines après mon tête-à-queue sur l'accotement, le capot s'est retrouvé face à la chaussée et j'ai regardé, ébahi, les deux camions qui s'éloignaient à toute vitesse. Ils n'ont cependant pas tardé à ralentir et à tourner à gauche avant de traverser un étroit pont. C'est alors que j'ai aperçu l'hôtel sur le flanc verdoyant de la montagne de l'autre côté de la vallée. Perdu dans la musique, figé dans ma tristesse, je n'avais pas remarqué le croisement et j'avais roulé trop loin vers le fond du fjord.

Les camions avaient disparu quand je me suis engagé sur la route et quand j'ai traversé le pont. Je n'ai pas tardé à dépasser deux fermes. La maison d'habitation de la première était en ciment brut, aussi grise que les éboulis et les ceintures rocheuses des montagnes. Mais le panneau indiquant le nom de l'exploitation avait été réalisé avec soin, un morceau de bois scié de manière à imiter un chien confortablement assis, les pattes en avant. Et le nom d'Oddi gravé en belles lettres rouges.

Voilà donc Oddi. Hafrún et Skúli vivaient ici il y a un demi-siècle, Hafrún qui disait que l'amour devait faire fi de la raison. Páll, qui repose au cimetière aux côtés d'Aldís, était donc leur fils – aujourd'hui, la mort les a tous emportés et l'oubli commence à les effacer. À en juger par sa pierre tombale, Páll se passionnait pour Kierkegaard. Est-il fréquent que les fermiers d'ici et leur famille se plongent dans d'obscurs écrits philosophiques et aillent étudier à Paris ; le rendement agricole doit s'en ressentir.

J'ai ralenti à côté d'Oddi, je me suis arrêté au panneau et j'ai regardé la ferme de loin. J'avais envie de descendre de voiture pour m'imprégner de cet environnement, de la quiétude du jour, des chants d'oiseaux et du murmure de la rivière qui coulait vers la mer à cent mètres en contrebas de cette maison grise, mais je me suis ravisé en voyant sortir sur le pas de la porte un homme svelte dont les cheveux bruns retombaient sur les épaules. Vêtu d'une chemise rouge, d'une veste en cuir noir et d'un jeans sombre, il portait une guitare électrique en bandoulière et une grosse enceinte à bout de bras, trois border collie frétillants l'accompagnaient. Eiríkur en personne, l'homme qui risquait la prison pour avoir tiré à la carabine sur un camion, ou peut-être pour avoir manqué sa cible. Il s'est avancé jusqu'à sa jeep Toyota rouge garée devant la maison. Le coffre ouvert abritait déjà une enceinte de la même taille, il y a installé la seconde, l'a calée, a posé sa guitare, regardé ses chiens et souri en leur disant quelque chose. Les trois sont presque aussitôt montés à bord du véhicule, l'un après l'autre, sautant par-dessus le dossier de la banquette arrière. Puis il s'est passé la main dans les cheveux et il m'a vu. J'ai levé le bras, sans savoir si c'était pour le saluer ou m'excuser d'être garé à côté du panneau de sa propriété que je regardais fixement. J'ai levé le bras, j'ai rallumé le moteur puis je suis reparti. Debout devant sa ferme, sa guitare à la main, il m'a suivi des yeux : tel un fil perdu dans l'existence. Eiríkur, l'homme aux chiens. Qui risque la prison pour s'en être pris à un camion. Un type à problèmes, empêtré dans les siens.

La seconde ferme, baptisée Hof, est manifestement plus productive. Des bottes de foin emballées dans des bâches de plastique blanc sont entassées le long du mur de la grange – on dirait la muraille d'une forteresse bâtie pour affronter l'interminable hiver. La maison à deux niveaux, trois en comptant la cave, est blanche, surmontée d'un toit vert, et sa porte d'entrée entrouverte. C'est peut-être là un message au monde pour lui indiquer que la porte n'est jamais fermée, qu'il est toujours le bienvenu, que nous sommes tous frères et sœurs. Il y a encore de l'espoir, me suis-je dit avant de m'engager, juste après, sur le chemin d'accès à l'hôtel installé assez haut sur le flanc de la montagne ; quatre voitures garées sur le grand parking, trois drapeaux parfaitement immobiles faute de vent.

Je suis resté un long moment au pied de leurs mâts à observer le fjord pour trouver le courage d'entrer dans l'établissement. Eiríkur n'a pas tardé à passer, sa jeep Toyota et ses trois chiens joyeux aux mâchoires haletantes. J'ai regardé la voiture s'éloigner et j'ai ressenti une profonde solitude quand elle a disparu avec le conducteur et ses chiens à l'arrière d'une crête sur la route étroite qui quitte le fond verdoyant du fjord et monte vers la droite en ondulant comme un gigantesque serpent de pierre.

La route qui vous emmène loin d'ici. Elle existe donc.

Les abords du grand bâtiment de l'hôtel sont bien entretenus, la piscine légèrement en contrebas et à l'abri de la pente est traversée en biais par un bâtiment oblong recouvert de tôle ondulée, des volutes de vapeur montent du bassin naturel à côté de la source chaude. Trois personnes flottent sur des matelas gonflables. Un géant à gros ventre qui pointe vers le ciel et ressemble à une meule de foin avachie, une dame en bikini d'un rouge criard, tous deux tellement immobiles qu'ils pourraient être morts, et une jeune femme svelte qui se propulse doucement en faisant des mouvements comme sortis d'un rêve, vêtue d'un minuscule short. Quel joli dos, ai-je murmuré. Elle a levé les yeux vers moi comme si elle m'avait entendu puis s'est accoudée nonchalamment sur son matelas, dévoilant ses seins nus et endormis qui ont semblé se réveiller sous mon regard pour devenir chauds et généreux. J'ai avalé ma salive en sentant l'esquisse d'un désir naître au bas de mon ventre, j'avais honte, puisque, après tout, je fixais sa poitrine. Et si j'en détachais mon regard, elle risquait de l'interpréter comme une marque de pudibonderie, de penser que je n'étais qu'un petit bourgeois scandalisé par sa… liberté, sa décontraction… Quelques secondes pénibles se sont écoulées, j'ai continué à la contempler, sidéré, puis elle m'a souri, elle m'a décoché un clin d'œil, s'est rallongée à plat ventre sur son matelas, cachant sa poitrine pour me délivrer du sortilège.

Y A-T-IL DES SOURIRES DE CLASSE INTERNATIONALE ?

Le voilà donc.

M'a dit Sóley quand je suis entré dans le hall de l'hôtel, le cœur battant, sachant que je m'apprêtais à rencontrer une femme qui allait « faire un bond » en me voyant. Elle bricolait l'imprimante derrière le comptoir, mais passait son temps à lever les yeux depuis que Rúna, sa sœur qui habitait à la ferme de Nes, l'avait appelée en lui disant, tu n'imagineras jamais qui était assis tout à l'heure avec moi dans le cimetière à côté de la tombe de maman – et s'apprête à te rendre visite !

Te voilà donc, a-t-elle dit, puis elle a levé les yeux en m'adressant un sourire qui m'a presque effrayé. Elle a souri et m'a dit, ah, laisse-moi te prendre dans mes bras, il n'y a aucun risque, n'est-ce pas ? Et sans attendre la réponse, elle a contourné le comptoir, s'est avancée vers moi, la démarche souple, et m'a vigoureusement étreint. J'étais surpris de constater à quel point c'était agréable, je me sentais à ma place au creux de ses bras. J'ai machinalement fermé les yeux, profitant de l'instant, tandis que le jeune GDRN chantait dans l'enceinte bluetooth posée sur le comptoir : Besoin de toi, pour me souvenir de moi, pour me rappeler d'où je viens, et vers où je vais.

Besoin de toi.

Serre-moi encore, ai-je pensé, mais elle a relâché son étreinte, elle a reculé d'un pas en esquissant un sourire et mon cœur a fait un bond. Elle mesure environ dix centimètres de moins que moi, elle est svelte, mais robuste, ses cheveux clairs mi-longs font penser aux ailes d'un ange. Elle a laissé sa main droite posée sur mon coude, craignant peut-être de me voir disparaître ou m'évaporer. Elle me tenait le coude et me toisait de ses yeux mordorés comme pour m'évaluer. Sa lèvre inférieure, légèrement plus épaisse que la supérieure, reposait sur sa sœur en un baiser endormi.

Tu n'avais pas envie que je t'étreigne ? Tu as mis tellement de temps à arriver que je commençais à me demander si tu n'avais pas renoncé à venir. Vois-tu, a-t-elle ajouté en me lâchant le coude, je ne voudrais pas te froisser, mais je dirais que j'en étais presque soulagée. Certes, j'ai d'abord ressenti de la colère, nom de Dieu, ai-je pensé, je ne compte donc pas plus que ça – puis j'ai eu l'impression d'être libérée d'un poids. Ou du moins, je me suis convaincue de l'être, j'ai pensé, aïe, c'est sans doute mieux comme ça – ce qui est passé est passé. D'ailleurs, je n'étais pas certaine de survivre à nos retrouvailles. Imagine un peu le drame ! Une femme de mon âge ! Tu te souviens, tu disais que tu partais pour nous sauver. À moins que ce ne soit moi qui aie dit ça. Mais te revoilà et je suis simplement heureuse de te voir. Tout se passera bien entre nous, n'est-ce pas ?

Les pensées tourbillonnaient dans ma tête – il s'était donc passé des choses entre nous. Des choses bien réelles. Pourtant, je ne garde aucun souvenir de cette femme. Comment peut-on oublier ces yeux étranges, ces cheveux clairs, ce sourire, quelles forces se sont emparées de moi et que m'ont-elles fait subir ?

Tout se passera bien entre nous, n'est-ce pas ?

Qu'entend-elle par là ?

Et pourquoi a-t-il fallu qu'elle passe cette jolie chanson triste à mon arrivée… Besoin de toi, j'ai besoin de toi, besoin de toi.

Je me suis gratté la tête et accroché à la première idée qui m'est venue à l'esprit : le couple mystérieux qui m'a toisé si bizarrement, cet homme dont les dents ressemblaient à de vieilles tombes affaissées, et cette femme armée d'un fusil.

Sóley a éclaté de rire en entendant ma description. Tu parles d'Einar et de Lóa, ils ont repris la ferme de Framnes il y a une dizaine d'années. Einsi est le petit frère d'Ási qui avait racheté Sámsstaðir quelque temps plus tôt. Il faut que tu rencontres Ási, cet homme est un roman à lui tout seul. Tu as eu peur de ce fusil ? Ma chère Lóa ne ferait pas de mal à une mouche, elle a tellement bon cœur qu'elle est obligée de s'aliter à l'automne, tant elle est triste et angoissée de voir partir ses bêtes à l'abattoir. Mais à la surprise générale, elle a participé à une compétition de tir à Sævangur le 17 juin dernier pendant les célébrations de la fête nationale, et c'est elle qui a remporté la victoire face à de nombreux tireurs renommés. Depuis, elle ne rate pas une occasion de s'entraîner, fermement résolue à défendre son titre. Ce sont eux qui t'ont retardé ?

Bah, oui, enfin, non, pas vraiment, c'est surtout ce maudit camion. Ou plutôt ces deux camions, ai-je précisé avant de lui raconter ma mésaventure et de lui dire que j'avais bien failli finir complètement aplati. Par une Camarde aux cheveux blonds.

Mon pauvre, a compati Sóley, je te plains d'être tombé sur eux ! Nous les connaissons. Ils passent ici en roulant comme des dingues deux fois par semaine.

Ensuite, elle a dit cette chose sur la maturité, elle espérait l'acquérir aussi tard et aussi mal que possible. Mais cette mésaventure a dû te secouer. Viens, on va s'asseoir dans la salle commune, tu vas boire une bière, ta préférée, une Leffe brune. J'en ai toujours au frais, même si les autres marques ont plus de succès. C'est presque à croire que j'espère depuis toujours te voir réapparaître. Ce qu'on peut laisser la vie nous enquiquiner ! Mais te voilà et tu as bien droit à une bonne bière !

Puis elle m'a accompagné dans le confortable salon derrière le hall. Installée face à moi, elle m'a regardé boire en souriant et – après que j'ai mentionné l'homme aux chiens et aux enceintes qui vit à Oddi – elle m'a parlé du jour où Eiríkur a tiré sur les camions, ou peut-être sur le destin, ses chiots écrabouillés, sa demi-bouteille de calva, le risque qu'il aille en prison.

Ce que tu peux me faire causer, c'est à croire que je ne vais jamais me taire, a-t-elle conclu. Allez, bois ta bière, je comprends que ce fusil et ces camions assassins t'aient traumatisé, sans parler du choc de me revoir après toutes ces années, et je parle tellement que tu ne peux même pas en placer une. Je vais te chercher une autre Leffe, ça ne te fera pas de mal, n'est-ce pas ? D'ailleurs, moi aussi, je vais m'en offrir une pour que tu ne boives pas seul.

À nouveau, elle m'a souri. Souri en me caressant doucement le dos de la main avec sa paume. Puis elle est partie.

Partie en laissant la chaleur de sa peau sur mes doigts. Et son sourire partout dans la pièce.

J'ai tendu le bras pour attraper le bloc-notes de yahtzee posé sur la petite table, j'ai arraché une feuille et écrit sur l'envers :

« Certains sourires ont le pouvoir de chambouler les mondes. Y compris ceux qu'on devrait laisser intacts. »

VOUS ÊTES TOUJOURS VOUS BIEN QU'ENTIÈREMENT DISSEMBLABLE – IL Y A ENCORE MALGRÉ TOUT DANS CET UNIVERS QUELQUES RAISONS DE RIRE

La douce lumière d'août inonde la baie vitrée, éclairant le dos des livres des deux bibliothèques marron et les magazines soigneusement empilés sur le guéridon juste à côté. Le rire de Sóley résonne dans le hall. Le téléphone a sonné, je l'ai entendue décrocher puis éclater de rire, elle me manque déjà. Sa présence, sa voix, son sourire, ses yeux aux couleurs étranges où je peux me plonger... je me sens malgré ça soulagé d'être seul. J'ai encore l'estomac noué par l'angoisse d'être découvert.

« Tu te souviens, tu disais que tu partais pour nous sauver. À moins que ce ne soit moi qui aie dit ça. »

Pourquoi aurais-je ou aurait-elle dû partir pour nous sauver tous les deux ?

À nouveau, son rire résonne dans le hall.

Je me lève, je m'approche des bibliothèques pour regarder le dos des livres, mais la couverture au sommet de la pile de magazines attire mon regard. C'est une revue d'astronomie, la couverture est illustrée d'un ciel nocturne scindé en deux par un titre imitant des rayons lumineux : *How many universes are out there ? Combien d'univers existe-t-il ?*

Je me rassois sur le canapé, le magazine entre les mains, et je le feuillette en quête de l'article en question. J'ai juste envie de le parcourir rapidement, mais il me passionne tellement que je le lis du début à la fin. Puis je repose la revue, je me lève, je vais à la fenêtre, je contemple le fjord dans toute sa quiétude, et le versant de la montagne d'en face. À environ un demi-kilomètre de chez Einar et Lóa, j'aperçois une petite caravane toute en rondeur, installée à deux pas du rivage, séparée de la maison par quelques buissons et taillis. Je retourne sur le canapé, je reprends le magazine pour relire un passage que j'espère avoir mal compris. L'article est assez long, bien écrit, destiné aux néophytes, le vocabulaire n'est pas trop technique et les conclusions amplement simplifiées. Si ce n'est qu'il ne s'agit pas à proprement parler de conclusions, mais plutôt d'un empilement de questions, d'une accumulation d'incertitudes.

À en croire ces lignes, l'humanité est en aussi mauvaise posture que moi.

Les trois auteurs, deux femmes et un homme, tous professeurs d'astronomie, affirment, avançant des arguments aussi déplaisants que convaincants, que l'humanité a toujours été enchaînée à des conceptions du monde totalement erronées. En d'autres termes, l'Homme n'a jamais depuis le début de son histoire eu une image réaliste de son environnement puisqu'il a toujours été abusé par ses idées reçues. Ces dernières ont certes évolué, elles se sont transformées, mais toutes présentent un point commun : elles sont fausses et le monde dans lequel l'être humain s'imagine vivre depuis toujours n'a simplement jamais existé.

Il y a cinq siècles, expliquent les auteurs, notre planète était au centre de tout et l'Univers se résumait au système solaire. De cette conception inébranlable a découlé la prédominance de l'Homme et de notre Terre. Peu à peu, la science a progressé et il y a environ un siècle, les plus grands savants s'accordaient tous à dire que le système solaire n'était qu'un fragment d'une gigantesque galaxie, et que cette galaxie était l'Univers lui-même. Plusieurs décennies ont passé, les connaissances et la technologie ont progressé à grands pas et nous avons découvert que notre Voie lactée n'est qu'une simple galaxie parmi des milliers d'autres – ce qui augmente d'autant la taille de l'Univers.

Notre conception du monde découle de ces connaissances depuis des dizaines d'années.

Mais aujourd'hui, des indices concordants s'accumulent, laissant présager que ce que nous envisagions comme un infini n'est rien de plus qu'un univers parmi une infinité d'autres. Notre univers, qui, hier encore, était une immensité incommensurable et dont on pensait qu'il abritait à la fois Dieu et l'éternité, n'est en fin de compte qu'un simple avatar parmi des centaines voire des milliers d'autres. Ce qui était naguère infiniment grand se résume désormais à un infime fragment appartenant à un puzzle gigantesque et énigmatique. Histoire de couronner cette incertitude et de souligner un peu plus encore notre ignorance, notons que nous ne savons absolument pas à quoi ressemblent ces autres univers. Personne n'a la moindre idée de leur emplacement, nul n'est capable de dire s'ils obéissent aux mêmes lois que le nôtre, s'ils sont reliés par des points de contact, s'ils l'ont été à un moment ou à un autre, ni ce que ces éventuels points de contact, proximités ou collisions risquent d'engendrer – et pour finir, on ignore s'il est possible de voyager de l'un à l'autre :

« S'agissant des questions ontologiques fondamentales, malgré toutes les prouesses que nous avons accomplies et la rapidité fulgurante avec laquelle les sciences ont évolué ces dernières décennies, nous sommes encore aujourd'hui pour ainsi dire des hommes des cavernes qui passent leurs soirées à se réchauffer devant l'âtre de leur cheminée et contemplent la voûte céleste étoilée sans avoir la moindre idée de ce que représente cette multitude de points lumineux. Tout indique désormais qu'il existe une infinité d'univers, et qu'il est donc impossible pour l'esprit humain de comprendre les lois les plus fondamentales qui régissent l'existence. Ainsi, on peut imaginer que certains univers se reflètent les uns les autres, mais ils le font sans doute de manière extrêmement surprenante, pour ne pas dire à la lisière du fantastique. Par exemple, il n'est pas impossible que vous soyez simultanément présent dans plusieurs dimensions, au sein d'environnements divers obéissant à des lois différentes. Vous êtes toujours vous bien qu'entièrement dissemblable. En d'autres termes, la question *Qui suis-je,* cette interrogation vieille comme le monde, est désormais tellement immense qu'y répondre est pratiquement voué à l'échec. »

Je referme le magazine et je le remets en place puis je regarde par la fenêtre, cherchant un apaisement dans la lumière immobile du mois d'août et dans la placidité du fjord. Je ne saurais dire si je suis soulagé ou abasourdi.

En fin de compte, il n'y a pas tant de différence entre moi et le monde – nous sommes tous les deux enfermés sous un voile d'ignorance. Certes, je suis presque parfaitement amnésique, mais je ne puis que constater que la nature du mal qui assaille l'Univers est bien pire encore.

Sóley est toujours au téléphone.

Je saisis quelques bribes. Elle rit. Il y a encore malgré tout dans cette dimension quelques raisons de rire.

Deux corbeaux planent en surplomb des ruines d'une ancienne ferme, à quelques encablures de la maison grise et de plain-pied d'Oddi. Se pourrait-il que la vie navigue, parfaitement préservée, d'une galaxie à l'autre ? Quant à ces univers, sont-ils autre chose qu'un non-sens si la vie ne peut aller et venir entre eux, quel sens leur donner si ce n'est pas la vie elle-même qui les relie ?

À moins que la mort ne soit l'espace qui les sépare ?

JE SUIS DE BRUME ET DE TÉNÈBRES

Je dois avouer que je ne sais pas quelles armes pourraient nous être utiles parmi celles dont nous disposons. Elías a fait ce qu'il a pu pour que cette plainte soit retirée en disant que tout le monde la savait parfaitement ridicule et ma sœur et moi avons contacté un vieil ami qui a promis de nous aider. Mais vois-tu, ma chère Dísa, c'est lorsqu'on est confronté à de telles épreuves qu'on mesure son impuissance, dit Sóley en me souriant, l'index pointé vers le combiné en guise d'explication, comme pour s'excuser d'avoir tardé à m'apporter ma deuxième bière.

Je suis revenu dans le grand hall, à moins qu'il ne faille parler de réception. Toute chose doit pouvoir être nommée, faute de quoi on ne peut la décrire, la cerner. Je ne saurais t'embrasser tant que tu ne m'as pas dit ton nom.

Sóley m'indique le réfrigérateur où elle range la bière, elle pointe son doigt vers moi puis à nouveau vers le frigo – je comprends qu'elle m'autorise à me servir. Je m'exécute, j'attrape une seconde Leffe brune que je décapsule avec l'ouvre-bouteille en forme de phoque qu'elle me passe en le faisant glisser sur le comptoir.

Oui, dit-elle, poursuivant sa conversation téléphonique en faisant les cent pas, tu as tout à fait raison, c'est insupportable, c'est inacceptable. Je ne sais pas quelles puissances... hein... non, ou plutôt si, je sais qu'Eiríkur a dit le même genre de chose et ce matin, il est passé si tôt que même le diable n'était pas encore debout, il se réjouit de la fête qu'on organise ce soir, en tout cas, il a dit... La suite est inaudible, j'ignore ce qu'Eiríkur a dit si tôt ce matin que le diable dormait encore d'un profond sommeil sous l'écorce terrestre, j'ignore ce dont il a parlé, ce qui était vrai, mais inacceptable, j'ignore si Eiríkur prévoit d'acheter un fusil puisque les balles de sa carabine ont manqué leur cible : Sóley est partie dans la salle à manger et la suite de la conversation m'échappe. Hélas. C'est si bon de la regarder. De suivre la courbe douce de ses reins, celle de son dos gracile. De l'observer marcher, droite, fière, mais avec douceur, comme avec recueillement. Elle est allée dans la salle à manger et le monde s'est terni. La vie s'est appauvrie. Une mélodie s'allume dans ma tête et la voix blessée de Lennon chante : There is no fun around when she's not there. La vie n'est pas drôle quand elle n'est pas là.

Elle rit dans la salle à manger. On peut sans doute échafauder des mondes sur ce rire. Des univers entiers. Un Dieu qui ne s'esclaffe jamais ne saurait être tout-puissant.

Je m'approche de la porte, j'entends à nouveau sa voix. Oui, dit-elle, je suis à la fenêtre, je regarde, je vois ce que tu veux dire. Évidemment, ce serait moins gênant si je ne comprenais pas. Comme tu sais, la plupart des gens choisissent d'en comprendre le moins possible. Comprendre implique un certain nombre de choses lourdes de conséquences, on doit prendre position, prendre ses responsabilités, alors que les préjugés et l'indifférence vous facilitent grandement la vie. L'existence est toujours plus compliquée quand on essaie de comprendre. Eiríkur ? Oui, je sais et, mon Dieu, moi aussi, j'ai hâte, tu m'étonnes ! En outre… Je suppose que Sóley va vers le fond de la salle à manger, sa voix s'éloigne, puis disparaît tout à fait. There is no fun… La vie n'est pas drôle.

Les drapeaux pendent mollement à leurs mâts, comme s'ils se recueillaient, à moins qu'ils ne soient morts. Le drapeau islandais, le canadien et celui de l'Union européenne. Je me retourne et j'observe les horloges sur le mur derrière le comptoir. Douze pendules mesurant le temps en autant de points de la Terre. Celle qui indique l'heure en Islande affiche presque onze heures. Je repars vers la salle à manger dans l'espoir d'y entendre la voix de Sóley. Mais quelque chose m'arrête – je bouillonne intérieurement.

On dirait que j'ai reçu une puissante décharge électrique libérant un flot de pensées et de sensations imprécises au fond de moi. Je me précipite vers le comptoir, j'aperçois un tas de feuilles de format A5 qui portent l'en-tête de l'hôtel. J'en attrape quelques-unes, je cherche un stylo et je me mets à écrire. Sans réfléchir.

À moins que ce ne soit l'écriture qui me permette d'organiser mes pensées.

J'écris à toute vitesse pour pouvoir fixer sur le papier ce qui tout à coup m'obsède, terrifié à l'idée de l'oublier comme j'ai oublié ma vie. Ces mots qui jaillissent dans ma tête et emplissent mon sang – peut-être surgis de la brume et des ténèbres qui me constituent.

« Eiríkur d'Oddi. L'homme à la guitare électrique, l'homme qui possède des chiens, trois chiots défunts, une carabine pour tirer sur les camions ou peut-être sur le destin. Que possède-t-il d'autre ? »

ÉTANT DÉFUNT, TU AS PARCOURU PLUS DE CHEMIN

PARCE QU'ON NE SAURAIT RACONTER AUTREMENT

Eiríkur d'Oddi. L'homme à la guitare électrique, l'homme aux chiens, aux trois chiots défunts, qui possède une carabine pour tirer sur les camions ou peut-être sur le destin, que possède-t-il d'autre ?

Il est sorti de sa maison grise en ciment brut pour aller à sa voiture, une vieille jeep Toyota suffisamment spacieuse et puissante pour affronter les rigueurs de l'hiver et les routes enneigées, pour transporter trois chiens et deux grosses enceintes. Elle a autrefois été rouge, mais la couleur s'est affadie. Heureux celui dont le cœur est une vieille jeep remplie de chiens frétillants – le cœur est rouge lui aussi, est-ce que sa couleur s'affadit également en traversant les tonnes de neige que l'existence entasse autour de lui ? Les chiens d'Eiríkur apprécient plus que tout d'être assis dans la jeep aux côtés de celui qu'ils aiment et qui a leur confiance, c'est une expérience fascinante de se tenir immobile tandis que le paysage qui jamais ne bouge, et qui est la chose la plus statique de toutes, défile sous vos yeux à grande vitesse. C'est là un prodige dont ils ne lassent pas.

Eiríkur a chargé les enceintes dans sa jeep puis s'est éloigné de sa maison en marche arrière.

Cette maison en ciment qui n'a jamais été peinte. Ceux qui ne connaissent pas la région et se contentent de passer devant trouvent que c'est de la négligence ou se disent que les gens qui l'habitent sont de piètres paysans, l'un des pires jurons ou insultes que nous connaissions, mais qu'avons-nous sous les yeux, que faut-il croire ?

Elle a été construite il y a un peu moins d'une décennie, Eiríkur y vit depuis trois ans, ce qui est aussi l'âge du plus âgé de ses chiens. Trois ans, voilà qui suffit amplement à peindre une maison d'à peine deux cents mètres carrés – je vous le concède. Mais ne passez pas votre chemin si vite car il y a là une faille, une histoire, un destin, voilà pourquoi nous devons faire marche arrière et nous replonger dans le passé, là d'où nous venons tous, là où se trouvent nos racines et où résident la plupart des explications, le commencement. Faisons machine arrière dans l'espoir de mieux comprendre et pour nous remettre de nos émotions. Par conséquent, ralentissez. Ou plutôt : freinons la course du temps. Parce qu'on ne saurait raconter autrement.

CE SONT PEUT-ÊTRE LES ERREURS QUI REMETTENT LA VIE EN ORDRE

Halldór et Páll Skúlason. Rappelez-vous ces noms sans toutefois vous y attarder, en tout cas pour l'instant, nous les prononçons et presque aussitôt, ils retombent dans l'ombre, se tiennent en coulisse, nous observent, et entreront en scène quand nous les rappellerons. C'est le premier, l'aîné de ces deux frères, qui s'est chargé de construire cette maison, un homme doté du même sens pratique que ses parents. Hafrún, leur mère, est venue au monde dans la vieille ferme en tourbe bâtie tout près de la rivière qui coule, tranquille, entre ses berges verdoyantes. Un cours d'eau placide si l'on exclut ses trois ou quatre accès de colère annuels pendant la débâcle ou lorsque l'air se réchauffe subitement et que la pluie arrose la neige des montagnes où naissent toutes les rivières. Ne respectant alors plus aucune berge, elle quitte son lit, inonde les prés et les champs, submerge les buissons et les ondulations du terrain, animée d'une folie destructrice. Mais elle est débonnaire et rêveuse en été. Tellement débonnaire qu'on dirait qu'elle veille sur les saumons venus frayer dans ses eaux, comme si elle éprouvait pour eux une manière de tendresse et qu'elle ne voulait ni les blesser ni trop remuer leur ponte. Peut-être qu'elle apprécie tout bonnement de les sentir nager dans son ventre. Peut-être perçoit-elle les mouvements du saumon comme autant de caresses apaisantes. À cause de ces déchaînements saisonniers, l'ancienne ferme se tenait à une centaine de mètres des berges, une ferme en tourbe construite vers 1900, et dont on distingue encore aujourd'hui les solives depuis la route. C'est là que Hafrún avait vu le jour, ce prénom était aussi rare et précieux que celle qui le portait, une des perles de la région.

Elle était née au début des années trente, dans une maison qui n'avait que peu de points communs avec notre siècle trépidant, faite de tourbe, de pierre et de bois rejeté par l'océan. Elle se plaisait d'ailleurs à répéter que son nom était constitué de deux mots, Haf pour la mer et Rún pour les runes, cette ancienne écriture aux résonnances magiques, afin de souligner qu'elle était fille de deux époques, un antique passé tout en stagnation et en empêchements, mais également caractérisé par une certaine proximité entre les gens, et l'époque moderne, le XXe siècle, qui n'était certes pas exempt d'embûches, mais que personne n'oserait qualifier d'immobile. À strictement parler, le XXe siècle n'avait pas atteint l'Islande, et encore moins ce fjord tapi derrière une multitude de landes et de montagnes aux crêtes hirsutes, lorsque Hafrún avait vu le jour dans cette ferme en tourbe bien propre, mais où la lumière peinait à entrer. Il y a des avantages et des inconvénients à vivre à l'écart du monde, ce qui a pour effet de retarder l'avènement des mutations. Au XIXe siècle, la révolution industrielle a radicalement transformé l'Europe, les rails des chemins de fer ont segmenté le continent tout en l'unissant, les villes sont devenues tentaculaires, les usines ont poussé plus rapidement que le chiendent, produisant une richesse vertigineuse et jadis inconnue, engendrant abondance et pollution, créant des emplois, de l'esclavage et des inégalités criantes. En Islande, le temps était presque immobile et aussi statique qu'un tableau de maître depuis mille ans, il avait si peu bougé pendant la plus grande partie du XIXe qu'on aurait pu croire que nous habitions sur une autre planète. Dans le reste de l'Europe et en Amérique, on construisait des usines et des villes, les trains devenaient de plus en plus rapides, les armes de plus en plus précises, alors qu'ici, nous étions trop discrets pour effaroucher les oiseaux, toujours aussi mal chaussés, les pieds constamment mouillés, nous continuions à travailler dans nos bergeries dénuées de lumière, dans nos étables basses de plafond, nous fauchions nos champs détrempés de la même manière que mille ans plus tôt. Cet immobilisme, ciment entre les siècles et les générations, traçait une ligne continue tandis que tout se morcelait et se désagrégeait dans le vaste monde où le cœur des choses s'était perdu, où ne restait plus que l'incertitude qui avait propulsé les sociétés en avant depuis presque deux siècles. Ici, au sein de cette nature tourmentée, dynamique, et en perpétuel mouvement, la stagnation a continué de nous lier les uns aux autres comme elle l'a toujours fait.

C'est à peine croyable, et même miraculeux, répétait Skúli, que cette nation n'ait pas étouffé depuis des siècles sous le poids de l'ennui, qu'elle n'ait pas pourri sur pied, malade de ce maudit immobilisme.

Skúli avait deux ans de moins que Hafrún, sa femme. Il était né dans une maison en bois à Rif, un petit village de pêcheurs situé à l'extrémité du cap de Snæfellsnes, à moins qu'il n'ait vu le jour à Hellissandur, on ne peut pas se souvenir de tout, pas plus qu'on ne saurait distinguer ces deux petits ports si proches l'un de l'autre quand on ne connaît pas la région. Le seul point fixe dans l'existence de Skúli était le glacier de Snæfellsjökull qui, certains jours, non content de toucher le ciel, semblait littéralement le soutenir tel un pilier. Il avait sept ou huit ans quand il est arrivé ici avec le postier comme n'importe quel paquet. C'est un dur à cuire, avait dit le facteur en arrivant avec lui à la ferme de Botn. Dur à cuire, peut-être, mais il a quand même ce regard doux, avait répondu la maîtresse de maison qui lui tiendrait bientôt lieu de mère. Le père de Skúli était le fils de... Non, je vous prie de m'excuser. Nous allons trop vite en besogne. Ce n'est pas encore le moment de parler de son père, pas plus d'ailleurs que de Hafrún et Skúli, c'était une erreur de les introduire immédiatement.

Mais peut-être sont-ce les erreurs qui remettent la vie en ordre.

Par conséquent, intéressons-nous plutôt au lombric.

CE N'EST PAS VRAIMENT UN EXEMPLE À SUIVRE QUE DE CONSOLER UN AMI EN LUI OFFRANT DE LA SOLITUDE ; UN SOIR DE FÉVRIER, MINUIT EN NOVEMBRE

Le lombric n'est pas du genre à parader, créature aveugle à sang froid, ce poète discret œuvrant dans la nuit de la glèbe appartient à la famille des vers annelés hermaphrodites. Son rôle consiste à retourner la terre pour l'alimenter en oxygène et éviter qu'elle n'étouffe. S'il est ici nommé, c'est parce qu'il a joué un rôle de premier plan dans le coup de dés du destin qui a conduit la grand-mère de Skúli, arrière-grand-mère d'Eiríkur, à publier à la toute fin du XIXe un article passionnant sur l'essence et le comportement des vers de terre dans un périodique intitulé *La Nature et le Monde – Revue populaire*, imprimé à Stykkishólmur et dirigé par quatre intellectuels influents. Les trois premiers étaient originaires de cette bourgade et le quatrième, un certain Pétur Jónsson, pasteur dans une paroisse à quelque distance. Peut-être n'était-il pas aussi impliqué dans cette revue que ses trois compères, bien qu'il ne manquât ni d'aptitudes ni de connaissances et qu'il fût sorti brillamment diplômé de l'université de Copenhague. Venu s'installer sur la péninsule de Snæfellsnes avec son épouse et leurs deux jeunes enfants, il avait prévu de n'y rester que brièvement, tout au plus cinq ans, envisageant sa charge d'homme d'Église comme un tremplin qui lui permettrait de gravir les échelons de l'administration. Quelle merveille d'être jeune et d'avoir de beaux rêves, nous caressons tant de projets, puis la vie se charge de nous mater.

Il pleuvait à seaux le jour où nous sommes arrivés, avait écrit Pétur dans une lettre adressée à un ami ; la vieille église ressemblait à une grosse bête que les cieux envisageaient de sacrifier.

Pétur avait remplacé un pasteur que les autorités ecclésiastiques avaient révoqué dans sa vieillesse. L'ancêtre commençait en effet à radoter et, depuis quelque temps, incapable de distinguer les morts des vivants, il apostrophait des paroissiens qu'il était le seul à voir, parmi lesquels des gens qui reposaient au cimetière depuis des années, tellement défigurés qu'il ne pouvait s'empêcher de leur en faire la remarque : Heureux de te revoir parmi nous, mon cher Ásgeir, il y a longtemps que tu es absent, mais quel affreux air tu as, on dirait que tu t'es vautré dans la boue ; attention, ma petite Engiríður, ton bras droit vient de se détacher, n'oublie pas de le reprendre avec toi quand tu quitteras l'église, il n'y a que les souillons pour laisser ainsi traîner leurs abattis.

Je ne serais pas surpris, écrivait Pétur à une connaissance peu après son installation, que certains paroissiens me jugent plutôt terne, banal et conventionnel, ils n'ont sans doute pas grand-chose à dire à mon sujet, sachant que mon prédécesseur était en prise directe avec le royaume des morts.

Pourtant, la plupart des gens se réjouissaient de l'arrivée de Pétur et de son épouse. Ils amenaient avec eux la fougue de la jeunesse, lui venait avec ses connaissances, elle avec son énergie communicative, les paroissiens l'avaient aussitôt adoptée, elle aidait les femmes à accoucher et s'y prenait si bien avec les parturientes que ces dernières vantaient le réconfort que leur procuraient ses mains. Tu as des mains de lumière, lui disait souvent Pétur en l'étreignant et en l'embrassant dans le cou à l'époque où tout allait bien et où le monde était plus habitable. Ma chère Halla a des mains de lumière, écrivait-il fièrement dans ses lettres à ses amis. Il en avait envoyé beaucoup ses premières années sur la péninsule de Snæfellsnes, des missives inspirées et débordantes de vie, mais leur nombre s'est réduit, l'existence s'est ralentie et assombrie lorsqu'il entre dans son bureau, dans son réduit, quinze, seize ans plus tard, pour lire un article qui traite des lombrics, envoyé par une femme du peuple à la rédaction de la revue.

À la toute fin du XIXe.

Un soir de novembre. Minuit en février.

Ce texte intéresse si peu Pétur qu'il le met immédiatement de côté et l'oublie pour se plonger dans les œuvres du poète William Wordsworth tandis que le soir brunit et vieillit. Il lit en buvant une demi-bouteille de vin rouge. Il en a acheté dix la dernière fois qu'il est allé se ravitailler à la ville et quatre semaines plus tard, il n'en reste que trois. Ou plus exactement deux et demie. Elles étaient pourtant censées durer trois mois. Quelle tristesse, confie-t-il dans une lettre qu'il écrit à son ami, le poète Hölderlin, de voir à quelle allure les meilleures choses de ce monde diminuent et avec quelle lenteur les moins plaisantes s'en vont.

Il est arrivé à la moitié de la bouteille et devra sans doute attendre plusieurs semaines avant d'avoir les moyens de s'offrir sa ration suivante. Jésus changeait l'eau en vin, écrit-il encore à son ami allemand, ce qui prouve qu'il savait apprécier le fruit de la vigne. Il n'est donc pas péché d'en consommer.

Il est presque minuit en novembre, à moins que ce ne soit une fin de soirée en février. Un mois tout en ténèbres, la neige a fondu il y a peu, rendant la nuit plus lourde, elle est tellement pesante que l'écorce terrestre fléchit sous son poids, tellement sombre que les montagnes se perdent. Pétur a vidé un peu plus de la moitié de la bouteille, il a lu les poèmes de Wordsworth, tout le monde est endormi au presbytère. Ses deux enfants qui vivent encore à la maison, et le troisième, un fils âgé de dix-huit ans, parti étudier à l'École érudite de Reykjavík. Halla dort, tout comme l'ouvrier vieillissant à la si belle voix de chanteur, tout comme les deux employées de maison, la première, la cinquantaine, forte comme un homme, et plutôt ombrageuse, si bien que l'air s'assombrit souvent sur son passage, la seconde, la vingtaine, qui semble disgracieuse, voire pour ainsi dire – que Dieu nous vienne en aide – laide quand vous la voyez pour la première fois, mais cela ne dure pas puisque sa joie de vivre, sa gentillesse et son entrain l'embellissent. Ceux qui fondent leur jugement sur les apparences ne comprennent pas grand-chose.

Il fait si sombre que quiconque s'aventurerait à mettre le nez dehors disparaîtrait probablement sans laisser de traces et que personne ne le retrouverait jamais.

Il est bientôt minuit. Tout à l'heure, l'agitation de la vie s'infiltrait à travers les cloisons, l'ouvrier chantait, Halla l'accompagnait, la jeune employée de maison taquinait les deux enfants dont les cris joyeux résonnaient comme autant de bonnes nouvelles. Peu de choses réjouissent autant Pétur que d'entendre leurs rires. C'est un bon foyer, un monde en équilibre. Pourtant, il vient de boire un peu plus d'une demi-bouteille et écrit une missive à un poète allemand depuis longtemps défunt. Halla a des mains de lumière. C'est une belle personne. La meilleure qu'il ait jamais rencontrée. Et il ignore à quel moment il a cessé de l'aimer.

Tout le monde dort. Y compris Eva, la prunelle de ses yeux, sa fille cadette. Son rire ressemble aux bêlements d'agneaux pleins d'entrain, elle rit et vous avez l'impression que quelqu'un vous chatouille. Si ce n'est que son rire s'est tu à jamais, elle dort au creux de la terre à vingt-trois pas du bureau. Elle dort là depuis dix ans, neuf mois et dix jours. Elle est tombée malade après avoir accompagné son père, contre l'avis de sa mère, dans ses visites aux paroissiens par une journée de printemps plutôt fraîche. Vers la fin de l'après-midi, une bise glaciale s'est mise à souffler et une pluie mêlée de neige s'est abattue sur eux, qui les a trempés jusqu'aux os. Un rhume, une mauvaise toux, Pétur s'en est remis, Eva a succombé. Elle est morte huit jours plus tard dans les bras de son père qui récitait toutes les prières qu'il connaissait, et ce, en trois langues, sans que la mort ait aucun mal à les enjamber. Elle est venue, elle a pris Eva, l'a emmenée dans la nuit en abandonnant Pétur dans la vie.

C'est à cette époque que j'ai commencé à t'écrire, a-t-il souligné tout à l'heure dans sa trente-huitième lettre adressée à Hölderlin alors qu'il rentrait après sa visite quotidienne à son enfant défunte. Il va souvent la voir le soir, de préférence à la nuit, car la nuit est la seule à pouvoir unir des mondes que la vie et le jour ne sauraient relier. Elle s'infiltre dans l'interstice qui les sépare, transportant les mots et la nostalgie par-delà les frontières : Tu me manques, pardonne-moi de t'avoir trahie, pardonne-moi de n'avoir pu mourir à ta place, est-ce que tu as froid là où tu es, as-tu de quoi manger, y a-t-il quelqu'un pour veiller sur toi jusqu'à mon arrivée, tu as de quoi lire, ma chérie, veux-tu que je te raconte une petite histoire – il était une fois un chat...

C'est à cette époque que j'ai commencé à t'écrire. J'avais imploré Dieu de toute la force de mon amour, avec toute la douleur de mon désespoir – il m'a répondu par la mort. À ton avis, est-ce à cette époque que la vie a commencé à s'affadir ? Je t'ai demandé un jour, que faire de mon existence ? Et tu m'as répondu : « … und einsam / Unter dem Himmel, wie immer, bin ich… et solitaire / Sous le ciel, comme toujours, je suis. »

Que dire ?

J'apostrophe le Seigneur avec amour du fond de mon désespoir – il me répond par une mort.

Je t'apostrophe avec amitié du fond de ma détresse – tu me réponds par la solitude.

Ce sont certes là de bien beaux vers et tu es un immense poète, mais ce n'est pas un exemple à suivre que de consoler un ami en lui offrant de la solitude, même aussi joliment troussée.

Pas vraiment un exemple à suivre.

Pétur écrit à un poète allemand enterré depuis plusieurs décennies, un poète qui était déjà mort à sa naissance. Il écrit ces lettres et les range quelques jours plus tard dans le coffre bleu sous sa couche. Ce qui n'est peut-être pas un exemple à suivre. Seule la nuit peut transporter les mots entre les mondes. Et sans priver les postiers de leur emploi. Du reste, l'adresse des défunts n'est nulle part consignée, ils sont en dehors de tous les codes postaux.

Vois-tu, poète, je ne vais pas toujours très bien, a confié Pétur au papier tout à l'heure, mais je me console en t'écrivant. Je me sens toujours mieux quand nous sommes ensemble, j'ai l'impression d'être à la frontière entre la vie et la mort et d'avoir une vue imprenable sur les deux dimensions. Je me rapproche d'Eva, j'espère qu'elle perçoit ma présence. Mais je dois m'arrêter pour l'instant. J'ai un article en attente de relecture, et il s'accompagne d'une lettre. Une lettre écrite par une femme du peuple. Voilà qui promet de ne pas être des plus distrayants. Pourquoi cela devrait-il l'être ? Je n'aurai évidemment pas d'autre choix que de finir ma bouteille. Il n'en restera alors plus que deux. L'existence est une véritable épreuve, poète, un authentique calvaire, en tout cas pour nous qui avons l'infortune d'être vivants. Et toi, étant défunt, tu as parcouru plus de chemin. Je te prie de bien vouloir m'excuser, mais ne t'éloigne pas trop quand même.

JE DIRAIS QUE LE LOMBRIC REFLÈTE LA PENSÉE DIVINE

Le destin est vieux comme le monde. Il a vu bien des choses, probablement toutes, ce qui explique sans doute son besoin irrépressible de brouiller les cartes dans l'espoir qu'adviennent des événements imprévus. Des péripéties dont il s'amuse, et que certains qualifient de plaisanteries des dieux. Brouiller les cartes, brouiller les vies, se distraire en faisant des nœuds, en installant un virage à tel endroit, en cassant un pont à tel autre, en ballottant nos cœurs, en assénant à l'existence des pichenettes de manière à bouleverser ce qui est immobile et solidement enraciné. C'est pourquoi, le plus banal des jeudis, vous voyez une belle femme fondre en larmes au volant tandis qu'elle attend à un feu rouge, ou bien un maçon paralysé devant un nouveau mélange de ciment, le regard perdu dans le lointain, un professeur de mathématiques s'effondrer, assis dans un autobus, simplement parce que le chauffeur lui a dit bonjour ; eh bien, voilà, quelque chose est en train d'advenir, se réjouit alors le destin. Et c'est sans doute lui qui a veillé à ce que le pli que Guðríður a envoyé à la revue *La Nature et le Monde* atterrisse opportunément entre les mains de Pétur. C'est Jónas, un des membres du comité directeur à Stykkishólmur, qui lui a fait suivre cet article et la lettre qui l'accompagnait, ne sachant pas vraiment ce qu'il devait en faire : « Cette femme qui n'a jamais étudié rédige un article sur les lombrics et joint à son texte une lettre fort intéressante pour justifier le choix de son sujet. Qu'en dis-tu ? »

Entends-tu, poète, marmonne Pétur à l'intention du recueil de poèmes de Hölderlin qu'il pose souvent sur son bureau, publié en 1846, et qu'il a acheté pendant ses années à Copenhague – lorsque j'étais vivant, comme il se le dit parfois. Entends-tu, poète, marmonne Pétur lorsqu'il a enfin ouvert la missive, deux heures et une demi-bouteille de vin plus tard ; cette femme écrit sur les lombrics, tu les connais, tu sais, ceux que tu vois là-bas, sous terre. Darwin les appréciait beaucoup, il leur a consacré un livre, mais à ma connaissance, il n'est pas venu à l'esprit d'un grand nombre de gens d'écrire sur ce voyageur aveugle de la glèbe. Après tout, il y a peut-être dans cet article des choses intéressantes.

Il sort les feuilles, les déplie et commence à lire :

Le lombric appartient à la famille des vers annelés hermaphrodites, il aide la terre à respirer. En son absence, gageons que le sol étoufferait, l'herbe dépérirait et les fleurs se faneraient, qu'adviendrait-il alors de nous, de l'être humain ?

Pétur lève les yeux, déconcerté, il attrape la lettre qui accompagne l'article, s'apprête à la parcourir rapidement, mais son contenu, son style, la manière dont les caractères sont tracés, la pensée qu'elle abrite – tout en elle ralentit sa lecture. Il la déchiffre lentement jusqu'à la fin et relit même certains passages :

Nombreux sont ceux qui nourrissent pour lui une grande aversion, ce qui s'explique sans doute par le fait que c'est dans les ténèbres de la terre qu'il s'épanouit, qui plus est dans un parfait silence. Voilà une description qui n'est pas sans rappeler la mort. Peut-être est-ce là que réside la raison du dégoût que cet animal passionnant inspire ?... Je dirais, si j'osais, que le lombric reflète la pensée divine.

Je dirais, si j'osais, que le lombric reflète la pensée divine, que dis-tu de ça, poète, il y a là quelque chose, marmonne Pétur, le regard vide, tandis qu'au-dehors, la nuit continue d'avancer dans le noir complet. Puis il prend une grande respiration et lit à nouveau la lettre. La relit pour la troisième fois.

IL N'Y A DONC RIEN D'AUTRE À FAIRE DANS CES CONDITIONS QUE DE PERDRE LA RAISON

Comme le font souvent les gens du peuple lorsqu'ils osent se manifester ou se voient forcés de s'exposer à la lumière, Guðríður commence par se confondre en excuses. Comment peut-elle, en tant que femme qui n'a reçu aucune éducation, qui sait à peine tracer ses lettres, oser soumettre ses réflexions sur les lombrics à une revue si sérieuse – mais elle souhaite avant toute chose s'empresser de remercier le comité de rédaction de publier cette gazette qu'elle s'emploie toujours à se procurer ou à emprunter. Elle ne comprend pas comment elle peut envisager de communiquer au comité ces réflexions misérables et sans doute maladroites concernant le lombric, mais parfois, elle peine à se maîtriser, ce qui lui a nui à maintes reprises en la plaçant dans des situations gênantes ; elle se dit navrée si son geste est interprété comme un signe d'arrogance. Sa démarche est tout à fait dénuée d'orgueil.

Je me suis toujours employée à m'instruire où que j'aille, même si les connaissances que j'ai ainsi glanées demeurent parcellaires. Sans doute sont-elles étendues pour mon entourage, mais pas pour ceux qui se sont réellement adonnés à l'étude, comme les bienveillants messieurs qui dirigent cette revue.

Parcellaires, dit-elle, néanmoins pas insignifiantes. Et j'ai toujours été navrée de la manière dont les petites gens considèrent le lombric et le jugent, voire le condamnent, en se fondant sur sa forme quelconque et sa cécité. Nombreux sont ceux qui nourrissent pour lui une grande aversion, ce qui s'explique sans doute par le fait que c'est dans les ténèbres de l'humus qu'il s'épanouit, qui plus est dans un parfait silence. Voilà une description qui n'est pas sans rappeler la mort. Peut-être est-ce là que réside la raison du dégoût que ces passionnants animaux inspirent ? J'ai cependant découvert, autant à travers mes lectures qu'en menant ma propre enquête, qu'il est sans doute peu de bêtes aussi importantes que le lombric dans le cycle de la vie. Comme je l'expose dans mon article, il semble aider la terre à respirer, je serais donc tentée de dire, bien que je ne le fasse que dans cette modeste lettre et non dans mon exposé, que dans cette mesure, la contribution du lombric à la vie est plus importante que celle de l'être humain. Ainsi, je désire, ou plutôt je me sens forcée de vous communiquer le fil de mes indigentes réflexions par lesquelles je me propose d'informer mes éventuels lecteurs sur la manière dont le lombric contribue à la vie. Il me semble capital que les gens reconnaissent l'importance de l'infime, qu'ils comprennent que toute chose compte à égalité, les femmes autant que les hommes, les vers de terre autant que les rois. Et qu'il n'est rien de grand si ce n'est la vie elle-même. Je dirais, si j'osais, que le lombric reflète la pensée divine. Essayez de juger plutôt mon effort que son résultat. Et veuillez me pardonner mon impertinence. Je sais que chacun doit savoir rester à sa place. Mais cette place, qui en décide ? Est-il péché d'avoir une opinion sur la question, de douter qu'elle ait été bien choisie, ou attribuée à juste titre ? J'espère ne pas me couvrir de honte. Toutes mes sincères salutations, Guðríður Eiríksdóttir.

Pétur se frotte les yeux, il réfléchit, je dirais, si j'osais, que le lombric reflète la pensée divine. Il attrape la lettre qu'il a écrite à Hölderlin, s'apprête à y ajouter quelques phrases, il tient à lui décrire l'émotion subite qui l'a envahi à la lecture de l'article et de la missive de cette femme, il prend sa plume, puis se ravise subitement, marmonne, pardon, l'ami, tout en repoussant la lettre et en attrapant une autre feuille où il écrit d'une main assurée et rapide, Chère Guðríður, c'est la nuit, je viens de lire ta lettre et ton article passionnant que nous serons heureux de publier dans notre revue. Il me vient à l'esprit que je pourrais te prêter deux livres que j'ai dans ma bibliothèque et que je te ferai parvenir avec plaisir – si tu consens à les réceptionner. Je gage qu'ils te plairont. Il est évident que tu es une âme en recherche, un esprit ouvert, une conscience avide de connaissances. C'est si beau. Je t'envie.

Il repose sa plume. M'emballerais-je un peu trop vite, poète, demande-t-il au recueil posé sur son bureau, et dire que je ne la vouvoie même pas ! Non, répond l'Allemand, tu ne t'emballes pas, il convient de saisir la vie sans jamais la vouvoyer quand elle se manifeste, de la cueillir sans se soucier des conséquences. Finis ta lettre. Mais si tu l'envoies, sache que tout va changer. Pourquoi devrais-je t'écouter, interroge Pétur, n'as-tu pas perdu la raison, n'as-tu pas passé les dernières années de ton existence, aliéné, reclus dans une tour ? En outre, tu es mort, et par conséquent, que sais-tu de la vie ?

La vie ? Je suis devenu fou justement parce que je la comprenais. Et il y a longtemps que j'ai envie de dire que l'amour a été pour moi tel un arc-en-ciel scintillant sous mes yeux, mais qui s'éloignait chaque fois que j'essayais de m'en approcher. À quoi sert l'esprit quand on n'a pas l'amour ? C'est pourquoi tu ne cours aucun danger en te fiant à mes conseils.

Ce que je fais là est évidemment tout à fait irrationnel, se dit Pétur, mais il continue quand même à rédiger sa lettre et ressent quelque chose qu'il n'a pas éprouvé depuis des années. Il écrit la lettre, l'envoie, veille à ce que le postier la remette en main propre à sa destinataire qui la reçoit et la lit. Cette dernière est étonnée, aux anges, fière, désorientée, apeurée. Deux semaines passent sans qu'elle ose lui répondre. Puis elle s'y attelle, commettant sans doute une erreur.

Une erreur ?

Nous sommes des ignorants.

ET OÙ VAS-TU DONC COMME ÇA ?

Il me vient à l'esprit que je pourrais te prêter deux livres que j'ai dans ma bibliothèque – le lendemain, Pétur demande au postier de porter sa lettre à Guðríður. Arrivé de Reykjavík, ce dernier fait route vers l'extrémité de la péninsule de Snæfellsnes avec ses deux chevaux. Il devra se fendre d'un détour pour remettre le pli en main propre, du reste, il dépose en général le courrier destiné à la ferme d'Uppsalir au hameau de Bær, les lettres attendent parfois plusieurs semaines avant que quelqu'un ait à faire dans les environs d'Uppsalir ou qu'un habitant des landes descende vers les campagnes des basses-terres.

Guðríður Eiríksdóttir, Uppsalir. Le postier connaît ce nom, il lui est arrivé plusieurs fois de déposer à Bær des courriers adressés à cette femme.

Un détour d'au moins trois heures et son temps est toujours précieux. Il ne se gêne pas pour le faire remarquer au pasteur, ça me rallonge, dit-il, mais il finit par accepter de porter la lettre.

Environ deux mois plus tard, Pétur emprunte la même route, chargé de trois et non de deux livres destinés à Guðríður, dont il vient de recevoir la réponse qui a mis dix jours à lui parvenir. C'est qu'elle n'est pas prioritaire, contrairement à lui. Elle a d'abord dû porter sa lettre à Bær, puis le pli a transité par Stykkishólmur avant d'atteindre son destinataire. Je remercie monsieur le pasteur de sa réponse.

Je remercie monsieur le pasteur de sa réponse, qui m'a profondément touchée, écrit-elle. Je suis un peu confuse de vous écrire directement. Vous êtes tellement érudit. Vous tracez si joliment vos lettres et votre écriture manuscrite est parfaitement lisible. Ce doit être pour vous une épreuve de supporter mes gribouillis – je n'ose pas les nommer écriture. Certaines de mes lettres ressemblent à s'y tromper à des chiens malappris. Je redoute que le F, le R et sans doute aussi le Þ se mettent à vous aboyer au visage. Je redoute qu'elles ne sachent pas se tenir dans votre élégante maison. Le mot reconnaissance est bien trop faible et banal pour définir le sentiment que me procurent votre chaleureuse générosité et votre proposition de me prêter vos livres. Je les accepterai avec joie ! Mais êtes-vous bien sûr de vouloir les laisser dans mon humble chaumière – dans ces chères ténèbres, cette maudite humidité ?

Ces chères ténèbres, cette maudite humidité – l'histoire de l'Islande ?

Pétur a sellé sa jument Ljúf, la Douce, il lui a fallu chevaucher six heures pour arriver à destination.

Il a toutefois été bien plus rapide que le postier en février. Ce dernier avance la plupart du temps au pas, le cheval qui porte le courrier est chargé et ils doivent s'arrêter ici et là pour remettre les plis ou les paquets, ou bien pour discuter, pour raconter des nouvelles, pour en écouter, pour les collecter puis les colporter de ferme en ferme. Chaque homme endosse son rôle ou bien se l'attribue. Pétur galope, il ne s'arrête nulle part, c'est à peine s'il regarde le paysage, certes, il doit parfois passer à proximité des fermes pour éviter des sables mouvants, et à deux reprises, il doit traverser un enclos à chevaux. Eh bien, où le révérend va-t-il donc comme ça, demandent les gens, brûlants de curiosité. C'est le début du printemps, la fin du mois d'avril. Le printemps est la saison intermédiaire entre l'hiver et l'été. L'éveil de la glèbe.

Et l'époque où nous sommes le plus durement châtiés pour nous être installés sur cette terre.

Mais avril est lumineux, concédons-le à ce salaud, il est éblouissant et toujours gorgé de cet optimisme insolent. Les oiseaux migrateurs affluent depuis l'horizon, emplissant l'air de leurs chants et portant sur leurs ailes la promesse d'un été – c'est un miracle qu'ils reviennent ici de leur plein gré année après année, siècle après siècle. Mais bon sang, quelle est donc cette force qui les conduit vers le septentrion, le froid et la lumière, et les pousse à quitter des pays plus cléments, seraient-ils simplement idiots ? Parce que si les Islandais avaient des ailes, il n'y aurait plus sur leur île âme qui vive depuis le XVIe siècle.

Mais c'est ici que Pétur chevauche, avançant assez vite. Sa jument effarouche une bécassine des marais qui s'envole à tire-d'aile, l'instant d'après, il entend un pluvier doré et se sent tellement reconnaissant envers ces oiseaux voyageurs qu'il aurait presque envie de chanter. C'est merveilleux de les avoir ici, ils emplissent les cieux de leurs chants et de leur optimisme, et rendent la vie plus facile, nous devrions les remercier un peu mieux et plus souvent. C'est pourquoi Pétur arrête son cheval, pose pied à terre et leur rend grâce. Il les remercie de faire preuve envers nous d'une belle fidélité que nous ne méritons pas, de venir jusqu'ici année après année, quittant des régions plus chaudes et plus clémentes, merci à toi, pluvier doré endimanché, merci, barge à queue noire montée sur tes échasses, merci à toi, chevalier gambette bavard et à toi, bécassine des marais qui ressemble à un poing fermé quand tu te caches entre les touffes d'herbe, dans les ajoncs, à l'abri des berges des rivières, tu prends ton envol à l'approche de l'homme et ton cri retentit dans les airs comme une note divine. Merci de ne pas nous abandonner et de revenir chaque année, armés de votre optimisme, persuadés que la vie triomphe toujours, que rien ne saurait la mettre à genoux, merci de nous convaincre que nulles ténèbres ne sauraient l'emporter sur la lumière du printemps. Soyez remerciés, dit le révérend Pétur, puis assis sur une motte d'herbe mouillée, il fond en larmes.

Quelle honte, pense-t-il, si on me voyait, pleurant sur une touffe d'herbe détrempée, et au fait, où vas-tu donc comme ça ?

Où vas-tu ; il n'essaie même pas de répondre à la question.

Ou plutôt, il n'ose pas.

Il laisse simplement son cœur se vider de sa douleur. Il s'y autorise très rarement, craignant de...

succomber. Redoutant ce qu'une telle faiblesse risque de libérer. Redoutant de fondre en larmes, comme en ce moment. Heureusement, il est seul sans personne pour le voir.

Seul ? Non, pas tout à fait, parce qu'il est avec son cheval, sa belle jument gris-sable, sa fidèle compagne qui porte le joli nom de Ljúf, la Douce.

Elle s'arrête de brouter l'herbe encore plutôt maigre et fade au sortir de l'hiver, elle franchit les trois ou quatre pas qui la séparent de son maître et lui mordille l'épaule avec une tendresse inquiète. Elle lui mordille les deux épaules, puis lui soupire à l'oreille voyant que ses sanglots ne cessent pas, que ses larmes continuent de couler, comme venues d'un puits abyssal de douleur et de nostalgie.

Il pleure parce que c'est le printemps.

Parce que la vie se réveille après les longs mois d'hiver presque immobiles, lourds de nuit, ponctués de tempêtes assassines, il pleure parce que la bécassine des marais est revenue avec son bel optimisme, mais parce qu'elle lui semble tellement vulnérable face aux giboulées de pluie, de grêle ou de neige qui ne manqueront pas de s'abattre sur elle. Il pleure parce que, même si la lumière l'emporte pour l'instant, elle redeviendra à nouveau ténèbres, il pleure parce que Halla, sa femme dotée de mains de lumière et d'une bouche très expressive, l'a regardé bizarrement quand il a sellé sa jument et enveloppé ses livres, il pleure parce qu'il a oublié la dernière fois où il a pris l'initiative de la serrer dans ses bras pour l'embrasser, l'étreindre, ou pour lui murmurer une bêtise à l'oreille comme il le faisait si souvent jadis, il y a mille ans, comme on est censé le faire, comme on doit le faire, et plus souvent que souvent, parce que c'est la seule manière de traverser les forêts d'épines de la vie. Il pleure parce qu'il a reçu un pli dans lequel certaines lettres semblaient lui aboyer au visage comme autant de chiens, il pleure parce qu'en ce moment, l'herbe reverdit, les agneaux ne tarderont plus à naître, bientôt, les oiseaux pondront, bientôt, la vie triomphera, il pleure parce que le sol se libère de l'étau du gel et qu'ainsi, il sera plus aisé de creuser des tombes. Il pleure parce que sa petite Eva est morte dans ses bras à seulement sept ans, effrayée par la nuit qui l'attendait, mais malgré tout inquiète pour lui.

Assommée par la fièvre, elle s'était réveillée, elle avait ouvert ses yeux bleus et vu son père allongé à ses côtés, comme depuis leur retour à la maison, trempés, transis, gelés. Elle avait ouvert les yeux en essayant de sourire, puis avait caressé les joues mal rasées du pasteur en lui murmurant, comme pour le consoler : ne sois pas triste, petit papa, je ne veux pas que tu sois triste. Elle avait murmuré ces mots distinctement, d'un air tellement responsable et inquiet qu'elle semblait avoir vieilli de plusieurs dizaines d'années en l'espace d'un instant. Petit papa, avait-elle répété deux fois encore.

Une heure plus tard, elle était morte et lui, allongé à ses côtés avec ses vaines prières, son chagrin inutile et le souvenir de sa main sur ses joues – depuis, il a gardé la barbe. Comme s'il était persuadé de conserver ainsi les dernières caresses d'Eva sur son visage.

QUE NOUS VAUT L'HONNEUR ?

Non ! Ce n'est pas possible, s'écrie Pétur d'une voix brusque et si forte que la Douce sursaute. Il essuie ses larmes et se relève, les fesses trempées. Tout est tellement humide et désagréable, le sol dégèle, on dirait que l'hiver lâche réellement prise, il y a donc quelque douceur en ce monde, en tout cas, le soleil monte chaque jour un peu plus haut dans le ciel, les oiseaux affluent de l'horizon comme autant de bonnes nouvelles – mais le froid ne manquera pas d'en abattre certains. Pétur serre Ljúf dans ses bras, il renifle sa crinière, se gorge de sa chaleur et de sa confiance, et la jument ferme un instant ses grands yeux, comme de bonheur.

Où vas-tu donc comme ça, pasteur ?

Là où me conduit la boussole du cœur.

La boussole du cœur ? Voilà qui est joliment tourné. Mais est-ce une bonne chose, crois-tu qu'il soit légitime, n'est-il pas hasardeux voire aberrant d'écouter cet organe ? Tu n'es pas sans savoir qu'il est par essence indomptable et qu'il peut aisément se montrer destructeur si on ne le freine pas, si on ne tient pas solidement les rênes. Il n'hésite pas, à l'occasion, à briser les ménages et détruire les familles, il n'hésite pas à préférer dissensions et obstacles à la sécurité, à la stabilité, celui qui écoute son cœur court le risque de blesser profondément ceux qui lui sont le plus proches. La modération est l'ancre de la vie, elle est harmonie. On trouve sa place dans l'existence et on s'y tient, en équilibre dans un monde instable. On supporte les chocs, les tentations et les séismes qui secouent le cœur. C'est ainsi qu'on se trouve un but dans la vie, et là, tout grandit, tout s'épanouit autour de vous et vous êtes béni. Pour le dire clairement : ce voyage est-il légitime ?

Sans doute que non.

La terre, spongieuse par endroits, ondule sous le cavalier et sa monture, ils avancent vite après ces instants de repos, Ljúf se montre plus énergique, à moins qu'elle ne soit résolue à transporter celui qui a toute son affection à plus grande vitesse dans l'espoir qu'il y trouve quelque consolation. Certains chevaux sont peinés de voir les hommes pleurer, mais ils n'ont pas de bras pour les réconforter et c'est pour cette raison que leurs grands yeux, parfois, s'emplissent de tristesse. Le sol ondule tellement par endroits qu'on dirait qu'il va céder et s'ouvrir dans l'intention d'engloutir l'homme et le cheval. Les engloutir puis les envoyer directement en enfer pour qu'ils y reçoivent leur châtiment. Ce serait certes injuste puisque la jument n'est pas responsable des péchés de Pétur, quels qu'ils soient. Elle est innocente de tous les péchés du monde, elle se contente de brouter, de se frotter le cuir contre les rochers, d'uriner, de déféquer, de rêver à ses heures d'un jeune et fougueux étalon, de broncher de contentement quand quelqu'un la caresse ou la gratte derrière les oreilles.

Les péchés et trahisons de Pétur.

Serait-ce donc un péché, serait-ce une trahison que d'écouter son cœur, d'aller là où vous le commande l'aiguille tremblante de sa boussole, même si cela implique la fin du monde ?

Dites-nous, cheval, dites-nous, ciel, quelle est la solution, étouffer les voix du cœur dans l'espoir que le monde ne bougera pas d'un pouce ou s'accrocher aux sentiments, leur laisser le pouvoir et faire ainsi de son existence un saut dans le vide ? Étouffer le cœur, et donc se sacrifier, se trahir ou vivre en accord avec soi-même et suivre l'aiguille de la boussole ?

Il est écrit quelque part une chose qui fait figure de vérité : « Nul homme ne saurait vivre sans briser au moins une fois ses trésors. »

Est-ce ainsi ?

Il est inutile de poser la question. Ni le cheval ni le ciel n'y répondront, et encore moins les lombrics. Il y a d'ailleurs encore de la neige autour de la ferme de Guðríður, le sol est toujours figé dans sa gangue de gel et les lombrics rampent si profondément enfoncés dans la terre qu'ils n'entendent pas les mots du pasteur.

Bâtie sur une colline, à une altitude d'environ deux cents mètres, la ferme est par conséquent plus proche du ciel que la plupart de celles que compte la région. Pétur a arrêté sa jument à bonne distance de la maison, ou plutôt de la chaumière puisque Uppsalir apparaît à peine sous la neige gelée. Cette grosse touffe d'herbe se prête sans doute plus à l'habitat des souris qu'à celui des hommes. Ljúf est fatiguée, Pétur s'élève et s'affaisse au rythme pesant de sa respiration. Le cœur du cheval bat à tout rompre de fatigue, le mien s'emballe de bêtise, marmonne le pasteur, puis il émet un claquement d'agacement, aspirant l'air par la commissure de ses lèvres. Ljúf relève la tête et se met en route vers la chaumière, vers le destin, vers ces touffes d'herbe qui prennent l'allure d'une habitation humaine au fur et à mesure que le cheval et le cavalier approchent. Des fenêtres apparaissent, ou plutôt de maigres ouvertures, on aperçoit une porte et bientôt, deux chiens qui courent vers eux, l'un aboie, l'autre est silencieux, mais tous deux sont exaltés : une visite, mes frères, mes sœurs, quelle nouvelle ! Quelques instants plus tard, trois enfants sortent de la ferme remplie d'ombre, ils plissent les yeux, éblouis par la neige, mettent leur main en visière, impatients de découvrir qui est là. Pétur monte jusqu'à la maison, droit comme un « i » sur son cheval, le maître des lieux vient de sortir, plutôt grand, maigre, musculeux, les cheveux bruns, les bras longilignes et robustes, les traits taillés à la serpe. Et si anguleux qu'ils font penser à un antique masque grec. Il est sans doute un peu plus jeune que Pétur, bien que légèrement voûté, comme s'il ployait déjà sous le poids de la misère et du labeur éreintant qu'exigent les terres des landes. Mais son visage affiche une expression déterminée, et il attend que le visiteur soit descendu de cheval pour l'accueillir, peut-être réticent à saluer un homme qui le surplombe. Bien le bonjour, dit-il. Les chiens flairent avec insistance les chaussures du pasteur que le fermier s'abstient de regarder, craignant que cela ne passe pour de la curiosité voire de l'envie, parce que ce sont là de bien beaux souliers, certes un peu usés, certes un peu abîmés, mais encore tout à fait convenables. De telles chaussures ne peuvent être que de passage dans cette chaumière. Pourtant, Pétur n'est pas riche. Les enfants, trois filles, le dévorent des yeux, et la plus jeune, qui doit avoir cinq ans, met son pouce dans sa bouche, son doigt serait-il tellement intimidé qu'il se cherche une cachette ?

Je connais le nom. Et j'ai entendu parler d'un pasteur. Mais que nous vaut l'honneur de cette visite ? demande le fermier sans le regarder, les yeux fixés sur sa jument.

Que nous vaut l'honneur – c'est que la ferme d'Uppsalir, installée sur les landes, ne se trouve pas exactement sur un itinéraire fréquenté, en fait, elle n'est sur aucune route, mais simplement loin de toutes. Certes, elle n'est pas très isolée, mais il faut tout de même trois heures de marche bien comptées pour se rendre au village voisin, une distance considérable, cinq à six heures l'aller-retour si vous ne possédez pas de cheval et une journée entière suffit à peine à effectuer un tel trajet. Pour une raison imprécise, Pétur hésite à lui répondre. Il ne sait pas exactement ce qui l'en empêche, mais son cœur se met brusquement à battre la chamade, enfin, qu'est-ce qui t'arrive, se dit-il, puis d'autres pensées viennent aussitôt effacer sa question : Est-elle dans la maison, entend-elle, écoute-t-elle ?

Il baisse les yeux sur ses chaussures, regarde les gamines, leur sourit, l'aînée, quatorze ans, se met à glousser. Il toussote, toise le paysan.

Il toussote et Guðríður se mord les lèvres dans le passage couvert qui permet d'accéder à la maison, elle est assez loin vers l'intérieur, à l'abri de la lumière du jour, elle reste dans l'ombre, mais se tient suffisamment près de la porte pour entendre ce qui se passe dehors, la voix du pasteur, ses toussotements, sa jument qui piaffe ; et elle l'a entendu descendre de cheval.

ET APRÈS ? FRANCHEMENT, QUELLE ÉPOQUE !

Qu'est-ce qui se passe, s'est enquis son mari quand Sámur, le plus vieux des deux chiens, s'est mis à aboyer. Snotra, la chienne, est restée silencieuse comme à l'accoutumée, elle ne jappait jamais et semblait plus réfléchie. Qu'est-ce qui se passe, qui est-ce donc, a demandé son époux en regardant par la fenêtre. Il venait de rentrer manger après avoir passé la matinée entière à la bergerie. Certes, la terre était encore gelée sur la lande, mais le printemps approchait, de même que l'époque de l'agnelage qui, comme à l'accoutumée, arriverait beaucoup trop tôt. Tout arrive en général trop tôt en cette saison. Le printemps, les oiseaux, la mise bas des brebis, la lumière. C'est parfois à croire que Dieu, le diable ou le destin tendent des pièges à la vie, ici, au nord du monde. Ils l'attirent et la font sortir de sa coquille – elle baisse sa garde, elle s'ouvre, puis le froid glacial abat sa main de fer sur la végétation naissante et vulnérable ou bien il se met à neiger sur les œufs fraîchement pondus. Mais le temps de l'agnelage approche et il y a fort à faire. En outre, le mari de Guðríður revient tout juste d'Arnarstapi où il y a passé février, mars et une partie d'avril à pêcher sur la barque d'un propriétaire terrien de la région, il rentre chez lui après un exil de neuf semaines. Il en a rapporté trente poissons et un solde créditeur un peu plus confortable chez le marchand. Pendant son absence, sa femme s'est occupée de tout, les bêtes, leurs filles, la maison, ce qui lui a laissé peu de temps pour la lecture ou la réflexion, certains soirs, éreintée, elle s'endormait aussitôt couchée. Et pourtant, comme une pauvre idiote, elle avait consacré toute une précieuse journée, dépensé une précieuse énergie, pour porter jusqu'à Bær sa réponse à la lettre du pasteur. Voilà qui leur donnera de quoi jaser, avait-elle pensé. Elle n'avait même pas voulu faire une halte au village, avait refusé le verre de petit-lait qu'on lui avait offert pour se désaltérer. Franchement ! s'était offusqué le maire, Jóhannes, à qui elle n'avait même pas laissé le temps de l'interroger sur le contenu de sa lettre, pourquoi donc écrire au pasteur d'une autre paroisse, qui plus est à celui-là, que signifiait donc tout cela ?

Parfois, elle a l'impression que l'existence l'étouffe, et que tout l'oxygène a disparu du monde – puis Sámur s'est mis à japper.

Son mari s'est levé, il a regardé par la fenêtre, tiens donc, un cavalier, s'est-il étonné, et les trois gamines se sont engouffrées dans le passage menant vers l'extérieur. Ce n'est tout de même pas encore le postier, bon sang, ça commence à faire beaucoup, a marmonné Gísli en la regardant comme si elle était responsable de sa visite inopinée pendant qu'il avait été absent : l'époux de Guðríður s'appelle Gísli, prénom plutôt répandu bien qu'assez puissant. Et lorsqu'il était rentré d'Arnarstapi, Gísli avait été surpris d'entendre ses filles lui raconter, enflammées, que le postier était passé à la ferme. Il s'était arrêté au moins une heure, avait éclusé d'énormes quantités de café, l'aînée n'avait jamais vu une chose pareille et s'en était agacée : en un peu plus d'une heure, ce moulin à paroles avait englouti la ration de café que la famille consommait en une semaine entière.

Bavard, curieux, râblé, musclé. Et tellement grand que le mobilier de la baðstofa, la pièce commune, avait semblé rapetisser quand il y était entré, on eût dit que la maison s'était ratatinée, quant à lui, il avait grandi d'autant. Assis sur le rebord du lit clos au centre de la pièce, les jambes écartées, il semblait inébranlable, capable de repousser n'importe quels assauts tel un géant que rien ne pouvait abattre. Il avait regardé alentour, balayant la baðstofa comme pour la mesurer, puis avait fixé Guðríður de ses petits yeux noirs en se raclant la gorge si puissamment que le chien Sámur avait aboyé.

Ça me rallonge de venir ici, avait-il dit, ça me fait un sacré détour, avait-il répété à trois reprises pendant qu'il était assis là, sans doute pour justifier sa consommation effrénée de café et le nombre effarant de crêpes dont l'alimentait Guðríður qui, bien qu'angoissée à l'idée d'épuiser sa réserve de farine de seigle, ne regardait pas à la dépense, priant pour que Gísli ne tarde plus à rentrer et à rapporter des provisions de chez le marchand. Mais on ne dit pas non au révérend Pétur. Tu le connais, n'est-ce pas ? En tout cas, j'ai pour toi une lettre de lui. Eh bien, eh bien ! Certains disent qu'il a perdu la foi, tu es au courant ? Un pasteur impie, et après ? Franchement, quelle époque ! C'est le grand chambardement ! Les villes maintenant sont tellement éclairées à l'étranger que c'est à se demander si la nuit ne sera pas éradiquée, est-ce un bien, se dit-on, et en Amérique, dans les trains à vapeur, il y a des cornets acoustiques qui s'adressent d'une voix de troll aux passagers pour leur communiquer des informations. Voilà que les machines se mettent à parler, et après, et ensuite, elles vont peut-être finir par nous donner des ordres, ma brave dame, tout ça, c'est de mauvais augure. Et les gens d'ici continuent à s'embarquer pour l'Amérique, ils sont tellement nombreux que la population diminue à toute vitesse, d'ici peu, nous serons moins de soixante-dix mille, ce n'est pas très réjouissant, enfin, que le diable m'emporte, au moins, il y aura plus d'espace pour ceux qui, comme nous, sont bien résolus à n'aller nulle part et à rester fidèles à nos montagnes et nos aïeux. Et pour couronner le tout, il y en a qui voudraient qu'on fasse voter les femmes ! J'aime les femmes, tu peux le consigner dans un livre, le souligner et l'envoyer aux quatre coins du pays, le monde serait misérable si elles n'étaient pas là, il serait bien pauvre et gris. Cela dit, si elles n'ont jamais eu le droit de vote, c'est tout bonnement parce qu'elles n'ont pas la capacité de réflexion adéquate. Ce n'est pas dans leur nature de raisonner sur les sujets sur lesquels nous sommes censés voter. D'ailleurs, je n'invente rien, parce que le bon Dieu en personne a placé les femmes aux côtés de l'homme pour qu'elles puissent le seconder – remarque bien : le seconder. Et non pour porter seules le poids de son fardeau, pas pour le tenir à sa place, mais seulement pour l'aider à le porter en cas de besoin. C'est une sacrée différence, je dirais, une différence fondamentale. Il suffit du reste de lire la Bible pour comprendre que Dieu n'a jamais envisagé de leur accorder le droit de vote : faut-il nous opposer à la volonté de Dieu, du Seigneur en personne, du grand général à la tête des armées de la vie, de l'empereur des Cieux ? Mais crois-tu que c'est pour ça que le pasteur a perdu la foi, avait demandé le postier à Guðríður tandis qu'elle préparait sa troisième cafetière, ajoutant quelques crêpes sur la pile devant son visiteur qui n'hésitait pas à se servir copieusement.

Elle se démenait tout en l'écoutant, répondait oui, en effet, c'est incroyable, quand il le fallait, elle avait vite compris que cela suffisait au postier, satisfait d'entendre le son de sa grosse voix résonner dans la baðstofa. Ce n'était pas gênant, il avait tant de choses à raconter, il avait vu du pays, il avait commencé sa tournée à Reykjavík. Les trois filles s'étaient assises sur la banquette face à lui. C'est tellement rare de rencontrer quelqu'un qui connaît Reykjavík, et qui était là-bas il n'y a que quelques jours, elles avaient l'impression qu'il arrivait d'un autre monde. C'était tellement passionnant qu'elles avaient préféré rester dans la pièce commune pour l'écouter plutôt que d'aller dehors avec les chevaux. La plus âgée s'était cependant offusquée de le voir engloutir autant de café et de crêpes, elle était allée à deux reprises vérifier l'état des provisions.

Crois-tu que c'est pour ça que le pasteur a perdu la foi ?

Guðríður avait hésité à lui répondre, n'étant pas certaine que la question lui soit adressée et que le postier ait réellement envie de savoir ce qu'elle en pensait, elle n'était pas non plus persuadée que la prétendue impiété du révérend soit liée en quelque manière à l'éclairage public des villes étrangères, à l'exode des Islandais, aux machines parlantes ou au droit de vote des femmes ; en tout cas, le visiteur n'avait pas attendu sa réponse et avait continué son monologue après une gorgée de café. Non, je ne dis pas que tout le monde est comme le révérend Pétur, tout bien réfléchi, ces gens-là sont très peu nombreux, en tout cas, à ce que j'ai entendu. Vois-tu, je ne peux pas dire que je connaisse le loustic, je ne suis que de passage, je sais tout, mais je ne connais personne et malheureusement, je n'ai jamais eu l'occasion de l'entendre dire la messe. J'en aurais pourtant bien envie et je prévois de le faire tôt ou tard, ses prêches sont apparemment originaux et puissants, ils ne laissent personne indifférent. Et c'est revigorant. Il faut dire que la plupart des pasteurs ont à peu près autant d'esprit que le cul d'une vache !

Le postier avait marqué une pause, comme pour s'interroger sur l'à-propos de sa comparaison. Apparemment satisfait, il avait laissé échapper un petit rire et secoué la tête d'un air enjoué.

Cela dit, qu'il ait ou non de l'esprit, le révérend porte un poids. Ce genre de chose ne m'échappe pas. Je suis tellement sensible, c'est d'ailleurs un défaut, j'éprouve pour les autres une trop grande compassion. Et j'ai fini par découvrir qu'on tire bien mieux son épingle du jeu quand on se soucie moins du sort de son prochain. C'est que la compassion est un fardeau, et c'est évidemment par pure gentillesse que j'ai autant de mal à dire non, par exemple, quand on me demande de faire un gros détour pour remettre une lettre en main propre. C'est d'ailleurs pourquoi je suis assis là. Ah ça non, ce n'est pas tous les jours facile d'être sensible et charitable. Cela dit, le révérend Pétur ne manque pas d'humour, il manie si bien le sarcasme que même le Malin n'ose pas se risquer à ferrailler avec lui. Donc, vous vous connaissez ?

Guðríður avait compris qu'il s'agissait d'une authentique question lorsque le silence avait envahi jusqu'aux recoins de la pièce commune, le postier au visage buriné et taillé à la serpe s'était tu pour lui laisser la parole, il avait reposé sa tasse, tenant sa douzième, treizième ou quatorzième crêpe entamée dans le creux de sa paume droite, et fixant Guðríður de ses petits yeux noirs curieux, inquisiteurs. Elle avait regardé ses filles, la benjamine s'était endormie, renonçant à écouter cette logorrhée, la cadette reniflait et toussait, mais Björg, l'aînée, le fixait avec un air sévère. Guðríður avait souri intérieurement, non seulement parce que l'expression de sa fille ne faisait qu'accentuer sa ressemblance avec son père, mais aussi de la voir tellement choquée par la quantité de crêpes et de café dont le postier s'empiffrait. Se connaître, avait-elle répondu en se massant les reins, le cœur brusquement battant, voilà qui serait beaucoup dire.

Comment ça, beaucoup dire, avait rétorqué le postier, avalant tout rond le reste de sa crêpe. Il en a mangé dix-sept, dira plus tard Björg à sa mère, ce qu'elle répétera à son père quand il rentrera d'Arnarstapi. Le pasteur m'ordonne de faire un grand détour pour venir te remettre cette lettre en main propre au lieu de la déposer au hameau de Bær comme à l'accoutumée. Beaucoup dire ? À mon avis, un peu quand même.

Était-il en train d'insinuer quelque chose ? Ou bien à l'affût d'un détail croustillant ? Afin de pouvoir ensuite le colporter de ferme en ferme, de paroisse en paroisse ? Guðríður était déconcertée par les battements de son cœur. Si rapides, si lourds. Ils retentissaient au creux de sa poitrine. Allons, mon petit, calme-toi, avait-elle pensé, mais naturellement, l'organe n'avait rien répondu et avait continué à battre la chamade. Elle avait soupiré, regardé le postier droit dans les yeux et une colère subite l'avait envahie lorsqu'elle avait remarqué sa mine empreinte de curiosité. Son air de fouineur. Sa colère l'avait remise d'aplomb et lui avait permis de retrouver son calme. Elle avait affiché un regard glacial et une expression cassante, sèche, impersonnelle, sachant d'expérience que cela lui permettait de désarçonner son interlocuteur – le postier avait semblé sursauter. Certes, il s'était employé à le dissimuler, mais elle avait perçu en lui comme une hésitation. Je n'ai jamais rencontré le pasteur, avait-elle fini par lui dire sur ce ton poli, tellement neutre et maîtrisé qu'il ne saurait receler aucune ambiguïté. Aucune incertitude, aucun doute, rien que des certitudes, des faits incontestables.

Le postier n'ignore évidemment pas que le pasteur est membre du comité de publication de *La Nature et le Monde*. Tu te souviens que je m'y suis plusieurs fois abonnée. Et je suppose que tu te rappelles qu'il y a quelques semaines, tu as ramassé une lettre de moi au hameau de Bær, justement adressée à cette revue. Ce pli contenait un article que j'ai écrit et qui doit paraître dans le prochain numéro. Le pasteur se charge de le revoir, et j'imagine que sa lettre contient un certain nombre de remarques. J'ignore pour quelles raisons il a tenu à ce que tu me la remettes en main propre, c'est peut-être la procédure habituelle, je ne saurais dire, c'est la première fois que j'écris un article. Le révérend est érudit, je n'ai jamais étudié, il faut donc sans doute beaucoup me corriger. Après tout, je ne suis qu'une simple femme. Le postier reprendra-t-il un peu de café ?

Non, avait-il répondu, et heureusement, car dans le cas contraire, la fille de Guðríður se serait sans doute emportée et n'aurait pas pu se retenir de lui demander s'il comptait consommer jusqu'au dernier grain de la maisonnée. Il avait décliné une autre tasse, mais s'était étonné, presque choqué, donc, la maîtresse de maison publie un article dans cette gazette ? Oui, je publie un article, avait-elle confirmé. Elle s'était apprêtée à ajouter, évidemment, je devrais avoir honte, mais elle s'était retenue en se mordant les lèvres pour ne pas perdre l'avantage et couper court aux remarques du postier. Puis-je te demander sur quel sujet ? Le lombric. Hein, le lombric, avait renvoyé le visiteur, tellement surpris que sa voix grave en était devenue haut perchée. Oui, avait-elle poursuivi, plissant les yeux et le toisant d'un regard froid. Le postier n'est pas sans savoir que le lombric est hermaphrodite, voilà pourquoi le problème du droit de vote aux femmes ne se pose pas pour eux. En fin de compte, les vers de terre sont plus évolués que le genre humain. Évidemment qu'il faut parler d'eux, ne le ferais-tu pas à ma place, avait-elle demandé d'un ton neutre, presque impersonnel. Le visiteur, cet homme immense, s'était alors gratté la barbe, il avait ri, s'était dandiné sur le rebord du lit clos, avait baissé les yeux, c'est qu'elle est maligne, votre mère, avait-il dit aux trois filles allongées sur la banquette où l'une s'était endormie.

LA MORT NE TE DÉÇOIT JAMAIS

Quel dommage d'avoir manqué le passage du postier, s'était lamenté Gísli en rentrant d'Arnarstapi, on m'a dit qu'il est sympathique et qu'il a des tas de choses à raconter. Ça m'étonne qu'il ait fait un tel détour jusqu'ici pour te porter cette lettre du révérend Pétur Jónsson. Les gens racontent que le pasteur a perdu la foi, mais que ça ne l'empêche pas d'apporter du réconfort. Je trouve ça surprenant, je ne l'ai jamais compris. Et il t'envoie une lettre que le postier te porte à domicile, et qui est en rapport avec cet article, dis-tu, c'est la procédure habituelle ?

Je ne sais pas, c'est la première fois que je publie un texte.

Et c'est aussi à cause de cet article que tu lui as répondu, d'après Jóhannes, tu n'as même pas fait une halte à Bær, c'était à croire que tu avais le diable à tes trousses, à ce que dit notre maire.

Le diable ? Je n'en sais rien, mais j'avais l'impression que c'était mon devoir de répondre rapidement et correctement, ce n'est pas tous les jours que j'ai la possibilité de publier, je ne voulais pas les faire attendre trop longtemps.

Qui sait si le pasteur ne finira pas par venir ici en personne si tu lui en envoies un deuxième ?

J'avais envoyé cet article à la rédaction, à Stykkishólmur, et cet homme fait partie du comité directeur même s'il ne vit pas là-bas, avait répondu Guðríður en continuant à laver les vêtements de Gísli, ses vêtements de marin qui lui servent quand il travaille dehors, bien imperméables, ils le protègent parfaitement contre les averses de neige, ces crachats du démon. Elle tenait à les débarrasser de leur odeur de poisson, cette odeur, elle ne l'aimait pas. Son mari avait marmonné quelque chose qu'elle n'avait pas compris. Le pasteur propose de me prêter des livres, avait-elle dit, penchée sur la vareuse, l'eau, le savon. Il a évidemment pu constater que j'en ai bien besoin.

Quelle générosité ! Mais ça ne m'aide pas à comprendre pourquoi le postier a dû parcourir tout ce chemin pour te porter cette lettre jusqu'ici et je suppose que n'importe qui s'en étonnerait. Serais-tu devenue la correspondante de ce brave révérend ?

Elle avait continué à frotter avec ardeur les vêtements en peau imprégnés par la puanteur du poisson qui la faisait grimacer, puis avait murmuré, qu'est-ce que j'en sais, sans savoir vraiment si c'était une réponse – ce qui, en même temps, n'en apportait aucune – à la question de Gísli qui lui demandait si elle et le pasteur avaient engagé une correspondance, l'idée était évidemment saugrenue, le fait que le révérend ait pris la peine de lui écrire était en soi suffisamment miraculeux ; elle ignorait tout autant que Gísli ce qui avait poussé le postier à venir lui remettre cette lettre en main propre comme si le roi ou Dieu lui-même l'avait écrite, au lieu de la laisser à Bær, chez le maire, comme tout le courrier qui était adressé à la famille. Sans jamais déroger, il avait toujours déposé là-bas les lettres du frère de Gísli, installé au Canada, ou celles de la mère de Guðríður qui vivait dans le Norðfjörður, tout comme les quelques publications qu'il lui arrivait de commander, *La Nature et le Monde*, *Skírnir* – la revue de la Société islandaise des Lettres –, *Andvari* – la gazette culturelle islandaise –, *Búnaðarritið* – le journal agricole –, et parfois même *Kringsjaa*, cette revue scientifique norvégienne grand public, lorsqu'elle et son mari avaient les moyens de se l'offrir ou quand elle insistait suffisamment pour qu'il consente à cette dépense. C'est à Bær que le postier a toujours déposé leur courrier et pris en charge celui qu'ils envoient, par exemple, les réponses de Gísli à son frère. Ses lettres sont courtes, il y a rarement de grandes nouvelles à Uppsalir, c'est toujours plus ou moins la même routine, aujourd'hui, j'ai extrait de la tourbe et j'ai bottelé, avec Guðríður, nous avons passé toute la journée d'hier à retourner le foin humide, plus lourd que le plomb, puis tout à l'heure nous l'avons ratissé pour le mettre en meules ; c'est l'automne ; mon cher frère, voici l'hiver, la saison des foins a été excellente, cette année, j'ai décidé d'augmenter mon cheptel de deux jeunes agnelles. Je prends le risque, comptant que j'aurai assez de fourrage pour nourrir toutes les bêtes jusqu'à la fin de l'hiver. Espérons que mon orgueil ne sera pas puni par un printemps glacial, par une banquise persistante et une pénurie de foin. Cela m'inquiète, parfois, je n'en dors pas de la nuit.

Il a des insomnies parce qu'il a gardé deux agnelles de plus que les autres années, dans l'espoir d'augmenter son cheptel et ses revenus. Elles sont maintenant devenues de belles brebis qui, si Dieu le permet, mettront chacune au monde deux petits. Il faut se garder de voir trop grand et de trop en demander, ce serait de l'arrogance et de l'ingratitude. Que Dieu m'épargne le châtiment que je mérite pour mon imprévoyance et mon orgueil, qu'il me permette d'avoir assez de foin et de ne pas connaître la disette au printemps, a-t-il écrit dans sa dernière lettre à son frère qui s'est installé à Winnipeg il y a douze ans et qui, il y a quelques années, a fondé une entreprise de pompes funèbres avec des Allemands et des Suédois.

Le business le plus fiable au monde, mon cher frère, disait-il dans la dernière missive qu'il lui a envoyée d'Amérique. La mort ne te déçoit jamais, elle est infatigable, ne prend jamais de repos, elle se démène qu'il fasse soleil ou que la tempête se déchaîne, que la récolte soit mauvaise ou abondante, le cours de ses actions ne baisse jamais même s'il augmente rarement. Eh oui, mon frère, notre entreprise est appelée à fleurir, je peux t'en assurer. Il y a d'ailleurs ici pas mal d'Allemands et de Suédois, et aussi, un petit nombre d'Islandais. Un excellent vivier de futurs clients, disons-nous avec mes associés quand il n'y a personne pour nous entendre. Tu verras, dans dix ans, je serai plus riche qu'un marchand en Islande, j'aurai un gros ventre et un haut-de-forme, bon sang, qu'est-ce que tu t'embêtes à t'accrocher à ta ferme ? L'indépendance, dis-tu. Oui, naturellement, tous les Islandais rêvent de devenir indépendants. De ne plus être forcés d'obéir aux ordres des autres, de se réveiller le matin en sachant qu'ils sont leurs propres maîtres. Mais voilà, non seulement cette obsession de l'indépendance fait de nous des esclaves qui vieillissent avant l'âge, mais qui plus est, et c'est à mon avis encore pire, elle nous rend tellement tributaires des marchands que tout discours sur la liberté en devient aussi illusoire que risible. Tu as des insomnies parce que tu as gardé deux agnelles de plus que les autres années, tu travailles comme une bête de somme des terres aussi pauvres que toi pour ne pas avoir à obéir aux ordres de quiconque, tu t'épuises tellement que lorsque tes finances seront enfin redressées, tu seras tellement vieux, tellement usé et voûté par le labeur incessant, que tu auras le dos cassé et que tu ne pourras même plus te tenir droit. C'est ainsi que finissent la plupart de ceux qui rêvent d'indépendance en Islande, le dos arqué, les reins brisés. Les seuls qui soient indépendants dans ce pays sont incapables de se tenir debout. Viens en Amérique ! Je peux sans problème t'avancer l'argent de la traversée. Il y a ici tellement d'opportunités pour les courageux comme toi !

Nous devrions peut-être l'écouter, avait suggéré Guðríður à Gísli quand ce dernier lui avait lu la lettre, il y aura là-bas une école pour nos filles, avait-elle ajouté, la bouche sèche, sentant comme une démangeaison dans son coccyx, ce qui lui arrive parfois quand elle est très angoissée ou impatiente – son coccyx est tel un capteur qui se met en route, elle doit se réfréner pour ne pas frétiller. Une école pour les filles, en effet, mais elle avait également pensé – et pour moi, le savoir. J'apprendrai l'anglais, j'aurai constamment accès à des livres, contrairement à ici où ils ne me parviennent que par hasard et au compte-gouttes. Mais Gísli ne s'était pas montré enthousiaste, il avait marmonné quelque chose comme, il y a des voyages dont on revient bredouille, ce qui avait clos la conversation.

Il avait répondu à son frère le soir avant son départ pour Arnarstapi. Il avait passé plus d'une heure à lui écrire une lettre pourtant assez courte, c'est qu'il faut s'appliquer dans tout ce qu'on entreprend. Assis, le dos voûté, le front plissé de concentration, il tenait son crayon comme un petit râteau.

Allons, allons, je crois que je vais laisser l'Amérique en paix, ou plutôt le Canada, je ne prends pas la peine de les distinguer, vus d'ici, c'est du pareil au même, et de toute manière, tout ce qui se trouve sous le ciel est semblable aux yeux du Seigneur. Je ne doute pas que la vie là-bas soit agréable. Vous n'avez pas à vous soucier de cette maudite banquise et vous êtes évidemment débarrassés de notre maire Jóhannes, ce paon vaniteux. Mais il faut bien des gens ici pour pêcher le poisson, il faut que quelqu'un s'occupe des moutons. Je sais, mon frère, qu'Uppsalir est bien loin d'être la meilleure des fermes, ici, on ne risque pas d'engraisser, d'arborer l'embonpoint d'un bourgeois et encore moins son élégant chapeau. Je suis cependant persuadé que d'ici à cinq ou sept ans, en me débrouillant correctement, nous pourrons nous installer ailleurs, sur des terres plus fertiles. Peut-être même tout près de la côte. Je pourrai alors pêcher grâce à ma barque tout en m'acquittant de mes travaux agricoles, et peut-être que plus tard, mon fils m'aidera, si le Seigneur consent à me bénir prochainement d'un beau garçon courageux. Laisse-moi te dire, mon frère, qu'ici, en Islande, des opportunités semblent enfin commencer à s'ouvrir. Mais je n'ai pas la place pour ce genre de bavardage, la feuille est presque remplie, et je pars demain à Arnarstapi pour la campagne de pêche. Bon courage pour t'occuper des défunts, bien cher frère !

Il avait emporté la lettre et l'avait déposée à Bær où il ne s'était accordé qu'une courte pause, il n'avait pas voulu entrer, supporter le caquet, la suffisance et la condescendance de ce maudit maire, mais avait accepté deux louches de petit-lait à la porte. Eh oui, me voilà en route vers le campement de pêcheurs pour y passer mes neuf ou dix semaines. Il faut faire ce qu'il faut faire sinon tout part à vau-l'eau. La météo ? Ah ça, vous l'avez dit, enfin, de toute manière, quand est-ce qu'il fait vraiment beau ici. Ça arrive surtout la nuit, mais là, évidemment, on est endormis ! Par contre, nos compatriotes partis au Canada ont souvent droit à un beau soleil qui brille chaudement des jours durant, il fait tellement chaud qu'ils doivent se dévêtir. Quand on y réfléchit, c'est inimaginable. On a du mal à le croire. Oui, ça me rappelle que j'ai justement ici une lettre à remettre au postier, ou plus exactement deux plis, avait annoncé Gísli après avoir bu le petit-lait à grandes lampées, alors qu'il s'apprêtait à repartir, acquiesçant par des « ah oui » et des « eh bien » à la parlotte de la maîtresse de maison, ne daignant pas répondre aux caquetages de Jóhannes, ayant presque oublié le postier quand cette histoire de soleil et de Canada lui était sortie de la bouche. Oui, en réalité, deux lettres, avait-il dit en les tendant à la maîtresse de maison avant de prendre congé. Parce qu'il était pressé. Il faut une bonne journée de marche pour atteindre Arnarstapi, et les jours sont scandaleusement courts en février. Aussi brefs et moroses que ce mois renfrogné, coincé entre janvier et mars, les deux plus longs de l'année. Ils sont aussi longs que la mort, lit-on quelque part, car bien des choses ont été écrites à leur sujet, mais bien peu sur février qui, coincé entre eux comme une excuse, comme une hésitation, ne survit pas plus longtemps qu'une mouche, et dont les jours sont raccourcis en conséquence. Gísli devait donc se dépêcher s'il voulait profiter de la maigre clarté diurne, ce qu'il tenait absolument à faire puisqu'il voulait avoir atteint la côte avant la nuit. Il n'avait d'ailleurs pas envie de s'attarder, maintenant qu'il avait déposé ces lettres.

Celle pour le Canada ne posait aucun problème, elle ne contenait rien dont il eût à rougir, mais il y avait l'autre pli – adressé à cette revue de Stykkishólmur, et sur lequel Guðríður avait écrit : À la rédaction de *La Nature et le Monde*.

Gísli savait que cette seconde lettre ne manquerait pas d'éveiller la curiosité. Il était persuadé que le maire et sa femme scruteraient l'enveloppe sous toutes les coutures en essayant de deviner son contenu. Il voyait leur mine interloquée. Cette brave femme, notons bien, d'une rare gentillesse, mais juste un peu trop curieuse, et ce satané maire avec son double menton et ses yeux globuleux d'aiglefin. Non, en réalité, il n'a pas des yeux d'aiglefin et ils ne sont pas plus globuleux que ça, mais c'est tellement drôle de l'imaginer. En tout cas, il était évident que les gens allaient jaser, d'abord au hameau de Bær, puis dans toutes ces maudites campagnes : les fermiers d'Uppsalir écrivaient des lettres au gratin de Stykkishólmur.

PUIS ELLE SORT DANS LA LUMIÈRE

Lorsque Gísli rentre d'Arnarstapi, riche de trente poissons et d'un crédit renouvelé chez le marchand, toute la contrée est au courant que, sur ordre du révérend Pétur Jónsson, le postier a dû faire un sacré détour pour remettre une lettre en main propre à Guðríður. Quant à elle, il n'y a pas si longtemps, elle est descendue au hameau depuis Uppsalir pour porter une missive adressée au pasteur.

Serais-tu devenue la correspondante de ce brave révérend ?

Qu'est-ce que j'en sais, avait-elle marmonné, penchée sur sa lessive, sur l'odeur, sur la puanteur engendrée par les presque neuf semaines que son époux avait passées en mer. Elle se réfugiait dans son travail. Elle savait qu'il attendait qu'elle lui montre la lettre, mais s'en était abstenue, elle n'arrivait pas à s'y résoudre. Elle tenait à la garder pour elle-même, pour elle seule, bien qu'elle sût que cela blesserait son mari.

Puis voilà que le pasteur en personne arrive à Uppsalir.

La nouvelle ne manquera pas de se répandre.

Je connais le nom, répond Gísli quand Pétur se présente. Et j'ai entendu parler d'un pasteur. Mais avant ça, le fermier a posé une question : que nous vaut l'honneur de cette visite ?

Guðríður est encore à l'intérieur, je vais préparer quelque chose, a-t-elle dit quand Gísli est sorti de la maison, mais elle n'a rien préparé du tout, elle a presque aussitôt suivi son époux et s'est postée dans le passage couvert où se rencontrent lumière et ténèbres.

Elle se tient à la limite, à la lisière, cachée dans la nuit, attirée par la clarté.

Elle a entendu le visiteur descendre de cheval, entendu son mari le saluer, entendu le pasteur toussoter et là, elle s'est rendu compte qu'elle retenait son souffle, tellement pressée d'écouter, d'entendre la voix de cet homme et sa tonalité ; tendue, angoissée, craignant qu'elle ne soit plate et banale, elle n'aimait pas ce genre de voix, et si le pasteur parlait d'un ton condescendant ou – ce qui est sans doute pire encore – s'il avait une voix stridente, une voix d'oiseau ? Ma pauvre fille, ce que tu peux être idiote, s'était-elle dit en secouant la tête, qu'importe la voix de cet homme, il ne fait pas partie de ma vie, je ne vais pas le fréquenter au quotidien. D'ailleurs, pourquoi elle et Gísli sont-ils à ce point persuadés qu'il s'agit du révérend

Pétur ? Mais si c'est bien lui, à quoi ressemble-t-il, comment se comporte-t-il, est-ce qu'il parle en faisant de grands gestes, son regard est-il chaleureux, son nez trop gros, ses dents à peu près en bon état, est-il gras comme un phoque, petit, de taille moyenne ?

Le visiteur toussote à nouveau. Je ne vois pas en quoi ce serait un honneur, répond-il, je devrais surtout vous prier de m'excuser de venir vous déranger, je m'appelle Pétur Jónsson, je suis pasteur à... Je connais le nom, je connais la paroisse, et j'ai entendu parler d'un pasteur, interrompt Gísli. Guðríður sursaute, ça ne ressemble tellement pas à son mari que de couper ainsi la parole aux autres, de manière presque impolie, comme s'il voulait en découdre avec Pétur, voire le... C'est donc lui, que Dieu me vienne en aide, marmonne-t-elle, animée du désir subit de s'asséner une claque. Cachée dans le passage couvert, à la lisière entre les ténèbres et la lumière, comme si elle écoutait aux portes, elle espère qu'il va reprendre la parole... ce qu'il fait, d'une voix plutôt hésitante, peut-être déconcerté par la réaction de Gísli. Oui, en effet, ce n'est pas vraiment votre paroisse, tout à fait, mais je dois m'acquitter d'un certain nombre de corvées dans la région, expédier des affaires diverses que j'ai laissées s'accumuler avant de décider de faire le voyage, si on peut dire. Puis je me suis souvenu que Guðríður habitait dans les parages, j'en ai profité pour emporter les livres que je lui avais promis. J'ai demandé mon chemin au hameau de Bær où on m'a indiqué l'emplacement exact de la ferme et la route la plus courte. Les gens de là-bas m'ont demandé de vous transmettre leur bonjour. Voyez-vous, j'hésite à envoyer des livres par la poste, ces ouvrages sont fragiles. Les livres le sont parfois plus que les hommes. J'ai donc décidé de faire une halte ici, puisque je passais dans la région. Je suppose que vous êtes son époux, n'est-ce pas ?

Je suis censé l'être, répond Gísli, je suis censé l'être.

Que signifie cette réponse et… de quoi le révérend Pétur a-t-il l'air ? Est-ce qu'il ressemble à sa voix, légèrement rauque, chaleureuse, mais teintée d'une tonalité ou d'une inflexion qu'elle ne parvient pas immédiatement à cerner, et qui correspond sans doute à son écriture manuscrite : à quoi ressemble cette voix, ou disons, notre apparence correspond-elle toujours à notre voix et inversement ?

Je m'en réjouis, répond Pétur. Votre femme est pétrie de qualités, vous êtes naturellement mieux placé que quiconque pour le savoir. Son article est passionnant. Il m'a conduit à penser autrement et laissez-moi vous dire que ça ne m'arrive pas souvent, hélas bien trop rarement, on a l'impression d'avoir lu tant de livres que, eh bien, on a perdu sa capacité d'étonnement. L'être humain est trop enclin à l'immobilisme ou à s'enfermer dans sa fierté, dans ses préjugés, il est victime de toutes sortes d'impuretés, de scories, qui le diminuent. Quant au lombric, nous avons trop tendance à considérer les êtres plus petits que nous comme sans intérêt ou de valeur inférieure, et ce, d'autant plus que leur forme est déplaisante, voire repoussante, et que, par-dessus le marché, ils sont aveugles et œuvrent dans les ténèbres – ce qui leur vaut notre mépris, lequel est le frère de l'orgueil. Il existe toutefois des gens clairvoyants qui savent explorer le cœur des choses en laissant de côté les idées reçues et les opinions communément admises. Les gens de cette trempe sont moins esclaves de leur époque, ils ont la faculté d'ouvrir les yeux de leur prochain, de montrer aux autres ce qui leur est caché. Ils ont la faculté de les forcer à envisager toute chose de manière nouvelle. Qu'il s'agisse d'eux-mêmes ou de leur environnement. Votre épouse est dotée de cette faculté – le moins que je puisse faire est bien de lui prêter quelques livres. Étant de passage dans la région, le moins que je puisse faire est de les lui apporter en personne. Et je vois que vous avez là trois enfants, trois magnifiques filles. Le bon Dieu nous offre parfois des trésors. Quel idiot, quel ballot je suis de n'avoir rien apporté pour vous trois ! À moins que ? Qui sait ce qui se cache dans les poches intérieures de mon vêtement ? Attendez un peu, voyons voir, mais dites donc, voilà que j'y trouve trois jolis bonbons brillants, et de trois sortes différentes ! Je me demande par quel miracle ils sont arrivés là – mais vous n'en avez peut-être pas envie ?

Les filles ne répondent pas, elles n'osent pas, timides face aux inconnus, peut-être aussi intimidées par la façon de parler de Pétur, mais Gísli laisse échapper un petit rire, c'est votre jour de chance – vous avez le droit d'accepter, je ne pense pas que le révérend risque de vous mordre… Ou alors très doucement, pas plus fort qu'une mouche, confirme Pétur d'un ton subitement enjoué.

Bon, il va falloir que tu sortes d'ici, pauvre fille, s'ordonne Guðríður tout bas, elle sursaute en entendant ses paroles, étouffée par les parois du passage, on dirait que la maison l'apostrophe et la pousse vers l'extérieur. D'ailleurs, elle devrait avoir honte de rester là, cachée, à l'affût. C'est indigne. Et c'est idiot.

Le révérend souhaiterait peut-être entrer, s'enquiert Gísli d'une voix si forte qu'il espère sans doute que Guðríður l'entend jusque dans la maison. Il ne soupçonne évidemment pas qu'elle écoute leur conversation, à la lisière de la lumière et des ténèbres. Elle se tient, invisible, à quelques mètres, et son coccyx la démange tellement qu'elle a du mal à tenir en place.

Merci pour cette invitation, répond Pétur, mais pourrais-je d'abord un peu rafraîchir ma jument Ljúf avant de l'accepter ?

Les filles, apportez quelques brassées de foin au cheval !

Guðríður entend les gamines partir, elles courent, le pied léger, soucieuses de se rendre utiles, de donner de quoi manger à la jument, heureuses de pouvoir la cajoler et ravies de sentir ces délicieux bonbons sur leur langue. Ce n'est pas tous les jours qu'elles goûtent une chose si douce et si sucrée à la ferme. Elles ont l'impression que leur bouche s'emplit de soleil. Ou de baisers, se dit Guðríður dans le passage, en pensant à un autre qu'à son mari. Elle sursaute en le comprenant, cette pensée l'effraie, et elle est plus apeurée encore à l'idée de sortir pour rejoindre les deux hommes, mais elle n'a pas le choix, elle ne supporte pas l'idée de rencontrer le pasteur pour la première fois dans la pièce commune, dans la baðstofa mansardée, cet espace confiné où l'on est à l'étroit, et qui engendre une proximité à laquelle on ne peut se dérober. Elle prend une grande respiration et récite à voix basse, comme si c'était une prière : « On appelle matières organiques les combinaisons d'éléments fondamentaux qui existent dans la nature vivante, sous la forme de plantes ou d'animaux, et matières non organiques les éléments fondamentaux, ainsi que toutes leurs combinaisons qui existent dans la nature inerte. »

Puis elle sort dans la lumière.

En espérant laisser derrière moi les ténèbres, pense-t-elle.

COMMENT LAISSER DERRIÈRE SOI LES TÉNÈBRES

Elle sort. Depuis, cent vingt ans ont passé.

Elle sort et il pleure, assis sur une touffe d'herbe, les fesses trempées. Elle sort et le monde vibre dès qu'elle sourit, vous êtes son époux, je suis censé l'être, je suis censé l'être, et vous, comment s'appelle votre femme ? Elle se prénomme Mains de Lumière. Est-ce pour cette raison que vous avez pleuré, les fesses trempées, assis sur une touffe d'herbe, et que votre cheval n'a pas pu vous consoler ? Chut, ne posez plus de questions, elle sort, parvient-elle à laisser les ténèbres derrière elle ?

Son coccyx la démange, puis elle sourit, ne faudrait-il pas enquêter sur ce sourire, puis écrire un rapport, a-t-on le droit de sourire ainsi, les sourires ont-ils le droit de transformer la vie, n'est-il pas souhaitable d'en discuter, d'en débattre, vous êtes son époux, je suis censé l'être, je suis censé l'être, et vous écrivez des lettres à un poète décédé depuis un demi-siècle, est-ce une bonne chose, est-ce un exemple à imiter pour un vivant que de correspondre avec un mort, attendez-vous qu'il vous réponde ?

Tout le monde finit par mourir, les lombrics comme les êtres humains. Étant défunt, tu as parcouru plus de chemin. Elle sort. Comment s'y prend-on pour laisser derrière soi les ténèbres ?

Elle sort, et la mort les a tous fauchés.

MISS YOU, BABY, SOMETIMES ; L'HOMME A INVENTÉ LE DIABLE POUR ENDOSSER SES PÉCHÉS

MÊME EN PLEIN SOLEIL, NOUS ABRITONS EN NOUS DES VALLÉES DE TÉNÈBRES – MAIS VOICI QU'ARRIVE MONSIEUR ÁSMUNDUR !

Pris d'un étourdissement subit, je dois m'agripper au comptoir pour ne pas perdre l'équilibre, pendant quelques instants, je ne sais plus où je suis – en quel lieu, à quelle époque, dans quelle vie, et oui, dans quelle galaxie. Puis, peu à peu, au fur et à mesure que mon vertige se dissipe, mon environnement m'apparaît – je suis encore à la réception de l'hôtel qui était jadis l'école de la région. À l'époque où le fjord était plus densément peuplé et où les moutons parsemaient les versants des collines comme autant de mots magnifiques. Me suis-je endormi, ai-je perdu conscience ? Et je marmonne : où est ma bière ? Mon regard tombe alors sur une pile de feuilles de format A5 noircies d'une écriture serrée qui occupent une partie du bureau. Bien que numérotées en bas, elles jonchent le plateau dans le plus grand désordre, on dirait qu'elles s'y sont répandues comme le sang d'une hémorragie ; la page douze repose, en travers, sur la trente, la cinquante-sept est à côté de la première : « Eiríkur d'Oddi. L'homme à la guitare électrique, l'homme qui possède des chiens, trois chiots défunts, une carabine pour tirer sur les camions ou peut-être sur le destin. Que possède-t-il d'autre ? »

Hésitant, j'en parcours quelques-unes, je m'arrête sur quelques noms... à tel endroit, les armes deviennent de plus en plus précises, à un autre, l'aiguille de la boussole du cœur se met à trembler, ailleurs encore, les lombrics sont les poètes aveugles de la glèbe. « Bon courage pour t'occuper des défunts, bien cher frère ! »

Je poursuis ma lecture, peu à peu, le contenu de ces pages me revient en mémoire, il me revient par bribes, comme des moutons redescendant des montagnes à l'automne. « Elle se tient à la lisière de la lumière et des ténèbres. »

D'où tout cela provient-il ?

N'étais-je pas simplement censé noter quelques remarques à propos d'Eiríkur que j'ai vu quitter le fjord, comme le suggèrent les premières lignes ?

Je n'ai aucune idée de l'endroit où est allé cet homme, en réalité, j'ignore pratiquement tout de lui. Si ce n'est que, de loin, il ressemble à un chanteur de rock mélancolique qui possède des chiens, une guitare et trois chiots défunts qu'il a sans doute voulu venger en visant ces camions avec sa carabine. J'aimerais bien savoir d'où viennent toutes ces lignes. Toutes ces histoires, et pourquoi leur besoin d'être couchées sur le papier était si impérieux que je n'ai pas eu d'autre choix que d'obtempérer.

D'où proviennent ces choses qui échappent à notre entendement ?

L'être humain en sait si peu. C'est scientifiquement prouvé, rappelez-vous, j'ai lu un article à ce sujet dans une revue respectée. Certes, nos connaissances progressent constamment, mais apparemment, plus nous en apprenons, moins nous en comprenons.

C'est tout le paradoxe dans lequel nous vivons.

Sóley rit dans la salle à manger.

Ça me fait du bien de l'entendre. Il y a dans son rire quelque chose qui rend le monde plus lumineux.

Elle parle encore au téléphone.

Oui, elle est encore pendue à ce maudit téléphone.

Je scrute les feuilles. Il doit y en avoir au moins soixante-dix, certes, elles sont en format A5, mais noircies d'une écriture petite et serrée, tellement difficile à déchiffrer qu'à première vue, on dirait un alphabet secret. Il m'a sans doute fallu un certain temps pour coucher sur le papier toutes ces histoires, tous ces destins, toutes ces respirations. Des semaines entières, serais-je tenté de croire. Or c'est impossible puisque je n'avais pas écrit une seule ligne de tout ça quand je me suis installé dans le confortable salon où j'ai bu ma bière et lu un article qui explique que l'humanité est prisonnière de son ignorance. Puis je suis revenu à la réception, plutôt décontenancé, pour ne pas dire déçu par cette lecture, et il était environ onze heures du matin. Maintenant…

… je lève les yeux vers le mur derrière le comptoir où sont alignées les douze pendules affichant l'heure qu'il est à New Delhi, Hong Kong, Tokyo, Moscou, Sydney, Los Angeles, New York, Budapest, Londres, Paris, Addis-Abeba, et en Islande. Onze villes, un pays. Et trois aiguilles à chaque pendule parce qu'il faut bien ça pour circonscrire le temps. La plus fine est constamment en mouvement, jamais elle ne s'arrête, elle trotte, affolée, haletante, pour ainsi dire désespérée, décrivant cercle après cercle et poursuivant une proie qu'elle ne rattrape jamais, qui lui échappe perpétuellement, et pourtant de si peu. Fine, presque décharnée par ses efforts soutenus et constants. L'aiguille de taille moyenne avance bien plus lentement. Elle semble calme, ce n'est toutefois qu'une illusion puisqu'elle vibre d'une constante impatience. Elle ne saurait s'accorder aucun répit, entraînée par l'agitation permanente de sa sœur, la trotteuse. La troisième aiguille bouge en revanche avec une telle lenteur qu'elle a pris de l'embonpoint, confortablement installée dans son immobilisme. Douze pendules qui mesurent le temps avec fidélité et fiabilité, pourtant, aucune n'affiche la même heure.

Par conséquent, le temps n'est nulle part comparable, il n'est nulle part semblable et partout différent de lui-même. Et la pendule qui le mesure en Islande s'est arrêtée, en tout cas, c'est ce que je constate, la trotteuse, la plus fine, la décharnée, a renoncé à s'agiter, elle reste immobile sur le cadran, épuisée, à bout de souffle, comme en suspens, et ne mesure plus rien. En dehors peut-être de sa propre mort.

Et je te retrouve là à parler tout seul.

Sóley se tient dans l'embrasure de la porte de la salle à manger, le combiné à la main, sans doute brûlant de tous les mots qu'elle y a prononcés, et elle me toise avec son sourire si particulier. Tu étais au téléphone, dis-je, histoire de lui répondre quelque chose pour gagner du temps tout en réfléchissant à la manière dont je pourrais cacher les feuilles qui jonchent le plateau du bureau.

Oui, pardonne-moi d'avoir été si longue, mais je discutais avec cette chère Dísa. Tu la connais à peine, il n'y a pas si longtemps qu'elle s'est installée dans notre fjord. Elle a rencontré Ágúst de la ferme de Hof, elle a succombé à son charme. Et lui au sien, c'était la moindre des choses, si tu la voyais, elle est d'une telle beauté ! Tu es si jolie que je regretterais presque de ne pas être lesbienne, lui a dit ma sœur un soir d'hiver où nous étions toutes les trois ici et où nous avons fait un sort à une bouteille de grappa. Dísa était le portrait craché de la citadine quand elle est arrivée avec Ágúst, elle portait sur elle tous les stigmates de Vesturbær, le quartier huppé de Reykjavík – elle ne va pas supporter bien longtemps la vie à la campagne, disaient les gens. Mais j'y pense, tu te souviens de Gústi ?

Aïe, dis-je, on se souvient le temps que ça dure, puis on oublie, et il n'est pas toujours certain que cet oubli soit légitime.

Sóley rit doucement, en effet, on n'est pas non plus obligés de tout se rappeler, il faut bien oublier certaines choses pour laisser la place à d'autres, tu ne crois pas ? D'ailleurs, ce pauvre Gústi ne mérite pas, comme on dit, d'occuper la une des journaux, même s'il a une certaine aura et je ne sais quel magnétisme censé attirer les femmes au point de leur faire perdre la tête. Je n'ai jamais compris ce qu'elles lui trouvent, je suppose que je ne suis pas réceptive à son charme et j'ai toujours eu l'impression qu'il ne méritait pas Dísa. D'ailleurs, ils ne sont pas restés ensemble très longtemps. Étonnamment, c'est Gústi qui en a eu sa claque de l'esclavage que représente l'exploitation d'une ferme. Il y a environ trois ans, il a déménagé à Reykjavík, il a trouvé un boulot dans un grand entrepôt, je crois qu'il passe le plus clair de son temps à travailler dans les frigos, congelé, figé et bien conservé. Lui et Dísa ont tout de même réussi à passer cinq ans ensemble, ils ont eu leur petite Védís, un vrai trésor, et Dísa, la citadine des beaux quartiers, s'est si bien adaptée à la vie dans le fjord, au bétail et à notre petite communauté qu'elle n'a pas pu se résoudre à nous quitter et qu'elle a repris la ferme quand Gústi a jeté l'éponge. Elle a même dû emprunter pour racheter sa part. Non seulement elle a repris l'exploitation, mais la mère de Gústi vit toujours sous son toit, la vieille refuse catégoriquement de quitter les lieux autrement que les pieds devant. Gústi aurait quand même pu accorder à son ex une remise sur le prix des terres, non ? En tout cas, nul ne peut reprocher à Dísa de négliger sa ferme, son exploitation est exemplaire.

J'ai vu ça, dis-je, heureux de m'en souvenir, content de l'avoir remarqué en passant en voiture devant chez elle. J'ai été surpris de constater l'abondance qui semblait régner à Hof, la maison imposante, les beaux bâtiments agricoles, la porte de l'habitation grande ouverte, comme si tout le monde y était le bienvenu. Et cette muraille de bottes de foin.

Dísa est une femme très courageuse. Évidemment, nous n'hésitons pas pour la plupart d'entre nous à lui prêter main-forte en cas de besoin, elle se retrouve tout de même seule à s'occuper de la petite Védís et de la vieille Lúna… Qui a vécu sa vie, tu t'en souviens peut-être. Lúna a siégé au Parlement le temps d'une mandature dans le groupe de Framsóknarflokkur, le Parti agraire conservateur, et elle a longtemps tenu une chronique sur Rás 2, le deuxième canal de la radio nationale. Les auditeurs appréciaient d'écouter la parole d'une campagnarde d'âge mûr qui n'avait pas sa langue dans sa poche, qui avait une opinion sur tout et leur faisait profiter de sa longue expérience de sa voix éraillée aux Camel. Elle a fêté ses soixante-dix ans l'hiver dernier, elle sirote du sherry presque tous les jours, apprend les langues étrangères sur le Net, elle maîtrise drôlement bien le français et l'espagnol. Et elle s'est dégotée un chéri âgé de quatre-vingt-dix ans, le vieux Kári de la ferme de Botn – ça, on ne l'aurait jamais imaginé ! Enfin, personne n'est à l'abri de l'amour, toi comme moi le savons mieux que quiconque. Dísa m'appelle souvent ou bien elle passe ici quand elle sait que je n'ai pas trop de clients – il n'y en a que trois en ce moment, et ce sont les premiers étrangers depuis le mois de janvier ! Un couple de Canadiens et leur fille, tu les as peut-être aperçus dans la piscine. La mère et sa fille sont des parentes éloignées d'Eiríkur, elles l'ont contacté au printemps et il les a invitées à la fête qu'il organise avec Elías pour la deuxième année consécutive. Ces gens sont arrivés en Islande il y a un peu plus de deux semaines, leur quarantaine s'est achevée ce matin et depuis, ils n'ont pratiquement pas quitté le bassin. Il était grand temps, je veux dire, que leur quarantaine se termine, parce que la fête a lieu ce soir, te voilà prévenu. Pour revenir à Dísa, c'est elle qui gère le site de réservations de l'hôtel, elle est donc au courant que l'autocar qui m'amène le premier groupe de l'été devrait arriver dans une bonne heure. Eh oui, le premier groupe de l'année – peut-être d'ailleurs le dernier. Ce virus nous a causé beaucoup de tort. Dísa est toujours tellement passionnée, elle s'enflamme pour tant de choses, la politique, les grands problèmes mondiaux, le réchauffement climatique, les livres qui viennent de paraître, et dernièrement, le chantier de cette centrale que les autorités ont décidé d'accélérer pour amoindrir les conséquences économiques du virus, disent-elles, profitant sans honte de cette aubaine. Leur mantra, c'est : Mettons l'humain au premier plan ! Au fait, tu as pris une autre bière ? Tu en veux une troisième ?

Hein ? Une autre ? Oui, mais, non, je veux dire, deux bières, c'est assez pour la matinée, de plus, j'ai bu du vin rouge avec ta sœur Rúna avant de venir ici, mais merci quand même, dis-je, navré qu'elle se soit tue. Sa voix à la fois limpide et rauque semble sortie des profondeurs de sa gorge. Elle me regarde, pensive, un soupçon de tristesse au fond des yeux, puis me sourit.

Un sourire peut-il être une drogue, me dis-je – puis je me souviens de la pendule. Je lui montre qu'elle s'est arrêtée : regarde, les aiguilles de celle qui mesure le temps en Islande sont immobiles.

Sóley : Ah mais oui ! Qu'est-ce que c'est que ce cirque... eh bien, au moins, pendant ce temps-là, nous ne vieillirons pas. Mais il faut régler ça, attends un peu, dit-elle, elle va vers l'intérieur, je la suis du regard, je la vois s'en aller, j'observe son dos gracile, perdu dans mes pensées. Elle revient, une longue baguette à la main, tapote le cadran de la pendule islandaise, ô temps, reprends ton vol, ordonne-t-elle, et je me demande si elle est déesse ou sorcière, parce que la trotteuse se réveille, elle tressaute et reprend sa course. Les oiseaux se remettent à chanter, à nouveau, le monde vieillit.

Voyons, que vais-je faire de toi, mon petit, déclare Sóley après être allée ranger la baguette qui réveille le temps. La pendule semble ne s'être arrêtée que quelques instants, les aiguilles des minutes sont toutes à peu près au même niveau sur le cadran, même si aucune de ces horloges n'indique la même heure que les autres.

Un autocar est en route, rempli d'une petite quarantaine de touristes japonais, auquel il faut ajouter les trois clients de la piscine, sans oublier... ce cher Ómar qui ne va pas tarder à émerger, marmonne-t-elle, pensive.

Ómar ?

Qui est ce type ? Elle serait mariée ? Est-ce autorisé ? Est-il légitime qu'un seul homme possède ces yeux mordorés, cette hésitation presque imperceptible, ce sourire qui est une véritable drogue ?

La jalousie me ronge de l'intérieur. Elle baisse les

yeux, continue à marmonner, puis relève subitement la tête. Mais qu'est-ce que c'est que tout ça, lance-t-elle, surprise, s'avançant vers le bureau et remuant les feuilles. Je reconnais tes pattes de mouche, dit-elle. Tu te souviens ? Tu disais que c'était l'écriture du diable, tu as toujours été délicieusement théâtral. Il n'y avait d'après toi pas meilleur endroit que l'enfer pour apprendre à écrire, c'était là que la nature humaine se dévoilait le plus radicalement… allons, ne t'inquiète pas, je ne vais pas faire ma fouineuse, je ne vais même pas essayer de lire tout ça, d'ailleurs, comment le pourrais-je, tu es le seul à savoir déchiffrer ces gribouillis, toi et naturellement le Malin, enfin, si tu dis vrai pour ce qui est de l'enfer. Mais dis-moi, il y a là un sacré nombre de pages, bon sang, c'est pratiquement un roman ! Donc, tu t'es remis à travailler, ah, comme je suis heureuse ! Un jour, tu m'as dit que tu n'existais qu'en écrivant – dans ce cas, te voilà revenu à la vie. Je dois t'avouer que ça m'a un peu froissée quand tu m'as sorti ça… non, inutile de faire des chichis, un peu froissée, disons plutôt que ça m'a profondément blessée. Parce que si tu n'existais que lorsque tu écrivais, comment pouvait-on qualifier les moments que tu passais avec moi : une demi-existence, du remplissage ? Je suppose que tu as remarqué ma réaction, tu t'es empressé d'ajouter pour essayer de te rattraper aux branches, mignon comme tu l'étais : je n'existe pas quand je ne parviens pas à écrire. Je ne suis pas sûre que cette phrase m'ait beaucoup consolée. J'étais tellement idiote à l'époque que je tenais absolument à être au centre de ta vie. Vois-tu, j'ai l'impression que tu as changé. Tu es tellement taciturne, ce qui me rend d'autant plus loquace. Rúna elle aussi m'en a fait la remarque, ton silence a eu sur elle le même effet, elle a parlé comme un moulin, comme s'il en allait de sa vie. Quand je pense à quel point tu étais pipelette ! Je t'en supplie, fais-moi taire. Je suis décidément intarissable. Il faut que tu dises quelque chose.

Je lui souris pour masquer mon embarras. Mon rythme cardiaque s'accélère, le sang afflue vers le cœur à toute vitesse pour s'y déverser – bientôt, il le secouera de toutes ses forces et fera de lui un navire perdu dans une tempête déchaînée. Sans la moindre chance de salut.

Elle rit doucement… mon Dieu, quel regard tu as, commente-t-elle.

Pardon, dis-je, prononçant le mot à grand-peine, je toussote : désolé, je suis complètement dans la lune… Quoi, dis-je, voyant qu'elle a cessé de m'observer pour fixer les feuilles noircies sur le bureau, manifestement interloquée. Mais, n'est-ce pas, demande-t-elle sans lever les yeux…, si, nom de Dieu, toutes ces feuilles, c'est du papier à en-tête de l'hôtel. Comment est-ce possible ? Il est absolument exclu que tu aies pu écrire tout ça pendant que j'étais au téléphone. Certes, Dísa est assez bavarde, mais tout de même pas à ce point ! C'est ahurissant. Le diable en personne ne saurait écrire à une vitesse pareille !

Elle caresse prudemment les feuilles, le soleil se déplace de quelques centimètres dans le ciel d'un bleu limpide, il éclaire la grande vitre qui surplombe la porte d'entrée, et emplit de ses rayons la chevelure blonde de Sóley. Nous sommes si près l'un de l'autre que j'entends sa respiration. Elle sourit en voyant la manière dont je la regarde. On dirait qu'elle a en elle un noyau lumineux, une énergie puissamment contagieuse bien qu'affleure aussi sur son visage une sorte de mélancolie.

La vie est sans doute toujours difficile. Même en

plein soleil, nous abritons en nous des vallées de ténèbres. Est-ce le prix à payer pour être un humain ?

Peut-être.

Je prends ma respiration. Il faut que je me débrouille pour faire diversion en disant quelque chose qui lui fera oublier ces feuilles noircies puisque je suis incapable d'expliquer ce qui s'est passé. Je devrais peut-être...

Mais la porte d'entrée s'ouvre d'un coup, une voix masculine profonde et sonore emplit la réception, balayant toute trace d'hésitation : Voilà monsieur Ásmundur qui arrive au turbin, avec son acolyte, Mundi la brindille – tous deux prêts à l'attaque !

LA NATURE PASSE SON TEMPS À LA SALLE DE SPORT, MAIS ON NE PEUT PAS ÉCOUTER JOHNNY CASH ET REGARDER SÉCHER SA TERRASSE EN BOIS SUR LA LUNE APRÈS L'AVOIR BADIGEONNÉE D'HUILE

Permets-moi de te présenter Ásmundur, exploitant forestier, annonce Sóley, visiblement amusée. Quant à son acolyte, c'est Mundi, il nous rend visite quand il veut se reposer de l'agitation du monde, on peut dire ça, n'est-ce pas, mon cher Mundi ?

Tu peux me dire tout ce que tu veux, tu le sais bien, Sóley, répond Mundi, un type efflanqué, plus petit que moi, je dirais même beaucoup plus petit, et qui ressemble en effet à une brindille, comparé à Ásmundur, l'exploitant forestier. Ce grizzli au corps imposant et aux épaules puissantes est doté de bras épais, sans doute capables de déraciner les arbres les plus gros.

Sóley et moi avons tous deux sursauté à l'entrée tonitruante d'Ásmundur, elle a vite retrouvé ses esprits, elle a ri en lui disant, ta présence ne risque pas d'échapper à quiconque, Ási, puis elle m'a présenté les deux compères. Exploitant forestier, dis-je, plutôt surpris, je ne savais pas que cette profession existait en Islande, et encore moins dans ce fjord isolé, tout au nord du monde. Je répète : exploitant forestier, sans doute d'un air incrédule puisque cet Ási, cet Ásmundur secoue la tête et me répond de sa voix de basse grondante, ah ça, oui, dans le temps, quand nous étions mômes, personne n'aurait cru un truc pareil, les gens auraient dit que c'était de la science-fiction. À l'époque, c'était une vraie prouesse de pouvoir s'enorgueillir de quatre ou cinq sorbiers autour de sa maison, bien à l'abri des murs. Personne n'aurait eu l'idée de planter des arbres sur des terres exposées aux quatre vents, nous étions tous persuadés qu'ici, rien ne pouvait pousser en dehors de l'herbe, des mousses, des bouleaux nains, des idées rétrogrades du Parti agraire et de la cupidité des conservateurs. Mais les temps changent. J'ai élevé des moutons comme la plupart des paysans de la région. J'avais un troupeau de plus de cinq cents têtes, mais j'ai fini par jeter l'éponge. Le meilleur moyen de devenir pauvre en Islande, c'est d'élever des moutons, même s'ils ont longtemps été considérés comme pratiquement sacrés, d'ailleurs, ce sont eux qui ont assuré notre survie pendant les périodes les plus rudes des siècles passés, des moments tellement affreux que, selon toute logique, nous aurions dû disparaître. Qu'y a-t-il de plus beau qu'une brebis bien portante dans son enclos ? Ce genre d'image ne peut que faire vibrer la corde sensible. Hélas, ce n'est pas avec cette corde qu'on s'acquitte de ses dettes, qu'on paie ce qu'on doit pour la voiture, qu'on achète un tracteur ou qu'on fait les courses, et on ne peut pas non plus la déposer sur son compte en banque.

Non monsieur, *no sir*, je ne permets pas qu'on me prenne pour un imbécile des années durant. Voilà pourquoi j'ai dit adieu à mon troupeau de cinq cents têtes il y a huit ans, à l'automne. J'ai demandé pardon à mes bêtes. Tu peux me croire, je ne suis pas homme à exagérer ce genre de choses. J'ai pris entre mes mains la tête de chacun de mes moutons, je les ai regardés dans les yeux et je leur ai demandé d'excuser la bêtise du monde, je leur ai demandé de me pardonner de les envoyer à la mort avant l'heure. Depuis, je plante des arbres.

Exploitant forestier, dis-je une fois encore, comme si je ne connaissais plus que ces deux mots.

Oui, mon gars, répond Ásmundur, c'est le terme adéquat.

Donc tu passes le plus clair de ton temps à regarder tes arbres pousser ?

Ásmundur éclate de rire, il rit comme rirait sans doute un tracteur, j'ai l'impression que tous mes organes intérieurs vont se mettre à vibrer. Il va falloir que je raconte ça à ma petite Gunna ! Tu travailles dans quoi, eh bien, je regarde mes arbres pousser ! Qui aurait cru qu'entre tous les hommes, un type comme moi aurait assez de patience pour ça ? C'est une activité qui procure à n'importe qui une douce quiétude de regarder ses arbres lentement grandir et, peu à peu, vous devenez tellement calme que les sternes arctiques peuvent faire leur nid sur vous. Enfin, Sóley, ici présente, pourra te certifier que j'ai toujours voté pour le Parti de l'indépendance et ce, dès ma naissance. Dès que j'ai vu le jour, mon vieux. Ma Gunna chérie me dit souvent, Ási, tu es un imbécile de donner ta voix à un parti qui a toujours regardé les paysans de haut, mais qui les dédaigne plus encore depuis quinze ou vingt ans, depuis qu'il s'est converti au néolibéralisme. Vois-tu, les néolibéraux méprisent la pauvreté et, par conséquent, ils méprisent l'ensemble des fermiers islandais qui sont pour la plupart soit pauvres, soit constamment fauchés ou aux abois, qui roulent dans leurs vieux tacots bringuebalants et ne vont jamais à l'étranger, sauf parfois en Norvège, en voyages organisés expressément pour eux et par eux, voyages que les néolibéraux méprisent tout autant qu'ils crachent sur les fermiers. Voilà pourquoi je cultive des arbres. Ils poussent si lentement que personne ne daigne les détester.

Mais non, Ási ne vote pas pour le Parti de l'indépendance, précise Sóley, il dit ça pour choquer les gens ou pour les agacer. Par contre, il a envoyé un courriel au Congrès des États-Unis le jour de l'élection de Trump, il suggérait qu'on exile une partie de la population américaine sur la Lune, de préférence sur sa face cachée. Il a également écrit au Parlement britannique l'hiver dernier, quand Boris Johnson, ce blaireau hâbleur, a été nommé Premier ministre.

Ces salauds ne m'ont pas répondu, se lamente Ási, les bras levés au ciel. Je suis pourtant propriétaire terrien en Islande. Et mon domaine est immense. Je possède une portion de rivière à saumons, la moitié d'une montagne, des arbres poussent sur mes terres, or les arbres sont les poumons de la planète, je te le demande, Mundi, peut-on ignorer un homme comme moi ?

Mundi, l'efflanqué, la brindille, hausse les épaules. Si je viens ici dans les Fjords de l'Ouest, c'est justement pour éviter d'avoir à répondre à ce genre de questions. Certains disent qu'au bout du compte, une fois qu'on a examiné les choses sous toutes les coutures et qu'on les a bien pesées, on ne peut qu'en déduire que l'homme est une vermine. Plus on se penche sur son histoire, plus on suit l'actualité, plus on est tenté de souscrire à cette conclusion. Il faut sans doute une bonne dose de cynisme et d'égoïsme doublés d'un incorrigible optimisme pour ne pas céder au découragement. Il faut probablement être sous antidépresseurs pour aimer l'humanité ou avoir foi en elle. Je connais pourtant de braves gens. Des gens adorables, qui me disent que l'horizon est tellement sombre que c'est normal d'envoyer des télégrammes ou des courriels au Congrès américain, au pape ou aux Nations unies pour demander justice. Et pour suggérer qu'on exile un tel ou un autre sur la Lune. Hier, j'ai passé ma journée à badigeonner d'huile ma terrasse en bois pour la protéger tout en écoutant Johnny Cash. Puis j'ai bu une bouteille de vin rouge en la regardant sécher. Je ne crois pas qu'on puisse faire ça sur la Lune.

Tu as vidé la bouteille, interroge Ási, manifestement surpris, voire inquiet.

Elle était pleine quand je l'ai ouverte hier soir et vide à mon réveil. Il a bien fallu qu'il se passe un truc. D'ailleurs, tu m'as souvent répété que ce fjord était hanté – qui sait si les fantômes n'ont pas tout sifflé quand je suis allé faire un tour aux toilettes ?

J'espère bien. Tu sais réfléchir, tu aurais dû t'installer comme philosophe plutôt que de vendre des pales de réacteurs à des partenaires douteux, mais dans ce cas, tu n'aurais jamais eu les moyens d'acheter un chalet d'été et de le faire venir ici par camion. En Islande, ceux qui réfléchissent ont rarement l'argent pour s'offrir une résidence secondaire. En tout cas, j'espère que les défunts veillent sur toi, tu es tellement frêle que ton corps ne saurait supporter plus de deux verres de rouge en une soirée. Tu es trop important pour qu'on puisse risquer de te perdre. J'appellerais aussitôt une ambulance si je te voyais boire plus que ça, ou plutôt, j'appellerais l'hélicoptère des gardecôtes, il est plus rapide et je pourrais peut-être t'accompagner à bord. J'ai toujours rêvé de monter dans un de ces engins, mais pour ça, il faut courir un péril bien plus grand que celui qui consiste à passer son temps à regarder ses arbres pousser. Évidemment que cette région est hantée, répète Ási en me regardant droit dans les yeux tandis que Mundi, la brindille propriétaire d'un chalet d'été qui vend apparemment des pales de réacteurs, s'assoit sur le rebord de la fenêtre et sort un petit livre de sa poche. Il porte un pantalon d'été taillé dans un élégant tissu chiné gris clair, et une veste bleue également chinée, comme s'il avait un rendez-vous d'affaires avec des fabricants de pales, il sort ses lunettes d'une autre poche et s'adosse à la grande baie vitrée de manière à se chauffer le dos au soleil. Sóley a croisé les bras sur son bureau, elle sourit.

Ásmundur : Évidemment que ce fjord est hanté parce que nous avons toujours été si peu nombreux à vivre ici que nous sommes réticents à laisser les défunts le quitter. Sauf ceux dont nous sommes heureux d'être débarrassés. Mais pour revenir à ma profession d'exploitant forestier. Je la crois aussi noble que celle d'éleveur de moutons, si ce n'est qu'elle est nettement plus lucrative. On bénéficie de subventions plus élevées, d'emprunts à des taux plus avantageux, on est mieux considéré et on n'est pas forcé d'envoyer ses copains à l'abattoir en automne. Gunna dit que ça lui manque quand même de ne plus entendre les moutons ruminer dans la bergerie en hiver ou les agneaux bêler au printemps et de ne plus les voir faire leurs cabrioles. Et je suis bien d'accord avec elle. Ça m'arrivait souvent en hiver d'aller faire un tour dans la bergerie simplement pour entendre les bêtes ruminer et soupirer tandis que le vent hululait sur le toit et les murs en tôle ondulée. Mais vois-tu, c'est à croire que les arbres entretiennent avec l'État comme qui dirait une relation amoureuse, en fait, je suis tout bonnement abonné aux subventions des autorités. Or à quoi les arbres servent-ils, eh bien, ils respirent à la place de la planète. Ils abritent du vent et attirent les oiseaux. Exploitant forestier. Saurait-on se rendre plus utile, peut-on imaginer meilleure vie que celle-là ? Je te le demande. Pour ma part, je ne crois pas. Je devrais peut-être envoyer un autre courriel au Congrès des États-Unis pour en informer les députés, hein, qu'en dis-tu, Mundi ?

Je lis, répond le maigrichon assis à la fenêtre où il cuit au soleil, je ne peux pas à la fois lire et réfléchir à ce que les députés américains penseraient de tes arbres, je dois choisir de deux choses l'une et je choisis de poursuivre ma lecture. Pose plutôt la question à Sóley, elle est plus intelligente que nous deux réunis.

Drôle de compliment que de dire à quelqu'un qu'il a plus de jugeote que toi et moi réunis, rétorque Ási en secouant la tête. Tu en as peut-être dans le ciboulot, mais moi, je fais sacrément baisser la moyenne puisque c'est ma petite Gunna qui pense à ma place. Pour ma part, je n'ai que trois neurones, le premier me sert à parler, le second à cultiver mes arbres et le troisième à envoyer des mails pour exiger plus de justice. Fut un temps où j'en avais quatre, mais ce quatrième était tellement paillard et lubrique que j'ai dû finir par m'en débarrasser. Certes, il m'en a coûté, quelle épreuve, quel calvaire ! Il faudra un jour que je te raconte tout ça.

Il s'interrompt et me toise, comme s'il réfléchissait à l'opportunité de me parler sur-le-champ de ce quatrième neurone tout en paillardise et en lubricité, mais Sóley lui coupe l'herbe sous le pied en prenant la parole. Je ne saisis pas immédiatement les mots qu'elle prononce, la teneur de son discours, je m'oublie dans la contemplation de son visage, happé par ses yeux étranges d'un brun doré. Elle parle de… elle parle d'Ási, elle explique quelque chose. Ási et son frère Einar sont venus s'installer ici par le plus pur des hasards ou peut-être par une facétie du destin à un an d'intervalle, il y a bien longtemps, dit-elle. Ils avaient épousé deux sœurs originaires de Hólmavík. Ási connaissait cependant déjà le fjord pour avoir passé plusieurs étés à la ferme de Hof qui appartenait alors à ses cousins, il avait vendu son bateau de pêche dans le Nord et repris leur exploitation quand ces derniers en avaient eu assez de travailler comme des esclaves, d'être si loin de Reykjavík et d'attendre que le réchauffement climatique atteigne la région, apportant enfin un peu plus de soleil et multipliant les journées où l'on pouvait se mettre en short… mais évidemment, tout ça est arrivé un peu après ton dernier passage ici. Elle semble s'apprêter à ajouter quelque chose, je retiens mon souffle, espérant qu'elle va continuer, par exemple, me dire à quand remonte ma dernière visite, où je suis allé exactement, combien de temps je suis resté, mais Ási éclate de rire et s'écrie : fatigués d'attendre le réchauffement climatique, voilà une bonne explication tout aussi valable que n'importe quelle autre !

Réchauffement climatique, mauvaise connexion Internet. Comme le répète ma chère Gunna, celui qui veut être fermier en Islande doit se contenter de végéter dans une semi-pauvreté et se satisfaire de quelques rares voyages à l'étranger, sauf quand il s'agit d'aller en Norvège avec d'autres paysans comme lui, en outre, il s'épuise dans une kyrielle de corvées parallèlement à son exploitation, l'entretien des machines, des bâtiments agricoles et des clôtures. Peut-être qu'il doit aussi travailler comme maçon sur des chantiers, siéger au Parlement, se lancer dans le tourisme, mais dans ce cas, il faut qu'il accepte de porter constamment des chandails islandais puisque c'est ce que les touristes attendent. Et il doit aussi surveiller sa ligne parce que l'embonpoint ne cadre pas avec l'image de l'enfant de la nature qu'il est censé être. La nature n'engraisse jamais, elle passe son temps à la salle de sport, à soulever des cascades et d'énormes montagnes.

Oui, dis-je, gageant que l'exploitant forestier attend de ma part une réaction à son monologue, mais comme je ne vois pas quoi ajouter, je me contente de répéter ce oui, je m'accroche à ce monosyllabe et je regarde Sóley, commettant là une grave erreur puisqu'elle a ces maudits yeux, ces cheveux d'ange et cette lèvre supérieure qui repose sur sa sœur comme en un baiser. Sauf qu'elle n'y repose pas en ce moment parce que Sóley sourit. J'ai l'impression de sentir un organe dégringoler dans ma poitrine. Espérons que c'est le cœur. J'espère qu'il va sombrer avec armes et bagages, qu'il se mêlera à mes excréments et qu'il s'évacuera la prochaine fois que j'irai à la selle. Enfin débarrassé, je me sentirai plus léger. C'est plus simple de vivre sans cet organe. Si ce n'est qu'il ne tombe pas si bas que ça, il atterrit dans mon estomac où il se débat comme un oiseau aveugle et désemparé parmi les galettes au seigle, baignant dans le vin rouge et la bière. Oui, tout à fait, dis-je, lançant ces mots dans l'air entre Sóley et Ási, j'en ai vaguement entendu parler, mais c'est une bonne chose, je veux dire, il ne faut pas que les terres tombent en friche. Une terre en friche ressemble à un être humain qui n'a plus d'espoir.

Leur regard se braque sur moi, y compris celui du maigrichon, le philosophe qui fait commerce de pales de réacteurs, il abaisse son livre et me toise par-dessus ses lunettes. Voilà, j'ai dit une bêtise, je me suis trahi, me voici démasqué et je vais devoir leur avouer que j'ai tout oublié. Que je ne sais qui, je ne sais quoi, a effacé de mon cerveau la totalité de mon existence, m'a éteint comme une chandelle, m'a ensuite installé au premier rang d'une vieille église où je me suis réveillé, amnésique, en compagnie du diable, assis trois rangs derrière moi. Que j'ai oublié tout ce qui me concerne. Que la seule chose dont j'ai conscience, c'est que des gens me manquent douloureusement et que tout porte à croire que j'ai jadis été amoureux de Sóley. En d'autres termes, on a réussi de manière radicale à effacer l'ensemble de ma vie et de mes souvenirs, mais pas l'amour. Cela signifie-t-il qu'il est plus fort que la mort, qu'il survit à tout, et que c'est la seule chose capable de voyager entre les galaxies ? Mais Sóley est sans doute mariée : devrais-je emprunter le fusil de Lóa pour me débarrasser de cet Ómar, ou dois-je... Ils continuent à me dévisager, tous les trois... Il faut que je dise quelque chose.

TOUT LE MONDE A BESOIN D'UN NOM, MÊME CEUX QUI DOIVENT DISPARAÎTRE

Le téléphone me sauve la mise. Il sonne dans la poche de Sóley, exigeant qu'on s'occupe de lui, dissipant l'étrange atmosphère qui plane dans le grand hall d'entrée.

On n'est jamais tranquille, s'agace-t-elle.

Mundi se remet à lire, Sóley attrape l'appareil dans la poche arrière de son jeans, consulte l'écran et annonce, mais c'est ce brave Elías, en adressant un sourire à Ási, un sourire si taquin qu'il ressemble presque à un rictus. Ási baisse les yeux, j'ai l'impression qu'il marmonne un juron. Elle plaque le combiné contre son oreille, alors, mon cher Elías, que me vaut le plaisir de ce coup de fil ? Tu as besoin d'épices, lesquelles… mais oui, nous devons avoir ça en stock, bien sûr que oui, je serais rudement étonnée que les deux sœurs, Wislawa et Oleana, n'en cachent pas quelque part dans leur royaume. Mais oui, tu n'as qu'à passer, elles sont parties sur la lande ramasser du thym des montagnes, de l'alchémille argentine et pas mal d'autres herbes, mais elles seront sans doute bientôt rentrées… Non, pas encore, mon groupe devrait arriver d'ici à peu près une heure, tu as donc tout ton temps. Parfait. Tu me verras sourire à ton arrivée, conclut-elle avant de ranger son téléphone. Existe-t-il plus belle manière de prendre congé, tu me verras sourire à ton arrivée. Tu me fais monter le sourire aux lèvres…

… d'ailleurs, elle sourit en remettant son portable dans la poche de son jeans orné d'un fin liseré argenté sur la couture. Elle le remet dans la poche arrière et me regarde avec ce sourire capable d'affoler les sismomètres, je ressens comme une vague haine envers cet Elías qui occupe dans sa vie une place si enviable – j'espère qu'il aura un accident en venant ici.

Ah, ce cher Elías, dit-elle, il s'est installé à Vík il y a trois ans, il sera là dans un quart d'heure, ainsi, tu connaîtras un autre gars venu habiter chez nous, et crois-moi, tu ne le regretteras pas.

Ási : Permets-moi d'avoir mon opinion sur la question.

Wislawa, dis-je, ce nom m'est familier.

Sóley : Encore heureux, c'est le prénom de la poétesse ! J'espère que tu n'as pas oublié que, dans le temps, tu m'as offert un de ses recueils – tu l'avais en double. Au fait, il t'arrive toujours d'acheter des livres que tu as déjà ? Il oublie tout, un jour, il finira par s'oublier lui-même, comme plaisantait parfois ma sœur Rúna. Un très beau livre, tu avais fait des croix à certains endroits. J'en ai déduit que les vers en question t'avaient charmé… c'est peut-être pour ça que certains sont restés gravés en moi. Comme celui-là : « Life on earth is quite a bargain, Dreams, for one, don't charge admission. » « La vie sur terre est une bonne affaire, les Rêves, pour soi, ne facturent pas l'entrée. »

Mundi : Ce n'est pas mal. J'aimerais bien être capable de lire de la poésie, mais je suis complètement prisonnier de la prose.

Moi : Est-ce une chose qui s'apprend ?

Ási : Eh bien, dans le temps, on chantait, apprends-moi à embrasser correctement et à étreindre joliment. Tout le monde connaissait ce titre. Je suppose que si on ne sait pas embrasser de façon innée, on doit l'apprendre, ça vaut sans doute aussi pour la poésie. Il y a des gens qui ont besoin d'apprendre à la lire.

Mundi : Tu veux dire qu'un poème est un peu comme un baiser ?

Ási : Qu'est-ce que tu veux que j'en sache ?! Tu trouves que j'ai une tête à répondre à ce genre de questions ?

Il ne me viendrait pas à l'esprit d'essayer de trouver les mots justes pour décrire quelle tête tu as, répond Mundi. Tu es bien trop grand pour ça. Au Japon et dans certaines métropoles asiatiques où la population s'entasse partout, où les rues ondulent sous le poids de la foule et où on est tellement à l'étroit qu'on étouffe, je parle en connaissance de cause, eh bien, les géants comme toi doivent payer plus d'impôts que les autres et s'acquitter de taxes diverses. Tout le monde trouve ça parfaitement normal et légitime parce que vous occupez plus de place dans un univers restreint.

Tu mens, rétorque Ási. J'ignore si le léger tremblement à la commissure de ses lèvres est dû à son agacement ou à un sourire naissant qu'il s'efforce de réfréner. Il est difficile de cerner cet homme, de savoir quand il est sérieux et quand il plaisante.

Je ne mens jamais, je lis, précise Mundi avant de se replonger dans son livre. Je vois Sóley sourire à la dérobée, une légère tristesse m'envahit et vient se mêler au doute qui m'a subitement saisi, peut-être parce que l'espace d'un instant, j'ai cru que Wislawa, cette femme qui travaille à la cuisine, n'était autre que la poétesse polonaise dont je sais pourtant qu'elle est morte depuis des années. Son homonyme est probablement une des Syriennes dont Rúna m'a parlé : elle monte avec sa sœur sur la lande pour y ramasser de l'alchémille argentine et toutes deux cuisinent des plats à se damner. C'est tellement éreintant de tout ignorer de soi. On est constamment sur le qui-vive, on a peur de dire des bêtises ou de vexer quelqu'un. Je me suis si radicalement perdu de vue que je ne sais même pas quels sont mes plats préférés, quels vins j'apprécie le plus, j'ignore si j'ai des enfants, si je suis marié, en union libre, quelle équipe je soutiens dans le championnat d'Angleterre de football ; je suppose que, sexuellement, je suis plus attiré par les femmes que par les hommes, mais j'ignore si j'embrasse correctement ou si j'étreins joliment, et je sais encore moins ce que… comment je… me comporte quand je suis au lit avec une femme. Quand j'ai un rapport sexuel, quand je lui fais l'amour, quand je me donne à elle, quand je la baise… Non, je récuse ce dernier terme, baiser, certes, il a quelque chose de provocant qui vous chatouille la langue quand vous le prononcez, mais je préfère les autres, faire l'amour, se donner… bon sang, pourquoi faut-il que je me mette à penser au sexe en ce moment et que j'essaie de me rappeler comment je me comporte dans l'intimité, si je suis passionné, doux, vulgaire, ce qui me plaît, ce qui m'excite…

Sóley continue de sourire à Mundi et Ási, elle dit quelque chose, je vois ses lèvres bouger, mais je n'entends pas les mots, c'est à croire qu'on m'a barré l'accès à cette dimension en me projetant loin d'ici, dans un autre univers, une existence parallèle, une autre galaxie où Sóley est allongée sur le ventre, elle soupire et me dit, mon amour, mon amour, tandis que je la pénètre doucement et que je m'enfonce profondément en elle. Mon amour, soupire-t-elle.

Puis elle rit.

Arrête de nous taquiner comme ça, dit Ási.

Sóley les toise, lui et Mundi, elle leur sourit, puis se remet à parler en m'observant. Ses paroles sont inaudibles, je n'entends que ses soupirs, je sens sa peau qui se presse contre la mienne tandis que j'entre en elle.

Il faut que je dise quelque chose, j'essaie de toutes mes forces de détacher mon esprit de ce souvenir, de cette scène fantasmée, de ce je-ne-sais-quoi qui emplit tout l'espace de ma conscience…

Mais elles ne sont pas de la même famille, n'est-ce pas, dis-je, le regard flottant dans l'air, quelque part entre Sóley et Ási.

Hein, répondent-ils en chœur. Mundi a abaissé son livre, il me toise par-dessus ses lunettes d'un air amusé. Je n'ose pas me risquer à plonger dans les yeux de Sóley, persuadé qu'elle lira en moi comme dans un livre ouvert, qu'elle comprendra qu'il y a quelques instants à peine, elle occupait l'ensemble de mes pensées ; je m'emploie à réfléchir vite et bien. J'essaie de comprendre à quelles femmes se réfère ma question et pourquoi je l'ai posée. Je fouille mon cerveau à la vitesse de l'éclair en quête de celles que j'ai croisées ou dont j'ai entendu parler depuis mon réveil dans cette église, mais aucune ne semble convenir. Pour je ne sais quelle raison, le nom d'Elías affleure, cet homme qui ne va pas tarder à arriver ici, puis tout à coup, le voile se déchire – Wislawa, dis-je, je sais naturellement qu'elle est morte, mais elles ne sont pas de la même famille ?

Non, non, dément Sóley, et loin s'en faut. Notre Wislawa n'est même pas polonaise. Mais nous trouvions que ce prénom lui allait comme un gant, pas vrai, Ási ?

Ási : C'est toi qui le lui as suggéré et elle l'a aussitôt adopté, elle s'y est agrippée comme à une bouée de sauvetage que tu lui aurais lancée. Je m'en souviens parfaitement. Pour ma part, j'aurais préféré qu'il soit plus simple, il m'a fallu presque un an pour apprendre à l'écrire correctement. Mais il a fini par m'entrer dans la tête et n'en sortira plus.

Sóley : Tout le monde a besoin d'un nom, même ceux qui doivent disparaître.

Ah bon, elle a dû disparaître ?

Je regarde Sóley, j'aurais mieux fait de m'abstenir, c'est tellement difficile d'arrêter une fois qu'on a commencé qu'il vaut mieux éviter de le faire. Ne serait-ce pas là une définition de l'amour : quelqu'un, de bonheur ou de désespoir, ne peut détacher son regard d'une autre personne.

Ási, interroge Sóley, tu es d'accord pour qu'on lui raconte ce qui est arrivé à notre Wislawa, tu m'y autorises ?

Ási : Eh bien, il y a deux choses qui m'importent autant l'une que l'autre. Premièrement, je veux savoir si on peut faire confiance à ce garçon, et ensuite, est-ce qu'on aura le temps de tout lui dire comme il faut avant l'arrivée d'Elías ?

Je lui confierais mon cœur, répond Sóley sans quitter Ási du regard. Les larmes me montent aussitôt aux yeux, mais je n'ose pas les essuyer, craignant d'attirer l'attention sur elles et de dévoiler à quel point son aveu me bouleverse. Mes paupières battent si vite qu'elles ressemblent aux ailes d'un oisillon qui tenterait en vain de prendre son envol. Je lui confierais mon cœur, quant à Elías, il ne sera pas là avant dix minutes, voire un quart d'heure, il roule à la vitesse de l'escargot à cause du chat, cette pauvre bête est tellement malade en voiture.

Ási : Bon, d'accord. À toi de voir. Par où dois-je commencer ?

SON RIRE : LES CHATOUILLIS DE DÉLICATS COLÉOPTÈRES

Ási et Mundi ont réussi de peu à éviter de croiser Elías dont la vieille BMW noire a gravi la côte de l'hôtel avec une lenteur extrême ; les deux hommes descendaient vers la piscine quand Elías s'est garé à côté de ma Volvo. Il est descendu de voiture, grand, le dos légèrement voûté, décharné, osseux, les épaules tellement frêles qu'elles semblaient se résumer à ses omoplates. Il devait avoir un peu plus de soixante ans et tenait dans ses bras un chat noir tacheté de blanc comme s'il transportait une denrée fragile. Il a un peu vomi, a-t-il dit à Sóley en entrant, puis quand il m'a vu, il a hésité, regardé la patronne de l'hôtel et lui a demandé, dans quelle langue dois-je m'adresser à ce jeune homme ? Tu n'as qu'à essayer l'islandais, a-t-elle répondu avec un sourire, tu verras bien où ça te mènera – c'est un vieil ami, a-t-elle précisé. Ah, a répondu Elías en caressant doucement son chat, un vieil ami, c'est si beau et si bon d'avoir de vieux amis, on est moins solitaire dans la vie. Un vieil ami. C'est même mieux qu'un amant, surtout quand le poids des ans se fait sentir. Laisse-moi te présenter Alexandre le Grand, il est affreusement malade en voiture, mais je n'ai pas voulu le laisser chez Eiríkur et ses trois chiens. Alexandre est tellement timide avec eux, il ne sait pas comment se comporter. Il est introverti, comme on dit dans les langues étrangères, et je crois que ceux qui sont ainsi faits abritent toute la fragilité du monde. Le pauvre, il a vomi plusieurs fois sur le trajet, pourtant, je n'ai pas roulé bien vite… Ah, mais te voilà, mon ange, s'est réjoui Elías quand une jeune femme d'une vingtaine d'années, brune, petite et svelte, est sortie de la cuisine avec une écuelle de crème pour le félin qui s'est mis à ronronner en la voyant. Tu sais, Wislawa, Alexandre t'aime d'un amour sans limites. Je crains parfois qu'il fugue par passion pour toi.

C'est bien agréable d'être aimée, a répondu Wislawa avec son léger accent étranger, la tonalité du « ai » était tellement chantante que le mot aimer sonnait encore plus joliment dans sa bouche. Ainsi s'élargit l'horizon d'une langue, ai-je pensé. Ses mouvements étaient empreints d'une grande douceur, elle avait un côté gavroche, et rayonnait de je ne sais quelle lumière.

Elías et Wislawa se sont agenouillés à côté de l'écuelle de crème, il a murmuré quelques mots qui ont fait rire la jeune femme d'un rire qui rappelait les chatouillis de délicats coléoptères.

J'ai levé les yeux et croisé le regard de Sóley qui m'a dévisagé un long moment. Je l'ai dévisagée elle aussi, confus, envahi par une vague de chaleur, peut-être était-ce ma gêne, ses yeux, l'amour, ou peut-être ma pudeur.

Apparemment, ce n'est pas facile d'exister.

Et pendant très longtemps, c'était bien loin de l'être pour Ásmundur, pour Ási, qui a évidemment commencé à préparer son matériel avec Mundi sur le bord de la piscine où flottent ces trois clients, le couple de Canadiens et leur fille – qui, lorsqu'elle se redresse, met le monde en émoi.

Depuis l'adolescence, le désir sexuel a toujours été pour moi un fardeau, j'étais bien trop jeune, j'avais à peine douze ans quand ça a commencé, nous avait confié Ási.

Ainsi débute l'histoire à l'origine du nom de la femme qui officie dans la cuisine de l'hôtel. Un récit où le grotesque, l'humiliation, l'addiction et la cruauté du monde le disputent à la tendresse.

EST-CE QUE TU AS LU *HARRY POTTER*, VU LE PLUS VIEIL ARBRE DE PARIS, LE SEXE EST-IL PLUS FATAL QUE LES MEURTRES ?

Tu préfères peut-être que je la raconte, avait suggéré Sóley. Ási avait hésité, baissé les yeux, consulté sa montre puis contemplé le paysage immobile à la fenêtre avant de regarder Mundi qui avait délaissé son livre. Ce dernier avait presque imperceptiblement hoché la tête, puis Ási avait à nouveau regardé Sóley, non, non, il vaut mieux que je m'en charge moi-même, avait-il dit avant de respirer un grand coup : depuis l'adolescence, le désir sexuel a toujours été pour moi un fardeau, j'étais bien trop jeune, j'avais à peine douze ans quand ça a commencé.

Ma Gunna chérie m'a dit plus d'une fois que Dieu m'avait donné ce grand corps pour qu'il puisse contenir et maîtriser mes désirs, ma satanée lubricité. Je dois pourtant t'avouer ici et maintenant que bien que ma carcasse ait toujours été imposante, elle ne l'a jamais été suffisamment dans ce domaine, loin s'en est fallu, des années durant. Je t'épargnerai les détails, mais je t'avertis, au cas où tu t'attarderais un peu dans ce fjord comme le font pas mal de gens – cet endroit a en effet tendance à retenir captifs ceux qui y viennent, il y a ici quelque chose qui vous calme et vous apaise. Oui, je t'avertis, ou plutôt, je t'informe que je n'hésite pas à entrer dans les détails, surtout quand j'ai bu. Cela faisait d'ailleurs partie de la thérapie, non, pas de prendre des cuites, mais d'en parler. Mon psychologue m'a dit : considère les mots comme autant de cargos que tu charges de tes désirs et que tu envoies ensuite voguer sur l'océan. Au début, je n'y croyais pas trop, mais, étant parfois obéissant, j'ai suivi ses conseils. Du reste, je n'avais pas le choix. Et vois-tu, ça a fonctionné. Pendant longtemps, je me suis si bien plié aux recommandations de cet homme que c'était un miracle que notre fjord n'ait pas été déserté par tous ceux qui l'habitaient. Les gens allaient se planquer dès qu'ils voyaient ma voiture s'engager sur le chemin d'accès à leur ferme ou à leur chalet d'été. Ils se réfugiaient dans les bâtiments agricoles, se cachaient sous les tables, fuyant une menace imminente. Voilà, tu connais maintenant la situation. Je peux donc poursuivre mon récit.

Ási m'avait dévisagé tout le temps de ce préambule, comme pour me rendre prisonnier de son regard, ou peut-être se forcer à tout me raconter sans rien omettre, ce que nous sommes si souvent tentés de faire, nous osons rarement aller jusqu'au bout de nos confessions, en toute honnêteté, nous osons rarement nous aventurer parmi les ombres. Mais Ási était disposé à le faire. Il semblait même apprécier de plonger dans les ténèbres. Il n'y avait entre ses mots aucun blanc, aucune hésitation, ses phrases étaient tels de longs trains qui s'avançaient sur les voies, les wagons solidement accrochés les uns aux autres, entraînés par une force titanesque et inébranlable.

Il avait souligné qu'évidemment, il ignorait quel rapport j'entretenais avec mon désir physique. C'est l'expression qu'il a utilisée, le rapport. Comme si le désir était une force autonome, un personnage indépendant. Or pendant de longues années, ce personnage distinct l'avait complètement accaparé.

Je suis et j'ai toujours été d'une force titanesque, équivalente à celle de trois hommes dans la moyenne, je suis né ainsi, il n'y a aucun orgueil à en tirer, ce n'est en rien une prouesse personnelle. Fort, oui, comme un bœuf, mais doté d'un appétit sexuel plus puissant encore. J'étais une simple jeep, et mon désir un moteur conçu pour un avion à réaction. Ça ne pouvait donc que dérailler. D'ailleurs, ça n'a pas manqué. Heureusement, la poussière a fini par retomber. En tout cas, ce n'était pas beau à voir, oui, pendant longtemps, c'était moche, vraiment très moche. Nous ne voyons et ne comprenons cependant bien souvent les événements de nos vies qu'une fois qu'ils sont entièrement révolus, lorsque leur enchaînement est arrivé à son terme – comme me l'a souvent dit Gunna. C'est là un prénom qu'il te faudra apprendre à respecter ! Sans elle… Enfin, inutile d'expliquer ou de développer plus longuement, tu n'auras qu'à interroger Sóley, elle te confirmera mes propos. J'affirme, comme le poète, que mes heureuses années furent celles de mon enfance, brutalement foudroyée à l'adolescence qui, à jamais, m'a barré l'accès à cette vallée aux coteaux verdoyants où coulait un ruisseau tranquille et où myrtilles et camarines poussaient en abondance. Brusquement, tout a changé ! On devient adolescent et on a l'impression que la réalité a été remplacée par une autre. Toutes les règles sont chamboulées. Quel incroyable sortilège ! À cet âge, tout le monde change, toi aussi, évidemment, ça t'est arrivé, j'ai beaucoup lu sur la question. Je dis parfois que je pourrais écrire une thèse sur le désir sexuel. Un doctorat génial et truculent pour peu que j'arrive à greffer sur la théorie l'ensemble de mon vécu ! Au fait, tu as lu *Harry Potter* ?

Comment ? avais-je rétorqué, surpris de l'entendre m'interroger et plus encore sur un tel sujet !

Je sais, avait-il consenti, j'avoue que ma question peut sembler impertinente.

Ah ça oui, drôlement impertinente, avait convenu Mundi, son livre posé sur les genoux, confortablement installé dans l'encadrement de la fenêtre, tout juste assez large pour accueillir son corps fin et élégant. Drôlement impertinente. Ça ne m'étonne pas que le brave homme sursaute. Il doit se demander s'il n'est pas tombé dans un asile d'aliénés. Où est donc passé le charme bucolique des campagnes d'Islande, depuis quand les paysans se mettent à parler de désir sexuel et de Harry Potter ? Au fait, ce Harry a-t-il des besoins physiques ou lui suffit-il de les chasser d'un coup de baguette magique ? Pardonnez-moi mon bavardage, je n'ai pas l'habitude de parler autant.

Je dois avouer que je ne te savais pas capable d'assembler autant de mots comme tu viens de le faire aujourd'hui, tu dois être épuisé, avait affectueusement noté Sóley, les bras croisés sur le comptoir. Je me suis autorisé à l'admirer quelques instants, aucun d'eux ne m'observait, Ási ne tarderait pas à reprendre son récit, je pouvais donc la contempler sans risque. Et je ne me suis pas gêné, je l'ai bue du regard, son jeans au liseré argenté, son tee-shirt noir ajusté qui laissait deviner son buste gracile et comme une tension insaisissable sous sa peau. Je donnerais cher pour voir ses épaules dénudées, avais-je pensé avant qu'Ási reprenne la parole. Impertinent, avait-il répété, peut-être, mais je n'hésiterai pas à m'exprimer avec impertinence toute ma pauvre vie si ça peut délier la langue de Mundi. Ça te va bien de parler autant en une seule matinée. En tout cas, ma Gunna m'a conseillé de lire *Harry Potter*, elle a posé toute la pile devant moi et ce matin même, j'ai parcouru un chapitre où il était question de la bibliothèque de l'école des sorciers, un des rayons de cette bibliothèque abrite les ouvrages interdits. C'est dans celui-là qu'on classerait ma thèse de doctorat. D'où le lien, d'où la pertinence de ma question.

Mundi : J'ai vu les films. On y assiste à des meurtres, à des séances de torture, certains personnages se retrouvent estropiés. Mais ça ne pose de problème à personne puisqu'il n'y a aucune scène de sexe, qu'on n'aperçoit même pas le bout d'un sein et encore moins un pénis.

Sóley : Dans le cas contraire, le film aurait été interdit aux moins de seize ans, imagine la perte de revenus pour les studios.

Le sexe serait-il plus fatal que les meurtres, avais-je dit, ou plutôt interrogé, cette remarque m'était sortie de la bouche comme ça, arrivée je ne sais d'où, et à nouveau, j'avais senti l'angoisse m'étreindre en voyant Sóley me regarder d'un air amusé. Ça y est, j'ai dit une connerie, me voilà démasqué.

Le sexe, avait repris Mundi, est le contenu le plus populaire sur le Net, pourtant, très peu de gens avouent regarder de la pornographie.

Ah ça, tu l'as dit, avait répondu Ási, ou plutôt s'était-il écrié en me fixant à nouveau. Putain d'Internet ! Si je me souviens bien, tu es poète – est-ce que les gens comme toi sont parvenus à décrire le phénomène, est-ce qu'il existe des poèmes réussissant à cerner cette monstruosité, cette divinité ? Je crois que je saurais tirer profit de ce genre de poésie. Ma petite Gunna affirme que seuls les poèmes permettent de cerner ce qui constitue l'essence humaine. Enfin, je ne pense pas que j'arriverais à en lire. Je ne suis pas fait pour les poèmes, je suis beaucoup trop agité. Je suis venu au monde avec des vers au cul qui passent leur temps à se tortiller et m'empêchent de tenir en place, je ne supporte pas de m'arrêter, je ferais sans doute un cadavre insupportable, je n'arrêterais pas de gigoter dans la tombe. Et quand je reste un peu trop longtemps immobile comme en ce moment, j'ai un besoin impérieux de parler, sinon, j'explose. Non, je n'explose pas, j'ai juste l'impression que ces maudits oxyures se mettent à me ronger le coccyx et qu'ils s'y accrochent comme un chien à un os. Un jour, j'ai essayé de lire Einar Benediktsson, mais ses poèmes ressemblent à des tempêtes de mots qui se déchaînent, je m'y suis perdu, seul dans le blizzard avec mon coccyx. Tu n'as qu'à lire Stefán Hörður Grímsson, m'a suggéré Gunna. J'ai essayé, mais il y a chez lui tellement de silence que mes ascaris ont complètement perdu la tête, ils me sont remontés dans le ventre et m'ont donné la diarrhée.

Mundi : Et dire que certains osent prétendre que la poésie n'a aucun effet !

Silence ! avait rétorqué Ási sans se tourner vers lui, l'heure n'est pas au sarcasme. En tout cas, tu as mis le doigt sur le problème tout à l'heure. Le Net. Tu sais ce que c'est, m'a demandé Gunna il y a bien longtemps, à l'époque où le monde commençait juste à entrevoir ce qu'était cette toile. Non, ai-je répondu, je n'en ai aucune idée. L'Internet, c'est le chaos, a-t-elle dit. Ah, ah, le désordre, tu as sans doute raison. Non, ce n'est pas le désordre, a-t-elle corrigé avant de citer un vieux livre grec qu'elle lisait à l'époque. Elle passe son temps à lire et elle essaie toujours de m'en faire profiter, comme si ça servait à quelque chose. En tout cas, ce livre explique que c'est à l'aube des temps qu'est né le Chaos, et ce Chaos était une sorte de dieu ou de personnage. J'ai oublié les détails.

Mundi : Pourtant, il est nécessaire d'être assez calé en mythologie grecque pour faire un bon paysan.

Tais-toi donc, avait rétorqué Ási, sans se laisser perturber. Ce que Gunna voulait souligner à propos de l'Internet, c'était qu'il avait quelque chose de mythologique, c'était à fois le vide et le commencement de tout. Ce qui s'est plus tard vérifié. N'est-ce pas ? Le Net est un peu comme un nouveau ciel au-dessus de nos têtes – et on y trouve évidemment aussi de nouveaux mondes souterrains. J'y ai pas mal réfléchi. Je pourrais même dire que j'ai beaucoup médité sur la question. À mon avis, celui dont la profession consiste à regarder les arbres pousser devient plus ou moins philosophe.

Mundi : C'est bien pour ça que la philosophie n'a jamais réussi à s'enraciner en Islande et que les philosophes y sont aussi rares que les corbeaux blancs.

Sóley : Parce que pendant sept siècles, il ne poussait pratiquement aucun arbre chez nous ?

Nous n'avons pas besoin de philosophie, avait souligné Ási, nous avons nos strophes rimées, nos vísur, et elles possèdent leur magie.

Mundi : Certes, mais elles ont empêché toute pensée d'éclore en Islande.

Sóley : Ou peut-être qu'elles correspondaient parfaitement à notre besoin de chercher constamment le chemin le plus court pour arriver à destination.

Ási s'était rengorgé : quelle honte de dire des choses pareilles sur nos strophes rimées ! Et arrêtez de m'interrompre, je parlais du Net, de ce nouveau ciel, de ces nouveaux mondes souterrains. C'est un changement radical. Tellement radical que, pour la première fois, l'homme n'a pas besoin de mourir pour savoir ce qu'est l'enfer puisque l'enfer est monté jusqu'à nous et qu'il envahit la réalité numérique. Le diable sait exploiter la technologie. Il paraît que son domaine est doté d'une excellente connexion.

Ça n'aurait pas déplu à Dante. Ces mots étaient tout à coup sortis de ma bouche. Ási avait hésité, Mundi avait esquissé un sourire, et Sóley avait dit, sur un ton adorable qui avait chatouillé tout mon système nerveux en m'emplissant de gaieté : ah, te revoilà avec ton sacré Dante !

Tu ne connais pas, avait demandé Mundi à Ási qui lui tournait le dos. Ce n'est pas possible d'être exploitant forestier en Islande si tu n'as jamais lu cet auteur, c'est le meilleur engrais qui soit. Là, je dois avouer que Gunna me déçoit. Demande-lui de te parler de Dante. L'égal de notre Snorri Sturluson.

N'importe quoi, personne n'arrive à la cheville de Snorri, avait rétorqué Ási, ou plutôt signifié puisqu'il s'agissait d'un verdict, il n'avait même pas pris la peine de se retourner vers son interlocuteur. Personne n'égalera jamais Snorri. Jamais. Cet homme était une combinaison d'Iron Man, de Captain America et du dieu Odin.

Mundi s'était pris le visage dans les mains, Sóley avait éclaté de rire, mais Ási ne s'était pas démonté. Et alors ! Il faut parfois remettre les comparaisons au goût du jour, m'avait-il expliqué. Tu as vu ces films de super-héros, n'est-ce pas ? Ils sont géniaux et je suis certain que Snorri les aurait adorés. Quant à Dante, j'interrogerai Gunna, mais il y a deux comètes sombres dans ma vie, le désir sexuel et le Net, et les deux font très bon ménage. Je n'ai pas le temps d'entrer dans les détails, de te raconter toute l'histoire, et garde bien à l'esprit que je ferai l'impasse sur d'immenses continents, ce dont tu peux sans doute t'estimer heureux, il n'y a pas que de la beauté dans mon existence, je t'épargnerai bien des choses. Plus tard, d'autres moments viendront. C'est-à-dire, au cas où tu t'attarderais dans les parages. Laisse-moi maintenant te parler un peu du désir sexuel.

Tu ne vas quand même pas déverser tout ça sur lui, tu le connais à peine, s'était agacé Mundi. Il avait reposé son livre, hélas, je n'arrivais pas à en distinguer le titre, ce qui me gênait. Votre première rencontre remonte à vingt minutes et tu t'apprêtes à lui raconter toute ta vie. On ne fait pas ce genre de chose, on n'en a pas le droit. Même si on est exploitant forestier et qu'on a écrit au Congrès des États-Unis et au Parlement britannique.

Ási avait légèrement pivoté de manière à nous voir tous les trois. Campé sur ses jambes écartées, légèrement voûté, ses puissantes épaules partant vers l'avant, il ressemblait à un géant ou à une montagne.

Pas le droit ? Qui est habilité à prononcer un tel jugement ? Gunna dit toujours que chaque époque possède ses conceptions propres sur ce qui est autorisé ou convenable. Le futur nous permettra peut-être de découvrir que des comportements aujourd'hui considérés comme les seuls acceptables sont dans le meilleur des cas des foutaises, voire le signe de préjugés et de haine de la pire espèce. Comment la plupart des Blancs voyaient-ils les Noirs, disons, au XVIIIe siècle – et ne pensait-on pas à cette époque qu'il était normal, voire que c'était une loi naturelle, que les femmes n'aient pratiquement aucun droit ? Le Mundi de l'époque m'aurait-il admonesté pour avoir plaidé leur cause, ou pour avoir déclaré que l'esclavage était une pratique cruelle fondée sur des préjugés, que c'était un péché contre la vie, hein, est-ce que le Mundi du XVIIIe m'aurait dit, non et non, on n'a pas le droit de parler comme ça, pas le droit ? Je suis exploitant forestier, les arbres poussent lentement. Et on en apprend beaucoup en les regardant grandir. Je suis allé à Paris... non, Mundi, ne fais pas cette tête, je suis bien obligé d'emprunter ce détour... Je suis allé là-bas avec Gunna l'été dernier comme vous le savez tous les deux. Nous avons pris un bateau-mouche, nous sommes montés au sommet de la tour Eiffel, nous avons déambulé dans le Marais. C'est une ville que je vous recommande chaudement. Si je n'étais pas exploitant forestier en Islande, je serais sans doute parisien. Enfin bref, voilà où je veux en venir, pendant que Gunna est allée faire un tour dans la célèbre librairie Shakespeare and Company, je l'ai attendue au soleil avec ma bière dans le petit square tout près de la boutique et du café. C'est là que j'ai découvert le plus vieil arbre de la ville, planté en 1601, il y a plus de quatre cents ans. Je l'admirais, fasciné, comme pétrifié, quand Gunna est venue me retrouver, vacillant sous le poids de tous les livres qu'elle avait achetés. Nous nous sommes assis sur un banc, je lui ai donné une des bières que j'avais dans mon sac à dos, et nous avons regardé cet arbre tellement vénérable qu'il a besoin de poteaux en ciment pour le soutenir. J'ai l'impression de contempler le temps lui-même, m'a dit Gunna. Tu te rends compte, Ási, il a vu passer tellement de conceptions du monde, d'opinions et de théories. Quand on l'a planté, la plupart des gens considéraient que la Terre était plate, qu'elle était au centre de l'Univers et que c'était de la folie d'affirmer le contraire. Et elle avait raison. Comme toujours. Cet arbre a continué de pousser, traversant les siècles, indifférent à tout ça, s'élevant vers le ciel, libre et indépendant. Il savait de par sa nature que les conceptions humaines sont aussi éphémères que l'insecte du même nom. Un comportement aujourd'hui acceptable ne le sera plus demain et inversement. Quant à moi, puisque je regarde les arbres pousser, je suis un homme libre.

Mundi : Il faudra bien un jour que quelqu'un écrive un ouvrage sur tes théories, tes comparaisons et tes opinions. Il risque de faire du bruit et d'engendrer de sacrées discussions. Les lecteurs se disputeront longtemps pour savoir dans quel genre le classer. Sagesse existentielle, lubies en tout genre, surréalisme d'un type nouveau, manuel d'apprentissage pour comiques.

Tu n'écris pas de livres, Mundi, avait souligné Ási, inébranlable, toujours campé sur ses jambes écartées, nous ayant tous les trois dans son champ visuel. Il mesurait au minimum un mètre quatre-vingt-dix et ne pesait pas moins de cent cinquante kilos. Ce gars est une force de la nature, m'étais-je dit.

Non, tu n'écris pas de livres et tu n'es pas près de le faire. Mais il me semble que notre ami est poète, or les poètes ont besoin de tout savoir. Besoin de tout connaître. La vie doit couler vers eux pour les nourrir de ses histoires et de sa force, quant à nous, le reste des mortels, nous avons le devoir de leur faire part des choses les plus intéressantes de notre existence et de celle des autres. Chacun choisit évidemment à vue de nez ce qu'il raconte, mais une fois qu'on a commencé, on ne doit rien omettre. Gunna dit que nous sommes tous nus devant les écrivains. De la même manière, eux non plus ne doivent rien omettre quand ils écrivent, ils ne doivent faire l'impasse sur aucune ombre, ne contourner aucune difficulté, ne taire aucune douleur.

Mundi : Tout dire ? Je t'interdis de me mêler à un tel récit. Je veux vivre ma vie en paix. Je n'ai pas envie que le poète vienne y mettre son nez. Même si c'est un ami de Sóley. Je tiens à ce que ma vie reste en dehors de la littérature. Et je te rappelle qu'Elías ne va plus tarder, il va falloir que tu condenses sacrément ton récit. Et épargne-nous les détails scabreux et sexuels.

Bon, dans ce cas, j'accélère, avait répondu Ási, ce descendant des géants, puis il s'était redressé. Je n'ai pas envie d'être encore ici à l'arrivée d'Elías, nous risquons de nous disputer. Au fait, tu nous as appelés pour qu'on répare le cadre d'une porte, une douche et quelques patères ?

Oui, avait confirmé Sóley, qui semblait peiner à contenir son impatience d'entendre la suite. Une des douches est défectueuse dans le vestiaire des femmes, il faut changer plusieurs patères et la porte d'accès à la piscine ne ferme plus, le cadre a gonflé et l'a fait sortir de ses gonds. Ce bâtiment est de mauvaise qualité et il y a constamment des problèmes. Mais il te reste un quart d'heure, je dirais même vingt minutes. J'ai envoyé un texto à Elías en t'écoutant, je lui ai conseillé de rouler doucement en précisant que tu étais au beau milieu d'une histoire. C'est parfait, m'a-t-il répondu, Alexandre le Grand vient de vomir, nous nous sommes assis au bord de la rivière pour nous remettre. Allez, continue, parle-lui du désir et raconte-lui en quoi ce désir est lié à Wislawa, mais laisse tomber les détails sexuels. Nous ne manquons pas d'imagination. Tu n'as pas besoin de nous faire de dessin.

OÙ EST PASSÉE TA PROMESSE DE NOUS ÉPARGNER LES DÉTAILS ?

Incroyable, ce gamin a atteint l'âge de raison, se sont étonnés mes parents quand ils ont découvert qu'à peine âgé de douze ans, je m'intéressais aux livres de Kristmann Guðmundsson. Maman possédait ses œuvres complètes, elle l'admirait énormément, ce qui ne plaisait pas beaucoup à mon père – qui, je le suppose, était tout simplement jaloux. Tu connais la réputation de Kristmann, il a dû se marier huit ou neuf fois, et on lui prête une foule de conquêtes féminines. Certains affirmaient qu'il avait appris à hypnotiser les femmes quand il vivait à l'étranger où il était très célèbre, selon eux, ses conquêtes n'avaient donc pas toute leur tête lorsqu'elles cédaient à ses avances. D'autres allaient encore plus loin et soutenaient qu'il entrait en catimini dans le vieux cimetière de Reykjavík, rue Suðurgata, où, à l'abri de la nuit et des arbres, il déterrait les femmes qu'on venait d'inhumer et… Enfin, vous voyez. J'ai promis de vous épargner les détails. L'idée est dégoûtante. Mais… malgré tout aussi… un tout petit peu excitante ? Elle paraît peut-être encore pire que l'acte en lui-même. À ton avis, qu'est-ce que ça nous apprendrait de toi si ce genre d'abomination venait à t'émoustiller ?

Non, il est logique que tu n'aies pas envie de répondre ! Ça ne me surprend pas. Ou, comme le dit souvent Gunna : notre sang est une rivière de ténèbres. Pour ma part, je dis simplement que c'est un travail de titan que d'être un homme. Enfin, bref, on colportait sur Kristmann des tas d'histoires et des sacrées, et à la maison, il m'était impossible d'y échapper. D'entendre des choses qu'en tant qu'enfant, je n'aurais jamais dû entendre, mais que j'entendais quand même. Parce que Kristmann s'invitait souvent dans les conversations de mes parents. Enfin, conversations, si on veut – je me suis plongé dans ses écrits, ayant entendu mon père et ma mère se disputer plus d'une fois à son sujet. Un soir, il ne s'agissait pas vraiment d'une conversation, mais plutôt d'une engueulade que mon père avait conclue en s'écriant que Kristmann n'était pas écrivain, qu'il n'avait rien d'un poète, mais que c'était un malotru qui écrivait ses livres de bout en bout avec sa bite. Pour dire ça d'une autre manière, son œuvre n'était pas de la littérature, mais de la luxure. Maman lui avait répondu, sans doute par pure provocation : pas de la littérature, mais de la luxure ? Tu n'es qu'un crétin, un pauvre imbécile qui ne comprend rien ! Tu ignores peut-être que littérature et luxure ne sont que les deux faces d'une seule et même pièce – à ton avis, qu'est-ce qui pousse les gens à lire ?

C'était pour moi une incroyable nouvelle. Le désir sexuel m'a surpris, littéralement comme un voleur profitant de la nuit, il a enlevé l'enfant que j'étais ou plutôt l'a annihilé pour prendre sa place. Je me suis couché un soir, gamin, et je me suis réveillé le lendemain, complètement transformé. Cette nuit-là, j'ai rêvé que j'étais à bord d'un chalutier qui naviguait dans les rues d'Akureyri, j'aidais l'équipage à remonter un filet chargé de poissons à l'intérieur duquel se débattait une femme nue. Nous vidions le filet, les poissons frétillaient, mourants, sur le pont, cette femme gisait là, les yeux fermés, parmi les prises. L'équipage pétrifié la regardait fixement, elle ouvrait les yeux et me dévisageait. De son regard puissant et magnétique. Puis elle m'attirait à elle à la seule force de ce regard. Je me souviens qu'ensuite, les hommes qui m'entouraient disparaissaient, qu'ils s'évaporaient, brusquement je me retrouvais tout près d'elle, les poissons à l'agonie glissaient sur mes vêtements. La femme détachait ma ceinture, empoignait avec douceur et fermeté mon membre dur comme l'acier, qui avait atteint sa taille définitive quelques semaines plus tôt. Et laissez-moi vous dire que c'était une taille plus que respectable. Je le trouvais gigantesque.

J'avais l'impression d'avoir un monstre entre les jambes, un monstre qui me terrifiait. Mon corps ne s'était pas encore vraiment développé, il avait commencé à faire sa poussée environ six mois plus tard, mais ce maudit membre était devenu tellement gros par rapport au reste que j'avais du mal à garder l'équilibre quand il durcissait. Les proportions étaient complètement faussées. La femme du rêve l'empoignait doucement, mais avec vigueur, elle me plaquait tout contre elle, plongeait ses yeux dans les miens, ouvrait les jambes et me guidait. Dieu Tout-Puissant, je n'avais jamais imaginé qu'il puisse exister un lieu aussi doux, chaud et humide ! J'entrais en elle, mon membre la pénétrait complètement, je suffoquais et murmurais d'une voix rauque, je crois que je suis en train de mourir. Et elle murmurait en retour, d'une voix plus rauque encore, bien sûr que tu meurs, mais n'est-ce pas délicieux ? Si, répondais-je, puis venait aussitôt comme une explosion dans mon ventre. J'ai été réveillé par ma première éjaculation. Mon pantalon de pyjama mouillé de sperme. Cette nuit-là, l'enfant que j'étais est mort.

Mundi : Où est passée ta promesse de nous épargner les détails ?

Ce ne sont pas des détails, mais une partie du récit qui, tout simplement, s'effondrerait si je les omettais. Ce rêve était encore très frais dans ma mémoire quand j'ai assisté à cette altercation entre mes parents. Ils étaient tous deux complètement soûls, ce maudit brennivín était encore plus désastreux pour l'entente familiale que ce pauvre Kristmann. Ce rêve m'avait totalement bouleversé. Ces nouvelles sensations, ou sentiments, cette nouvelle vie. Oui, je crois pouvoir sans risque affirmer que j'ai quitté l'enfance en l'espace d'une seule nuit. Je ne m'intéressais plus à mes soldats de plomb, j'en possédais pourtant toute une armée que j'ai donnée à mon frère qui, dans un sens, n'a jamais vraiment grandi. Pendant longtemps, chaque fois que j'allais me coucher, j'espérais sincèrement revoir la femme de mon rêve. J'avais tellement envie de la pénétrer que j'en tremblais, je jouissais deux fois de suite rien que d'y penser, et…

Mundi : Mhmm…

Quoi, tu appelles peut-être ça des détails ? Bon, en tout cas, elle n'est jamais revenue. Voilà, c'était raté. Puis j'ai entendu mon père soutenir que Kristmann avait écrit tous ses bouquins avec sa bite, et maman lui répondre que toute littérature était luxure. Naturellement, elle avait dit ça pour le provoquer, mais j'étais tellement jeune que je n'avais pas saisi l'ironie dont j'ignorais alors jusqu'à l'existence, je me suis donc plongé à corps perdu dans les œuvres de Kristmann dans l'espoir d'y retrouver la femme de mon rêve.

Et tu l'as retrouvée ? avais-je interrogé.

Non, mais j'ai lu cinq livres de lui avant de laisser tomber.

Sóley : Je ne vais pas pouvoir tenir Elías éternellement à distance.

Ah bon, il arrive, s'était inquiété Ási en se retournant pour regarder l'air limpide sur le grand parking où les drapeaux pendouillaient, parfaitement immobiles à leurs mâts, comme autant de déclarations stipulant que plus rien ne se passait dans le monde. Non, il attend, avait répondu Sóley. Je me suis arrangée pour lui envoyer un autre texto tout à l'heure, je lui ai dit que tu étais encore au beau milieu de ton histoire. Eh bien, il est rudement long, ce milieu, a-t-il répondu, ajoutant qu'il continue à attendre tranquillement au bord de la rivière que le mal des transports d'Alexandre le Grand soit calmé. Mais tout a ses limites. En outre, je te rappelle qu'un autocar est en route vers l'hôtel et qu'Elías tient à venir chercher ces épices avant l'arrivée des touristes. Il va faire la cuisine pour le banquet annuel organisé en l'honneur de Páll d'Oddi, d'Elvis Presley et pour célébrer la vie.

Alexandre le Grand ?

Mundi : C'est le chat d'Elías.

Je sais, je réfléchissais juste à ce nom.

Sóley : Elías a deux chats. Une femelle prénommée Cléopâtre à qui il arrive constamment toutes sortes d'aventures. Elle disparaît des jours durant sur la lande, se met à l'affût, chasse de quoi se nourrir, elle se prend pour une lionne des montagnes. Elías est grand amateur de chats, il leur donne des noms de figures historiques, étant également grand amateur d'histoire. Amateur, n'importe quoi, cet homme est tout bonnement titulaire d'un doctorat, il n'est ni plus ni moins que professeur émérite de l'université d'Islande. Et d'une certaine manière, c'est l'histoire de l'humanité qui les a rapprochés, lui et Páll, la passion qu'ils nourrissent tous deux pour cette discipline, et… mais…

Elle s'était brusquement interrompue, Ási baissait les yeux, Mundi la dévisageait. Il y avait dans leur silence une douleur si profonde qu'aucun des trois ne semblait savoir comment la contourner, l'enjamber. Sóley se mordillait les lèvres, une main posée sur la hanche, je sentais monter en moi comme un vague désir. Le chien de ta sœur Rúna s'appelle Cohen, m'étais-je forcé à dire pour calmer mon désir de moins en moins vague, mais aussi pour rompre ce silence pesant – le chien de Rúna s'appelle Cohen.

Sóley avait souri, Ási avait relevé la tête, le silence s'était dissipé. Oui, elle a décidé d'imiter maman quand ces maudits Norvégiens ont écrasé sa vieille chienne. Tu te souviens sans doute que notre mère baptisait toujours ses chiens de noms de musiciens ou de chanteurs, Dylan, Piaf, Beethoven…

Mundi : Des chats nommés d'après des personnages historiques, des chiens d'après des musiciens. C'est qu'on ne s'ennuie pas dans ce fjord !

Ási : Tiens, je devrais peut-être moi aussi adopter cette habitude avec mes arbres. Celui-ci s'appelle Clapton, celui-là Bowie et là, voici Chopin. Ensemble, ils formeraient toute une forêt de musique !

Sóley : Ou leur donner des noms d'acteurs porno. On parlerait de toi au journal télévisé. Peut-être même que la BBC viendrait t'interviewer.

Ási : Ne te moque pas, je suis sensible.

Mundi : J'aimerais connaître ta définition de la sensibilité.

Sóley : J'avoue que moi aussi, mais laissons ça de côté pour l'instant. Vois-tu, mon cher Ási, tu t'es déjà pas mal écarté de ton récit. Et j'ose à peine imaginer où ça nous emmènerait si tu nous expliquais ce que tu entends par sensibilité. Il y a à peu près… un quart d'heure, tu t'apprêtais à nous raconter pourquoi Wislawa a atterri ici, mais jusqu'à maintenant, tu n'as fait que nous parler de Kristmann Guðmundsson, de l'Internet et de ta première éjaculation. Je t'accorde cinq minutes, ensuite, je donne à Elías le signal pour qu'il se remette en route. Rappelle-toi, j'attends un car qui m'amène une quarantaine de touristes japonais. Et ils supposent qu'on leur proposera autre chose que le récit de la première éjaculation d'un exploitant forestier qui s'est piqué d'écrire au Congrès des États-Unis et au Parlement britannique pour réclamer justice.

Mundi : Un car de quarante touristes. Un car rempli de billets.

Sóley : Je préfère les voir comme des gens en quête d'aventures et désireux de se reposer un peu l'esprit en pleine pandémie de Covid.

Taisez-vous donc, s'était agacé Ási. Il me reste seulement cinq minutes.

Mais nous n'échapperons pas à mon désir sexuel. Nous serons forcés de passer à travers, avait-il repris. Ou de le traverser pour en sortir. J'ignore quelle formule convient le mieux.

Mundi : Au commencement était le sexe et le sexe était Dieu.

Ási : Ce n'est pas mal, cela dit, ce serait plus approprié encore de détourner légèrement la phrase en disant – au commencement était le sexe et le sexe était chez Dieu. Je trouve que ça convient mieux. Mais ne m'interromps plus. Ta remarque et ma réponse nous ont coûté vingt secondes. Il était tout simplement diabolique, je veux dire, ce désir. J'explosais. L'âge de raison, disaient mes parents. L'âge de raison ! Sûrement pas, cet âge de raison n'avait rien de raisonnable ni d'innocent – j'abritais en moi un Tyrannosaurus-Rex hurlant ! Pardonnez-moi les descriptions qui vont suivre, mais elles sont nécessaires pour que vous mesuriez la situation, j'étais un adolescent dépravé, tellement bouillonnant, que j'enfonçais mon membre dans tous les orifices qui me tombaient sous la main, les pots d'échappement, les rouleaux de papier toilette, les étuis en plastique, deux brebis du fjord tout près du village, Dieu Tout-Puissant, on aurait dit que tous les trous du monde m'appelaient ! Non, disons plutôt qu'ils entonnaient un chant tellement ensorcelant qu'aucune force existante ne pouvait m'arrêter. On aurait dit… aïe, l'histoire de cet Ulysse, ces femmes qui chantaient et faisaient perdre la tête aux hommes qui n'arrivaient plus à se maîtriser…

Mundi : Les sirènes, elles…

Ási : Merci ! Je ne me rappelle jamais ce genre de détail. C'est Gunna qui m'a parlé de ces créatures, quel phénomène fantastique, c'est génial. Un sacré type, cet Homère, de trouver un truc pareil : un chant ensorcelant qui te prive de toute volonté et te voilà voguant vers une mort certaine le sourire aux lèvres. Honnêtement, qu'est-ce qu'on ne va pas inventer !

Sóley : Les sirènes ont évidemment existé de tout temps, mais rarement sous la même forme. Elles changent d'apparence et s'adaptent à l'époque bien que leur nature profonde reste la même.

Mundi : Et elles se jouent adroitement de ces sœurs que sont l'envie et les idées reçues. Et voilà que dans un village du nord-ouest de l'Islande, elles se sont débrouillées pour qu'un demi-géant à peine sorti de l'enfance copule avec des tuyaux d'échappement.

Ási : Le désir sexuel est mon Ulysse.

Mundi : Je ne suis pas certain que cette comparaison fonctionne.

Ási : Tu vends des pales de moteurs à réaction, qu'est-ce que tu saisis des comparaisons ? Laisse donc les miennes tranquilles. Surtout en ce moment, parce que la trotteuse découpe à toute vitesse les secondes qu'il me reste.

Comme un oignon, avais-je risqué.

Ási : Quoi ?

Elle découpe le temps comme un oignon, jusqu'à ce qu'il ne reste plus rien. En dehors des larmes.

Sóley : Je te reconnais bien là !

Ási : Je ne saurais le reconnaître puisque c'est la première fois que je le vois, je ne sais rien de lui, je peux terminer ?

Sóley : Nous t'attendons.

Mundi : Si ça continue comme ça, nous allons tomber nez à nez avec Elías avant de sortir d'ici, et…

… il ne faut surtout pas que ça arrive, avait complété Ási en remontant son pantalon sur ses hanches. Non, il ne faut pas, avait-il répété, je vais donc faire un grand bond en avant dans le temps, je laisse derrière moi les affres de mon adolescence et j'atterris ici à une époque où le Net a déjà commencé à conquérir le monde. Certes, pendant longtemps, la connexion était des plus lentes. Les images mettaient un temps fou à s'afficher à l'écran, et il fallait pratiquement une demi-journée pour télécharger une vidéo – ce qui compliquait sacrément l'accès aux contenus pornographiques. Le porno se perdait quelque part en route, il se noyait dans l'océan ou errait, transi, sur les landes. Puis un député de notre circonscription s'est débrouillé pour qu'on bénéficie d'une connexion bien plus puissante. Il affirmait vouloir ainsi renforcer la communauté en évitant l'exode des jeunes, mais naturellement, il espérait surtout gagner les voix de citoyens reconnaissants à l'approche des élections. Et – bing – les portes de l'enfer se sont ouvertes ! Je passais des heures et des heures, pétrifié, à visionner ces saloperies. Je n'en avais jamais assez ! Vidéo après vidéo. Je plongeais tête la première dans cette fondrière, dans ces sables mouvants qui m'emprisonnaient. Je peux dire que j'avais déménagé dans cette réalité numérique. Je me masturbais tellement et avec une telle frénésie que j'avais le membre tout rouge et tout gonflé. Étant paysan à l'époque, je savais comment y remédier, j'avais des vaches, et la traite engendrait les mêmes problèmes que l'excès de masturbation. J'ai donc pris de la graisse à traire dont je me suis régulièrement enduit et tout a été réglé. Je pouvais continuer à me tripoter, ce qui était un sacré soulagement – je refuse de qualifier tout ça de détails inutiles, avait souligné Ási à l'intention de Mundi, c'est un épisode du récit dont je ne peux faire l'économie.

Mundi : Je te conseille de faire un autre bond dans le temps, la trotteuse avance de plus en plus vite.

D'accord, d'accord. Je n'arrivais plus à trouver le sommeil à cause de mon état de rut permanent, il n'y avait rien à faire. Le chant des sirènes me tenait éveillé. Elles m'attiraient toujours plus loin dans les profondeurs des mondes numériques. Les sites porno que je visitais étaient de plus en plus extrêmes, même si j'ai légèrement diminué ma consommation quand j'ai commencé à discuter sur les forums. Et c'est justement ça qui m'a conduit à ma perte. Je t'épargne pour l'instant les conséquences de ces saletés sur ma vie familiale, tout mon entourage en a souffert, j'étais un homme marié et père de trois enfants. En tout cas, je peux t'assurer qu'il y aurait beaucoup à dire, c'était monstrueux. J'ai lu quelque part que le sexe peut à la fois vous ouvrir la porte du clair de lune et celle de l'enfer. J'ai toujours trouvé cette formule assez parlante, même si je ne comprends pas tout à fait cette histoire de lune. Mais je suppose que le sexe avec ceux ou celles qui… bon, d'accord, Mundi, j'accélère : en résumé, les forums de discussion m'ont introduit dans le monde de la prostitution.

Je me suis créé un pseudo, j'allais sur ces forums pour discuter, pour parler de cul ou pour y poster des contenus. Je laissais libre cours à tous mes fantasmes que je produisais en série, comme une machine. Je ne m'intéressais plus aux gens, je travaillais sans conviction. Je suppose qu'à l'époque, j'étais à deux doigts de devenir écrivain, j'aurais sans doute pu déposer un dossier de demande pour toucher les aides de l'État aux artistes. Mais mon Dieu, quelle laideur dans mes écrits ! Les miens et ceux des autres, parce qu'eux non plus n'étaient pas des enfants de chœur. Pour ma part, brave campagnard naïf, j'ai d'abord cru que derrière tous ces noms inventés se trouvaient de simples gens comme moi qui cherchaient à assouvir leurs désirs. Je ne voyais là ni tromperie ni mensonge, juste des hommes en rut et des femmes en chaleur. J'ai correspondu un bon moment avec une certaine Catherine la Grande. Ça faisait des étincelles entre nous et quand elle m'a proposé une rencontre, j'ai presque aussitôt mordu à l'hameçon. Elle a ferré le poisson sans se presser et en un rien de temps, j'ai accepté de « l'aider » en lui donnant 60 000 couronnes, elle était en difficulté pour payer son prochain loyer, enfin, ce genre de connerie. Et j'ai laissé cette maudite bite prendre toutes les décisions comme si elle était titulaire d'une carte de crédit. Elle est pourtant bien incapable de gérer ses finances. J'ai inventé un rendez-vous chez le dentiste à Reykjavík, ce qui justifiait à la fois le déplacement et la dépense. Puis peu à peu, j'ai compris que derrière ces noms inventés, il y avait une ordure qui faisait commerce du corps de ces filles, certaines étaient étudiantes et avaient besoin d'argent, d'autres se droguaient, et il y avait aussi ces étrangères empêtrées dans l'enfer de l'esclavage sexuel. Hélas, j'étais devenu tellement dépendant que j'avais perdu la notion du bien et du mal – et croyez-moi, cette dépendance-là n'est pas moins destructrice que celle à la drogue ou à l'alcool. On vendrait père et mère pour avoir sa dose. Tu te demandes sans doute ce qui m'a réveillé, et je te répondrai rapidement parce qu'Elías ne va pas passer sa journée au bord de la rivière.

Sóley : Sans parler de l'autocar rempli de touristes qui ne devrait plus tarder.

Dans ce cas, allons-y vite et bien, vite et bien, avait répondu Ási en remontant à nouveau son pantalon sur ses hanches – j'ai adhéré au Parti agraire, au

Framsóknarflokkur, ce qui me permettait de justifier mes voyages à Reykjavík, je me suis impliqué dans ses activités. Pour reprendre les paroles de Mundi, toujours aussi sarcastique, ceux qui entrent dans cette formation politique le font soit pour gravir plus vite l'échelle sociale, soit pour assouvir leur addiction au sexe. Wislawa est la huitième personne que j'ai rencontrée.

Sur ces forums ?

Ási : Oui, il y a eu six femmes et deux jeunes hommes. Je me fichais royalement du sexe de mon partenaire et ça n'a pas changé, d'ailleurs il y a tellement de gens beaux et intéressants des deux côtés que c'est du gâchis et de la bêtise d'en choisir un seul. Cela dit, à l'époque, tout ça commençait à me rendre franchement malade. Ma petite Gunna avait déménagé à Hólmavík, les enfants avaient grandi, ils étaient partis s'installer à la capitale et ne me parlaient pratiquement plus. Oui, je dirais presque que je ne trouvais plus aucun sens à ma vie. C'est dans cet état d'esprit que je suis allé une fois de plus à Reykjavík, où j'avais rendez-vous avec une femme qui se faisait appeler Your wet dream, Ton rêve humide, sur un de ces forums. Or vois-tu, je n'avais pas du tout envie de la rencontrer, mais j'étais entraîné par le monstre qui s'employait à me commander. Arrivé à la capitale tard dans la soirée, je prends possession de ma chambre d'hôtel, j'essaie de m'endormir, mais je me tourne dans le lit, incapable de trouver le sommeil. J'attrape mon ordinateur pour regarder un film sur Netflix et je vois que Gunna m'a envoyé un mail. Un long courriel où elle me rappelle tel ou tel événement de notre vie, de nos années passées ensemble, elle me dit que je suis une belle âme sur un ton si chaleureux que j'en ai les larmes aux yeux. Elle a joint à ce message quelques photos de dessins que nos enfants ont faits quand ils étaient petits. Gunna avait trié quelques vieilleries, elle avait tenu à me faire partager tout ça, l'innocence de ces dessins, leur joie de vivre éclatante – et j'en ai pleuré. Je me suis effondré et j'ai pleuré à chaudes larmes. J'ai pleuré mon innocence perdue. Pleuré parce que le sexe avait détruit tout ce qu'il y avait de beau dans ma vie. J'ai pleuré et je n'ai pas dormi de la nuit. Le lendemain matin, j'ai allumé l'ordinateur et lu le message que m'avait envoyé cette Your wet dream, un message qui, la veille encore, aurait aussitôt convoqué mes plus bas instincts, mais qui me plongeait simplement dans une profonde tristesse et dans l'abattement. J'ai téléphoné à Gunna qui, à ma grande surprise, m'a encouragé à aller à ce rendez-vous, elle m'a même ordonné de l'honorer, mais uniquement pour présenter mes excuses à cette femme, quelle que soit son identité. Elle était censée représenter toutes les autres dont j'avais acheté les services et dont j'avais sans doute abusé dans certains cas ; j'étais censé lui présenter mes excuses et lui proposer de l'aider, si c'était en mon pouvoir.

Je suis allé à la chambre d'hôtel où nous avions rendez-vous – c'est là que m'attendait notre Wislawa, il s'est passé quelque chose dès que je suis entré. Je ne suis pas capable de l'expliquer, je peux simplement dire qu'il s'est passé quelque chose d'important. J'avais l'impression que le destin nous avait réunis pour que nous puissions nous sauver mutuellement de l'enfer dont nous étions tous les deux prisonniers. J'ai passé deux heures en sa compagnie, elle m'a raconté son histoire. Celle d'une gamine syrienne à qui la guerre a enlevé ses parents et ses deux frères, l'un d'eux n'avait que cinq ans. Je ne te raconterai pas comment ses parents ont été tués, je n'en ai pas la force, c'est trop cruel. En tout cas, elle s'est retrouvée seule au monde avec sa sœur, leur maison n'était plus qu'un tas de ruines, leur ville un champ de bataille qu'elles ont fui avec d'autres gens comme elles. Elles ont gagné la côte de la Méditerranée, plongées dans un total dénuement, et ont réussi après bien des épreuves à atteindre la Grèce, deux cents personnes entassées dans une embarcation en caoutchouc conçue pour cent passagers. En Grèce, elles ont connu l'enfer des camps de réfugiés, initialement créés dans un souci humanitaire, jusqu'au moment où le diable s'est vu confier leur gestion. Quelques mois plus tard, elles ont cru que la chance avait enfin tourné en leur faveur. Elles ont rencontré dans le camp un cousin éloigné qui a proposé à Wislawa de lui trouver du travail en Islande, ajoutant qu'il s'occuperait de tous les papiers. Un travail bien payé dans un hôtel. Elle pourrait sans doute mettre suffisamment d'argent de côté pour pouvoir revenir au camp chercher sa sœur. Ce cousin, en apparence la douceur et la gentillesse incarnées, avait avec la plus froide détermination vendu sa cousine comme esclave sexuelle tout en retenant sa sœur en otage dans le camp en guise d'assurance. Pour reprendre les paroles du poète que Mundi cite constamment : l'homme a inventé le diable pour endosser ses péchés.

Mundi : Comme d'habitude, tu ne peux pas t'empêcher de déformer la citation, mais le résultat est peut-être encore meilleur.

Ási : Dieu est censé avoir créé l'homme à son image – que faut-il en déduire ? Celui qui s'adonne à l'activité douteuse de lire l'histoire de l'humanité ne peut que penser : ceci n'est pas l'histoire de l'humanité, ce sont les annales de l'enfer.

C'est peut-être, avais-je suggéré, le diable qui a créé l'homme et quand Dieu a vu qu'il était trop tard pour l'effacer, il nous a donné la mauvaise conscience et la musique.

Et il a donné l'eau chaude de la géothermie aux Islandais, avait ajouté Ási, mais j'aime bien ton idée, la mauvaise conscience et la musique, n'est-ce pas, Mundi, il va falloir qu'on s'en souvienne.

Je l'ai déjà notée, avait répondu Mundi, toujours assis dans l'encadrement de la fenêtre, mais il faut que tu finisses de raconter ton histoire, Elías ne va plus tarder. Il est docteur en histoire, je suppose qu'il est donc de fait également docteur en démonologie.

D'accord, j'accélère, avait repris Ási. Un gars plein d'entrain, un Islandais, était venu chercher Wislawa à Leifstöð, l'aéroport international, et s'était présenté à elle comme une connaissance de son cousin, un chic type à qui on pouvait faire confiance, avait-il dit. Il lui avait parlé pendant tout le trajet jusqu'à Reykjavík. De l'Islande et des Islandais. Il lui avait offert un sandwich et un Coca – elle s'était endormie en arrivant à Straumsvík. Le gars avait évidemment mis je ne sais quelle saloperie dans la canette et elle n'était revenue à elle que quelques jours plus tard, elle s'était réveillée dans une chambre infâme avec trois types qui lui avaient montré une vidéo où elle apparaissait, comme hors du monde, abrutie par la drogue, et où on la voyait copuler avec ces trois hommes. Des actes sexuels aussi brutaux qu'humiliants. Ils lui avaient confisqué son passeport et l'avaient menacée de poster cette vidéo sur le Net si elle refusait de... Elle leur a répondu d'aller au diable et d'y rester. Ils ont alors sorti des photos de sa sœur, souriante, aux côtés de leur cousin, des photos prises la veille... en lui disant qu'ils n'hésiteraient pas à la forcer elle aussi à se prostituer si Wislawa refusait de coopérer. Comme tu le dis si bien, c'est peut-être le diable qui a créé l'homme. Après ça, je me suis beaucoup documenté sur la traite des êtres humains et j'ai découvert qu'elle est aussi lucrative que le trafic de drogue ou le commerce illégal d'armes. Tu gagnes autant d'argent en réduisant des enfants et des femmes en esclavage sexuel qu'en vendant des avions militaires – rien qu'en Europe, des milliers de personnes ont été vendues comme esclaves sexuelles ces dix dernières années. Notre Wislawa est une des rares à en avoir réchappé. Le plus effrayant dans tout ça, c'est que ces informations sont disponibles et qu'on n'a pas besoin de chercher bien loin pour les trouver. Nous savons, et pourtant, nous ne faisons rien. Qu'est-ce que ça signifie ? Est-ce qu'au bout du compte nous irons tous en enfer ? Mundi, toi qui as beaucoup voyagé, lu quantité de livres, vendu des pales de réacteurs, comment tu expliques ça ?

Mundi : Tout simplement, parce que bonté et bienveillance exigent trop d'efforts, elles te coûtent des heures de travail perdues et, pour finir, te plongent dans le désespoir – par conséquent, oui, environ 90 % du genre humain risque d'aller droit en enfer. Et de se consumer dans ses flammes.

Ási : Il faudra qu'on en discute plus longuement. Je vais devoir envoyer d'autres lettres au Congrès des États-Unis et au Parlement britannique. Je te raconterai le dernier volet de ce récit plus tard, ce volet que j'ai baptisé l'opération de sauvetage. Et je peux t'assurer que la plupart de ceux qui habitent ce fjord y ont participé. Y compris mon idiot de frère. Mais je dois m'arrêter, j'aperçois la voiture d'Elías. Allez, Mundi, au boulot !

MISS YOU, BABY, SOMETIMES, PUIS ON VA MANIFESTER CONTRE LA SOLITUDE

Je croise l'autocar vert rempli de touristes japonais au niveau du pont. Ils montent vers l'hôtel, je descends vers la caravane que Sóley me prête et qu'elle m'a montrée depuis le pas de la porte de son établissement. Une petite forme blanche posée sur le terrain plat et gorgé d'eau de l'autre côté de la rivière. Je croise cet autocar rempli de touristes, rempli d'argent. Il y a tant de manières d'envisager la réalité et le point de vue de chacun définit ce qu'il abrite en son for intérieur. Dites-moi comment vous voyez le monde, je vous dirai qui vous êtes.

Je ralentis en approchant du pont à une voie, je me gare sur l'accotement et je mets mon clignotant à droite pour signaler au chauffeur que je lui laisse le passage. Il m'adresse un appel de phares pour me remercier. Non, elle me fait un appel de phares, parce que le chauffeur est une femme aux cheveux courts et elle porte des lunettes de soleil.

Je distingue la silhouette de quelques passagers souriants tandis que l'autocar recouvert de terre et de poussière passe lentement devant ma Volvo, deux d'entre eux brandissent des appareils photo et l'un d'eux me photographie. Ma tête atterrira peut-être dans un album de famille quelque part au Japon, ce qui fera de moi un grand voyageur. Là-haut, à l'hôtel, Sóley, Wislawa et sa sœur Oleana attendent l'autocar, ses touristes, sa conductrice et le guide qui les accompagne. Le prénom Oleana signifie clarté, lumière, et celle qui fait sombrer les navires. Certains noms sont des poèmes, voire des planètes. Elles attendent toutes trois le car, avec Ómar, le mari de Sóley. Parce qu'il m'a bien semblé comprendre qu'Ómar est son époux. C'est en tout cas ce qu'elle a laissé entendre.

Ce qui signifie qu'elle est mariée.

Évidemment.

Ce qui se comprend.

Mais cet Ómar en est-il digne ? Elle a les yeux couleur d'ambre, deux pierres précieuses, des landes nimbées d'un doux soleil. Il y a dans son attitude comme une hésitation qui la rend irrésistible. Et son sourire fait dévier la course des planètes. Bien sûr qu'elle est mariée ! Mais Ómar a-t-il bien mérité tout ça ? Où sont enterrés les dragons qu'il a taillés en pièces pour elle, quelles montagnes a-t-il fendues en deux, quelles tempêtes a-t-il bravées, et se souvient-il chaque matin lorsqu'il se réveille d'envoyer aux dieux et au destin un télégramme de remerciements ?

Cet Ómar, je suppose que je le déteste.

Et ce n'est pas un sentiment agréable, ni noble, ni même intelligent, d'ailleurs, l'envie ne se pose pas de questions, elle se fiche de la clairvoyance, de la richesse, du bonheur, de la bonté, de l'équité, de la logique. L'envie est la sœur enténébrée de l'amour, elle est tyrannique et s'empare de ce qu'elle convoite.

Ce cher Ómar, disait Sóley dans le hall de l'hôtel.

Je franchis lentement le pont, j'allume la musique, je regarde la rivière et son courant placide, espérant y apercevoir un saumon. Le navigateur de la voiture a choisi une nouvelle chanson qui débute par une introduction au piano bientôt relayée par la voix de Regina Spektor. I'm so lonely, lonely, lonely, so I went to a protest, just to rub up against strangers… Je me sens tellement seule, seule, seule, que je suis allée manifester, histoire de me frotter à quelques inconnus…

Ce serait une bonne idée d'aller défiler contre la solitude. Qui sait si je ne trouverais pas mon but dans la vie en parcourant le monde pour organiser des marches de protestation ?

Mais je dois d'abord m'installer dans cette caravane, y entrer, la jauger, me faire un café et penser à je ne sais quoi en le buvant.

Oh, I start to miss you, baby, sometimes.

Oh, parfois, chérie, tu commences à me manquer.

Miss you, baby, sometimes – et j'approche de la caravane. Tout près, j'aperçois la ferme d'Einar et de Lóa. Tout est calme. Aucun fusil à l'horizon. Je ne vais pas trop m'attarder dans cette caravane, je dois bientôt repartir – comme un imbécile, j'ai promis d'aller à la fête qu'Elías et Eiríkur organisent en l'honneur de Páll d'Oddi, d'Elvis et pour célébrer la vie.

Le gars que voici est un inconditionnel d'Elvis, avait claironné Sóley à mon sujet quand Alexandre le Grand, le chat d'Elías, avait fini de laper son écuelle de lait enrichi de crème offerte par Wislawa que le félin avait ensuite suivie dans la cuisine. Nous nous sommes retrouvés tous les trois dans le hall d'entrée, Sóley, moi et cet Elías qui venait chercher des épices et préparait un banquet.

Le gars que voici est un inconditionnel d'Elvis et il faudrait que quelqu'un le nourrisse, regarde un peu comme il est maigre. En outre, il devrait pouvoir vous aider à trouver de nouvelles épithètes pour le King. Il a toujours eu le don de la formule. Les mots lui obéissent comme des chiens fidèles, avait précisé Sóley.

Celui qui est capable de trouver de nouveaux surnoms pour Elvis est toujours le bienvenu chez moi, avait répondu Elías – et je n'ai pas osé refuser son invitation. Pourtant, je n'ai pas envie de compagnie. La compagnie est une chose en général largement surestimée.

Je dépasse la ferme d'Einar et de Lóa, je dois bientôt ralentir pour m'engager sur la route en terre puis sur la piste à peine visible qui traverse la tourbière spongieuse et descend vers la petite caravane. J'abaisse ma vitre pour laisser entrer dans l'habitacle le mois d'août, son soleil, l'odeur de l'humus et de la mer, celle du petit taillis de bouleaux qui fait de l'ombre à la ferme, le chant de la bécassine des marais, les stridulations du chevalier gambette et les cris des sternes arctiques qui ne tarderont plus à quitter le fjord.

Et Regina Spektor a fini de chanter. Jolie chanson.

Miss you, baby, sometimes.

Je devrais peut-être lui écrire une lettre pour la remercier, c'est ce que les gens passent leur temps à faire, n'est-ce pas ? Écrire des lettres de remerciements, merci de tout mon cœur pour cette chanson, pour cette plante, pour ce poème, pour cette histoire, pour cette émission de radio, pour ce film, pour votre discours… je suppose qu'on envoie encore ce genre de missives, de messages, de remerciements, n'est-ce pas dans ce but premier qu'on a jadis construit des bureaux de poste, n'est-ce pas pour cette raison qu'existe la profession de facteur, et l'idée à l'origine de l'invention du courrier électronique : pour que les gens puissent s'envoyer des remerciements, des encouragements, des nouvelles, des aveux amoureux ?

Une nouvelle chanson vient de commencer. Une voix rauque et chargée d'émotion a pris le relais de mademoiselle Spektor, For all the things that you've given me will always stay, broken, but I'll never throw them away. Parce que toutes ces choses que tu m'as données seront toujours là, cassées, mais je ne les jetterai jamais.

Tom Waits. Ce serait plus difficile encore de traverser la vie s'il n'était pas là pour nous accompagner.

Me voici arrivé à la caravane.

Qui semble tellement petite que je ne suis pas certain qu'elle puisse contenir beaucoup plus qu'une tasse de café, un rouleau de papier toilette et trois sternes. Les trois qui s'envolent en criant au moment où je coupe le moteur. J'attends que la chanson soit finie pour descendre. Summer is gone, but our love will remain. L'été s'en est allé, mais notre amour est resté. Il survivra à l'automne, à l'hiver, à la nuit, aux déceptions et aux plus lourds des fardeaux :

Je t'aime,
et me voilà sauvé.

Je t'aime,
et la tristesse m'étreint.

Puis la chanson s'achève.

Car toute chose doit s'achever pour qu'une autre prenne le relais.
Un amour chasse l'autre.
Je meurs pour que naisse une nouvelle vie.
Je repose ma guitare pour qu'un autre puisse en jouer.

La caravane est installée face à l'hôtel, il me semble apercevoir Ási au bord de la piscine – je me dis qu'il parle peut-être à la fille de ce couple de Canadiens. S'est-elle redressée sur son matelas, lui a-t-elle dévoilé ses seins, s'est-elle changée en un chant de sirènes et Ási a-t-il oublié qu'il est venu là pour réparer une porte ? Les seins de cette femme ont-ils également troublé Mundi, le philosophe qui vend des pales et qui vient dans ce fjord pour éviter de répondre aux questions que lui pose le monde ?

J'aperçois quelques touristes devant l'hôtel, la plupart sont masqués, ils vont et viennent, guillerets, sous le soleil, il n'y a pas un souffle de vent, il fait quinze degrés, on ne saurait profiter de journée d'été plus radieuse si loin au nord du monde, du reste, on n'en a pas besoin. Quinze degrés et cet air immobile qui vous apaise le sang. Je cherche la clef de la caravane dans ma poche. Ce n'est pas bien grand, m'a prévenu Sóley, mais très confortable, tu t'y sentiras comme dans un cocon. Tu n'as qu'à revenir s'il te manque quelque chose, évidemment, tu viens prendre ton petit déjeuner ici, mais il y a là-bas du café, un peu de knäckebröd suédois, et je te donne un peu de beurre, du fromage de chèvre et une bouteille de single malt. Te voilà paré à tout. Tu penses que ça ira… mon amour… ? a-t-elle ajouté.

Mon amour.

Elle l'a dit après une brève hésitation. Comme si elle n'était pas sûre de devoir le faire. De ne pas se mettre en danger. D'en avoir le droit. Mais elle l'a dit quand même.

Je tiens la clef dans une main et la bouteille de whisky dans l'autre, du Macallan, dix-huit ans d'âge. Il ne me manque plus qu'un verre et de la musique pour que je me sente en parfaite sécurité. Miss you, baby, sometimes. J'entre la clef dans la serrure.

J'ai baptisé cette caravane le Non-lieu, m'a dit Sóley en me tendant la clef et la bouteille. Au moment où elle m'a souri, les dieux ont été appelés à la hâte pour remettre le monde d'aplomb.

Le Non-lieu, pas mal ! Le lieu qui n'existe pas. Ça me convient parfaitement.

J'ouvre la porte et, quand j'ai presque fini de la verrouiller, je découvre que l'homme qui se trouvait dans l'église, le pasteur, le chauffeur de bus, à moins que ce ne soit le diable en personne, est assis à la petite table circulaire tout au fond de la caravane.

Eh bien, quand même ! Vous voilà enfin, me lance-t-il.

APPELEZ-MOI SNATI. OU BIEN : JE SUIS TELLEMENT HEUREUSE QUE TU SOIS VENU. JE NE TE LE PARDONNERAI JAMAIS

C'est à croire que cette caravane grandit dès qu'on y pose un pied. Je la voyais nettement plus petite, dis-je en m'asseyant à la table ronde, face à l'inconnu de l'église.

Aussitôt entré, j'ai décidé de ne m'interroger ni sur son identité ni sur ce qui l'amène ici. Mais je m'étonne du confort de ce Non-lieu. De l'amour qui se dégage de chacun des détails. Les rideaux, la simplicité de la nappe sur la table, les objets. Quelques photos en noir et blanc sont disposées sur les étagères derrière le canapé en arc de cercle : des gens qui font les foins, qui s'occupent de l'agnelage ou trient les moutons dans les enclos au retour de la transhumance. Sur l'une d'elles, un couple et deux jeunes garçons sourient devant une belle maison en bois à un étage habillée de tôle ondulée, et dont la mansarde semble elle aussi sourire. Ce ne seraient pas, me dis-je, surpris… est-il possible que ce soient…

Oui, confirme l'inconnu, c'est bien ça. Ce sont Hafrún, Skúli et leurs deux fils, Halldór et Páll.

Je me penche en avant, j'ai la chair de poule, bien trop bouleversé pour me demander comment l'homme de l'église peut lire ainsi dans mes pensées. Le couple de la photo est nimbé d'une intense lumière. Ils s'étreignent, manifestement heureux, ostensiblement amoureux, et leurs deux fils, Halldór et Páll, entre huit et dix ans, sont assis à leurs pieds, les jambes étendues, Halldór sourit, Páll est sérieux. À eux quatre, ils constituent un petit univers lumineux et débordant de bonheur. Une galaxie sans doute aujourd'hui éteinte, disparue, dont il ne reste que cette photo noir et blanc, conservée au fond d'une petite caravane dans un fjord à l'écart du monde.

Mais comment l'inconnu de l'église peut-il savoir que je pensais à ces gens ? Et qu'est-ce que... non, je n'ai pas l'intention de me torturer l'esprit, et mieux vaut parfois ne pas avoir de réponses. L'ignorance rend libre. Je me contente donc de lui dire que la caravane semble grandir dès qu'on y entre.

Elle s'adapte peut-être à vous, à moins que ce ne soit l'inverse, répond-il, puis il répète les mots qu'il a prononcés quand j'ai ouvert la porte, vous voilà enfin !

Vous m'attendiez, dis-je, plus ou moins contre mon gré, sachant que je n'ai pas envie de l'interroger. Ses réponses, au mieux farfelues et au pire redoutables, ne font que me plonger dans un abîme d'incertitude.

Vous m'attendiez, dis-je pour la troisième fois, avant d'ajouter, sachant que deux questions ont plus de chances qu'une seule d'obtenir une réponse : Et qui êtes-vous donc ?

L'inconnu me sourit pour la première fois.

Un sourire embellit la plupart des gens. Il illumine leur visage. Un sourire est une épice, un onguent, une joie, une porte qui s'ouvre. Mais je ne sais pas vraiment comment interpréter celui-là.

Enfin une question digne de ce nom, répond-il d'un ton presque joyeux. Je croyais pourtant vous avoir prévenu – parfois, les questions sont la vie et la réponse la mort.

Vous devez quand même avoir un nom, toute chose en a un. Les montagnes, les animaux, les lacs, les aliments, les gens. Dieu a nommé la lumière jour, les ténèbres nuit, le firmament ciel, le sol sous nos pas terre. En d'autres termes, il ne lui suffisait pas de créer le ciel parce que ce dernier ne fonctionnait pas, n'existait pas réellement, tant qu'il n'avait pas reçu de nom. Je suppose par conséquent que vous en avez un.

À moins que je ne sois en train d'apostropher un courant d'air.

Les noms sont source de confusion, mais vous pouvez m'appeler Snati ou Ding-Dong.

Le premier est un nom de chien, le second une sottise.

Je pourrais aisément vous retourner la question et vous demander le vôtre. Mais j'ai plus de tact que vous et je m'en abstiens.

Ça ne sert à rien de discuter avec vous. Vous n'êtes qu'un souffle d'air. D'ailleurs, on m'attend. Je dois aller à la fête d'Elías, d'Eiríkur et d'Elvis Presley. Et il y aura plein d'autres invités. Je ne veux pas me faire désirer, ce serait de l'impolitesse. Autant que je sache, vous n'êtes pas invité. Voyez-vous, l'humanité se divise en deux camps. Ceux qui ont reçu une invitation et ceux qui n'en ont pas. Et il n'y a aucun doute sur le camp auquel nous appartenons respectivement. Quand je reviendrai, vous serez évidemment parti, vous aurez disparu, vous vous serez évaporé. Alors, au revoir, dis-je en me levant pour partir.

Vous n'avez pas envie de savoir ce que c'est, demande-t-il en tapotant la pile de feuilles A5 posée à ses côtés. J'ignore pourquoi je ne l'avais pas remarquée. Alors, vous n'avez pas envie de savoir ce que contiennent ces pages ?

Je me fiche complètement de vos feuilles, tout comme je me fiche de savoir qui vous êtes et d'où vous venez. Je pars du principe que vous êtes un pasteur défroqué, que vous avez passé votre permis de transports en commun et que vous baladez des étrangers. Vous vous êtes détourné de la foi pour vous lancer dans le tourisme. L'un comme l'autre sont très lucratifs. L'argent et le pouvoir ont toujours marché sur les traces des religions qu'ils ont d'ailleurs fini par remplacer. Dieu finira toujours par se changer en démon.

Mais je pars et j'emporte avec moi la bouteille. Elle ne vous servirait à rien. Du reste, il ne faudrait pas que vous ayez un coup dans le nez si vous veniez à retrouver votre autocar. N'oubliez pas de refermer à clef en sortant et abstenez-vous de faire le malin. Lóa qui habite juste à côté possède un fusil, elle s'entraîne au tir et passe son temps à chercher des cibles.

Mais vous ne pouvez pas partir tout de suite, répond aussitôt d'un air navré, presque triste, le pasteur titulaire d'un permis de transports en commun tout en tournant quelques-unes des feuilles de manière à m'exposer leur recto noirci d'écriture. Leur face sombre, me dis-je en me rasseyant. Ou plutôt en m'enfonçant dans le siège, je pose la bouteille devant moi sur la table, je ne dois pas avoir l'air très en forme puisque l'inconnu fait glisser jusqu'à moi un verre à eau, un vieux verre fendillé dont j'ignore parfaitement la provenance, mais ce n'est pas le moment de m'en inquiéter : je débouche la bouteille et je me sers. J'avale une bonne gorgée, je ferme les yeux pour m'en délecter, le whisky coule dans ma poitrine comme un murmure apaisant. Puis je rouvre les paupières et je regarde les feuilles. Évidemment, je reconnais mon écriture.

Voyez-vous, Snati, je ne vais pas chercher à comprendre comment vous avez mis la main sur tout ça, l'idée ne m'effleure même pas.

Eh bien, je vois que vous apprenez, répond-il. Il est donc permis d'espérer.

D'espérer quoi ?

Voilà donc l'espoir envolé. Moi qui croyais que vous commenciez à comprendre.

Que le diable vous emporte et ne fasse de vous qu'une bouchée ! On m'a invité à un banquet. Certains sont conviés, d'autres pas.

C'est possible, mais vous ne pouvez pas y aller tout

de suite, nous avons d'abord certains détails à régler. Ou plutôt, nous devons laisser le destin s'accomplir. Nous n'avons pas le choix, sinon, nous ne pourrons pas avancer. Vous ne pourrez d'ailleurs pas non plus vous dérober à la tâche que vous avez entreprise. Vous le savez.

Nous ? Qu'est-ce que c'est que bon Dieu de nous, il n'y a pas de nous qui tienne, il y a moi et ensuite, il y a vous – et vous êtes sacrément loin. Le destin ? Le mien est d'aller écouter Elvis, je pourrai alors dire que j'ai vécu.

Vous savez parfaitement de quoi je parle, rétorque le chauffeur de bus sanctifié, calme comme un pape et tellement sûr de lui qu'une subite colère m'envahit, sans doute parce qu'au fond de moi, je comprends hélas qu'il a raison.

Et que faites-vous d'Elías et d'Eiríkur, ils n'auront qu'à m'attendre, c'est ça ? dis-je, essayant d'adopter un ton sarcastique et secouant la tête comme pour lui rétorquer : qu'est-ce que c'est que ces conneries ?! Mais évidemment, ma réponse n'est en rien convaincante, je me contente de la marmonner, je suppose qu'il me parle du pacte en vertu duquel celui qui commence à raconter une histoire a le devoir de la terminer. Y compris si elle n'a pas de fin, ou s'il serait préférable de ne pas l'écrire. Je crois que c'est une question de responsabilité, dis-je d'une voix à peine audible, les yeux baissés sur les pages que l'inconnu a étalées sur la table. Et je crois qu'il s'agit aussi d'être capable de prendre la mort de court.

Vous avez sans doute raison. En ce qui concerne cette question de responsabilité et quand vous dites que le plus important, c'est de conjurer la mort. Quand vous étiez à l'hôtel, vous avez lu cet article sur la multitude des univers existants.

Est-ce une question ou une affirmation, dis-je d'un

ton qui se veut acerbe. Ça m'exaspère de constater que je suis d'accord avec ce théologien chauffeur de bus gonflé de suffisance. Que savez-vous de cet article ? Est-ce que vous m'espionnez ?

Je ne refuserais pas un petit whisky, vous êtes parfois tellement stupide que j'aurais presque envie de noyer ma raison dans l'alcool pour m'enfuir loin de vous. Au fait, vous savez que l'alcool a une double fonction : il sert d'une part à se réjouir et d'autre part à s'évader. Ceux qui imaginent que les deux se confondent courent un grave danger. Enfin, ils peuvent attendre, ne vous inquiétez pas pour eux, pas pour l'instant.

Ceux qui imaginent ? Qui sont ces gens qui courent un grand danger, qui envisagent l'alcool comme la panacée ?

Je parlais évidemment d'Elías et d'Eiríkur. Dites donc, vous avez sacrément du mal à suivre. Et de la raison pour laquelle ils peuvent attendre – ajoute le pasteur-chauffeur en levant la main droite comme pour me faire taire parce que je doute justement que ces deux hommes puissent m'attendre, Elías est déjà rentré chez lui, son chat est monté sur le frigo, vexé que son maître ait laissé entrer ces trois chiens imbéciles dans la maison, Eiríkur a déjà installé ses enceintes dans le jardin où il vérifie les deux listes de titres qu'il a préparées sur Spotify. La playlist d'Elvis et l'autre, une sélection de titres connus. Ça fera du bien d'entendre Elvis résonner à pleine puissance sous ce beau soleil. Et ça ne fera pas de mal non plus quand Eiríkur passera « Í hjarta mér » / « Dans mon cœur » de Bubbi Morthens, « Where Is My Mind ? » des Pixies et *S.O.S.A.* d'AZ. Les montagnes, ces géantes endormies, en seront toutes remuées.

Toi aussi, Sóley, tu devrais venir, avait suggéré Elías. Comme tu vois, le ciel s'est paré pour nous de ses plus beaux atours, pas un souffle de vent, grand soleil, température clémente.

Je donnerais beaucoup pour passer ce moment avec vous tous et en compagnie d'Elvis, avait-elle répondu, affichant ce sourire d'une miraculeuse limpidité. Mais tu sais que je ne peux rien promettre. J'ai fort à faire. J'attends quarante touristes japonais. Je compte sur toi pour les emmener faire l'excursion habituelle demain matin, inutile de te le rappeler. J'espère que tes connaissances n'ont pas trop rouillé même si tu n'as accompagné aucun groupe depuis novembre dernier.

Je me sens en pleine forme, je leur raconterai l'histoire locale et je leur parlerai aussi un peu d'Ási, avait répondu Elías avec un sourire.

Le ciel est manifestement amateur d'Elvis, avais-je dit à Sóley sur le parking de l'hôtel tandis que nous regardions Elías et son chat s'éloigner en voiture. Il y a d'autres invités à cette fête ?

Tu veux dire, en dehors de toi et du ciel, oh oui, oh oui. Il y aura ma sœur Rúna et, bien évidemment, mon père. Certes, il se prétend mort et dit que ce n'est pas drôle pour les vivants de voir les défunts débarquer dans leurs fêtes, mais il sera là. Il y aura aussi Dísa, la vieille Lúna, Kári de Botn et sa famille, les cousins du Canada, Mundi et Ási, parce que, vois-tu, malgré les propos d'Ási concernant Elías, ils s'entendent très bien et se rendent même visite pendant les mois d'hiver, quand tout est tellement calme dans le fjord qu'on dirait que le monde somnole. Oui, tous ceux-là sont invités ainsi que le personnel de l'hôtel, mais on ne refusera personne et ça ne m'étonnerait pas que d'autres gens pointent leur nez.

Je suppose même que certains viendront de loin et passeront à l'improviste. Il y a longtemps que nous attendons cette fête et le ciel a béni cette journée, il se réjouit naturellement à la perspective d'entendre Elvis, surtout quand il chante « Suppose » et « Can't Help Falling in Love », d'ailleurs, il faut être mort depuis plus de mille ans pour ne pas se laisser emporter par ces chansons quand elles sont interprétées par le King.

Tu sais à quel point j'étais heureuse quand nous dansions sur ces titres, avait-elle ajouté après un bref silence. Puis j'ai réussi à me convaincre que j'étais soulagée que tu aies disparu de ma vie. Même si c'est le pire et le plus douloureux qui me soit arrivé. J'ai cru que j'allais en mourir. Des jours durant, j'avais l'impression d'étouffer, je ne mangeais rien, je vivais de café et je maigrissais à vue d'œil. Ce pauvre Ómar s'inquiétait tellement qu'il me suppliait d'aller voir mon médecin.

Ensuite, après avoir quitté l'hôtel, j'ai compris que Sóley s'était attendue à ce que je lui dise quelque chose, à ce que je réagisse. Mais je n'ai rien dit. Planté sur le parking, j'ai vu l'autocar apparaître sur l'arête de la montagne comme une phrase par laquelle la lande apostrophait le fjord.

D'ailleurs, qu'aurais-je pu lui dire ?

Puisque nous avions jadis dansé ensemble sur des chansons spécialement composées et interprétées pour le ciel. Puisque nous nous étions aimés.

Mais tout cela s'était effacé. Comme si ça n'avait jamais existé.

J'ai donc gardé le silence en me disant que je ferais sans doute mieux d'aller chez Einar et Lóa pour demander à cette brave femme de m'abattre d'un coup de fusil, de préférence à bout portant. Puis le dos de la main de Sóley a effleuré la mienne, une douce caresse, une décharge électrique emplie d'une délicieuse chaleur, j'ai senti ma gorge se nouer et perçu en moi un intense désir de vivre.

Peut-être que l'être humain se rappelle rarement ses moments de bonheur sans éprouver de la douleur, avait-elle poursuivi. Je suis simplement si bête et imparfaite que je n'ai jamais réussi à arrêter de penser à toi. Depuis que tu as disparu. Le temps ne fait rien à l'affaire. Ma première pensée au réveil, c'est toi. J'ai passé ma nuit allongée aux côtés d'Ómar en pensant à toi. Nous avons fait l'amour, c'est une personne adorable, un amant excellent, et il est amoureux. Pourtant, même dans cet abîme de plaisir, je dois me concentrer pour ne pas murmurer ton nom. C'est tellement laid. Puis tout à coup, te revoilà. Comme s'il n'y avait rien de plus naturel. Et tu agis comme si rien n'était arrivé. J'ai presque cru mourir quand j'ai levé les yeux et que je t'ai vu dans le hall. Je ne comprends pas comment j'ai fait pour ne pas m'effondrer. Pour te saluer, te parler, t'offrir une bière, tout cela posément, comme si nous étions seulement de vieilles connaissances. Et dire que tu n'avais même pas honte. Aïe, pardonne-moi, j'imagine que si. Naturellement, tu n'as pas changé, c'est à croire que l'âge n'a sur toi aucune prise. Pourtant, tu n'es plus tout à fait le même. Ma sœur me l'a dit elle aussi. Elle a également l'impression que le chagrin te paralyse. Ou plutôt, elle te trouve à la fois lointain et tellement vulnérable qu'on dirait que tu n'as qu'une envie : te blottir contre quelqu'un. Et tu t'es arrangé pour lui faire raconter toutes ces histoires – ce qui vaut aussi pour moi, parce que sache que je n'ai pas parlé autant depuis des dizaines d'années. Sache aussi que j'ai autant envie de t'étreindre que de t'accueillir à coups de pied. Alors, le chagrin t'a paralysé, la douleur t'a broyé ? Tu n'as pas besoin de me répondre. Enfin, si, ne te gêne pas pour le faire, mais pas tout de suite, je ne suis pas encore prête à l'entendre. Pour l'instant, il me suffit de te voir ici. Mais je ne serais pas capable d'en supporter plus que ça. Va voir la caravane, vérifie qu'elle te convient, installe-toi, elle est sur le terrain plat et spongieux de l'autre côté de la rivière, tu la vois d'ici, je peux te surveiller à la jumelle. Et ne t'y attarde pas trop, va retrouver Elías, Eiríkur, Elvis et les cieux. Soûle-toi. Danse avec Rúna. Danse avec Dísa. Je viendrai peut-être, peut-être pas. Danse, mais abstiens-toi de le faire sur nos chansons. Je suis tellement heureuse que tu sois venu. Je ne te le pardonnerai jamais. Bon, il faut que j'aille préparer l'arrivée de ces quarante Japonais.

Quelques instants plus tard, j'avais croisé l'autocar au niveau du pont.

L'amour a tant de visages, il peut traverser l'enfer et en sortir indemne, il met en émoi le royaume des Cieux.

Miss you, baby, sometimes.

LE TEMPS EST UN PISTOLET CHARGÉ, UN HIER QUI NE VIENT JAMAIS

Le théologien chauffeur de bus a toujours le doigt en l'air. Cet index est censé m'imposer le silence et me convaincre qu'Elías et Eiríkur peuvent m'attendre – ce dernier va bientôt se dépêcher de porter dans le jardin tout le nécessaire, les assiettes, les verres, les couverts, le vin rouge, le blanc, la bière, puis il dressera les deux grandes tables sous la tente de réception qu'Ási et Mundi l'ont aidé à monter hier.

Se dépêcher, non, on ne peut pas dire qu'il soit

pressé, pourquoi le serait-il ? Elías vient à peine de commencer à préparer le repas, il lui faudra bien trois heures, il s'applique à la tâche.

En ce moment, ils sont toutefois assis à la table de salle à manger où ils trient un tas de photos et de papiers. Eiríkur tient à la main un vieux cliché montrant quatre hommes et deux femmes dans un salon richement meublé ; l'une des dames, la cinquantaine imposante, l'expression ferme et résolue, l'autre, plus jeune, a les yeux qui brillent et un sourire des plus attirants. D'ailleurs, ils sourient tous. La photo est empreinte de gaieté. Elle reflète la joie des banquets. Ce sont donc eux, s'enquiert Elías, Eiríkur hoche la tête, souriant, comme les gens sur l'image.

Derrière les grandes fenêtres du salon qui donnent sur le fjord, le terrain plat aux abords de la rivière et la ferme de Nes sur l'autre versant, l'air est tellement immobile qu'il semble protester en silence contre toute forme de précipitation. La vie a tendance à ralentir en l'absence totale de vent, elle tient à profiter du moment, à s'en imbiber. À se gorger de ce fjord où la surface de la mer est si lisse qu'elle se change en miroir et que les ceintures rocheuses des montagnes s'adoucissent comme si leur fureur n'était plus qu'un songe lointain. Les montagnes réfléchissent en siècles et c'est quand il n'y a pas un souffle d'air ou lorsque la tempête se déchaîne qu'on perçoit le mieux la manière dont elles pensent.

Il m'apparaît tout à coup que je ne suis absolument pas pressé. Le destin attend qu'on l'accomplisse, et nul ne se risquerait à vexer les Nornes, ces Parques du Nord, ces femmes majestueuses et fières. En outre, depuis l'endroit où je suis assis, j'aperçois la route, je verrai donc nécessairement Rúna passer et rouler vers le fond du fjord pour aller rejoindre Elías, Eiríkur et Elvis : c'est à ce moment-là que je devrai partir, mais pas avant.

Le pasteur chauffeur de bus sourit, il laisse retomber son index, je vois que vous reprenez peu à peu vos esprits. C'est bien. Ça nous épargnera des explications. Les explications ralentissent tout, elles alourdissent, elles embrouillent les choses et leur font perdre tout intérêt. Je n'ai pas envie de m'adresser à vous comme à un enfant. Il y a dans le monde suffisamment de bêtise, et je ne vois pas pourquoi cette bêtise me tomberait dessus maintenant.

D'accord, je commence peut-être à reprendre mes esprits. Mais il n'empêche que je ne sais toujours pas qui je suis, d'où je viens, ce qu'était ma vie avant de me réveiller dans cette église, ni où elle est allée. J'ai quand même l'impression d'avoir aimé et de l'avoir été en retour. Savez-vous combien il est douloureux d'avoir oublié ceux que vous avez chéris ?

La question de votre identité est tout à fait superflue. Ce qu'il est advenu de votre ancienne vie, de vos amours et de vos trahisons n'a ici aucune importance. Ce qui compte, c'est de continuer les histoires que vous avez commencées. Je suppose que vous avez compris que vous ralentissez la course du temps lorsque vous écrivez. Il faut bien en échange que vous sacrifiiez quelque chose. Ainsi fonctionne le pacte. Et dès que vous aurez commencé, n'hésitez pas à continuer. La mort, dit un antique poème, est la sœur de l'attente.

Vous pouvez me raconter toutes sortes de mensonges, je suppose que vous le savez. Il m'est arrivé je ne sais quoi. Peut-être suis-je simplement mort, peut-être qu'une force se refuse à me laisser quitter la vie. Peut-être m'a-t-on projeté d'une dimension dans une autre. Que savons-nous de ce qui est possible, de ce qui est exclu ? Je reconnais volontiers qu'il m'a semblé pour le moins suspect d'avoir eu le temps d'écrire toutes les feuilles étalées devant vous pendant que Sóley discutait avec Dísa au téléphone. La chose est tout bonnement impossible, elle est inconcevable. Ralentir le temps, dites-vous ? Le temps, que pouvons-nous en faire ? Selon moi, c'est un pistolet chargé, un éboulis qui s'abat sur votre vie, un hier qui ne vient jamais.

Les anciens le décrivaient comme une strophe s'achevant sur une rime bancale, répond le pasteur. Une rime bancale, un hier qui ne vient jamais, un pistolet chargé – l'arc-en-ciel est dépouillé de sa magie quand on tente de l'expliquer. On ne saurait percevoir le miracle contenu dans un baiser par une analyse chimique. Il est toujours plus important de ressentir les choses que de les comprendre.

Mais au fait, pourquoi n'écrivez-vous pas ? Vous êtes apparemment omniscient. Vous n'avez qu'à écrire, comme ça, je pourrai me barrer tranquille à ce banquet, boire de la bière, du vin rouge, du brennivín bien glacé, écouter Elvis… Quoi, que se passe-t-il ?

Celui qui sait tout ne peut pas écrire. Celui qui sait tout perd la faculté de vivre, parce que c'est le doute qui pousse l'être humain à aller de l'avant. Le doute, la peur, la solitude et le désir. Sans oublier le paradoxe. Vous ne savez pas grand-chose, en effet, mais quand vous écrivez, votre regard a le pouvoir de traverser les murs, les montagnes et les collines. Vous assistez à la division des cellules, vous voyez le président des États-Unis trahir sa nation, vous entendez les mots d'amour murmurés à l'autre bout du pays, les sanglots qu'on verse dans un autre quartier de la ville. Vous voyez une femme quitter son mari, et un mari tromper sa femme. Vous entendez le sanglot du monde. C'est votre paradoxe, votre responsabilité et votre contrat. Vous ne pouvez pas vous y soustraire et vous n'avez d'autre choix que de continuer.

À écrire ?

Oui, quoi d'autre ? Écrivez, et vous pourrez aller à cette fête donnée en l'honneur de Páll d'Oddi, d'Elvis et pour célébrer la vie.

Écrivez. Et nous n'oublierons pas.

Écrivez. Et nous ne serons pas oubliés.

Écrivez. Parce que la mort n'est qu'un simple synonyme de l'oubli.

ICI, LE PRINTEMPS
EST AUSSI TARDIF QU'EN ENFER –
SEIGNEUR, CHÂTIE-MOI,
JE SUIS TELLEMENT CONTENT
D'ÊTRE VENU

SOIS PRUDENT, MON AMOUR – LE PIRE, C'EST DE MOURIR SI LENTEMENT QU'ON S'EN REND À PEINE COMPTE

Il pleut sur le révérend Pétur et sa jument lorsqu'ils rentrent chez eux après s'être délestés à la ferme d'Uppsalir de trois livres dont deux en langue danoise où il est question de sciences naturelles, de biologie, d'astronomie. En somme et en substance, a-t-il expliqué dans la petite pièce commune où on l'avait invité à s'asseoir à la place occupée quelques semaines plus tôt par l'imposant postier qui avait pratiquement épuisé les réserves de café de la maisonnée – en somme et en substance, ces ouvrages traitent de la vie au creux de la terre, des êtres qui y prospèrent, et des immensités de la voûte céleste. Oui, ils nous conduisent des profondeurs de l'humus jusque dans les ténèbres entre les étoiles, où l'homme découvre la clef des grands secrets.

Si seulement j'étais un peu plus à l'aise en danois, avait regretté Guðríður, assise face à lui. La tête inclinée, elle feuilletait lentement le premier ouvrage, les doigts légèrement tremblants, le regard brillant de fébrilité. Littéralement scintillant. Jamais je n'ai vu des yeux briller si intensément, avait pensé Pétur.

Mais avant ça, il s'est vu offrir un café et une collation.

Sans même qu'on lui demande s'il le désirait, c'est une loi fondamentale, tant qu'il reste quelques grains de café, tant qu'il y a quelqu'un de vivant pour le préparer, on se doit d'offrir ce noir breuvage qui aide depuis longtemps les gens à survivre dans ce pays âpre et beau. Tout en facilitant les conversations.

C'est l'heure du café, avait lancé Gísli, l'époux de Guðríður, dans la lumière d'avril, dès qu'elle était sortie du passage, la main devant les yeux pour ne pas être éblouie, après être restée bien trop longtemps dans l'ombre. Elle avait salué le pasteur, c'est un grand honneur, avait-elle dit, et des livres pour moi, cela me laisse sans voix.

Elle s'était donc tue et s'était contentée de sourire.

C'était son autre sourire, le redoutable. Et Pétur le voyait pour la première fois.

Il avait reçu deux lettres d'elle... deux, ou, à strictement parler, plutôt une. Puisque la première était adressée à la rédaction de la revue. Pourtant, Guðríður se trouvait déjà tout entière dans cette lettre, sans que ç'eût été son intention, sans en avoir conscience. Ce qui était sans doute plus redoutable encore. Ce qui avait conduit Pétur à lui répondre et à demander au postier de lui remettre sa missive en main propre. Ça me fait un détour, avait protesté le facteur, cet homme gigantesque, ça me rallonge. Cette vie n'en est pas une si nous empruntons toujours la même route, si nous ne faisons jamais de détours, avait rétorqué Pétur avant d'ajouter : Vis ! Injonction évidemment incompréhensible, comme si j'étais défunt, avait plus tard répété le postier. Un certain nombre de fois et un peu partout. Beaucoup de gens avaient donc eu vent de cette lettre, certes, ils ignoraient son contenu, mais ils savaient que le révérend Pétur avait écrit à la maîtresse de maison d'Uppsalir, là-haut, sur les landes, écrit à cette femme dont la renommée franchirait bientôt les limites de la région grâce à son article sur les lombrics, cette femme qui n'était jamais allée à l'école, mais qui savait quand même écrire.

Oui, il m'a ordonné de vivre, comme si j'étais mort, ou mourant, en me demandant de faire ce crochet. Ça me fait un détour, lui ai-je répondu, et là, il m'a rétorqué que je devais vivre, comme si vivre et s'écarter de sa route n'étaient qu'une seule et même chose. Allez donc comprendre ! Quant à la maîtresse de maison d'Uppsalir, ah oui, cette femme qui a envoyé l'article sur les vers de terre à la revue, elle est la discrétion et la politesse incarnées, et svelte comme une jeune fille, si je peux me permettre, mais j'ai aussi senti chez elle une certaine dureté, je dirais même de la férocité. C'est que je suis très sensible, voilà mon gros défaut. Et j'ai bien compris qu'elle peut être piquante, qu'elle n'hésite pas à montrer les dents à ceux qui l'embêtent si elle n'est pas d'humeur, et dans ce cas, à mon avis, mieux vaut ne pas atterrir entre ses griffes.

Je ne veux être nulle part ailleurs que dans ce sourire, a pensé Pétur devant la ferme. Nulle part ailleurs – comme s'il n'avait aucune obligation dans la vie, comme s'il n'avait pas besoin d'être ailleurs.

Les trois filles avaient emmené la jument Ljúf pour lui donner du foin, elles avaient envie de lui offrir la meilleure botte de la grange, elle est tellement mignonne, disaient-elles en la cajolant tandis que les bonbons fondaient dans leur bouche comme des rayons de soleil. Debout entre Pétur et le sourire de leur mère, leur père se tenait dans le silence.

C'est le moins que je puisse faire, avait déclaré

Pétur, quittant Guðríður des yeux pour se détacher de son sourire. Ressaisis-toi, mon gars, avait-il pensé en se rappelant la manière dont Halla, son épouse, l'avait regardé partir, tôt le matin, chargé de trois livres, et les vagues explications qu'il lui avait fournies quant à ce voyage de toute une journée. Où vas-tu, lui avait-elle demandé, surprise, sachant qu'il n'avait aucune raison de partir. En outre, Pétur avait l'habitude de la prévenir longtemps à l'avance quand il devait aller quelque part, pour le travail ici ou là, ou bien à Stykkishólmur, pour la revue. Mais la décision de ce voyage avait été prise tard la veille au soir, à la nuit – il l'avait prise dans sa lettre à Hölderlin. Il avait écrit la missive, s'était reculé dans son fauteuil, impatient, abasourdi par cette subite résolution – et n'avait pratiquement pas dormi de la nuit. Et il avait oublié de concocter des explications. Il ne pouvait tout de même pas dire à son épouse, c'est à cause de cette femme qui vit dans une ferme sur les landes, à bonne distance d'ici, plusieurs heures de cheval, elle n'est jamais allée à l'école, mais elle a écrit un article passionnant sur les lombrics. Entre tous les animaux de la création ! Elle a quelque chose de particulier. Quelque chose qui m'interpelle. Je lui ai écrit une lettre que j'ai confiée au postier, sachant que ça le forçait à faire un détour, ce qu'il n'a d'ailleurs pas manqué de souligner, mais je lui ai ordonné de vivre. Comme si c'était à moi d'en décider ! Moi, qui n'ai pas été capable d'arrêter la mort quand il l'aurait fallu. Depuis lors, le jour ne s'est jamais vraiment levé sur terre.

Il avait pensé à tout ça tandis que Halla attendait qu'il lui fournisse des explications sur le motif de ce long voyage d'une journée. Il avait eu envie de lui parler de leur petite Eva. De lui dire qu'il avait l'impression que le jour ne s'était jamais vraiment levé depuis son décès. Que même la clarté divine avait diminué. Mais à quoi bon, cela n'expliquait pas pourquoi il avait emballé ces livres avec autant de soin, pourquoi cette femme inconnue qui vivait sur les landes et son style l'avaient autant frappé. Peut-être était-elle laide, presque édentée, peut-être avait-elle les seins qui tombaient… Mais cela n'expliquait pas pourquoi l'amour qu'il portait à son épouse avait commencé à faiblir en lui… à faiblir si lentement que, pendant longtemps, il ne s'en était pas rendu compte, qu'il n'en avait rien soupçonné. Et quand enfin il en avait pris conscience, il avait d'abord cru que c'était de la simple lassitude, peut-être parce que la vie à Copenhague lui manquait tout comme les opportunités qu'offrait la grande ville, peut-être que la monotonie de la campagne lui pesait ou peut-être qu'il vieillissait et se désolait de n'avoir pas encore réussi à accomplir ses rêves de jeunesse.

Il n'avait compris que trop tard ce qui lui arrivait.

Le pire, et le plus effrayant, c'est de mourir si lentement qu'on s'en rend à peine compte. Voilà le drame, la tragédie. Vous êtes vaincus sans même avoir la possibilité de vous défendre. Ce genre de défaite occupe rarement la une de la vie et on en parle encore moins dans les romans. Peu de gens prennent fait et cause pour ces choses qui meurent si lentement qu'on ne le voit même pas. Elles ne donnent pas lieu à la composition de poèmes héroïques ou de grandes tragédies. Elles ne sont que mornes mardis, mercredis exsangues.

Mais elles peuvent être la source de la mélancolie qui vous paralyse.

Des reproches que vous vous adressez, et qui vous déchirent.

Parce que Halla a fait de lui un homme meilleur. C'est grâce à elle qu'il a réussi à s'ancrer dans l'existence et qu'ils ont fondé ce foyer. Trois enfants merveilleux, la quatrième, Eva, défunte, repose dans le silence de la terre. Mais elle est morte pour eux deux. Moi aussi, je l'ai perdue, lui a dit Halla l'autre jour, il n'y a pas si longtemps. En quoi le poids du deuil qu'il porte serait-il plus lourd que le chagrin qui afflige sa femme, laquelle, malgré sa douleur, a conservé son caractère résolu que peu de choses sauraient faire plier, sa jovialité qui allège le poids des jours, cette honnêteté et cette sincérité sans faille que Pétur n'a jamais rencontrées chez quiconque à part elle. Celle qui l'accompagne à travers la vie. Et dont on dit qu'elle a des mains de lumière. Mais à quel moment, en quelle manière s'est affadie la chaleur de ses bras, où s'en sont allées l'impatience de vivre à ses côtés, la joie de se réveiller avec elle, où est parti…

C'est à lui la faute.

Pourquoi fallait-il que les choses arrivent si lentement qu'il ne s'en est rendu compte que trop tard, sans même pouvoir mettre au point une ligne de défense ?

Je ne sais pas, a-t-il écrit à Hölderlin, combien de fois je suis allé dans l'église pour apostropher Dieu et implorer Jésus-Christ en les suppliant de me donner des réponses : où l'amour s'en est-il allé, pourquoi ai-je perdu ma ténacité ? Je les ai suppliés de me donner un indice, de m'envoyer un signe, ou simplement quelque chose – mais je n'ai jamais eu la moindre réaction, pourquoi donc, poète ?

Hölderlin : Peut-être parce que Dieu ignore les questions dont seul l'homme a la solution.

Cette réponse, cette déclaration, cette conclusion, revient à l'esprit de Pétur quand Gísli l'invite à s'asseoir sur le bord du lit où le postier avait pris place quelques semaines plus tôt pour s'acquitter de la mission que lui avait confiée le pasteur. Gísli ne s'assoit pas, pas immédiatement, il reste debout, légèrement penché en avant comme à son habitude, comme s'il était constamment pensif, perpétuellement plongé dans ses réflexions. Cet homme a des yeux intelligents, pense Pétur, puis il répond aux questions du paysan. Je vois que le révérend voyage, qu'est-ce qui vous a poussé à entreprendre un si long périple, le temps est précieux, vous n'avez tout de même pas fait tout ce chemin simplement pour apporter ces trois livres à la ferme ?

Gísli a légèrement haussé la voix, comme il l'avait fait dehors en invitant le visiteur à l'intérieur, il avait parlé d'une voix forte, espérant sans doute que Guðríður l'entendrait jusque dans la maison et qu'elle comprendrait que l'invité s'apprêtait à entrer. Évidemment surpris de constater qu'elle n'était pas sortie le saluer, comme le veut la coutume. Tout le monde sort à l'arrivée d'un visiteur, les gens comme les chiens ; c'est une question de politesse, une visite est un événement trop important pour rester cloîtré dans la maison. C'est-à-dire, si on peut sortir, si le temps le permet, si on ne court aucun danger à l'extérieur. Il veut que je l'entende, avait pensé Guðríður, cachée dans le passage couvert où elle les épiait, il veut que je l'entende, se dit-elle à nouveau, dans la cuisine. Son mari n'a pas besoin de parler bien fort, la cuisine est tout près de la pièce commune. Il veut que je l'entende et que j'entende la réponse. Mais à nouveau, elle distingue dans la voix de Gísli ce ton étrange, insistant, presque agressif. Un ton qu'elle ne se souvient pas avoir entendu jusque-là. Pourquoi donc ?

L'homme seul connaît les réponses, mais il se les cache parfois à lui-même, se dit Pétur sans savoir d'où lui vient cette pensée ni pourquoi elle lui vient maintenant. Puis il toussote, répète l'explication toute en circonvolutions qu'il a fournie lorsqu'ils étaient dehors, y ajoute en s'efforçant d'afficher une certaine lassitude, ah, c'est incroyable toutes les corvées dont doit s'acquitter un pauvre pasteur, mais je ne veux pas vous fatiguer avec ces bavardages, mon brave, ce ne sont pas les ennuis qui manquent en ce bas monde. Vous rentrez juste de la campagne de pêche, d'Arnarstapi, à ce que m'a dit votre maire au hameau de Bær... Oui, Jóhannes est au courant de tout, interrompt Gísli, il veut toujours tout savoir, c'est comme ça !

Un sentiment désagréable envahit Guðríður tandis qu'elle prépare le café et la collation qui n'ont sans doute rien d'exceptionnel, elle le sait, mais c'est quand même quelque chose que cette tentative de recevoir dignement le pasteur. Gísli s'était permis d'acheter quelques friandises en revenant d'Arnarstapi, des biscuits anglais Oxford et Harvard, des biscottes, des raisins secs, des figues sèches, des dattes. Du superflu, avait-il dit à son retour à la maison, consterné de s'être laissé aller, furieux contre lui-même, certes, il était en colère mais une autre partie de lui avait hâte de voir la joie sur le visage de Guðríður, de voir son sourire qui le touchait toujours aussi profondément malgré le passage des ans, malgré les difficultés, les déceptions et les problèmes qui avaient ponctué leur vie et leurs jours. Et il avait évidemment hâte de voir la joie de leurs filles.

Guðríður s'affaire en silence pour pouvoir suivre correctement la conversation, un sentiment désagréable s'empare d'elle lorsqu'elle entend son mari interrompre Pétur et critiquer le maire Jóhannes aussi ouvertement, qu'est-ce qui lui prend, se demande-t-elle, les mains légèrement tremblantes – tout cela ne ressemble pas à Gísli. Heureusement, Pétur ne se montre pas offusqué, mais naturellement, il ne connaît absolument pas le fermier, il ne peut mesurer à quel point son comportement est inhabituel, de même que le ton de sa voix ; il se contente de sourire et répond, oui, il y a toujours des gens qui veulent tout surveiller et avoir les yeux partout. En effet. Nous les maudissons parfois, mais ça ne nous dérange pas de recevoir leur visite, impatients d'entendre les nouvelles qu'ils nous apportent – et là, nous les remercions d'être comme ils sont. On ne peut pas plaire à tout le monde et il est malaisé d'être parfait, c'est quasiment exclu pour la plupart d'entre nous. Nous traînons nos défauts derrière nous comme d'énormes rochers. Mais dites-moi, la pêche au lieu jaune a-t-elle été bonne ? J'espère que la météo ne vous a pas causé trop d'embarras ?

Au fil des ans, Pétur a appris à interroger ses interlocuteurs pour se dérober à leurs questions, il a appris à faire diversion, il les interroge pour se mettre à l'abri, pour avoir la paix, interroge les gens sur des sujets dont il sait ou dont il suppose qu'ils leur tiennent à cœur, parfois avec un tel empressement que ses interlocuteurs lui sont reconnaissants de les évoquer. Il sait s'arranger pour placer les autres dans la lumière – restant lui-même dans l'ombre. Il lui suffit d'être assez attentif pour saisir l'angle d'attaque, voir se dessiner les contours, suffisamment clairement pour glisser un petit mot, une brève question au moment et à l'endroit adéquats entretenant ainsi la flamme de la conversation, ce qui lui permet de disparaître en lui-même, d'y rester dans une parfaite solitude, à l'abri. Et en ce moment, il endosse magnifiquement ce rôle face à Gísli qui aime parler de pêche avec ceux qui s'y connaissent, ce qui semble être le cas du pasteur puisqu'il lui pose des questions réfléchies et intelligentes, lesquelles sont le signe de cette connaissance. Ainsi, c'est encore plus amusant de raconter. Tellement amusant que Gísli en devient presque loquace. Sa suspicion envers Pétur, l'agacement qu'il avait ressenti chaque fois qu'il avait pensé à cet homme depuis son retour d'Arnarstapi et depuis qu'il avait appris l'existence de cette lettre, cet agacement disparaît, il se voit réduit à néant. Gísli parle, il lui livre un récit inspiré, la grande barque frappe les vagues dans la salle commune, le fermier se lèche les lèvres, elles ont un goût de sel. Il se relève, c'est préférable d'être debout quand on raconte, cela rend l'histoire plus fluide. Pétur regarde droit devant lui d'un air concentré, très intéressé, il semble complètement immergé dans le récit, pourtant, il est plongé dans ses propres pensées. Bien qu'assis dans la salle commune, il est ailleurs. Je te regarde peut-être, mais je suis à des lieues d'ici.

ET IL N'Y A PAS MOYEN DE REVENIR EN ARRIÈRE

Pourquoi n'a-t-il pas pu répondre à Halla quand elle lui a demandé le motif de ce voyage ?

Il s'est contenté de tapoter les trois livres qu'il avait soigneusement enveloppés et de lui sourire comme un imbécile, ou comme celui qui s'efforce de dissimuler un acte impardonnable, et de lui dire, ah, comme tu sais, il y a toujours quelque chose.

Toujours quelque chose.

Évidemment, c'est ainsi, il y a toujours quelque chose. De menus ennuis et des obligations, sa paroisse compte un grand nombre de fermes, il est le berger de presque trois cents âmes, il siège au conseil municipal, il siège au comité de rédaction de cette revue, il siège au conseil des pasteurs, ce qui signifie un voyage par an à Reykjavík, parfois deux – et ce n'est là qu'un aperçu. De ses tâches, de ses devoirs, de ses obligations. Mais Halla a toujours été au courant de ses voyages, elle a toujours su où il allait et pourquoi, et Pétur n'a jamais décidé de partir de manière si subite, et encore moins pour une journée entière. En outre, il n'a pas vraiment répondu à sa question. Ou plutôt, il lui a répondu comme si ça ne la concernait pas. Comme s'il répondait à la première venue. Comme si leurs existences n'étaient pas irrémédiablement liées. Il lui a répondu en tapotant ces livres avant d'ajouter, il y a toujours quelque chose. Puis il l'a embrassée sur le front, a essayé de lui sourire et a réussi à le faire. Parce qu'il est hélas doté de la faculté de se dédoubler. Ce qui implique qu'il ne sera jamais parfaitement entier. Halla a elle aussi essayé de sourire, il l'a bien vu, mais elle n'y est pas parvenue, elle est trop honnête, trop entière.

Puis, elle a crié dans son dos : Fais bien attention, mon amour !

Il s'était alors apprêté à rebrousser chemin.

Il pouvait facilement envoyer ces livres par la poste, sans même que le postier ait besoin de faire un détour, il lui suffisait de les déposer au hameau de Bær, cette fois-ci, Pétur ne lui ordonnerait pas de vivre. Il s'était apprêté à rebrousser chemin.

Presque apprêté.

Mais il ne l'avait pas fait.

Parce qu'il était trop tard ? Trop tard depuis six ans ? Sept ans ? Il n'en sait rien.

Fais bien attention, mon amour !

Mon amour. Il n'existe pas plus belle apostrophe.

Dis-moi mon amour comme toi seule peux me le dire, comme toi seule peux le murmurer, et les ténèbres ne m'effraient plus, dis-moi mon amour et je ne me noierai pas, dis-moi mon amour et je partirai dans le vaste monde pour combattre les dragons. Dis-moi, fais bien attention, mon amour, et je pleurerai, les fesses mouillées, assis sur une touffe d'herbe à côté de ma jument attristée. Dis-moi mon amour et mon cœur saignera parce que je ne t'aime plus et parce qu'une vie sans amour n'est plus une vie, mais une tempête de neige. Mon cœur saigne parce que j'ai reçu une lettre qui ne m'était pas adressée en personne, mais écrite pour moi. Et ça m'a fait peur. Parce qu'après l'avoir lue, j'ai retrouvé l'envie de vivre et d'être heureux. Pourtant, je n'avais pas encore vu le sourire de cette femme. Mais désormais, je l'ai vu, j'ai vu son sourire, et je crains qu'il n'y ait pas moyen de revenir en arrière.

Peut-on être heureux dans son malheur, est-ce défendable ?

ICI, LE PRINTEMPS EST AUSSI TARDIF QU'EN ENFER – PUIS ELLE SENT SON COCCYX QUI COMMENCE À LA DÉMANGER

Les pêcheurs ne sont pas près d'être d'accord sur le meilleur appât : Pétur entend ces mots sortir de sa bouche sans être certain qu'ils soient appropriés. Il était si profondément plongé dans ses pensées que seule une infime partie de lui-même est présente dans la baðstofa, une partie qui n'est que le dixième de ce qui fait la surface d'un individu. Mais ce dixième s'est acquitté de son devoir, il a bien évalué la situation, a transmis le message adéquat aux zones langagières qui ont assemblé ces mots pour les envoyer dans le monde. Les pêcheurs ne sont pas près d'être d'accord sur le meilleur appât.

Gísli adhère si parfaitement aux propos du pasteur qu'il s'assoit. Il s'assoit, soupire, cherche son tabac dans sa poche et dit, ah ça, c'est le mot, c'est le mot, mon révérend. C'est tellement vrai qu'il m'est arrivé de voir des hommes renoncer à argumenter et laisser leurs poings se charger de la discussion ! Pétur secoue la tête en souriant et Gísli se dit, j'aime bien discuter avec cet homme. Je suppose que je vis trop loin de tout. Frérot a raison quand il dit dans ses lettres que ça peut être agréable de parler aux gens, il faut bien l'avouer, ça vous réveille. Il faudra que j'en parle à Guðríður quand le pasteur sera parti. Je crois que ça lui fera plaisir. Non, je *sais* qu'elle s'en réjouira !

Bon, je vais les rejoindre, pense Guðríður.

Le récit incroyablement pittoresque de son mari s'est légèrement ralenti. Elle l'a écouté autant que faire se pouvait, il y a longtemps qu'elle ne l'avait pas entendu raconter ses sorties en mer de manière si vivante : à un moment, elle a eu l'impression d'être sur l'océan et, comme on dit, d'enjamber la vague, ici, sur la lande. Nous recevons trop peu de visites, a-t-elle pensé, sans doute pour la millième fois depuis le début de l'année, et nous ne sommes encore qu'en avril. Pourtant, bien qu'il soit distrayant d'entendre le récit passionné de Gísli, il lui arrive par moments de s'en détacher. La voix de son mari s'éloigne, se change en un murmure lointain, en un marmonnement incompréhensible, et elle se met à penser au visiteur. Comme ça. Sans le vouloir. C'est à peine croyable d'être si peu maîtresse de soi. De ses réflexions, et encore moins de ses sentiments qui, comme un troupeau de moutons, ont tendance à s'éparpiller de manière incontrôlable sur les pentes et les landes, qui gravissent les éboulis les plus abrupts, se jettent dans les rivières glaciaires aux humeurs tumultueuses, sans écouter les aboiements sonores des chiens de berger de la raison.

Non qu'elle soit incontrôlable dans sa cuisine, ce recoin au fond de la pièce commune, le café est prêt et elle a tout disposé sur le joli plateau que Gísli a eu la chance de dégoter il y a quelques années. Il l'a échangé avec des marins anglais contre des chaussettes en laine, deux tricots de corps en laine, deux paires de gants de mer et trois semaines de ration de tabac. Ça ne t'a pas trop gêné de ne pas fumer pendant trois semaines, lui avait-elle demandé, et de te séparer de ces vêtements ? Non, avait-il répondu, je ne pensais qu'à te faire plaisir, puis il avait baissé la tête, hésitant, sans doute parce qu'il n'était pas coutumier de ce genre de déclaration, qu'il n'avait pas l'habitude de montrer ses sentiments, Guðríður avait été bouleversée, les larmes lui étaient montées aux yeux. Parce que ce cadeau était une preuve d'amour. D'amour et de sens du sacrifice. Elle sait combien il en a coûté à son mari de se priver de tabac trois semaines durant. Et de se séparer de ses vêtements. Elle se rappelle ce sacrifice chaque fois qu'elle prend ce plateau. Elle se souvient de ses mots, de la manière dont il a baissé les yeux, si joliment intimidé par ses propres paroles.

Mais elle n'a aucune raison d'attendre plus longtemps pour rejoindre les deux hommes.

Elle a retrouvé sa contenance, elle est calme, si ce n'est qu'elle a mauvaise conscience de s'être parfois détachée du récit de son mari, récit qui s'est d'ailleurs ralenti, le révérend Pétur dit quelque chose... elle s'approche pour mieux entendre... d'accord sur le meilleur appât. Oui, elle connaît ces discussions, Gísli lui en a parlé. Elles sont parfois rudement enflammées, c'est le moins qu'on puisse dire. Mais tout est fin prêt. Le café et la collation, les délices achetés au marchand d'Arnarstapi, qui sont disposés sur le plateau. Elle peut recevoir sans rougir, même si leur ferme est petite, même si c'est à peine une chaumière à la lisière de la lande, qu'elle ne possède pas la plupart des choses que le modernisme offre désormais, une cuisinière au charbon, une lampe à pétrole, des pièces plus spacieuses, des chaises où les invités peuvent s'asseoir plutôt que de s'installer sur le rebord des lits, de belles tasses à café... oui, ils sont vraiment trop loin de tout.

Là-haut, le printemps est aussi tardif qu'en enfer, avait lancé Björgvin, le beau-père de Guðríður, à son fils Gísli, lorsqu'ils ont voulu acheter cette ferme à l'abandon depuis quelques années, la seule qu'ils avaient les moyens de s'offrir.

Aussi tardif qu'en enfer.

Björgvin a tout essayé pour convaincre Gísli de passer quelques années de plus à travailler avec lui dans le commerce et chez un de ses amis pendant la saison de pêche. La patience n'est pas seulement une vertu, elle est la sœur de la raison. Mais le besoin qu'avait Gísli d'être son propre maître, cet antique rêve, cette obsession qu'a tout Islandais d'être indépendant, agissait sur lui comme une démangeaison permanente, et le fait qu'il était rare que de bonnes terres soient à vendre l'a conduit à venir s'installer ici, au plus près de la lande. Ces jours n'avaient été que lumière dans la vie de Guðríður.

Depuis, quatorze ans ont passé – et ses mains ont cessé de trembler.

Elle attrape le plateau. Ce beau plateau chargé de friandises dont elle n'a pas à rougir. Bien que son visiteur soit pour ainsi dire une célébrité : pasteur, intellectuel, intelligent, habitué des bonnes maisons. Elle est tout à fait calme. Posée. Elle entre dans la pièce commune. Après avoir jeté un coup d'œil dans le petit miroir qu'elle cache derrière la cloison. Qu'elle garde là pour s'inspecter avant de rejoindre dans la baðstofa les rares invités qui s'aventurent jusqu'ici. La vanité a la vie dure. Mais oui, tout va bien, son apparence est convenable, aussi convenable qu'elle peut l'être. Tu n'es pas mal du tout, ma fille, pense-t-elle, murmure-t-elle à son reflet, à cette créature qui la regarde depuis les profondeurs du petit miroir. Elle a étudié son expression, elle sait le faire, elle s'y connaît. Elle sait afficher une mine agréable, un sourire amical, s'arranger pour que ses yeux verts soient guillerets. Non, pas guillerets, ce serait trop en faire, disons plutôt affables. Te voilà prête, a-t-elle lancé à son reflet, qui lui a souri en retour.

Guðríður tient le plateau. Elle n'a pas à en avoir honte. Elle entre dans la pièce commune avec son sourire amical, entre de plain-pied dans les réflexions de son mari quant au meilleur appât. J'ai littéralement vu des hommes se battre sur la question, dit Gísli, et à ce moment précis, elle apporte le plateau.

Elle arrive avec ses yeux. Elle arrive avec son corps gracile.

Pétur lève la tête, leurs regards se croisent un instant, il sourit. Non pas amicalement, contrairement à elle. Le sourire de Pétur prend sa source dans les profondeurs de son sang, le pasteur est tout entier dans ce sourire qui abrite l'ensemble de son existence, sa conscience, ses rêves, sa douleur, sa fougue. Elle sursaute, une vague de chaleur l'envahit, elle est heureuse, elle a peur, mais elle s'efforce de continuer d'afficher ce sourire amical et neutre tout en veillant à ce que ses mains ne tremblent pas.

Elle se dit, par le diable, et sent son coccyx qui commence à la démanger.

UN JOUR, IL A VOLÉ,
UN JOUR, IL A COMMIS UN CRIME

Le révérend est évidemment habitué à de meilleures maisons, déclare Gísli en attrapant la petite table qu'il a fabriquée au printemps, l'année où il a rapporté ce plateau. Qu'il a eu sur un navire anglais, en effet, mais pas tout à fait de la manière qu'il a racontée à Guðríður.

Toute chose a son explication.

Ils avaient été pris dans une tempête.

Qui s'était abattue subitement sur eux alors qu'ils faisaient une pêche miraculeuse, la mer bouillonnait littéralement de poissons qui se battaient pour mordre aux hameçons.

L'équipage se démenait, tout le monde s'y mettait sans penser à rien d'autre qu'à remonter les lignes à toute vitesse, à ramener autant de prises que possible à bord, à remplir la barque, personne n'avait donc remarqué les nuages qui s'amoncelaient alentour, mais le vent du sud-ouest arrivait à vive allure, soufflant par bourrasques titanesques. Ils avaient eu le temps de remonter leurs lignes, mais il leur avait été impossible de regagner le rivage. Tout ce qu'ils pouvaient faire, c'était rester à la surface de l'eau, se maintenir à flot, se maintenir en vie. Ils avaient réussi à sauver le matériel de pêche, chacun avait remonté sa ligne chargée de poissons – mais désormais, ils étaient aux mains de la tempête. L'averse de neige et de grêle était si sombre qu'on eût dit que le monde était à l'agonie. La troisième bourrasque avait abattu la voile qui avait failli tomber dans les vagues déchaînées, ils étaient à grand-peine parvenus à redresser la barque avant l'arrivée de la quatrième rafale. Ils avaient survécu à cette tempête, mais l'équipage de cinq hommes qui se trouvait à environ un kilomètre d'eux n'avait pas eu cette chance – lorsque la neige s'était arrêtée, ils avaient découvert la quille de leur barque flottant à la surface tel un affreux cercueil. L'air s'était lavé, ils apercevaient la terre et voyaient loin jusque vers la haute mer, le monde était impeccablement calme et lumineux. Presque comme si le ciel avait voulu chasser la tempête pour voir ces cinq hommes se débattre, désespérés, dans les vagues déchaînées autour de leur barque. Le ciel semblait penser, ah, regardez-vous donc lutter ! Vous qui êtes si minuscules qu'on vous voit à peine, vous qui n'êtes qu'un événement éphémère – il me suffit de cligner des paupières et vous voilà morts depuis mille ans. Pourquoi lutter ainsi pour votre vie qui se résume à un instant ?

Allez plutôt dormir.

Puis, à nouveau, l'air s'était subitement assombri.

Le ciel était lourd, chargé de neige et de grêle, le vent hurlait, rendant impossible tout changement de cap pour tenter de sauver les cinq hommes de la noyade. Le réel s'était évanoui et le monde changé en un puits de ténèbres. On ne voyait qu'à quelques mètres à l'avant de la barque, les bourrasques qui taillaient la mer en pièces les avaient portés vers l'ouest le long de la péninsule de Snæfellsnes, et ce ne fut qu'en atteignant Hellisvík, grosse station de pêche et mouillage de premier choix, qu'ils avaient réussi à se mettre à l'abri, à l'extrémité du cap, à côté d'un navire de pêche anglais qui y avait, comme eux, cherché refuge face à la tempête. Les Anglais étaient déjà bien ivres et Gísli avait fini par se retrouver à leur bord avec deux de ses camarades.

Il s'était réveillé le lendemain matin dans l'un des campements de pêcheurs de Hellisvík et avait trouvé ce plateau sous son dos. Il ne se souvenait pratiquement de rien, il ignorait comment il était arrivé sur cette paillasse, ne savait pas s'il avait réussi à s'y traîner par lui-même ou si un gars du cru l'avait pris en pitié. Il s'était levé à grand-peine avec un affreux mal de tête, avait cherché de l'eau glacée, se l'était déversée sur le crâne, ce qui lui avait rafraîchi la mémoire. Ils s'étaient retrouvés à trois dans la cabine du navire anglais avec l'équipage complètement ivre, il y avait eu des discussions bruyantes dans une sorte de mélange d'anglais et d'islandais, il y a eu une bagarre, Gísli avait aperçu ce plateau en quittant le bateau et l'avait caché sans réfléchir sous ses vêtements. Il ignorait pourquoi. Il ne comprenait pas son geste. Lui qui n'avait jamais volé quoi que ce soit. Un tel acte, une telle bassesse ne l'avait jamais effleuré. C'était tellement indigne. Et l'alcool n'était pas une excuse. Il faut être honnête quelle que soit la situation. Et résister à toutes les tentations.

C'était la première fois, et que Dieu me vienne en aide, la dernière que Gísli volait quelque chose. Il était mort de honte en repassant devant ce navire anglais où tout l'équipage dormait encore à poings fermés, mais il n'avait pas pu se résoudre à rendre son butin. Le faire aurait été tellement humiliant et l'acte qu'il avait commis se serait probablement ébruité. Gísli Björgvinsson, cet homme courageux et fiable, n'était en fin de compte qu'un sale petit voleur. Il ne pourrait plus jamais regarder quiconque en face. Plus personne ne lui ferait jamais confiance. Jamais il ne pourrait quitter sa ferme sur la lande. Et peut-être même que son père l'apprendrait... Non, en examinant les choses sous tous les angles, il était évident qu'il ne pouvait pas aller rendre ce plateau. Ce qui était fait était fait, sans qu'il y ait moyen de le défaire. Ce plateau, il allait simplement s'en débarrasser – puis, le moment venu, il n'avait pas pu s'y résoudre. Ç'aurait pourtant été facile, il lui aurait suffi de le balancer à la mer. Mais il y avait quelque chose d'indécent à jeter un objet précieux que les familles bourgeoises de Stykkishólmur ou de Reykjavík n'auraient pas dédaigné. Au fil du temps, on pardonne bien des choses, peut-être la plupart, la vie est assez difficile comme ça, le froid et l'humidité, les difficultés, le combat permanent, il est inutile de se laisser empoisonner par des choses qu'on n'a pas réglées, ou de s'alourdir l'existence par des querelles ou d'anciennes contrariétés. Même s'il est véritablement honteux d'avoir volé ce plateau, c'est une chose dont il doit s'arranger avec sa conscience, un fardeau qu'il doit porter seul – mais jeter un objet en parfait état, un joyau, voilà qui est impardonnable, voilà qui placerait le monde en bien mauvaise posture. C'est pourquoi Gísli a gardé ce plateau en le dissimulant soigneusement à ses compagnons d'équipage avant de le rapporter chez lui. Il était en revanche navré de devoir se débarrasser de ses chaussettes, de ses chemises en laine, de ses gants, désolé de voir tout ça disparaître au fond d'une faille dans le champ de lave entre Arnarstapi et Uppsalir où il les avait enfoncés aussi profondément que possible. Il lui en avait coûté, c'était là un gâchis impardonnable, mais il n'avait pas d'autre solution. Il lui fallait consentir à ce sacrifice en guise de réparation. Cinq années ont passé, peut-être six, et il arrive encore à Gísli d'avoir un pincement au cœur lorsque Guðríður sort ce plateau pour y disposer une collation, les rares fois où ils reçoivent de la visite, mais aussi à Noël et à Pâques. Ce léger pincement. C'est la honte qui se rappelle à son souvenir. L'humiliation. Comme en ce moment. Un léger pincement. Il baisse les yeux et médite sur son crime.

QUELQUES CONSIDÉRATIONS SUR LES USAGES D'UNE CHAUSSETTE

Lorsqu'il relève la tête, Guðríður a posé le plateau sur la petite table, elle repart dans la cuisine pour chercher le café, il la suit du regard. Il observe cette femme qu'il a sous les yeux chaque jour depuis des années, si l'on exclut les quelques semaines qu'il passe à Arnarstapi chaque hiver. Elle constitue le cœur de son quotidien. Des mois et des mois peuvent s'écouler sans qu'il voie personne d'autre qu'elle. Elle et naturellement leurs trois filles, mais ce n'est pas pareil. Elle est la première chose qu'il regarde à son réveil et la dernière avant de s'endormir. Elle est le quotidien personnifié. L'ordinaire de Gísli s'appelle Guðríður. Et lorsque vient s'y ajouter l'exiguïté de leur demeure, lorsqu'ils sont constamment l'un sur l'autre, surtout en hiver quand ils ne peuvent aller nulle part, quand le monde somnole sous un manteau de neige et qu'on peut à peine envisager de mettre le nez dehors, c'est un prodige que les années n'aient pas fini par user des choses importantes. C'est pourtant ainsi, après tout ce temps, cette chaîne ininterrompue de jours identiques, il aime encore la regarder marcher. Cette vision le touche profondément. Comment expliquer un tel miracle ? Expliquer qu'il aime toujours autant la voir bouger ? Comme la sérénité incarnée, tellement altière, bien qu'ayant parfois des airs de gamine – et ce je ne sais quoi d'imprécis, qui l'attire, qu'il ne peut cerner par les mots.

C'est tellement fascinant.

Pourtant, il lui arrive d'être en colère contre elle. Lorsqu'elle oublie ses responsabilités. Lorsqu'elle est insouciante. Lorsqu'elle décide sur un coup de tête de s'abonner à telle ou telle revue. Ou lorsqu'elle refuse de s'en désabonner quand la récolte est mauvaise. Et qu'il revient après avoir travaillé comme un fou des heures et des heures, affamé, épuisé, pour manger, pour engranger l'énergie qui lui permettra de continuer son labeur, l'âme éraflée, c'est le printemps, l'air s'est subitement refroidi, il a gelé, neigé, ce qui l'a obligé à rentrer toutes les bêtes et ses maigres réserves de foin s'épuisent rapidement; une brebis est malade, ou Gísli a remarqué une fissure dans un des bâtiments agricoles – il rentre, fatigué, inquiet, et Guðríður est perdue dans son monde. Plongée dans ses pensées. Ses lectures, ses recherches. Parfois encore au lit à midi, oui, c'est arrivé, les gamines ne sont même pas habillées, c'est la débandade. Alors, il a l'impression que Dieu le punit. Et il sent quelque chose se briser en lui.

Le plus difficile, c'était lorsque Guðríður a gardé le lit de longues semaines durant après la naissance de leur dernière fille, la petite Elín, elle était tellement apathique et lymphatique qu'elle parvenait à peine à s'occuper de l'enfant, et encore moins de la maison. Bien sûr, ce n'était pas vraiment sa faute. Mais tout de même. Comme la mère de Gísli l'a fort justement souligné, les femmes enfantent dans ce pays depuis mille ans sans avoir besoin de rester alitées des semaines et des semaines.

Car il avait fini par se résoudre à aller consulter ses parents.

Laissant Guðríður dans son lit. Laissant tout le poids des responsabilités à Björg, leur fille aînée, malgré son jeune âge. Il était descendu jusqu'au village pour aller chez ses parents à qui il avait confié ses ennuis. Confié à quel point il était désemparé. C'était un moment difficile, difficile à avaler. C'est là que sa mère lui avait dit ça: les femmes mettent au monde des enfants depuis mille ans sans passer ensuite des semaines au lit, sinon, que serait-il advenu de notre nation? C'était un point de vue défendable, il le reconnaissait, mais en silence, et il n'avait pas fait de commentaires. Et évidemment, sa mère n'avait pas pu s'empêcher de continuer, d'aller trop loin. Comme goûtant son triomphe. Je t'ai toujours dit, avait-elle poursuivi, et ce, depuis le début, j'espère que tu ne l'as pas oublié, je t'ai prévenu, et ton père m'en est témoin, que certes, Guðríður est adorable et intelligente, mais elle n'a pas la solidité qu'il faut. Ce n'est pas le genre de femme qui…

Gísli en avait eu assez. Il s'était levé et avait quitté la pièce sans dire un mot. Il était sorti seller son cheval Faxi, à l'époque encore vaillant, l'endurance incarnée. Il était presque minuit, mais il s'en fichait royalement. Il voulait rentrer chez lui, la situation finirait par s'arranger, il n'avait besoin de personne. Son père était venu le retrouver à l'extérieur et avait réussi à l'apaiser.

Le lendemain, Gísli était reparti chez lui, il tenait la longe de Faxi que chevauchait Sigrún, une des trois employées de maison de ses parents.

Ce jour-là, le courage était monté jusqu'à la ferme d'Uppsalir.

Les mois suivants, Gísli avait été témoin de la quantité de travail qu'une femme pouvait abattre. Il avait vu ce qu'était la vaillance. Parce qu'il semblait que Sigrún ne savait faire qu'une chose : travailler. Elle était restée deux mois et il était arrivé au fermier de penser, sans le vouloir, que son rêve de s'installer sur de meilleures terres, peut-être tout près de la côte, serait devenu réalité depuis des années s'il avait eu une femme comme Sigrún à ses côtés.

Cette idée lui était venue comme ça. Elle s'était immiscée en lui.

Et à deux reprises, il l'avait vue ôter sa chemise de nuit à l'aube.

Chaque fois, il avait fait semblant de dormir, Guðríður respirait lourdement à ses côtés. Elle avait maigri, elle était pâle. Et Sigrún était là, assise sur le bord de son lit, elle lui tournait le dos. Il avait regardé ce dos nu et robuste, elle était assise, immobile, comme pensive. Puis elle avait attrapé ses vêtements et avait dû pivoter légèrement pour les atteindre. Et il en avait vu… un peu plus. Il s'était contenté de regarder. De se gorger de la nudité de Sigrún, de sa corpulence plus robuste que Guðríður. Plus râblée. De sa poitrine plus généreuse et qui semblait tout bonnement… l'appeler, le supplier, il avait eu l'impression de sentir ses seins dans le creux de sa paume. Doux, gros et gonflés, et il était persuadé que le téton tourné vers lui avait durci. Une vague de chaleur l'avait envahi, un trouble, il avait dû lutter pour rester immobile. Elle s'était alors levée en douceur et il l'avait vue entièrement nue. De profil, immobile, il avait vu son téton gonflé et l'ombre de ses poils sombres entre ses cuisses. Puis elle s'était retournée, offrant son dos et ses fesses plus larges que celles de Guðríður au regard de Gísli et, quand elle s'était baissée pour ramasser quelque chose, ses fesses s'étaient ouvertes et il avait aperçu… Puis elle s'était habillée. Elle était allée dans la cuisine, avait allumé le feu et il était resté allongé. Le souffle court. Il avait fermé les yeux et sa main avait machinalement glissé sous la couette, comme attirée, elle avait empoigné son membre gonflé, il était tellement excité qu'il avait joui presque immédiatement. Il avait juste eu le temps d'attraper une de ses chaussettes, avait poussé un soupir et y avait vidé sa semence. C'était arrivé deux fois. Et les jours suivants, il lui avait suffi de repenser à cette scène pour ressentir une profonde excitation.

Il avait tout même été soulagé lorsque Sigrún était repartie.

JAMAIS JE N'AI VU REGARD BRILLER AUTANT – MON MEMBRE A-T-IL JAMAIS ÉTÉ AUSSI FRINGANT ?

Sigrún n'est pour ainsi dire que courage. Si ce n'est qu'elle parle trop, courage et bavardage font mauvais ménage, il y a dans ce mélange quelque chose qui ne va pas. En outre, on ne peut pas dire que ce soit agréable de la regarder marcher ou bouger.

Courage ?

Les gens des basses-terres devraient voir Guðríður ratisser le foin ! Ils ne la diraient ni paresseuse ni rêveuse. Et la mère de Gísli cesserait de l'accabler de reproches. Car elle travaille parfois avec une telle ardeur qu'elle battrait toutes les Sigrún à plate couture ! Dieu du Ciel, comme il est fier d'elle dans ces moments-là. C'est aussi un miracle qu'elle ait réussi à faire pousser des bouleaux sur le côté de la maison qui donne vers le sud, et elle récolte parfois une incroyable quantité de pommes de terre et de rutabagas dans son petit potager, sans parler de son étonnante capacité à cuisiner des plats délicieux malgré le manque de variété de produits dont elle dispose. J'ai pour toi la reconnaissance du ventre, Guðríður, lui a dit la mère de Gísli l'été dernier lorsqu'elle est venue passer quelques jours à la ferme avec son beau-père. Je dois avouer que j'avais déjà l'eau à la bouche en apercevant la maison. Gísli s'était réjoui de ce compliment qui l'avait empli de fierté.

Et pourtant.

Il lui arrive de rêvasser. Des heures entières. D'être comme hors du monde. Et ça se produit assez souvent. Quand elle semble ne plus du tout comprendre que la vie est une lutte sans merci. Qu'il ne faut jamais céder au relâchement, où qu'on soit et encore moins ici, à presque deux cents mètres d'altitude. Il suffit que le printemps soit tardif et capricieux, que gèle l'herbe neuve et fragile, pour qu'ils soient forcés de nourrir le troupeau de foin y compris pendant l'agnelage et que leur subsistance ne tienne qu'à un fil. Et là, on compte jusqu'au moindre brin de fourrage. Et leur nombre dépend entièrement, impitoyablement, du travail acharné qu'on a fourni l'été précédent, sans jamais se perdre dans ses rêveries, quitte à se priver de sommeil et à tout délaisser en dehors de sa tâche elle-même. Il n'y a alors pas de place pour la lecture. Pas de place pour réfléchir à ce qui se trouve loin d'ici. Parce que si le printemps est tardif et capricieux, on a besoin de foin bien plus que de pensées profondes. Gísli est pourtant tellement fier d'entendre les gens des basses-terres vanter les qualités de sa femme qu'il a du mal à s'en cacher. Parce que ça aussi, ça arrive. On lui dit qu'on pourrait croire qu'elle a fait des études, qu'on devrait peut-être réfléchir à l'employer pour enseigner aux enfants de la région ; d'ailleurs, leurs trois filles se montrent très douées quand elles viennent passer deux semaines chaque hiver avec l'instituteur itinérant au hameau de Bær. Apparemment, cet enseignement ne leur apprend pas grand-chose tant elles ont déjà appris de leur mère. Et quand il la regarde marcher, quand il regarde son dos gracile, la courbe de ses reins, c'est encore…

Eh bien, ce n'est pas rien, dit Pétur.

Pardon ? répond Gísli. Il était parti loin, il sait à peine où, ce qui lui fait honte. Il faut toujours être là, présent, tout entier dans le moment. Il convient d'être ancré dans le réel. Il répond pardon, agacé, et fixe le pasteur d'un air concentré.

Quel festin, reprend Pétur, digne d'un évêque, voire du pape en personne !

On offre le peu qu'on a, modère Gísli, réfrénant un

sourire – c'est qu'il faut toujours accueillir les compliments avec modestie.

Puis Guðríður revient avec le café. Avec le café et son sourire avenant, le moins redoutable, et elle confirme les paroles de son époux : j'espère que le révérend nous pardonnera la frugalité de la collation qu'on peut lui offrir, il est naturellement habitué à de meilleures maisons. Mais c'est là du café véritable et aussi noir qu'il peut l'être. Je vois que les petites ne sont pas rentrées, elles sont encore avec votre jument. J'espère que le révérend ne nous en tiendra pas rigueur. Elles sont si jeunes et n'ont pas l'habitude de recevoir des visiteurs, elles ne savent pas trop comment se comporter avec les inconnus, c'est à se demander si elles ne préfèrent pas recevoir la visite d'un cheval plutôt que celle d'un humain. Elles sont incorrigibles, nous ferions peut-être aussi bien de les renier. Pour leur défense, je dois vous avouer qu'il nous a fallu abattre notre cheval Faxi à l'automne dernier. Il leur manque tellement qu'elles n'en ont que pour votre jument.

Vous n'avez pas besoin de les excuser, absolument pas, répond Pétur avec un large sourire, il n'arrête pas de sourire en compagnie de cette femme, il se ridiculise. Absolument pas, d'ailleurs, ma chère Ljúf est bien plus intéressante que moi, que ce soit en termes d'intelligence ou de compagnie.

Ljúf, la Douce, quel joli nom pour un cheval, s'exclame Guðríður d'un ton si chaleureux que son époux la regarde, surpris, tandis qu'elle s'assoit à ses côtés en un mouvement si doux et fluide que le désir de la prendre dans ses bras lui brûle les mains. Mais il se calme. Ils ont un invité.

Voilà donc ce café authentique, commente Guðríður en remplissant la tasse du pasteur, pondérée, avenante, polie, souriante. Aussi noir que la nuit de janvier, c'est ainsi qu'il doit être, répond Pétur, il en boit une gorgée, laisse échapper un soupir de satisfaction, tend le bras vers le petit paquet qu'il a posé sur le lit à côté de lui, l'ouvre, puis donne à Guðríður deux des trois livres qu'elle attrape. Elle voudrait le faire avec un sourire, reconnaissante, pondérée, mais brusquement, la timidité l'envahit, comme une vague inquiétude, et la peau laiteuse de son cou rougit légèrement. Gísli reconnaît ces signes. Le teint de sa femme la trahit toujours, elle ne saurait dissimuler ses sentiments à ceux qui la connaissent, il en a toujours été ainsi, sa peau ne ment pas. Elle attrape les livres, se penche aussitôt sur leur contenu, commence à les feuilleter, supplie ses doigts de ne pas lui jouer le mauvais tour de se mettre à trembler, sa peau la trahit déjà, ce n'est pas la peine d'en rajouter, elle est assise là, le cou et les joues empourprés, comme une jeune fille. Ne tremblez pas, demande-t-elle à ses mains en silence, puis elle murmure, si seulement j'étais un peu plus à l'aise en danois, et se plonge dans le texte où elle s'oublie. Son index suit les lignes, ses lèvres bougent, presque imperceptiblement, et ses yeux brillent, ils scintillent littéralement. Et Pétur se dit, jamais je n'ai vu des yeux briller aussi intensément.

Ses lèvres bougent, elle semble être absente aux deux hommes, plongée dans l'univers du texte, et c'est le silence dans la pièce commune. Un silence de mort. Une des filles crie joyeusement à l'extérieur, le chien Sámur aboie, à part ça, on n'entend que le froissement du papier sous l'index qui longe les lignes, comme si elle voulait non seulement lire les mots, mais aussi les sentir, physiquement, corporellement. Les deux hommes l'observent, eux aussi sont absents, Pétur a oublié la politesse qui sied à l'invité, Gísli les devoirs qui incombent à celui qui reçoit, ils se contentent de l'observer. Chacun à sa manière.

Deux rides sont apparues entre les yeux de Guðríður. Quelle soif délicieuse, pense Pétur, vraiment délicieuse, et tout à coup, Gísli a l'impression d'être un étranger sous son propre toit. Il essaie de se dire que c'est n'importe quoi, il voudrait secouer la tête pour s'en convaincre. Au lieu de ça, il reste assis là, comme paralysé, en proie à une étrange tristesse. Il regarde le plateau. Jadis, il l'a volé. Un jour, il a commis un crime. Mais il ne l'a fait que par amour pour celle qui est assise à ses côtés, parce qu'il voulait faire plaisir à cette femme qui semble parfois ne pas être à la place dans son univers à lui, oui, il a parfois l'impression que la vie la lui a simplement prêtée. Qu'un jour, il se réveillera dans la pièce commune et qu'elle aura disparu, qu'elle se sera évaporée.

Trois fois, il a rêvé qu'il se réveillait dans le lit conjugal, qu'il s'y asseyait dans la pénombre et que ce n'était pas elle, mais Sigrún, qu'il trouvait allongée à ses côtés, avec ses seins gonflés sous sa chemise de nuit, Sigrún, la courageuse, l'endurante, dont le seul défaut est de parler trop. Et de ne pas être Guðríður.

Les trois petites dorment dans les autres lits et toutes ressemblent à la servante en modèle réduit. Il la regarde, il perçoit l'énergie qui émane de son corps, le souvenir de ses tétons durcis lui revient, celui de son dos musclé, de ses fesses qui se fendent et qui lui donnent presque instantanément une érection. Il la regarde, il a envie de la déshabiller, il a envie de la pénétrer. Et il se dit également, désormais, je ne manquerai plus jamais de foin. Je n'aurai pas besoin de compter les brins qu'il me reste, je sais qu'il y en aura toujours assez. Il entend le bruit de la mer à l'extérieur et remarque le quatrième lit où dort son fils tant désiré, déjà assez grand pour l'accompagner à la pêche. Il veut attendre un peu avant de le réveiller, parce que Sigrún a ouvert les yeux, elle est nue, il pense à ses seins lourds, ses cuisses robustes, et elle commence à caresser son membre du bout des doigts. C'est bon, n'est-ce pas, murmure-t-elle ensuite, au moment où il entre en elle. Oui, répond-il. Ton membre a-t-il jamais été aussi fringant ? Non, soupire-t-il, excité. Il ne l'était pas autant quand tu couchais avec Guðríður, poursuit-elle, la voix rauque, dit-elle, triomphante, dit-elle en ouvrant plus grand ses cuisses. Et sans savoir pourquoi, Gísli est envahi par une subite tristesse, il se met à pleurer, désespéré. Il se réveille en larmes. Il se réveille en jouissant. Il jouit et il pleure aux côtés de Guðríður endormie.

LE FRÈRE DU DIABLE EST UN VIEUX LIBRAIRE DE COPENHAGUE

Lorsque Guðríður, commence Gísli, s'interrompant aussitôt pour toussoter et s'éclaircir la voix, tout en essayant de chasser ce rêve imbécile. Il se racle longuement la gorge car sa voix était tellement dissonante qu'elle ressemblait à une poule déplumée. Pétur le regarde avec un intérêt poli. Lorsque ma Guðríður lit, reprend Gísli, sa voix est revenue, il sourit comme pour adoucir la portée de ses paroles, on dirait qu'elle disparaît. Et parfois si radicalement qu'il s'en faut de peu qu'on descende dans les basses-terres pour y rassembler des hommes afin de partir à sa recherche.

Pétur : Je dois dire que c'est une aptitude admirable de pouvoir ainsi se concentrer sur ses lectures et ses pensées. Les personnes qui en sont dotées rapportent souvent des découvertes à ceux qui, comme nous, sont prisonniers du moment et de leur environnement. Elles nous offrent de nouvelles connaissances, de nouveaux points de vue. Et désormais, je comprends mieux comment elle a pu écrire cet article où se manifeste son grand savoir. Hélas, je peux vous certifier que ce genre de chose est plutôt rare.

Gísli laisse échapper un petit rire : Elle disparaît, ah ça oui, et parfois même réellement ! Je rentre de la bergerie et le repas n'est pas prêt, les petites ne sont même pas habillées. Où est votre mère ? dis-je. Elle est sortie, répondent-elles, incapables de m'en dire plus. Quant à elle, elle est surprise par mon agacement quand elle réapparaît enfin, parfois après plusieurs heures d'absence. Parfois transie jusqu'aux os après avoir observé les plongeons à gorge rousse qui nichent près du lac, là-haut sur la lande. Une fois, elle a passé deux jours à creuser la tourbière pour savoir jusqu'à quelle profondeur on trouvait de l'eau et étudier les changements de couleurs du sol au fur et à mesure qu'on s'y enfonçait !

Ceux qui naissent animés d'une curiosité vive et lumineuse, répond Pétur, désirent élargir l'horizon de ceux qui, comme nous, sont enchaînés à l'habitude. Vous êtes décidément bien marié.

Pourrais-je rappeler ma présence à ces messieurs, glisse Guðríður, levant les yeux du deuxième livre, le doigt posé sur une ligne, comme pour conserver le lien qui l'unit à l'univers du texte. Les rides de concentration qu'elle avait entre les yeux ont disparu, une mèche de cheveux s'est détachée de son chignon tandis qu'elle était assise, penchée sur le livre – comme si sa chevelure voulait souligner son caractère revêche. Le rouge ne s'est pas dissipé de son cou, ce joli cou, pense Pétur, et Gísli laisse échapper un petit rire, il se ressert un café qu'il avale d'une traite. Le noir breuvage est si brûlant qu'il doit serrer les dents pour ne pas le recracher.

Ces deux livres sont excellents, reprend Pétur. Il est assis face à Guðríður, ou plus exactement, elle s'est assise face à lui. C'est elle qui a choisi de s'installer là, lui n'a fait que prendre la place qu'on lui a indiquée. Elle est assise là, le dos droit, la gorge rouge, une mèche de cheveux retombant sur la tempe.

J'ai vu la beauté, écrira-t-il plus tard à Hölderlin. Et toi, l'as-tu vue de ton vivant, ailleurs que dans l'univers des mots ? Mais vois-tu, je crois qu'on dit vrai quand on affirme que la beauté peut nous rendre malheureux parce que la vie ne sort presque jamais grandie de la comparaison. Qui a dit ça, demande alors le poète allemand. Qu'est-ce que j'en sais, et d'ailleurs, qu'est-ce que ça change, parce que j'ai vu la beauté, j'étais assis face à elle, elle est entrée en moi et m'a joué un vilain tour, poète, tu devrais écrire sur ce thème ! Je l'ai déjà fait, rétorque Hölderlin, mais tu es encore en vie et tu n'as pas encore parcouru assez de chemin, pour toi, le langage des défunts est aussi illisible que les ténèbres. Peut-être, répond Pétur, mais si tu l'avais vue, assise, le dos tellement droit, son index posé sur la ligne d'un de mes livres. Son mari a avalé d'une traite son café brûlant, il doit descendre de géants – quant à moi, j'ai dû attendre pour en boire une gorgée, le laisser refroidir, tandis que le fermier a bu ça comme du petit-lait. Il a vidé sa tasse à toute vitesse tandis que je regardais sa femme, perdu dans mes pensées, puis je me suis entendu déclarer, ce sont deux livres excellents…

Guðríður le regarde d'un air concentré. Ce sont deux livres excellents, dit-il, puis sa voix se perd dans le lointain, il se plonge dans ses pensées comme s'il essayait de se rappeler quelque chose. Les rides de son front se creusent. Il porte une veste sombre, plus tout à fait neuve, mais taillée dans une belle étoffe. Personne ne s'habille ainsi dans les campagnes.

Guðríður sourit.

Elle ôte son doigt de la page, déplace sa main vers la droite et la pose sur le bras de Gísli où elle la laisse quelques secondes. Le regard des deux hommes se croise. Pétur toussote, oui, ils sont excellents, ces deux livres, répète-t-il.

Certes, je ne les ai pas lus de bout en bout, d'ailleurs, ma tête n'a pas été façonnée pour la science. Un de mes amis à Copenhague a la gentillesse de craindre que je ne végète ici, que je ne suive pas d'assez près la marche du monde, que je… mais au fait, j'espère que vous lisez à peu près le danois, s'interrompt-il, me permettez-vous de vous appeler Guðríður, ajoute-t-il comme un imbécile, se couvrant de honte. Comment pourrait-il l'appeler autrement que Guðríður, c'est son prénom, voilà tout ! Il ne va pas l'appeler Ásgerður, Hulda ou Anna, ni chère maîtresse de maison, et encore moins, la femme qui écrit sur les lombrics, il ne va pas la surnommer : Celle dont les caractères difformes aboient comme des chiens. Mais voici qu'à nouveau, elle sourit, qu'à nouveau, elle transforme l'atmosphère de la pièce par son redoutable sourire. Elle sourit et hoche la tête, confirme que c'est une très bonne idée de l'appeler Guðríður. Et qu'elle lit correctement le danois.

Les langues étrangères, reprend le pasteur avec empressement, cherchant à dissimuler son embarras, c'est tellement nécessaire de les apprendre. J'ai toujours été persuadé qu'entendre les langues étrangères aide les nations et les individus à mûrir. Il est délétère de rester enfermé dans sa propre culture au point d'être aveugle aux autres. C'est là une pauvreté susceptible d'engendrer toutes sortes de préjugés. Parler une langue étrangère permet de voyager. En outre… Que le Seigneur me pardonne, s'interrompt-il à nouveau, ce que je peux bavarder ! N'écoutez que la moitié de ce que je vous raconte, ne vous inquiétez pas, je suis comme ça, je parle tellement que je finis par raconter n'importe quoi.

Il se gratte les cheveux, furieux contre lui-même, parce que l'évidence lui saute tout à coup aux yeux au beau milieu de sa phrase – il est assis là, dans cette petite pièce commune à deux cents mètres d'altitude, face à un couple marqué par une vie de labeur et de difficultés, cela vaut surtout pour Gísli dont les paumes sont tellement tapissées de corne qu'elles ressemblent à deux barques au bois usé par les éléments. Ce sont des gens qui luttent pour leur indépendance, pour leur survie, pour rester debout, et qui rêvent évidemment de s'installer sur de meilleures terres, et il est assis là, indolent, à disserter sur les langues étrangères et l'importance des voyages… Ne faut-il pas être debout pour pouvoir s'en aller ? Et comment partir quand on consacre toute son énergie à sa survie ? Lorsque le combat consiste simplement à élever ses enfants, à les amener à l'âge adulte et à ne pas perdre son autonomie ?

Gísli baisse les yeux, comme s'il avait repéré un détail intéressant sur le sol de la pièce commune. Un détail bien plus passionnant que le bavardage de ce révérend qui vient voler leur temps, boire leur café, avaler ces mets de luxe, ces dattes.

Il va falloir que je me remette en route, se dit Pétur, c'était une erreur de venir ici, c'était pure bêtise. Ce n'est pas étonnant, venant d'un homme qui désire plus que tout se soûler au moment où tout le monde va se coucher, un homme qui écrit des lettres à un poète allemand mort depuis plus de cinquante ans. Il se dit, ma femme a des mains de lumière. Il se dit, je vais rentrer et la serrer dans mes bras. Je ne l'ai pas fait depuis si longtemps qu'on devrait m'abattre d'un coup de fusil. Je l'étreindrai et je lui dirai, mon amour.

Ce sont des mots, une apostrophe qui peut nous maintenir en vie. Je lui dirai, pense Pétur – puis il perçoit un je-ne-sais-quoi, il lève la tête et tombe sur le sourire de Guðríður. Il voit ses yeux. De quelle couleur sont-ils exactement ? Et combien de langues faut-il connaître pour être à même de les décrire ? Il se dit, dans sa bêtise, dans son désespoir : Je serais prêt à voyager dans la nuit pendant mille ans si ces yeux et ce sourire m'attendaient au bout du chemin. Seigneur, châtie-moi, je suis tellement content d'être ici.

Le révérend n'ose pas se servir. C'est une précaution inutile. Il ne faut pas qu'il se gêne. Il y a là plus qu'assez.

Dit Gísli en posant sa main droite à côté du plateau, la paume plaquée sur la table. Ses doigts sont assez courts, mais costauds, et il les écarte comme s'il voulait montrer leur force, montrer que chacun d'eux est assez robuste et puissant pour se débrouiller individuellement en cas de besoin.

Guðríður regarde la main de son mari. Ces doigts qu'elle connaît si bien. Cette main qui accomplit tant de prouesses, soulève tant de poids, cette main d'une endurance infinie, mais qui est également capable de la toucher avec une douceur presque douloureuse. Pourquoi l'a-t-il posée ici, se demande-t-elle, et les doigts écartés… Il pourrait aisément m'étrangler, se dit Pétur.

En effet, on ne saurait se plaindre, répond-il après un silence, et surtout pas de cette collation, il attrape un biscuit, d'un geste hésitant. La main de Gísli repose encore sur la table, comme s'il l'avait oubliée, et pendant un instant, les doigts de Pétur sont tout près de ceux du maître de maison, fins, élégants, voire fragiles, par comparaison. Pétur croque le biscuit, sort un troisième livre qu'il caresse comme il caresserait un chat, il jette un regard pensif sur le côté, les rides de son front se creusent. Le fermier et sa femme l'observent, chacun de ses yeux différents, chacun plongé dans ses pensées personnelles.

J'ai cru comprendre, dit Pétur, que vous êtes assez à l'aise en danois, ou disons en norvégien, ces deux langues sont si proches qu'on a parfois l'impression que l'une n'est qu'une version déformée de l'autre. Mais je sais bien pour avoir beaucoup lu en langues étrangères qu'on passe son temps à buter sur des mots qu'on ne connaît pas, ce qui coupe constamment le fil de la lecture et finit par nuire à la compréhension, on est alors perdu dans un brouillard de termes inconnus.

Pétur caresse ce troisième ouvrage, plus épais que les deux autres, *Dictionnaire Islandais-Latin-Danois*. Le pauvre, il est assez vieux, s'excuse le révérend, et un peu usé, d'ailleurs, il a une longue histoire, il a presque cent ans. Je l'ai dégoté chez un bouquiniste à Copenhague à l'époque où j'habitais là-bas. Cet homme était peut-être même plus vieux que ce dictionnaire. Si vous l'aviez vu, il était tellement voûté qu'il ressemblait à une motte d'herbe ou à un poing recroquevillé sur lui-même. Il avait au moins deux cents ans, à en croire mes amis danois, mais ses idées étaient parfaitement claires et je n'ai jamais vu des yeux aussi incroyables. Ils semblaient capables de tout transpercer, que ce soit la chair de l'homme ou les murs les plus épais. Il lisait en chaque être humain comme dans un livre ouvert, il le déchiffrait jusque dans ses profondeurs les plus intimes sans avoir besoin pour ça d'un dictionnaire. Cet homme était presque une légende à Copenhague. Il y avait même des gens qui affirmaient qu'il était le frère du démon. Sans doute à cause de ses yeux. Son regard ne laissait personne indifférent quand il le posait sur quelqu'un et, à ma connaissance, personne ne s'est jamais avisé de marchander avec le vieux. Soit on payait le prix fixé, soit on renonçait à son acquisition. Quelques jours après avoir acheté ce dictionnaire, un ami venu me rendre visite l'a vu chez moi, l'ouvrage était facilement reconnaissable à cause de ces deux taches que vous voyez ici sur sa couverture, on dirait deux yeux, n'est-ce pas ? L'un a l'air triste et l'autre enfantin. Ces taches sont un résumé de l'histoire de l'humanité, ai-je dit au bouquiniste en regardant le livre dans sa boutique. Ma bêtise lui a peut-être plu parce qu'une semaine plus tôt, mon ami avait voulu acheter ce livre, mais s'était ravisé quand le vieil homme lui avait demandé une somme astronomique, au moins six fois supérieure à celle que j'avais payée. Je pense cependant aujourd'hui, poursuit Pétur avec un sourire en tendant l'ouvrage à Guðríður d'un geste presque timide, que la remise que m'a consentie le libraire n'a aucun rapport avec ce que je lui ai dit sur ces taches, mais qu'elle s'explique parce que, de son regard omniscient, cet homme âgé de deux siècles a entrevu l'espace d'un instant à quel endroit j'emporterai ce livre des années plus tard, et parce qu'il a compris que l'ouvrage atterrirait là où le savoir qu'il renferme a toute sa place.

CERTAINS SONT TELS LES POTEAUX D'UNE CLÔTURE, D'AUTRES CONCOCTENT DES COMPILATIONS POUR LA CAMARDE

PEUT-ÊTRE VIT-ON À TOUTES LES ÉPOQUES EN MÊME TEMPS

J'ignore pourquoi j'ai dû m'absenter au milieu d'une scène – Pétur vient de tendre à Guðríður le dictionnaire que le frère du Malin lui a vendu en lui accordant une remise. Comment Guðríður a-t-elle réagi ? Et Gísli ?

Elle a pris l'ouvrage. Encore et toujours des livres, a dit son mari en posant sa main puissante et calleuse sur la petite table. Comme s'il voulait ajouter, malgré ça, nous avons besoin de celui-là pour nous débrouiller, pour en écrire d'autres et pour que quelqu'un puisse les lire.

Et là, j'ai été brusquement ramené ici.

Me revoici donc dans la caravane. Avec mon mystérieux compagnon, le chauffeur de bus sanctifié.

J'ai de la compassion pour Gísli et je m'inquiète pour lui, dis-je. Je lève les yeux de mes feuilles et je découvre le pasteur en short multicolore et en teeshirt blanc à manches courtes, occupé à fouetter de la pâte à crêpes à côté du petit réchaud. Une photo de l'artiste anglo-américain MF Doom et le premier vers de la chanson « Accordion » ornent l'avant de son tee-shirt : Living off borrowed time, the clock tick faster. Pour qui vit de temps emprunté, la pendule avance plus vite. Jolie phrase. Cela dit, à strictement parler, la photo ne représente pas vraiment MF Doom puisque ce chanteur apparaît toujours le visage masqué et que très peu de gens savent à quoi il ressemble. Je choisis de ne pas dire au pasteur-chauffeur à quel point je trouve approprié qu'il ait opté pour ce tee-shirt puisque ces deux hommes sont masqués à leur manière, l'un est manifestement désireux de cacher quelque chose tandis que l'autre tient à ce que l'art prime sur l'artiste.

Vous êtes inquiet pour Gísli, répète le chauffeur sanctifié, tenant à la main une vieille crêpière noire et usée, comme s'il brandissait une sombre profession de foi. Seulement pour lui, et pas pour tous les autres, Guðríður, Pétur, Halla, ni pour l'ensemble du genre humain – je dirais même tout spécialement pour ce dernier ? Avez-vous remarqué que l'homme semble s'attacher à rendre compte des déséquilibres et des malheurs, des incertitudes et des douleurs, voire des tragédies ; peu de gens sont enclins à décrire les délices du paradis. Posez la question à Hölderlin, il a perdu la raison et vous confirmera mes dires. Peut-être que tout ira bien pour Gísli, ou peut-être pas, mais toute chose finit par mourir et là, il est trop tard pour espérer être heureux. En revanche, on peut toujours faire quelques crêpes. Les temps ne sont vraiment délétères qu'à partir du moment où l'on ne peut plus se consoler et consoler les autres avec de bonnes crêpes tièdes. Même s'il ne faut pas non plus oublier que celui qui n'a jamais été blessé par l'amour ne connaît pas la vie. On peut même dire qu'il n'a pas vécu.

Mais tout cela n'est que théorie, conclut-il en versant la première louche de pâte sur la poêle. Le fumet délicieux envahit la petite caravane. Je baisse les yeux sur les feuilles, j'ai envie de me replonger dans le passé, d'y disparaître pour découvrir la suite : comment s'est terminée cette visite, quelle direction a prise le destin, les mains de Halla sont-elles devenues ténèbres ? Je baisse les yeux, mais ce passé a disparu, il est retourné dans les méandres du temps et, au lieu de le retrouver, je me vois assis à côté de Rúna de Nes à bord de sa jeep bleue. Nous roulons vers l'hôtel où nous allons chercher trois bouteilles de grappa et du chocolat noir pour faire des gâteaux français ; puis c'est la fête pour célébrer la vie, la fête en l'honneur de Páll d'Oddi et d'Elvis Presley. Les formes rondes de la caravane s'éloignent dans le rétroviseur avant de disparaître derrière la rangée d'arbustes qui la sépare de la ferme de Framnes.

ON EST DEVENU TELLEMENT OBÉISSANT QUE C'EN EST UNE HONTE – PUIS NOUS AJOUTONS « LOVE IN PARIS » À LA COMPILATION DE LA CAMARDE

C'est Sóley qui a demandé à sa sœur Rúna de m'emmener. Haraldur, leur père, est à la ferme de Nes avec Ási et Mundi qui sont arrivés à l'improviste avec de la bière fraîche, et chacun avec sa compilation personnelle des dix meilleures chansons de l'histoire de la musique, depuis l'album *Please Please Me* des Beatles. Ils voulaient que Haraldur concocte aussi la sienne. Ási affirmait espérer très fort que les choix de Haraldur viendraient confirmer que les siens étaient plus justes que les bêtises qu'avait compilées Mundi.

Papa était tout joyeux quand je suis partie, me

confie Rúna, avec un sourire si sincère que la tristesse à la commissure de ses lèvres disparaît presque entièrement. Elle met « In a Sentimental Mood » de John Coltrane et Duke Ellington. Il n'existe pas de bonnes journées en l'absence de Coltrane, explique-t-elle – il voulait changer le monde, unir l'humanité à travers la musique et créer ainsi l'harmonie sur terre.

Elle ralentit à l'approche d'un virage en épingle à cheveux qui longe le fond du fjord puis doit s'arrêter complètement parce qu'une vieille jeep Bronco toute cabossée arrive sur le virage légèrement avant nous et dans l'autre sens. Le conducteur âgé, le visage émacié, les cheveux gris en bataille, est assis tellement en avant sur son siège que son front touche presque le pare-brise. Il roule à la vitesse de l'escargot. Il a fait semblant de ne pas nous voir, dis-je.

C'est surtout qu'il ne nous a pas vus, répond Rúna. C'est Kári de Botn, apparemment, il n'a pas retrouvé ses lunettes. Ce n'est pas la première fois. Soit il ne les retrouve pas, soit il n'a pas le courage de les chercher. Il souligne que ce n'est pas facile de les trouver quand on ne les a pas sur le nez. C'est que sans elles, il n'y voit pas grand-chose, voilà pourquoi il roule si lentement, et au milieu de la route qui est par endroits si étroite qu'il n'y a pas moyen de le doubler, nous restons donc coincés derrière lui jusqu'à ce qu'il tourne pour s'engager sur la route de Hof où la vieille Lára lui prête ses binocles. Certes, elles ne sont pas à sa vue, mais c'est mieux que rien.

Rúna roule si lentement dans le virage que j'ai tout mon temps pour observer l'ample fond du fjord qui s'offre au regard dans la courbe : les deux exploitations, Skarð, à distance, et Sámstaðir, celle d'Ási, un peu plus proche, où la jeune forêt commence à transformer le paysage, gravissant le flanc de la montagne et s'étendant sur les terres plates et humides tout près de la rivière. Le chalet jaune de Mundi, installé à quelques centaines de mètres de la ferme qui trône au sommet d'une petite éminence, et qui se fondra sans doute dans la végétation d'ici à quelques années. La ferme de Skarð est en contrebas d'un promontoire verdoyant, là où deux vallées se rencontrent – la première, pierreuse et aride, s'enfonce dans les terres en remontant vers le nord, l'autre semble plus verte bien qu'en grande partie dissimulée par le promontoire rocheux. La ferme de Skarð est encore exploitée, je compte douze vaches qui paissent sur le terrain plat en contrebas.

Nous venons de franchir le pont et nous voilà forcés de nous arrêter. Kári nous bloque le passage, il s'est immobilisé au milieu de la route. Rúna descend de voiture pour aller voir ce qui se passe, elle revient presque aussitôt. Le vieil homme a dû s'arrêter pour répondre au téléphone. À sa fille. Elle est venue passer quelques semaines dans la maison qu'elle possède dans la petite vallée verdoyante de Sunnandalur, elle était montée cueillir des baies sur la lande et a vu la voiture de son père avancer lentement sur la route, si lentement qu'elle a compris qu'il n'avait pas trouvé ses lunettes. Ou qu'il n'avait pas eu envie de s'embêter à les chercher. Comme elle n'avait pas emporté son téléphone, elle s'était dépêchée de redescendre chez elle pour appeler son père et le prévenir qu'elle était en route avec ses enfants vers la ferme de Botn où elle chercherait ses lunettes pour les lui apporter. Elle lui avait fait promettre de ne pas bouger jusqu'à son arrivée. Je suis tellement obéissant que j'en ai presque honte, a dit Kári à Rúna qui a promis à sa fille d'attendre son arrivée et de s'assurer que son père ne bouge pas d'un pouce. C'est donc inutile de proposer à Kári de l'emmener à Botn où l'attend son café, explique Rúna : il est trop fier pour accepter de l'aide. Il répète que les inquiétudes et la sollicitude des autres à son égard ne sont qu'une forme de pitié maladroitement déguisée.

Par conséquent, poursuit-elle, sans avoir le temps d'achever sa phrase, interrompue par la sonnerie de son téléphone. Elle décroche, l'appareil est connecté au navigateur de la voiture, la voix d'Elías emplit l'habitacle, puis il éclate de rire, un rire profond et sincère, quand elle lui explique la situation.

Vous risquez d'attendre un bon moment, s'esclaffe Elías, mais Kári est évidemment spécialiste pour se faire désirer. D'ailleurs ici, nous gardons le rythme et tu n'as pas besoin de te dépêcher même si Alexandre le Grand te réclame, je l'ai profondément vexé en laissant les chiens aller et venir à leur guise dans la maison. Enfin en ce moment même, je suis en route vers chez Eiríkur avec la première bière de la journée, ajoute Elías – quelques instants plus tard, j'entends la voix d'Eiríkur pour la première fois. La voix de ce guitariste qui tire sur les camions à la carabine, l'homme qui risque la prison. Et qui s'adresse à ses chiens en français.

Oui, ça lui arrive, m'explique Rúna, voyant mon regard interrogateur – il dit qu'il veut que ses chiens soient bilingues.

Tu es avec le poète, demande Elías.

Oui, je suis avec l'écrivain, répond-elle.

Il parle français ?

Non.

Bon sang ! Et moi qui ai toujours cru que tous les écrivains maîtrisaient cette langue. N'est-ce pas la langue originelle de tous les poèmes ?

Hölderlin, dis-je, puis je dois me racler la gorge pour continuer : Hölderlin soutiendrait sans doute que c'est plutôt l'allemand.

Elías rit. Si tu le dis ! Il y a là matière à querelle, voilà donc enfin l'explication à toutes les guerres entre la France et l'Allemagne ! Eiríkur vient de me dire qu'il est en train de traduire une chanson en français pour ses chiens – Eiríkur, quel est le titre ?

La réponse d'Eiríkur est inaudible, mais ce n'est pas gênant puisque, évidemment, je reconnais aussitôt la chanson. « Vaknaðu » / « Réveille-toi », des XXX Rottweilerhundar.

Eh bien, voilà un drôle de nom pour un groupe, répond Elías. Pardon, je n'ai pas bien compris, Eiríkur, il fait partie de quelle playlist ?

La voix d'Eiríkur résonne sur le navigateur de la voiture, mais tellement noyée dans la musique tonitruante qu'on n'entend pas sa réponse. Elías rit, contaminant Eiríkur qui se met lui aussi à rire. Un rire communicatif. Eh bien, celle-là, je ne l'attendais pas !

La compilation de la Camarde, s'exclame Elías – de la Camarde avec un grand C. Ce morceau fait partie de la liste concoctée par Eiríkur tout spécialement pour cette journée. Vous la trouverez sur Spotify – sous le nom d'Eiríkur. Selon lui, le désir le plus brûlant de la mort est d'embrasser la vie, mais chaque fois qu'elle se risque à l'étreindre, elle l'anéantit. C'est là sa plus grande douleur, une douleur que seule la musique a le pouvoir d'atténuer. Et cette playlist est la contribution d'Eiríkur pour ce faire.

La compilation de la Camarde, ah, la voilà, annonce Rúna, après avoir pris congé d'Elías, elle l'a trouvée sur son téléphone, ce qui nous permet d'écouter les mêmes chansons que les compères de la ferme de Vík. L'homme à problèmes avec sa guitare, sa carabine, ses chiots défunts – ce à quoi je peux désormais ajouter : et au rire communicatif –, choisit la musique pour Rúna et moi, qui sommes coincés derrière un fermier octogénaire qui profite de l'attente pour chercher l'album *Ella Fitzgerald chante Cole Porter* dans la boîte à gants de sa voiture.

Debout, debout, somnambule, debout ! Ne vis pas ta vie en mourant… profite de ton temps, des quelques années où nous sommes sur terre… ne rêve pas, sois ton rêve… rappent et chantent les effrontés Rottweiler avec vigueur.

Sois ton rêve, ne vis pas ta vie en mourant, vis maintenant. Super chanson, commente Rúna. Ce texte ressemble à un message spécialement rédigé pour moi et pour Eiríkur, en fait, nous avons…

Ses mots se tarissent. J'ignore si c'est parce qu'elle a envie d'écouter la chanson, ou parce que le message dont elle parle la bouleverse tellement qu'il l'empêche de continuer.

Debout, debout, sois ton rêve, ne vis pas ta vie en mourant…

D'une certaine manière, la vie de Rúna s'est arrêtée le soir où, après avoir reçu dans la tempe le talon aiguille de sa mère hilare, elle a perdu le contrôle de sa voiture sur le verglas et s'est retrouvée, quelques instants plus tard, inconsciente, suspendue à sa ceinture comme une chauve-souris endormie, tandis que sa mère, le corps brisé, demandait à Haraldur de la serrer dans ses bras. Mon amour, avait murmuré Aldís, serre-moi fort et ne me lâche pas. Ne me lâche jamais.

Ne me lâche jamais. Ses dernières paroles, et par conséquent…

Je lève les yeux des feuilles et je dis : quoi ?

Par conséquent, répète le chauffeur-pasteur qui a préparé une épaisse pile de crêpes au fumet délicieux, Haraldur n'a pas pu quitter le fjord et déménager à Reykjavík, car en son absence, qui donc pourrait serrer Aldís dans ses bras ? À moins qu'il ne se soit servi de ça comme prétexte et qu'il n'ait pas eu l'énergie de commencer une nouvelle vie sans elle. L'existence de cet homme et de ses filles s'est donc figée. D'une certaine manière, elle est aussi immobile que la jeep de Kári, ajoute-t-il tout en continuant à faire ses crêpes. Puis, du bout de sa spatule, il me montre une photo en noir et blanc dans un joli cadre en bois aux couleurs passées, ce sont les frères de lait : Kári et Skúli. Skúli doit avoir sept ou huit ans, il sourit, mais on distingue comme une ombre dans ses yeux, du reste, il n'y a pas bien longtemps qu'il est arrivé de la péninsule de Snæfellsnes ; Kári est debout à ses côtés, il doit avoir deux ans, il se tient à la cuisse de Skúli, il s'y agrippe et regarde l'objectif d'un air grave – concentré.

Je baisse les yeux sur les feuilles. La fille de Kári a retrouvé les lunettes de son père, elle s'est mise en route pour les lui apporter, sur la photo, il a deux ans, mais au volant de sa voiture, immobile au milieu de la route, c'est un vieil homme. Il attend, obéissant, que sa plus jeune fille lui apporte ses lunettes. Il attend tranquillement, d'ailleurs, le vieux fermier est plutôt à son aise, il a trouvé le disque d'Ella Fitzgerald et écoute « I Love Paris ». Bien sûr qu'il écoute ce morceau, il fait partie de ceux qu'Ella interprète tous les soirs aussi bien en enfer qu'au paradis – certains artistes sont ainsi faits qu'ils peuvent voyager à leur guise entre ces deux royaumes.

« I Love Paris » figure évidemment sur la compilation de la Camarde.

Mais voilà, un événement se profile.

CHACUN ÉTAIT PLONGÉ DANS SES PENSÉES, PUIS IL A ARRACHÉ LE BOUT DU CIGARILLO D'UN COUP DE DENTS

Skúli de la ferme d'Oddi. Vous vous souvenez, il ne vient pas d'ici. Il est arrivé à Botn, encore enfant, avec le postier qui l'a déposé comme n'importe quel paquet. C'est un dur à cuire, avait dit le facteur. Ils avaient affronté des tempêtes et toutes sortes de périls sans que jamais Skúli se plaigne. Un dur à cuire, avait souligné le postier lorsqu'ils étaient arrivés tous les deux, transis, à la ferme de Botn. Dur à cuire, peut-être, mais il a quand même ce regard doux, avait répondu la maîtresse de maison, la mère de Kári.

Skúli avait certes un caractère trempé et résolu, mais il était également d'une nature trop optimiste pour devenir ce qu'on appelle un dur à cuire, d'ailleurs, il s'était toujours fichu du verdict du postier que la maîtresse de maison de Botn avait adouci en parlant de son regard, ce qui l'avait peut-être préservé d'une désagréable réputation. De ce regard si doux. Les deux frères de lait étaient très différents. Skúli, doté d'une énergie vitale contagieuse qui entraînait les gens dans son sillage, Kári, l'esprit moins léger, et parfois simplement sombre. Il mesurait tout juste 1 mètre 60, mais n'était que muscles et endurance, les yeux en général plissés, si bien qu'ils semblaient plus petits et plus enfoncés qu'ils ne l'étaient réellement. Plutôt secret, réticent à se confier, il était difficile à cerner, mais on avait vite compris qu'il était excellent paysan et qu'il reprendrait la ferme de ses parents. Dès qu'il avait commencé à marcher, il avait pris l'habitude de sortir de la maison pour se rendre utile, sans craindre les cornes des béliers renfrognés même s'ils avaient une tête aussi grosse que la moitié de son corps. Obstiné, résolu, et aussi mystérieux qu'une montagne, il avait, contre toute attente, l'esprit pionnier, s'était intéressé très tôt aux nouvelles techniques agricoles et approprié celles qui le séduisaient. Que ce soit pour la culture de ses champs, les questions de drainage, les nouveautés de l'élevage ovin – ou la sélection des races bovines.

À dix-huit ans, Kári avait entendu parler d'un fermier habitant dans la vallée de Djúpidalur qui avait créé sa propre race en sélectionnant ses bêtes. Ce dernier avait si bien réussi que ses vaches donnaient un tiers de lait en plus que les autres et il proposait aux paysans de faire saillir leurs génisses par ses taureaux pour une somme honnête. Kári avait demandé à son père de téléphoner à ce fermier et quelques semaines plus tard, il l'avait accompagné à Djúpidalur pour se renseigner sur ces méthodes de sélection, et assister à la saillie de la vache d'un voisin par un de ses meilleurs taureaux.

C'était début mars, la route enneigée avait rendu le voyage difficile. Le père et le fils étaient partis dès l'aube au volant de la jeep Willis presque neuve, ils avaient mis des chaînes aux quatre roues et avaient emporté des pelles dont ils avaient dû se servir plusieurs fois pour s'extraire des plus grosses congères. Ils étaient arrivés peu après midi à destination. Tout était prêt. Böðvar, le fermier propriétaire du taureau, les avait accueillis à la porte de sa maison puis les avait conduits devant l'étable où deux hommes fumaient, adossés au mur. Le voisin, le propriétaire de la génisse, et son fils adolescent. La fille de Böðvar, âgée de dix-huit ans, était dans l'enclos où elle tenait la vache au bout d'une épaisse longe tandis que le taureau grommelait à l'intérieur de l'étable. Les hommes s'étaient salués et présentés, la jeune fille avait gardé le silence, immobile dans l'enclos, elle se contentait de tenir la longe et de baisser les yeux. Ma petite Margrét est la seule à pouvoir maîtriser ce taureau, avait dit Böðvar aux fermiers de Botn, comme pour expliquer la présence de sa fille dans l'enclos, sans défense face à l'animal.

Puis la porte de l'étable s'était ouverte et le taureau était sorti en fulminant.

Kári avait machinalement reculé d'un pas. Jamais il n'avait vu un taureau aussi gros et impétueux. Beaucoup plus gros que la vache, l'animal tout en puissance et en muscles s'était arrêté en apercevant les hommes dans le coin de son œil. Il s'était tourné vers eux, avait frappé le sol du pied en grommelant si fort qu'on l'aurait cru arrivé droit de l'enfer tandis qu'il les toisait de ses petits yeux globuleux, semblant envisager de se ruer sur la clôture censée les protéger. La jeune fille avait alors sifflé, l'animal avait fait volte-face, il avait vu la vache, secoué sa grosse tête, soufflé, il s'était approché et mis à lécher l'arrière-train de la femelle tandis que son membre fin, long et rosé tremblait d'excitation sous son ventre. Les jeunes, Kári et le fils du voisin, s'étaient approchés de la clôture, Kári n'avait pas aimé sentir ce fils collé à lui tandis que le taureau léchait l'arrière-train de la vache avec une telle vigueur qu'elle avait avancé vers Margrét, qui s'était calée au fond de l'enclos, arc-boutée sur ses jambes.

Après avoir reniflé l'arrière-train de la vache avec insistance, le taureau s'était léché les babines, il avait laissé échapper un râle, les yeux lui sortaient de la tête, son membre fin tremblait et se balançait sous son ventre, puis il s'était dressé sur ses pattes arrière. Lourdement, il s'était mis en position sur la vache qui s'était affaissée sous son poids en beuglant, d'impatience ou de peur, et le membre s'était enfoncé en elle. Le taureau avait fait quatre ou cinq allées et venues avec une telle violence que la vache avait été projetée en avant, Margrét avait pressé ses talons sur le sol, immobile, elle avait poussé dans l'autre sens pour s'assurer que le membre pénètre au plus profond, son corps de jeune femme tremblait sous l'effort. Les jeunes hommes et leurs pères ne quittaient pas des yeux Margrét et le taureau, chacun était plongé dans ses pensées.

Le fermier de Botn et son fils n'avaient pas pu rester plus longtemps, ils tenaient à franchir les landes enneigées avant la nuit noire, mais avaient conclu avec Böðvar un accord selon lequel il leur prêterait son taureau pendant quelques semaines au printemps – deux mois plus tard, Kári était allé le chercher au volant du tracteur de Botn, l'*International* que son père avait acheté trois ans plus tôt, équipé d'une remorque à foin. Ce taureau était tellement sauvage qu'on avait cru bon de le faire accompagner par Margrét, censée rester à Botn pendant les quelques semaines où l'animal y séjournerait, ce qui lui permettrait de maîtriser ses débordements, et de tenir les vaches quand ce serait nécessaire.

Kári était parti de Botn à la nuit et arrivé à destination vers midi, il n'avait pas pu refuser l'invitation du fermier à partager le repas pour se réchauffer un peu après avoir roulé toute la nuit, assis sur son tracteur sans cabine, enjambant les landes, transi par le vent glacial. Il avait accepté l'invitation, répondu aux questions sur la saison et les habitudes agricoles du fjord. On avait ensuite installé le taureau sur la remorque en l'arrimant solidement pour le long voyage puis Kári et Margrét s'étaient mis en route.

Le tracteur n'ayant qu'un seul siège, celui du conducteur, une simple coque d'acier dénuée de dossier et recouverte d'une vieille peau de mouton, Margrét avait dû rester debout, le corps penché en avant, agrippée au garde-boue et parfois au siège, durant la plus grande partie du trajet. Le voyage avait duré quatorze heures, c'était épuisant de rester ainsi, toute tordue, elle n'avait pas tardé à avoir mal aux bras à force de s'accrocher au tracteur, mais jamais elle ne s'était plainte. Au milieu du trajet, il s'était mis à pleuvoir, une bonne averse qui les avait trempés tous deux jusqu'aux os. Kári n'avait jamais ralenti, le tracteur avait continué à avancer en hoquetant face au vent, endurant tout ça tandis que l'air lumineux du printemps s'assombrissait, s'épaississait, devenant presque ténèbres sous cette pluie battante où venait par moments se mêler de la neige. Kári ne disait pas grand-chose, Margrét ne voyait aucune raison de parler, si ce n'est qu'elle lui avait demandé à deux reprises de s'arrêter. Elle sautait alors du tracteur, légère, allait se cacher derrière une grosse pierre pour uriner ; montait sur la remorque pour caresser le taureau et lui dire quelques mots, puis ils se remettaient en route.

Un voyage de quatorze heures. Margrét avait profité d'un moment où la route suffisamment droite et préservée des rigueurs de l'hiver lui permettait de se tenir debout, campée sur ses jambes écartées, sans avoir besoin de s'agripper nulle part pour prendre son casse-croûte, et elle avait avalé ses tranches de pain en vitesse. Kári avait emporté pour tout en-cas un morceau de poisson séché dont il déchirait par intermittence quelques lambeaux. Manifestement satisfait de son sort, il semblait à peine conscient de la présence de la jeune fille à ses côtés. Le seul désagrément du voyage, c'était la difficulté qu'il avait à allumer les cigarillos qu'il gardait sous sa veste. Le vent et la pluie éteignaient les allumettes et mouillaient le tabac dont la braise finissait elle aussi par mourir. Mais il refusait d'y renoncer et essayait régulièrement d'en allumer un. À un moment, alors qu'ils avaient parcouru la moitié du trajet, Kári avait une nouvelle fois tenté d'allumer un cigarillo, Margrét avait protégé la flamme en l'enserrant de ses paumes, Kári était parvenu à aspirer quelques bouffées et elle l'avait vu sourire pour la première fois. Ou plutôt, les traits du visage du jeune homme s'étaient modifiés d'une manière qu'on pouvait interpréter comme un sourire, ce qui lui allait plutôt bien. Une heure plus tard, il avait balancé le mégot détrempé, avait attrapé un autre cigarillo et avait tendu la boîte d'allumettes à Margrét. Mais comme le tracteur bringuebalait sur la route cahoteuse et parsemée de cailloux, elle avait été obligée de s'asseoir sur la cuisse du conducteur pour pouvoir protéger la flamme. La manœuvre n'allait pas sans mal, elle avait dû remonter un peu plus haut sur sa cuisse de manière à s'approcher de sa cible, abritée par le torse du conducteur. Elle avait posé une fesse sur l'aine de Kári et, pendant qu'il tirait sur le cigarillo pour l'allumer, elle avait senti son membre, qui avait glissé à l'extérieur de son slip, et qui durcissait à toute vitesse. Faisant comme si de rien n'était, elle était restée assise là quelques instants, avait regardé le paysage, pensive, tandis que Kári continuait à fixer la route, concentré sur sa conduite. Puis elle s'était relevée, s'était calée solidement sur le tracteur qui continuait à avancer. Deux heures plus tard, Kári avait sorti un autre cigarillo, elle s'était assise sur le haut de sa cuisse. Et le jour était devenu soir. Ils avaient enjambé une montagne, longé une vallée, gravi une autre lande où, à nouveau, la neige s'était graduellement changée en pluie.

Vers minuit, Kári avait garé son tracteur sur un promontoire, il avait indiqué d'un signe de tête le nord-ouest et une petite vallée verdoyante qui entrait dans les terres. Margrét avait distingué les lumières de quelques fermes à travers la pluie. Voilà donc Botn, avait annoncé le jeune homme, non sans fierté. Il avait attrapé ses allumettes et un autre cigarillo puis avait hésité. Margrét lui avait pris la boîte des mains sans un mot, elle s'était assise sur sa cuisse, avait approché l'allumette enflammée du tabac odorant et avait senti, pour la troisième fois, le membre de Kári grossir, grandir et durcir dans son pantalon. Et au lieu de rester immobile et de regarder au loin, elle avait commencé, prudemment bien que résolument, à se frotter contre ce membre rigide en un mouvement de va-et-vient. Pas très longtemps, peut-être une demi-minute, et Kári avait poussé un grand soupir, il avait arraché le bout du cigarillo d'un coup de dents au moment où il avait joui. Margrét avait senti les secousses qui agitaient l'homme et son membre, et elle l'avait vu mordre le cigarillo. Elle s'était légèrement soulevée, avait plaqué sa main sur la cuisse de Kári et senti sa semence chaude. Deux mois plus tard, ils s'étaient mariés.

LES POTEAUX DES CLÔTURES

Puis les jours ont défilé sur la Terre, ils se sont changés en nuit, Kári et Margrét ont eu quatre enfants et aujourd'hui, Margrét est morte. Personne ne les a jamais vus se disputer. Ils se tenaient comme les deux poteaux d'une clôture, ici, à la lisière du monde. Solides, fiables, taciturnes, burinés par les ans. Ils n'ont jamais voyagé à l'étranger et rarement jusqu'à Reykjavík. L'histoire de leur vie remplirait à peine une feuille A4 en caractères d'imprimerie et à double interligne. Kári se soûlait deux fois par an avec Skúli, son frère de lait, le seul homme pour qui il éprouvait du respect. Puis Skúli est mort. Les gens passent leur temps à mourir. La chambre de Kári et Margrét donnait sur la vallée, ils ont vu les lumières des fermes alentour s'éteindre les unes après les autres, définitivement, ils ont vu les champs se transformer en friche, jusqu'à se retrouver seuls à vivre dans cette vallée souvent enneigée, bien qu'également verdoyante. Les soirs d'hiver, Margrét aimait s'asseoir à la fenêtre avec ses jumelles quand le ciel était dégagé, elle comptait les étoiles en surplomb de la vallée, observait ce qui se passait dans la voûte céleste, et appréciait d'aller à la ferme d'Oddi pour en discuter avec le puits de science qu'était Skúli. Pendant qu'elle regardait les astres, Kári était allongé dans le lit avec une lampe de lecture pour ne pas déranger sa femme, il lisait la *Revue agricole*, lisait des biographies de fermiers, des romans policiers récents, les œuvres de Halldór Laxness ou de Gunnar Gunnarsson. Quand il faisait trop clair pour voir les étoiles ou quand il y avait des nuages, il lisait tout haut les livres de Laxness ou de Gunnarsson à son épouse qui, la tête posée sur sa poitrine, écoutait sa voix venue des profondeurs, et s'était finalement endormie ainsi – elle est morte dans son sommeil il y a une dizaine d'années.

Kári avait attendu le lendemain soir pour prévenir tout le monde. Il avait passé la journée auprès d'elle, à lui tenir la main, à sentir son corps qui refroidissait. Leurs enfants avaient écrit ensemble une nécrologie publiée dans le journal, un texte court, à peine dix lignes, qu'ils avaient pourtant mis toute une soirée à rédiger. C'est qu'il n'y avait pas grand-chose à raconter. Et son quotidien n'évoquait pas grand-chose à ceux qui ne vivaient pas ici, puis ils avaient eu des problèmes pour trouver une bonne photo – aucun des clichés ne correspondait à la femme qu'ils avaient connue. Elle avait vécu soixante-dix ans et il n'y avait pas grand-chose à dire d'elle. Si ce n'est qu'elle avait été aussi robuste et fiable que le poteau d'une clôture, qu'elle savait s'y prendre avec les taureaux, qu'elle aimait compter les étoiles, qu'elle écoutait son mari lui lire à haute voix du Gunnar Gunnarsson ou du Laxness. Certaines vies semblent si dénuées d'événements notables qu'il est difficile de les décrire. Tout autant que les poteaux d'une clôture. Et pourtant, ce sont ces poteaux qui soutiennent tout.

ALORS, J'AI RI COMME UNE GAMINE

Nous redémarrons, suivant Kári qui a récupéré ses lunettes. Sa fille est accourue pour les lui donner et en a profité pour passer un moment avec Rúna et moi. Une femme pleine d'entrain, secouant la tête, consternée par les négligences de son père, comme le sont régulièrement les quatre enfants du vieil homme. Trois d'entre eux se sont construit un chalet d'été sur les anciennes terres de Botn, mais cette femme enthousiaste a acheté avec son mari une des fermes abandonnées de la vallée, ils ont restauré la maison d'habitation, et on peut s'en réjouir : vous ne l'avez pas oublié, peu de choses sont aussi désolantes que les maisons abandonnées sur lesquelles le temps accomplit son œuvre – elles ressemblent à des gens mélancoliques qu'on abandonne au milieu de nulle part simplement pour les laisser mourir.

À tout à l'heure, nous a lancé la fille de Kári en partant : parce qu'elle sera aussi présente à cette fête en l'honneur de Páll et d'Elvis, cette fête pour célébrer la vie. Rúna sourit quand nous redémarrons, suivant la voiture de Kári. Elle sourit en pensant à cette femme, en pensant au vieil homme, mais peut-être aussi parce qu'elle attend un paquet en provenance de Paris.

Why, oh why do I love Paris – because my love is near.

Pourquoi, oh pourquoi j'aime Paris – parce que mon amour est tout près.

Si j'ai le courage de t'aimer. Si j'ai le cœur assez solide. Si les chaussettes que tu choisiras pour moi ne me donnent pas d'autre choix. Si, au lieu de m'envoyer des chaussettes, tu t'envoies toi-même.

Qui sait si ce journaliste français n'est pas lui-même à bord d'un taxi qui l'emmène jusqu'ici avec ces chaussettes pendant que nous écrivons ces mots ? Cela donnera-t-il lieu à toute une aventure, le bonheur en sortira-t-il victorieux, serions-nous, en fin de compte, au cœur d'une histoire d'amour chargée d'émotion ? Ah, espérons ! Mais que deviendront Haraldur et la maison de Nes si un journaliste parisien ravit le cœur de Rúna ? Nous ne pouvons tout de même pas attendre d'une personne vivant dans une métropole, habituée à une vie trépidante, aux théâtres, aux cinémas, aux festivals littéraires, aux échanges quotidiens avec une foule de gens, qu'un homme qui vit et évolue dans un tel univers, puisse envisager de s'installer comme éleveur de moutons dans un fjord situé à la limite du monde habitable, un fjord où ne vit presque personne et où si peu d'événements se produisent en hiver que les gens sortent, armés d'une carabine, pour tirer sur les poteaux des clôtures ? Si ce Français venait, Rúna enverrait-elle ses brebis à l'abattoir, les brebis devraient-elles payer cet amour de leur vie ? Et qu'adviendrait-il de Haraldur ?

N'est-ce pas une loi fondamentale ? Tout bonheur se paie ailleurs au prix d'un malheur ?

Le sourire s'est effacé des lèvres de Rúna, remplacé par cette vague tristesse. Elle sait évidemment que Haraldur veut vivre à Nes et nulle part ailleurs. Il tient à dormir à portée de voix de la tombe d'Aldís. Qui restera à ses côtés si Paris ravit le cœur de Rúna ? C'est peut-être pour ça qu'elle a peur d'aimer à nouveau, d'ouvrir son cœur… parce que les morts refusent parfois de nous lâcher – ou peut-être est-ce nous qui peinons à nous en détacher. Nous les traînons dans notre sillage comme des rochers sombres et pesants. Libérez-nous, demandent-ils, laissez-nous sombrer dans une dimension à laquelle vous n'avez pas accès. Et continuez à vivre, parce que c'est la seule manière de nous consoler, nous qui sommes défunts.

Mais voilà, Aldís a demandé à Haraldur de la serrer dans ses bras et de ne jamais la lâcher.

Jamais, ça fait longtemps. C'est bien plus long que la vie. Je meurs et votre existence s'arrête.

Jusqu'au moment où quelqu'un arrive de Paris avec des chaussettes dépareillées, faisant de votre vie un cadran solaire ?

Nous suivons lentement la voiture de Kári qui écoute encore une fois Ella Fitzgerald clamer son amour pour Paris. Il s'engage sur la route de Hof où la vieille Lúna et Dísa vont lui offrir un café ; Lúna lui fera répéter des phrases en anglais, puis il ira à l'hôtel pour les tester sur la famille canadienne et les touristes japonais.

Kári, qui avait arraché le bout du cigarillo ; le mystérieux, le taciturne, et qui apprend l'anglais sur ses vieux jours ?

Margrét meurt dans son sommeil, il reste assis à son chevet, lui tient la main, lui parle, ne mange ni ne boit, puis, tard le soir, il appelle Hafrún et Skúli et leur annonce, voilà, Margrét est morte.

Puis de sombres années ont franchi les montagnes.

Assombries par le deuil, par l'absence de but, parce que la vie de Kári ressemblait à une clôture tombée à terre, et que l'herbe recouvrait peu à peu. Il avait perdu tout désir de vivre : ni ses enfants ni les fermiers d'Oddi, de leur vivant, n'avaient réussi à le sortir de sa torpeur. Il était devenu plus farouche, plus silencieux, plus taciturne, il ne parlait même plus à ses chats et il aurait probablement disparu sans le moindre panache sous l'herbe jaunie par l'hiver si Margrét n'était pas apparue en rêve à Lúna.

Un rêve étonnamment limpide où la défunte avait commencé par saluer sa vieille amie et par s'excuser du dérangement avant de lui expliquer que les rêves de Kári étaient tellement verrouillés qu'elle n'avait pu y accéder malgré ses nombreuses tentatives, des années durant. Elle venait donc voir son amie Lúna pour la prier de se rendre à Botn, sermonner le veuf et le sommer de reprendre ses esprits. Parce que son laisser-aller était à la fois une honte et une humiliation. On aurait dit une clôture tombée à terre et tout le monde en était témoin. On ne saurait s'infliger ce genre de choses, et encore moins les infliger à ses enfants. On se doit de leur donner de la joie, et non d'alourdir leur quotidien par des inquiétudes et de la tristesse. Il veut peut-être que ses petits-enfants gardent de leur grand-père l'image d'une clôture tombée à terre ou d'un vieux bélier presque déjà mort avec qui ils craignent de se retrouver seuls ? Va lui dire qu'il doit être celui que nos petits-enfants ont envie de voir, celui à qui ils réclament de rendre visite été comme hiver. Qu'il doit être le poteau le plus fiable, la pierre angulaire de leur existence.

Hélas, avait ajouté Margrét, Kári n'a jamais cru que les rêves disent vrai, et il croit encore moins que les morts puissent s'y manifester pour transmettre aux vivants des messages de l'au-delà. Je n'ai pas d'autre solution, avait-elle poursuivi, subitement timide bien que morte, n'osant pas regarder en face son amie, que de te confier un petit secret. Depuis le tout début, depuis le moment où je l'ai fait jouir sur la lande, Kári et moi-même avons toujours préféré faire l'amour de cette manière : je me déshabille entièrement en ne gardant que mes collants, je prends un cigarillo, j'en fume quelques bouffées devant lui, puis je me mets à quatre pattes et il me prend en levrette. Les dernières années, j'avais hélas tellement mal aux genoux que nous étions forcés de faire la chose au lit et un jour, je n'ai pas fait attention et j'ai mis le feu à la couette en y faisant tomber le cigarillo. Nous avons été obligés de courir tout nus pour aller chercher de l'eau. En voyant Kári et son joli membre érigé, j'ai ri comme une gamine. Raconte-lui tout ça sans omettre ni oublier aucun détail, sinon, il ne te croira pas.

Il n'est pas question que j'aille raconter des choses pareilles à Kári Guðjónsson, avait voulu protester Lúna, mais à ce moment-là, elle s'était réveillée et Margrét avait disparu. Et Lúna, qui n'avait jamais eu sa langue dans sa poche, ou qui, plutôt, n'avait jamais été capable de l'y laisser, s'était sentie tellement gênée à l'idée de raconter à Kári les détails que Margrét avait dévoilés de leur vie intime que plusieurs semaines avaient passé avant qu'elle trouve le courage de se rendre à Botn, le cœur tellement serré par l'angoisse qu'elle avait fait trois embardées sur le trajet.

Kári l'avait accueillie en tenue débraillée, il n'était pas rasé, les poils drus de sa barbe partaient dans tous les sens comme autant de couteaux brandis, et quand Lúna avait ouvert le réfrigérateur pour y prendre du lait, elle n'y avait pour ainsi dire trouvé qu'une pile de plats préparés de la marque 1944. Elle avait versé un nuage de lait dans son café, sorti la bouteille de gin qu'elle avait apportée, en avait ajouté dans leurs deux tasses, avait vidé la sienne d'un trait – puis avait raconté son rêve. Elle lui avait répété les paroles de Margrét : Kári n'avait pas le droit de se comporter comme une clôture affaissée, mais elle avait hésité à lui parler du… du reste. Elle n'osait pas, espérant pouvoir éviter d'en arriver là. Kári l'avait écoutée avec attention, il avait hoché la tête, reconnaissant la manière de parler de Margrét dans les propos de Lúna. Mais quand elle s'était tue, ça n'avait pas empêché le vieil homme de lever les yeux et de lui répondre qu'il était abasourdi de voir qu'elle croyait à ces histoires de bonnes femmes et à toutes ces superstitions concernant les rêves. Les gens de leur âge ne devaient pas s'abaisser à ce genre d'inepties.

Lúna s'était alors emportée, fort heureusement, parce que sa colère avait balayé toutes ses hésitations et elle avait osé lui raconter la fin du rêve, ou plutôt les choses censées achever de convaincre Kári que c'était réellement Margrét qui lui envoyait ce message, même si cette dernière reposait dans sa tombe depuis six ans.

Jouissance sur la lande, cigarillo qui enflamme une couette, collants, Margrét à quatre pattes, prends-moi. Et Kári qui la prend en levrette.

Il y avait ensuite eu un long silence dans la cuisine de Botn. Kári avait dévisagé Lúna, ses poils de barbe menaçants tendus vers elle, furieux. Puis il s'était levé, était allé chercher un verre à eau usé par les ans, l'avait à moitié rempli de gin et bu d'une traite en laissant échapper un juron.

C'était donc bien Margrét, avait demandé Lúna, hésitante, à nouveau intimidée. Il n'avait pas répondu et s'était contenté de se servir une autre rasade. Elle avait elle aussi attrapé un verre à eau et bu un gin puis lui avait dit qu'elle était là pour remettre d'aplomb la clôture affaissée qu'il était devenu, mais en bredouillant tellement après avoir avalé l'alcool que Kári avait mal compris, ou peut-être mal entendu, puisqu'il lui avait répondu : comment ça ? Donc, tu es venue ici pour savoir si j'arrive encore à hisser le drapeau ? À ton avis, ma fille, je suis un vieil homme usé – je bande rarement plus de deux fois par semaine !

Le visage de Lúna s'était empourpré. D'abord aussi timide qu'une adolescente, elle s'était resservie un gin et avait respiré un grand coup avant de lui répondre : Kári, tu es veuf depuis six ans et moi depuis quatre ans de plus. Nous avons tous les deux plus de soixante-dix ans et nos jours sont comptés de ce côté-ci de la tombe. Deux fois par semaine, dis-tu. Ne serait-ce pas un péché et un gâchis que de laisser ce plaisir se perdre pendant les derniers mètres qui nous restent de vie ?

Quatre ans plus tard, Kári s'engage sur la route de Hof pour prendre un café et répéter à Lúna les phrases anglaises qu'elle lui a demandé d'apprendre. Plus tard dans la journée, ils iront ensemble à la fête. Oui, même Kári en sera, lui qui n'a jamais aimé la foule ni les banquets, et qui se changeait en cheval buté quand Margrét avait le malheur de lui parler d'un bal ou d'une sortie. Les gens deviennent tellement stupides quand ils sont en bande, disait-il parfois. Ce qui n'est pas faux dans une certaine mesure, pas plus faux que la fameuse phrase affirmant que l'homme est la joie de l'homme. C'est ainsi, au bout du compte, on comprend qu'on ne sait sans doute presque rien.

Si ce n'est que Bubbi Morthens a pris le relais de la compilation de la Camarde avec son titre « Afgan »/ « Afghan » qu'il chante alors que j'approche d'Oddi avec Rúna : Quand j'ai frappé à ta porte, c'est ton fantôme qui m'a ouvert, elle m'a dit, tu n'étais qu'un rêve, je ne t'ai vu qu'en songe.

Eiríkur serait-il d'humeur à nous punir, lui et moi, déclare Rúna en secouant la tête. Pas plus tard que la semaine dernière, nous avons passé la soirée et une partie de la nuit à Oddi avec Dísa et Elías, à boire et à écouter de la musique, Eiríkur et moi avons souligné que nous avions en commun d'avoir tous deux vécu une période où nous traversions la vie comme des fantômes, comme si nous étions morts, comme si nous avions arrêté de vivre. Parce qu'une personne meurt quand la vie s'immobilise, n'est-ce pas ? La vie n'est-elle pas mouvement et la mort, la grande immobile ? Mais les choses ont changé… elle s'interrompt, voyant Kári en surplomb d'Oddi. Il descend de voiture, se place derrière le véhicule pour uriner, protégeant son vieux membre fripé comme une cigarette. Je regarde en direction de la ferme, de la maison en ciment brut que Halldór a construite après l'incendie de la vieille et jolie maison en bois dont deux sternes arctiques survolent maintenant les ruines, tout près de la rivière.

Toutes les ruines, les cimetières, les maisons, les villages, les villes, les trains, les avions, absolument tout, y compris les sacs en plastique, abritent des histoires ou des fragments de destins.

Le destin – nous le façonnons en vivant.

Il est le tissu des dieux.

Ou la flèche aveugle du hasard.

Skúli trébuche sur son père au mois de mars, quelques semaines plus tard, le postier le dépose à Botn, à deux cents kilomètres du village de son enfance. Puis lui et Hafrún reprennent la ferme d'Oddi – et presque soixante-dix ans plus tard, Eiríkur vit là avec trois chiens, des poules irritables, une guitare, une carabine, il compose des playlists pour la mort, tire sur les camions et risque d'aller en prison, que deviendront alors ses chiens, il ne pourra tout de même pas les emmener dans sa cellule…

Je n'y ai pas réfléchi sur le moment, poursuit Rúna, et on n'a compris que beaucoup plus tard qu'Eiríkur était devenu plus secret et plus fermé à l'époque où il a fait sa communion, il l'était d'ailleurs depuis des années avec moi et Sóley, qui étions pourtant comme ses sœurs. Je crois que pendant longtemps, personne ne s'est inquiété de ce changement. Eiríkur avait toujours porté en lui cette gravité, on le sentait depuis qu'il était petit. Non, peut-être pas de la gravité, mais plutôt… une sorte de mélancolie. Bien sûr à cause du sort de sa mère, mais il y avait autre chose. On ne s'en alarmait pas. Les gamins du fjord avaient chacun leur caractère et Eiríkur était simplement Eiríkur. Il pouvait aussi être délicieusement joyeux et débordant d'imagination et ça ne nous dérangeait pas de le voir parfois envahi par la tristesse. Je sais cependant que Hafrún a confié plus d'une fois à mes parents qu'elle craignait qu'il n'ait hérité de ce qu'elle appelait la corde de la mélancolie. Ou plutôt la corde de la mélancolie familiale.

EST-CE QUE TOUT CELA SERAIT SIMPLEMENT DANS MA TÊTE ?

La corde de la mélancolie familiale ?

Kári a fini d'uriner, nous repartons. Je regarde les ruines de la maison que Skúli et Hafrún avaient construite quand le monde était bien plus jeune, bien que déjà marqué par nombre d'événements. Qu'adviendra-t-il de toutes les histoires du monde, qui en prendra soin ?

I spent the whole day in my head, j'ai passé toute la journée dans ma tête, scande le rappeur Mac Miller qui a pris le relais de Bubbi Morthens. Well, maybe I should wake up instead. Bon, je ferais peut-être mieux de me réveiller.

Oui, il vaudrait sans doute mieux que je me réveille.

Que je ne rêve pas, mais que je sois mon rêve ?

Est-ce que tout ça arrive simplement dans ma tête ?

Cela s'expliquera peut-être, mais pas tout de suite, dit…

ÇA VIENT, VOILÀ

… le pasteur-chauffeur en versant une autre louche de pâte à crêpes sur la poêle, toujours vêtu de son short imbécile. Mais il est sans doute temps de s'intéresser à Eiríkur. Vous vous souvenez, vous avez écrit il y a un certain temps : « Eiríkur d'Oddi. L'homme à la guitare électrique, l'homme qui possède des chiens, trois chiots défunts, une carabine pour tirer sur les camions ou peut-être sur le destin. Que possède-t-il d'autre ? »

Et la réponse arrive maintenant ?

Qu'est-ce qui vous fait croire que je l'ai, d'ailleurs, il n'est pas sûr que vous ayez envie de l'entendre, ce n'est pas forcément intéressant – certaines réponses ne font qu'amener d'autres questions. En revanche, ce sont avant tout et en dernier ressort les interrogations qui mettent la vie en mouvement – dites-moi quelles questions vous brûlent les lèvres et je vous dirai qui vous êtes !

Finalement, je ne suis plus si sûr de vouloir savoir, dis-je en marmonnant, je quitte des yeux le chauffeur de bus qui semble plutôt satisfait de sa personne et de sa réponse, et je regarde les feuilles où la jeep se remet en route avec Rúna et moi-même à son bord : elle me parle de cette corde de mélancolie qu'Eiríkur abrite en lui, qui résonne aussi à l'intérieur de Páll et, dans une certaine mesure, en Skúli qui se concentrait toujours sur les bons côtés de l'existence, mû par son optimisme, mais qui, malgré ça, appréciait les musiques tristes : les *Nocturnes* de Chopin, le *Requiem* de Mozart, Chet Baker, et qui faisait écouter la *Pastorale en fa majeur* de Bach dirigée par Pablo Casals aux moutons qu'il élevait à Oddi. Voilà pourquoi ils sont plus cultivés que les autres, disait-il souvent.

Cette même corde résonnait puissamment dans le for intérieur du père de Skúli qui s'était allongé sur le dos, en pleine nuit, sous le ciel de la péninsule de Snæfellsnes, complètement ivre, pour essayer d'apercevoir une nouvelle galaxie dont il venait d'apprendre l'existence – cette corde vibre également dans l'âme de la trisaïeule d'Eiríkur, dans l'âme de Guðríður, cette femme qui a jadis écrit un article sur les lombrics, dont le coccyx la démangeait, qui avait un sourire redoutable, des yeux qui faisaient dévier l'axe de la terre et influaient sur la poésie de Hölderlin même s'il était mort longtemps avant qu'elle ne naisse – et qui, lorsqu'elle écrivait, traçait des lettres dont certaines aboyaient comme des chiens.

Parce que le sort a voulu qu'un article sur les lombrics, écrit à la toute fin du XIXe dans une pauvre petite ferme de la lande, a conduit dans les années trente du XXe siècle un marin soûl comme une barrique à s'allonger sur le dos devant une autre ferme pour observer une galaxie dont on venait de découvrir l'existence, et que son fils âgé de six ou sept ans a trébuché sur son corps le lendemain matin tandis qu'il se relevait à grand-peine, tout couvert d'urine – voilà pourquoi l'arrière-arrière-petit-fils de Guðríður se retrouve, des années plus tard, seul avec sa guitare, sa carabine, ses trois chiens défunts et la compilation de la Camarde.

Il y a bien longtemps, Guðríður est sortie des ténèbres, et depuis, tout le monde est mort.

La mission principale du temps est-elle d'assassiner les gens ?

Pétur a tendu à Guðríður le dictionnaire que lui avait vendu le frère du démon, Gísli a posé sa main sur la table pour affirmer sa force au visiteur : Sois prudent, mon amour, avait dit Halla à son époux, Halla aux mains de lumière.

Prudent ? L'a-t-il été ?

Et qu'est-ce que ça signifie, être prudent, le cœur bat-il prudemment, est-ce que je t'embrasse prudemment, Gísli s'est-il servi prudemment de la chaussette pour y déverser sa semence, et est-il vrai qu'Eiríkur, avec son air de rockeur mélancolique, n'a couché avec personne depuis son retour ici, il y a trois ans, est-ce qu'il se contenterait d'une chaussette de laine ; voilà qui ne doit pas être très bon pour la santé. Est-ce à dire que le sujet majeur de cette symphonie de destins qui se déploie et se transforme aussi vite que la manière dont les hommes conçoivent le monde n'a en fin de compte rien à voir avec l'amnésie et l'amour, la trahison et la mort, la recherche du bonheur et de la bonne dimension, mais en premier lieu et en dernier ressort avec le manque de sexe, et le fait qu'un paysan déverse sa semence dans une chaussette ?

JE NE SAURAIS TOUT BONNEMENT ENVISAGER LA VIE SANS TOI

PERSONNE N'A LE DROIT D'ASSASSINER L'AMOUR

Eiríkur est arrivé dans le fjord à l'âge de trois mois. Chaudement emmitouflé, allongé dans le siège-bébé installé à l'avant d'une vieille Datsun fatiguée.

En ce début d'hiver, le temps était clément. Après d'importantes chutes de neige, un redoux de plus d'une semaine avait fait fondre le manteau blanc, presque entièrement disparu des champs, ne laissant que quelques congères affaissées dans les fossés. Les routes étaient parfaitement dégagées, la lande qu'on doit traverser pour atteindre la vallée n'était pas un obstacle. Sans doute le destin s'était-il arrangé pour ouvrir la route au nourrisson – deux jours après son arrivée, une tempête s'était abattue, la neige était tombée en abondance, la lande avait été fermée pendant quelques jours et la rue Strandvegur qui traverse le village de Bjarnanes était presque impraticable. La Datsun marron et cabossée qui s'était garée devant la ferme d'Oddi aurait alors eu tout le mal du monde à arriver ici.

Elle s'était garée devant la vieille maison en bois qu'avaient bâtie Hafrún et Skúli – surmontée par ce grand grenier dont les fenêtres semblaient perpétuellement sourire. Un beau bâtiment, fierté de la région.

La vieille voiture s'était arrêtée avec un soupir devant la ferme et une jeune femme svelte en était descendue avec un nourrisson dans les bras. Belle, le dos droit, mais le visage fatigué et les yeux cernés. Les deux chiens étaient venus l'accueillir, l'avaient reniflée, avaient flairé les pneus du véhicule et les avaient marqués d'un jet d'urine. Hafrún avait salué l'arrivante depuis le pas de sa porte, petite, aussi fine qu'une elfe, les cheveux coupés à la garçonne, le front haut et clair, les yeux en amande, vifs et chaleureux. Elle était seule à la maison. Halldór était parti pêcher sur un harenguier basé au port de Þorlákshöfn, au sud du pays, Páll le géant était à l'université, à la faculté de philosophie, occupé à rédiger son mémoire de fin d'études sur Søren Kierkegaard, Skúli était parti à Botn pour aider Kári à construire un bâtiment.

Que ce jour soit béni, avait dit Hafrún en s'avançant dans la cour de la ferme, que me vaut l'honneur de cette visite ? Qui êtes-vous ?

La jeune femme avait baissé les yeux sur son bébé, puis regardé la maîtresse de maison. Je suppose que vous êtes Hafrún, la mère de Halldór ?

Hafrún avait acquiescé d'un hochement de tête, envahie par un vague soupçon. La jeune femme avait serré son enfant un peu plus fort, respiré un grand coup et annoncé : Je m'appelle Svana, je suis la mère de l'enfant de Halldór – je vous présente Eiríkur, notre fils.

Je suppose que nous ferions mieux de rentrer pour un café, avait répondu Hafrún, le visage impassible. Vous n'allez pas rester dehors dans le froid avec ce petit.

Quelques minutes plus tard, les deux femmes sont assises l'une face à l'autre dans la cuisine. Hafrún allume la cafetière, elle pose des bugnes et du gâteau marbré sur la table tandis que la jeune mère lui parle, lui raconte, lui explique.

L'automne précédent, elle a travaillé avec Halldór aux abattoirs de Búðardalur et ils sont tombés amoureux.

Un amour interdit parce que Svana est mariée et mère de deux enfants.

J'ai cinq ans de plus que Halldór et je tiens à ce que vous sachiez qu'il ne m'était jamais arrivé jusque-là de regarder d'autres hommes que mon mari. Nous sommes mariés depuis sept ans. Je lui ai promis fidélité et on ne trahit pas ce genre de promesse. J'ai toujours considéré l'infidélité comme quelque chose de sale et d'impardonnable. Une tache indélébile, une chose injustifiable, y compris aux yeux de celui ou celle qui s'en rend coupable. Bien sûr, nous avons tous nos sentiments et nos désirs. Mais c'est à nous de les maîtriser, et non l'inverse. J'ai toujours considéré que c'est une question de maîtrise de soi, et que l'infidélité est la conséquence d'une faiblesse de caractère, d'un égoïsme impardonnable et d'un esprit irresponsable. Je ne suis pas une irresponsable, j'espère ne pas être égoïste et personne n'a jamais pu me reprocher de manquer de volonté. Mais jusqu'à quel point l'être humain se connaît-il lui-même quand il se retrouve confronté à des forces, à des puissances qui le dépassent ? À quel point… Ah, pardonnez-moi, me voilà déjà en train de me trouver des excuses, des circonstances atténuantes, et ce n'est pas mon but. Je veux seulement que vous sachiez que mon infidélité n'avait rien à voir avec je ne sais quelle distraction, qu'elle ne s'explique pas non plus par des négligences ou l'indélicatesse de Halldór, même si je sais bien qu'il aime trop la vie pour avoir un sens aigu des responsabilités. Je crois que vous comprenez ce que j'entends par là. Non, c'était... Je veux que vous sachiez que tout cela est arrivé parce que j'aime votre fils. Que je... Je tiens à vous dire que je n'avais jamais imaginé que je coucherais avec un autre homme que mon mari. Et plus d'une fois, bien plus d'une. On ne fait pas des choses pareilles. C'est mal, et je suppose que c'est impardonnable. Pourtant, je le referais. J'imagine que dans certains cas, c'est mal de tomber amoureux. Parfois, c'est même sans doute un crime.

Parce qu'on doit rester maître de soi, n'est-ce pas, avait demandé Svana à Hafrún, qui l'avait écoutée en silence. Lorsque la jeune femme s'était tue, la maîtresse de maison lui avait répondu qu'elle avait toujours pensé que celui ou celle qui n'a jamais commis aucune erreur doit avoir une vie bien monotone.

Surtout s'il s'agit d'une personne jeune. Je crois que le destin s'ennuierait si nous ne faisions jamais de bêtises. Ou si l'amour se mettait brusquement à obéir aux lois de la raison.

Svana avait souri, elle avait baissé les yeux, caressé la tête d'Eiríkur et lui avait embrassé les cheveux. J'ai pourtant toujours su garder mon sang-froid, avait-elle repris, comme si elle s'adressait à l'enfant, puis elle avait à nouveau regardé Hafrún, et j'ai toujours méprisé les gens qui empoisonnent ou détruisent leur couple par leur infidélité. Quel mot affreux ! Je vous l'ai déjà dit, n'est-ce pas ? Enfin, il est sans doute logique que le mot soit si laid, ce n'est pas beau de trahir son conjoint. Pas beau du tout ! Vous croyez vraiment qu'on puisse pardonner ça ? Je ne maîtrisais plus rien, pourtant, à chaque instant, je savais ce que je faisais. J'étais incontrôlable. J'avais l'impression... qu'un astéroïde m'avait percutée. Je sais bien que la comparaison semble étrange, les astéroïdes ne tombent pas sur les gens. Mais c'est quand même ce que je ressentais. Un astéroïde incandescent m'était tombé dessus, m'avait traversé le corps, et je me consumais d'un bonheur sans limites, absolu et irresponsable.

Je n'avais jamais imaginé qu'on puisse aimer comme ça, d'une manière totalement déraisonnable, avait-elle poursuivi, regardant à nouveau son fils, comme si elle s'adressait à son enfant dénué de langage, comme pour lui présenter ses excuses. J'avais l'impression d'aimer pour la première fois, l'idée était aussi délicieuse que terrifiante. Non seulement je trompais mon mari avec un autre, mais qui plus est, j'aimais Halldór bien plus fort et avec plus de passion que j'avais jamais aimé mon époux. J'avais l'impression que j'allais mourir d'amour. Ce qui est évidemment impossible. Une voiture nous renverse et on meurt. On attrape un cancer et on meurt. Mais l'amour ne s'attrape pas comme un cancer qui nous fait mourir. C'est n'importe quoi. Ça ne peut qu'être n'importe quoi.

Je crois que, malheureusement, il n'existe personne qui ressemble à votre Halldór, avait-elle repris. Il est tellement vivant qu'il m'a contaminée. Et son insouciance libératrice semble pouvoir ouvrir toutes les portes de la vie.

Le café refroidissait dans la tasse de Svana, elle n'avait pas touché la tranche de gâteau marbré sur son assiette. Hafrún avait hoché la tête comme pour confirmer que son fils Halldór était exceptionnel. Je sais, ma petite, avait-elle dit, je sais. Mais elle s'était abstenue d'ajouter qu'elle craignait depuis des années que le séduisante insouciance de son fils ne finisse par lui jouer des tours. Cela s'était déjà produit, mais pas de cette manière. Jamais à… ce point.

Hafrún avait regardé Eiríkur dans les bras de Svana, en voyant ses yeux sombres bien que limpides, elle s'était sentie envahie par une profonde et authentique tendresse qui lui avait empli le cœur. Il était évident que cet enfant était bien celui de Halldór. Il avait un air de famille. Le même espace assez large et irrésistible que son cher Skúli entre les yeux. Cet espace qui conférait à son visage une dimension étrange et mystérieuse.

Tu n'as pas à t'excuser, ma petite, avait rassuré Hafrún. Ici, on ne te demandera jamais de te justifier. Nous refusons de vivre dans un monde où les jeunes sont toujours parfaitement maîtres de leurs sentiments. L'amour n'est pas un chien qui obéit. Merci d'être venue. Ton petit Eiríkur est aussi le nôtre, et cette maison sera toujours la sienne.

Svana avait alors fondu en larmes. Elle avait pleuré sur son café, sur la tranche de gâteau marbré qu'elle essayait de manger, sans doute pour faire plaisir à Hafrún. Elle avait pleuré tout bas, presque sans bruit, sur le duvet épais et doux qui recouvrait la tête d'Eiríkur, faisant de son mieux pour se retenir, les épaules secouées par les sanglots. Elle avait pleuré, dégluti le gâteau, puis avait repris la parole, regardant tour à tour l'enfant qu'elle tenait dans ses bras et Hafrún, assise de l'autre côté de la table. Du café, du gâteau marbré, des bugnes posées entre les deux femmes, des notes de musique discrètes à la radio, sonate pour piano et violon de Händel.

Svana et Halldór avaient tenté de se réfréner et de faire comme si rien ne se passait entre eux, mais la rumeur n'avait pas tardé à se répandre parmi les employés des abattoirs, les collègues de Svana l'en avaient d'ailleurs informée. Ils se voyaient tous les soirs dans la maison de la dame âgée chez qui Svana louait une chambre à Búðardalur. Veuve depuis une quinzaine d'années, la vieille dame avait rapidement pris l'habitude d'éteindre son sonotone quand Halldór arrivait. Comme ça, tu peux être sûre que je n'entendrai rien, avait-elle dit à sa locataire avec un sourire malicieux, comme si elles ourdissaient ensemble un complot planétaire.

Je ne savais pas, reprit Svana, que l'amour pouvait être à la fois infiniment beau et extrêmement physique. Je n'avais jamais assez de lui. Mon corps se gorgeait de sa chair, comme le désert se réjouit d'accueillir la pluie.

Tout cela avait duré quatre semaines. Quatre semaines de frénésie, d'insouciance, de trahison, de bonheur éperdu.

Puis Svana s'était enfuie.

Est-il possible que l'amour soit une sorte de dérèglement psychique ? Parce que, quand j'étais avec Halldór, tout m'était égal. Je me comportais en parfaite irresponsable. Tout ce qui comptait à mes yeux, c'était lui et moi. J'étais prête à tout envoyer valdinguer, à renier ma vie, simplement pour être avec lui. J'oubliais jusqu'à l'existence de mes enfants. Je ne me reconnaissais plus. Je n'ai jamais été aussi heureuse de ma vie. Je n'attendais qu'une chose, qu'il me demande de partir avec lui. Où tu voudras, mon amour, lui aurais-je alors répondu.

Voilà pourquoi elle avait fui.

Je me suis enfuie et je suis rentrée chez moi, à Hella.

Elle était partie sans dire au revoir. Avait filé à l'anglaise, et à toute vitesse. C'était un jeudi, un bal était prévu pour le samedi soir. Halldór avait fait un saut chez lui, ici, dans son fjord, pour y chercher des vêtements plus élégants. C'est pour toi, avait-il dit, j'ai envie d'être beau pour toi. Il était parti dans la matinée et revenu en soirée, avec ses vêtements, mais aussi quelques photos de sa famille et de chez lui pour les montrer à Svana. Mais elle n'était plus là. Elle avait disparu.

Quelque chose me disait que si je ne m'en allais pas tout de suite, si je ne saisissais pas l'occasion pendant que Halldór s'était absenté, ensuite, il serait trop tard. L'amour que j'éprouvais pour lui me terrifiait. J'avais peur que ce sentiment ne saccage mon existence et ma famille. Je suis mariée à un brave garçon. Un homme gentil et fiable. Notre vie est agréable. Nous avons une belle maison. Je pensais que ça suffisait, je me sentais bien, j'étais satisfaite de mon sort. Je ne pouvais pas imaginer vivre autrement. Mais je n'avais sans doute jamais réfléchi non plus au fait que, même si j'appréciais beaucoup mon époux, je n'ai jamais vraiment été amoureuse de lui. J'imaginais peut-être que tous ces discours sur l'amour et sa nécessité n'étaient que des obsessions engendrées par la littérature et le cinéma, et que les grands sentiments n'étaient pas donnés à tout le monde. D'ailleurs, en quoi a-t-on besoin des feux d'une passion dévorante quand on a la stabilité et la sécurité, quand vous avez deux enfants merveilleux et un homme adorable à vos côtés ? Je crois que Halldór est l'homme de ma vie. Non, je sais qu'il l'est. Il est le seul que je puisse aimer. Mais cette insouciance délicieuse et libératrice qui le caractérise m'effraie également. Je suis mère de deux enfants, et les enfants ont besoin de sécurité. J'aime Halldór et je sais qu'il m'aime aussi. Mais parfois, ça ne suffit pas. Parfois, le sens des responsabilités compte plus que l'amour.

Elle était retournée chez elle pour sauver son ménage, le sauver de la ruine. Elle était rentrée anesthésiée par la douleur, ployant sous la mauvaise conscience, mais fermement résolue à envisager sa relation avec Halldór comme une aventure défendue, un secret qu'elle emporterait dans la tombe. Puis, deux semaines plus tard, elle avait compris qu'elle était enceinte, ce qui avait tout changé. D'une manière étrange et pour ainsi dire perverse, l'idée d'avouer son infidélité à son époux lui semblait maintenant plus simple, comme si la vie qui s'épanouissait en elle avait le pouvoir de tout justifier. La vie n'est-elle pas sacrée ?

L'époux de Svana l'avait écoutée sans un mot, puis il était resté immobile, les yeux dans le vide, toujours silencieux, il s'était levé sans accorder un regard à sa femme, et il avait pris son fusil avant de partir en voiture vers les montagnes. Il n'était revenu qu'au petit matin, Svana était presque folle de peur et d'inquiétude. Il était rentré avec seize perdrix ensanglantées et s'était assis dans la cuisine pour les plumer. Elle l'avait observé en silence, attendant qu'il dise quelque chose. Tu vas avorter, avait-il enfin déclaré, arrivé à la troisième perdrix. Il avait dit ça d'un ton calme, comme s'il parlait de la météo, comme s'il énonçait une évidence ou qu'il évoquait un détail banalement quotidien. Puis il avait attrapé la quatrième perdrix : Et nous ne parlons plus jamais de tout ça. Tu m'as humilié et personne ne doit l'apprendre. Si tu as un peu de respect pour moi. Nous n'en parlerons plus jamais. Et je partirai si jamais tu te risques ne seraitce qu'à penser à nouveau à ce pauvre type. Je pensais pouvoir te faire confiance. Quand je pense à vous deux, j'ai l'impression qu'on m'arrache les tripes. Combien de fois l'as-tu laissé te sauter ? Tu avais oublié que je t'aime ? Oublié que tu es la seule femme que j'aie aimée ? Tu l'as pris dans ta bouche ? C'était bon ? Comment as-tu pu ? Malgré ça, je te pardonne tout parce que je t'aime. Tu n'as pas pensé à nos filles quand il te baisait ? Je n'arrive pas à le croire. Tu as pensé à moi quand il jouissait en toi ? Je t'interdis de penser à lui. Je n'aime que toi et je ne suis rien sans toi. Tu iras chez ta mère et tu te feras avorter. Et peu à peu, les choses rentreront dans l'ordre.

Il avait prononcé ces paroles avec lenteur, les mains dégoulinantes de sang, le visage dur, concentré, et pourtant tellement vulnérable, tellement fragile, que Svana avait eu envie de pleurer.

Je ne pouvais pas me résoudre à le blesser plus profondément encore. J'avais l'impression d'être responsable de lui, de son bonheur et de celui de mes filles. Je sais que mes filles ont besoin de leur père. Elles ont besoin de sécurité. Et d'un père qui est toujours là. Mais je n'ai jamais envisagé d'avoir recours à l'avortement. J'ai profité du fait que mon mari est issu d'une famille très croyante. Je lui ai dit qu'avorter, c'était commettre un péché contre la vie. Que je ne pouvais pas imaginer de détruire cette vie-là. Que c'était aussi grave que… d'assassiner l'amour. Et qu'on n'a pas le droit de le tuer.

Personne n'a le droit d'assassiner l'amour.

Ainsi s'était exprimée Svana tandis que son café tiédissait sur la table jusqu'à devenir complètement froid et que le mois d'octobre envahissait le monde de sa clarté douteuse derrière la fenêtre.

Ma pauvre enfant, lui avait dit Hafrún, tellement sincère et compatissante que la jeune mère s'était une nouvelle fois effondrée, ses épaules s'étaient remises à trembler, de manière presque imperceptible, puis elle avait pleuré, en silence, sur les cheveux de son enfant.

Svana était allée chez sa mère à Reykjavík avant que sa grossesse ne devienne visible, prétextant qu'elle avait trouvé un travail bien payé à Copenhague par le biais de son oncle paternel ; elle était de père danois, elle et son mari avaient bien besoin d'argent puisqu'ils comptaient déménager pour s'installer dans une maison plus grande – c'était d'ailleurs aussi pour cette raison qu'elle était allée travailler aux abattoirs de Búðardalur. Elle écrivait deux lettres par semaine à son mari et à ses filles, les envoyait à Copenhague à une amie qui les réexpédiait ensuite à Hella, avec le tampon de la poste danoise.

Mon époux est quelqu'un de bien et il m'aime passionnément, mais il est d'une jalousie terrifiante. Je sais qu'il ne me pardonnera jamais ce que j'ai fait. C'est le prix à payer. Mais le pire est que c'est aussi pour cette raison que je ne peux pas garder Eiríkur auprès de moi. Chaque fois qu'il le regardera, mon mari se souviendra de ma trahison, de ce qu'il appelle son humiliation. Je crains… non, je suis certaine qu'il ne pourra jamais l'aimer. Et je crains que s'il parvient à dissimuler son dégoût, peut-être même sa haine, cela n'empoisonne la vie de toute la famille. C'est pour cette raison que j'ai décidé de mettre Eiríkur au monde sans que mes enfants ni les parents de mon mari soient au courant. Et que, très vite, j'ai pris la décision de l'emmener ici dès que possible, de préférence une semaine après sa naissance. Pourtant, je ne viens que maintenant alors qu'il a déjà trois mois. Je n'arrivais pas à me résoudre à me séparer de lui aussitôt. Finalement, on n'est pas si solide que ça.

Elle avait réfléchi à la question sous tous les angles. Halldór lui avait parlé de ses parents, elle avait l'impression de les connaître, voilà pourquoi elle était convaincue qu'ils offraient à Eiríkur un refuge où il pourrait grandir en toute sécurité, entouré de tendresse. J'aime votre fils Halldór, avait poursuivi Svana, je me suis sentie tellement libre quand j'étais avec lui. La moindre chose devenait tellement drôle et intéressante. Mais je ne suis pas certaine que j'aurais emmené mon petit Eiríkur ici et que je l'y aurais laissé si vous n'aviez pas été là, vous et votre mari. Je crois que vous comprenez ce que je veux dire.

En revanche, Eiríkur ne doit jamais apprendre que sa mère est vivante, dit-elle. Parce qu'à ses yeux…

… il faut que je sois morte. Pour qu'il ne souffre pas. J'ai un deuxième prénom dont je ne me suis jamais servi, mais que je vais adopter de manière à brouiller les pistes pour Halldór s'il essaie de retrouver ma trace. Je lui ai téléphoné quand j'étais à Reykjavík, je ne lui ai pas dit que j'étais enceinte, il ignore donc qu'il a un fils, mais je lui ai fait promettre de ne jamais tenter de me retrouver. Je lui ai dit que je l'aimais, puis je lui ai expliqué que je devais faire un choix, que je ne pouvais imaginer perdre mes filles. Il m'a donné sa parole, mais il est comme il est, et il est amoureux. Vous comprenez donc que je doive choisir entre deux choses : garder mon petit Eiríkur à mes côtés en prenant le risque de transformer mon foyer en enfer pour nous tous, et venir ici, dans le Nord-Ouest, pour le laisser chez vous.

Chez toi, avait corrigé Svana, tendant le bébé qui geignait comme elle aurait tendu une tasse de café par-dessus la table. Hafrún avait pris dans ses bras ce premier et unique petit-enfant dont elle n'avait pas même soupçonné l'existence quelques minutes plus tôt.

Svana était restée quelques instants immobile, silencieuse, le visage presque impassible, les mains croisées sur son ventre, sans quitter des yeux Eiríkur, blotti dans les bras de sa grand-mère. Puis elle avait demandé à Hafrún, d'une voix posée où la maîtresse de maison avait discerné un léger tremblement : Est-ce que je peux dire au revoir à mon enfant ?

JE SAIS QU'IL NE SE PASSERA

pas une journée sans que je pense à toi. Sans que mes pensées soient à tes côtés. Je sais aussi qu'un jour, je ne résisterai pas à l'envie de revenir dans ce fjord, comme une inconnue, simplement pour venir jusqu'à votre ferme et te demander un verre d'eau. Je sais que je te reconnaîtrai immédiatement. Je te reconnaîtrai toujours, partout dans le monde, et n'importe quand. Je viendrai ici te demander un verre d'eau. Rien qu'un verre d'eau. Et uniquement pour boire dans un récipient sur lequel tes mains se seront posées. Un verre qui aura gardé la chaleur de tes paumes. Ce sera peut-être dans six, dans huit, dans dix, dans douze ans, je ne le sais pas exactement. Puis je le boirai lentement tandis que ma paume se gorgera de la chaleur de la tienne. Pardonne-moi. Mon amour, c'est pour cet instant que je vivrai.

QUELLE ÉPOQUE ! AÏE, LA VOILÀ DÉJÀ ENGLOUTIE

Eiríkur a gardé le souvenir de l'événement. Il se rappelle le jour où une femme est venue à Oddi pour qu'on lui offre un verre d'eau. C'était assez étrange. Non parce qu'elle avait demandé à se désaltérer, mais plutôt parce qu'on avait envoyé Eiríkur lui porter ce verre et que personne n'était sorti de la maison pour lui souhaiter la bienvenue comme le voulait la coutume à l'arrivée d'un visiteur, qu'on le connaisse ou non. Certes, il n'avait que sept ans à l'époque, le monde était parfois incompréhensible et les adultes parfois tellement sérieux et occupés par des choses sans intérêt qu'il lui arrivait de prier Dieu de ne jamais grandir, de rester enfant. Mais il se rappelle l'événement. Hafrún était venue le chercher dans le studio d'enregistrement que Halldór avait installé dans la grange. Ce jour-là, Halldór retranscrivait un long entretien que lui avaient accordé un frère et une sœur très âgés vivant dans les campagnes situées au nord du fjord la semaine précédente – cet entretien était paru en trois parties dans *Strandarpósturinn / Le Courrier des Strandir*, et Halldór l'avait également envoyé en version sonore dans sa totalité, après montage, comme il le faisait souvent avec ce genre de documents, au Musée national d'Islande pour qu'il y soit conservé. Puis Hafrún était arrivée dans le studio, elle avait murmuré quelques mots à Halldór qui avait hoché la tête avant de reprendre sa tâche, concentré, et Hafrún avait demandé à Eiríkur de l'accompagner, ajoutant qu'elle avait quelque chose à lui dire. Pourtant, elle avait gardé le silence pendant qu'ils traversaient la cour de la ferme pour regagner la maison. Elle lui avait posé des questions sans queue ni tête en regardant constamment par la fenêtre de la cuisine. Puis elle avait rempli un grand verre d'eau fraîche qu'elle lui avait demandé d'apporter à la dame garée devant la maison. C'est alors qu'il avait remarqué la voiture dans la cour et la femme qui en était descendue. Cette femme qui l'avait observé en souriant tandis qu'il marchait vers elle, qui l'avait remercié pour le verre d'eau, qui avait deux fois prononcé son nom et bu sans le quitter des yeux. Il ne se souvient de rien d'autre, le reste de cette journée a été englouti par l'insatiable oubli. Il lui arrivait pourtant souvent de ressentir des choses quand il voyait des inconnues, il les regardait longuement en imaginant qu'il avait sa mère sous les yeux. Qu'elle n'était absolument pas morte, que c'était un malentendu – qu'elle était revenue et que plus jamais elle ne le quitterait.

À part ça, il se sentait heureux. À part ça, il était délicieux d'exister.

« Quand je pense », avait écrit sa grand-mère sur la carte d'anniversaire qu'elle lui avait achetée pour ses six ans, et qui l'attendait dans la cuisine quand il était descendu de sa chambre le matin pour manger des crêpes et boire un chocolat chaud, cette carte qui l'attendait avec ses cadeaux : un grand circuit automobile avec des voitures électriques offerts par son oncle Páll, une guitare pour enfant de la part de Halldór, une maison Playmobil de celle de ses grands-parents… « Quand je pense, avait-elle écrit de son écriture régulière et tranquille, il y a six ans à peine, tu n'étais pas encore né, alors que ton grand-père et moi-même avions déjà passé presque un demi-siècle sur cette terre sans imaginer qu'il nous manquait la plus belle chose de la vie – notre petite tête aux cheveux noirs ! Quand je pense que le monde a pu exister avant toi, qu'il en a eu le courage ! Nous sommes tellement heureux de t'avoir à nos côtés. Avec toi, tous les matins ne sont que lumière. Chaque jour, je tends l'oreille et je dis à ton grand-père : Alors, est-ce que notre petit Eiríkur va bientôt se réveiller ? Parfois, tu me rejoins dans la cuisine, juste pour me serrer dans tes bras quelques secondes, puis tu repars t'amuser, alors, je suis tellement reconnaissante d'exister et de t'avoir. Joyeux anniversaire à notre beau, à notre merveilleux petit garçon ! »

En dessous, Skúli a ajouté de son écriture maladroite : « Je suis d'accord avec tout ce que dit ta grand-mère ! »

Qu'il était délicieux d'exister, enveloppé par la chaleur et la tendresse de ses grands-parents. Dans un univers stable, loin du vaste monde, ce qui ralentissait la course du temps, lequel était moins agité qu'ailleurs, ici, dans le fjord, comme s'il ne voyait aucune raison de se presser, comme s'il voulait profiter de la vie, et surtout dans la cuisine d'Oddi dont la table était un peu comme le centre vital de la région. Les gens du fjord et des campagnes alentour venaient presque quotidiennement y prendre le café, manger un morceau, discuter, demander des conseils concernant l'élevage, l'organisation de fêtes, l'installation des clôtures, les botteleuses, les bêtes : une brebis boitait, une autre haletait constamment. La plupart des problèmes trouvaient leur solution autour de cette table, ils étaient réglés, qu'il s'agisse des préparatifs d'une communion, d'une brebis essoufflée ou d'un tracteur en panne. Hafrún se chargeait de ces derniers, les tracteurs et tous les engins agricoles, elle avait toujours été fascinée par la technologie et les appareils, les télévisions et les camions, les botteleuses et les postes de radio, par la manière dont tout cela fonctionnait, dont tout cela était conçu. Enfant, elle avait démonté tous les appareils qui lui tombaient sous la main pour examiner ce qu'ils avaient dans le ventre : par conséquent, quand une botteleuse, une lieuse, un tracteur ou une voiture tombait en panne quelque part, ce qui arrivait constamment, et que le fermier était désemparé, la solution d'urgence consistait à faire appel à elle. Skúli affirmait quant à lui ne pas être capable de faire la différence entre une bougie et un piston, en revanche, c'était un vrai magicien en maçonnerie et en menuiserie, il connaissait en outre parfaitement le caractère des animaux. Les gens du cru s'adressaient donc à Hafrún pour les engins et les fêtes, et ils venaient consulter Skúli quand leurs bêtes avaient un problème.

L'enfance passa, tranquille. Eiríkur se réveillait chaque matin dans sa chambre sous les combles, il descendait l'escalier pour rejoindre sa grand-mère qui cuisinait, préparait des gâteaux, du pain, des confitures, faisait de la couture, du tricot, du boudin, vérifiait les comptes au son monocorde de la radio dont les présentateurs lisaient les principaux articles publiés dans les journaux, abordaient les sujets d'actualité, et passaient les *Chansons des malades*. Hafrún se levait en souriant de sa chaise quand il descendait, âgé de trois, de cinq, de sept ans, elle le serrait dans ses bras, une étreinte puissante et sincère, elle lui donnait des tartines de pain grillé agrémentées de tranches de fromage et de confiture de myrtilles. Puis Skúli venait prendre son café, traînant dans son sillage une douce odeur d'étable, du foin collé à ses manches, secouant la tête, consterné par le mauvais goût qui caractérisait les chansons choisies par les malades, disant à son petit-fils qu'ils allaient sans doute devoir se faire hospitaliser pour que cette émission puisse enfin diffuser de la meilleure musique. Puis chacun mangeait ses tartines, son beignet ou son gâteau marbré, chacun buvait son chocolat chaud ou son café, Hafrún gardait simplement sa tasse posée devant elle sans y toucher – c'est à peine si Eiríkur se rappelle l'avoir vue manger.

Des heures tout en douceur, ainsi devraient s'ouvrir tous les matins du monde.

Une vie en forme de bonheur, le temps couché en rond comme un chien placide et apaisé sous la table de la cuisine d'Oddi, sa grand-mère et son grand-père qui connaissaient les réponses à presque toutes les questions de la Terre, et étaient les pierres angulaires les plus fiables de l'Univers. Eiríkur était un enfant joyeux et franc, qui adorait les moments où sa grand-mère, Aldís de Nes ou ses deux filles le coiffaient. Il fermait alors les yeux comme un chat qui ronronne. Chaque chose était à sa place. La seule ombre au tableau était sa mère défunte. Il y avait aussi l'absence de son père qui s'en allait travailler un peu partout en Islande la majeure partie de l'année.

Ici, à cette époque où l'existence était plus modeste, les gens subsistaient avec bien moins qu'aujourd'hui, peut-être tout simplement parce que peu de choses s'offraient à eux, parce qu'ils avaient moins d'opportunités, Oddi avait en tout cas nourri sans peine deux ou trois générations de dix à quinze personnes, adultes et enfants. C'était une des meilleures fermes du fjord : des champs de qualité, de bons pâturages, de vastes pâtures d'altitude qu'elle se partageait avec d'autres fermiers, des landes où poussaient des baies, des lacs regorgeant de poissons et la possibilité de sortir pêcher en mer. Mais au milieu des années quatre-vingt-dix du siècle dernier, l'exploitation parvenait tout juste à assurer la subsistance de deux adultes. Ce n'était pas si grave puisque aucun des deux frères ne semblait intéressé par l'agriculture. Halldór, le père d'Eiríkur, disait souvent que son frère Páll était trop intelligent pour élever des moutons, Páll avait d'ailleurs été le premier habitant du fjord à s'inscrire à l'université, il avait passé une licence d'histoire, une maîtrise de philosophie et écrit un mémoire de 200 pages sur Kierkegaard avant de se tourner vers l'enseignement, il avait longtemps travaillé au lycée de Keflavík, et vécu plusieurs années avec la veuve d'un marin et ses trois enfants à qui il avait tenu lieu de père. Halldór avait quant à lui passé son bac au lycée d'Ísafjörður, puis il avait étudié une année à l'École de musique de la FÍH, la Société des musiciens d'Islande, à Reykjavík. Mais il débordait tellement de passion et d'énergie qu'il avait du mal à tenir en place. Dans sa jeunesse, il avait passé ses étés à jouer dans plusieurs groupes qui animaient les bals de campagne tout autour de l'Islande. En hiver, il travaillait comme maçon ou partait en mer. Mais il venait toujours dans les Fjords de l'Ouest pendant l'agnelage et, après la naissance d'Eiríkur, il s'était efforcé de passer le plus clair de l'été à Oddi. Il aidait aux travaux de la ferme et passait du temps dans le studio qu'il avait installé après l'arrivée de son fils. Halldór parcourait également les campagnes avec son magnétophone, recueillant les récits des anciens, strophes rimées, poèmes, poésies transmises oralement : pour préserver les souvenirs de l'insatiable oubli. Parfois, les musiciens avec lesquels il était jadis parti en tournée venaient lui rendre visite pour faire la fête et jouer dans son studio, il leur arrivait même d'organiser un bal à l'improviste dans la salle de l'école. Eiríkur n'était pas plus haut qu'une guitare, ils l'avaient adoubé comme arpète, il les aidait à préparer la salle de bal, passait du temps avec eux dans le studio, les écoutait répéter et raconter un nombre infini d'histoires sur les musiciens nationaux ou étrangers. Il avait remarqué que Halldór, son père, changeait de ton, et que ses yeux brillaient d'un éclat particulier quand il nommait des chanteurs comme Nick Drake, Tom Waits, Bowie, les Beatles, Nina Simone, Chet Baker… il parlait d'eux comme de vieux amis qui lui manquaient… et Eiríkur s'était promis de s'entraîner avec plus d'assiduité à la guitare, d'acquérir une maîtrise suffisante pour donner à son père l'envie de fonder un groupe avec lui. Il rêvait également de le voir trouver un travail à Hólmavík, ce qui lui permettrait de passer la majeure partie de l'année à Oddi. Mais il n'en parlait jamais à haute voix. Par peur de vexer ses grands-parents – s'il le faisait, il craignait qu'ils n'aient l'impression que leur présence à ses côtés ne lui suffisait pas. Et qu'il considérait que son père était plus important qu'eux… il avait donc caché cette douleur, ne supportant pas l'idée de les blesser, mais il se précipitait dans la cuisine pour serrer sa grand-mère dans ses bras quand son père lui manquait trop. Il venait chercher une consolation dans l'étreinte chaleureuse de Hafrún, et en même temps, il avait mauvaise conscience de ne pas se sentir entièrement heureux malgré la présence aimante de ses grands-parents.

Halldór était donc celui qui arrivait, et qui repartait. Il arrivait comme les oiseaux migrateurs au printemps et repartait à l'automne, quand la nuit revenait. Mais passait également la plupart des vacances de Noël et de Pâques à la ferme.

Je te laisserai conduire la voiture jusqu'à la route principale si tu réussis à apprendre à jouer « I'll Follow The Sun » sur ta guitare avant Pâques, avait déclaré Halldór en disant au revoir à son fils âgé de sept ans à la fin des vacances de Noël.

Voyons ça, avait-il dit, quatre mois plus tard en arrivant à la ferme, la veille du Jeudi saint. Eiríkur s'était assis, concentré, à la table de la cuisine, et il avait joué à la guitare la mélodie des Beatles que McCartney avait composée à seize ans, pendant qu'il avait eu la grippe. Penché sur l'instrument, sa mèche de cheveux bruns retombant sur ses yeux, l'enfant avait joué la mélodie simple et mélancolique, répétant encore et encore les seuls vers qu'il avait réussi à apprendre. Sa voix, plus tard devenue comme un velours sombre, avait encore la limpidité et la clarté de l'enfance, et son anglais était guttural et cassant : And now the time has come, and so, my love, I must go. Le moment est venu, alors, mon amour, je dois m'en aller.

Bon sang, mon petit, tu vas me faire pleurer, s'était exclamé Halldór en le serrant dans ses bras. Puis il l'avait autorisé non seulement à conduire jusqu'à la route principale, mais jusqu'à l'école, et l'avait laissé faire plusieurs tours sur le parking de manière à ce que les élèves d'Aldís de Nes ne manquent pas une miette du spectacle : ses plus jeunes camarades étaient verts de jalousie, et les plus âgés l'enviaient d'avoir un père comme Halldór qui n'hésitait pas à monter sur scène avec sa guitare électrique pendant les kermesses de Noël, de Pâques ou de printemps, qui connaissait toujours les chansons à la mode et les interprétait avec tellement de conviction et d'entrain que les gamins se mettaient à danser sur les tables – avoir un père comme lui, c'était posséder une précieuse médaille.

Puis l'enfance dénuée d'ombre avait passé.

Eiríkur était un petit garçon d'une grande douceur, me dit Rúna tandis que nous passons au ralenti devant la ferme d'Oddi, un enfant doux, sensible, sincère, rieur et plein d'imagination. Sóley et moi, nous faisions tout pour rester dormir à Oddi. On enviait Eiríkur qui vivait chez ses grands-parents. Quand on était avec eux, on avait l'impression que le temps n'existait pas. Ils étaient chaleureux et tellement amusants. Skúli adorait le taquiner. Eiríkur aussi, d'ailleurs. Ils se taquinaient mutuellement et faisaient aussi enrager Hafrún, puis riaient tous deux comme des idiots quand elle tombait dans le panneau…

Les taquineries d'Eiríkur : mettre du sel dans le café de son grand-père, attraper une souris dans la bergerie et la relâcher dans la cuisine sachant que sa grand-mère en avait une peur bleue, réveiller son oncle Páll, ce géant, en lui versant un verre d'eau froide sur le visage, cacher les chaussures de son père pour qu'il ne reparte pas à l'automne travailler comme maçon dans l'Est ou comme marin dans le Sud. Un jour, il les avait d'ailleurs si bien dissimulées que Halldór avait mis trois heures avant de les retrouver. Sans que personne y voie à redire. Halldór avait retourné toute la maison, il avait fini par les découvrir, avait dit au revoir à ses parents, dit au revoir à son fils, mon garçon, travaille bien à l'école cet hiver. Sois gentil avec ta grand-mère et ton grand-père. Veille à les aider. Je t'appellerai. Je t'écrirai. Finis d'apprendre « I'll Follow The Sun » pour mon retour. Apprends aussi « Bell Bottom Blues ». « Rock'n Roll Suicide ». Puis Halldór était reparti, les laissant seuls tous les trois. Eiríkur, Hafrún et Skúli. Les trois mousquetaires, avait dit Skúli, le grand-père, où est ton épée, mon garçon ? Et Eiríkur avait aussitôt retrouvé le sourire.

Évidemment qu'il souriait, parce qu'à cette époque, le fjord faisait partie des dix meilleurs endroits au monde où passer son enfance, et parce qu'il aurait fallu avoir l'esprit étrangement tourné pour s'y ennuyer. Quatorze fermes exploitées, si on comptait celles de la vallée de Sunnudalur, et chacune abritait des enfants, parfois nombreux, et lorsque l'école reprenait à l'automne, des dizaines d'autres arrivaient des campagnes alentour. Ceux qui habitaient trop loin pour rentrer chez eux passaient cinq jours par semaine à l'internat. Un fjord classé au top dix des meilleurs endroits : certes, on ne risquait pas d'y apercevoir des célébrités ou des touristes venus de l'étranger, de passer à la télé ou d'être interrogé par un journaliste pour répondre à la Question du jour, ici, il n'y avait ni magasin de jouets, ni boutique de glaces, du reste, il n'y avait tout bonnement aucune boutique en dehors des trois étagères de la remise d'Oddi pendant les dix premières années de la vie d'Eiríkur, ces trois étagères qui étaient une petite antenne de la Coopérative de Hólmavík, et dont s'occupait Hafrún, des produits de première nécessité qu'on pouvait mettre en compte quand les routes partant du fjord étaient impraticables, lorsqu'on n'avait pas le temps d'aller faire les courses en ville en période d'agnelage, pendant les foins, ou quand on réparait les clôtures. En revanche, il y avait ici quantité de touffes d'herbe entre lesquelles se cacher, de collines et de rochers qui ne demandaient qu'à être transformés en champ de bataille ou en pays lointains, de ruisseaux où Eiríkur faisait flotter les bateaux que lui fabriquait Skúli à partir de morceaux de bois flotté, et Oddi n'était pas bien loin du rivage qui recelait tant de merveilles inattendues. D'étranges poissons, des animaux marins mystérieux que la mort avait défigurés, des coquillages qu'on pouvait faire cuire à la maison, tel ou tel bateau ou navire, parfois étranger, et tout ce bois dérivé, ces arbres tombés en Sibérie et portés jusqu'ici par les courants marins ou, comme les gens le croyaient autrefois, venus de l'immense forêt sous-marine qui tapissait le fond de l'océan – comme autant de messages d'une autre dimension. Un fjord classé au top dix des meilleurs endroits. Même si le vaste monde était bien loin, s'il n'y avait ni cafés, ni théâtres, ni salles de concerts pour les adultes, ni parcs d'attractions, ni aires de jeux, ni terrains de foot dignes de ce nom, pas plus qu'il n'y avait de cinémas.

Cette dernière affirmation n'est cependant pas tout à fait juste, puisque, une fois par mois, Hafrún emmenait Eiríkur et les deux sœurs de Nes, les filles d'Aldís, voir le film projeté à la salle des fêtes de Hólmavík, ne laissant ni la neige ni les tempêtes l'en dissuader. Elle aimait conduire par grand vent, avancer lentement à travers l'épais manteau blanc, les quatre roues de la vieille Land Rover équipées de chaînes, progresser à la vitesse de l'escargot sur une route verglacée par les belles journées d'hiver, quand le soleil aux rayons obliques passait, muet, dans le ciel bleu de glace, laineux comme une pelote, si bas qu'on l'entendait presque frôler les crêtes des montagnes.

Seul est vraiment heureux celui qui profite de l'aujourd'hui et se hâte du lendemain, est-il écrit quelque part. Eiríkur avait hâte de vivre les lendemains matin dans la cuisine de sa grand-mère et de son grand-père, il avait hâte de retrouver les filles de la ferme de Nes plus tard dans la journée, il avait hâte de vivre les soirées où Hafrún lui lisait des livres, lui racontait des histoires, lui déclamait des strophes rimées ou lui chantait des comptines. Mais quand le ciel hivernal était limpide et que les étoiles scintillaient en surplomb du fjord muet et d'un blanc immaculé, Skúli venait s'allonger à côté de lui dans le lit, sous la grande lucarne du grenier, et tous deux s'embarquaient pour un grand voyage dans la Voie lactée. Le grand-père parlait à son petit-fils des étoiles et des galaxies, des distances qui les séparent, il lui expliquait comment se formaient les aurores boréales, d'où venaient les astéroïdes, lui disait qu'un grand nombre d'entre eux étaient tombés sur Terre au fil du temps, comme envoyés par les dieux, et que leur chute avait transformé notre planète. Il lui parlait des comètes, ces gigantesques poings de glace qui filent comme des dieux lancés à toute vitesse à travers le cosmos, et dont on considérait jadis qu'elles annonçaient de grands événements : alors qu'en réalité, ce sont elles qui sont ces grands événements, avait un jour dit son grand-père, elles sont les contes de fées des cieux. Elles transforment tout autour d'elles, puis disparaissent, laissant un sillon de tristesse dans le cœur des humains…

Donc, papa est une comète, avait pensé Eiríkur, allongé à côté de son grand-père, la tête posée, comme si souvent, sur la poitrine de Skúli, se gorgeant de sa sérénité et de sa voix profonde. Il avait pensé à son père, mais n'en avait rien dit.

Et était allé à l'école dès qu'il avait atteint l'âge requis.

Étaient alors venues les lentes soirées d'hiver qui flottent comme autant d'îles de bonheur dans l'océan de ses souvenirs, les moments où il apprenait ses leçons dans la cuisine, les chiens qui somnolaient sous la table, léchaient ses pieds nus, Hafrún toujours occupée, à faire de la pâtisserie, des confitures, du boudin, tricotant, repassant, reprisant les vêtements au son de la radio en sourdine. Les chorales, l'émission sur le Bon usage de la langue, un concert de piano de Frédéric Chopin, le roman du soir, *Sorcellerie et feux follets* d'Ólafur Jóhann Sigurðsson, *La Robe de mariée* de Kristmann Guðmundsson. Hafrún l'aidait en histoire, en géographie et en langues étrangères, et Skúli en mathématiques et en sciences. Le grand-père, qui n'était pratiquement pas allé à l'école, s'était toujours intéressé aux matières scientifiques qu'il avait transformées en jeux pour son petit-fils, changeant les nombres en partenaires de danse, en armées ou en équipes de foot au gré de son inspiration. Mais parfois, la soirée prenait une autre tournure, elle se prêtait à autre chose, peut-être qu'une œuvre de musique classique diffusée à la radio avait libéré des souvenirs en Skúli qui faisait alors une pause dans les devoirs, il se reculait sur sa chaise et se mettait à raconter à Eiríkur son enfance sur la péninsule de Snæfellsnes. Il lui parlait du glacier qui s'élève, éternel, loin au-dessus des hommes, il lui parlait de ses amis qui avaient disparu de sa vie quand le facteur l'avait emmené ici, dans les Fjords de l'Ouest, lui parlait de leurs jeux et de leurs quatre cents coups, lui parlait de ses parents, de son père au caractère fougueux, mais erratique, de sa mère courageuse, mais à la santé vacillante, et de ses trois sœurs. L'aînée, nettement plus âgée que lui, était partie à dix ans dans leur famille au Canada, de manière à soulager le foyer, les deux autres étaient les cadettes de Skúli, l'une d'elles avait succombé toute jeune à la tuberculose, l'autre avait survécu. Il se rappelait le rire de sa mère, la manière dont elle penchait la tête, la joue posée sur la main, en mettant sa bouche en cul de poule quand elle se concentrait, sa joie de vivre capable d'ensoleiller les journées les plus grises. Il lui racontait que son père était parfois si profondément plongé dans ses lectures que Dieu lui-même n'aurait pas pu l'atteindre, il lui parlait des moments où ses sœurs venaient le rejoindre dans son lit le soir parce qu'elles avaient peur, parce qu'il faisait si affreusement froid dans leur maison, parce que leur père n'était pas là, parce que leur mère était tellement malade qu'elle n'avait pas la force de se lever, alors, les deux petites venaient se blottir contre leur frère qui leur racontait des histoires, transformait le lit en navire qu'il conduisait vers des pays lointains où le soleil brillait en permanence, où il faisait si doux que personne ne tombait jamais malade, où personne n'était ivre, des pays où on avait toujours plus qu'assez à manger…

Hafrún s'asseyait alors avec eux, désœuvrée, les mains comme assoupies sur son ventre, elle écoutait son mari les yeux mi-clos, puis les rouvrait entièrement quand la voix de Skúli changeait de ton, quand il évoquait ses deux sœurs. Les seuls souvenirs nets qu'Eiríkur conserve des mains de sa grand-mère lui viennent de ces soirées. En dehors de ces moments, il les voyait toujours occupées, si intimement liées à toutes sortes de tâches sans fin qu'il ne les remarquait même pas, mais elles reposaient là, petites, fortes et calleuses, sur son ventre, immobiles, presque endormies, lorsque Skúli parlait de son enfance, lentement, le regard perdu dans le lointain ou caressant la tête d'Eiríkur d'un air absent.

Plus tard, beaucoup plus tard, après avoir quitté Paris et Marseille, après son retour dans ce fjord à la population éparse, Eiríkur s'était rendu compte que c'étaient les seuls moments où son grand-père avait évoqué son enfance, sa vie avant que le facteur ne le dépose ici comme un paquet après avoir affronté les tempêtes et traversé les hautes montagnes. Skúli était assis tout près de son petit-fils, il parlait tout bas, d'une voix légèrement éraillée, qui semblait s'étrangler quand il prononçait le nom de ses sœurs. Il choisissait ses mots avec soin, ménageait parfois des pauses dans son récit pour bourrer sa pipe : à l'époque, tout le monde trouvait normal de fumer à l'intérieur, et à proximité des enfants, personne n'y voyait aucun danger. Quelle époque ! Aïe, la voilà déjà engloutie…

SI TU ES AMER, SOIS PLUTÔT SUAVE – MAIS CES MOMENTS, JE VEUX ET JE VAIS M'EN SOUVENIR, MÊME SI J'ATTEINS L'ÂGE DE CENT SOIXANTE-DIX ANS !

Mais les jours les plus radieux n'étaient-ils pas ceux que le père et l'oncle d'Eiríkur passaient ensemble à Oddi ?

Páll avait l'art et la manière d'apaiser son frère Halldór, lequel passait souvent l'été à sillonner les campagnes, se piquait brusquement de faire un tour à Ísafjörður ou Akureyri, et d'y rester quelques jours. Páll avait la faculté de répandre autour de lui une atmosphère sereine. Il était comme un soleil. Un soleil certes un peu lourd et sombre dont émanait sans doute plus de chaleur que de rayons, plus de calme que de joie. Et les meilleurs moments du monde étaient ceux où les deux frères emmenaient Eiríkur pêcher dans le fjord sur leur barque à moteur. Eiríkur avait fait sa première sortie en mer à l'âge de trois ans, plus ou moins contre la volonté de Hafrún, mais son père et son oncle avaient promis de veiller sur lui et Halldór avait pris cette promesse tellement au pied de la lettre qu'il s'était attaché à son fils à l'aide d'un cordage. Le lendemain, Hafrún était partie à Reykjavík d'où elle avait rapporté un gilet de sauvetage pour le petit.

Depuis toujours, depuis que ce fjord avait été habité, la pêche avait fait partie du mode de vie des paysans et pendant un temps, dans les années soixante du siècle dernier, une petite usine de congélation s'était installée à l'extrémité du cap, en contrebas de l'église. La pêche et la chasse représentaient un complément important dans une campagne peu fertile : le lompe et le phoque au printemps, et tout ce qu'on pouvait trouver comme poissons en hiver. Mais cette activité avait pour ainsi dire été abandonnée pendant les jeunes années d'Eiríkur. Son père et son oncle ne la pratiquaient que pour se divertir, en consommer le produit en famille et ne pas laisser pourrir la vieille barque que Skúli et Kári avaient jadis fabriquée : se divertir et passer ensemble des moments agréables, libres, à la surface des flots. Sur ce large golfe qui ignorait tout du quotidien de l'homme, de ses épreuves et de ses complexités, de ses obligations sans fin et de ses exigences. Et maintenant qu'il avait un gilet de sauvetage, Eiríkur pouvait les accompagner aussi souvent qu'il le souhaitait, c'est-à-dire presque tout le temps, et ce, même quand les deux frères partaient dès l'aube, quand la campagne n'était pas encore réveillée, quand les montagnes dormaient d'un sommeil de plomb, enveloppées dans la brume matinale, comme pour se protéger du froid.

Eiríkur était assis entre les deux frères, comme une petite touffe d'herbe tapie entre deux hauts sommets, son père et son oncle étaient tête et mains nues, le plus souvent vêtus d'un simple pantalon et d'un chandail en laine islandaise, accompagnés d'un bon pique-nique préparé par leur mère, du chocolat chaud pour Eiríkur, et parfois, Halldór glissait en douce une bouteille de vin rouge dans le panier, histoire de pimenter la journée, disait-il – et il emportait aussi son puissant magnétophone qu'il posait à la poupe de la barque, enveloppé dans plusieurs couches de plastique, parce qu'en l'absence de musique, la vie n'est pas la vie, mais simplement pauvreté et averses de neige.

Par respect pour les habitants du fjord et la quiétude matinale, ils n'allumaient l'appareil que lorsqu'ils avaient atteint le large golfe où le souffle des vagues est plus lourd et plus profond, et là, ils mettaient la musique à fond, quand ils posaient les lignes, quand ils les remontaient, chargées de poisson en sang. Halldór se chargeait de sélectionner les chansons, il avait passé la veille à les copier sur une cassette, choisissant soigneusement chaque titre qu'il faisait précéder d'une brève présentation enregistrée par ses soins : Voici un morceau de Pink Floyd. Ils ne sont pas très blagueurs et si leurs amis les voyaient sourire, ils appelleraient sans doute un médecin, mais le souffle de leur musique est parfois aussi puissant que celui de l'océan, écoutons « Your Possible Pasts », Do you remember me… think we should be closer ? Te souviens-tu de moi… tu veux qu'on se rapproche ?

Et là, tendez l'oreille parce qu'il s'agit d'Etta Jamen en personne, une voix qui, dans sa beauté mélancolique, nous emplit d'amour et de désir de vivre, « I'd Rather Go Blind », And baby baby, I would rather go blind, boy, than see you walk away, see you walk away from me... Et mon chéri, je préférerais être aveugle, mon garçon, que de te voir t'en aller, que de te voir me quitter...

Plus tard, beaucoup plus tard, alors qu'il était probablement trop tard, Eiríkur avait compris que son père n'avait pas seulement voulu les divertir et s'amuser par ces brèves présentations, il n'avait pas seulement voulu enseigner des choses à son fils, mais également, et peut-être avant tout, l'apostropher jusque dans le futur et lui dire, souviens-toi de ces chansons, elles étaient mon paysage intérieur, écoute-les et tu connaîtras la manière dont mon cœur battait.

Souviens-toi de moi, ne m'oublie pas. Écoute ces chansons et je serai à tes côtés. Écoute-les, et je serai tout entier auprès de toi.

« Eiríkur Halldórsson, marin à part entière à bord de la *Sankta María* », tels étaient les mots écrits sur l'enveloppe contenant la carte d'anniversaire qu'Eiríkur avait trouvée sur sa table de nuit quand les notes frétillantes de l'album *Eniga Meniga* l'avaient réveillé à six heures et demie du matin, et qu'on était en droit de se demander qui, de lui ou des adultes, avait le plus hâte de fêter son anniversaire. Marin à part entière, on ne pouvait imaginer plus beau cadeau, en tout cas, pas dans cet univers. C'était comme si Batman avait dit à Robin qu'ils étaient égaux ; et le fjord lui-même avait célébré ce jour en sortant de ses tiroirs une de ses plus radieuses journées d'été. Pas un souffle de vent, une température de douze degrés lorsque son père et son oncle l'avaient réveillé. Páll était arrivé la veille, uniquement pour être là dès l'aube du grand jour. Dans deux semaines, on commencerait les foins, l'herbe poussait comme une mélodie verdoyante. Juillet et sa lumière invincible. Le ciel n'avait pas fermé les yeux depuis des semaines, d'ailleurs, qui a besoin de se reposer ou de dormir en été ? La lumière et le chant des oiseaux des tourbières emplissaient la voûte céleste lorsqu'ils avaient roulé vers l'embouchure du fjord et jusqu'à l'abri à bateaux d'où les habitants d'Oddi mettaient à l'eau leurs embarcations depuis des siècles. Ils avaient pris la mer. Leur barque, la *Sankta María*, que Páll avait repeinte au printemps, jaune comme un tournesol de Van Gogh en dehors de l'étrave, rouge comme un baiser, fendait les eaux calmes du fjord, ils avaient vogué jusque vers le grand golfe placide, le soleil les surplombait, résonnant de toutes parts comme une trompette chaude et rutilante. C'était la plus belle journée du monde. Un jour qu'ils n'oublieraient jamais. Tous trois avec leur pique-nique, leurs lignes et leur musique. Trois marins, et l'un d'eux qui fêtait ses huit ans. Une température de douze degrés à terre, et qui augmenterait au fil des heures pour atteindre les dix-sept, mais comme il faisait plus frais en mer, ils avaient emporté du café, du chocolat chaud et des sandwichs préparés par Hafrún. Ils avaient vogué à la surface de l'eau, vogué sur le silence, le soleil était monté plus haut dans le ciel, réveillant parmi les oiseaux ceux qui dormaient encore. On n'apercevait évidemment pas la moindre étoile, la lumière de l'été les avait toutes effacées depuis début mai et il faudrait attendre encore des semaines avant leur retour. Mais ce n'est pas bien grave, parce que comme il est écrit quelque part : Si les étoiles sont les oiseaux du ciel d'hiver, alors les oiseaux sont les astres de la terre.

Qui a dit ça, avait demandé Páll, je ne m'en souviens pas, avait répondu son frère. D'ailleurs, je me rappelle si peu de choses que c'en est incroyable. Et c'est bien dommage parce que, dans un sens, les choses qu'on oublie n'ont jamais existé. Elles n'ont jamais eu lieu.

Mais ne t'inquiète pas, avait-il dit à Eiríkur, ces moments, je veux et je vais m'en souvenir, même si j'atteins l'âge de cent soixante-dix ans !

D'ailleurs, nous avons le devoir de nous souvenir, avait souligné Páll, oublier, c'est trahir la vie. Kierkegaard le savait. « Si les générations se renouvelaient comme le feuillage des forêts, écrit-il dans *Crainte et tremblement*, si elles s'éteignaient l'une après l'autre comme le chant des oiseaux dans les bois, traversaient le monde, comme le navire, l'océan, ou le vent, le désert, acte aveugle et stérile ; si l'éternel oubli toujours affamé ne trouvait pas de puissance assez forte pour lui arracher la proie qu'il épie, quelle vanité et quelle désolation serait la vie ! »

Amen, avait simplement répondu Halldór. C'est une phrase idéale pour la pêche, et dire que tu la connais par cœur, à la virgule près, alors que moi, j'ai du mal à me rappeler les paroles des chansons de rock les plus simples quand je n'ai pas ma guitare.

Kierkegaard est ma guitare, avait dit Páll.

Tu es sûr que ce n'est pas plutôt un violoncelle ?

Kierkegaard. C'est qui ? avait demandé Eiríkur.

Halldór : Un philosophe danois qui écrivait des lettres à Dieu et recevait des réponses. Ton oncle en connaît un rayon sur cet homme. Søren Kierkegaard. D'ailleurs, Kierkegaard signifie cimetière.

Eiríkur : Cimetière ? Comme celui de Nes ?

Halldór : Exactement, comme celui de Nes. Le pauvre homme s'appelait cimetière – quel fardeau ! Un nom empli de morts, de croix et de défunts. Ce n'est pas étonnant qu'il ait parfois été un peu éteint.

Páll : Connaissant la mort, il était capable d'écrire sur la vie de la meilleure manière possible. Cela dit, il essayait toujours en écrivant de se frayer un chemin vers la lumière, et ce chemin doit parfois indubitablement être assez sombre.

Halldór : Vers la lumière ? Comme celle dans laquelle nous baignons en ce moment ? Je n'en suis pas si sûr. Je commence à le connaître grâce à ce que tu m'en as dit et à travers tes écrits et, si je me souviens bien, il affirme quelque part : Dans la vie, on a toujours deux choix possibles, on peut opter pour l'un ou l'autre. En toute honnêteté et en prenant en compte son confort, je vous dis : Faites-le, ou ne le faites pas, quel que soit votre choix – vous éprouverez des remords. Ce n'est pas le genre de musique qui donne envie de danser, ni qui vous donne des ailes pour nager vers la lumière !

Donne-moi les ténèbres et je saurai où trouver la lumière, en tout cas, Eiríkur et moi, nous avons envie de gâteau, avait répondu Páll, il avait tendu le bras vers le coffre à l'arrière de la barque et avait attrapé trois belles tranches de gâteau au chocolat que leur avait préparé Hafrún. La barque oscillait doucement sur le golfe tranquille et somnolant, le rivage scintillait au soleil, on aurait dit qu'il chantait. Ils avaient du café, du cacao et le meilleur gâteau au chocolat du monde, l'un d'eux fêtait son anniversaire, fêtait ses huit ans, et il était marin à part entière. C'était beaucoup, on ne pouvait pas imaginer mieux.

Ils avaient soupiré, ils s'étaient ébroués, quel délice, avaient-ils dit en chœur, tellement heureux d'être ensemble que les défunts avaient souri. Ils avaient fini leur gâteau, préparé leurs lignes, les avaient posées, puis étaient restés à attendre que le poisson morde dans l'abîme de ténèbres sous leurs pieds. La mer respirait, tranquille, à la ferme, Hafrún attendait qu'ils reviennent avec leurs prises qui constitueraient le dîner. Du poisson grillé de la première fraîcheur. Je préférerais du cabillaud, avait-elle dit quand ils étaient partis. Dans ce cas, nous allons demander au cabillaud de mordre à nos lignes et nous chasserons les autres idiots, avait promis Halldór ; et les voilà maintenant qui attendent, leurs lignes à la main, sur la barque qui oscille doucement, tout au bonheur de l'instant, le magnétophone diffuse les chansons que Halldór a compilées dans son studio pour cette journée d'anniversaire, pour cette sortie en mer. Le soleil est un feu dans le ciel, il se consume comme la vie, parce que la vie doit se consumer, elle doit toujours se consumer, sinon, le monde refroidit. Halldór a choisi trois chansons de suite extraites de l'album *Eniga Meniga* pour faire plaisir à Eiríkur, « si tu es amer, sois plutôt suave ». Il passe la dernière à plein volume et ils chantent à tue-tête, ou plutôt ils hurlent : « Il nous faut des planches, il nous faut des scies, / il nous faut de la peinture et des chants pleins de vie ! » Ils chantent si fort que les poissons se réfugient dans les profondeurs, fuyant ce vacarme. Bon, ça ne va pas, s'agace Halldór, mettons plutôt du Miles et laissons sa trompette charmer le poisson pour qu'il remonte à la surface. Et bien sûr qu'il remonte, Miles Davis va chercher le poisson dans les profondeurs, le plus gros, un grand cabillaud bien dodu mord à la ligne d'Eiríkur en lui disant : je t'offre ma vie en cadeau d'anniversaire.

Voilà, nous pouvons rentrer, dit Halldór, il remonte sa ligne, redémarre le moteur, demande à son frère de se mettre à la barre, s'agenouille à côté du magnétophone, se sert un verre de rouge, baisse la musique, fait défiler la cassette en avance rapide, l'arrête, écoute, la rembobine un peu, puis se lève, son verre à la main, et annonce : les garçons, ce morceau n'est pas une chanson, mais une chaîne de montagnes. Et désormais, ce sera notre chanson. Nous nous rappellerons cette journée, ces moments passés ensemble, chaque fois que nous l'entendrons.

Puis il avait remis le magnétophone en route et ils étaient rentrés à la maison avec un festin, ils avaient écouté la musique, heureux de passer ce moment ensemble tandis que Paul McCartney chantait pour eux, pour le golfe, pour le fjord, pour le soleil et le rivage qui scintillait, le rivage qui résonnait et les cinq goélands qui volaient en surplomb de la barque, éternellement affamés :

And when I go away
I know my heart can stay with my love…
Et lorsque je m'en vais
Je sais que mon cœur reste avec mon amour…

Que dire d'autre à part : quelle époque !

Pourquoi des jours pareils doivent-ils s'achever, pourquoi le bonheur ne reste-t-il pas quand il vient à nous, pour que nous puissions l'emporter à travers la vie comme la tortue emporte sa maison, comme un bouclier invincible qui nous protégerait des flèches que décoche le malheur ?

DONNE-MOI LES TÉNÈBRES ET JE SAURAI OÙ TROUVER LA LUMIÈRE

Où que j'aille, mon cœur restera à tes côtés, bon anniversaire, Eiríkur, je t'offre ma vie en cadeau d'anniversaire, une enfance enveloppée de chaleur humaine, d'amour et de sécurité – pourtant, à quarante ans, Eiríkur habite seul à la ferme d'Oddi, de loin, il ressemble à un rockeur mélancolique quand il porte sa guitare sur le dos, un haut-parleur sur la poitrine, quand il tire, complètement ivre, sur un camion ou sur le destin, et qu'il risque jusqu'à douze ans de prison : que s'est-il passé, pourquoi sa vie a-t-elle pris cette direction, qu'est-il advenu de la sécurité et de la chaleur humaine ? Est-ce qu'on se soûle au calvados, est-ce qu'on vide sa carabine sur un camion ou sur le destin après avoir chanté *Eniga Meniga* et « My Love », après avoir été heureux le jour de ses huit ans, et où sont donc Páll et Halldór, pourquoi ne lui parlent-ils plus… ah oui, c'est vrai, Páll repose sous une grosse pierre et sous la citation de Kierkegaard au cimetière de Nes, c'est affreux, c'est triste, mais Halldór, où est-il donc passé ? L'univers que Hafrún et Skúli avaient créé autour d'eux et dont ils avaient empli la ferme d'Oddi s'est-il dissout, a-t-il été réduit à néant après leur décès ; le bonheur n'a-t-il donc aucune endurance, pourquoi supporte-t-il si mal la vie, et encore moins la mort ? L'être humain n'a-t-il aucun moyen de transformer la félicité en tortue ou même en chien qui le suivrait fidèlement, le bonheur refuse-t-il de rester sur vos talons, n'a-t-il donc aucune loyauté ; et tout est-il fini, ne reste-t-il plus que la fête chez Elías et ensuite, est-ce que ce sera la fin, douze ans de prison – Kierkegaard a-t-il échoué à nous inscrire dans la lumière et n'avons-nous devant nous que les ténèbres, veuillez attacher vos ceintures car maintenant, voici la nuit ?

Mais attendons un peu. Eiríkur n'a que huit ans.

Puis neuf.

Et dix.

Parce que le temps passe, il ne s'arrête jamais, c'est sa spécialité, il est docteur dans l'art de nous faire vieillir, puis mourir, puis disparaître. Le temps a passé, tout comme l'enfance d'Eiríkur, cette enfance presque sans ombre. Halldór arrivait avec les oiseaux du printemps, il venait aux vacances de Noël et de Pâques, il passait des heures de plus en plus longues dans son studio, s'entraînait à la guitare, sur son vieil orgue Hammond, y faisait parfois des bœufs avec ses vieux copains musiciens, et poursuivait son interminable projet d'enregistrer les récits des anciens du fjord et des campagnes situées au nord, continuait à sauver le passé de l'oubli – parce que si l'éternel oubli toujours affamé ne trouvait pas de puissance assez forte pour lui arracher la proie qu'il épie, quelle vanité et quelle désolation serait la vie ! À dix ans, Eiríkur était devenu tellement familier du studio qu'il aidait son père lorsque ce dernier l'y autorisait, dans la maison, Hafrún les attendait avec du pain qu'elle avait cuit elle-même, une tarte à la rhubarbe, des bugnes, du gâteau marbré, il lui arrivait même de passer les voir dans le studio, parfois avec Skúli, pour leur dire de venir prendre leur café, et pour les regarder travailler.

Mais au printemps qui avait précédé l'entrée d'Eiríkur au lycée, Páll était revenu dans le fjord et avait repris la ferme des gens de Nes. Il était rentré seul. Ça n'avait pas fonctionné entre lui et la veuve. Pourtant, les enfants de cette femme l'aimaient, il leur arrivait de venir le voir pour passer quelques jours ici, et leur mère l'aimait elle aussi. Mais elle disait parfois, et toujours sérieusement, que Páll s'abaissait en vivant avec elle, qu'elle ne le méritait pas, elle qui était irresponsable, elle qui buvait, et qui ne pouvait même pas lui donner un enfant, devenue stérile après son dernier accouchement qui s'était mal passé.

Je ne te mérite pas, disait-elle, et parfois, j'ai peur de t'inspirer plus de pitié que d'amour. J'ai peur que tes sentiments pour moi ne soient que de la gentillesse. J'ai peur de gâcher ta vie. Parfois, je me dis que tu es trop bien pour pouvoir m'aimer.

Páll l'avait trouvée au lit, ou plus exactement sur le canapé, en compagnie d'un vieil ami et compagnon d'équipage de son mari défunt. Un second capitaine fort en gueule et sûr de lui qui surnommait le plus souvent Páll le géant mou et pâle. Il vaut dix mille fois mieux que toi, lui avait lancé la veuve ce jour-là, son auriculaire a plus de valeur que toute ta pauvre vie. Quelques instants plus tard, elle avait vérifié l'heure à la pendule et relevé sa jupe, regarde, je ne porte pas de culotte, avait-elle dit. Puis elle s'était accoudée sur le dossier du canapé en lui ordonnant de la baiser. Si tu es l'homme que tu prétends être, alors viens et prends-moi, prends-moi fougueusement, prends-moi sauvagement, baise-moi comme jamais personne ne m'a baisée.

En rentrant du lycée, Páll les avait trouvés dans cette position. Elle, jambes et fesses nues, sa jupe relevée sur son dos, le second commandant en train de la besogner en levrette comme un chien. Malgré les halètements sonores du marin, la veuve avait entendu Páll gravir l'escalier. Peut-être tendait-elle l'oreille. Elle avait levé les yeux, il avait plongé dans son regard et tout compris. Il avait tourné les talons et s'en était allé. Le marin était trop excité pour se rendre compte de quoi que ce soit jusqu'au moment où il était sorti, plutôt satisfait, s'apprêtant à reprendre sa voiture pour aller rejoindre sa femme qui l'attendait avec le déjeuner. Or il avait trouvé son véhicule retourné comme une tortue impuissante et désemparée sur le rebord du trottoir. Puis Páll rentre dans le Nord-Ouest, il ne dit pas grand-chose, et reprend la ferme de Nes à l'automne. Triste, mais plus ou moins soulagé d'avoir quitté l'enseignement. Il aimait transmettre l'histoire et la philosophie aux adolescents, mais il bégayait tellement que les heures de cours se transformaient parfois en cauchemars.

Donne-moi les ténèbres et je saurai où trouver la lumière.

Tout est lié.

Mais il est temps de parler de sexe. Ou plutôt de désir.

Une lumière dans la nuit du monde.

JE NE PEUX TOUT BONNEMENT PAS ENVISAGER LA VIE SANS TOI

Nous n'échapperons pas à mon désir sexuel, dirait Ásmundur, exploitant forestier, des années plus tard à la réception de l'hôtel avant d'ajouter, au commencement était le sexe et le sexe était chez Dieu. Il en va de même pour Eiríkur, nous n'échapperons pas à son désir sexuel qui, fort heureusement, n'avait pas le même pouvoir de destruction dans sa vie, qui n'a jamais été un T-Rex hurlant, Eiríkur n'a jamais baisé aucun pot d'échappement et les brebis n'avaient rien à craindre de lui. Mais tout a changé. Le désir a tout changé, ou plutôt, la maturité sexuelle. À treize ans, elle l'a poussé à explorer les quatre étagères du salon dans l'espoir d'y trouver des descriptions précises d'actes charnels. Après avoir feuilleté un certain nombre de livres en vain, il a pris par hasard une biographie intitulée *Quand seul l'espoir demeure*, et son cœur a fait un bond quand il a regardé la couverture et lu le sous-titre : *Une fille de joie témoigne de son quotidien et de son environnement*.

C'était une journée pluvieuse de juillet. La pluie battait les montagnes, le fjord et les maisons, il faisait à peine sept degrés, les vaches de la ferme de Skarð se blottissaient, comme la mélancolie en personne, au plus près de la barrière, elles regardaient l'étable, beuglaient par intermittence, protestant contre l'injustice du monde. Quelques jours plus tôt, Halldór était parti dans le Nord pour remplacer dans un bal de campagne un ami qui s'était cassé le bras, Skúli était dans la bergerie où il remplaçait les mangeoires et Hafrún était partie en visite à Botn. Eiríkur avait aidé son grand-père, il était allé lui chercher des outils, avait tenu des planches, puis brusquement, il avait perçu en lui comme une agitation, des images excitantes, floues, avaient défilé dans sa tête, son sexe était dur comme l'acier, et il était reparti dans la maison pour dissimuler son trouble, espérant trouver un moyen d'y remédier. Ce qui avait jusque-là été son principal problème, d'une part trouver des images ou des textes excitants, d'autre part évacuer ce désir qui avait surgi en lui quelques mois plus tôt – et qu'il ne savait simplement pas comment... expulser. Il s'était réfugié dans la maison, s'était enfermé dans la salle de bains, avait enlevé son pantalon et le simple fait de se retrouver nu, le membre rigide et tremblant à l'avant de son corps, avait quelque chose d'étrangement excitant, quelque chose d'un interdit. Mais ça ne suffisait pas à résoudre son problème. Il avait alors eu l'idée d'aller dans le salon et de fouiller dans la bibliothèque, il se souvenait vaguement avoir aperçu une femme presque nue sur la couverture d'un livre qu'il avait retrouvé assez rapidement : *Quand seul l'espoir demeure*.

On y voyait une femme aux longs cheveux bouclés, les jambes fines et nues, vêtue d'une robe d'été qui laissait deviner ses formes attirantes. Elle tournait le dos au photographe et regardait sur le côté. Eiríkur la fixait en haletant désespérément, son membre était si dur qu'il lui faisait mal. Il avait longtemps scruté la photo, puis avait emporté le livre dans sa chambre, l'avait posé sur le lit, s'était débarrassé de ses vêtements, les avait enlevés sans quitter la photo des yeux, tremblant d'excitation, épuisé par l'envie permanente d'assouvir le désir qui l'étreignait, il fixait cette femme d'un regard suppliant. N'avait-elle pas légèrement remonté sa robe, n'apercevait-on pas un petit bout de fesse, n'avait-elle pas tourné la tête un peu plus loin sur le côté pour le regarder nu ? Eiríkur tremblait comme une feuille. Il était tellement excité qu'il se sentait mal, son membre dur était tellement douloureux qu'il l'avait empoigné, espérant que la chaleur de sa paume l'apaiserait. La peau s'était tellement tendue que le sommet de la tête chauve, laide, gonflée et borgne apparaissait. Il avait essayé de remonter le prépuce pour la recouvrir, la cacher, il avait répété la manœuvre trois fois, puis il avait joui. En poussant un petit cri lorsqu'il avait senti comme une explosion chaude et délicieuse dans son entrejambe, tout près des fesses, et quand sa semence s'était répandue par à-coups sur le lit et le livre, il s'était dit que sa mère ressemblait peut-être à la femme de la couverture.

Peut-être que c'*était réellement* sa mère.

Il avait baissé les yeux sur le livre, croisé le regard de cette femme, son regard maculé de semence et débordant de tristesse.

Le soir, il s'était tourné dans son lit, incapable de trouver le sommeil. Renonçant vers deux heures du matin, il était descendu à pas de loup dans le salon silencieux. Il avait envie de feuilleter les deux albums rangés dans le buffet, surtout le premier, qui contenait des photos datant de l'enfance de Halldór et de Páll, et qui s'arrêtait à l'époque où Eiríkur avait cinq ans. Il voulait se plonger dans un univers où son désir n'existait pas encore. Il avait feuilleté cet album des centaines de fois, il en connaissait chaque photo, mais cette nuit-là, il l'avait scruté avec un regard neuf. Et il avait vu ce qui lui avait pourtant toujours crevé les yeux, c'était une telle évidence qu'il ne comprenait pas comment elle avait pu lui échapper – sa famille semblait bien plus rayonnante avant sa naissance. C'était surtout visible chez son père, chez Halldór. Enfant puis jeune homme, il sourit sur tous les clichés, et même s'ils sont en noir et blanc et, pour certains, flous, on voit bien qu'il déborde de joie, et d'une énergie vitale communicative. Mais il semble plus calme sur les photos prises après la naissance d'Eiríkur – il est devenu l'homme qu'Eiríkur a toujours connu. Il a certes conservé sa fougue, mais son sourire n'est pas aussi radieux, on distingue comme une vague inquiétude au fond de ses yeux, et il ne semble plus aussi ouvert, aussi franc.

Assis dans le salon sous la clarté pluvieuse de cette nuit de juillet, Eiríkur avait compris peu à peu qu'il avait non seulement tué sa mère, mais aussi, dans une certaine mesure, son père dont il avait assassiné la joie de vivre.

Il avait également plu le lendemain, une pluie drue et lourde tandis que les vaches beuglaient leurs sombres poèmes. Elles beuglaient, il pleuvait, Eiríkur avait tué sa mère, il avait étouffé la joie de vivre de son père. Et il avait compris qu'il devait s'en aller. C'était une évidence. La seule solution.

Il s'était dit, voilà, je ne suis plus chez moi nulle part.

Et il était parti dès qu'il en avait eu l'âge, à seize ans.

À Reykjavík, au lycée. Il avait quitté le fjord début septembre, dix jours avant la transhumance, la première à laquelle il n'avait pas participé.

Il avait voulu prendre l'autocar à Hólmavík, mais Halldór, qui avait passé plusieurs semaines à Oddi, avait exigé de l'emmener lui-même jusqu'à Reykjavík. Le père et le fils étaient partis tôt le matin.

Une de ces journées automnales, calmes et fraîches. Le fjord est lisse comme un miroir, les montagnes, des géants débonnaires. Les plus belles journées de l'année, le monde fait bonne figure malgré sa tristesse après le départ de l'été, d'un été qui ne reviendra pas. Et dont les chants d'oiseaux se sont tus à jamais.

Ah, avait dit Hafrún en serrant son petit-fils dans ses bras pour la troisième fois, c'est incroyable d'être aussi bêtement vulnérable pour des broutilles, j'ai toujours été un peu trop sensible à cette période, entre l'été et l'automne, n'est-ce pas, mon cher Skúli, et puis, évidemment, on vieillit, et on a les os moins solides. Pardon, avait-elle ajouté en tenant la tête d'Eiríkur et en se reculant, forcée de lever les yeux pour le voir. Mon Dieu comme tu es grand ! Tu es arrivé ici, minuscule, et maintenant, tu me dépasses et tu t'en vas. Moi qui ne peux tout bonnement pas envisager la vie sans toi. Mais n'écoute donc pas mes bêtises et dépêche-toi de t'en aller avant que j'en dise d'autres, que Dieu me vienne en aide, c'est à croire que j'ai bu, avait-elle conclu, relâchant son étreinte, aidant Eiríkur à se retourner et le poussant doucement d'une petite pichenette dans le dos. Vers la voiture où l'attendait Halldór, prêt à partir, il avait ouvert la portière du passager, s'était incliné à l'approche de son fils, affichant un sourire en coin, une mèche de cheveux bruns grisonnants retombant sur ses yeux. Puis ils avaient démarré. Eiríkur avait jeté un bref regard par-dessus son épaule quand ils avaient atteint la route principale. Hafrún n'avait pas bougé, Skúli l'avait rejointe et la serrait dans ses bras, ils accompagnaient la voiture du regard et semblaient vieillir au fur et à mesure qu'ils s'éloignaient. Bientôt, ils auront disparu, avait pensé Eiríkur, il avait tourné la tête et fixé les montagnes, peinant à retenir ses larmes.

Bientôt, ils auront disparu.

Ils avaient roulé vers la capitale. Eiríkur était en proie à une profonde tristesse, il avait l'impression, le pressentiment que, d'une certaine manière, il ne reviendrait jamais. Désormais, je n'ai plus de chez-moi, pensait-il. Dans ce cas, ne puis-je décider d'habiter où je veux ?

Ils avaient gravi la route abrupte qui décrivait de grands lacets en montant vers la lande. Halldór avait rétrogradé pour affronter la côte, le moteur s'essoufflait, les journées précédentes, il avait enregistré pour le voyage trois cassettes de 90 minutes sur lesquelles il avait collé une étiquette : Chansons pour Eiríkur et son père. Il avait inséré la première dans l'autoradio en arrivant à l'orée de la lande et Morrissey avait chanté « All The Lazy Dykes » : Touch me, squeeze me, hold me too tightly, and when you look at me you actually see me.

Tiens-moi, serre-moi, ne me lâche jamais, et mon amour, quand tu me regardes, tu vois qui je suis en réalité.

Le trajet avait duré sept heures. Il faut sept heures pour passer d'une vie à l'autre. Dieu a créé le monde en six jours, et il a béni le septième. Tout événement important doit par conséquent advenir sept fois.

Dis je t'aime sept fois, sinon l'amour ne survit pas.

Et il faut sept heures pour se fuir soi-même.

VOUS NE PRENEZ AUCUNE DÉCISION ET VOUS VOILÀ PARALYSÉ

Il leur a fallu sept heures pour atteindre Reykjavík. Halldór a eu le temps d'écouter les trois cassettes qu'il avait compilées pour le voyage. Il avait sélectionné ces morceaux avec soin, pourtant, le seul dont Eiríkur se souvienne est celui de Morrissey, « Touch Me », touche-moi. Le reste du voyage a été englouti par l'insatiable oubli, par le trou noir tapi au centre de tous les univers.

Sept heures, répète le chauffeur de bus sanctifié, toujours occupé à faire des crêpes, mais qui a enfilé un autre tee-shirt, *Anthology 2* des Beatles, le texte de « Real Love » se déploie sur le tissu, and all my little plans and schemes, lost like some forgotten dreams, et tous mes petits projets, mes petites manigances, perdus comme des rêves oubliés. Les Beatles avaient sorti cet album six mois avant le voyage du père et de son fils à Reykjavík, le monde avait eu la chair de poule en écoutant « Real Love » que Lennon avait enregistré sur une bande magnétique à peine un an avant sa mort et que les Beatles survivants avaient terminé et arrangé des années plus tard. Bien sûr que le monde avait eu la chair de poule, parce que vingt-six ans après leur séparation, les quatre amis s'étaient retrouvés : John, Paul, George, Ringo. Leur grande amitié brisée s'était recollée – et ce, malgré la mort de Lennon, seize ans plus tôt. Nous cherchons par tous les moyens à triompher de la mort, à retrouver une amitié perdue ou des heures englouties dans les profondeurs d'un passé qu'on ne saurait ressusciter – et parfois, nous y parvenons, envers et contre les lois universelles.

Voilà pourquoi nous ne devons jamais cesser d'essayer.

C'était à l'automne 1996.

Ils roulaient vers Reykjavík et la musique ne coulait plus entre eux comme une bouffée d'oxygène. Sept heures les séparaient, des montagnes de non-dits et une mère défunte.

Sept heures, répète le pasteur pour la troisième fois en tapotant du bout de sa spatule la bouteille de single malt que l'un de nous a posée sur la petite table à côté du réchaud, il tapote la bouteille comme pour demander la parole. Je lève les yeux, la voiture où sont assis Halldór et Eiríkur, séparés par un silence que même la musique est désormais impuissante à dissiper, disparaît dans le brouillard du temps comme l'ensemble de l'année 1996 et la plupart de ceux qui existaient à l'époque, il y a parmi eux tant de défunts. Harrison est mort, comme Bowie, comme Cohen, comme Prince, et aussi Amy Winehouse, qui n'avait certes que treize ans au moment où ils roulaient vers Reykjavík, si elle avait été plus âgée, gageons qu'une de ses chansons se serait retrouvée sur ces cassettes, probablement « Back to Black » que Halldór interpréterait plus tard dans les bals campagnards avec tant de sensibilité que même les paysans les plus endurcis et les plus malembouchées des ouvrières des conserveries avaient la larme à l'œil. We only said goodbye with words, I died a hundred times.

Nous ne nous sommes dit au revoir que par des mots, et depuis, je suis morte une centaine de fois.

Il y a d'abord des mots pour tout, mais ils se révèlent totalement inutiles s'ils ne sont pas suivis d'une étreinte.

Et que s'était-il passé, pourquoi cette distance entre le père et le fils, d'où vient la tristesse d'Eiríkur, où s'en est allée son enfance dénuée d'ombre, Eiríkur aurait-il dû s'abstenir d'éjaculer sur ce livre français, sur l'autobiographie de cette prostituée ? L'autobiographie de sa mère, avait-il pensé lorsque sa semence avait inondé la couverture, maculant la photo. Halldór s'en était-il rendu compte, n'avait-il jamais pu pardonner à son fils de s'être masturbé ? À treize ans ?

Que le diable m'emporte, tonne le pasteur-chauffeur, ce n'est pas possible ! Là, je dis, ça suffit ! L'histoire de l'humanité n'aurait jamais abouti nulle part sans la masturbation. Le cerveau humain se serait complètement ramolli ou aurait fini par se dessécher comme un cactus. Même Jésus se masturbait quand il était adolescent puis jeune homme. Il fermait les yeux et pensait à Marie-Madeleine, ou à son ami Pierre. Mais tu as fini, je peux t'interrompre ?

Je lève à nouveau les yeux de mes feuilles, je repose mon crayon à papier, l'année 1996 s'éteint.

Sept heures, répète le pasteur pour la quatrième fois, me voyant revenu à la réalité, aujourd'hui, le voyage en prendrait à peine quatre, et Halldór aurait concocté une playlist sur Spotify, c'est plus facile et moins long. Tout est plus rapide aujourd'hui, sauf peut-être le sexe, les matchs de foot et les opéras de Wagner. Oui, tout prend moins de temps, notre savoir progresse, nous avons marché sur la Lune, envoyé une sonde à l'extérieur de notre système solaire, nous vivons plus longtemps, nous pouvons communiquer avec le monde entier sans quitter notre canapé, mais tout ça ne suffit pas à rendre l'humanité plus heureuse. N'est-ce pas désespérant, cela n'implique-t-il pas que nous avons fait fausse route ? Qu'importent les triomphes, qu'importe la richesse si on n'a pas le bonheur. Ne nous faut-il pas en fin de compte chercher la joie dans la simplicité, dans les choses les plus naturelles et évidentes, demande-t-il en me tendant la photo de Hafrún et Skúli accrochée au-dessus du réchaud et prise pendant leur première année de mariage. Ils se tiennent, tout près l'un de l'autre, devant l'ancienne ferme en tourbe où Hafrún est venue au monde ; un an plus tard, ils auront construit la maison neuve surmontée de ce grenier dont les fenêtres sourient.

Je scrute l'image, désirant m'immerger dans leur bonheur, j'aperçois la vieille ferme de Framnes à l'arrière-plan, cette ferme en tourbe que les propriétaires avaient agrandie en y accolant un bâtiment en bois recouvert de tôle ondulée. Comme on le faisait souvent à l'époque. Répugnant à détruire les traditionnelles fermes en tourbe, on choisissait plutôt de les agrandir. C'était là un geste d'une grande beauté, qui revenait à sceller l'union du passé et du présent, qui ne formaient plus qu'un, donnant le sentiment que les époques étaient reliées entre elles par d'indéfectibles liens, qu'elles étaient dépendantes les unes des autres. Le passé nous nourrissait de sa présence permanente, il insufflait une forme de quiétude à notre siècle d'agitation, il nous aidait à garder l'équilibre dans un monde en perpétuel mouvement, il nous apportait la sécurité, il…

… nous retenait prisonniers, complète le pasteur-chauffeur. Nous le traînions derrière nous comme autant de chaînes, comme autant de boulets. Voici une fois de plus la preuve que l'existence humaine est pétrie de contradictions et qu'elle l'a toujours été. Il faudrait immédiatement mettre en quarantaine tout être humain qui affirme comprendre la manière dont s'articule le monde, qui affirme que tout est lié, et ne pas le laisser sortir tant qu'il n'aura pas compris, tant qu'il n'aura pas reconnu toutes les incohérences, les paradoxes, et tant qu'il n'aura pas écrit un roman dont l'univers serait parfaitement impénétrable. Il n'en reste pas moins qu'Eiríkur est allé au lycée à Reykjavík, à MH, comme il fallait s'y attendre, il avait l'âme d'un artiste, plongé dans la musique, passionné de théâtre et de cinéma : n'étaient-ce pas les soirées du ciné-club organisées par Hallgerður à Hólmavík qui étaient à l'origine de cette passion ?

Sans doute. J'ai oublié de parler de l'importance de ces séances dans la vie d'Eiríkur. Et aussi de Hallgerður, qui avait jadis été vendeuse à la boutique de la Coopérative, avait créé un ciné-club et projeté à la salle des fêtes des œuvres de Bergman, de Kieślowski et de David Lynch. Eiríkur avait assisté à la plupart des séances auxquelles il allait en général avec les gens de la ferme de Nes. À treize ans, il s'intéressait déjà tellement au cinéma que son père lui avait offert un magnétoscope et une petite télé à Noël. À partir de cette époque, Eiríkur s'était d'ailleurs à tel point immergé dans le cinéma et la musique que pendant des semaines entières, il ne sortait de sa chambre que pour venir manger. Parfois, quand Halldór était à Oddi, il se postait devant la porte pour savoir quelle musique son fils appréciait, puis il achetait l'album vinyle ou le CD et l'écoutait dans sa voiture, pendant les foins, en mer… c'était sa manière d'entretenir le contact avec Eiríkur. Le jeune homme avait d'ailleurs compris que Halldór était tout ouïe derrière la porte et il choisissait les morceaux en conséquence. Chaque chanson constituait un message adressé à son père, mais aussi à sa mère qui avait dû mourir pour que son fils puisse vivre. I will kiss you, I will kiss you, and we shall be together.

Je t'embrasserai, je t'embrasserai, et nous serons toujours ensemble. Ceux qui perdent leur mère tout jeunes, et plus encore à la naissance, portent en eux une blessure qui met longtemps à guérir, qui se referme mal, et qui se rouvre chaque fois que la vie les heurte ou les attaque. Ah, c'est qu'il ne savait pas qu'elle était en vie, que celle qui était morte était encore vivante, qu'elle était venue jusque dans le Nord-Ouest, jusqu'ici pour demander un verre d'eau, pour prononcer son nom deux fois tandis que Halldór réparait une botteleuse. Pourquoi personne ne lui avait-il expliqué…

Attends, dis-je, nous n'en sommes pas encore là.

J'essaie de t'aider un peu, voilà tout. C'est notre rôle, à nous qui faisons des crêpes, conduisons des autocars, sommes les employés de Dieu ou les coursiers du démon, que de venir en aide aux autres. Te venir en aide, te forcer à avancer, t'emplir de doutes, te projeter dans le vide depuis le bord de la falaise, et être le filet de sécurité qui te réceptionnera – mais ne crois pas trop quand même qu'il te protégera. Tu seras jugé en fonction de tes actes et non de tes intentions. Svana arrive dans le fjord avec Eiríkur, elle le tend à sa grand-mère par-dessus la table de la cuisine parce qu'on n'a pas le droit d'assassiner l'amour. Seize ans plus tard, Halldór emmène son fils à Reykjavík, tiens-moi, ne me lâche jamais, chantait Morrissey, il y avait alors des années qu'il ne l'avait pas serré dans ses bras. Peut-être qu'il ne le ferait plus jamais. Je ne peux te dire au revoir que par des mots, mais ils sont totalement inutiles s'ils ne sont pas suivis d'une étreinte. Leurs relations avaient changé pour toujours, leur connivence s'était évanouie, n'était-ce pas difficile à vivre pour Hafrún et Skúli ?

Nous pouvons cependant qualifier d'étreinte les moments où Halldór et Eiríkur étaient assis l'un face à l'autre, chacun avec sa guitare, dans le salon d'Oddi dont les grandes baies vitrées encadraient le versant de la montagne, le ciel, l'école, les fermes de Hof et de Skarð, ces moments où Halldór n'avait devant lui qu'un café ou une canette de soda. C'était arrivé treize fois, et toujours le lendemain de Noël. La première, Eiríkur avait onze ans, et la dernière remontait au Noël avant son départ pour Paris. Treize fois, Halldór se rappelle ce chiffre, mais Eiríkur l'a oublié. Ils étaient assis l'un face à l'autre avec leurs guitares, au début, Halldór avait guidé son fils, mais ils étaient devenus aussi bons l'un que l'autre au fil des ans, Eiríkur avait acquis une excellente maîtrise, dépassant presque son père pourtant fort d'une longue expérience. Il n'y avait cependant jamais eu entre eux la moindre rivalité, tous deux étaient animés d'un désir d'harmonie : deux âmes dialoguant par le biais de la musique. Il leur arrivait aussi de chanter, Halldór, doté d'une voix de baryton limpide, Eiríkur, d'une tessiture plus profonde dès l'âge de quinze ans, une tonalité sombre et veloutée. L'harmonie entre elles était parfois si parfaite que Hafrún peinait à retenir ses larmes, assise dans le canapé, sa tête aux cheveux grisonnants posée sur l'épaule de Skúli. Eiríkur le visage grave et concentré tandis que Halldór avait parfois du mal à s'empêcher de sourire. Arrête, s'ordonnait-il, Eiríkur trouve gênant de voir son père sourire aux anges comme un idiot… mais il était tellement heureux. Les cinq dernières fois, ils avaient terminé leur prestation par « Ashes to Ashes » de Bowie, une chanson qu'ils adoraient tous les deux… La seule ombre au tableau, c'était que Halldór sentait constamment au fond de lui qu'une fois ces moments passés, lorsque la magie se serait dissipée, dès qu'ils auraient reposé leurs guitares, le quotidien reviendrait, restaurant la distance entre lui et son fils.

C'est ainsi, nous avons nos moments que le bonheur bénit, puis la joie disparaît, elle se change en passé, en passé qui ne revient jamais. Et la mélancolie est notre souvenir des bonheurs disparus.

L'histoire de l'humanité.

Tout le monde vieillit, tout le monde meurt. Nous vivons des heures lumineuses, nous nageons dans le bonheur, puis tout cela s'évanouit, le temps ne s'arrête jamais, il n'a pour nous aucun égard, un tel périt, un autre est accablé par le malheur, la désillusion, l'alcoolisme, puis en fin de compte, tous s'en vont pour ne pas revenir. De la vie à la mort, telle est notre trajectoire. Venus de nulle part, nous sombrons dans le néant, puis tout s'efface. Nous vivons le bonheur, puis nous le perdons. Nous sommes face à un dilemme et nul ne sait avec certitude quel est le bon choix, peut-être les deux, peut-être aucun, et tout dépend du point de vue qu'on adopte. Vous ne prenez aucune décision et vous voilà paralysé. Pétur tend le livre à Guðríður et voilà que diminue la lumière des mains de Halla, son épouse, ses mains finissent par se changer en ténèbres puis deviennent deux trous noirs, la trahison est toujours l'envers de l'amour parce que toute chose possède à tout le moins deux faces, n'est-ce pas ? Les vies de Halldór et de Svana se sont croisées le temps d'un automne à Búðardalur, Svana a trahi son époux par fidélité à l'amour. Halldór la savait mariée, mère de deux enfants, et bien au chaud dans le couple stable qu'elle formait avec son mari. Ne m'embrasse pas, lui avait-elle demandé, il ne faut pas que tu m'embrasses, si tu me respectes, si tu m'apprécies, si tu m'aimes, dans ce cas, ne m'embrasse pas, dans ce cas, ne me regarde pas comme ça, j'ai peur, il ne faut pas que tu m'embrasses. Je t'embrasserai et nous serons toujours ensemble. I will kiss you, I will kiss you, and we shall be together.

Ça fonctionne peut-être dans cette chanson des Cure, mais pas dans cette histoire, pas dans cet univers.

Ils ont connu le bonheur, puis ils l'ont sacrifié et Eiríkur est né avec un trou noir dans l'âme. Parce qu'ils ont trahi, parce qu'il ne leur a pas été donné de vivre ensemble, parce qu'ils n'ont pas osé, pas eu le droit, parce que Svana n'a pas eu le courage de tout sacrifier pour l'amour ? On doit toujours choisir de deux choses l'une, mais qu'importe celle que vous choisissez, cela créera toujours un trou noir quelque part. Dans ce cas, comment vivre ?

Eiríkur a quitté le fjord, un trou noir dans l'âme. Un trajet de sept heures. Touche-moi, serre-moi, prends-moi dans tes bras et serre-moi fort. La seule chanson qu'il se rappelle de tout le voyage, parmi toutes celles figurant sur les trois cassettes que Halldór avait passé une journée entière à enregistrer, chaque morceau avait un sens, chaque texte recelait un message, mais tout cela s'était disloqué sur le rebord du trou noir. Eiríkur était assis, solidement calé contre la portière, regrettant déjà l'absence de ses grands-parents, le paysage défilait à toute vitesse, Halldór devait freiner régulièrement, atteignant sans même s'en rendre compte les 130 kilomètres à l'heure sur l'étroite route de campagne. Je ne sais pas comment m'adresser à mon fils, pensait-il, retenant ses larmes au volant. Trois ans plus tôt, Rúna et Sóley avaient offert un hamac à Eiríkur, Halldór l'avait fixé dans la chambre sous les combles. « Pour que tu puisses rêver suspendu dans les airs », avait écrit Sóley sur la carte qui accompagnait le cadeau.

Mais faut-il se risquer à rêver si jamais nos rêves ne se réalisent ?

And all my little plans and schemes, lost like some forgotten dreams ; et tous mes petits projets, mes petites manigances, perdus comme des rêves oubliés : vous prenez une décision, un tel sombre dans le désespoir, un autre embrasse le bonheur, mais il y a toujours un tribut à payer. Vous ne prenez aucune décision et vous voilà paralysé. Et maintenant que je t'ai vue sourire, que va-t-il advenir de moi ?

DÉSORMAIS, JE NE SAIS PLUS SI J'OSE ME RISQUER À VIVRE

JUIN ET CERTAINES PHRASES EXPLIQUENT TOUT. À MOINS QU'ELLES N'EXPLIQUENT RIEN DU TOUT

Presque six mois ont passé depuis que Pétur est venu à l'improviste à la ferme d'Uppsalir avec trois livres, dont un vieux dictionnaire qu'un bouquiniste de Copenhague, sans doute le frère du démon, lui a vendu sachant que le moment venu, il irait porter cet ouvrage là où le savoir qu'il renferme aura toute sa place. Pétur avait tendu le dictionnaire à Guðríður, le révérend n'ose pas se servir, lui avait dit Gísli. C'est une précaution inutile. Il y a là plus qu'assez. Le pasteur avait souri, il s'était resservi, avait repris des friandises, tandis que chez lui, au presbytère, sa femme Halla l'attendait, elle qui avait des mains de lumière. Mais il est souvent compliqué de vivre car, parfois, vous vous trouvez devant une alternative et les deux options sont mauvaises, dans ce cas, que fait-on ? Qu'importe celle que vous choisissez, nous dit Kierkegaard, vous regretterez les deux.

Ce à quoi nous pouvons ajouter : vous en choisissez une et cela vous enseigne qu'il n'y a que quelques lettres d'écart entre bonheur et malheur. Et si vous n'en choisissez aucune, vous voilà paralysé.

Pétur avait souri avant de prendre congé quelques instants plus tard. Un long trajet l'attendait pour rentrer chez lui. Et la nuit ne tarderait plus à tomber. Mieux valait se dépêcher. C'était une visite intéressante, avait dit Gísli.

Le fermier et sa femme l'avaient raccompagné devant la maison, au grand air limpide. Bientôt, ce serait le printemps. Le printemps et sa lumière infinie, son impatience, son optimisme, mais aussi ses hésitations, parce que le froid et le gel ne manqueraient pas de revenir pour s'en prendre aux œufs que les oiseaux venaient de pondre comme aux agneaux nouveau-nés. Les filles de Gísli et de Guðríður s'étaient occupées de la jument Ljúf, elles l'avaient cajolée tandis que son maître était assis dans la maison où il avait vu ce sourire redoutable pour la première fois. Elle ne va plus vouloir vous quitter, avait dit Pétur aux trois gamines. Puis il les avait saluées avec un sourire. Il avait quitté la ferme le sourire aux lèvres.

Tenaillé par le désespoir, la peur, le bonheur.

Il s'était éloigné sur sa jument, solidement assis sur son dos, et Guðríður avait perçu dans son cœur comme un effondrement.

Une visite intéressante, avait dit Gísli à sa femme en la regardant du coin de l'œil. Il est pasteur, avait-elle répondu, comme si cela expliquait quoi que ce soit, alors que cela n'expliquait rien du tout, puis elle avait ajouté, je n'ai jamais eu l'occasion de converser avec un homme aussi instruit.

Puis le soir était venu…

… et d'autres journées avaient pris le relais sur la lande.

La période de l'agnelage arrive avec son cortège de veilles interminables où toute l'attention se concentre sur ces vies à peine écloses que la mort risque de faucher si vous vous avisez de cligner des paupières. D'ailleurs, le fermier et sa femme ne ferment pas les yeux et la vie sort victorieuse de ces instants, de cette bataille. La plupart des agneaux survivent, le sang de Gísli chante de joie dans ses veines, il prend sa femme dans ses bras, il la serre brièvement contre lui, comme ça, sans raison, cet homme secret qui montre si rarement ses sentiments, car ça ne se fait pas, sauf si on est tellement vieux que plus personne n'y prête attention. Il serre Guðríður contre lui alors qu'ils achèvent de préparer l'enclos des agneaux qu'ils ne tarderont plus à séparer de leur mère. Il la prend dans ses bras, la serre fort, presque passionnément, avec ardeur, avec fougue – et sans raison apparente.

Nous travaillons tellement bien ensemble, dit-il en relâchant son étreinte. Il le dit comme pour expliquer son geste inattendu, le cœur de Guðríður bat la chamade, les larmes lui montent aux yeux, elle tourne la tête pour qu'il ne s'en rende pas compte. Six semaines ont passé depuis la visite du pasteur.

Parce qu'elle compte les jours.

Elle ignore pourquoi.

Elle a lu et relu les livres en s'aidant du dictionnaire, elle l'a fait en catimini quand son mari travaille dehors, ou en se privant de sommeil. Et elle compte les jours. Pourquoi donc, ma pauvre fille, se demande-t-elle, quelle idiote ! Mais elle n'essaie même pas de répondre à la question, elle n'a pas le temps de rêvasser, et il y a bien trop à faire. L'agnelage et les longues veilles qu'il engendre, les réveils matinaux qui viennent s'ajouter à toutes les tâches ménagères : la lessive, les repas, l'enseignement qu'elle dispense à ses filles, les écouter réciter leurs leçons, et aussi, se débrouiller pour lire un peu elle-même. Hélas, les journées n'ont que vingt-quatre heures. Mais six semaines ont passé, quarante-deux jours, et voilà que Gísli la serre dans ses bras de manière tout à fait inattendue. Il la serre fort, avec ardeur, puis il lui dit avec une sincérité désarmante qu'ils travaillent tellement bien ensemble.

Ce qui signifie : nous formons une bonne équipe.

Ce qui signifie : nous avons une belle vie.

Ce qui signifie : ensemble, nous pouvons tout faire.

Ce qui signifie : je t'aime.

Il la serre fort, brièvement, puis relâche son étreinte, et elle doit détourner la tête pour cacher ses larmes.

Pardon, murmure Gísli, pensant qu'elle est peut-être en colère. Il tend le bras pour la toucher, mais se ravise et ramène sa main à lui. Elle regarde l'enclos des agneaux. Demain, elle commencera à traire les brebis avec ses filles aînées et à travailler leur lait. D'autres tâches viendront s'ajouter. Elle aura mal aux mains les premiers jours, le temps que la corne s'épaississe et que ses muscles s'habituent à l'effort. Son cœur bat la chamade. Six semaines. Ce qui signifie que je t'aime. Pardon, murmure Gísli, et elle tourne la tête.

Pourquoi faut-il que la vie soit aussi compliquée ?

Tellement compliquée que des gens comme Kierkegaard doivent écrire des livres pour la cerner.

Gísli l'a serrée dans ses bras, brièvement, mais fort, si fort qu'elle a senti son membre dur sous son pantalon. Il la désire. C'est pour cette raison qu'il lui a demandé pardon. Pourquoi donc ? Eux qui ont traversé tant de choses ensemble.

Elle baisse les yeux, relève lentement sa longue jupe, noue les pans à sa taille, baisse sa culotte, regarde brièvement son mari, puis se penche en avant, appuyée sur les pierres du mur, elle aime sentir l'air froid lui caresser les fesses. À nouveau, elle le regarde, prends-moi, dit-elle, dépêche-toi, prends-moi tout de suite, elle écarte les cuisses et se penche un peu plus en avant pour qu'il voie mieux son entrejambe, elle sait que ça l'excite, elle entend son souffle. Les filles, murmure-t-il en commençant à défaire son pantalon. Ça ne craint rien si tu te dépêches, répond-elle, tu es très dur, non ? Oui, regarde, dit-il, la voix rauque, elle tourne la tête pour le regarder, c'est ce qu'il veut, elle sait que ça l'excite encore plus quand elle pose ses yeux sur son membre érigé. Prends-moi, dit-elle. Prends-moi *immédiatement,* ordonne-t-elle. Et il la pénètre, il entre en elle sans effort. Brûlant, ardent, en soupirant tout bas. Fais attention à ne pas me mettre enceinte, chuchote-t-elle tout en remuant les hanches. Gísli halète, il la besogne, puis laisse échapper un râle en se retirant d'un coup. *Regarde,* crie-t-il, presque en un aboiement. Elle se retourne et voit son membre secoué par les spasmes expulser sa semence.

Ce qui signifie que je t'aime.

Ce qui signifie qu'ensemble, nous formons une bonne équipe.

Nous sommes au mois de juin, les jours et les nuits sont si clairs qu'ils dépassent notre entendement. Il ne neige plus ni ne gèle à partir du 8 juin, c'est merveilleux, c'est une bénédiction, ainsi, le monde se range du côté de la vie. Il pleut, et l'herbe renaît, bien verte. Guðríður plante des pommes de terre et des rutabagas dès que la terre a dégelé. L'herbe pousse, les agneaux sont séparés de leur mère pour les besoins de la traite et ils bêlent, désespérés, des jours durant. Jamais je ne m'y habituerai, soupire Guðríður, pauvres petits. C'est la vie, répond Gísli.

Certaines phrases expliquent tout. Ou peut-être rien du tout.

L'herbe continue à pousser, les agneaux grandissent, la plupart survivent, les brebis donnent leur lait. Une bonne saison. Prends-moi. Regarde comme il est dur.

C'est un bel été, le sang de Gísli chante de joie dans ses veines et début juillet, ses parents viennent leur rendre visite et passent trois nuits à la ferme. Ils arrivent au moment où les travaux du printemps et ceux de la première partie de l'été sont terminés, on n'a pas encore commencé les foins et on peut bien s'accorder quelques jours pour souffler. Pour se détendre. En tout cas quand on commence à se faire vieux et qu'on a la chance d'avoir des revenus confortables et des employés sur qui compter. On peut alors parcourir les campagnes à cheval comme un de ces voyageurs élégants. Pour un peu, on se mettrait même à parler étranger, dit Björgvin, le père de Gísli.

Lui et sa femme n'arrivent pas les mains vides : petits cadeaux, viande de veau, gâteaux secs, et évidemment, des sucreries pour les filles, et même une jument âgée de cinq ans – et pour finir, du courrier déposé par le postier il y a trois ou quatre semaines au hameau de Bær. Chez monsieur le maire et sa femme, qui passent le bonjour.

ELLE EST TELLEMENT MIGNONNE,
MAIS QUE VEUX-TU QUE LE BON DIEU
VIENNE FAIRE PAR ICI SUR LA LANDE,
N'A-T-IL PAS ASSEZ DE TRAVAIL COMME ÇA
DANS LES BASSES-TERRES ?

Ah, évidemment, nous devrions décrire la joie sans pareille qu'ont ressentie les trois filles quand leurs grands-parents sont arrivés, les bras chargés de raretés comme ces biscuits étrangers, ces caramels, ces jolis rubans de soie, elles avaient tout bonnement l'impression que c'était Noël en plein été. Et à quoi bon se plonger dans le passé pour arracher à l'oubli des vies et des instants disparus si nous dédaignons d'évoquer le bonheur des trois petites, des trois sœurs, dans cette pauvre ferme sur la lande, une joie dont elles garderaient le souvenir toute leur vie durant ? Quand elles avaient vu ces cadeaux, puis le cheval que leur grand-père et leur grand-mère avaient amené : une jument à robe rousse âgée de cinq ans, débonnaire, la tête ornée d'une longue tache blanche assez large qui lui descend jusqu'au museau et semble briller dans la nuit comme une lanterne, comme une lumière. Cette jument est le cadeau qu'offrent les grands-parents à leur fils Gísli et à leur bru Guðríður. Un fermier sans cheval n'est qu'un pauvre manant, dit Björgvin. Elle est de bon lignage, robuste, elle peut porter de lourdes charges de foin et, en même temps, c'est un excellent cheval de selle.

Un cadeau. Non, ce n'est pas le mot. Armons-nous de précautions dans le choix des termes.

D'ailleurs, Björgvin ne dit pas qu'il s'agit d'un présent, car s'il le faisait, Gísli renverrait la jument avec ses parents à leur départ.

Est-ce que tu auras assez de foin pour la garder tout l'hiver, demande le père à son fils.

Je peux la garder si ça t'arrange, répond Gísli, aucune bête n'est jamais morte de faim chez moi. La place manquerait-elle chez toi ?

Manquerait, manquerait pas. Je suppose que c'est ce que les gens appellent une question de point de vue, tout dépend de celui qu'on adopte. Je te demande juste de la prendre chez toi cet été, et si possible l'hiver qui vient. Je pensais être assez vieux et avoir suffisamment bourlingué pour qu'on ne me pose pas ce genre de questions. C'est à toi de voir.

Elle peut très bien rester ici, répond Gísli, préférant couper court à la discussion.

Les femmes gardent le silence, y compris Steinunn qui a pourtant en général bien du mal à tenir sa langue. Elles craignent que Gísli ne prenne mal cette requête, ou plutôt ce cadeau dissimulé. Elles craignent que Björgvin ne dise une bêtise qui mettrait son fils en colère ou éveillerait chez lui des suspicions et qu'il ne réponde de manière si vexante que cela exclurait que le vieux couple puisse lui laisser la jument.

Dans ce cas, marché conclu, tranche Björgvin en sortant la bouteille de cognac qu'il a achetée à un marin français au village d'Ólafsvík. Voici donc la parole du Seigneur, répond Gísli, puis le père et le fils vont dans la bergerie pour se soûler et là, Björgvin répète qu'un fermier sans cheval n'est qu'un pauvre manant.

Un pauvre manant, rétorque Gísli, est un homme qui envie les autres.

Peut-être, répond Björgvin. En tout cas, ton frère essaie de nous convaincre, ta mère et moi, d'aller le rejoindre au Canada. La mort lui fait gagner des fortunes, à ce qu'il dit, la demande ne se tarit jamais et les futurs clients attendent à chaque coin de rue. Mais que ferait un vieux paysan comme moi à l'étranger, dans un endroit où presque personne ne parle islandais ? Je dois pourtant avouer, mais ne le répète pas, que par moments, j'en ai assez de ces maudits moutons, c'est vrai, ils sont parfois tellement idiots, et plus butés que n'importe quel démon. Et naturellement, je commence à me faire vieux, ce n'est peut-être pas bien grave, mais bientôt, je ne serai plus bon à rien, je ne serai plus qu'une gêne pour tout le monde. À la fin, je serai même trop décati pour disputer mes chiens. Les vieillards ont toujours été méprisés en Islande parce qu'ils sont aussi incapables de faire obéir leurs chiens que de travailler. Si j'osais, je te demanderais de m'abattre avant d'être trop sénile, je suis persuadé que je pourrais te faire confiance, or évidemment, on n'a pas le droit d'éliminer les gens par souci d'humanité, et même pas non plus par souci d'économie. Tu vois bien que tout va de travers dans ce monde, les choses sont bizarrement assemblées, et dire qu'on peut envisager de traverser l'océan pour aller rejoindre ton frère de l'autre côté. Il me soutient que là-bas, les gens respectent tellement les vieux qu'ils se découvrent à leur passage. Que dis-tu de ça ?

Je n'ai pas de chapeau, par conséquent, je ne pourrais pas me découvrir en passant devant toi.

Tu es d'ailleurs tellement buté que ça ne changerait rien à l'affaire. Tu n'ôterais pas ton couvre-chef même si Dieu lui-même passait à cheval dans les parages.

Que veux-tu que le bon Dieu vienne faire ici, sur la lande, il n'a pas assez de travail comme ça dans les basses-terres ?

Qu'est-ce que je sais des allées et venues du bon Dieu – je crois qu'on l'aperçoit plutôt rarement ici, tout au nord du monde. Mais je ne parlais pas de ça, je voulais plutôt savoir ce que tu dirais si je m'en allais au Canada comme un vieux cheval bon à abattre plutôt que de vieillir ici et de devenir tellement inutile que même les chiens n'auraient plus aucun respect pour moi.

Je n'ai pas d'opinion. Et je ne sais pas non plus ce que ça fait d'être vieux. Je vais bientôt commencer les foins, alors, que m'importe le Canada ? Certes, il y fait parfois tellement chaud qu'on est obligés de se mettre torse nu des journées entières. Ce n'est pas rien. Et ça permet d'économiser, parce que comme ça, on use moins ses vêtements.

Donc, le Canada ne te déplairait pas ? Tu viendrais peut-être avec nous ?

Je ne suis pas censé garder ta jument pendant l'hiver ? Je ne vais quand même pas l'emmener là-bas ?

Björgvin secoue la tête et tend le bras vers la bouteille. Ce n'est pas que, reprend-il, mais à ce moment-là, Guðríður les rejoint et leur apporte un tas d'épaisses crêpes qu'elle vient de préparer.

Elle est sortie de la ferme et des ténèbres du passage couvert avec cette pile tiède au délicieux fumet, elle a traversé la petite cour en sentant son cœur se serrer d'une drôle de manière, comme en proie à un étrange sentiment. Peut-être parce qu'elle a posé ces crêpes sur l'élégant plateau que Gísli lui a offert, pour lequel il a sacrifié tant de choses et qu'il lui a donné d'un air si joliment timide à son retour d'Arnarstapi, ce plateau qui lui fait toujours un pincement au cœur chaque fois qu'elle s'en sert.

Elle traverse la cour jusqu'à la bergerie. Bénie soit la lumière céleste, lance Björgvin lorsqu'elle entre dans le bâtiment, et elle sourit en voyant les deux hommes déjà bien éméchés. Ils sont assis dans la mangeoire, Björgvin est penché en avant, il a pris de l'embonpoint ces dernières années, sa grosse tête affiche l'expression typique de ceux qui n'ont jamais eu à s'excuser de ce qu'ils sont, ni à craindre que leurs chiens leur désobéissent. Gísli a exactement la même forme de crâne, mais il est nettement plus grand que son père, musculeux, et tellement svelte qu'il est simplement maigre, et il affiche parfois une expression tellement butée que Dieu comme démon comprennent qu'il est inutile d'essayer de le commander ou de le manipuler.

Guðríður leur laisse une bonne partie des crêpes, leur vole une lampée de cognac, s'arrête auprès de ses filles qui s'occupent de la jument devant le hangar, la jument qu'elles ne veulent pas quitter. Il reste sept crêpes sur le plateau, deux pour chacune des gamines qui donnent la septième à l'animal. Je n'ai rien vu, dit leur mère en les prenant toutes trois dans ses bras, elle hume brièvement leur parfum et serre l'aînée plus longtemps que les cadettes. Björg a tellement grandi ces derniers mois qu'elle a presque atteint la taille de sa mère qui sent sa poitrine naissante se presser contre elle. Ma chérie, murmure-t-elle, luttant pour retenir ses larmes.

Ma chérie, et sa voix menace de se briser, parce que tout à l'heure, dans la maison, Steinunn a proposé à Guðríður de prendre sa petite-fille chez elle cet automne et de la garder jusqu'à Noël, au minimum. Elle et son mari hébergeront l'école itinérante cet automne, en outre, le maire et sa femme auront chez eux un jeune étudiant qui assurera l'enseignement de leurs enfants, il y a à peine une heure de marche entre nos fermes, a souligné Steinunn, et je suis certaine qu'ils autoriseront Björg à suivre les cours avec leurs petits. Qu'en penses-tu, a-t-elle demandé à sa belle-fille qui baissait la tête pour dissimuler son émotion. Elle avait surtout envie de lui répondre non merci, mais elle sait bien qu'elle n'a pas le droit de priver sa fille d'une telle opportunité, ce serait là une attitude impardonnable. Lui refuser cette éducation et la possibilité de se familiariser avec des logis plus vastes, plus confortables, plus modernes, et où elle rencontrerait plus de gens. Elle savait que Björg serait tellement contente et impatiente qu'elle risquait d'en perdre le sommeil. Mais elle savait aussi que si sa fille acceptait, elle la perdrait. Parce que celui qui quitte une ferme pauvre et isolée à deux pas de la lande pour faire des études n'y revient jamais, sauf en tant qu'invité. Guðríður serre sa fille dans ses bras devant le hangar. Tandis qu'elle lutte pour retenir ses larmes, elle la serre si fort que Björg se met à rire. Maman, glousse-t-elle. Alors, Guðríður relâche son étreinte. Elle autorise la benjamine à aller dans la maison pour rapporter d'autres crêpes et une de plus pour la jument. Mais rien qu'une seule, souligne-t-elle. Cette bête est tellement mignonne, dit Elín, imprégnée de l'odeur de l'animal. Les filles veulent lui trouver un nom, mais leurs propositions sont si nombreuses qu'elles ne parviennent pas à se décider. Nous devrions peut-être l'appeler Ljúf, laisse échapper Guðríður…

PEUT-ÊTRE QUE LA PENSÉE DIVINE
N'EST PAS SPÉCIALEMENT BELLE,
EN TOUT CAS, ELLE PORTE
DES CHAUSSURES NEUVES
ET C'EST PLUS FACILE D'URINER
SUR LES TOUFFES D'HERBE

Début septembre, Guðríður chevauche seule la jument Ljúf en direction de Stykkishólmur. C'est un trajet de plusieurs heures et elle doit franchir une lande.

Une lande, quel joli mot. Les landes sont ces lieux où la terre se soulève comme dans l'intention de monter vers les cieux. Joli mot, certes, mais qui implique parfois solitude, mauvais temps, dangers de toutes sortes et brouillards où vous vous perdez, même s'il implique également liberté, quiétude, rêves et si les plus belles landes recèlent des lacs où nagent des truites saumonées et des ruisseaux qui chuchotent entre les touffes d'herbe. Peu de choses en ce monde sont aussi merveilleuses que de s'allonger entre les touffes d'herbe d'une lande islandaise, de rester couché là, en communion avec le ciel et le parfum des bruyères, celui qui a fait ce genre de choses peut s'enorgueillir d'avoir vécu, d'avoir existé, c'est-à-dire pour autant que la terre ne soit pas détrempée, quand il n'y a pas une goutte de pluie, quand le vent ne souffle pas si fort que celui qui traverse les lieux à cheval peut s'estimer heureux de n'être pas désarçonné comme une poupée de chiffon. Et quand la neige, parfois mêlée de pluie, ne s'abat pas sur vous, ce qui peut arriver même en plein été – mais tout ce qui monte vers le ciel, qu'il s'agisse d'un humain ou d'un paysage, doit évidemment pouvoir supporter plus d'épreuves que le commun des gens.

Mais il ne neige ni ne vente quand Guðríður traverse la lande, croisant parfois sur sa route des agneaux presque adultes, souvent bien gras après cet été qui sera le premier et le dernier pour la plupart d'entre eux. Le temps est radieux, la quiétude tellement profonde que le ciel s'est approché de la terre, comme s'il s'intéressait davantage à l'être humain, comme s'il tenait particulièrement à observer cette femme aux cheveux blond cendré, au visage radieux, aux yeux tour à tour bruns et couleur d'ambre, et qui semblent changer de teinte au gré de la lumière. Ses mains rougies par la lessive sont élégantes malgré la corne qu'elle a sur les paumes. Ses longs doigts, posés sur les rênes de la jument débonnaire, ont écrit il y a quelques mois un article sur le lombric, qu'à partir de maintenant, nous appellerons le plus souvent le poète aveugle de la glèbe. C'est à cause de cet article qu'elle se rend à Stykkishólmur.

Un trajet assez long, sans doute huit heures, mais ne vous fiez pas à nous, nous ne connaissons pas bien les lieux. En dehors de cette lande où Guðríður avance parfois au pas, autant pour épargner sa jument que dans l'espoir que la quiétude des lieux apaisera son cœur inquiet : ici, le monde semble tellement calme qu'on pourrait le croire heureux.

Il y a trois jours, une tempête s'est abattue, elle a duré quarante-huit heures. La première dépression importante de l'automne. Des vents puissants orientés au sud-ouest et assortis d'une pluie violente ont fouetté les campagnes, et il a neigé sur les plus hauts sommets qui, depuis le retour du beau temps, scintillent, immaculés, à deux pas du ciel. Autant de messages blancs envoyés par l'hiver : je suis en route.

Étrange, pense Guðríður, assise sur sa jument qui avance tranquillement, en automne, les montagnes blanchissent parfois tellement qu'elles ressemblent à la pensée divine, et pourtant, elles portent en elles ce message de l'hiver qui nous dit qu'il arrive avec ses frimas et ses déchaînements, sa peur de la disette, de l'isolement – peut-être la pensée divine n'est-elle pas aussi belle que nous voulons le croire ?

Elle traverse la lande et approche de la bourgade de Stykkishólmur. Elle approche lentement, pourtant, elle s'en rapproche à chaque pas. La lande est tellement détrempée après ces pluies d'automne que la cavalière attend d'atteindre sa partie la plus haute, là où le sol est le plus pierreux, pour descendre de cheval et uriner, ce qu'elle fait à côté du cairn indiquant le chemin. Lorsqu'elle soulève sa robe, elle se rend compte qu'elle est très bien chaussée, si bien qu'elle aurait pu uriner dans les tourbières sans craindre de se mouiller les pieds, mais elle se déchausse de manière à ne pas asperger ses chaussures.

Parce que Steinunn, venue à la ferme la semaine précédente pour emmener sa petite-fille chez elle, a offert à Guðríður des vêtements presque neufs qu'elle a retouchés pour qu'ils lui aillent parfaitement, et elle lui a également donné ces élégantes bottines qui n'ont pratiquement pas servi. Certes, elles sont un peu trop grandes, mais les gens n'ont pas besoin de le savoir, lui avait dit Steinunn. Tout ce qu'ils verront, c'est que tu es bien chaussée. Il est exclu que ma bru aille à une réunion avec des personnes de cette qualité en portant des chaussures en peau de mouton, en tout cas, pas tant que je serai sur cette Terre.

Nous sommes début septembre, Guðríður est bien chaussée, elle vient d'uriner sur la lande, elle est en route vers Stykkishólmur, la bourgade, la ville commerçante, pour rencontrer des gens importants. Elle, simple femme au foyer et fermière. Que vont dire le maire et sa femme au hameau de Bær, et les gens des campagnes environnantes ?

Mais la publication de cet article ne suffit tout de même pas à justifier ce voyage, et qu'en est-il de Gísli, ça ne le dérange pas de voir sa femme partir toute seule et épuiser la jument Ljúf par ce long trajet ?

Certes, la jument s'appelle Blesa, la Tachetée. Gísli a fini par mettre fin à la discussion, écartant le nom de Ljúf qui semblait pourtant avoir la préférence de ses filles. Elle s'appellera Blesa, c'est le nom qu'elle portait avant d'arriver à Uppsalir – pourquoi en changer, avait demandé Gísli. Les gamines connaissent si bien leur père qu'elles savent que rien ne peut le faire plier quand il a pris une décision. Or cette jument est bien trop gentille pour s'appeler la Tachetée – nous continuerons à t'appeler la Douce, avaient-elles murmuré à l'oreille de l'animal, ce qui l'avait réjoui car les chevaux aiment avoir de jolis noms. En tout cas, qu'importe le nom de sa jument, Guðríður est en route vers Stykkishólmur. Où elle restera trois nuits, ce qui implique qu'elle sera absente pendant cinq jours si on compte les voyages aller et retour, et pour quoi faire ? Parce que l'article est déjà écrit, il a même été publié, que faut-il de plus ? Et qui, si je puis me permettre, va s'occuper de la lessive et préparer les repas à Uppsalir pendant ce temps-là, maintenant qu'il ne reste plus que les deux filles cadettes puisque Björg est descendue dans les basses-terres avec sa grand-mère pour y passer l'automne, Björg qui ne reviendra que vers Noël ?

Björg qui a passé l'été à rêver de la nouvelle vie qui l'attend. Elle était littéralement en lévitation, elle avait du mal à dissimuler son impatience, sa hâte, tout en éprouvant une sorte de mauvaise conscience, son attitude ne laissait-elle pas entendre qu'il lui tardait de quitter sa famille ? Elle était sortie de la maison à pas de loup le soir qui avait précédé son départ. Guðríður l'avait vue, elle avait attendu quelques minutes, puis l'avait suivie et l'avait trouvée en larmes sur le foin dans la grange : Björg commençait à entrevoir ce que sa mère avait compris, à strictement parler, elle quittait la ferme pour toujours et n'y reviendrait jamais vraiment. Elle pleurait son enfance qui lui échappait. Maman, dis à grand-mère que je ne veux pas aller là-bas, avait-elle supplié. Allons, avait répondu Guðríður, prenant son enfant, serrant sa grande fille dans ses bras, retenant ses larmes et ravalant son angoisse : Allons, ce ne sont que quelques semaines !

Quelques semaines. Une bonne quinzaine.

Une longue cohorte de jours sans fin où Guðríður aura sous les yeux le lit vide de sa fille, comme une plaie ouverte. Quinze semaines, et sans doute autant après Noël. Tout un hiver pour Björg dans cette grande maison moderne, remplie de gens et grouillante de vie : que ressentira son enfant en revenant dans sa ferme isolée, qui plus est pendant le mois le plus sombre de l'année, et quand toutes ces choses qu'elle n'a pas jusque-là remarquées lui sauteront aux yeux : le manque d'espace, le manque de lumière, le quotidien monotone, la pauvreté ? Ne fera-t-elle pas tout pour à nouveau s'en aller ? Ce qui signifierait que Guðríður la perdrait définitivement, et pas seulement pour quelques mois. Vivre si loin de tout a un prix : vos enfants quittent le nid plus tôt.

En effet, c'est le prix. De l'indépendance. Mais en ce moment, Guðríður chevauche vers Stykkishólmur, ses bottines sont trop grandes, elle porte des vêtements presque neufs offerts par Steinunn, sa belle-mère, et elle entreprend ce voyage à cause du poète aveugle de la glèbe. Mais pour quoi faire, et elle va passer trois nuits là-bas, elle sera absente cinq jours si on compte les trajets aller et retour, qui s'occupera de cuisiner pendant ce temps-là, est-ce que Steinunn reviendra pour aider son fils ?

Non, les choses risqueraient de mal se passer. Elle ne supporterait pas l'exiguïté de la ferme aussi longtemps, pas plus que son fils ne supporterait la présence permanente de sa mère à ses côtés. Steinunn lui a donc envoyé la courageuse Sigrún, cette femme qui s'est habillée si lentement un matin que Gísli a dû se soulager dans une chaussette. Les gens doivent décidément supporter bien des choses, les chaussettes aussi, si on va par là. Mais au fait, qu'en est-il du motif de cette chevauchée sur la lande ?

Ah oui, Björgvin et Steinunn avaient apporté de Bær une lettre adressée à Guðríður. Steinunn ne s'en était souvenue que le lendemain de leur arrivée à Uppsalir.

PAUVRE MONDE, FRANCHEMENT, OÙ VA-T-ON ?

Dieu du Ciel, nous avons oublié de leur donner le courrier, s'est exclamée Steinunn le lendemain matin en regardant son mari. Tout le monde était réveillé en dehors de la cadette, Elín, qu'on avait laissée terminer sa nuit. Le ciel était clair, la lumière d'été filtrait par les petites fenêtres et Björgvin se tenait la tête, comme plongé dans une profonde réflexion – il avait une telle gueule de bois que la voix limpide de son épouse lui entrait dans le cerveau comme autant d'aiguilles incandescentes. Gísli était sorti uriner, il avait libéré quelques vents et s'était immédiatement senti d'aplomb, pour ainsi dire frais comme un gardon. Du courrier, avait-il dit, une lettre pour nous, ça ne doit pas être bien intéressant. Pourquoi avoir pris la peine de traîner jusqu'ici ce genre de saleté ?

J'étais aussi censée te passer le bonjour du maire, avait ajouté Steinunn.

Gísli : Ce qui vient s'ajouter à ce détritus de lettre.

Steinunn : Ne dis pas ce genre de chose devant tes filles. Le maire et sa femme sont de braves gens. Courageux, scrupuleux et ils ont un bien beau logis.

Gísli : De braves gens, si on veut : ils passent leur temps à jaser sur les autres.

Steinunn : Oui, de braves gens, quoi que tu puisses en dire ! Mais évidemment, ils étaient surpris de voir cette grosse enveloppe, cette lettre, et de découvrir le nom de l'expéditeur qui écrit à ma chère Guðríður. Eh bien, dis donc, se sont-ils exclamés, si ça continue comme ça, elle va tous nous dépasser d'une tête !

Gísli : Ce pauvre maire, sa curiosité finira par lui faire perdre ses dents ! Quant aux lettres, qu'est-ce d'autre que du papier et du temps gâchés ?

Sa mère n'avait rien répondu, n'ayant envie de se prononcer ni sur cette affirmation, ni sur la question de la nature véritable des lettres, ni d'ailleurs de convaincre son fils des qualités intrinsèques du maire de Bær et de sa femme, elle connaît Gísli et sait par conséquent que, parfois, il est inutile de discuter avec lui : autant demander à une montagne de se déplacer, à un cabillaud de nager sur la terre ferme ou à un chien de miauler. Elle s'était donc contentée de sortir l'enveloppe destinée à sa belle-fille ainsi que le pli qui l'accompagnait, rédigé de la même main. Une belle écriture érudite. L'expéditeur, dont l'identité était précisée au verso, n'était autre qu'Ólafur Ágústsson, médecin et armateur à Stykkishólmur. Cet homme avait siégé au Parlement, écrivait sur l'avenir de la nation dans les journaux de Reykjavík, et siégeait au comité de rédaction de la revue *La Nature et le Monde* – dont le dernier numéro était dans l'enveloppe.

Guðríður l'avait aussitôt compris, elle attendait de recevoir son exemplaire, mais elle était surprise de constater qu'il était accompagné d'une lettre. Elle s'était dépêchée d'aller dans la cuisine, sous un prétexte quelconque. Mon Dieu, avait-elle pensé, qu'ai-je fait ? Son cœur battait si fort qu'elle avait dû s'adosser au mur en attendant que ça passe, la terre s'était immobilisée, sa nausée s'était dissipée. Il n'y a donc aucun article de sa main dans cette revue – évidemment, voilà qui explique la présence de cette lettre ! Comment a-t-il pu lui venir à l'esprit d'envoyer ce texte imbécile qui transpirait son ignorance, son manque d'éducation, enfin, pour qui se prenait-elle… Le pasteur, le révérend Pétur, qui lui avait pourtant dit… mais fallait-il écouter cet homme ? On raconte à son sujet un certain nombre d'histoires et il ne faut pas croire les gens de son espèce. La petite enveloppe qui accompagne la grosse est écrite de la même main et, apparemment, c'est le médecin lui-même, l'homme le plus riche de Stykkishólmur, ancien député et membre du comité de rédaction, le plus célèbre et respecté d'entre eux, qui lui écrit. Sans doute une lettre où il exprime sa colère et où il l'enjoint à lui épargner « vos futurs écrits, ma chère dame ! Croyez-vous peut-être que nous n'avons pas mieux à faire de notre temps que de lire vos élucubrations frappées du sceau de l'ignorance ? ».

Évidemment, elle n'est pas restée longtemps dans la cuisine. Elle savait qu'on l'attendait dans la pièce commune, pas longtemps, peut-être une minute, en tout cas, pas plus de douze ans. Elle avait respiré un grand coup, happant l'oxygène, comme si elle suffoquait. Elle s'était regardée un instant dans le petit miroir, avait laissé échapper un juron, voyant ses joues et son cou empourprés. Elle avait en vitesse convoqué sur son visage son expression la plus posée, non sans peine, mais elle y était parvenue. Puis elle était retournée dans la baðstofa avec cet air détaché pour affronter ce qui l'attendait là-bas : la honte, l'humiliation.

Mais non, évidemment, ce n'est pas ainsi que les choses se sont passées, absolument pas, sinon, Guðríður ne serait pas sur cette lande d'où elle commence maintenant à descendre, s'éloignant du ciel et de sa beauté traîtresse. Parce que, bien sûr, elle a trouvé son article dans la revue, et qui plus est en bonne place, pages trois et quatre. Elle avait ouvert l'enveloppe d'une main tremblante, Steinunn buvait son café qu'elle avait laissé refroidir, elle le préfère tiède, presque froid, ce qui est une surprenante manière d'apprécier cet excellent breuvage, réjouissons-nous malgré tout de nos différences, un lieu où tout le monde agirait de la même façon serait un enfer. Elle buvait son café à petites gorgées en observant Guðríður, légèrement surprise, quelque peu curieuse, elle avait remarqué le visage empourpré de son imprévisible belle-fille, qu'elle avait au fil du temps appris à apprécier et à qui elle excusait désormais son caractère rêveur qu'elle avait longtemps considéré comme une marque de paresse et de nonchalance. Au fil des ans, Steinunn avait tout bonnement compris que Guðríður n'était pas tout à fait du même bois que nous autres. Elle l'observait avec attention, soupçonnant qu'il se passait une chose bien particulière, comme les propos du maire et de sa femme l'avaient laissé entendre en soulignant l'identité de l'expéditeur de la lettre. Elle avait préféré attendre le lendemain de son arrivée à Uppsalir pour lui remettre ce courrier, persuadée que le moment serait plus propice, son mari et son fils ne seraient pas pressés d'aller au plus vite dans la bergerie avec la bouteille de cognac et, en voyant le rouge aux joues de sa belle-fille et ses doigts qui tremblaient, elle avait compris qu'elle avait eu raison d'attendre.

Ce n'est pas tous les jours qu'on croise une femme de la trempe de ta bru, lui a-t-on dit plus d'une fois, à propos de Guðríður, arrivée sans le sou chez sa vieille tante à Stykkishólmur il y a une vingtaine d'années. Plus fine qu'un brin d'herbe, elle présentait bien, polie, elle n'avait que peu de besoins, qu'ils soient alimentaires ou dans d'autres domaines, ce qui est toujours appréciable pour une domestique. À l'époque, Steinunn cherchait justement à employer une jeune servante qu'elle comptait garder longtemps sous son toit, une femme qui ne risquait pas, comme c'était trop souvent le cas en cette drôle d'époque, de s'en aller à la première occasion pour travailler dans le poisson dans un village où on la paierait en monnaie sonnante et trébuchante, ni même de s'embarquer sur un coup de tête pour le Canada. Elle avait entendu parler de cette jeune fille arrivée de l'Est et l'avait engagée. Au début, elle n'avait pas eu à le regretter, Guðríður était courageuse, consciencieuse, satisfaite de son sort, elle travaillait bien, même s'il lui arrivait un peu trop souvent de s'oublier, de rester les bras ballants à fixer le plafond, à des lieues de son environnement, ou de prendre du temps pendant ses heures de travail pour jeter un œil à la bibliothèque de Björgvin qui possédait entre quarante et cinquante livres. Elle s'était longtemps montrée timide, se tenant à l'écart, ne se plaignant jamais, et avait peu à peu pris de l'assurance. Bientôt, elle n'avait plus hésité à sourire, d'un sourire que les gens remarquaient, certains plus que d'autres – mais personne autant que Gísli. Steinunn n'avait pas tardé à flairer ces changements et à voir que des choses se nouaient entre elle et son fils, elle avait essayé en vain de s'y opposer, caressant évidemment d'autres projets pour son cadet que de le voir épouser une servante qui ne possédait rien. Mais déjà à l'époque, les jeunes avaient pour la plupart cessé d'écouter les conseils de leurs aînés, et ça ne s'est pas arrangé depuis, pauvre monde, franchement, où va-t-on ?

Depuis, les années ont passé, ce qui arrive arrive, et on doit l'accepter. Certes, sur le moment, Steinunn et Björgvin avaient été mécontents de voir le jeune couple se condamner à une existence de pauvreté sur la lande, Björgvin avait tout fait pour dissuader son fils, le convaincre de travailler avec lui et même de reprendre son exploitation d'ici à quinze ou vingt ans, mais Gísli avait refusé, plus buté qu'un bélier. Aujourd'hui, le couple leur a donné ces trois petites-filles auxquelles Steinunn tient comme à la prunelle de ses yeux, elle observe sa bru qui ouvre l'épaisse enveloppe et en sort la revue *La Nature et le Monde*, Guðríður regarde Gísli.

Ce n'est pas rien, déclare-t-il en se grattant l'épaule.

C'EST INDÉNIABLE : CERTAINS ONT PLUS D'ALLURE QUE D'AUTRES À CHEVAL

L'enveloppe contenait deux exemplaires de *La Nature et le Monde* ainsi qu'une carte en haut de laquelle figuraient le nom de la revue, celui de Guðríður, tracé en belles lettres solennelles, les remerciements que lui adressait le comité de rédaction pour son article et le paraphe des quatre hommes qui le composaient, chacun avait signé de sa main, mais les remerciements étaient manifestement de celle d'Ólafur. Guðríður s'était sentie tellement intimidée à la vue de cette belle carte et de son nom écrit en caractères pour ainsi dire royaux qu'elle l'avait machinalement tendue à Steinunn, comme pressée de s'en débarrasser.

À la bonne heure, dit alors Steinunn, étonnée, voire déconcertée, en découvrant le contenu. À la bonne heure, répète-t-elle, en martelant tellement ses mots que Björgvin pousse un soupir, il connaît sa femme et comprend au ton de sa voix qu'il n'y a aucune chance qu'elle le laisse cuver tranquille. Rapporte de l'eau froide pour ton grand-père, ma chérie, demande Guðríður à Björg, puis elle s'assoit sur le bord du lit clos, pose la revue sur ses genoux dont elle se sert comme d'un pupitre, passe sa main sur la couverture ornée de la traditionnelle gravure du glacier de Snæfellsjökull sous lequel figurent les noms des contributeurs et les titres des articles.

Guðríður lève les yeux. Steinunn a toujours la carte à la main, Gísli est assis sur le lit conjugal, il semble penser à ses moutons et à la saison des foins qui approche, Björgvin fixe le plancher, impatient que sa petite-fille lui apporte de l'eau. Guðríður sourit à sa belle-mère, ne trouvant pas mieux à faire en attendant que ses doigts cessent de trembler pour pouvoir feuilleter la revue sans qu'ils lui fassent honte. Elle sourit, elle regarde, elle a l'impression que le temps s'est arrêté. Mais voilà que Björg arrive avec le petit seau en bois rempli d'eau fraîche qu'elle a puisée dans le ruisseau, et la vie reprend. Il ne lui a pas fallu bien longtemps pour aller la chercher parce qu'il y a deux ans, Gísli a passé plusieurs semaines d'été à détourner le cours d'eau pour le rapprocher de la ferme, puis il a creusé une galerie qui part du passage couvert menant à la maison et enjambe le petit ru qui ne gèle presque jamais, ce qui permet à la famille d'accéder à l'eau potable en toute saison. Et c'est bien pratique, c'est le même genre de luxe que ce pétrole qui chauffe désormais les maisons les plus confortables des basses-terres. Björg arrive, libérant les minutes et Guðríður du sortilège qui les avait figées. Guðríður tend le second exemplaire de la revue à sa belle-mère en s'excusant, j'ai écrit quelques bêtises dans ce journal. Björgvin boit l'eau fraîche à grandes goulées, Steinunn vient s'asseoir à ses côtés, son visage aux traits anguleux, qui peine à dissimuler les sursauts de sa vie intérieure, bée d'étonnement. Elle ouvre la publication d'un geste si brusque et si rapide qu'elle déchire presque la couverture. Elle la feuillette en quête de l'article de sa belle-fille, découvre son nom en capitales d'imprimerie, suivi du titre et d'une brève présentation rédigée par le comité de rédaction, introduction qui s'achève sur un éloge de Guðríður, de son sens de l'observation et de la maturité de sa réflexion bien qu'elle ne soit pratiquement pas allée à l'école et qu'elle vive dans une ferme aride et pauvre, perdue sur les landes. « Guðríður Eiríksdóttir nous offre là un exemple éclatant du savoir et du bon sens des petites gens d'Islande, qui ont survécu à des périls indescriptibles au fil des siècles. Si nous parvenons à mettre à profit ces connaissances, nous n'avons rien à craindre pour l'avenir de notre nation. »

Steinunn lit le paragraphe à voix haute à son mari, puis elle toise son fils et lui demande d'un ton cassant, pourquoi ne nous avoir rien dit de tout ça ?

Les mains reposant sur les genoux, Gísli répond, comme s'il n'avait pas envie d'en parler, comment aurais-je pu savoir que ces personnages de haut rang allaient écrire des choses pareilles ?

Ce n'est pas ce que je voulais dire. Ma bru publie un article dans une revue prestigieuse et tu n'as pas jugé bon de m'en informer, tu préférais peut-être que j'apprenne la nouvelle par la bouche d'un inconnu ?

T'en informer ? Comme si les gens ne parlaient pas déjà assez en ce bas monde. En tout cas, voilà, c'est comme ça.

C'est comme ça ? C'est tout ce que tu trouves à dire – pourquoi ne pas nous avoir prévenus ? Tu ne te rends donc pas compte de ce que ces gens écrivent sur notre Guðríður !

Je viens de le dire, je ne pouvais pas être au courant qu'ils allaient écrire ça. On ne sait pas comment ces gens-là réfléchissent, et à plus forte raison, on ne saurait deviner ce qu'ils vont écrire. Je suis paysan, qu'est-ce que tu veux de plus ? D'ailleurs, si je passais mon temps à raconter à tout le monde tout ce qui se passe, qui donc s'occuperait de la ferme ?

Je ne crois pas que tes bêtes auraient péri si tu m'avais envoyé un mot pour me dire que ma chère Guðríður publie un article dans cette revue !

Ouais, répond Gísli en gigotant et en se grattant le cou. Tu as sans doute raison. En tout cas, ce n'est pas comme si c'était la première fois que quelqu'un publie un article en ce monde.

Peut-être, rétorque sa mère, agacée, mais pas plus que toi ou d'ailleurs que ton père, je n'ai jamais rencontré et encore moins connu de si près une personne qui a la chance d'en publier un. Et ce n'est pas tout, puisque les membres du comité écrivent ceci, ajoute-t-elle en éloignant légèrement la revue pour mieux lire : « Le premier, mais sans doute pas le dernier, article publié par cette femme du peuple qui n'est jamais allée à l'école, mais a malgré tout engrangé un immense savoir. »

Steinunn se lève, incapable de rester assise tant elle bouillonne. Regarde, ordonne-t-elle en lui mettant la revue sous les yeux, tu ne vois donc ici pas le nom de ton épouse ? Et là, les rédacteurs lui adressent tous leurs compliments, ces hommes ne sont pas n'importe qui, tu devrais le savoir. J'ai d'ailleurs bien l'impression que la lecture de ce texte rend plus intelligent. Et voilà que toi, tu ne nous dis rien !

Eh bien, bredouille Gísli, c'est qu'il y a tant de choses à dire. Et il existe évidemment toutes sortes de gens. Certains ont plus d'allure que d'autres à cheval, d'autres ont des opinions tranchées sur le meilleur appât pour la pêche, d'autres encore envisagent d'émigrer au Canada, et d'autres écrivent des articles dans des revues. C'est vrai, c'est parfaitement juste. Et ce n'est sans doute pas rien. Mais à quoi bon raconter tout ça ? Comme je viens de le dire, les gens parlent déjà bien assez en ce bas monde. Qu'est-ce que ça aurait changé que je vous envoie un mot, je savais parfaitement que vous finiriez par venir nous rendre visite, non ? Et d'ailleurs, tu as l'article sous les yeux. Par conséquent, tout va pour le mieux.

Steinunn regarde son fils, puis son mari, comme pour lui demander s'il porte la responsabilité de cette situation et s'il n'aurait pas oublié de lui dire quelque chose. Björgvin agite le bras pour se délester sur Gísli et indiquer qu'il refuse de s'impliquer dans leur discussion, puis déclare : nous devrions peut-être finir de lire ce qu'écrit notre belle-fille ? Je vais refaire du café, dit Guðríður, elle se lève, se précipite dans la cuisine, certes pour faire un café, mais avant tout pour lire la lettre qui accompagne la grosse enveloppe. Et pour s'éloigner d'eux tandis qu'ils lisent sa prose. Gísli soupire, il se lève, regarde par la fenêtre. C'est l'été. L'été islandais qui monte de la glèbe et envahit le ciel.

LES CHEVAUX AIMENT VOIR DU PAYS : CORDIALEMENT, TON BIEN DÉVOUÉ

C'est le rédacteur en chef Ólafur Ágústsson en personne, médecin, parfois surnommé Ólafur le riche ou Ólafur l'impassible, qui envoie cette lettre accompagnant la grosse enveloppe – et que Guðríður lit dans la cuisine.

Merci pour cet article passionnant, écrit Ólafur, surnommé l'impassible parce qu'il semble que seules les merveilles de ce monde ont la capacité d'affecter son humeur : Ólafur le riche, parce qu'au fil des ans, lui et son épouse Kristín se sont enrichis en armant des navires pontés, médecin respecté et admiré, on lui fait confiance, il a siégé au Parlement de l'Alþingi, il s'exprime régulièrement dans les grands journaux de Reykjavík où il parle de politique, de médecine, d'éducation, d'instruction et, dernièrement, du livre de l'auteur anglais John Stuart Mill, *De l'assujettissement des femmes*, dont il affirme qu'il doit impérativement être traduit et publié chez nous. En résumé, c'est une voix connue de toute la nation, un homme moderne, et cet homme a consacré une partie de son précieux temps à écrire à Guðríður, qui n'est qu'une simple paysanne vivant sur la lande, dans une fermette, dont tout le monde ou presque ignore l'existence, à l'exception de deux ou trois poétaillons locaux qui ont écrit de mauvais vers sur son sourire, et d'un pasteur qui correspond avec un poète allemand défunt, qui a ordonné au postier de vivre et a fait le long trajet jusque chez elle pour lui offrir un dictionnaire acheté à Copenhague au frère du démon. Ólafur lui écrit :

Tous mes remerciements pour ton article passionnant – pardonne-moi de te tutoyer, sois assurée qu'il n'y a là aucune marque d'irrespect. Comme tu peux le constater, nous avons réservé une belle place à tes réflexions que nous avons accompagnées de quelques mots. Nous ne sommes pas coutumiers de ce procédé, il est même exceptionnel. Nous espérons également que tu ne nous tiendras pas rigueur d'avoir souligné le fait que l'auteur de l'article est une femme du peuple qui n'est jamais allée à l'école et vit dans une petite ferme. Il ne faut voir dans cette précision aucune trace de mépris, au contraire, elle a vocation à montrer que tout obstacle est franchissable et aucune montagne trop abrupte si on a les dons et la volonté nécessaires, ce que l'auteur de l'article – c'est-à-dire toi – prouve de manière éclatante. Comme nous l'écrivons dans l'introduction : « Le comité de rédaction se réjouit grandement d'avoir reçu ce texte en vue d'une publication car à l'époque où nous l'avons créée, nous espérions que notre revue serait accessible à tous ceux qui habitent sur notre longue péninsule de Snæfellsnes, et qui ont soif de connaissance, mais vivent dans des conditions qui leur interdisent de poursuivre des études ou d'acquérir un savoir solide. Dans notre société où règne une pauvreté endémique, mais qui entrevoit enfin la possibilité d'un progrès dans l'avenir proche, il est vital de cultiver de telles âmes et de les mettre en mouvement. De l'avis des membres du comité, Guðríður Eiríksdóttir, fermière à Uppsalir, est un parfait exemple de ce genre de personnes. Une femme qui, comme un trop grand nombre de nos compatriotes, vit à l'étroit, dans des conditions difficiles, et qui plus est loin de tout, mais qui abrite cette soif inextinguible de connaissances et qui, grâce à sa persévérance, est parvenue à acquérir un savoir riche et varié – et à le mettre à profit ! Nous sommes certains que ce premier article de Guðríður ne sera pas le dernier. »

Nous avons déjà écrit bien des choses dans la revue elle-même. Nous souhaiterions toutefois ajouter et, si je puis me permettre, en insistant, que nous serions très honorés si tu acceptais notre invitation à siéger avec nous au comité de rédaction. Nous serions tous les quatre très heureux de t'avoir à notre bord. Cela te donnerait accès à toutes sortes de connaissances, à de nouveaux livres, à des revues étrangères que nous te ferions parvenir gratuitement. De même, il te serait sans doute profitable de participer aux réunions avec mes trois collègues érudits et moi-même. Enfin, et c'est extrêmement important, cela enverrait à tous ceux qui se trouvent dans ta situation, hommes ou femmes, brillants et avides de connaissances, le message qu'ils ne doivent jamais baisser les bras. Et comprendre que parfois, seules comptent la volonté et la persévérance. Nous nous réunissons deux fois par an, en septembre et en avril, ici, à Stykkishólmur, dans la maison où j'habite avec mon épouse Kristín, qui te transmet ses plus chaleureuses salutations et espère sincèrement que tu accepteras notre invitation. À mon avis, il vaudrait mieux que tu le fasses, sinon, ma chère Kristín serait capable de prendre un cheval pour venir te chercher à domicile ! Évidemment, je plaisante, mais je te le dis pour souligner combien nous espérons une réponse positive. Si toi et ton mari ne voulez pas fatiguer inutilement un cheval pour venir jusqu'ici, nous pouvons évidemment envoyer quelqu'un te chercher avec une monture. Ce ne sont pas les chevaux qui manquent chez nous et ils seraient heureux de voir du pays. En dehors de ce détail, tu n'as rien à apporter d'autre que toi-même. Tu auras ta chambre à toi dans notre maison, Kristín et moi sommes un vieux couple, nous avons de la place, et surtout, ne te soucie pas un instant de l'intendance ou du couvert, tu mangeras à notre table comme si chaque heure était la dernière ! En outre, tu recevras un petit paiement pour le dérangement et pour ton labeur – même si on ne peut pas dire qu'être membre du comité de rédaction implique de trimer dans le froid et l'humidité, cela demande quand même du travail. Je t'en prie, écris-nous au plus vite, de préférence pour accepter, et nous t'accueillerons avec joie. La réunion commencera le matin du premier lundi de septembre, il serait donc souhaitable que tu arrives ici le dimanche, et assez tôt pour prendre part au délicieux dîner qui débutera à huit heures. Si les conditions météo sont contraires, nous repousserons la réunion autant que nécessaire. Respectueusement, ton bien dévoué, Ólafur Ágústsson.

SUR LE HARNACHEMENT DES CHEVAUX ET LA HUITIÈME MERVEILLE DU MONDE

Il n'est pas improbable que Steinunn ait été plus impressionnée par la lettre que par l'article lui-même, dont la plus grande qualité était d'avoir été publié, il faut naturellement convenir que ce n'est pas chose facile que de s'intéresser à ce lombric qu'on n'aperçoit que rarement, cette créature pratiquement invisible et plutôt repoussante qui vit, tapie dans les ténèbres de la glèbe, et dont l'existence réjouit surtout les oiseaux. Mais évidemment, ça n'arrive pas tous les jours d'avoir un article publié dans une revue et présenté par une introduction élogieuse de la rédaction. Steinunn se fera un plaisir en rentrant chez elle de s'arrêter ici et là et de mentionner au détour de la conversation, comme ça, comme par hasard, l'article de sa bru et la lettre d'Ólafur, qu'elle a lue plusieurs fois pour en mémoriser quelques phrases.

Steinunn et Björgvin ont lu la missive et l'article en buvant leur café, Gísli fredonnait un air, Guðríður faisait des tresses dans les cheveux d'Elín, elle se réfugiait dans cette activité, souriant aux propos de sa belle-mère. Björgvin buvait son café à grandes lampées, chaque gorgée était un soldat qu'il dépêchait pour tordre le cou à sa gueule de bois, puis il s'est levé et s'est mis à faire les cent pas dans la pièce commune, cent pas, il n'y en avait peut-être pas autant que ça, étant donné la taille de la baðstofa, il a laissé échapper un pet et acquiescé à la logorrhée enflammée de son épouse qui répétait que ce n'était pas rien de recevoir une lettre d'Ólafur, ce à quoi Björgvin a ajouté que, pour sa part, Ólafur faisait partie des rares personnes devant lesquelles il ôterait son chapeau sans même réfléchir.

Dans ce cas, il n'aura pas besoin d'émigrer au Canada, a répondu Gísli.

Hein ?

Tu m'as dit que tu voulais partir là-bas parce que les gens se découvriront à ton passage.

Fais-nous grâce de tes plaisanteries, a répondu Björgvin, nous avons mieux à faire que de passer notre vie à rire, en tout cas, vous possédez maintenant une jument… dont vous avez la garde pour l'hiver, s'est-il empressé d'ajouter, voyant que sa femme le fusillait du regard. Guðríður, tu prendras évidemment ce cheval pour aller à ta réunion en septembre. Il est exclu qu'on doive venir jusqu'ici pour chercher ma belle-fille comme une indigente à la charge de la commune. Je t'apporterai le harnachement nécessaire, le tien était usé la dernière fois que j'y ai jeté un œil, Gísli, et ça ne s'est sans doute pas arrangé depuis.

Mon harnachement est en parfait état.

Pour les besoins quotidiens, certes, mais pas pour que ma chère Guðríður se rende à une réunion avec les hommes les plus importants de la région. Pour une fois, ne fais pas l'entêté. Tu n'auras qu'à faire semblant de ne pas voir l'équipement que j'apporterai. Quant à ton vieux harnachement, tu pourras l'offrir à ton obstination et le chevaucher par monts et par vaux !

Björgvin avait eu gain de cause et c'est sur son harnachement que Guðríður chevauche en cette journée de septembre, ou plus exactement, en cette soirée, puis la lumière commence à décliner, les montagnes et le ciel s'obscurcissent et on aperçoit au loin la bourgade de Stykkishólmur avec ses trois commerces, son nombre étourdissant de maisons et ses rues animées. Un voyage là-bas est toujours un événement dont on a hâte, on quitte les solitudes de la campagne pour s'immerger dans une vie trépidante. Jamais Guðríður n'avait imaginé qu'elle irait un jour à Stykkishólmur toute seule, sur une jument fringante, superbement équipée, vêtue d'une tenue presque neuve et chaussée d'élégantes bottines, comme une femme ayant un nom, une femme ayant à faire là-bas, et non comme une vague silhouette anonyme descendue de la lande. Certes, elle avait rêvé d'un certain nombre de choses, des rêves idiots, banals, susceptibles de surgir dans son quotidien, mais ils sont si nombreux, les rêves, et dans ce pays, il existe entre eux et la réalité un abîme infranchissable, une distance tellement assassine qu'elle en est incompréhensible, si bien que personne n'a jamais été capable d'expliquer vraiment comment les Islandais ont réussi à survivre à cette série de siècles catastrophiques sur leur terre aride et désolée – sans doute ce prodige est-il simplement la huitième merveille du monde.

QUELQU'UN SE CHANGE EN ÉGLISE ET CEUX QUI TRIOMPHENT DE LA VANITÉ PEUVENT CONCEVOIR DE GRANDES PENSÉES

Ólafur, médecin de réputation nationale, cet homme qui n'a pas besoin d'émigrer au Canada pour que les gens se découvrent sur son passage, l'homme qui a écrit à Guðríður cette gentille lettre, n'est pas là quand, ayant atteint Stykkishólmur sur la douce Ljúf, Guðríður arrive devant son domicile, une des maisons les plus cossues de la bourgade. Un rez-de-chaussée, un étage tout aussi spacieux et un vaste grenier où faire sécher le linge, et où se trouvent également trois chambres occupées par les domestiques. Cette bâtisse est assez grande pour contenir trois fois la ferme d'Uppsalir, et il resterait encore de la place. Guðríður pose pied à terre puis, blottie contre sa jument, elle scrute l'imposante maison, brusquement saisie par l'unique désir de tourner les talons et de rentrer chez elle pour y retrouver la sécurité, pour s'y mettre à l'abri. Comment a-t-elle pu accepter de participer à des réunions avec ces érudits dont l'auriculaire abrite plus de bon sens et de connaissances que l'ensemble de son corps de fermière ? Il suffira que j'ouvre la bouche pour me couvrir de ridicule, pense-t-elle, agrippée aux rênes de Ljúf qui frotte sa tête contre elle comme un gigantesque chat. Nous ferions mieux de rebrousser chemin, murmure-t-elle à l'animal, mais la porte s'ouvre, Kristín apparaît, aussi majestueuse qu'une frégate, et lui dit d'une voix forte avec un grand sourire, je suppose que tu es Guðríður, ça crève les yeux ! J'ai dû regarder par la fenêtre au moins une centaine de fois dans la journée dans l'espoir de t'apercevoir, et te voilà ! Puis-je me permettre de te serrer dans mes bras, demande la grande Kristín et, sans attendre la réponse, elle l'étreint intensément, elle dépasse Guðríður d'une tête, elle est aussi imposante qu'une maison. Ce que tu peux être fine et svelte, laisse-moi te regarder d'un peu plus près, dit-elle en décrivant un cercle autour de l'arrivante, et quels yeux ! Permets-moi de te dire qu'ils sont exceptionnels ! Mais je t'en prie, entre, Ólafur est parti en visite, j'espère qu'il ne va plus tarder. Ne t'inquiète pas pour ton cheval, il ne manquera de rien. Une jument, dis-tu, je vais demander qu'on l'emmène chez Jónas qui m'a promis de la garder et de la gâter ; mais pas autant que je prévois de te choyer, toi !

En effet, Ólafur l'impassible n'est pas chez lui. Il a dû partir soigner un certain Þorketill de la ferme Hólar qui a commis la bêtise de marcher sur on ne sait trop quoi au bord de la mer avant-hier, et dont la jambe commence à enfler. Le journalier venu chercher Ólafur affirme qu'elle est tellement gonflée qu'elle ressemble à un clocher. Il vaut donc mieux intervenir avant que le fermier Þorketill se change tout entier en église, lui a répondu le médecin avant de se mettre en route.

Mais il sera là pour dîner, il ne veut pas manquer ce banquet, il sera assis à notre table à l'heure convenue, comme Stefán et Jónas, d'ailleurs, ils ne sont pas bien loin d'ici, ils habitent pour ainsi dire dans la maison d'à côté. Par contre, c'est une autre histoire en ce qui concerne mon cher Pétur, poursuit Kristín, il n'est pas certain qu'il arrive à temps. Non parce qu'il vit loin d'ici et qu'il doit chevaucher plusieurs heures, mais parce que le Seigneur a complètement oublié de lui donner le sens de la ponctualité. Certes, Pétur affirme que la vie compte plus que l'exactitude, et moi, je ne vois pas quoi objecter à cet argument.

Ne sachant pas non plus quoi objecter, Guðríður se contente de se taire et de sourire, puis elle suit Kristín dans la maison qu'elle traverse jusqu'à la chambre du fond, orientée à l'ouest. C'est là qu'elle doit s'installer, cette pièce sera la sienne le temps de son séjour. Voici ton royaume, annonce Kristín en riant, mais je suis désolée qu'il ne soit pas plus vaste, j'ai essayé de l'arranger un peu pour le rendre confortable.

Pas plus grand ? Cette chambre est aussi vaste que la pièce commune d'Uppsalir où dorment les cinq membres de la famille, et même les sept, lorsque les parents de Gísli leur rendent visite… Kristín a passé une bonne demi-heure en compagnie de Guðríður, elle a demandé à ses domestiques qu'on leur serve un café et qu'on leur apporte quelques délices venus de la boulangerie, cette boutique où Guðríður n'avait jamais eu les moyens d'acheter quoi que ce soit, la maîtresse de maison a empli la grande chambre de sa présence et de toute l'énergie vitale dont elle débordait, elle parlait tellement que son invitée n'avait pas besoin de dire grand-chose, il lui suffisait d'écouter. Nous sommes tellement heureuses de te savoir ici, avait dit Kristín, et de voir que les hommes t'offrent une place dans le comité de rédaction, tu seras la première femme à y siéger. Stefán et Jónas t'accueilleront avec leur habituelle gentillesse, ce sont tous les deux des hommes adorables, chacun à sa façon. Attends-toi cependant à ce qu'il leur faille un peu de temps pour apprendre à s'adresser à toi. Il me semble que tu es un peu nerveuse, ce que je comprends parfaitement, mais que tu me croies ou non, ils le sont eux aussi. À leur manière.

Nous sommes tellement heureuses : *nous*, c'est-à-dire Kristín et trois femmes qui comptent dans la petite société de Stykkishólmur, qui se rencontrent régulièrement pour parler de littérature, de politique et d'affaires urgentes comme le développement de l'instruction publique, les questions scolaires, la construction d'hôpitaux. Et les droits des femmes : l'une d'elles, Ásgerður, l'épouse de Jónas, a eu la chance de rencontrer Bríet Bjarnhéðinsdóttir qui lui a envoyé le texte de sa conférence sur la condition féminine.

Je ne sais pas si tu en as entendu parler, a dit Kristín, mais c'est la première fois qu'une causerie de ce genre s'est tenue en Islande. Depuis deux ans, nous correspondons avec Bríet, elle nous a envoyé la traduction danoise du célèbre essai de John Stuart Mill : *De l'assujettissement des femmes*. C'est une œuvre très intéressante, un livre passionnant ! Toutes autant que nous sommes, nous l'avons dévoré, puis nous l'avons fait lire à nos époux, j'ai demandé à mon cher Ólafur d'écrire un article présentant cet ouvrage capital dans un des grands journaux de Reykjavík, et nous avons maintenant proposé de subventionner sa traduction vers l'islandais. Je te laisse l'exemplaire en danois sur cette table, ainsi que quelques autres lectures. Pétur nous a dit que tu lis tout ce qui te tombe sous la main et que tu mets à profit chaque moment libre.

« Pétur nous a dit que… »

Le pasteur a donc parlé d'elle, ici, dans cette maison. Il a pris la peine de prononcer son nom alors qu'il a tant de sujets à aborder. En tout cas, il a raison, Guðríður lit tout ce qui lui tombe sous la main. Il en a toujours été ainsi. Elle est incapable de laisser un livre en paix, elle vole des minutes et des heures aux travaux ménagers ou à ceux de la ferme pour lire quand son mari ne la voit pas. Or maintenant qu'elle a enfin accès à des livres qu'elle n'a pu s'offrir qu'en rêve, maintenant qu'elle a deux heures uniquement pour elle, sans aucun devoir à accomplir, une situation qu'elle n'a pas connue depuis toute petite, elle reste assise, comme paralysée, dans ce confortable fauteuil. Elle est assise là comme une brebis imbécile et laisse le temps passer en pure perte, le laisse perdre. Bientôt, on lui apportera un tub, un grand bassin rempli d'eau chaude. Elle va se laver. Ah, c'est tellement délicieux de se détendre dans un bon bain chaud, lui a dit Kristín, on a l'impression de faire peau neuve ! Et ne t'inquiète pas, a-t-elle ajouté, tu as tout le temps qu'il faut pour te détendre et lire à ton soûl.

Tout le temps qu'il faut : presque trois heures avant qu'on vienne la chercher pour dîner, a précisé Kristín. Un festin à trois plats dont Guðríður connaît à peine le nom et encore moins le goût, un festin qui, jusque-là, a toujours appartenu à un univers lointain, exotique, à un monde d'hommes érudits, qu'elle doit maintenant tutoyer. Elle, l'ignorante paysanne de la lande.

Tu seras assise à mes côtés ce soir, lui a dit Kristín en lui prenant les mains, ses mains fines mais usées par le travail, et en les serrant fort, comme pour la rassurer. Tu pourras compter sur moi le temps de t'habituer à notre environnement et à la compagnie de mes hommes. Mais ne t'inquiète pas. Mon cher Ólafur est la gentillesse incarnée, il est tellement bon que parfois, je me dis que la vie l'aurait broyé depuis bien longtemps s'il n'avait pas ce caractère enjoué, s'il se prenait trop au sérieux, et s'il ne m'avait pas à ses côtés. Quant à Stefán, le commerçant, tu le connais évidemment de réputation. Certes, il est quelque peu impressionnant, voire parfois tellement brusque que certains ont peur de lui. Je crois que c'est en grande partie parce qu'il s'inspire un peu trop du modèle que lui a donné son père dont la suffisance et l'arrogance ont fini par l'emporter il y a quelques années. Cela dit, la défiance de Stefán et son attitude acerbe ne sont qu'une façade, une apparence sous laquelle se cache un homme doux et extrêmement bon avec ses enfants. Je crois que Dieu juge les gens en fonction de la manière dont ils agissent envers leurs enfants et aussi, envers les animaux. Mais peut-être ce brave homme est-il forcé de dissimuler sa gentillesse, sinon, certains risqueraient d'en profiter pour le rouler en affaires. La gentillesse n'a hélas jamais fait bon ménage avec le commerce. Pour ce qui est de ce cher Jónas, il a étudié le droit à Copenhague, il est intelligent, l'animal, mais aussi fainéant et indolent qu'un vieux bélier. Il a longtemps été marié à une femme tellement rigide et sévère qu'il avait presque perdu la faculté de sourire quand la pauvre est morte, emportée par la phtisie, il y a dix ans. Quelque temps plus tard, il a eu la chance de rencontrer Ásgerður, ils se sont mariés il y a six ans et elle lui a insufflé une nouvelle vie. C'est grâce à elle qu'il essaie de se tenir au courant de ce qui se passe dans le monde et de se familiariser avec les idées modernes concernant l'instruction du peuple et les droits des femmes. Ne le répète à personne, mais j'ai parfois l'impression que ses opinions lui viennent en grande partie de sa femme Ásgerður. Tu n'as rien à craindre de Jónas. En revanche, je crois qu'il risque d'être mal à l'aise avec toi les premiers temps, il s'emploiera sans doute de toutes ses forces à te montrer combien il est dénué de préjugés et progressiste en acquiesçant constamment à tes propos. Mais ça finira par s'arranger, ne t'inquiète pas. Enfin, il y a Pétur, mon préféré. Les trois autres ont le plus grand respect pour lui, pour son érudition et son éloquence, même si ce respect est parfois mêlé de crainte parce que Pétur est d'un caractère terriblement imprévisible. C'est d'ailleurs lui qui a suggéré qu'on te propose de siéger au comité de publication. Il m'a soufflé l'idée à l'oreille, j'ai rapidement mis Ásgerður dans la confidence et l'affaire a été réglée. Bon, je te laisse tranquille. Tu dois être épuisée après ce long voyage. Je t'abandonne à la compagnie des livres, puis je t'enverrai les filles avec le tub et l'eau chaude.

Puis Kristín est partie. Cette femme majestueuse, chaleureuse, qui occupe l'espace partout où elle va, dont la force intérieure et la fougue rappellent la puissance de l'océan. La maîtresse de maison s'en va et Guðríður reste immobile, telle une brebis imbécile assise dans le fauteuil, laissant le temps passer. Elle le laisse filer en pure perte plutôt que d'aller chercher un livre maintenant qu'elle est seule et libérée de toute obligation. Il y a cependant à ça deux raisons : d'une part, elle vient d'apprendre que c'est par l'intervention de Pétur qu'elle est ici. C'est un choc. Et la nouvelle l'a tellement réjouie que son visage s'est sans doute mis à rayonner, que son cou et ses joues se sont empourprés, qu'elle était incapable de se maîtriser – d'ailleurs, Kristín ne l'a-t-elle pas regardée d'un air suspicieux ?

La seconde raison, c'est le grand miroir installé dans un coin de la chambre. Elle craint que si elle réussit à se lever, ce ne soit pas pour aller chercher de quoi lire, mais pour se poster devant lui. Elle est paralysée parce qu'elle ne s'est pas regardée en entier dans un miroir depuis un quart de siècle. À Uppsalir, elle n'a que cette petite glace dans la cuisine, ses beaux-parents en possèdent une légèrement plus grande, mais pas assez tout de même pour s'y voir en pied, ce que, de toute manière, elle n'a jamais le loisir de faire quand elle va chez eux. D'ailleurs, pourquoi donc ? Qu'y aurait-il à voir, et qu'importent du reste les apparences ? Ne sont-ce pas la pensée et le caractère qui façonnent un être humain, l'apparence est-elle autre chose qu'illusion et vanité ? En outre, il n'y a pas grand monde pour vous regarder sur la lande en dehors des moutons et du ciel – qui s'intéressent aussi peu les uns que l'autre à son aspect.

Elle reste assise, paralysée dans ce fauteuil, parce que Pétur approche de Stykkishólmur, parce qu'il n'est pas ponctuel car il est plus important de vivre que d'arriver à l'heure. Cela signifie-t-il qu'il vit plus intensément que le commun des mortels ?

Elle est assise, figée, parce qu'elle ne s'est pas vue en entier depuis son enfance dans les Fjords de l'Est, dans le Norðfjörður, depuis ce jour où elle s'est postée avec son père devant un grand miroir dans la maison du marchand. Elle se souvient qu'ils se tenaient par la main. Elle se rappelle la chaleur de sa paume, le clin d'œil qu'il lui a adressé dans la glace, elle se rappelle son sourire qui l'avait emplie de joie. Elle craint que ce souvenir ne lui fasse trop de peine, parce que depuis, il est mort. Il lui avait dit vouloir aller à la nage jusqu'en France, c'était il y a trente ans.

Elle est paralysée parce que depuis, elle a mis au monde trois filles. Depuis, un long cortège de jours et de nuits l'a traversée, jouant sans doute à son corps de bien vilains tours.

Mais, murmure-t-elle quand elle réussit enfin à se lever, une personne qui s'intéresse plus à son reflet qu'aux livres est une personne que je n'ai pas envie de connaître.

Parce qu'il y a là cet essai réputé, *De l'assujettissement des femmes*. Et voici Guðríður qui se penche au-dessus pour le feuilleter.

Évidemment, elle a triomphé de la vanité du miroir.

Le livre est en danois. Elle traduit mentalement en islandais une des phrases du début : « Il me semble que l'arrangement existant actuellement entre les deux sexes, où l'un est subordonné à l'autre, est non seulement insupportable, mais s'oppose grandement au progrès de l'humanité. »

Ceux qui triomphent de la vanité, lance-t-elle au miroir, sont capables de concevoir de telles pensées.

Approche, répond le miroir, et dis-m'en un peu plus. Je me sens tellement seul.

Et moi, je ne suis pas si facile à attraper, rétorque-t-elle, moqueuse, avant de poursuivre sa lecture.

LE DIABLE MARQUE UN POINT, IL LIT DANTE, L'OPPRESSION DES FEMMES, ET VOILÀ QU'ILS VONT ARRÊTER ÉMILE ZOLA !

Puis arriva ce qui devait arriver, et alors ? Le vénérable cœur de notre Terre a dû supporter tant de choses – astéroïdes, dieux de toutes sortes, défilé de générations –, l'écorce terrestre ploie tellement sous les événements et les récits que les géologues se demandent comment il est possible qu'elle n'ait pas cédé depuis longtemps. Sans parler de ce dont le ciel a été témoin sans qu'on le mette par écrit. Des tragédies capables de tailler les dieux en pièces, une bonté qui mettrait le démon en personne à genoux... Peut-être que l'humanité ou la charité subissent une défaite qui leur nuit grandement chaque fois qu'un destin est oublié, qu'une histoire digne d'être consignée, couchée sur le papier, sombre dans l'oubli sans laisser de traces.

Considérant tout cela, on serait tenté de se dire que ça n'a aucune importance qu'une femme se regarde dans une glace ou s'en abstienne, même si elle est aussi fine qu'une longue traînée de pluie, même si elle trace sur le papier des lettres qui semblent aboyer comme des chiens, même si elle a un père qui a quitté le Norðfjörður à la nage pour aller en France il y a presque vingt-cinq ans ; et dont on n'a jamais retrouvé le corps. Peut-être a-t-il été malmené par les vagues de la haute mer, solitaire, éreinté, il a tant et tant manqué à sa fille – qui vient de reposer son livre, non pour se regarder dans le miroir, mais pour prendre son bain. C'est aussi simple que ça. Et le démon ne marque aucun point.

Guðríður n'avait pratiquement pas quitté le livre des yeux jusqu'au moment où deux jeunes femmes sont entrées avec une grande bassine qu'elles ont remplie à moitié d'eau chaude. Elle a tout juste levé la tête à leur arrivée, les a saluées en souriant, puis est retournée à sa lecture, tellement concentrée que les deux servantes n'ont pas osé la déranger. Ce que Kristín leur avait d'ailleurs interdit. Ne l'interrompez pas si elle est en train de lire, avait-elle ordonné.

Mais dès qu'elles sont reparties, Guðríður se lève, plonge sa main dans l'eau, ferme la porte à clef, se déshabille en fuyant le miroir du regard, puis entre prudemment dans la grande bassine où elle laisse son corps glisser, et se met à rire quand elle sent l'eau chaude sur sa peau. Cela la chatouille d'une manière tellement douce et agréable qu'elle ne peut s'en empêcher. Elle rit, lève les yeux – et les plonge dans le miroir.

Je suis là, dit le miroir, approche, je ne suis pas si méchant.

Je prends mon bain, répond-elle, et je ne te laisserai pas m'abuser.

Pourtant, à peine une demi-heure plus tard, elle se tient devant lui, nue, une serviette moelleuse jetée sur ses épaules frêles. C'est donc à ça que tu ressembles, marmonne-t-elle.

Une paysanne de la lande, âgée de trente-quatre ans, des journées de travail jusqu'à quinze heures, les foins sous la pluie, des heures debout dans la tourbe glaciale jusqu'aux genoux pour ramasser quelques brins d'herbe supplémentaires dans l'espoir de pouvoir augmenter le cheptel d'une brebis à l'automne prochain, et s'approcher ainsi un peu plus du rêve de posséder une ferme dans les basses-terres, de préférence en bord de mer. Ce labeur a imprimé sa marque sur ses paumes, et même sur ses mains tout entières, la peau de leur dos est craquelée par un millier de lessives, mais elle se tient droite, elle est fière, elle a cette petite poitrine, la courbe de son dos est gracile, et le grain lisse et doux de sa peau a quelque chose d'intemporel, comme si le destin, Dieu lui-même ou quelque puissance avait ordonné au temps de suspendre sa course en effleurant son corps, ou de la ralentir considérablement.

C'est donc à ça que tu ressembles, murmure Guðríður à son reflet qu'elle continue d'observer, perdant son temps au lieu de s'instruire en lisant *De l'assujettissement des femmes*. Elle se tourne pour se regarder sous tous les angles. La vanité a pris le dessus, le démon marque un point.

Aïe, est-ce si sûr ? Que savons-nous du bien et du mal ? Peut-être ce genre de vanité participe-t-il d'une quête personnelle, d'une forme d'introspection, peut-être le diable a-t-il toujours une pile de livres sur sa table de chevet, peut-être lit-il avec avidité les textes anciens et modernes, peut-être a-t-il Dante et Jo Shapcott, Hamsun et Amos Oz à ses côtés, à dire vrai, c'est même probable. Rappelez-vous, le diable est un ange déchu, un archange qui s'est révolté contre la tyrannie des Cieux – or ceux qui doutent et veulent envisager l'existence sous tous ses angles se réfugient dans la littérature.

Elle ne s'est pas vue en entier dans une glace depuis qu'elle se tenait, enfant, à côté de son père, Eiríkur, dans la maison de ce commerçant du Norðfjörður. Eiríkur, qui n'avait jamais reçu d'instruction, tout comme, plus tard, sa fille, mais qui avait si bien appris le français et l'anglais que les familles aisées du Norðfjörður lui demandaient d'enseigner ces langues à leurs enfants, ce qui lui permettait d'échapper pour un temps aux travaux de force qu'il détestait, mais auxquels il s'était toujours vu cantonné. Il avait assimilé l'anglais en se frayant un chemin à travers les romans de Dickens que lui prêtait le médecin un peu trop porté sur la boisson officiant dans ce village de pêcheurs ; quant au français, il l'avait appris d'un capitaine qu'il avait rencontré en commerçant avec les marins des goélettes françaises qui venaient chaque été pêcher dans les Fjords de l'Est. Eiríkur leur achetait du cognac qu'il offrait ensuite au médecin de manière à pouvoir accéder plus librement à sa bibliothèque. Le capitaine du navire, également grand amateur de livres, avait eu vent de ce petit commerce et avait fini par engager la conversation avec Eiríkur. Les deux hommes étaient aussitôt devenus très amis, ils partaient ensemble faire de longues marches sur les landes, passaient la nuit loin de tous sous le ciel immense de l'été et s'écrivaient pendant l'hiver. Un jour, à l'époque où Eiríkur enseignait l'anglais et le français à la progéniture du marchand et de son épouse, il avait emmené Guðríður dans leur grande maison, sachant que toute la famille était en voyage à Copenhague. La servante les avait laissés entrer, elle avait autorisé Guðríður à aller et venir à sa guise, à regarder les jouets des petits, il y en avait tant qu'elle s'était dit qu'aucun enfant ne vivait assez longtemps pour utiliser chacun d'eux. Puis elle avait été attirée par ce grand miroir. Elle ignore pourquoi, mais elle s'était presque entièrement déshabillée, peut-être simplement par curiosité. En tout cas, elle se revoit devant ce miroir avec son père, elle, presque nue, et Eiríkur tout habillé, souriant, le nez fin, les cheveux bruns et épais, le regard bouillonnant et chaleureux, qui l'encourageait à s'admirer, à explorer son corps, parce que le corps humain était une merveille, à la fois simple et complexe, et parce qu'il nous a été donné pour nous rappeler que nous ne sommes pas des dieux. Nous rappeler que nous supportons mal le passage du temps et que nous avons donc le devoir d'en faire bon usage.

Eiríkur, tu veux peut-être que moi aussi, j'enlève mes vêtements, avait interrogé la servante en les trouvant tous les deux devant le miroir et en lui adressant un regard étrange que Guðríður n'avait pas compris, mais qui avait suscité en elle colère et jalousie. Ce regard lui revient en mémoire vingt-cinq ans plus tard, devant un autre miroir, à nouveau presque nue, elle s'en souvient et aujourd'hui, elle le comprend. Elle se rappelle la voix de son père, chaleureuse, légèrement rauque, souvent passionnée. Elle se rappelle son sourire, se rappelle ses yeux, légèrement sombres, légèrement tristes, mais également emplis de tendresse. Six mois après s'être tenus tous les deux devant ce miroir, elle avait été réveillée par son père venu s'asseoir sur son lit, il lui caressait la tête et lui parlait. Elle était à moitié endormie et elle ne se souvient pas de tout. Elle se rappelle seulement qu'il a beaucoup parlé, puis il lui a chanté des berceuses jusqu'à ce qu'elle se rendorme. À son réveil, il avait disparu. Il était parti à la nage affronter l'océan. Il avait écrit dans une lettre qu'il avait laissée à sa femme et sa fille qu'il voulait nager jusqu'en France. Un an plus tard, sa mère s'était remariée à un pêcheur qui tenait parfois sur le père de Guðríður des propos tellement honteux qu'elle s'était mise à le détester. Ensuite, elle avait fui et s'était retrouvée sur la péninsule de Snæfellsnes, à l'autre bout du pays.

Eiríkur était parti à la nage dans l'espoir de retrouver son ami, le capitaine, rentré chez lui deux semaines plus tôt. Il était parti à la nage, le regard exalté, mais également empreint de cette mélancolie qui résonne encore, des générations plus tard, dans celui de Páll, et au fond des yeux de cet autre Eiríkur, son arrière-arrière-petit-fils qui a tiré sur un camion et risque par conséquent la prison – et alors, qu'allons-nous devenir, s'inquiètent ses chiens.

Mais nous n'en sommes pas encore là, les chiens vont devoir attendre, tout comme Eiríkur, d'ailleurs, il n'est pas encore né, et maintenant, Guðríður doit se rhabiller. Mon Dieu, que le temps passe vite, et elle, comme une brebis imbécile, elle l'a gâché devant ce miroir. Elle a examiné son corps sous tous les angles, honteuse d'être satisfaite de ce qu'elle voyait, et même contente, ce qui est impardonnable, elle a eu plus honte encore de s'être accroupie, d'avoir écarté les cuisses, d'avoir glissé ses doigts jusqu'en haut de ses jambes, d'avoir regardé cet endroit, de l'avoir caressé. Elle aurait mieux fait de mettre ce temps à profit pour lire *De l'assujettissement des femmes*. Sans doute restera-t-elle à jamais idiote. Le diable aurait-il marqué un point ?

Mais quand la plus jeune des deux servantes qu'elle a vues tout à l'heure revient la chercher pour le repas, elle est assise à lire, le dos parfaitement droit.

Guðríður lève les yeux et sourit d'un air absent, si profondément absorbée par sa lecture que la domestique, cette jeune fille de dix-huit ans qui, comme le reste de la maisonnée, avait hâte de recevoir la visite de la femme de la lande, la trouve si majestueuse et fière, si joliment concentrée, qu'elle s'incline machinalement comme devant une dame de la haute société. Oui, tout à fait, le dîner, dit Guðríður en se levant, le doigt posé sur la page, manifestement réticente à l'abandonner.

Puis elles montent toutes deux à l'étage.

On commence par les couverts placés à l'extérieur, lui murmure la servante juste avant d'atteindre la salle à manger, mais avant que l'invitée ait le temps de lui demander ce qu'elle entend par là, Kristín s'écrie : Ah, la voilà !

Et Guðríður entre dans la grande salle, l'estomac noué.

Ils sont assis tous les quatre à la longue table : Kristín, Ólafur, Stefán et Jónas. Le lustre qui les surplombe est tellement imposant et lumineux que Guðríður est presque effrayée : ils ne me croiront jamais quand je leur raconterai ça à la maison, pense-t-elle. Le lustre, les verres en cristal, les couverts d'argent, les trois larges carafes, elles aussi en cristal, remplies de vin rouge, et les mets qui attendent sur la table, un dîner à trois plats. Un repas tellement appétissant dont le fumet délicieux desserre le nœud de son estomac. Pressée de goûter à ces délices, elle sourit, radieuse, quand Kristín la présente aux trois hommes – elle affiche son second sourire, le redoutable, sur lequel les poètes de sa campagne ont composé des vers – hélas pas très bons, hélas tellement mauvais.

Tu devrais écrire sur ce sourire, a suggéré à Hölderlin le révérend Pétur dans une de ses lettres. Ce à quoi le poète a répondu, il y a longtemps que je l'ai fait : Tu m'as souri, et désormais, je ne sais plus si j'ose me risquer à vivre.

Est-ce là un poème, a rétorqué Pétur, mais l'Allemand n'a pas encore répondu au moment où le pasteur approche de Stykkishólmur, cette bourgade posée à l'extrémité d'une longue et étroite langue de terre, dotée d'un excellent mouillage, et qui regarde l'immensité du Breiðafjörður tout parsemé d'îles. Elles sont plus nombreuses que les jours de l'homme, affirment d'anciennes sources ; telle une kyrielle de taches de rousseur posées sur l'océan, pense Pétur en faisant claquer la commissure de ses lèvres. La jument Ljúf relève la tête, accélère, et se met à trotter confortablement.

Pétur ne devrait plus tarder, déclare Ólafur quand tout le monde est assis. Guðríður bénit en silence la jeune servante en baissant les yeux sur les trois rangées de couverts disposés de chaque côté de son assiette. Il faudra que je leur raconte tout ça à la maison, se répète-t-elle encore et encore, comme si elle récitait un mantra, une prière : que je leur décrive cette salle à manger, cette richesse, cette vaisselle, ces chaises et ces plats ! Parce qu'elle veut évidemment leur parler de ces mets ! Ce à quoi nous devrions aussi nous atteler, par exemple, en écrivant ici même le nom des plats au menu. Guðríður n'a jamais mangé de tels délices. Elle ne savait même pas qu'on pouvait cuisiner pareilles merveilles. Pourtant, elle essaie toujours d'améliorer l'ordinaire à Uppsalir, à partir du peu dont elle dispose, de rehausser le goût des plats en y ajoutant des herbes qu'elle va cueillir dans les montagnes, du thym précoce, de l'alchémille argentine, de l'alchémille commune, des feuilles de bouleau arctique, s'efforçant ainsi de faire du quotidien un petit conte de fées. Björgvin et moi avons déjà l'eau à la bouche en apercevant la maison, lui a dit Steinunn cet été en la regardant préparer la pièce de veau qu'elle et son mari lui avaient apportée : tu es une véritable magicienne !

Mais les plats qu'on trouve à la table du médecin semblent provenir d'un autre monde. Ils sont tellement délicieux et différents de tout ce qu'elle a goûté jusque-là qu'elle oublie complètement son embarras, sa crainte de ne pas être à la hauteur, de perdre sa langue, sa peur que Kristín et ces hommes ne se rendent compte qu'elle est bête, qu'elle n'a rien à leur apporter, d'ailleurs, elle a passé son temps à s'admirer dans ce miroir plutôt que de lire. Elle a oublié tous ses soucis en mangeant, fermant quelquefois les yeux pour mieux se régaler, pour imprégner ses papilles et découvrir des saveurs dont elle ne soupçonnait pas l'existence. Chaque bouchée était une épopée, une expérience nouvelle. Comment une personne mortelle peut-elle cuisiner pareilles merveilles, avait-elle demandé, sidérée, abasourdie, au milieu du dîner, et Kristín, qui avait observé en souriant le plaisir manifeste que prenait son invitée, avait fait appeler la cuisinière, une Allemande qu'elle avait débauchée deux ans plus tôt de chez des amis à Reykjavík, et exclusivement pour s'occuper de la cuisine, elle n'aurait à s'acquitter d'aucune autre tâche. L'Allemande était arrivée, aussi grande et imposante que la maîtresse de maison. La voix profonde, des sourcils qui se rejoignaient, un grand nez, de petits yeux perçants, elle ressemblait à ces forces de la nature dont il valait mieux se garder de déclencher la colère. Et cette femme d'apparence peu avenante s'était mise à rayonner, les larmes lui étaient tout bonnement montées aux yeux quand elle avait perçu l'émerveillement de Guðríður et la profonde intelligence dont témoignaient ses questions. Nous devrions peut-être écrire sur ce sujet dans la revue, avait suggéré l'invitée, et lui demander d'expliquer comment elle s'y prend pour changer les aliments en vrais contes de fées et transformer un dîner en voyage sur la carte des délices. À mon avis, les gens n'auraient plus aucune raison d'émigrer au Canada si tout le monde pouvait cuisiner comme ça en Islande !

Bien sûr, nous devrions parler de tout ça – de Kristín, qui a répondu, à la bonne heure, tu es déjà prête à imprimer ta marque à la revue, et Guðríður a baissé les yeux pour dissimuler son sourire. Nous devrions décrire les moments où Ólafur, Stefán, Jónas et Guðríður sont allés dans le grand salon tandis que Kristín s'est retirée, je vous laisse tranquilles, a-t-elle dit, la frégate est retournée au port, laissant un peu de place à son époux et cessant de lui faire de l'ombre. Nous devrions décrire comment Stefán et Jónas, tous deux légèrement éméchés, ont essayé chacun à sa manière toute personnelle d'exposer à Guðríður leurs qualités, leur tolérance, leur adhésion à la pensée moderne, tellement passionnés pour ne pas dire grisés par sa présence qu'ils avaient réussi à faire taire ses angoisses, lesquelles s'étaient toutefois réveillées après le repas. Nous devrions préciser que tout le monde s'était détendu après le premier cognac et chacun de ces hommes était redevenu lui-même tandis qu'elle avalait café sur café pour atténuer les effets du vin rouge, parce qu'elle voulait préserver sa concentration, sa sérénité, parce qu'elle tenait à faire ses preuves, à profiter de cette occasion inespérée, de la chance que représentait cette invitation. Elle avait l'impression d'être au seuil d'un monde dont elle avait jusque-là dû se contenter de rêver, un monde auquel son père avait lui aussi désiré appartenir toute sa courte vie. Elle se dit que c'est pour eux deux, pour elle et pour lui, qu'elle doit garder les idées claires.

Nous devrions parler du moment où, par inadvertance, elle a bu d'une traite le verre de sherry qu'Ólafur lui a tendu. Nous devrions décrire tout ça, mais hélas, nous ne disposons pas du temps nécessaire car voici que la porte s'ouvre et qu'entre le révérend Pétur. L'homme pour qui la vie compte plus que la ponctualité. Il entre, ne prend pas la peine de saluer et annonce sans ambages en agitant les bras, vous n'allez pas le croire, ils veulent arrêter Émile Zola !

SOUVIENS-TOI DE MOI,
ET LES DÉMONS S'ÉLOIGNERONT

JE LÈVE LES YEUX ET TU N'ES PLUS EN VIE

Dans le cadre de l'affaire Dreyfus, interroge le chauffeur de bus sanctifié en agitant sa spatule à la manière d'une épée, comme s'il se voyait en héraut de la justice et de la vérité, peut-être compte-t-il se battre pour Dreyfus et sauver Émile Zola de la prison, armé d'une simple spatule à crêpes dans cette petite caravane aux formes arrondies, posée au fin fond du septentrion, en réalité, à l'extrême limite du monde habitable. Il porte toujours ce ridicule short hawaïen et a, une fois de plus, enfilé un nouveau tee-shirt. Celui-là est noir et à l'effigie d'Édith Piaf, chanteuse de la douleur, née au pied d'un réverbère au début du siècle dernier, qui vomissait du sang sur scène, pas plus grande qu'une bouteille de vin rouge, mais dotée d'une voix plus vaste que la mort, laquelle venait d'ajouter à l'instant le morceau « Non, je ne regrette rien » à sa compilation. La chanteuse regardait droit devant elle, l'air habité, comme si elle venait d'entonner : Avec mes souvenirs, j'ai allumé le feu, mes chagrins, mes plaisirs, balayé mes amours, ni le bien, ni le mal, car ma vie, aujourd'hui, ça commence – avec toi !

Non, je ne regrette rien, je ne regrette rien. Et je ne veux que toi. Balayé, tout le reste. Je vomis du sang et je te choisis. Je prends une décision, évitant ainsi la paralysie, et je continue à vivre. À part ça, oui, c'est vrai, ils vont arrêter Émile Zola, les salauds – peut-être parce que, ayant pris position, il ne s'est pas figé, à moins que ce ne soit le contraire et qu'il ne se soit retrouvé paralysé justement parce qu'il a fait ce choix ?

Ils veulent l'arrêter dans le cadre de l'affaire Dreyfus, interroge à nouveau le pasteur, ignorant mes marmonnements, plantant à la fois Édith Piaf et sa spatule dans le ventre d'un ennemi imaginaire.

Je lève les yeux de mes feuilles et toutes disparaissent aussitôt. Aspirées comme autant d'ombres dans une époque depuis longtemps engloutie, on dirait qu'elles n'ont jamais existé.

Les voilà tous évanouis. Guðríður et les trois hommes dans le grand salon, la maison elle aussi disparaît, cette grande bâtisse norvégienne en bois posée dans un village islandais autour de 1900 : avec la jeune servante qui murmurait quelques conseils à l'oreille de Guðríður, et la cuisinière allemande qui transformait les repas en contes de fées, rendant la vie en Islande supportable, et même Kristín, la frégate, majestueuse et imposante, déterminée, vibrante d'énergie, elle aussi, elle disparaît sans laisser de traces, comme si jamais ses pieds ne s'étaient posés sur cette terre. Pourtant, on ne pouvait que la remarquer lorsqu'elle foulait le sol.

Il suffit que je lève les yeux pour que tout disparaisse.

Y compris les filles de Guðríður.

L'aînée, Björg, vient d'arriver chez son grand-père et sa grand-mère dans les basses-terres pour y passer l'hiver, l'impatience et l'angoisse s'affrontent en elle. Je lève les yeux et elle disparaît, il en va de même de son grand-père, Björgvin, qui peine à contenir sa joie de l'avoir sous son toit : les voilà qui s'évanouissent tous les deux.

Et Gísli, avec ses grandes mains et tout son courage opiniâtre. Gísli, qui attend avec impatience depuis plusieurs semaines que Sigrún, la servante de ses parents, arrive à la ferme d'Uppsalir. Il compte se coucher tous les soirs avant elle. Il fera semblant de dormir quand elle se mettra au lit. Son membre devient rigide comme l'acier chaque fois qu'il y pense. Qu'il pense à la manière dont elle procédera, ôtant un à un ses vêtements, dévoilant ses fesses… puis se penchant en avant, ses fesses s'écartent et… il a tellement hâte… il a tellement envie de…

… or maintenant qu'elle est enfin arrivée, il s'est réfugié à la bergerie où, assis, pétrifié, dans la mangeoire, il n'ose pas retourner dans la maison. Il pense à Guðríður, partie à Stykkishólmur retrouver ces érudits. Gísli regarde ses mains puissantes, comme s'il se demandait si elles auront la force de retenir sa femme à ses côtés, ou peut-être ce qu'elles feront lorsqu'il verra Sigrún se coucher… il murmure des mots que je n'entends pas… mais je vois maintenant Halla, assise au bureau de Pétur où elle semble pleurer. J'ai beau essayer de m'approcher d'eux, tous s'enfuient, elle, Gísli, Guðríður, Pétur, happés avec cette époque depuis longtemps révolue. Ils s'enfuient.

Ils s'effacent lorsque le pasteur-chauffeur me demande si Émile Zola est arrêté dans le cadre de l'affaire Dreyfus. Il me pose la question à deux reprises tout en s'insurgeant contre l'injustice avec l'aide d'Édith Piaf et d'une spatule à crêpes. Je lève les yeux, le lien qui m'unit au passé se disloque, puis tout le monde est mort.

DANS CE CAS, OÙ TROUVER REFUGE ?

Peut-être voulait-on mettre Zola aux arrêts pour avoir dévoilé la vérité, certains n'apprécient pas ce genre de chose, la vérité est d'ailleurs un miroir impitoyable, dis-je, quatre crêpes tièdes roulées devant moi. J'en croque une, je jette un œil par la petite fenêtre latérale depuis laquelle j'aperçois les vestiges de l'ancienne ferme d'Oddi, de l'autre côté de la rivière, le lieu de naissance de Hafrún, sur lequel elle et Skúli avaient construit leur maison. Il y a aussi la nouvelle, bâtie un peu plus loin par Halldór après l'incendie de l'ancienne : une maison en ciment brut surmontée d'un toit rouge. Halldór s'est toujours refusé à la peindre, il affirmait que le ciment exposé aux vents et à la pluie vieillirait et finirait par ressembler aux rochers des montagnes. Cette maison se changerait peut-être en un gros bloc de pierre surmonté d'un toit rouge. Et c'est dans ce rocher qu'Eiríkur vit aujourd'hui. Seul avec ses chiens, trois border collie, une carabine, trois chiots défunts et la guitare qu'il a rapportée de Marseille. Il a quitté le fjord à l'âge de seize ans, le regard fixé sur l'arête de la montagne, il a ressenti une douleur en coupant ses racines, mais aussi la liberté de ceux qui n'ont plus de chez-soi. Il est parti et sept heures de landes gorgées de silence se sont élevées entre lui et son enfance. Il a passé dix ans à Reykjavík, louant un appartement en sous-sol à des gens originaires des Fjords de l'Ouest, il s'est immergé dans la vie artistique au lycée de MH, a travaillé comme vendeur dans une sjoppa, un petit magasin de quartier, fait le ménage dans des bureaux pour être financièrement indépendant, a été serveur un an dans un bar après son bac, puis est allé à l'École de musique de la FÍH, la Société des musiciens d'Islande. Ensuite, il est parti étudier à Paris.

Lorsqu'il vivait à Reykjavík, il revenait régulièrement dans le fjord, les bras chargés de cadeaux. De la musique achetée chez les disquaires de la capitale, des livres d'art ou de jardinage, mais aussi sur la mécanique, l'histoire de l'automobile ou des engins agricoles pour sa grand-mère ; et des ouvrages scientifiques ou des biographies de savants pour son grand-père – qu'il aidait dans sa lecture quand l'anglais devenait trop difficile. Une année, ils ont passé des jours entiers pendant les fêtes de Noël plongés dans *Bright Galaxies, Dark Matter* sur Vera Rubin, la femme qui a prouvé l'existence de la matière noire. Hafrún préparait des gâteaux au chocolat, du café, du poulet rôti, du gigot d'agneau, et au dîner, ils lui faisaient le compte-rendu de leur lecture.

Ses souvenirs les plus doux et les plus précieux étaient liés à ses grands-parents qui lui avaient sans doute toujours manqué. Pourtant – au fil des ans, il lui était devenu plus difficile de revenir sur les lieux de son enfance. L'idée d'aller faire un tour dans le Nord-Ouest ne lui semblait plus aussi évidente et, bien souvent, il remettait ses voyages à plus tard. Ainsi, une année entière pouvait s'écouler sans qu'il vienne les voir. Il s'en était même écoulé trois après son départ à l'étranger. Et c'est tellement surprenant, parce que sa grand-mère et son grand-père lui manquaient. Tout comme son fjord. Et les gens qui le peuplaient. Pourquoi…

… Parce que le paradoxe a toujours été l'un des piliers de l'existence humaine. Combien de fois devrai-je le répéter ? Tu n'es sans doute pas le plus fin couteau du tiroir, mais je t'ai sur les bras, se lamente le pasteur barbu, le chauffeur d'autocar qui propose des voyages vers l'enfer. Celui qui est allé là-bas et en est revenu comprend mieux le monde, me dis-je.

Il tapote à nouveau la bouteille de single malt du bout de sa spatule, comme s'il s'apprêtait à tenir un discours définissant en quoi le paradoxe serait le fil rouge de l'histoire de l'humanité, en quoi notre histoire serait tout à la fois tragédie, soap opera, requiem et plaisanterie des dieux. À moins qu'il ne tapote à nouveau cette bouteille pour dissimuler la satisfaction qu'il éprouve en m'entendant penser qu'il comprend mieux le monde que les autres. Et par la même occasion, le paradoxe auquel la vie humaine est condamnée.

Je ne suis pas satisfait de moi-même, objecte-t-il, et je n'y peux rien si j'en sais plus que le commun des gens. Si j'ai tapoté la bouteille, c'est uniquement pour que tu t'en tiennes à ton sujet, c'est aussi simple que ça : Eiríkur s'en va à Reykjavík, il passe son bac à MH, le lycée de Hamrahlíð, puis sort diplômé de l'École de la Société des musiciens d'Islande, il joue quelque temps dans un orchestre de jazz, habite avec une jeune fille pendant deux ans, puis déménage à Paris : et ensuite ? Eiríkur franchirait un mur de flammes et de soufre, il sacrifierait un bras, voire sa vie elle-même, pour ses grands-parents. Pourtant, les liens qui l'unissent à la région de son enfance se disloquent, se distendent. Pourquoi donc ? Et où est passé Halldór, qu'a-t-il fait de sa vie, n'a-t-il jamais réussi à planter ses racines nulle part après avoir rencontré, aimé et perdu Svana, la mère d'Eiríkur – un trop grand amour est-il susceptible de saccager votre existence si vous ne pouvez le vivre pleinement, l'amour serait-il une explosion atomique au fond du cœur, un éclair qui illumine l'Univers quelques instants, bientôt remplacé par la radioactivité qu'engendrent la tristesse et le manque qui se diffusent dans vos artères et vous paralysent ? Qui ont tellement paralysé Halldór qu'il n'a pas été capable de vivre normalement après cet événement, ni de tisser des liens avec son fils, ne serait-ce pas légèrement excessif ? Quant à Eiríkur, il n'a tout de même pas perdu son chez-lui en ce monde parce qu'il s'est masturbé sur un livre en pensant involontairement à sa mère au moment où il a joui : tout ça ne suffit pas à expliquer qu'il ait rompu avec ses racines… Celui ou celle qui se coupe de ses racines, qui les perd et fuit son passé, n'a plus nulle part où aller.

DONC, C'EST BÚÐARDALUR BIS REPETITA ?

À chacun sa manière de mener sa barque. Certains sont ouverts, d'autres moins. Certains ont grand besoin de compagnie et de vie sociale, d'autres sont plus solitaires. Ce vers quoi vous inclinez n'implique pas forcément quoi que ce soit quant à vos dispositions vis-à-vis de votre prochain, ou de votre entourage immédiat. À chacun sa manière, personne ne devrait aller contre sa nature. Et chacun trimballe évidemment derrière lui son bagage. Ses blessures. Ses nœuds. Certains passent leur vie entière à les traiter. Et il y a des nodosités que seule la mort semble avoir le pouvoir de dénouer – Páll, le géant, le frère du père d'Eiríkur, son oncle, n'a pratiquement pas dit un mot entre douze et seize ans – presque comme s'il avait baissé les bras, confronté au bégaiement dont il était affligé depuis sa tendre enfance, et qui s'était accentué à l'adolescence. Il s'était isolé, s'était enfermé et très peu de gens, à part peut-être son frère Halldór, savaient ce qu'il pensait.

L'être humain n'a pas toujours la vie facile, disait Hafrún, préparant à son fils du chocolat chaud, faisant de la tarte à la rhubarbe que Páll appréciait tant. Dès treize ans, on l'avait autorisé à dompter un cheval, à affronter l'épais manteau de neige à bord de la Land Rover : il s'y enlisait, allait chercher Halldór et le tracteur, les deux frères se démenaient pour dégager la voiture et surtout pour l'enliser à nouveau. Skúli et Hafrún savaient bien que ça les amusait, que ça permettait à Páll de s'oublier – ce qui est parfois une excellente méthode pour régler ses problèmes, aussi efficace que des heures et des heures chez le psychologue. S'oublier, s'extraire de sa conscience, et des souffrances qui accompagnent notre moi. Oublier que vous êtes tel que vous êtes. Ce peut être un exutoire, un grand soulagement, un repos bienvenu, mais évidemment, ce n'est pas sans danger puisque certains succombent à l'attrait de l'alcool ou des paradis artificiels, se voient happés par le sexe ou la religion, entreprennent des voyages interminables dans le seul espoir d'atteindre une destination où, enfin, ils ne se retrouveront pas face à eux-mêmes. La vie n'est pas toujours facile. Mais Hafrún et Skúli ont autorisé Páll à dompter des chevaux et à s'enliser en jeep dans les congères. Ils savaient que ça ne résolvait rien, mais que ça l'aidait à faire quelques pas vers la solution, quelques pas importants. À chacun sa manière.

Puis est arrivé ce qui devait arriver.

Arrivé ? Ah oui, Eiríkur est arrivé à Reykjavík. Et dix ans plus tard, à Paris. Sept heures, sept landes et tout un océan le séparaient des siens à Oddi. C'est trop loin pour lui envoyer de la tarte à la rhubarbe, divers problèmes surgiraient si on voulait lui faire parvenir un cheval à dompter à Paris ou une Land Rover pour s'enliser dans la neige des grands boulevards. Mais à chacun sa manière de mener sa barque, et personne ne saurait aller contre sa nature. Sa famille restée à Oddi lui faisait savoir qu'il pouvait compter sur elle. Halldór lui envoyait des enregistrements réalisés à Lonesome Town, nom dont il avait désormais baptisé son studio installé dans la grange, inspiré par la chanson de Ricky Nelson datant de 1959, qu'il préférait certes dans la version de McCartney et de Gilmour : ajoutons-la de ce pas à la compilation de la Camarde. Il lui envoyait les récits des anciens du fjord évoquant un passé qui sombrait peu à peu dans les ténèbres, des enregistrements si impeccablement montés et agrémentés avec goût qu'ils avaient toutes les qualités des plus belles émissions de radio, et où Páll lisait parfois à voix haute de la poésie islandaise quand il ne racontait pas des souvenirs éternels et impérissables : pour que tu n'oublies ni l'Islande ni la langue islandaise dans le vaste monde, écrivait Halldór à son fils. Hafrún l'appelait pour sa part une fois par semaine, toujours au même moment, à onze heures le samedi matin, quand elle était certaine qu'il serait réveillé. Eiríkur s'installait en général dans un café ou un restaurant, Hafrún lui racontait ce à quoi elle et son mari occupaient leurs journées. C'était l'hiver, il fallait nourrir les moutons à la bergerie, la période de l'agnelage battait son plein, c'étaient les foins, la transhumance, ils réparaient les clôtures, ils cueillaient des myrtilles et des camarines noires, sortaient en mer pour pêcher ; elle lui parlait de ses lectures, de celles de Skúli, de ce que les membres du club littéraire qu'ils s'employaient depuis trente ans à faire vivre disaient des derniers romans publiés. Et lui racontait qu'ils allaient partir avec d'autres fermiers en voyage en Norvège et en Finlande : dans quoi se laisse-t-on embarquer, quand même !

Eiríkur appréciait ces coups de fil réguliers. On peut aller jusqu'à dire qu'il avait hâte de les recevoir.

Certes, il parlait en général moins que sa grand-mère, et sans doute de moins en moins au fil des ans, il lui arrivait toutefois de fermer les yeux pendant qu'elle dissertait, comme s'il voulait graver sa voix, sa chaleur humaine et son sourire au plus profond de son âme, bercé par le ronronnement de la radio, par la mélodie que son grand-père sifflotait ou chantonnait en sourdine. Il fermait les yeux, redevenait petit garçon dans la cuisine et les dangers du monde étaient bien loin de lui. Mais il ne parlait pratiquement pas de sa vie à lui et, peu à peu, après ces appels téléphoniques, la distance qui les séparait, tous ces kilomètres de landes et de haute mer étaient devenus palpables dans la cuisine de la ferme d'Oddi.

Il nous considère désormais comme des péquenauds, s'était un jour lamenté Skúli, rompant le long silence qui planait dans la cuisine après une de ces conversations. Eh oui, avait répondu Hafrún tout bas, mais ce n'est pas sa faute. Il est jeune, il y a tellement à faire dans cette grande ville, il vit une foule d'expériences et il faut aussi qu'il se trouve comme artiste et en tant qu'être humain. Cela implique qu'il tourne le dos à un certain nombre de choses. Pour l'instant. Ce n'est pas bien grave. Enfin, je n'aurais peut-être pas dû lui parler autant de ce voyage en Norvège, avait conclu Hafrún. Tout ça lui passera, avait dit Skúli en tendant sa main vers celle de sa femme.

Ce n'était pas qu'Eiríkur ne leur confiait rien. Ils étaient allés le voir à Reykjavík, il était venu à la ferme passer un Noël et un été avec sa petite amie, puis ses grands-parents l'avaient observé à distance tandis qu'il s'installait à Paris et s'appropriait la langue du pays : ils avaient vu son intérêt pour ses études s'émousser dès la fin de sa première année là-bas. Si bien qu'il les avait interrompues l'année suivante pour se mettre à travailler dans une sorte de troupe expérimentale – s'ils avaient bien compris – qui mêlait théâtre, cinéma, musique et critique sociale. Eiríkur s'enflammait chaque fois qu'il leur parlait, d'abord de musique, puis de théâtre, ils retrouvaient dans sa voix la passion qu'ils y avaient décelée quand il était tout petit et qu'il abordait un sujet qui lui tenait à cœur. Ils souriaient en l'écoutant, ils le voyaient comme s'ils l'avaient sous les yeux, se passant la main dans les cheveux, le regard incandescent. Dans cette troupe, il avait fait la connaissance de deux musiciens français et de deux autres, nord-africains, qui avaient fondé un groupe avec lui, et avec lesquels il faisait du théâtre tout en se produisant dans des bars et des restaurants un peu partout en France – il avait rencontré Tove dans une de ces tournées.

Elle est danoise, elle s'appelle Tove, comme la poétesse Tove Ditlevsen, et elle vous passe le bonjour.

Tu ne prévois pas de nous la présenter prochainement, s'était enquise Hafrún, constatant que son petit-fils avait par trois fois prononcé le nom de cette jeune femme au cours de la conversation. Il semblait avoir besoin de le faire. Si, bien sûr, quand les choses se calmeront un peu, avait répondu Eiríkur, confirmant ainsi leur relation, mais uniquement de cette manière indirecte.

Que fait une jeune Danoise à Paris, avait risqué Hafrún en essayant de dissimuler au mieux sa curiosité.

En fait, grand-mère, elle habite à Nice, je l'ai rencontrée dans le sud de la France où la troupe a passé quelques semaines à jouer une pièce d'Alfred Jarry. Elle est journaliste culturelle, justement spécialisée dans les arts de la scène, et elle a écrit un article sur une de nos représentations. Elle se passionne pour l'Islande et la langue islandaise, il y a longtemps qu'elle rêve de découvrir le pays et d'y voyager. Bien sûr, nous avons envie de venir, mais ça risque d'être compliqué de trouver un créneau qui nous convienne à tous les deux. Elle vit là-bas, tout au sud, moi, je suis à Paris et je travaille à 150 pour cent, en outre, elle a deux filles, six et dix ans.

Deux filles, c'est merveilleux ! Dans ce cas, me voilà peut-être déjà arrière-grand-mère par procuration, s'était exclamée Hafrún, joyeuse, avant de se calmer en voyant Skúli poser un doigt sur ses lèvres : pas si vite, avait prévenu cet index. Ah, avait repris Hafrún, mon cher petit Eiríkur, ce sont là de très bonnes nouvelles ! Et vous finirez bien par trouver un moment pour venir nous voir ! Quant à Tove, elle doit rudement bien maîtriser le français, étant journaliste. Elle écrit pour des journaux locaux, n'est-ce pas ?

Oui, et on entend à peine qu'elle n'est pas française. Les Parisiens supposent qu'elle vient du sud de la France, personne n'imagine qu'elle est danoise. Elle est arrivée ici à seize ans en tant que réfugiée linguistique.

Réfugiée linguistique ? Ça existe ?

Eiríkur avait éclaté de rire, oui, j'imagine ! Tove est certaine que leur nombre ne fera que croître ces prochaines années. Ce sont des gens qui viennent de pays où la langue se détruit de l'intérieur. Ce qui, comme chacun sait, est en train de se produire au Danemark. Tove affirme que sa langue maternelle sombre peu à peu dans le gosier de ses compatriotes au point de n'être presque plus qu'une suite de borborygmes incompréhensibles et, selon elle, d'ici à quelques dizaines d'années, plus rien ne reliera cet idiome au langage humain.

J'en ai eu ma claque, m'a-t-elle dit, je suis venue en France sous prétexte d'étudier, mais j'ai déposé un dossier de demande d'asile linguistique et on m'a aussitôt accordé la nationalité pour motif humanitaire.

Quand je pense à tout le mal que vous dites de cette pauvre langue danoise, avait répondu Hafrún. Enfin, je serais tellement heureuse de vous recevoir ici.

Nous aussi, nous avons très envie de venir, et elle vous passe le bonjour !

Vous passe le bonjour, elle vous passe le bonjour, répète Eiríkur, il omet cependant de préciser, préférant passer ce détail sous silence pour ne pas faire de peine à sa grand-mère et ne pas l'inquiéter, que la raison pour laquelle il leur est difficile de venir ensemble en Islande n'a rien à voir avec le domicile de Tove, ni avec les occupations d'Eiríkur qui travaille à 150 pour cent, ni même avec les deux filles de la jeune femme, mais avec le fait qu'elle est en couple, légitimement mariée depuis dix ans. Tove aime Eiríkur de tout son cœur, mais elle n'ose pas quitter son époux. Elle redoute les conséquences. Son mari se débat depuis longtemps avec de vieux problèmes, il a été alcoolique et elle craint qu'il perde le contrôle de sa vie, qu'il se remette à boire, qu'il sombre dans la colère et le désespoir si elle le quitte. Elle ne veut pas que ses filles assistent au triste spectacle de leur père devenant une loque.

Elle est mariée à un homme fragile. Elle est mère de deux enfants.

Donc, c'est Búðardalur bis repetita ?

L'histoire se répète en se mordant la queue.

TOUTES LES DANOISES S'APPELLENT TOVE

Cette Danoise, réfugiée linguistique, allait-elle débarquer un beau jour dans la cour de la ferme d'Oddi, à bord d'une Datsun marron, d'une Toyota verte, d'une Subaru bleue, portant dans ses bras un nourrisson qu'elle tendrait ensuite à Hafrún pardessus la table de la cuisine avant de lui dire au revoir, ajoutant qu'elle viendrait lui demander un verre d'eau dans sept, huit ou neuf ans ; Búðardalur allait-il devenir Paris et Paris Búðardalur : ce qui impliquerait que les thèmes majeurs de cette symphonie soient l'éternel retour, les femmes qui demandent des verres d'eau et les hommes qui se vident dans des chaussettes ?

Comment, dis-je en levant les yeux sans lâcher mon crayon à papier, je laisse la pointe reposer sur le dernier point d'interrogation que je viens de tracer, pour que ce chauffeur de bus barbu revenu de l'enfer comprenne bien que je n'ai pas envie qu'on me dérange alors que je suis aux prises avec le destin, parce que celui qui ne reste pas parfaitement concentré dans cette bataille peut tout autant proclamer immédiatement sa reddition, je lève donc à peine les yeux pour glisser une observation avant de repartir au combat, comment, dis-je, feignant de ne pas voir à quel point cet homme est satisfait d'avoir, une fois de plus, changé de tee-shirt, et évitant de le complimenter sur son choix bien qu'il soit parfait, de couleur bordeaux et à l'effigie de Nina Simone, qui était aussi grande qu'une girafe, qui, tout autant qu'Édith Piaf, exprimait une douleur et une mélancolie sans fond, et qui avait, comme elle, connu la boisson et la drogue, si on va par là ; les notes déchirantes de « Just Say I Love Him » figurent sous le visage de la grande artiste, cette chanson rejoint naturellement la compilation de la Camarde, impossible de faire autrement : comment puis-je coucher toutes ces destinées sur le papier dans l'espoir de rendre leur voix aux défunts et de conférer à la vie une nouvelle dimension si vous me dérangez constamment ? À ma connaissance, cette Danoise n'est jamais venue dans le fjord, et encore moins avec un bébé dans les bras. Autant que je sache, elle et Eiríkur n'ont pas eu d'enfant ensemble même s'ils en ont rêvé, s'ils ont caressé cette idée à d'innombrables reprises lorsqu'ils séjournaient, comme deux réfugiés de l'amour, dans l'espace qu'ils s'étaient créé à l'arrière du monde. Cet espace où bonheur et malheur passent leur temps à jouer au tape-cul, où la trahison et le mensonge boivent joyeusement à la table de la joie et de la sincérité, où le désespoir salue bien bas l'impatience, où l'irresponsabilité embrasse la compassion et où la lâcheté chemine à côté du sacrifice. Cet espace, n'importe qui peut y avoir accès, le seul ticket d'entrée, c'est l'amour. Et évidemment son revers – la trahison.

Donc, la Danoise s'appelle Tove, interroge le pasteur titulaire d'un permis de transports en commun grâce auquel il nous emmènera tous en enfer. Il allume la radio qui a manifestement renoncé à nous communiquer les nouvelles d'un monde fatigué, épuisé par le coronavirus, lassé d'héberger cet éternel adolescent qu'est l'être humain, la radio qui, au lieu de nous informer, diffuse « Just Say I Love Him » de Nina Simone.

À moins que mon étrange compagnon ne soit aux commandes des programmes, donc, elle s'appelle ou s'appelait Tove, et cette relation, comment a-t-elle évolué – mal, je suppose, puisque Eiríkur habite aujourd'hui seul à Oddi, avec sa carabine, ses trois chiots défunts, ses gros haut-parleurs, sa guitare.

Elle portait le nom qu'elle portait, et le porte encore aujourd'hui. Toutes les Danoises s'appellent Tove. Ils n'ont pas eu d'enfant ensemble, mais ont vécu quatre ans, à l'abri dans cet espace à l'arrière du monde. L'amour était leur domicile.

Et ils étaient heureux ?

VOUS ÊTES BÉNIS ;
COMMENT ALLONS-NOUS ARRIVER LÀ-BAS ?

Quelques mois après ce coup de fil, Eiríkur envoya à ses grands-parents une photo où il était assis avec Tove à la terrasse d'un restaurant lyonnais, sur une place inondée de soleil, ils trinquent avec leurs bières, ils sourient, ostensiblement heureux. Et ils forment un beau couple. Ils vont bien ensemble. Six mois plus tard, il envoya à Oddi une photo des deux filles de Tove. Il savait que ça ferait plaisir à sa grand-mère et à son grand-père. Il savait que sa grand-mère la mettrait dans un cadre et l'installerait ensuite parmi les autres photos de famille. Ce n'était pas bien grave, pensait-il, il y avait peu de risque qu'une personne connaissant Tove voie cette photo où ils étaient tous les deux, heureux, ou celle de ses deux filles, dans le salon de ses grands-parents, tout au nord de l'Islande.

Bien sûr, il avait conscience que ce n'était pas bien d'envoyer une photo des petites sans avoir demandé l'autorisation à leur mère – pas bien, voire impardonnable. Mais au moment où il l'avait fait, il était persuadé qu'ils allaient s'installer ensemble d'ici à un an, deux tout au plus. Le mari de Tove voyait un psychologue, il avait diminué sa consommation d'alcool et reprenait des forces. Bientôt, pensait Eiríkur – certes, il avait un peu honte de ces rêves –, cet homme serait assez solide pour encaisser le choc lorsque Tove lui parlerait de leur relation, et demanderait le divorce. Assez solide pour que Tove n'ait pas à craindre que l'événement le détruise.

Et au fond de lui, Eiríkur espérait qu'aussi longtemps que les photos de Tove et de ses filles trôneraient parmi les photos de famille à Oddi, cela augmenterait les chances qu'ils avaient de voir un jour leurs destins s'unir. La logique est sans doute la première chose qui nous fait défaut quand on est amoureux.

Notre belle-fille, disait Hafrún à ses invités, heureuse de voir le bonheur de Tove et d'Eiríkur, et le regard radieux de son petit-fils – dans l'esprit duquel les ombres semblaient enfin se dissiper. Et là, ce sont mes arrière-petits-enfants. Eh oui, Skúli et moi, nous sommes à ce point bénis dans notre vieillesse !

Ton grand-père, avait-elle dit à Eiríkur en l'appelant pour le remercier de leur avoir envoyé la photo de Tove, affirme qu'il n'aurait jamais imaginé que les mornes plaines du royaume de Danemark puissent engendrer une aussi belle femme, et qu'il a grand-hâte de rencontrer celle qui te rend si heureux. Ça viendra, grand-mère, et espérons au plus vite ! C'est juste que c'est la folie au travail en ce moment ! Nous allons débuter une tournée de six mois. Tu te souviens que l'an dernier, Tove a repris un théâtre à Marseille, elle m'a demandé de l'aider à monter *Rhinocéros* de Ionesco. Ensuite, nous avons fait une tournée d'un mois en France avec notre troupe internationale, chaque acteur joue dans sa langue, et le texte français est projeté sur un grand écran pour le public. Ces représentations ont connu un tel succès que nous partons maintenant pour six mois jouer un peu partout en Europe et même plus loin encore !

Dans ce cas, je ne veux pas te déranger avec mes coups de fil, avait répondu sa grand-mère, heureuse d'être témoin de la passion qui colorait sa voix et de l'impatience qu'il avait de se mettre en route, et n'oublie pas de nous envoyer des cartes postales !

Il l'avait fait, il leur avait envoyé des cartes joyeuses de chacune des villes où la troupe s'était produite : Milan, Moscou, Athènes, Varsovie, Oslo, Tel Aviv… il y joignait parfois quelques photos des représentations où on le voyait assis en coulisse avec sa guitare, tout de noir vêtu, si parfaitement enveloppé par la pénombre qu'il n'était plus qu'un soupçon de lui-même, comme une idée imprécise. Leur mise en scène faisait un triomphe, de nouvelles dates venaient constamment s'ajouter et les six mois initialement prévus s'étaient transformés en seize. Le rythme était tellement soutenu que parfois, Tove ne pouvait pas rentrer voir sa famille des semaines durant. C'étaient leurs moments les plus heureux. Ils n'étaient pas forcés de passer leur temps à se quitter et à vivre dans un état de manque permanent. L'espace qu'ils s'étaient créé à l'arrière du monde prenait le dessus dans leur existence.

Ils ignoraient cependant, ou peut-être refusaient-ils d'y penser, que cette longue et heureuse tournée leur compliquerait de plus en plus la tâche lorsqu'ils devraient à nouveau naviguer entre ces deux univers, leur espace intime et le monde. C'était de plus en plus…

Ça ne pouvait que mal finir, commente le chauffeur de bus de l'enfer, il tient à la main la photo de Hafrún et Skúli, celle que Skúli a envoyée à son petit-fils pendant ce voyage. Une photo qui a suivi Eiríkur à la trace de ville en ville, de pays en pays, et qui a fini par lui parvenir au bout de cinq mois alors qu'il se trouvait à Amsterdam. Skúli serre sa femme contre lui, leur amour muet et sincère semble plus vaste que le monde. Hafrún sourit, un peu comme si elle voulait dire : ce n'est pas grave, blottie contre son mari qui fixe l'objectif d'un air austère.

Eiríkur avait sorti cette photo de sa grande enveloppe dans la chambre d'hôtel. Tove était assise sur le lit, nue, les cheveux en bataille, elle venait de se réveiller. Ce sont tes grands-parents, avait-elle demandé. Il avait hoché la tête. Mon Dieu, qu'ils sont beaux, avait dit Tove, et tellement heureux ! Tout porte à croire qu'ils sont bénis !

(...)

Cette photo a mis cinq mois à lui parvenir, précise le chauffeur barbu titulaire d'un permis de transports en commun qui lui permet de me trimballer entre les mondes, les époques et les degrés d'existence : sa spatule à crêpes a disparu, son short aux couleurs criardes s'est évanoui, tout comme ses tee-shirts à l'effigie d'artistes, il porte maintenant un jeans sombre, un chandail noir et une élégante veste bleu marine.

Tu as écrit quelque part que Skúli était arrivé dans le fjord encore enfant avec le postier, poursuit mon compagnon. Il lève les yeux vers le plafond et reprend, comme s'il récitait un texte :

Arrivé ici parce que son père, Jón Gíslason, pêcheur, s'était retrouvé allongé sur le dos à côté de leur petite maison en bois, scrutant le ciel nocturne dans l'espoir d'y voir la galaxie découverte une dizaine d'années auparavant, mais dont il venait d'apprendre l'existence quelques heures plus tôt en lisant un journal anglais. Tellement grande et vaste, avait-il pensé, que même en prenant le train le plus rapide du monde, il faudrait sans doute un million d'années pour la traverser tout entière. Comment un espace aussi vaste et important a-t-il pu être invisible à l'homme des millénaires durant – si cette immensité est demeurée cachée à notre vue jusqu'à maintenant, combien d'autres sont également restées dans l'ombre, à l'extérieur de nos vies et de l'histoire humaine ? Peut-on affirmer que le monde dans lequel nous avons vécu jusque-là n'a jamais existé à strictement parler ?

Alors, qu'en dis-tu, demande mon compagnon, tu comptes laisser Jón allongé là encore longtemps – et est-il vrai qu'à strictement parler, nous n'avons jamais vécu ?

Je ne sais pas, dis-je, et je n'ai pas le temps d'y réfléchir, ni d'aller sur la péninsule de Snæfellsnes, parce qu'il a fallu cinq mois à cette photo pour parvenir à Eiríkur.

DANS UN AUTRE MONDE. À UNE AUTRE ÉPOQUE

Cette photo avait mis cinq mois à lui parvenir. Skúli avait fait le voyage jusqu'à Hólmavík et l'avait envoyée à Palerme où la troupe était censée rester une semaine à partir de la date où il l'avait postée. Sans doute à cause de la somnolence et de la lenteur des postes italiennes, elle était arrivée en Sicile trois semaines plus tard, date à laquelle la troupe jouait au Caire où on l'avait fait suivre ; et lorsqu'elle était arrivée là-bas, les acteurs étaient déjà partis à Athènes. Cela avait continué ainsi cinq mois durant, l'enveloppe avait visité huit villes et six pays quand Eiríkur l'avait enfin reçue dans l'hôtel où il était descendu à Amsterdam. Qu'est-ce que c'est que ça, avait demandé Tove en le voyant rentrer dans leur chambre, une grande enveloppe à la main. Eiríkur était sorti à pas de loup environ une heure plus tôt, Tove était encore endormie, il avait griffonné un message qu'il avait posé sur sa table de chevet, à côté de son téléphone : « 8 h 30 : Je suis sorti acheter des croissants dignes de ce nom dans la ville des canaux, des vélos et de la marijuana. Qui sait si je n'apercevrai pas Chet Baker qui passe son temps à tomber du cinquième étage de son hôtel en serrant sa trompette et sa douleur dans ses bras. Si c'est le cas, je prendrai mes jambes à mon cou, j'irai le rattraper, je le ramènerai ici et, pour nous remercier, il nous chantera "My Funny Valentine" – Each day is Valentine's day, for us two, love, chaque jour est une Saint-Valentin pour nous deux, mon amour ! »

À son retour, Tove était réveillée, assise, les cheveux en bataille, nue, dans le lit. Qu'est-ce que c'est que ça, avait-elle demandé en voyant la grande enveloppe.

Je ne sais pas, enfin, si, je veux dire, c'est une lettre qui vient de chez moi et elle a vu du pays, ce qui m'étonne, c'est que l'adresse est apparemment écrite de la main de mon grand-père. Je ne crois pas l'avoir jamais vu écrire quoi que ce soit, même pas sur les emballages des cadeaux qu'il offrait à ma grand-mère.

Ah, mais qu'ils sont beaux, s'était exclamée Tove en découvrant la photo, et ils ont l'air tellement heureux ensemble ! Mon amour… voilà ce que nous serions peut-être devenus dans trente ou quarante ans. Si nous avions vécu dans un autre monde. À une autre époque.

Elle s'était réveillée peu après son départ, elle avait trouvé le message, l'avait lu et avait souri, heureuse. Souri face à ces mots, à cette écriture désordonnée dont chaque trait portait en lui la présence et le caractère d'Eiríkur, l'homme qu'elle aimait. Elle avait lu ce message trois fois puis s'était apprêtée à le ranger dans la boîte qu'elle emportait toujours avec elle, et qui contenait une kyrielle de bouts de papier du même genre, des petits mots, des messages joyeux, qu'Eiríkur lui avait laissés ici et là ces dernières années. Autant de petites pilules de bonheur qu'elle ressortait quand elle avait besoin de consolation, quand elle voulait se réjouir, sourire, se gorger de sa présence. Tout à coup, elle avait reçu un sms désespéré de sa fille aînée, paniquée par ses premières règles, même si elle savait ce qu'elles signifiaient. Tove l'avait immédiatement appelée, elle lui avait parlé un long moment, avait réussi à la consoler, à la calmer et même à la faire rire. Elle avait le sourire aux lèvres en raccrochant, tendant aussitôt sa main vers le message pour le ranger dans la boîte – c'est là que ses larmes s'étaient mises à couler. Qu'est-ce que ça veut dire, s'était-elle demandé, surprise, en les essuyant. Mais les larmes avaient continué à lui monter aux yeux, intarissables, incontrôlables, puis elle s'était mise à sangloter sans pouvoir s'arrêter. Recroquevillée sur le lit, le corps secoué de spasmes et de sanglots violents, elle suffoquait. Brusquement, l'évidence lui avait sauté aux yeux. Une évidence qu'elle avait trop longtemps refusé de regarder en face : cette double vie la déchirait, et elle déchirait aussi Eiríkur. Malgré le bonheur qu'ils avaient vécu, malgré l'amour, ils gâchaient leur vie. Elle avait tout à coup compris que le quotidien merveilleux et joyeux contenu dans son message ne pourrait jamais devenir leur quotidien à eux. Et elle s'était effondrée. Pleurant toutes les larmes de son corps. Mais se sentant également… comme soulagée ? Comme si tout le poids de la montagne qui reposait sur ses épaules avait brusquement disparu.

Et enfin, elle pouvait respirer.

Voilà ce que nous serions peut-être devenus dans trente ou quarante ans – Eiríkur n'avait pas mesuré la portée des paroles de Tove. Il regardait la photo, discernait comme de l'épuisement dans la posture de sa grand-mère, son grand-père quant à lui affichait une expression étrangement grave. Un soupçon mêlé de crainte avait surgi en lui.

Il avait attrapé son téléphone et appelé Skúli qui lui avait répondu à Reykjavík, dans la chambre d'hôpital de Hafrún.

MAINTENANT, TU PEUX VENIR

Ta grand-mère nous a interdit de te parler de sa maladie, lui explique Skúli au téléphone. On lui a diagnostiqué un cancer il y a neuf mois, un cancer du côlon. Celui que les médecins surnomment l'assassin silencieux parce qu'on ne le sent qu'au moment où il s'est tellement développé qu'il n'y a plus grand-chose à faire. Elle ne voulait pas que nous te dérangions. Elle nous l'a fait promettre. Tu étais tellement débordé, cette tournée te prenait tout ton temps. Et tu avais l'air tellement heureux avec cette jeune Danoise qu'elle ne voulait pas risquer de gâcher la fête. Ça va passer, disait-elle. Et je veux qu'Eiríkur profite de la vie. Il est jeune, il aura tout son temps pour penser à la mort. Pour l'instant, il doit vivre. Et je ne veux pas non plus qu'il me voie comme ça, comme une loque. Si je devais partir, je préfère qu'on garde de moi le souvenir de l'époque où j'étais bien portante. Vous êtes déjà trois à devoir me supporter dans cet état, c'est assez comme ça. Mon petit Eiríkur, tu connais ta grand-mère. Elle a toujours été ainsi. C'est la personne la plus chaleureuse du monde, en revanche, elle est parfois tellement têtue qu'elle pourrait entrer dans le Guinness des records. Mais dis-moi, tu as reçu cette photo aujourd'hui, au bout de cinq mois ?

Oui, grand-père, elle est passée par huit villes et six pays. Je n'ai jamais vu autant de tampons sur une enveloppe.

Voilà qui lui aurait plu. Elle ne voulait pas que tu saches. Je te l'ai déjà dit ? D'abord pour la raison que je t'ai donnée tout à l'heure, parce qu'elle ne voulait pas que tu la voies dans cet état, et aussi parce qu'elle en avait assez de ce qu'elle appelait cette hystérie – la mienne, celle de Palli et de ton père. Selon elle, nos inquiétudes ne faisaient qu'aggraver sa maladie. Par contre, te savoir tellement heureux avec cette Danoise, Tove, n'est-ce pas, lui procurait de la joie et lui donnait la force de se battre. Et nous avons pu constater qu'elle avait raison, oui, ça lui donnait de l'énergie. Les cartes postales que tu nous as envoyées de toutes ces villes d'Europe, d'Afrique ou d'Asie étaient autant de rayons de soleil. Parfois, j'avais même l'impression qu'elles avaient le pouvoir d'atténuer ses douleurs autant que la morphine. Je t'ai envoyé cette photo sans lui en parler, je commençais presque à le regretter. Je veux dire, la voyant tellement heureuse de ne recevoir de toi que de bonnes nouvelles. Il va falloir que je me lève, m'a-t-elle dit, pour pouvoir accueillir dignement notre belle-fille danoise. Je suppose que ta grand-mère dirige tout, y compris sans en avoir conscience. Parce qu'en fin de compte, cette photo ne t'est parvenue que lorsqu'elle a voulu que tu la reçoives. La mort ne doit pas perturber la vie plus que nécessaire, m'a-t-elle répondu quand je lui ai dit que j'allais te prévenir de ce qu'il se passait. Chaque fois que j'ai pris une décision, je l'ai toujours mise dans la confidence. Maintenant, tu peux venir, mon petit Eiríkur. J'avais prévu de te téléphoner aujourd'hui. Son état s'est subitement dégradé. En réalité, il faudrait que tu viennes au plus vite. J'ignore combien de temps je parviendrai à la retenir ici-bas. C'est que la mort tire bien plus fort que moi pour l'emmener de l'autre côté. En fin de compte, je ne suis pas si costaud. J'ai beau n'avoir jamais tiré aussi fort, je crains de ne pas avoir les muscles qu'il faut. Je crains que ta grand-mère ne soit en train de nous quitter. Et ensuite, je dois t'avouer que je ne sais pas ce qu'il adviendra de ce monde.

COMMENT VAIS-JE FAIRE POUR MOURIR SI TU N'ES PAS À MES CÔTÉS ?

Deux heures plus tard, Eiríkur est en route vers l'aéroport. À quelques heures du décollage, il ne reste plus qu'un billet en Saga Class, et cher comme la mort, pense-t-il en envoyant à son grand-père un sms pour lui dire qu'il est dans le train vers le terminal aérien, et qu'il arrive.

Eiríkur est en route, a murmuré Skúli à Hafrún, espérant que sa voix se fraiera un chemin à travers le brouillard qui l'enveloppe et s'épaissit depuis la veille. Un brouillard si compact que Hafrún n'entend plus son mari, elle a cessé de percevoir sa présence bien qu'il ne quitte pas une seconde son chevet. Il lui parle, lui fait la lecture à voix haute, lui tient la main.

En réalité, ils ont toujours tout fait ensemble depuis l'enfance.

Ils ont toujours été aussi unis que les doigts de la main, ils ont affronté tous les problèmes. Les moments difficiles, les douloureux, les quotidiens, et ils se sont toujours relevés après les coups. Car la vie leur en a asséné, la vie est une longue respiration, et il se passe toujours quelque chose. Ils ont connu des soucis financiers, il fallait remettre les clôtures en état, décider de mettre fin aux souffrances d'un chien qui les avait accompagnés fidèlement quinze années durant, il fallait peindre la maison, aller récupérer Halldór jusque dans les Fjords de l'Est parce qu'il n'avait pas dessoûlé depuis un mois, parce qu'il avait perdu son travail, qu'il s'était couvert de dettes, il fallait soutenir Páll lorsqu'il était rentré après sa relation avec la veuve du marin qui s'était soldée par un naufrage, et parfois, Eiríkur ne répondait pas aux coups de fil que Hafrún lui passait tous les samedis, pourtant, elle laissait sonner, mais il ne la rappelait pas, ces moments ont été douloureux. Mais elle et Skúli ont tout affronté ensemble et la vie leur a toujours souri lorsqu'elle était de passage dans leur fjord. Ils étaient bénis, Tove avait parfaitement raison. Ils avaient tout fait ensemble. Aujourd'hui, le lien qui les unissait se disloquait, Hafrún était perdue, solitaire, au fond d'une épaisse brume, la main posée sur son genou, murmurant des mots dont elle espérait qu'ils parviendraient, quelle que soit la manière, jusqu'à son mari. Je t'aime depuis plus de soixante ans, disait-elle.

Je t'aime depuis plus de soixante ans. Te souviens-tu, j'avais à peine onze ans quand je l'ai compris, toi, tu allais en avoir dix. Nous étions assis, chacun sur une motte d'herbe, dans la vallée de Gufudalur. Nous surveillions les brebis, nous imaginions que c'était le dernier été où on leur enlevait leurs agneaux dans le fjord, le dernier été où on le faisait partout en Islande, nous avions inventé ce genre de bêtises, nous rêvions, comme le font les enfants. J'aimais te regarder parler. Voir tes lèvres bouger, voir la couleur de tes yeux changer au gré de la lumière, tes yeux qui devenaient parfois si étrangement bleus – c'est là que j'ai remarqué pour la première fois la largeur de l'espace qui les sépare et tout à coup, j'ai eu l'impression que c'était la chose la plus jolie, la plus charmante et la plus distrayante qui existait au monde. Tu débordais tellement d'énergie que tes yeux semblaient lancer des éclairs. J'ai dû te regarder bizarrement parce que, tout à coup, tu t'es tu et tu m'as demandé d'un air inquiet et tellement adorable, il y a quelque chose qui ne va pas ? Quelque chose qui ne va pas ? Oui, et sacrément ! J'avais onze ans et j'étais follement amoureuse d'un garçon qui en avait neuf. C'était humiliant. J'étais tellement en colère que je me suis levée pour te donner une gifle de toutes mes forces. Tellement violente qu'elle t'a fait tomber à la renverse de la touffe d'herbe où tu étais assis. Tu t'es relevé, abasourdi, déconcerté, la lèvre inférieure fendue, mais moi, j'étais déjà loin, j'avais pris mes jambes à mon cou pour te fuir. Je n'ai arrêté de courir qu'une fois hors de ta vue, je me suis jetée dans un creux d'herbe, j'ai hurlé ma colère et juré tout ce que je savais, allongée à plat ventre sur la terre moelleuse. Depuis, je t'ai aimé à chaque seconde, et c'est tellement dur, tellement injuste de ne plus rien sentir quand ta main se pose sur moi, de ne plus entendre ta voix. Comment vais-je faire pour mourir si tu n'es pas à mes côtés ?

Puis elle avait pleuré.

Mon amour, avait murmuré Skúli en voyant ses larmes silencieuses couler de ses yeux clos puis se perdre dans la taie d'oreiller. Il s'était levé, les avait essuyées, les avait balayées d'une caresse, murmurant, je suis là et je ne te laisserai pas ! Il lui avait pris les mains, les avait serrées et approchées de ses lèvres âgées, de ses yeux bleus, mais n'avait pas pleuré, tenant à être fort pour elle. Parce que si celui qu'on aime est vulnérable, s'il a peur, s'il pleure de douleur et de solitude, on a le devoir d'être fort. Et il avait promis à sa mère de toujours l'être. À sa mère qui lui avait demandé de le lui jurer sur le rivage, il y avait de cela une vie entière. Promets-moi d'être fort, pour moi et pour ta sœur Agnes, parce que je peux tout faire, mon chéri, tant que tu es solide.

Sois fort, mon amour.

ON NE VEXE PAS
CES FEMMES FORTES ET FIÈRES

Jón, le père de Skúli, s'allonge sur le dos devant leur maison pour chercher cette nouvelle galaxie, dit le pasteur chauffeur de bus. Il va falloir que tu ailles là-bas, tu n'y échapperas pas, que tu te rendes jusqu'à Snæfellsnes, tout à l'ouest, et que tu plonges plus loin encore dans le passé.

Je n'ai ni la place, ni le temps, marmonné-je, me gardant de lever les yeux pour éviter qu'il... me coince et me détourne de ma route. Il faut essayer...

En effet, c'est le mot qui convient : *essayer*. Parce que, justement, Jón essaie d'apercevoir la galaxie, découverte il y a peu par des savants. Il me semble cependant qu'il faut pour ça un puissant télescope et que, par conséquent, il n'a jamais pu la voir, en tout cas, pas dans cette vie – et il ne reste plus que quatre gorgées embrumées dans sa bouteille. Peut-être cinq. Skúli dort dans la maison tandis que son père est allongé à la belle étoile. Il dort avec ses deux sœurs, âgées de six et trois ans, installées de part et d'autre de lui. Il fait si froid chez eux que les trois petits dorment ensemble pour se réchauffer les uns contre les autres. Skúli se réveille tôt, pris d'une envie pressante, vers six heures, ce matin-là, et trouve Agnes presque entièrement allongée sur lui. Il se lève, le froid glacial du plancher lui mord la plante des pieds, mais il est trop fatigué pour enfiler ses chaussettes ou ses chaussures. Il ouvre la porte, qui est sortie de ses gonds au cours de la nuit, sort, trébuche sur son père – puis répond au téléphone soixante-dix ans plus tard dans une chambre d'hôpital à Reykjavík.

En effet, j'en conviens, dis-je en fixant les pages dans lesquelles la voiture de Kári tourne vers la ferme de Hof, Lúna et Dísa sortent sur les marches pour l'accueillir, elles nous saluent d'un geste de la main, Rúna et moi, tandis que nous passons devant la maison, en route vers l'hôtel où m'attend Sóley, à moins qu'elle ne m'attende pas, je l'ignore, je suis…

… un détail superflu, interrompt le chauffeur de bus, qui se sert un verre sans m'en proposer un. Tes souvenirs et tes amours ne doivent pas nous entraver. Les Nornes, ces fileuses du destin, attendent que tu t'occupes d'elles, et on ne vexe pas ces femmes fortes et fières. Si tu t'acquittes de ta tâche, suffisamment bien pour qu'on te remarque dans notre monde, je te dirai peut-être qui tu es. Mais pas avant.

MON AMOUR, J'AI VU LE MONDE ENTIER

Dieu seul connaît les réponses, lit-on quelque part, mais Dieu n'a pas dit un mot depuis deux mille ans et les questions, les doutes, la peur de vivre en vain nous restent sur les bras. Dieu connaît les réponses et les grands desseins, l'être humain vit dans l'incertitude et c'est de là que proviennent les histoires. Et à quel endroit placez-vous le diable ?

Je scrute les pages, je parcours ces observations sur Dieu, les réponses, l'incertitude quant à l'endroit où placer le démon et je vois Jón, le père de Skúli, convaincre un bouilleur de cru du village de lui donner une bouteille, sa main est guérie, il va pouvoir repartir en mer et pourra bientôt le payer.

Mon compagnon fait tourner son verre à liqueur plein à ras bord entre ses doigts longilignes. C'était une époque difficile, dit-il.

Je l'observe du coin de l'œil. Son expression est celle d'un homme qui a voyagé si loin qu'il sait où conduisent toutes les routes. Est-il possible que ce soit lui qui, il n'y a pas si longtemps, faisait des crêpes dans cette caravane : un homme avec un visage pareil peut-il enfiler un short ridicule et agiter une spatule autour de lui comme un Don Quichotte anachronique ?

Une époque difficile, répète-t-il, les années trente. La grande crise et ses répercussions affectaient encore terriblement le quotidien des petites gens comme Hulda et Jón qui avaient passé un hiver de privations. La météo très instable avait réduit considérablement le nombre de sorties en mer, Jón s'était blessé à la main et, plusieurs semaines durant, il n'avait pas pu pêcher – la somme qu'il devait au marchand ne cessait d'augmenter. La famille avait dû économiser sur tout, elle avait épuisé ses réserves de charbon deux jours plus tôt et il faisait un froid glacial dans la maison.

C'était la faute de Jón.

S'ils ne s'étaient pas depuis longtemps installés dans un meilleur logis. S'ils n'avaient pas le moindre sou d'avance. Je suis exactement comme maman, pensait-il parfois, n'hésitant pas à l'écrire dans les lettres à ses sœurs, quel que soit l'état de l'économie familiale, je ne peux pas m'empêcher d'acheter les livres qui m'intéressent et de m'abonner à des revues. Qui plus est, je suis même allé avec Hulda jusqu'à Reykjavík pour assister à des conférences ou aller au théâtre. Il y en a plus d'un qui a haussé les épaules de dédain au village ! Et ils ne nous témoignent aucune compassion maintenant que nous sommes en difficulté. Bien fait pour eux, pensent-ils. Vous ai-je dit que mes compagnons d'équipage, ces crétins, me surnomment Jón l'érudit en se croyant drôles ?

Jón l'érudit – lui et Hulda possédaient au moins cent livres, plus que l'instituteur itinérant des villages de pêcheurs, presque autant que le préfet et sa femme à Ólafsvík. Enfin, avouons-le, il n'était pas vraiment à jeun quand il s'était entaillé la main en mer au cours de l'hiver. Il commençait à faire froid dans la maison, hier matin, Hulda s'était réveillée ses longs cheveux bruns collés au mur par le gel, et il avait fallu les couper pour les détacher. Il s'inquiétait pour elle, il en était même à se demander quels livres et revues il pourrait sacrifier pour chauffer un peu. Parce que Hulda avait contracté la tuberculose pendant l'enfance, certes, sans trop de dommages, mais le mal avait repris cet hiver, elle ne pouvait presque pas travailler, elle s'essoufflait vite : n'était-ce pas ce froid qui avait réveillé la maladie ?

Il fait nuit, Jón se tient, ivre, devant la porte de leur maison, cette porte, dont le bois gonfle tellement par temps humide qu'il faut beaucoup forcer pour l'ouvrir, est bloquée, la maison refuse de le laisser entrer. C'est un signe, pense-t-il.

Il était parti tôt le matin, espérant que le marchand lui ferait crédit pour quelques victuailles et un peu de charbon, mais il avait croisé des marins anglais à la boutique et leur avait demandé, comme chaque fois qu'il les rencontrait, s'ils n'avaient pas quelques journaux datant de plusieurs semaines qu'ils avaient lus et relus, et dont ils pouvaient se séparer sans dommages. Les marins lui avaient proposé de monter à leur bord en lui promettant de lui offrir de la bière. Une seule, avait-il pensé, puis je redescends à terre. Mais il en avait bu plus d'une, et lorsqu'il avait quitté le navire, en fin d'après-midi, il n'avait pas osé rentrer immédiatement chez lui, ivre et les mains vides. Il ne supportait pas l'idée d'être confronté à la déception de sa femme, et encore moins à la colère dans les yeux de Skúli, désormais en âge de comprendre le lien entre la boisson et les difficultés de la famille, le froid qui régnait dans leur maison, la maladie de sa mère et la toux persistante de la petite Agnes. Jón s'était donc arrêté, sans même réfléchir, chez le bouilleur de cru, à qui il avait acheté une bouteille à crédit, puis il avait passé la soirée, affalé sur des filets de pêche dans une cabane où il s'était niché, lisant et buvant sa bouteille. Les Anglais lui avaient offert une belle pile de journaux. L'un d'eux contenait un grand article sur Edwin Hubble qui, une dizaine d'années plus tôt, avait découvert l'existence d'une autre galaxie, c'était là une révolution scientifique. Il avait lu l'article trois fois de suite. De plus en plus exalté, de plus en plus joyeux, et pour finir, il s'était senti tellement enflammé qu'il n'avait pas pu attendre plus longtemps pour aller annoncer la nouvelle à Hulda. Il s'était donc dépêché de rentrer chez lui. Tellement exalté qu'il avait oublié à quel point il était aviné, qu'il n'était pas repassé à la maison après être parti demander au marchand de lui faire crédit, qu'il rentrait les mains vides et complètement soûl. Il avait oublié tout ça. D'ailleurs, ces détails n'avaient plus aucune importance – qu'importent les banalités du quotidien quand le ciel se met subitement à tousser, avait-il pensé, avançant presque au pas de course sur les derniers mètres.

Or la porte était bloquée.

Il avait beaucoup plu depuis plusieurs jours, le bois avait gonflé et elle refusait de s'ouvrir. La maison refusait de le laisser entrer. Jón avait soupiré, il avait levé les yeux vers le ciel et compris qu'il était sans doute minuit passé, Hulda était probablement endormie. Il avait également constaté que le ciel s'était presque entièrement dégagé, le froid avait forci, les étoiles étaient revenues. C'est un signe, s'était-il dit – c'est un signe !

Oui, cela crevait les yeux !

Le destin et Guðríður, sa mère, lui envoyaient un message disant que désormais, il devait lever les yeux vers le ciel où règnent la vie et la beauté. Il lui suffisait de s'allonger par terre pour embrasser d'un regard toute la voûte céleste, et d'attendre de dessoûler tout en cherchant cette galaxie récemment découverte. Cela reviendrait dans une certaine mesure à contempler l'éternité elle-même.

Il avait sorti la bouteille de sa ceinture, l'avait balancée d'un geste méprisant et s'était allongé sur le dos. Celui qui est en quête de l'éternité n'a plus besoin de boire. Il avait simplement besoin de se remettre des haut-le-cœur qui l'avaient submergé quand il s'était couché. Ils ne tarderaient pas à passer. Ensuite, il n'avait plus qu'à regarder, à dialoguer avec le ciel, à l'écouter. La nuit, elle aussi, passerait, puis il rentrerait, prendrait Hulda dans ses bras, embrasserait ses cheveux, l'embrasserait dans le cou, sur les paupières, et lui dirait, réveille-toi, ma chérie, parce que j'ai vu le monde tout entier. Et quand j'ai compris que la vie est plus vaste que la mort, j'ai balancé ma bouteille car j'ai su que je n'aurai plus jamais besoin de boire. Mon amour. Tout ira bien maintenant.

C'EST TELLEMENT AGRÉABLE DE T'ÉCOUTER, TU LE SAIS, N'EST-CE PAS ?

Dans un cimetière battu par les vents, vers l'extrémité de la péninsule de Snæfellsnes, si loin à l'ouest qu'on aperçoit jusqu'à la haute mer, se trouve encore aujourd'hui la belle pierre tombale assez imposante de Jón Gíslason, un gros rocher ramassé sur la plage, façonné et poli par les vagues, pesant au moins trente kilos, et trouvé par sa femme, Hulda. Qui l'a cherché longtemps, qui est allée loin, qui a parcouru des kilomètres sur le rivage pour choisir la pierre adéquate qu'elle a ensuite portée jusque chez elle. Cette pierre est si lourde que Hulda, avec ses bras fins et ses poumons phtisiques, a dû s'asseoir plus d'une fois pour reprendre son souffle et se reposer. La neige s'était mise à tomber, à tomber en abondance, et les flocons avaient fait de la veuve un ange mélancolique transportant une stèle pour la Camarde.

Quatre-vingts ans plus tard, ils sont trois debout face à cette pierre. Halldór, Páll et Eiríkur, qui se tient entre les deux premiers. Ils lisent l'inscription que Hulda a gravée elle-même, si profondément dans la pierre que le temps n'a pas encore réussi à l'effacer : « Jón Gíslason (1901-1939), pêcheur, époux et père aimé. Qui manque terriblement. »

Deux dates qui enserrent la naissance et la mort, et puis ce court tiret qui les relie, censé contenir l'ensemble de son existence, de ses pensées, de ses rêves, des caresses de ses mains, ses yeux rieurs, taquins, qui devenaient parfois mélancoliques, devenaient parfois sombres, ce tiret est censé contenir son enfance, l'amour que lui portaient ses deux sœurs, l'amour qu'il avait pour sa mère, l'amour que lui portait Hulda, celui que lui portaient ses enfants, même s'il les avait tous trahis. Tout cela est censé se trouver dans ce court tiret, marin respecté, réputé pour son courage, sa débrouillardise, son habileté, pour ne redouter aucune tempête, pour être un peu trop porté sur la boisson, mais animé d'une soif inextinguible de connaissances : tu es quand même une sacrée tête, lui disaient parfois ses compagnons d'équipage. Puis il était mort devant sa maison sous le ciel limpide d'une nuit de février : aimé, il manquait terriblement.

La douleur et l'oubli.

Souviens-toi de moi, et les démons s'éloigneront. Oublie-moi, et ils viendront me lacérer le ventre.

Les deux frères avaient passé un long moment devant la pierre, puis Eiríkur les avait rejoints, ils étaient restés si longtemps que leur présence s'était sans doute infiltrée dans la terre, atteignant les trois défunts qui y reposaient, parce que Jón n'est pas seul dans les ténèbres, parmi les poètes aveugles de la glèbe – sur cette pierre sont aussi gravés les noms de Hulda et d'Agnes, la toute petite, qui voulait toujours dormir, blottie contre son frère. Agnes Jónsdóttir (1935-1939), Hulda Jónasardóttir (1905-1939).

Ensuite, tous trois avaient poursuivi leur périple vers Uppsalir, là où tout avait commencé. C'était une sorte de pèlerinage.

Ils avaient suivi des routes de campagne, longé de vieilles pistes, et dû marcher sur les derniers kilomètres, ni route ni chemin ne conduisait à la ferme en dehors d'un sentier qu'empruntaient les moutons. Puis ils étaient restés devant les vestiges affaissés, les murs effondrés, et il n'y avait pas grand-chose, en réalité, il n'y avait plus rien qui rappelât la pièce commune où Gísli et Guðríður s'étaient endormis et réveillés des milliers de fois, la pièce commune où ils avaient vécu leur vie. Où deux de leurs plus jeunes filles étaient nées et avaient passé leur enfance, peut-être monotone, mais emplie d'amour ; où Gísli avait rêvé d'une ferme sur les basses-terres, de préférence à deux pas de la côte. Où il s'était soulagé dans une chaussette en laine et où le révérend Pétur avait vu pour la première fois un sourire redoutable. Cette pièce commune a désormais disparu, elle a été si radicalement effacée qu'on dirait qu'elle n'a jamais existé. Disparue elle aussi la petite cour où les trois gamines excitées sont sorties pour voir Pétur et la jument Ljúf approcher, disparu le passage où leur mère s'était cachée comme une idiote, là où la lumière du jour rencontrait les ténèbres, pressée d'entendre la voix du pasteur pour la première fois. Ce passage couvert d'où Guðríður sortirait plus tard avec une pile de crêpes pour Gísli et Björgvin, et pour ses trois filles qui ne quittaient pas la jument âgée de cinq ans, elle était sortie du passage et avait quelques instants plus tard traversé le corps d'Eiríkur, qui se tenait devant ces ruines presque cent vingt ans plus tard – et son cœur avait bondi dans sa poitrine en sentant la présence de son arrière-petit-fils.

Mais le fils de Guðríður, la prunelle de ses yeux, son dernier né, le fils tant désiré de Gísli, ce fils avec lequel il avait rêvé d'aller pêcher, était couché en travers et de tout son long devant la porte, lorsque Skúli était sorti au petit matin pour aller uriner. Réveillé par une envie pressante, il s'était tellement dépêché qu'il avait trébuché sur le corps de son père et avait roulé sur la terre gelée. Il faisait encore nuit, on voyait les étoiles, et la Voie lactée suspendue quelque part dans les ténèbres ne s'émouvait nullement du spectacle d'un gamin de sept ans trébuchant sur son père, roulant sur la terre glacée, tellement surpris par sa chute que sa vessie s'était vidée.

Oh non, avait pensé Skúli en sentant l'urine chaude couler sur sa peau et tremper son pyjama. Il s'était levé et avait vu son père allongé sur le dos, étrangement immobile, étrangement raide, la tête rejetée en arrière.

Papa, avait-il murmuré, papa, réveille-toi ! Puis il s'était mis à le secouer, voyant qu'il ne répondait pas. Il l'avait supplié d'ouvrir les yeux car il n'allait tout de même pas rester couché là, sa femme et ses filles n'allaient plus tarder à se lever. Papa, avait-il murmuré, encore et encore. Mon petit papa, il faut que tu te réveilles ! Pardonne-moi d'avoir été en colère. Ça ne m'arrivera plus jamais si tu ouvres les yeux maintenant ! Tu ne veux pas me parler de tes lectures ? C'est tellement agréable de t'écouter, tu le sais, n'est-ce pas, et tu sais que je t'aime beaucoup, avait murmuré Skúli en essayant d'essuyer le visage de son père, maculé de vomissures. Mais Jón n'avait pas répondu, entièrement indifférent au monde. Allongé sur le dos, inerte, la tête rejetée en arrière comme un supplicié. Il s'était étouffé dans son vomi en cherchant une autre galaxie dans le ciel de la nuit.

TE RAPPELLES-TU LE JOUR OÙ JE T'AI GIFLÉ DANS LA VALLÉE DE GUFUDALUR ?

Deux mois plus tard, Hulda avait accompagné Skúli jusqu'au rivage. Par un temps radieux. L'enfant avait regardé droit devant lui pendant tout le trajet, concentré sur ce que lui disait sa mère, il avait bu ses paroles et s'était imbibé de sa présence, fermement résolu à retenir ses larmes. Il voulait les enfermer à l'intérieur, il voulait être fort pour elle.

Ils avaient marché lentement, comme pour rallonger la route et étirer ces moments ensemble. Elle lui avait parlé du fjord qui l'attendait et de cette petite vallée verdoyante où elle avait passé une année, enfant, elle y avait été heureuse, avait été accueillie chez des braves gens, et Margrét, aujourd'hui femme au foyer à la ferme de Botn, avait hâte de recevoir Skúli, cette femme était sa meilleure amie. Nous nous écrivons de temps en temps, avait-elle dit. Tout ira bien.

Et quelle chance tu as de partir en voyage ! À seulement sept ans, tu vas voir de belles campagnes, toutes sortes de paysages et évidemment, toutes les maisons et tous les bâtiments de Stykkishólmur ! C'est presque aussi intéressant que d'aller à Reykjavík. Je ne connais aucun enfant de sept ans qui aura vu autant de pays que toi quand tu seras arrivé à destination. Tu en as, de la chance. Tu acquerras une grande sagesse. Je suis tellement fière de toi. Tu es si beau, si agréable et si gentil. Tu verras, tout va s'arranger. Il faut juste être patient. Parfois, des événements terribles doivent se produire pour permettre à de meilleures choses d'advenir. Je sais que tu seras heureux. J'envie tous ceux qui feront ta connaissance et qui vivront à tes côtés. Quelle chance ils ont ! Peut-être que tout se sera arrangé dans un an et, dans ce cas, j'enverrai quelqu'un pour te chercher. J'ai tellement hâte. Mais d'abord, il va falloir que tu sois très fort, tu le seras, mon chéri, tu veux bien me le promettre ?

Ils avaient atteint le rivage, elle s'était agenouillée devant lui. La barque qui devait emmener Skúli sur le navire de pêche les attendait à proximité. Elle l'avait pris dans ses bras, l'avait serré fort et longuement, aussi fort qu'étreindre se peut en ce monde. Et il avait senti qu'elle tremblait. Allons, allons, avait-elle murmuré, quelle idiote je suis, voilà que j'ai mouillé ton joli chandail. Mon beau, mon beau et courageux petit garçon !

Elle lui avait pris la main, avait ouvert sa paume et l'avait posée sur son cœur, avec douceur et fermeté, puis avait chuchoté, maintenant, mon cœur sera toujours à tes côtés. Prends-en soin, et sois fort.

Debout sur le rivage, elle l'avait regardé partir, le navire avait levé l'ancre, plus il s'éloignait de la côte, plus sa mère devenait petite. Graduellement effacée par la distance. La distance : l'autre nom de la mort.

Le navire était parti – presque soixante-dix ans plus tard, Skúli est assis au chevet de Hafrún, il lui tient fermement la main. Il s'est assoupi, épuisé. Sa tête s'est affaissée, son front repose sur la couette. Il dort, il est sur le pont de ce navire qui s'éloigne de sa mère. Il la regarde diminuer, il la regarde mourir, et se dit tout à coup que la seule solution est de se laisser glisser dans le canot que le navire traîne dans son sillage et de ramer jusqu'à terre. Ainsi, il pourra sauver non seulement sa mère et sa sœur Agnes, mais également Hafrún. Il a beau essayer, il n'arrive pas à se déplacer, une force gigantesque et invisible le retient prisonnier. Il a beau se débattre, il reste parfaitement immobile. Il pleure de douleur sur la couette, puis se réveille en sentant Hafrún qui lui caresse la nuque d'un geste apaisant.

Il lève les yeux et la voit sourire. Te voilà revenue, murmure-t-il, heureux. Elle ne lui répond pas, sa paume tiède, sa main décharnée le caressent tendrement. Te rappelles-tu, murmure-t-elle quelques instants plus tard, peinant à articuler, le jour où je t'ai giflé dans la vallée de Gufudalur ? Skúli hoche la tête, elle sourit, puis se laisse retomber sur l'oreiller, épuisée, et reprend, elle murmure, elle sourit, ah, comment aurais-je pu ne pas t'aimer ?

Skúli serre sa main dans la sienne, les sanglots lui montent à nouveau à la gorge, il a promis d'être fort, il se penche en avant, lui embrasse la main, lui embrasse les doigts et parvient à retenir ses larmes. Il se rassoit dans son fauteuil, attrape son téléphone et découvre le sms qu'Eiríkur lui a envoyé deux heures plus tôt : « Grand-père, j'ai trouvé un billet en Saga Class (!), je décolle dans deux heures, j'envoie un message à papa pour qu'il vienne me chercher à l'aéroport, je serai là au plus tard dans six heures. »

Skúli se relève, se penche sur sa femme et lui

murmure qu'Eiríkur est en route. Elle ouvre les yeux, sourit à nouveau, presse sa main, deux fois.

Alors Skúli fond en larmes.

Et lorsqu'il pleure, il est à la fois ce petit garçon de sept ans sur un navire de pêche qui s'éloigne de sa mère, et ce vieil homme dans une chambre d'hôpital à Reykjavík.

ON COMPREND UNIQUEMENT L'INCOMPRÉHENSIBLE

Puis Hafrún entre dans ces ténèbres depuis lesquelles aucun message ne nous est jamais parvenu, déclare le chauffeur de bus sanctifié en faisant tourner son petit verre à liqueur vide entre ses longs doigts. Le ton de sa voix me donne la désagréable sensation qu'il connaît à la fois les ténèbres où chacun finit par sombrer, et les mots qu'elles retiennent prisonniers et qui ne parviennent jamais à atteindre le monde des vivants.

Je regarde mes feuilles dans l'espoir d'échapper à cet homme. De revenir à moi, assis dans la jeep à côté de Rúna, roulant vers l'hôtel. Elle doit passer chercher trois bouteilles de grappa pour la fête et du chocolat noir pour faire des gâteaux français. J'ai tellement envie de retourner là-bas, d'écouter le prochain morceau sur la compilation de la Camarde, et de voir Sóley, de me gorger de son sourire et de cette énergie lumineuse qui semble me rendre la vie plus légère. Et j'ai envie de rencontrer les Canadiens de la piscine, de découvrir les liens de parenté qui les unissent à Eiríkur, de savoir pourquoi il a de la famille au Canada – à mon avis, la réponse à cette question me permettra de mieux comprendre l'image d'ensemble. Pour autant qu'elle existe.

Je baisse les yeux sur cette écriture serrée, petite, ramassée, l'écriture disgracieuse du démon, sans y trouver aucune trace de moi et de Rúna, au lieu de ça, j'aperçois Eiríkur qui sort de Leifstöð, l'aéroport de Keflavík. Plus exactement, du terminal qui se trouve en surplomb de la ville, installé sur les anciens pâturages communaux de Njarðvík. Halldór est là pour accueillir son fils. Ils ne se sont pas vus depuis… trois, quatre ans ?

Il a vieilli, pense Eiríkur, un peu déçu. Parce que Halldór a maigri, il a perdu sa souplesse et sa fougue adolescentes. Les traits de son visage sont devenus plus durs, plus sombres, et on dirait que ses yeux sont plus profondément enfoncés dans leurs orbites. Je ne le reconnais pas, pense Eiríkur, désespéré, incapable de dire quoi que ce soit, et à peine de le saluer ; debout face à Halldór, la main agrippée à sa grosse valise, il est à nouveau ce petit garçon de six ans qui craint de ne jamais progresser assez en musique pour que son père l'accepte dans son groupe. Je vois que tu as apporté ta guitare, déclare Halldór sans le saluer, désignant d'un coup de tête l'instrument dont le manche dépasse de l'épaule gauche de son fils – lequel se contente de hocher la tête. Avec cette guitare, cette grosse et pesante valise que, depuis des mois, il trimballe à travers toute l'Europe, qu'il a même emmenées en Afrique et jusqu'à Bagdad. Tove lui a proposé de déposer son instrument et son bagage dans le petit appartement qu'il a acheté à Marseille environ un an plus tôt. Il a refusé, préférant emporter le tout en Islande, sans savoir pourquoi. Le voilà maintenant qui hoche la tête pour confirmer les propos de son père quant à cette guitare, et également pour le saluer. Ils ne se sont pas vus depuis trois, quatre ans, l'un salue l'autre en lui disant qu'il a emmené sa guitare, l'autre en lui répondant d'un hochement de tête. Je pourrais pourtant lui jouer et lui chanter sans difficulté « I'll Follow The Sun », se dit subitement Eiríkur, emboîtant le pas à son père. Reconnaissant qu'il ne lui pose pas de questions et se borne à lui dire que la voiture est garée tout près.

Ils quittent l'aéroport en silence, traversent les champs de lave qui commencent à revêtir les couleurs intenses de l'automne entre Keflavík et Reykjavík. Eiríkur se gorge de cet environnement, il perçoit à quel point l'Islande lui a douloureusement manqué. La lumière, les odeurs, le paysage. Il regarde les champs de lave, les toits colorés des maisons de Keflavík et le glacier de Snæfellsjökull de l'autre côté de l'immense golfe de Faxaflói. J'ai l'impression que ce glacier a quelque chose à me dire, pense Eiríkur tout en acquiesçant aux propos de son père.

Ils ont échangé quelques mots, quelques phrases, au début du trajet. Eiríkur a posé des questions sur sa grand-mère et son grand-père, Halldór l'a interrogé sur sa tournée. Puis ils ont gardé le silence. Ce n'était pas exactement un silence confortable, malgré ça, ils n'arrivaient pas à le rompre. Comme s'ils n'étaient plus capables ni de parler ni de se taire ensemble.

L'avons-nous jamais été, se demande Eiríkur alors qu'ils sortent de la bourgade de Njarðvík, s'engagent sur la quatre-voies de Reykjanesbraut, et longent l'enfilade de concessions automobiles. Les environs de Keflavík sont jolis, a un jour confié à Eiríkur son oncle Páll, peut-être parce qu'on a parfois l'impression que ce n'est pas un paysage, mais seulement du vent, de l'espace et des goélands. Les paysages deviennent tellement mystérieux et fascinants lorsqu'ils sont absents.

Les explications les plus incompréhensibles sont sans doute celles qu'on comprend le mieux, se dit Eiríkur en répondant d'un ton presque trop véhément quand Halldór lui demande s'il peut continuer à écouter la cassette où l'oncle Páll lit à voix haute *Le Menteur* de Martin A. Hansen, ou plutôt *Le Diacre de Sandey*, puisque c'est le titre de la traduction islandaise. Palli est venu à la maison pour enregistrer des romans. Depuis plusieurs semaines, maman peine de plus en plus à lire, elle se fatigue vite, par contre, elle peut écouter sans difficulté et elle était très heureuse quand on lui a donné ces cassettes.

Eiríkur se sent tellement libéré, tellement soulagé que son père n'ait pas prévu de passer de la musique, qu'il acquiesce avec un peu trop d'enthousiasme à la proposition qu'il lui fait d'écouter la lecture de Palli – l'idée d'écouter de la musique, des morceaux chargés de souvenirs, aux côtés de Halldór, lui est tout bonnement insupportable. Il redoutait même que son père ait préparé une compilation pour le trajet. Un florilège de leurs chansons. Eiríkur se recule, soulagé, sur son siège, il écoute la voix de Páll. « Au fait, quel nom t'ai-je donné hier soir ? »

Nathanaël ! Voilà, ça me revient ! J'avais besoin de parler à quelqu'un, et je t'ai appelé, mais je ne sais pas d'où.

Eiríkur écoute, il regarde les champs de lave, les montagnes de basse altitude, la haute mer hérissée de vagues. Plus vite, roule plus vite, pense-t-il, voyant que son père dépasse rarement les cent kilomètres heure. Accélère, roule aussi vite que tu le peux !

Il ferme les yeux, ils approchent de Hafnarfjörður, il envoie constamment à sa grand-mère des messages mentaux, grand-mère chérie, ma chère grand-mère, j'arrive, je suis en route ! Pardonne-moi d'avoir mis si longtemps. Mais me voilà et je ne vous quitterai plus jamais, grand-père et toi. Ne pars pas. Je ne suis pas sûr que nous pourrons continuer sans toi.

Puis Páll appelle.

LES DÉFUNTS PEUVENT-ILS COMMUNIQUER ENTRE EUX ?

Et arriva ce qui arriva. Parce que c'est ainsi. Toute chose est vouée à advenir. La vie est un mouvement. Nous l'appelons mort lorsqu'elle s'immobilise. Au fait, comment t'ai-je appelé hier soir ? Est-ce l'existence qui façonne le destin ou le destin qui façonne l'existence : Dieu a-t-il créé le monde ou est-ce le monde qui a inventé Dieu ? Au fait, quel nom t'ai-je donné hier soir ?

Tu ne m'as donné aucun nom, surtout pas Nathanaël, et encore moins hier soir parce que tu n'existes que depuis environ huit heures. Si on y ajoute le reste, depuis cent vingt ans. En tout cas, tu as raison, arriva ce qui arriva, toute chose est vouée à advenir. Hafrún est entrée dans les ténèbres, elle a laissé Skúli en larmes à son chevet, lui qui n'a sans doute pas pleuré depuis qu'il a reçu la lettre envoyée à la ferme de Botn par son oncle maternel pour l'informer du décès de Hulda, sa mère, et de la petite Agnes. Elles étaient mortes à une journée d'écart. Agnes est partie la première. Dieu soit loué, avait ajouté l'oncle. Elles reposent maintenant auprès de ton père. J'espère que tu es en bonne santé.

Avait-il écrit Dieu soit loué parce que Hulda était parvenue à tenir la mort à distance assez longtemps pour pouvoir serrer dans ses bras sa petite Agnes afin qu'elle ne meure pas, solitaire – avant de se précipiter elle-même dans les ténèbres pour la suivre ? Avait-elle retrouvé sa fille au fond de cette nuit, peut-on retrouver quelqu'un après la mort ? Est-ce que Jón les a accueillies toutes les deux ? Les défunts peuvent-ils communiquer entre eux, peuvent-ils se consoler, ou est-ce là le domaine exclusif des vivants ?

Ce que tu peux poser comme questions – l'année 1939, environ cent personnes ont été emportées par la tuberculose en Islande. C'est ainsi. Halldór et Eiríkur longeaient la fonderie d'aluminium de Straumsvík quand Páll a appelé son frère en lui annonçant : Maman est partie.

Par conséquent, Eiríkur est arrivé trop tard ?

La question n'est pas là, l'important, c'est d'être présent d'une manière ou d'une autre et il ne l'était pas. Il avait failli et il le savait. C'est pour cette raison qu'il voulait que son père accélère, qu'il dépasse la vitesse autorisée, dans l'espoir de pouvoir racheter sa faute. Puis arriva ce qui arriva.

Ce qui arriva, me dis-je, en baissant les yeux sur les feuilles où je vois Eiríkur et Halldór arriver trop tard dans la chambre, et je comprends que tous deux ont failli, chacun à sa manière.

LE POISSON NAGE-T-IL S'IL EST PRIVÉ D'EAU ?

Trois jours plus tard, ils roulent vers le nord avec le cercueil. Sur le pick-up de Halldór. Il est seul dans l'habitacle, Skúli, Páll et Eiríkur sont assis sur un épais matelas posé à même la plateforme, à l'abri de la cabine, tout le trajet, cinq heures durant, comme pour veiller Hafrún ou lui tenir compagnie. La neige se déverse sur eux quand ils traversent la lande de

Holtavörðuheiði, Eiríkur est tellement transi qu'il se change presque en stalactite. Ce qui serait une bonne chose puisque les glaçons n'ont pas de sentiments et se contentent de fondre. Il est par ailleurs sans doute interdit d'être assis sur la plateforme d'un pick-up en roulant à cent à l'heure sur la route nationale. Peut-être n'a-t-on pas non plus le droit de transporter un corps dans pareilles conditions – certes, le cercueil est bien arrimé, mais les trois hommes ne sont pas attachés, ils sont secoués, ballottés au gré des mouvements de la voiture et des cahots de la route. Il s'est évidemment trouvé quelqu'un pour s'en alarmer, crier au scandale, piquer une colère, en tout cas, la police a été informée de cet étrange convoi et les rattrape juste avant qu'ils atteignent Borðeyri.

Elle les rattrape, tous gyrophares hurlants, et leur intime l'ordre de se garer sur l'accotement. Halldór s'exécute, il éteint le moteur, sort du véhicule, Skúli, Palli et Eiríkur l'imitent et sautent de la plateforme. Deux agents, la petite trentaine, descendent de leur véhicule et s'approchent. Où allez-vous comme ça, demande l'un d'eux, se mordant aussitôt les lèvres tandis que son collègue baisse les yeux : ils affichent un air de circonstance à la vue du cercueil.

Le silence plane quelques instants. Les quatre hommes regardent les policiers qui piétinent. Celui qui leur a posé la question baisse les yeux, honteux.

Nous ramenons maman à la maison, répond Halldór. J'espère que ça ne pose pas de problème. J'espère qu'aucune loi n'interdit de rentrer chez soi, y compris aux défunts.

Certes non. Bien sûr que non, répond aussitôt le policier, penaud.

Vous nous avez pourtant arrêtés. Est-ce à dire qu'on n'a pas le droit de ramener sa mère défunte sur un pick-up ? Comme vous le voyez, nous l'avons solidement attachée. Elle n'ira nulle part. Même si, en réalité, elle est déjà partie. Il me semble de toute manière que les morts ne sont pas concernés par les lois que vous servez. Il faudrait que vous soyez des dieux pour trouver à redire à notre expédition. Et vous n'êtes pas des dieux – pardonnez-moi d'être aussi affirmatif.

Hésitants, les deux policiers échangent un regard. Les choses semblent plutôt mal engagées. Non, reprend celui qui garde le silence depuis le début de la conversation, non, ce n'est peut-être pas directement interdit de transporter le corps de sa mère défunte sur un pick-up, bien que ce soit extrêmement inhabituel… En revanche, vous n'avez naturellement pas le droit d'être assis comme ça sur la plateforme, sans être attachés, et d'écumer les routes d'Islande. C'est très imprudent, vous enfreignez la loi. Enfin, vous devriez quand même en être conscients !

Donc, maman devrait rester toute seule sur la plateforme ?

Mon brave monsieur, reprend le policier tandis que son collègue continue à baisser les yeux. Skúli s'éloigne alors du pick-up à côté duquel il se tenait entre Páll et Eiríkur, et lui coupe la parole. Il s'exprime d'une voix basse et posée, fixant alternativement les deux jeunes policiers du regard : Ma femme et moi, nous nous sommes connus il y a plus de soixante ans et nous sommes mariés depuis plus d'un demi-siècle.

Ou plutôt, nous l'avons été. Aujourd'hui, elle est morte. Je ne peux pas vivre sans elle. C'est un fait. Je ne suis pas en train de me plaindre. Je m'en tiens simplement aux faits. Elle s'appelle Hafrún, elle conservera ce nom pour l'éternité, la mort n'y changera rien. Je ne vais pas essayer de vous la décrire, vous êtes si jeunes et vous avez autre chose à faire que m'écouter. Je me contente donc de dire que le monde serait un bien bel endroit s'il y avait plus de gens comme elle. Ce serait un paradis. Or Dieu a décidé de la rappeler à lui très tôt, et sans moi. Je ne saurais me prononcer sur la suite. Le poisson nage-t-il s'il est privé d'eau ? Est-ce que ça apporte quoi que ce soit à la Terre de continuer à tourner si le soleil s'éteint ? Vous êtes jeunes. Votre rôle est de veiller au respect de la loi, de protéger ceux qui en ont besoin, et c'est une noble mission. Courez l'accomplir. Vous ne trouverez rien ici qui vous concerne en dehors d'une vieille fermière défunte et de quatre hommes en deuil. Ici, ce sont les Cieux, les dieux et le temps qui prennent le relais.

Les policiers gardent un long moment le silence dans leur véhicule, ils observent le pick-up qui s'éloigne, puis disparaît, avec les trois hommes assis sur la plateforme. Emmitouflés dans leurs parkas, un bonnet sur la tête, sauf le plus âgé qui est tête nue et dont les longs cheveux gris ondulent au gré du vent. Nous n'aurons qu'à dire que nous ne les avons pas trouvés, déclare l'agent qui leur a demandé où ils allaient comme ça. Tu as senti l'haleine du conducteur, interroge son collègue, hésitant. Tu veux dire qu'il sentait l'alcool ? Oui, nous aurions peut-être dû…

Quoi ?

Le faire souffler dans le ballon.

Sa mère est dans le cercueil.

Je sais.

Et tu as vu son père, tu l'as écouté.

Oui, d'accord, mais…

Tu as remarqué qu'il a les yeux très espacés ? Je n'ai jamais rien vu de tel.

Oui, c'est vrai, mais quand même, je veux dire.

On a l'impression d'être toisé par le troisième œil lui-même. Le troisième œil, vois-tu ! J'ai entendu dire que les maîtres yogi y concentrent leur force vitale au moment de leur mort.

Eh, oui, peut-être, pour ma part, je n'ai jamais rien compris à ces trucs de yoga, je laisse tout ça à ma femme. Mais bon, je reconnais que l'espace entre les yeux de cet homme est tout à fait particulier. Ce qui n'empêche que celui qui était au volant sentait…

Tu as vu leur visage à tous les quatre ? Tu n'as pas remarqué qu'ils avaient tous le même air, qu'ils ressemblaient tous à… disons à des larmes. Oui, ils ressemblaient à des larmes. Enfin, je ne vois pas comment dire ça autrement. Je veux dire, leur air, leur visage.

À des larmes ?

Tu comprends bien ce que j'entends par là. Je ne suis pas doué pour décrire ce genre de choses. En tout cas, tu les as vus tout comme moi.

Oui, j'ai bien vu et ça m'a fait de la peine. Malgré ça, je suis presque certain qu'il sentait l'alcool.

Tu aurais voulu lui demander de souffler dans le ballon, tu trouves que c'est le bon jour, le bon moment, alors que sa mère défunte repose à deux mètres ?

Non, peut-être pas. Enfin, si, quand même. C'est une infraction de conduire en état d'ivresse. Il n'y a aucun doute là-dessus.

Moi, je dis qu'il n'est rien arrivé du tout, nous ne les avons jamais trouvés. Et de toute manière… on ne peut pas mesurer la quantité d'alcool présente dans la tristesse.

L'autre policier baisse les yeux, manifestement embarrassé. Puis il tend le bras vers l'autoradio, sans doute pour rompre le silence gêné qui emplit l'habitacle après les paroles de son collègue. Il allume l'appareil, règle sur la station Bylgjan et monte le son en entendant les premières notes de « Tragedy » des Bee Gees.

Mais nous n'ajouterons aucune chanson des Bee Gees à la compilation de la Camarde. Bien sûr que non. Nous ne sommes pas salauds à ce point.

MON GARÇON, TU M'ENFLAMMES !

Ils ont tous senti l'odeur : Eiríkur, Palli et Skúli. Mais aucun n'en a parlé, aucun n'a osé. Hafrún, pour sa part, n'aurait pas hésité à la mentionner et à s'en offusquer, mais évidemment, elle ne parlait plus de rien, solidement arrimée sur le pick-up, avant d'aller rejoindre, quelque temps plus tard, la place qui lui était réservée au cimetière de Nes. Elle ne disait plus rien parce qu'elle avait disparu dans ces ténèbres d'où ne sort aucun son. Aucune nouvelle, aucun événement marquant, aucune musique. Disparue dans la nuit et le silence.

Dans cette chose qui engloutit tout le monde.

Désemparés, nous regardons ceux qui nous ont accompagnés disparaître dans cette nuit sans fond, nous avons beau appeler, crier, pleurer, supplier, nous n'obtenons aucune réponse. Aucune réaction. L'espace qui nous sépare de ces ténèbres semble aussi infranchissable que celui qui sépare les galaxies. Ou plus exactement, il faut littéralement payer de sa vie pour l'enjamber, et il n'y a aucune chance qu'on puisse en revenir, c'est un aller simple.

Aucune réaction. Sauf peut-être lorsqu'il a fallu réveiller le vieux Kári de Botn qui s'était transformé en une clôture affaissée, en un spectacle affligeant. Alors, Margrét est revenue d'entre les morts et s'est arrangée pour que, les jours où il avait une érection, il puisse en faire bon usage. À notre connaissance, c'est la seule fois qu'un défunt a réagi. Tout univers a ses exceptions.

Hafrún est solidement arrimée sur le pick-up, puis enterrée ici, au cimetière de Nes. C'est le vieux révérend Arnljótur qui s'est chargé de l'inhumation. C'était son pasteur et son ami, c'est lui qui les avait mariés, elle et Skúli, il avait baptisé leurs fils, et c'était avec lui que tous avaient fait leur communion.

Te voilà partie, a dit le révérend, et j'ai l'impression qu'on nous a privés d'une montagne. Une montagne douce, généreuse et verdoyante, tapissée d'une multitude de baies sauvages, et sur laquelle se trouve un lac calme et profond. Une montagne qui attirait la lumière et le soleil. Irradiant de cette chaleur qui rend la vie plus douce. Te voilà partie, je suppose que le nombre d'oiseaux ne tardera pas à diminuer et leurs chants à se taire. Ta présence rendait tout le monde meilleur. Voilà pourquoi nous restons là, nous, qui étions moins bons que toi. Et il n'y a plus personne pour remettre les tracteurs en état. Merci d'avoir passé toutes ces années auprès de nous. Nous devons désormais apprendre à vivre sans toi, les Cieux, quant à eux, se réjouissent de t'accueillir. J'ai hâte de t'y retrouver, ma chère amie.

Ainsi s'achevait l'oraison funèbre d'Arnljótur, il l'avait déclamée sans notes, la voix grêle, brisée par le vieil âge, mais suffisamment forte pour la petite église dont tous les rangs étaient occupés, et qui n'avait pas pu accueillir la foule de ceux qui étaient venus. Álfrún de Skarð, qui assistait toujours Arnljótur pendant l'office, était allée accueillir les voitures qui affluaient en indiquant à leur conducteur le meilleur endroit pour se garer, en distribuant les psautiers et en communiquant à tous ces gens le canal radio sur lequel écouter la cérémonie. Arnljótur avait récité son oraison, elle venait du cœur, puis il s'était assis, fatigué, triste, le silence avait alors envahi la petite église et les voitures garées à proximité. Le pasteur baissait les yeux, comme dans l'attente que le chœur achève le dernier psaume, un chœur composé de cinq femmes et deux hommes – le balcon où ils chantaient n'aurait pas pu accueillir une formation plus nombreuse. Puis brusquement, il avait sursauté, s'était éclairci la voix, s'était levé avec difficulté, avait balayé son église du regard et déclaré d'une voix forte, ce sera une drôle d'expérience d'être morte.

Oui, ce sera une drôle d'expérience d'être morte, voilà ce que m'a dit Hafrún lorsqu'elle a compris que la bataille était perdue. Et aussi une nouveauté. Mais le plus étrange, a-t-elle poursuivi, le plus étrange, ce sera sans doute de ne plus pouvoir intervenir sur le cours des choses dans la région et encore moins chez moi à Oddi. Je crains plus ou moins que le père des Cieux ne commence par m'attacher comme une brebis désobéissante pour me forcer à rester dans l'audelà. En tout cas, j'ai un dernier vœu, un dernier détail que je tiens à régler en ce monde, je souhaite m'arranger pour que mes trois petits, Halldór, Palli et Eiríkur, nous interprètent une chanson à moi et à Skúli.

Arnljótur s'était interrompu, il s'était à nouveau éclairci la voix, puis avait levé les yeux et les bras vers la voûte en annonçant d'une voix puissante : qu'on fasse descendre tout ça ! Aussitôt, deux guitares, un petit ampli, deux micros, une batterie, des baguettes et une chaise étaient descendus, non du ciel, mais du balcon où avait chanté le chœur. Les deux frères et Eiríkur s'étaient levés pour les attraper. Il ne fallait pas que tu sois au courant, mon cher Skúli, s'était excusé le pasteur en voyant le veuf observer la scène, interloqué. Nous allons maintenant écouter une des chansons que toi et ton épouse préférez. Un morceau dont elle m'a dit que vous l'écoutiez souvent quand vous prépariez le dîner du samedi soir. Et elle m'a demandé de te dire : Te souviens-tu combien c'était agréable, te souviens-tu à quel point nous avions hâte de cuisiner ensemble, te souviens-tu que je dansais comme une idiote et que ça t'amusait toujours ?

Mes garçons, je vous en prie – l'église est à vous.

Le père et son fils, Halldór et Eiríkur, avaient installé le matériel en silence, ils avaient accordé les guitares, puis étaient restés quelques instants immobiles, côte à côte, à regarder les bancs de l'église, où les gens étaient encore plus nombreux. La plupart avaient en effet quitté leur voiture quand ils avaient compris ce qui se passait, ils emplissaient maintenant l'allée centrale et le petit vestibule. Ils attendaient, silencieux, s'efforçant de dissimuler leur impatience par respect pour la tristesse de la famille. Ils attendaient, observaient le père et son fils, et le géant Páll. Halldór était droit comme un piquet, la nuque presque renversée, vêtu d'un costume à carreaux, les cheveux rabattus en arrière, Eiríkur s'était noué les cheveux en queue-de-cheval, il portait un costume noir, une chemise de soie sombre dont il avait déboutonné le col, baissait les yeux, regardait sur le côté, et Páll, tête rasée, vêtu de son épais chandail islandais, ressemblait à une montagne derrière sa petite batterie. Puis Eiríkur avait levé les yeux et regardé son père avec tendresse. Tous deux avaient passé des heures et des heures à répéter à l'insu de Skúli, à enseigner à Páll les rudiments de la batterie et à changer de rythme lorsque nécessaire. Halldór avait hoché la tête, Eiríkur s'était avancé d'un pas, il avait approché ses lèvres d'un des micros et compté : un, deux, trois, quatre, un, deux, trois, quatre – avant de commencer la chanson et son célèbre riff de guitare avec une telle énergie que l'assistance, aussi bien ceux présents dans l'église que ceux restés dans leurs voitures, avait suffoqué de surprise. Puis le père et le fils s'étaient mis à chanter simultanément. Leurs voix se mariaient à la perfection, celle, légèrement sombre, d'Eiríkur, et celle, haute et claire, de Halldór. Ils avaient modifié les paroles pour les adapter à Hafrún puisque c'était elle qui, à travers eux, était censée s'adresser à son époux pour la dernière fois :

Boy, you really got me goin'
you got me so I don't know what I'm doin' now
yeah, you really got me now
you got me so I can't sleep at night.

Mon garçon, tu m'enflammes, tu me fais perdre la tête, tu me prives de sommeil, je t'aime tellement que je t'ai donné une gifle, je t'ai aimé si fort que, pendant presque soixante-dix ans, les battements de ton cœur ont été les miens, mon sourire a été ton sourire, mes rêves les tiens, depuis le début, nous avons vécu les meilleures années de la terre. Je t'ai aimé si fort que j'ai toujours cru défaillir chaque fois que je t'apercevais, je n'ai jamais cessé de te désirer, d'avoir envie de toi, jamais cessé d'avoir hâte de me réveiller à tes côtés, de sentir ton odeur, de t'entendre parler, tu as toujours été mon bonheur et mon meilleur compagnon, je n'ai jamais pu imaginer ce que pourrait être la vie sans toi, et maintenant, me voilà morte. Comment puis-je mourir sans toi, qui me guidera dans les ténèbres si tu n'es pas là ? See, don't ever set me free, I always want to be by your side, vois-tu, ne me libère jamais, je veux toujours être à tes côtés, toujours et à tout jamais !

Pardonnez-moi, avait soupiré la mort, qui se tenait debout entre eux, tel un puits de ténèbres. Pourrez-vous un jour m'absoudre ?

ÊTRE SEULE ET SANS TOI, C'EST LA MORT

Pourrons-nous un jour absoudre la Camarde ?

Mon mystérieux compagnon, le pasteur qui a renié sa foi et passé son permis de transports en commun pour m'emmener d'un univers à l'autre, m'observe en silence. Comme s'il n'avait pas entendu ma question. D'ailleurs, je ne suis pas certain de l'avoir posée, et encore moins de vouloir connaître la réponse.

C'est tellement éprouvant, répond-il au bout d'un moment en regardant par la fenêtre latérale qui encadre le fjord qui s'ouvre et se vide de son sang dans le large golfe, par cette fenêtre qui semble s'agrandir – c'est tellement difficile, tellement douloureux de perdre celui qu'on aime et qui compte plus que tout, que même les plus robustes d'entre nous se retrouvent parfois à genoux. Pour bien des gens, ne pas savoir ce qui prend le relais dans l'au-delà pose encore plus problème. C'est pire que l'effacement. Pire que l'absurdité du vide. Nous savons que Hafrún a rejoint les ténèbres où le temps et l'espace se disloquent et n'ont plus aucun sens. Nous savons que quelqu'un l'attendait dans l'au-delà. Un homme dont elle a pu constater qu'il ressemblait énormément à Skúli. Mais c'était peut-être seulement parce que son mari lui manquait terriblement que tout ce qu'elle a trouvé de l'autre côté avait comme des airs de lui. L'homme s'est approché tout près d'elle, il a doucement posé sa main sur son épaule en lui disant : Allein zu sein, und ohne Dich, ist der Tod.

Je ne parle pas l'allemand, a répondu Hafrún, qu'est-ce que ça veut dire ?

Être seule et sans toi, c'est la mort.

ET IL RIAIT

À peine deux ans plus tard, Páll appelle Eiríkur à Marseille où il vit dans le petit appartement qu'il a acheté quand Tove l'a engagé dans le théâtre qu'elle dirige, à l'époque où ils rêvaient encore d'une vie commune. Páll l'appelle. Páll le placide, ce géant qui, un quart de siècle plus tôt, a écrit un mémoire de maîtrise sur Kierkegaard, qui a longtemps enseigné au lycée de Keflavík, puis repris provisoirement la ferme de Nes, mais qui est maintenant revenu s'installer à Oddi, avec Halldór, qui gère l'exploitation presque tout seul puisque Páll va pêcher cinq fois par semaine en partant de Hólmavík sur un petit bateau à moteur avec Elías, l'ancien professeur d'histoire.

Je dérange, demande-t-il, hésitant, en entendant le brouhaha autour d'Eiríkur. Non, non, son neveu s'apprête à répéter avec son orchestre. Je vais dehors, dit-il, sortant dans le passage où la pleine lune déverse ses rayons froids sur la ville. Il allume une cigarette et écoute son oncle.

Ce matin-là, Skúli s'est levé avant six heures, bien plus tôt qu'à l'accoutumée. Il a fait cuire des œufs pour Páll qui s'apprêtait à sortir en mer, a fait griller du pain de mie et préparé du café. Puis il s'est installé dans le canapé pour lire *Le Maître et Marguerite* de Boulgakov, un des romans préférés de Hafrún, mais qu'il n'avait lui-même jamais lu. Páll avait avalé son petit déjeuner et souri en entendant son père qui riait de bon cœur dans le salon.

Lorsqu'il était rentré de la pêche, à la nuit tombée, Skúli était encore confortablement allongé sur le canapé, le livre ouvert sur sa poitrine, et le café tellement froid dans la tasse posée sur la table basse qu'il était sans doute mort depuis plusieurs heures. À midi, il avait préparé une tortilla pour Halldór en sifflotant d'un air si joyeux que ce dernier avait envoyé un sms à Páll : « J'ai l'impression que papa revient parmi nous :-) » Puis le fils aîné était reparti dans son studio où, plongé dans ses activités, il ne s'était douté de rien.

Et grand-père riait, demande Eiríkur en regardant sa cigarette se consumer.

Oui, et de bon cœur. J'étais tellement heureux de l'entendre. En fait, je crois que papa riait, puis sifflotait en préparant cette tortilla, parce qu'il avait décidé de mourir aujourd'hui. Certes, je ne crois pas vraiment qu'on puisse prendre ce genre de décision, sauf en mettant fin à ses jours. Il n'empêche que j'ai cette impression. Il avait une santé de fer comme tu sais. Apparemment, son cœur s'est simplement arrêté de battre. Je crois qu'il avait décidé de mourir aujourd'hui. C'est sans doute pour ça qu'il s'est levé aux aurores, qu'il m'a préparé mon petit déjeuner et qu'il a fait une tortilla à Halldór. Voilà pourquoi je l'ai entendu rire de si bon cœur en lisant ce livre. Il savait qu'il allait retrouver maman dans la soirée et il riait à cette joyeuse perspective.

SEULEMENT QUINZE POUR CENT DE VIE

Il y a derrière toute chose, a un jour expliqué Skúli à Eiríkur alors qu'ils étaient allongés ensemble sous la lucarne du grenier, une force gigantesque que l'être humain a probablement toujours pressentie. Une force muette, invisible et mystérieuse que nous appelons Dieu ou le destin – puisque nous ne sommes pas vraiment capables de distinguer les deux. Quel que soit le nom que nous lui donnons, elle semble être à l'origine de toute forme de vie. Les grandes et les infimes. L'existence humaine et celle du lombric. La vie de la planète Terre et des galaxies. Elle fait tourner les systèmes solaires et enveloppe sans doute l'ensemble du cosmos.

Nous finirons tous par la rejoindre et y disparaître, disait ma grand-mère à mon père – et maintenant, je te le dis à toi. Elle nous engloutira et nous nous unirons à elle. Donc, on n'existera plus du tout, avais-je demandé à mon père, angoissé par la terrifiante idée que nous tous, maman, papa, mes sœurs et moi, allions cesser de vivre pour disparaître sans laisser de traces et nous unir à cette force invisible à l'origine de toute chose. J'avais l'impression de vivre un affreux cauchemar. Bien sûr, j'ai posé ma question d'une autre manière, j'étais petit et par conséquent, mes interrogations et mes suppositions étaient celles d'un enfant. J'imagine que j'ai demandé à mon père si les enfants qui mouraient ne pouvaient plus jamais jouer, si on ne leur chantait plus jamais de chansons, si on ne leur racontait plus jamais d'histoires. S'ils ne voyaient plus leurs parents, leurs frères, leurs sœurs et leurs amis. Oui, si tout le monde arrêtait brusquement de vivre parce que l'être humain se transformait en rayon de soleil, en goutte de pluie ou en atmosphère.

Et que t'a répondu ton père ?

Il a ri, il m'a dit qu'il avait posé les mêmes questions à sa mère. Et qu'elle aussi, elle avait ri en lui disant que les savants ne devraient sans doute pas échafauder de théories avant de les soumettre aux enfants.

En tout cas, je sais qu'ils réfléchissaient beaucoup tous les deux à la nature de cette force mystérieuse. À mon avis, ils croyaient que notre vie ici et maintenant, nos pensées et nos actions influaient d'une manière ou d'une autre sur cette force. Et que par conséquent, que cela lui plaise ou non, chaque être humain est responsable non seulement de lui-même et de sa vie, mais également du monde dans sa totalité. En d'autres termes – le monde nous façonne et nous le façonnons par notre comportement. Mais ce n'est pas tout, parce que les actions que tu accomplis ici-bas t'attendront et te retrouveront d'une manière ou d'une autre dans l'au-delà. Tu comprends, mon garçon ?

Je n'avais pas compris à l'époque, mais je crois que je le comprends maintenant, dit Eiríkur, environ un quart de siècle plus tard, devant le cercueil de son grand-père, resté dans le salon pendant vingt-quatre heures, ce qui lui a permis à lui, à Páll, à Halldór, de dire adieu au vieil homme chacun à sa manière. Et ils se sont appliqués à le faire. Páll a passé la moitié de la nuit à veiller le cercueil de son père, il lui a raconté pourquoi sa relation avec la veuve du pêcheur de Keflavík n'a pas fonctionné, il lui a confié la nature de ce qui le lie à Elías ; Halldór a lui aussi passé un long moment auprès du défunt, il n'a pas parlé autant que son frère, mais a joué à la guitare les chansons préférées de Skúli tout en les fredonnant.

Je crois que je comprends maintenant, dit Eiríkur. Merci d'avoir embelli le monde. Dis à grand-mère qu'elle me manque terriblement. Dis-lui que je serai toujours triste le samedi vers onze heures du matin, au moment où vous aviez l'habitude de me téléphoner. Dis-lui que je suis tellement désolé, que j'ai peur de ne jamais pouvoir me pardonner qu'à une certaine époque, d'abord à Reykjavík, puis à Paris, j'étais parfois agacé, et même presque exaspéré par ses coups de fil. Simplement parce que je savais que vous alliez appeler. Oui, à une époque, j'avais honte de vous. Toutes les nouvelles que vous me donniez du fjord, de la ferme et de votre quotidien avaient pour moi un côté paysan. Je vous considérais comme des péquenauds, grand-père, et j'avais honte quand grand-mère me citait en anglais des choses qu'elle avait trouvées dans des livres ou entendues dans des chansons. Elle les prononçait d'une manière tellement rocailleuse que j'avais l'impression qu'elle avait des cailloux dans la bouche. Quatre fois, j'ai laissé sonner mon téléphone. J'ai fait comme si je ne l'avais pas entendu. Et je ne vous ai pas rappelés. Je savais que ça vous rendait tristes. Et pourtant, je craignais que vous ne sachiez pourquoi je ne répondais pas. C'est une douleur, grand-père, une douleur cuisante. Je me rappelle encore les quatre dates où j'ai agi ainsi. Elles sont restées gravées dans ma mémoire. J'ai probablement réussi à me persuader que, plus tard, j'aurais l'occasion de me rattraper. Je crois qu'on est très doué pour ce genre de chose, pour se convaincre que plus tard… plus tard, on pourra… Mais vois-tu, grand-père, parfois, ce plus tard n'arrive jamais. Et on paie notre erreur jusqu'à la fin de sa vie. Le plus difficile, c'est de ne pas pouvoir se pardonner. En revanche, j'ai rêvé très souvent de recevoir votre visite. Rêvé de vous montrer Paris, de vous emmener dans mes endroits préférés. J'étais sûr que ça te plairait de t'asseoir en terrasse pour observer le flot de la vie, je savais que grand-mère aimerait visiter les musées et s'asseoir sous un parasol au jardin du Luxembourg, boire un verre de blanc bien frais, lire, alors que tu siroterais une bière et que tu la taquinerais gentiment, tous deux enveloppés par le bourdonnement de la ville. Et j'avais hâte de vous présenter Tove. J'étais si incroyablement fier d'elle et persuadé qu'elle vous plairait beaucoup. Mais c'était impossible. Vous ne deviez pas la rencontrer. J'étais trop lâche pour vous avouer la vérité, pour vous dire qu'elle était mariée et qu'elle ne pouvait pas, qu'elle n'osait pas, qu'elle ne se sentait pas la force de quitter son mari. Pendant quatre ans, grand-père, j'ai vécu dans deux mondes parallèles. Il y avait d'un côté celui avec Tove, un univers dont la plupart des gens ignoraient l'existence même s'il régissait tout, de l'autre, la réalité dans laquelle je vivais au vu et au su de tous, celle où je payais mes impôts et mes factures – le monde de tous les jours. Pendant quatre ans, tout s'est arrêté dans le second. Tout était comme paralysé. Tous mes projets étaient mis en pause parce que ma relation avec Tove, dont un minimum de gens devaient être au courant, avait la mainmise sur ma vie entière. Mes amis et mes connaissances qui ignoraient ce qui se passait se demandaient si une force invisible ne m'avait pas engourdi, et évidemment, beaucoup d'entre eux s'inquiétaient. Certains m'encourageaient à aller voir un psychologue. D'autres à réduire ma consommation d'alcool. J'acquiesçais sans agir, je me contentais de me noyer dans le travail, de chercher refuge dans la musique. De quoi peut-on discuter quand on n'a pas le droit d'évoquer ce qui compte le plus ? Quand on n'a pas le droit de parler de son amour, quelles sont les conséquences ? J'avais tellement envie de parler à tout le monde de cet amour qui semblait me libérer de la mélancolie qui m'a toujours accompagné comme un bruit de fond du plus loin que je me souvienne. Cette mélancolie due à l'absence de ma mère, puis plus tard, au fait que je n'arrivais pas vraiment à être proche de papa. Les deux sont liés depuis toujours. Et il y a aussi cette mauvaise conscience que je ressentais en étant témoin de votre déception ou de votre tristesse quand vous avez compris qu'entre papa et moi, les relations ne fonctionnaient pas. Ou plutôt qu'elles étaient simplement inexistantes. Quand j'étais petit, je pensais que c'était ma faute. Que je n'étais pas assez drôle, pas assez courageux, pas assez intelligent, pas assez rapide pour apprendre les chansons qu'il me demandait de jouer, ou que je ne les jouais pas assez bien. Aujourd'hui, je sais évidemment que tout ça n'est pas vrai. Je sais que c'était et que c'est encore notre faute à tous les deux. Je ne sais pas vraiment comment expliquer tout ça, c'est comme si quelque chose se figeait en nous dès que nous sommes l'un avec l'autre, il n'y a qu'à travers la musique que nous parvenons à nous rapprocher sans trop d'efforts. Jusqu'à l'adolescence, il nous suffisait d'écouter un morceau que nous aimions tous les deux. En général, des chansons qu'il me faisait découvrir, j'étais tellement content d'apprécier les mêmes choses que lui… tellement heureux de… Puis plus tard, quand je suis devenu adolescent, quand j'ai commencé à découvrir des musiques par moi-même, j'ai hélas fermé le canal par lequel nous aurions pu communiquer. Pauvre papa, il avait sans doute hâte de pouvoir… mieux me connaître à travers mes goûts musicaux. Peut-être que ça nous aurait aidés à franchir les seuils qui nous séparaient, et rendu la vie plus facile à toute la famille. J'ai failli. J'ai été incapable de lui offrir ça. Je ne voulais pas le laisser entrer dans mon univers. Je tenais à posséder un monde qu'il ne connaissait pas. Je me dérobais chaque fois qu'il me demandait ce que j'écoutais. Ah, grand-père, pourquoi faut-il que la vie soit si affreusement compliquée et qu'elle contienne tous ces nœuds ?! « Il nous faut des planches, il nous faut des scies, / il nous faut de la peinture et des chants pleins de vie ! » J'étais tellement heureux le jour où papa et Palli m'ont intronisé marin sur la *Sankta Maria*, j'étais persuadé que tout s'arrangerait, qu'il n'y aurait plus de seuils infranchissables entre mon père et moi. J'avais l'impression qu'il m'avait invité à faire partie de son groupe de musique, l'impression d'être un de ses copains. Pourtant, dès le lendemain, les seuils infranchissables avaient réapparu entre nous, certains aussi élevés que les plus hautes montagnes où se déchaînent les vents et les tempêtes. Plus tard, j'ai compris que la bouteille de vin qu'il avait emportée pour cette sortie en mer et dont il avait bu une bonne partie avait grandement contribué à le détendre. Je crois, grand-père, qu'au fil du temps, j'ai compris que je ne pouvais pas confier mes sentiments à papa. Je savais évidemment que... notre mésentente vous attristait, toi et grand-mère, mais je me réjouissais sincèrement de vous voir heureux quand papa et moi jouions de la musique ensemble, ici, le jour de Noël, dans le salon. Étaient-ce les seuls moments où régnait entre lui et moi une véritable harmonie ? Oui, sans doute, hélas, en tout cas, après mon adolescence. J'étais tellement content, pour ainsi dire heureux de voir votre joie. Heureux, mais également triste, parce que je savais que ces moments seraient suivis d'une déception pour nous tous. Lorsque la vie reprendrait son cours. Grand-père, ne suis-je pas encore plus responsable que papa de cette situation ? Tu sais comment il est, comment il a toujours été. Il lui est facile de séduire n'importe qui, mais il manque d'endurance. On ne peut pas lui faire confiance. Et vois-tu – ça, ne le dis surtout pas à grand-mère ! –, j'étais angoissé à l'idée qu'il rencontre Tove. J'étais impatient de vous la présenter, j'en rêvais constamment, mais j'étais angoissé à l'idée qu'elle rencontre papa. Je crois que je craignais à la fois qu'il me fasse honte et qu'elle tombe complètement sous son charme. Ce qu'on peut se compliquer la vie, grand-père ! Ah, si seulement tu avais pu rencontrer

Tove ! Si toi et grand-mère aviez pu nous voir ensemble, vous m'auriez vu heureux, souriant, vous auriez entendu mes éclats de rire, bien loin de toutes les ombres. Je rêvais de l'emmener ici, ce n'était pas possible. Je n'avais pas le droit de la trahir, de mettre son univers et sa famille en péril. Je ne pouvais même pas vous inviter à venir me voir. Ou plutôt, je me suis persuadé que c'était impossible. Je me disais que ce serait bien plus facile l'année d'après parce qu'à ce moment-là, nous pourrions vivre notre relation au grand jour et nous n'aurions plus rien à cacher, alors... mon Dieu, comme je regrette ! Grand-père, te souviens-tu de ces journées que nous avons passées, plongés dans le livre sur Vera Rubin où il est question de la matière noire, *dark matter*, et où nous avons appris qu'elle constitue 85 % de la matière du cosmos ? Que ce qui constitue majoritairement l'Univers est totalement invisible et que personne n'a jamais réussi à expliquer son existence de manière satisfaisante. Je me souviens de ton enthousiasme, tu te demandais si cette matière noire ne se confondait pas avec cette force dont parlaient ton père et mon arrière-grand-mère. L'Univers est invisible à 85 % : exactement comme mon existence à l'époque ! Ma vie était cachée à 85 % à la vue du monde. Il n'y avait que 15 % de ma personne dans le quotidien, ce qui me suffisait tout juste pour faire la lessive, cuisiner des repas simples, regarder le foot à la télé, mais guère plus. J'étais incapable d'échafauder le moindre projet, il n'y avait que dans la musique que je m'épanouissais entièrement. Et bien sûr quand j'étais avec Tove. Grand-père, nous étions si heureux ensemble ! Hélas, ce bonheur était en train de nous tuer à petit feu. Il paralysait notre existence. Nous négligions tout en dehors de l'amour. Tove délaissait ses enfants et évidemment son mari, ses amis ; moi, je négligeais mes copains – et je vous délaissais, toi et grand-mère. On peut aller jusqu'à dire que nous avons également négligé la vie elle-même, ce qui est sans doute un péché mortel. En tout cas, c'est pour ça, grand-père, que je ne suis jamais venu vous voir les dernières années de votre vie. C'est pour ça que je vous ai trahis. Pour ça que j'ai fait semblant de ne remarquer aucun changement quand grand-mère est tombée malade. Quand son énergie a commencé à diminuer. Je suppose que j'étais simplement soulagé lorsqu'elle a arrêté de me téléphoner et qu'elle s'est contentée de m'envoyer des courriels. Peu de choses sont aussi égoïstes que l'amour. Il prend possession de votre être. Il est comme une drogue. Il est capable de vous réduire en esclavage. Surtout lorsqu'il doit demeurer secret. Il se transforme alors en cette matière noire qui gouverne le monde. Je vous ai trahis tous les deux. Je ne suis pas sûr que ce soit pardonnable. Et c'est pour ça que je ne pourrai jamais revenir vivre ici.

LE DESTIN EST PLUS ÉTRANGE QUE LA BONTÉ D'ÂME

Tant de gens ont péri et pourtant, la vie continue, qu'importent le nom et le nombre de ceux qui s'en sont allés. Elle continue sa route comme si de rien n'était. Elle se moque de la justice et de l'équité. Parce qu'ils sont tous morts : Hafrún, Skúli, Aldís, Margrét, Jón, Hulda, la petite Agnes et Eva, la fille du révérend Pétur et de Halla. Comme le sont bien d'autres encore, car souvenez-vous :

Guðríður « sort, et la mort les a tous fauchés ».

Ce qui signifie qu'elle aussi, elle est morte. Comme Pétur. Comme Halla qui avait des mains de lumière. Comme Gísli et les filles que lui avait données Guðríður. Björgvin et Steinunn sont défunts, comme leur fils parti au Canada où il faisait pourtant commerce de la mort. Ils ont tous disparu. Il ne reste sans doute plus grand-chose d'eux. Les lumières les plus brillantes s'éteignent elles aussi. C'est ainsi, vous mourez et la vie continue sa course, sans rien pour l'entraver, en faisant comme si vous n'aviez jamais existé. Elle ne s'arrête jamais, pas même une fraction de seconde, qu'importent le nombre et le nom de ceux qui s'en vont, elle poursuit sa route sans jamais s'interrompre, parfaitement indifférente, et nous sommes forcés de la suivre, forcés de laisser derrière nous ceux qui sont tombés, nous les abandonnons, nous les laissons choir pour nous lancer à la poursuite de la vie. La vie qui constamment tente d'échapper à la mort en une fuite qui la propulse vers sa fin certaine. C'est le paradoxe qui régit le monde. Ce qui signifie que le destin ne se résume pas à une paire de chaussettes envoyées de Paris, à un pneu qui crève, au sourire de Guðríður et au village de Búðardalur, mais avant tout et en dernier ressort à ce paradoxe.

Avant tout et en dernier ressort, répète le chauffeur de bus sanctifié. Oui, le destin est sans doute le talon de la chaussure d'Aldís qui heurte la tempe de sa fille Rúna, c'est le révérend Pétur annonçant l'arrestation d'Émile Zola, Jón s'allongeant sur le dos avant de s'étouffer dans ses vomissures, et Chet Baker tombant d'une fenêtre à Amsterdam alors qu'Eiríkur n'est pas dans les parages pour le rattraper. Le destin, c'est Svana qui tend Eiríkur tout petit par-dessus la table de la cuisine, c'est avoir une mère défunte et penser à elle inopinément en se masturbant pour la première fois, c'est ne pas être capable de s'attacher à autrui parce que…

… Je me plonge dans mes feuilles, espérant échapper à mon compagnon insistant et parfois effronté. Je me penche sur le texte et je me vois avec Rúna, saluant la vieille Lúna et Dísa sur les marches de la ferme de Hof tandis que Védís, la fille de Dísa, essaie d'enseigner au chien une nouvelle danse qu'elle a vue sur TikTok ; combien de jours, de semaines, voire de mois, cela va-t-il nous prendre de dépasser cette ferme puis d'arriver enfin à l'hôtel ? Et à cette fête qu'Eiríkur et Elías organisent pour célébrer la vie, en l'honneur d'Elvis et de Páll… Ah, c'est vrai, Páll est lui aussi décédé. Vous vous rappelez, il repose sous une pierre pesante et sous les mots de Kierkegaard au cimetière de Nes. Quant à Elvis, il est également mort, mais ça, tout le monde le sait. Personne ne veut manquer cette fête, m'a dit Sóley, la sœur de Rúna : et on ne refusera personne. Je suppose même, a-t-elle ajouté, que certains viendront de loin.

De loin ? Voire de très loin ?

Cette fête pour célébrer l'existence est aussi donnée en l'honneur de Páll et d'Elvis, or tous deux sont défunts. Est-ce à dire qu'elle a pour but de célébrer à la fois les vivants et les morts ? Et que les invités viendront à la fois de ces deux continents que sont l'ici-bas et l'au-delà ? Est-ce que Guðríður elle-même et son sourire sont en route, et dans ce cas, y aura-t-il aussi Pétur, pourra-t-il nous expliquer pourquoi on a arrêté Émile Zola ? Est-ce que le médecin Ólafur l'impassible viendra avec son épouse, Kristín, la frégate ? Hulda serait-elle en train d'essuyer le visage de Jón et de le relever pour l'emmener à cette fête, et, aïe, est-ce que la petite Eva, trésor du révérend Pétur, aura, elle aussi, le droit de venir, pourra-t-elle enfin revoir la lumière du soleil, et par conséquent, y aura-t-il aussi la petite Agnes qui attend, impatiente, depuis quatre-vingts ans de pouvoir courir se réfugier dans les bras de son frère Skúli, lequel viendra sans doute avec Hafrún ? Quant à Aldís, elle emmènera sa mère et sa belle-mère à qui elle offrira du sherry – et qui sait si Hölderlin n'assistera pas également à la fête depuis les pentes de la montagne en surplomb, lui qui est capable de consoler quelqu'un en lui offrant de la solitude ?

Voilà donc la véritable explication à la compilation de la Camarde, cette liste de chansons que nous déroulons ici : cette liste n'est-elle pas la manière qu'Eiríkur a trouvée pour consoler la mort, mais également pour passer avec elle un pacte en vertu duquel elle consentira ce soir à ouvrir les portes de son royaume dans ce fjord dont la forme rappelle celle d'une étreinte ? Le destin est l'artisan universel, lit-on quelque part, et si c'est lui qui a conçu cette fête où, l'espace d'un soir, les vivants et les morts se donneront rendez-vous, alors, il est sans doute plus étrange encore que la bonté d'âme.

Magnifique chanson, dit Rúna quand « Stranger Than Kindness » interprétée par Nick Cave, le demi-frère d'Eiríkur, résonne dans la voiture, nous ajoutons évidemment ce morceau sans la moindre hésitation à la compilation de la Camarde.

Le pasteur, probablement titulaire d'un permis de transports en commun pour conduire le destin lui-même, se ressert un verre. Il a vidé la moitié de la bouteille de whisky, il la garde pour lui et pousse vers moi une tasse de café noir et brûlant. L'amour fait de certains des esclaves, dit-il, ce n'est pas si mal et sûrement vrai. Quant à Eiríkur, il dit à son grand-père, je vous ai trahis tous les deux. Et ce faisant, j'ai trahi la vie. Je ne suis pas sûr que ce soit pardonnable. Et c'est pour ça que je ne pourrai jamais revenir vivre ici.

Pourtant, quelques années plus tard, il est tout de même là. Est-ce à dire qu'il a trouvé l'absolution, ce qui lui a permis de rentrer ? Peu de choses sont aussi belles que le pardon. Lui et l'amour sont respectivement le bras gauche et le bras droit du Christ. Mais si c'est grâce à ce pardon qu'Eiríkur est revenu dans le fjord, pourquoi, dans ce cas, a-t-il tiré à la carabine sur un camion, pourquoi risque-t-il la prison, pourquoi ressemblait-il à une corde de tristesse fine et sombre quand nous l'avons aperçu devant sa ferme ce matin, avec sa guitare sur le dos : se pourrait-il qu'en fin de compte l'absolution ne soit pas si vaste que ça ?

Je soupire. J'attrape la tasse de café et je soupire parce que je me croyais en route vers Snæfellsnes pour retrouver Guðríður dans la maison du médecin à Stykkishólmur. Pétur vient d'annoncer qu'on s'apprête à arrêter Émile Zola : je brûle d'envie de connaître la suite.

Je ne te retiens pas, assure mon compagnon. Tu vas où tu veux. Je ne t'en empêche pas.

Je baisse les yeux sur les feuilles. On vient d'enterrer Skúli et la vie continue comme s'il n'avait jamais existé. Je vois Eiríkur repartir à Marseille. Où il continue à habiter. Cette ville qui devient de plus en plus brûlante, comme si l'enfer s'en rapprochait. Il gagne sa vie en donnant des concerts, en composant des jingles publicitaires, il vit seul dans son petit appartement et Tove lui manque. Je le vois devenir client régulier d'un restaurant oriental, il joue aux échecs avec le patron, regarde avec ses fils les matchs de Liverpool dans le championnat d'Angleterre. Je vois une femme aux longues jambes et au regard sombre ou redoutable comme les nuits du désert, j'ignore la nature de leurs relations, j'ignore même s'ils en entretiennent. Puis je retrouve Eiríkur, debout devant la ferme d'Oddi avec deux valises à ses pieds, cela doit faire trois ans, personne n'est là pour l'accueillir en dehors de la nuit d'août et d'un chat borgne.

Je ne te retiens pas, dit mon compagnon en poussant la tasse de café dans ma direction.

Je ne te retiens pas.

Évidemment, les propos de cet homme sont aussi peu fiables que le paradoxe au sein duquel nous vivons. N'ai-je pas d'ailleurs senti comme une odeur de soufre sur ses doigts ?

Il est évident qu'ici, je ne maîtrise pas grand-chose.

IL ARRIVE QU'ON MENTE
OU TRAHISSE PAR AMOUR

PRESQUE TOUT LE MONDE EST MORT, ICI : PAS DE LETTRES DIFFORMES QUI ABOIENT COMME DES CHIENS

Eiríkur est rentré dans le fjord un soir vers minuit après ses longues années d'exil en France, rappelé par son père, Halldór. La nuit tombait, les interminables crépuscules du mois d'août commençaient à s'assombrir et la sérénité semblait somnoler, blottie dans l'obscurité entre les étoiles.

J'avais oublié le calme profond qui règne ici, avait pensé Eiríkur devant la maison en ciment brut, ses deux valises posées à ses pieds, tandis que le moteur de sa voiture refroidissait avec de petits craquements. Oublié cette quiétude, et aussi le ciel de la nuit qui semble parfois si près de nous qu'on a l'impression qu'il fait partie du paysage, et qu'il est par conséquent plus proche qu'ailleurs de l'être humain.

Il avait attrapé ses grosses valises, était entré dans la maison, les avait posées dans le vestibule et avait salué le vieux chat borgne qui était arrivé en miaulant, la démarche raide : deux poules belliqueuses lui avaient arraché un œil quand il n'était encore qu'un chaton. Eiríkur s'était accroupi pour le caresser et avait aussitôt gagné sa confiance. Il avait prévu de commencer par faire un tour de la maison pour la saluer, mais s'était trouvé tellement hébété dès le vestibule qu'il n'avait pas pu aller plus loin que dans la cuisine où il s'était assis sur une chaise, à la vieille table, devant un saladier en bois rempli de petites pommes et une pile de magazines de musique étrangers. Il était resté longtemps immobile, ses cheveux bruns retombant sur ses yeux noirs, caressant d'un air absent le chat qui avait sauté sur ses genoux. Il s'était sans doute assoupi, épuisé par le voyage, et par tous les événements qui s'étaient abattus sur lui depuis quelque temps, il avait rouvert les yeux quand le félin avait miaulé pour lui demander de continuer à le caresser. Il s'était exécuté en s'avançant légèrement pour lire la couverture du *Jazz Journal* qui reposait au sommet de la pile de magazines et contenait un article sur l'album *Chet Baker Sings* de 1954 : un des pas de côté que cet artiste avait faits dans sa jeunesse et qu'Eiríkur connaissait par cœur. Vais-je apprendre quoi que ce soit de nouveau là-dedans, s'était-il demandé, s'apprêtant à tendre le bras vers la publication, tout doucement, pour ne pas troubler la tranquillité du chat, lorsqu'il avait remarqué une vieille enveloppe de format A4 coincée sous la pile. Qu'est-ce que c'est que ça, avait-il marmonné en l'attrapant. Elle ne portait aucune inscription, le rabat avait jadis été collé à l'aide d'une bande d'adhésif qui s'était racornie, mais y était restée accrochée comme un souvenir momifié. Sans doute des documents liés à l'exploitation agricole, s'était-il dit, de vieux papiers que Halldór et Páll avaient exhumés pour se distraire, peut-être d'anciens relevés stipulant les noms des moutons, leur état de santé, le nombre d'agneaux nés telle ou telle année ; ou bien des témoins de la comptabilité de la famille, ce genre de chose est toujours intéressant, la comptabilité domestique est comme une machine à remonter le temps – elle offre un voyage sur les terres des souvenirs et permet de parcourir le paysage des années d'autrefois.

Voyons voir, avait pensé Eiríkur en plongeant sa main dans l'enveloppe dont il avait sorti une lettre que lui avait adressée Hafrún le soir du 7 octobre 1980, alors qu'il n'avait que trois mois. Une lettre de trois pages, accompagnée de son acte de naissance. En ce moment, tu dors, écrit-elle.

Eiríkur avait dû lire ces pages trois fois pour assimiler l'ensemble de leur contenu. Il avait fini par comprendre que toute sa vie était dans une certaine mesure construite sur un mensonge. En ce moment, tu dors.

Trois pages remplies de la petite écriture serrée, fine et élégante de Hafrún, lues à la table où elle les avait écrites, qui se trouvait évidemment à l'époque dans la cuisine de l'ancienne maison, quelques heures après que Svana lui avait tendu son enfant pardessus. Hafrún les avait rédigées les coudes appuyés sur le plateau, la joue calée sur une main, en s'appliquant, en pesant chaque mot, elle évoquait la mère d'Eiríkur et sa brève visite lourde de conséquences, son apparence, et son caractère dont elle avait entrevu quelques traits. Elle parlait de l'amour que Svana portait à Halldór, et mentionnait aussi cette histoire de verre d'eau.

Trois pages, joliment rédigées. Et dont les lettres n'aboyaient pas comme des chiens. Elles étaient au contraire bien sages – la bienveillance et la chaleur humaine coulent entre ces lignes. Elles coulent comme un fleuve majestueux et tranquille en dessous de chaque phrase. Tandis qu'Eiríkur dort, épuisé, au chaud dans les bras de Skúli.

En ce moment, tu dors, épuisé, dans ce monde injuste, en l'absence de ta mère que, sans doute, tu ne connaîtras jamais. Tu es un bel enfant, toi aussi, tu as entre les yeux cet espace étrange et fascinant. Comme ton père, comme ton grand-père qui te tient à cette heure dans ses bras. Je crois savoir que Guðríður, ton arrière-grand-mère, avait le même. J'ai parfois l'impression que cet espace abrite un troisième œil, il m'arrive de dire à ton grand-père qu'autrefois, c'est avec cet œil-là qu'il m'a hypnotisée lorsqu'il est arrivé dans ce fjord avec le postier. Il n'avait alors que sept ans, moi, j'allais en avoir neuf, et je lui en voulais beaucoup d'être tombée amoureuse de lui, étant de deux ans son aînée. Ce que j'étais bête. Je ne sais pas quand tu liras tout ça, mon chéri, j'ignore à quoi ressemblera le monde à ce moment-là. Je sais seulement que l'avenir ne correspond jamais à ce que nous imaginons. Je te demande de me pardonner, de nous pardonner à tous, à ton grand-père, à ton père et à ton oncle, de t'avoir caché la vérité. C'est une décision douloureuse que de se résoudre à mentir et c'est aux antipodes de ma nature. Hélas, la vie nous y pousse parfois lorsqu'on n'a pas d'autre choix, quand il n'y a pas d'autre possibilité. C'est là une certitude sur laquelle je ne ferai pas plus de commentaires.

Une lettre de trois pages où Hafrún s'adresse à Eiríkur à la fois comme à l'enfant endormi qui repose dans les bras de son grand-père et à l'homme adulte qu'il deviendra : alors qu'il rentre juste chez lui après de longues années d'exil et que tout le monde est mort. Ou disons, presque tout le monde. Il ouvre l'enveloppe, il lit la lettre et découvre le mensonge sur ses origines.

Comment réagit un homme qui, à presque quarante ans, découvre que sa vie tout entière repose sur un mensonge ? Que tout son entourage lui a menti depuis le début, que les gens qu'il chérissait le plus, ceux qui l'ont protégé, entouré de bienveillance et d'amour, l'ont abusé depuis sa naissance, en d'autres termes, lorsqu'il comprend que l'univers dans lequel il a vécu n'a d'une certaine manière jamais existé – comment prend-il la chose : voilà peut-être qui explique pourquoi il a, complètement ivre, tiré à la carabine sur ces camions et pourquoi il risque la prison, parce que sa vie repose sur un mensonge, parce qu'il n'a jamais réellement existé.

Comment a-t-il réagi ?

Il a posé le chat en douceur sur la chaise à côté de la sienne, s'est levé, est allé prendre la bouteille de calvados dans une de ses valises, a cherché un verre, s'est servi très généreusement et l'a bu d'une traite. Il a fermé les yeux tandis que l'alcool de pomme se diffusait dans ses veines et son estomac. Puis il a exploré cette maison où il n'est jamais entré puisqu'il n'est pas revenu dans le fjord depuis le décès de Skúli. Quelle raison aurait-il eu de le faire ? Y en avait-il une seule après que la vieille maison avait brûlé ? Cet incendie n'était-il pas comme un message, comme une proclamation stipulant que son enfance s'était définitivement consumée et que plus rien ne l'attendait ici – à part des déceptions.

Pourtant, il est revenu, il visite cette nouvelle maison pour la première fois. La chambre de Páll est douillette, comme il s'y attendait, et parfaitement en ordre, toute chose est à sa place. Sur les murs, quelques photos de philosophes, des Beatles, de Bach, des reproductions de Van Gogh, trois livres sur la table de chevet et, au sommet de la pile, un choix de poèmes de Cavafy traduits en norvégien : *Puisque je ne peux parler de mon amour*, il a posé ses lunettes de lecture. La chambre de Halldór – là encore, il s'y attendait – est nettement plus chaotique. Un tas de livres encombre la table de chevet, les murs sont parsemés de photos d'Eiríkur, de Skúli et de Hafrún, de clichés en noir et blanc, reflet du quotidien d'il y a un demi-siècle dans la région, et il y a un tableau de Georg Guðni. Une des quatre chambres de la maison est manifestement réservée à Eiríkur. Son père et son oncle ont acheté un grand lit, mais il y retrouve son vieux bureau, des photos de ses grands-parents, de lui-même en compagnie des sœurs de Nes – ils ont même installé le hamac qu'elles lui ont offert autrefois : « Pour que tu puisses rêver suspendu dans les airs ». Les deux hommes ont meublé cette chambre comme si Eiríkur y vivait et qu'il s'en était brièvement absenté… Il a caressé son vieux bureau, regardé les photos, les livres rangés avec soin sur les trois étagères, il avait envie de se coucher dans son hamac, de se laisser bercer, consoler – il avait surtout envie de s'y allonger pour pleurer. Puis il avait quitté la chambre en vitesse, craignant de ne pas avoir l'agilité nécessaire pour descendre de ce hamac s'il s'y installait : il voulait continuer à chercher. Espérant trouver des éléments qui l'aideraient à comprendre. Des lettres, des documents, des photos, simplement quelque chose qui pourrait ouvrir une brèche dans le monde dont on lui avait interdit l'accès. Quelque chose qui… oui, pourquoi pas, lui ramènerait sa mère, qui n'était donc pas morte, qui avait continué sa vie et qui était peut-être toujours vivante.

Il avait achevé ses recherches devant le grand buffet du salon, fabriqué par Skúli à partir de bois dérivé l'année après son mariage avec Hafrún. C'est là qu'il avait trouvé la pile des journaux intimes de son père qui débutaient au mois de novembre, quatre semaines après l'arrivée d'Eiríkur dans le fjord. Cette découverte l'avait abasourdi. Son père avait donc eu la patience de tenir un journal, il avait osé se lancer dans cette entreprise. Huit carnets formant deux piles. En les sortant du buffet, Eiríkur était tombé sur des lettres que Halldór lui avait écrites, des missives qui n'avaient jamais été envoyées. La première datait du soir où il avait écrit le premier courrier que son fils avait reçu en rentrant à Marseille.

Ah, il y a tant de choses que je devrais et que j'aimerais te dire !

Eiríkur s'était assis à la table de la cuisine, il s'était servi un autre calvados et avait classé les carnets et les lettres dans l'ordre chronologique avant de commencer sa lecture. Il avait souvent sauté des pages dans les journaux intimes, se disant qu'il n'avait pas vraiment le droit de s'y plonger et n'y cherchant rien d'autre que des détails susceptibles de l'aider à comprendre ce qui s'était passé, son seul objectif étant de trouver une explication. Il avait parcouru toutes les entrées où il était question de sa mère, avait appris que son père et son oncle étaient récemment allés à Snæfellsnes pour se recueillir sur la tombe de leurs parents, puis qu'ils étaient retournés à Uppsalir où ils avaient passé un long moment devant les vestiges de la ferme. Au fil de sa lecture, l'univers de son père s'était ouvert à lui. Assis à cette table de cuisine par-dessus laquelle sa mère l'avait tendu à sa grand-mère quarante ans plus tôt, il lisait, il était le témoin des battements de cœur de Halldór, de ses regrets, de sa mélancolie, de ses complaintes, des reproches qu'il s'adressait, mais aussi de son quotidien et de ses moments de bonheur. Il avait achevé sa lecture au petit matin et s'était endormi sur la table quand les fermiers de Skarð étaient allés chercher les vaches pour la traite. Les beuglements des bêtes lui étaient parvenus à travers son sommeil, parcourant sans peine les presque deux kilomètres qui séparaient les deux fermes en l'absence totale de vent.

La première missive qu'il avait lue cette nuit-là était également la plus ancienne... nous pourrions sans doute la baptiser *Lettre sous la botteleuse*.

LETTRE SOUS LA BOTTELEUSE ; OU COMMENT EXPLIQUER LE SALE CARACTÈRE DES POULES

Je ne voulais pas te déranger en mer, avait dit Hafrún à son fils aîné quand il était rentré de sa campagne de pêche au hareng sur un chalutier de Siglufjörður, environ trois semaines après que Svana lui avait tendu Eiríkur par-dessus la table de la cuisine avant de faire ses adieux à son fils en quelques mots, ajoutant qu'elle reviendrait un jour lui demander un verre d'eau. Je ne voulais pas te déranger en mer, ça n'aurait rien changé. Le destin a parlé et nul ne saurait s'opposer à ses décisions. Nous avons en revanche le pouvoir d'essayer de nous y adapter.

Elle lui avait montré l'acte de naissance et la lettre que Svana avait écrite à son fils, une lettre qui s'adressait au futur. Puis elle avait scellé l'enveloppe avec de l'adhésif qui avait jauni et s'était racorni quand Eiríkur l'avait décachetée, presque quarante ans plus tard.

J'ignore, et évidemment, je ne saurai jamais, écrivait Halldór dans sa *Lettre sous la botteleuse*, si nous avons réagi comme il le fallait, si nous avons eu raison de nous ranger à la décision de maman – j'ai parfois l'impression que ce choix m'a paralysé. Qu'il m'a déconnecté, comme débranché. Ce n'est pas très gentil de dire une chose pareille parce que nous t'avions à nos côtés, parce que tu faisais notre bonheur à chaque instant. Je comprends ta mère et je respecte son choix difficile. Ta mère est la plus belle, la meilleure et la plus fascinante personne qu'il m'ait été donné de connaître. Je crains qu'ensuite, ma vie ne se soit résumée à mon regret de ne pas être avec elle et de ne pas vivre l'existence qui m'était destinée. Qui nous était destinée. Je crois, je crains que ce ne soit pour cette raison que je n'ai jamais réussi à m'attacher à aucune femme, parce qu'à travers toutes les autres, j'ai continué à la chercher. Ça ne pouvait que mal finir et ça n'a pas manqué. Tu l'as vue une fois. T'en souviens-tu ? Elle est venue à la ferme, tu avais sept ou huit ans, elle a demandé un verre d'eau, comme elle s'était promis de le faire. Elle avait téléphoné de Hólmavík, nous savions qu'elle était en route et nous avons veillé à ce que ce soit toi, et nul autre que toi, qui lui apportes ce verre d'eau. J'avais l'intention – et le devoir ! – de me tenir à l'écart parce que rien ne devait gâcher cet instant. J'étais en train de finaliser le montage de mon interview du frère et de la sœur très âgés qui vivaient seuls tous les deux à Reykjanes, je me souviens que leur ferme est tombée en abandon deux ou trois ans plus tard. D'ailleurs, ils étaient si vieux qu'on se demandait comment ils pouvaient encore s'occuper de leur exploitation qui comptait une cinquantaine de moutons, deux vaches et une vingtaine de poules. Ágúst était épuisé et complètement édenté, Árelía tellement voûtée qu'elle ressemblait à un « u » à l'envers, et elle avait sur le visage deux grosses verrues d'où sortaient d'épais poils noirs. Un jour, tu m'as accompagné chez eux, tu as eu tellement peur de cette pauvre femme que tu as refusé d'entrer dans leur maison ! Bref, j'étais en train de monter cet entretien et toi, tu traînais dans le studio. Puis ta grand-mère est venue te chercher.

Évidemment, j'avais prévu de me tenir à l'écart pour ne rien mettre en péril, mais je n'en ai pas eu la force, je n'ai pas tardé à sortir discrètement du studio, je me suis glissé sous la botteleuse qui se trouvait à environ cinquante mètres de la maison. Caché là, j'ai observé la scène avec mes jumelles. C'était un des plus beaux moments de ma vie. Même si j'ai rarement été aussi triste.

J'étais impuissant. Pieds et poings liés par cet arrangement. Puni pour l'insouciance de ma jeunesse. Pour avoir traité l'amour sans égards. Avant de rencontrer ta mère, j'avais blessé plusieurs femmes par égoïsme, par égocentrisme, j'étais persuadé qu'on pouvait vivre sans aucune responsabilité. Qu'on devait toujours et sans hésiter suivre ce que mon père appelait autrefois la boussole du cœur. Je ne sais pas d'où il tenait ça, ni si cette fameuse boussole existe vraiment. Quoi qu'il en soit, à cette époque, j'étais tellement amoureux de la vie qu'il me semblait évident de suivre son aiguille – ne pas le faire revenait à se trahir soi-même et à trahir la vie. C'était de la lâcheté, c'était capituler. J'adhère encore en partie à cette conception, à ce point de vue, mais il ne faut pas oublier le reste. Certes, le cœur est sage à sa manière, il dit sans doute toujours la vérité. C'est bien beau, mais j'ai appris à mes dépens que la vie ne supporte pas toujours cette vérité.

Le soir tombe dans notre fjord. Tu sais, j'aime être assis ici, à la table de la cuisine, à t'écrire et à écouter ma musique – en ce moment même, Bill Evans. J'aime être assis là parce que j'ai presque l'impression d'être avec toi, l'impression que tu es avec moi et que nous discutons comme le font les gens, comme le font les familles, comme le font un père et son fils. Ça me fait de la peine de lever les yeux et de voir la chaise vide en face de moi. C'est une gifle que m'assène la réalité. Tu nous manques beaucoup, à moi et à ton oncle. Tu devrais voir comment nous avons travaillé pour installer ta chambre, surtout Palli. Je sais qu'il lui arrive parfois de s'allonger dans ton hamac et de s'y assoupir. Il n'en parle pas, mais oui, tu lui manques beaucoup. Notre plus grand malheur est de t'avoir perdu. C'est notre sentiment. Nous ne t'avons pas vu depuis des années. Tes courriels rares et épisodiques ne nous apprennent pas grand-chose de ton quotidien. Nous ignorons comment tu vas et ce qui fait battre ton cœur. Nous savons cependant grâce aux sœurs de la ferme de Nes que tu vis assez confortablement, entouré de gens qui t'apprécient. Ne prends surtout pas ça comme un reproche. Nous t'avons trahi, nous t'avons abusé, c'est aussi simple que ça. Ou plutôt, je t'ai trompé. Pas Palli. Il n'a jamais trahi personne. Il en est incapable.

Où en étais-je ?

Ah oui, sous la botteleuse. Où il m'était interdit de faire quoi que ce soit. D'ailleurs, à strictement parler, je n'avais pas non plus le droit de vous observer. Malgré ça, je peux te dire que même si j'avais encouru un châtiment de mille ans dans le pire endroit de l'enfer, je n'aurais pas pu résister à mon envie de vous voir tous les deux, en restant invisible. D'assister à votre première et, hélas, unique rencontre. Voir le visage de ta mère lorsque tu t'es approché d'elle avec ce verre et tes longs cheveux bruns. Tu avais interdit à ta grand-mère de les couper après avoir vu une photo de

Led Zeppelin dans le magazine *Rolling Stone* auquel j'étais abonné. Tu avais entendu Haraldur et Aldís ne pas tarir d'éloges sur ce groupe et ça t'avait suffi, depuis, tu les as toujours adorés. Te souviens-tu, Eiríkur, du moment où tu es sorti de la maison pour apporter un verre d'eau à cette femme qui t'attendait à côté de sa voiture – te souviens-tu d'elle ? Te rappelles-tu comment j'ai essayé, ensuite, très maladroitement je le crains, de savoir si tu avais ressenti quelque chose de particulier ? N'as-tu pas remarqué qu'elle ne t'a pas quitté des yeux un seul instant ? Pas même lorsqu'elle buvait. Je n'imaginais pas qu'on puisse vider un verre avec autant d'élégance. Je ne savais pas que le spectacle d'une personne en train de se désaltérer avait le pouvoir de me faire pleurer. As-tu remarqué la manière dont elle tenait le verre, à deux mains, en le serrant ? Je me souviens que je sentais le froid de la terre, allongé sous la botteleuse. Je me rappelle avoir espéré que ta mère perdrait sa maîtrise de soi. Je veux dire, qu'elle n'arriverait pas à dompter les sentiments dont je savais qu'ils bouillonnaient sous son apparence posée et paisible. J'espérais qu'elle te prendrait dans ses bras pour t'étreindre. Qu'elle étreindrait celui qui lui avait sans doute manqué à chaque instant depuis que la vie l'avait forcée à te confier à ta grand-mère. Je l'espérais très fort en pensant : dans ce cas, je sortirai de sous la botteleuse ! Je me précipiterai vers vous deux, le monde deviendra beau et doux, et nous serons toujours ensemble. Hélas, le destin n'est pas doué pour écrire ce genre de scénario, ta mère a gardé son calme et sa maîtrise de soi. Elle a bu, tenu quelques instants le verre vide entre ses paumes. Je suppose qu'elle espérait qu'il se gorgerait de tout son amour et du manque qu'elle éprouvait pour toi avant de te le rendre. J'ai vu qu'elle te regardait. Je l'ai vue sourire puis te tendre le verre que tu as attrapé. Elle t'a regardé une fois encore, t'a dit quelques mots, s'est retournée, est allée se rasseoir dans sa voiture puis a démarré avant de quitter le fjord et nos vies. À ce moment-là, j'ai pu sortir de ma cachette. Avec mes jumelles. Que tu me croies ou pas, je n'ai pas osé me servir de ces jumelles depuis cette date – j'en ai simplement acheté une autre paire. Je me plais à imaginer que les anciennes conservent le souvenir des seuls moments que, dans un sens, nous avons passés ensemble. Je ne sais pas s'il existe une vie après la mort. En réalité, j'ignore tout de la mort. Et je n'en sais peut-être pas beaucoup plus de la vie. Le moment venu, je voudrais qu'on m'enterre au cimetière de Nes, aux côtés de mes parents. Et je n'ai qu'un seul vœu à formuler : que cette vieille paire de jumelles m'accompagne dans l'au-delà. J'ai beau savoir que c'est totalement illogique, cette idée me réconforte. Totalement absurde, en effet. Mais ce n'est pas bien grave parce qu'il me semble que le bonheur comme l'amour sont fondamentalement illogiques. L'un et l'autre ressemblent à une musique qu'on ne doit pas essayer de comprendre, une mélodie qu'il faut savoir apprécier, dont il faut profiter. Je me permets d'ajouter que, lorsque je ne serai plus de ce monde, j'espère dans de nombreuses années, des années heureuses auprès de toi, entouré par une foule de petits-enfants joyeux et pleins de vie, lorsque je ne serai plus là, lorsque je reposerai sous la terre du cimetière de Nes, je t'autorise, de préférence le jour de mon anniversaire, et en fonction de la météo qui a toujours décidé de tout depuis que notre nation s'est installée sur cette île – je t'autorise volontiers à diffuser sur ma tombe une compilation de dix à quinze chansons. Règle les haut-parleurs assez fort pour que la musique puisse franchir les frontières sans difficulté. Arrange-toi pour que je connaisse la moitié des morceaux. Je te joins une liste à la fin de cette lettre, j'ai compilé, disons, environ deux cents titres, ce qui te donnera du grain à moudre. L'autre moitié, c'est à toi de la choisir, n'hésite pas à y opter pour des morceaux composés après mon décès. Ce qui me déplaît le plus, ou plutôt ma principale crainte, c'est que la mort ne se contente pas de mettre fin à la vie, mais qu'elle nous coupe également de la musique et qu'on passe à côté de tout ce qui sera créé après notre départ. Peut-on imaginer pire injustice ?

Eiríkur, le contenu de la bouteille a dangereusement diminué, il est temps pour moi d'arrêter avant de devenir trop sentimental. Je dois également m'atteler à composer cette compilation pour moi-même et pour la Camarde – je vais bien m'amuser ! Ça m'a fait un bien immense de t'écrire ces mots parallèlement à ceux que j'irai poster demain. Tu risques d'être surpris par le ton que j'adopte. C'est que j'ai décidé de ne plus me retenir et de m'exprimer en toute liberté, sans entraves. Je crois que c'est la meilleure manière de t'atteindre. En suivant la boussole du cœur ? Peut-être. En tout cas, j'ai décidé de la suivre dans ma vie, il est grand temps. Vois-tu, je crains que le chat, ce maudit pirate borgne, n'ait lapé une partie de ma bouteille. Il me semble bien qu'il est en train d'écrire un poème destiné aux poules et qu'il compte le leur réciter demain. Même si cela doit lui coûter son autre œil. Je crois que les poules ont une dent contre la poésie, selon moi, ça explique qu'elles soient à ce point agressives.

INTERMÈDE : OÙ IL SERA QUESTION DE CONTEXTE, DE RESPONSABILITÉS ET D'UNE MAISON EN FLAMMES

Mon amour, tout ira bien maintenant, avait marmonné Jón, parce qu'il venait de comprendre que la vie serait toujours plus grande que la mort, il avait balancé sa bouteille : celui qui se met en quête de l'éternité n'a plus besoin de boire. Mon amour, avait-il murmuré en s'allongeant sur le dos pour mieux observer le ciel. Tu dois toujours, lui avait conseillé Guðríður, sa mère, lever les yeux vers les cieux, là où règnent la vie et la beauté. Prends le ciel plutôt que l'homme comme point de repère, c'est ainsi que tu deviendras grand. Maman, me voilà grand, avait pensé Jón en se mettant sur le dos avant de mourir étouffé dans son vomi. C'est pour cette raison que le postier est arrivé dans le fjord avec Skúli. Pour cette raison aussi que Svana a tendu Eiríkur par-dessus la table de cuisine à Hafrún qui, aujourd'hui, est morte. Je ne peux pas vivre sans elle. Elle s'appelle Hafrún, elle conservera ce nom pour l'éternité, la mort n'y changera rien. Je ne saurais me prononcer sur la suite. Le poisson nage-t-il s'il est privé d'eau ? Est-ce que ça apporte quoi que ce soit à la Terre de continuer à tourner si le soleil s'éteint ? Vous, qui êtes encore vivants, vous devez répondre à ces questions. Mon amour, c'est pour cet instant que je vivrai. Tu devrais écrire sur ce sourire, avait suggéré Pétur dans une de ses lettres à Hölderlin. Il y a longtemps que je l'ai fait : Tu m'as souri, et désormais, je ne sais plus si j'ose me risquer à vivre.

Est-ce là un poème ?

Oui, à moins que ce ne soit une vie, ce qui, parfois, revient au même. Écrite par le poète aveugle de la glèbe ?

La vie ou le poème ?

Ça revient au même.

Tu as donc appris des choses, dit le chauffeur de bus sanctifié en allumant la radio, devenue subitement si grosse qu'elle atteint presque la taille d'un système solaire et que, par conséquent, elle fait retentir « Blue in Green » de Miles Davis et Bill Evans dans l'ensemble de l'Univers.

Je dirais, si j'osais, que le lombric reflète la pensée divine. Essayez de juger plutôt mon effort que son résultat. Et veuillez me pardonner mon impertinence. Je sais que chacun doit savoir rester à sa place. Mais cette place, qui en décide ?

Entends-tu, murmure Pétur à Hölderlin, lorsqu'il a ouvert la missive de Guðríður où certains caractères, surtout le F, le R et le Þ, semblent s'apprêter à aboyer comme des chiens ; ce qui explique que Skúli soit arrivé dans le fjord avec le postier, puis que son cercueil se soit enfoncé dans une plaie ouverte du cimetière de Nes. Une plaie que nous avons refermée avec notre tristesse. Ils vont arrêter Émile Zola, voilà pourquoi Halldór a sorti tous les meubles et les objets présents dans la vieille maison avant de l'incendier. Aïe, la vieille maison a brûlé, a écrit Halldór à Eiríkur. Heureusement, avec Palli, nous avons réussi à sauver la plupart de ce qu'elle contenait, je dirais même presque tout.

Sauver tout ce que contient une maison en bois

incendiée, elle a dû brûler très lentement, a pensé Eiríkur, suspicieux, sans toutefois poser la moindre question. Peut-être que, hélas, il était reconnaissant à son père de s'être arrangé pour qu'il n'ait plus aucune raison de revenir dans le fjord. Mon enfance est partie en fumée, elle repose au cimetière de Nes.

D'ailleurs, Kierkegaard signifie cimetière.

Eiríkur : Cimetière ? Comme celui de Nes ?

Exactement, comme celui de Nes. Le pauvre homme s'appelait cimetière – quel fardeau ! Un nom empli de morts, de croix et de défunts. Ce n'est pas étonnant qu'il ait parfois été un peu éteint.

Ce n'est pas étonnant non plus que nous soyons un peu éteints en ce moment – ici, il y a eu tant de morts, et c'est à toi la faute.

Ma faute, dis-je, relevant la tête et croisant le regard bleu du chauffeur de bus sanctifié, la seule couleur admise en enfer, ce qui lui permet de le traverser à bord de son véhicule : est-ce que c'est ma faute si tous ces gens sont morts ? Je serais responsable du décès de Hafrún et de Skúli, d'Eva et d'Agnes, je serais responsable…

C'est bien toi qui as écrit tout ça, n'est-ce pas, demande le chauffeur, pointant son index sur mes feuilles noircies d'une écriture serrée.

Oui, hélas. Mais ça ne signifie pas que je sois responsable de la mort de tous ces gens.

Tu écris, tu es responsable, qui d'autre que toi pourrait l'être ?

Mais qui es-tu donc ?

Drôle de question venant d'un homme qui n'a aucunc idéc de son identité ! Rappelle-toi l'ancienne sagesse : Connais-toi toi-même avant de chercher à connaître les autres ! Cela dit, tu as raison, Guðríður envoie une lettre et un article qu'elle désire publier dans une revue, Pétur lui rend visite avec sa jument Ljúf. Je connais le nom, dit Gísli, quand le révérend se présente à lui. Et j'ai entendu parler d'un pasteur. Mais que nous vaut l'honneur de cette visite ? Pétur aurait peut-être pu lui répondre : je viens ici pour qu'on puisse enterrer Skúli auprès de sa chère Hafrún dans cent dix ans.

Mais ça n'aurait eu ni queue ni tête !

Pour ceux qui se cantonnent aux détails, certes oui. En revanche, pour qui connaît le contexte global, cette réponse est parfaitement logique. Halldór incendie la maison du bonheur passé, cette maison dont le grenier était comme un sourire dans le fjord, et à laquelle la vie souriait toujours en retour quand elle passait par là. Je ne suis pas sûr qu'on puisse pardonner à quelqu'un d'avoir mis le feu à une maison, pourquoi Halldór a-t-il fait ça ? Et on ne peut pas non plus pardonner ceux qui trahissent. Comme ils l'ont fait tous les deux, Halldór et Eiríkur, par conséquent, ils sont maudits.

Maudits, le mot est sacrément fort. N'oublie pas que jusqu'à l'âge de quarante ans, Eiríkur était persuadé que sa mère était morte en couches, qu'il était en partie responsable de la mélancolie de son père, et donc également de son alcoolisme. Il pensait que c'était sa faute à lui s'ils n'arrivaient pas à être proches, surtout après avoir joui sur la couverture de ce livre illustré d'une photo de sa mère. Les seuls moments où ils avaient été complices après ça, c'était lorsqu'ils se retrouvaient dans le salon d'Oddi, quand Hafrún s'arrangeait pour qu'ils interprètent quelques chansons ensemble. Alors, ils se sentaient bien. Halldór était tellement heureux qu'il n'arrivait pas à s'arrêter de sourire. « Ashes to Ashes » était devenu leur morceau préféré, ils l'avaient joué les trois derniers Noëls. Tu aurais dû les entendre entonner I'm happy, hope you're happy too, Je suis heureux, j'espère que tu l'es aussi… Non, ils ne sont pas maudits, mais simplement malheureux. Et Eiríkur…

… a regardé le cercueil de son grand-père s'enfoncer dans la terre. Halldór a mis le feu à la maison. Comment peuvent-ils communiquer maintenant que Hafrún et Skúli sont partis ? Eiríkur est rentré à Marseille après l'enterrement, puis il est revenu dans le fjord trois ou quatre ans plus tard, avec deux grosses valises, c'est un chat borgne et une maison vide qui l'ont accueilli, pourquoi, que s'est-il passé ? Lui et Elías organisent une fête en l'honneur des vivants et des défunts, puis Eiríkur ira peut-être en prison, il risque jusqu'à douze ans. Tous ses chiens seront morts quand il sortira. Ça ne te suffit pas d'assassiner les gens, il faut maintenant que tu t'en prennes aux bêtes. Tout ça finira mal. À moins que tu ne parviennes à modifier certains paramètres.

LES MONDES FUSIONNENT

UN TRACTEUR ROUILLÉ ENVOIE UNE LETTRE, QU'EST-CE QUE ÇA SIGNIFIE !?

« … ça m'a fait un bien immense de t'écrire ces mots parallèlement à ceux que j'irai poster demain, écrivait Halldór à son fils dans sa *Lettre sous la botteleuse*. Tu risques d'être surpris par le ton que j'adopte. C'est que j'ai décidé de ne plus me retenir et de m'exprimer en toute liberté, sans entraves. Je crois que c'est la meilleure manière de t'atteindre. »

La meilleure manière de t'atteindre – et il a manifestement réussi puisque Eiríkur rentre avec ses deux valises. Un chat borgne l'accueille avec ses miaulements et son amour impossible pour les poules. Un chat, une maison vide, les deux frères sont absents et il découvre, à presque quarante ans, que son plus grand malheur, pour ne pas dire la tragédie de sa vie, a pour origine un… malentendu. Ou tout bonnement un mensonge ? À moins que ce ne soit le courage qu'il faut avoir pour prendre une décision aussi douloureuse que nécessaire ?

La lettre, la première, celle que Halldór a envoyée à Marseille, attend Eiríkur dans sa boîte aux lettres alors qu'il sort de chez lui. Il sursaute en voyant le nom de l'expéditeur puis la range en vitesse dans son sac à dos, il est en retard, son groupe a réservé un créneau en studio pour enregistrer quelques jingles publicitaires qu'une radio locale lui a demandé de composer. Une tâche qu'il aurait dû achever en milieu de journée, mais il est tellement songeur à cause de cette lettre que lui et ses collègues ne terminent qu'à l'heure du dîner. Et au lieu de la lire chez lui, dans son petit appartement, il préfère aller dans le petit restaurant arabo-italien qu'il fréquente depuis plusieurs mois, tenu par un couple, leurs fils et leurs belles-filles. Le patron, Ekram, est un Jordanien petit et maigre dont les yeux noirs brillent de passion, sa femme, Melania, italienne, dépasse son époux d'une tête et ressemble à Sophia Loren en plus grande, elle porte de belles robes multicolores, elle est imposante, bruyante et chaleureuse. En dehors du fait qu'on y mange très bien, c'est avant tout pour son atmosphère joyeuse et parce qu'il s'y sent comme chez lui qu'Eiríkur apprécie ce restaurant ; il s'y sent tellement bien qu'il a l'impression d'être dans la cuisine d'Oddi. La moitié des clients sont des habitués que la famille accueille comme des amis, allant jusqu'à s'asseoir à leur table pour discuter avec eux devant un verre de vin – les fils du couple, des jumeaux, aussi petits qu'Ekram, le regard animé de la même passion que leur père, ont plus d'une fois entraîné Eiríkur dans le bar situé juste à côté pour regarder les matchs de Liverpool, l'équipe qu'ils soutiennent tous les trois, dans le championnat d'Angleterre.

Ce soir-là, il fait doux, sa table habituelle est libre sur la place devant le restaurant. Ekram semble comprendre qu'il a besoin de tranquillité, il éloigne ses petits-enfants de la place, lui apporte sans rien dire une grande Leffe brune, lui tapote l'épaule et s'éclipse. Eiríkur boit sa bière, examine l'enveloppe et l'adresse écrite avec soin, et décèle dans certains caractères comme un tremblement, comme un bégaiement – depuis quelques années, Halldór a les mains qui tremblent. C'est logique, pense Eiríkur en allumant une cigarette, vu qu'elles n'ont jamais vraiment le temps de dessoûler.

Il fume, il boit sa bière, il scrute l'enveloppe.

Leurs échanges sont sporadiques depuis le jour où Halldór a conduit son fils de seize ans au lycée à Reykjavík, ce jour où Morrissey suppliait que quelqu'un l'étreigne. Il s'écoule parfois plusieurs mois sans qu'Eiríkur reçoive des nouvelles de son père et il n'éprouve pas le besoin de rompre le silence alors installé. Pourtant, il y a bientôt un an, Halldór s'est brusquement piqué de lui envoyer toute une série de courriels. Certes, il se contentait d'y évoquer des événements qui avaient eu lieu dans le fjord et son quotidien avec son frère Páll, Eiríkur avait cependant l'impression persistante qu'une foule de non-dits couvaient sous cette surface, que ces courriels étaient pour Halldór une manière de tenter un rapprochement avec lui : il attendait que son fils lui donne le signal qui lui permettrait d'ouvrir son cœur et de lui écrire… en toute liberté. Mais Eiríkur ne s'était pas laissé faire, il n'avait pas cru en la sincérité de son père. Et heureusement, s'était-il dit quand les messages étaient devenus plus longs, plus embrouillés, souvent écrits en pleine nuit par son père manifestement ivre. La sincérité de Halldór se confondait dès lors avec la mièvrerie, une mièvrerie qui le conduisait à s'apitoyer sur son sort, qui ne tardait pas à déboucher sur toutes sortes de reproches et d'accusations, et en fin de compte, tout cela formait un cocktail qu'Eiríkur trouvait indigeste, une mixture qui le dégoûtait. Puis un matin, il en avait eu assez après avoir lu huit messages de ce genre envoyés par son père en pleine nuit. Il avait répondu au dernier aussi brièvement que sèchement : « Je te prie à l'avenir de m'épargner tes divagations nocturnes et tes jérémiades alcoolisées ! C'est insupportable ! Tes propos nous rabaissent et nous humilient tous les deux. »

Il avait aussitôt regretté son mouvement d'humeur et avait eu le plus grand mal à se concentrer toute la journée durant. Il lui semblait avoir commis un acte impardonnable pour lequel il refusait toutefois de présenter des excuses. Il avait attendu, inquiet, angoissé, que son père riposte en faisant pénitence ou peut-être en piquant une colère et en l'accusant de mille maux. Mais il n'avait reçu aucune réponse. Ni ce jour-là ni le lendemain. Des semaines avaient passé, puis des mois, et le silence s'était déployé entre eux comme un océan – puis cette lettre était arrivée.

Eiríkur soupire, il vide sa bière et ouvre l'enveloppe. Oddi, 29 juillet 2017, mon cher Eiríkur, une lettre de ce vieux tracteur rouillé en Islande, te dis-tu sans doute, craignant devoir t'attendre au pire – qu'est-ce que ça signifie !?

ATTENDRE HIER

Eiríkur soupire, il vide sa bière et ouvre l'enveloppe. Oddi, 29 juillet 2017, mon cher Eiríkur, une lettre de ce vieux tracteur rouillé en Islande, te dis-tu sans doute, craignant devoir t'attendre au pire – qu'est-ce que ça signifie !? C'est bien normal que tu t'interroges après tous les messages dont je t'ai inondé cet été, surtout quand je pense aux derniers. Ils débordaient de propos incohérents qui sont ceux d'un ivrogne. Divagations, mièvrerie et jérémiades. Et voilà maintenant que je t'envoie une lettre ! Qu'est-ce que ça signifie, comment se fait-il ?

C'est, si j'ose dire, dans mes rêves que réside l'explication. Ces cinq-dix dernières années, j'ai régulièrement fait le même rêve très pénible où je me retrouve face à moi-même, à l'époque de mes dix-sept-dix-huit ans. Il est évident que le jeune homme a honte de moi et qu'il m'accuse de l'avoir déçu. Pour ne pas dire trahi. Chaque fois que je tente de lui expliquer, à lui, si jeune, que la vie est bien plus complexe qu'on ne le mesure à son âge, qu'elle est capable de briser sans difficulté les individus les plus solides, je suis incapable de prononcer le moindre mot – puis le jeune homme se met à couper les liens qui nous unissent. Je suis désespéré, je ne peux pas imaginer de le perdre, j'essaie de protester, j'essaie de m'approcher de lui, mais je ne peux pas bouger, j'ai l'impression que mon âme se sépare de mon corps et qu'elle vogue vers lui. Enfin, je parviens à pousser un cri déchirant – qui, en général, me réveille. Le rêve que j'ai fait la nuit dernière était extrêmement douloureux, j'ai gémi si fort dans mon sommeil que Palli est venu dans ma chambre. Je l'ai trouvé assis à mon chevet quand je me suis réveillé, épuisé et en nage. Il m'a dit qu'il avait essayé de me secouer, qu'il était très inquiet parce que je gémissais ainsi et que je me recroquevillais sur moi-même comme un homme en souffrance. Quand j'ai ouvert les yeux et que j'ai vu Palli, je lui ai dit : Il faut que j'écrive à Eiríkur.

Voilà donc cette lettre !

Mais d'abord, avant de commencer à l'écrire, je me suis forcé à relire les quarante-cinquante derniers courriels que je t'ai envoyés. Mon Dieu, quel calvaire ! C'est affreux de constater combien la distance est courte entre l'authentique sincérité et l'affligeante mièvrerie, et de mesurer à quel point on peut être aveugle quand on est le premier concerné. Du reste, il y a une distance tout aussi brève entre l'apitoiement sur soi et les accusations ridicules qu'il engendre. C'est là un cocktail détonant.

En résumé, j'ai décidé la nuit dernière de t'écrire. Je me suis promis et j'ai juré à Palli de ne pas le faire sous une emprise plus forte que celle du café ! Eiríkur, par cette lettre et celles qui suivront si tu me permets de t'en envoyer d'autres, j'espère que je parviendrai à combler l'abîme et à remplir le silence douloureux qui, à ma grande tristesse, se sont installés depuis si longtemps entre nous. Peu de choses affligent autant Palli. Je sais qu'il lui est arrivé de t'écrire dans l'espoir d'ouvrir une brèche. Je veux que tu saches que je comprends et que je respecte le fait que tu aies souvent choisi de m'ignorer. Palli a pourtant parfaitement raison quand il dit : je n'ai que toi, tu n'as que moi, la vie est bien trop courte et semée d'embûches pour rejeter ceux qu'on aime et qui nous aiment aussi. J'ai conscience d'avoir commis un bon nombre d'erreurs dans ma vie. Je sais qu'on s'apitoie sur moi. Je le vois, je le sens à la manière dont on me regarde, et c'est une douleur cuisante. Je sais que la plupart des gens ont baissé les bras s'agissant de ma personne, ils me supportent comme on supporte un malade incurable. Certains m'ont dit que la seule solution serait de faire une cure. Pour ma part, je considère que la force de chaque être humain se mesure à la capacité qu'il a de se sortir des ornières sans aide extérieure. D'ailleurs, ce n'est pas vraiment l'alcool qui est mon ennemi, mais justement moi-même. Le combat le plus important de chaque individu, c'est celui qu'il livre contre sa propre personne. Je dois mettre de l'ordre dans ma tête. Je dois trouver le courage de me regarder en face, ici et maintenant, ce n'est qu'à ce prix que je pourrai faire la paix avec le jeune homme qui vient hanter mes rêves. Et une des étapes importantes de ce processus est de t'écrire une lettre, mon cher Eiríkur. Je serais heureux que tu me répondes, même en quelques mots, même en style télégraphique – mais je n'exige rien de toi. J'espère uniquement que tu liras ces lignes et… toutes celles que j'ai envie de t'envoyer par la suite, avec ton autorisation. Si cela t'intéresse. J'espère aussi que tu entreverras, à ton rythme, des raisons de me pardonner partiellement les erreurs que j'ai commises envers toi et tous ceux que j'aime. Je tiens à me garder de tomber dans l'ornière qui consisterait à me chercher des excuses, je préfère discuter avec toi de tout et de rien comme je le ferais avec… n'importe qui.

Est-ce que tu te souviens de « Yesterday Is Here » / « Que revienne hier » sur l'album *Frank's Wild Years* ? C'est une chanson superbe, une perle sur laquelle il m'est arrivé de danser joue contre joue dans les bals de campagne. Elle m'accompagne depuis le jour où je l'ai découverte, peut-être parce que j'ai l'impression que Tom Waits a enchâssé le cœur de ma vie dans cette belle chanson triste. Le sentiment qu'il raconte la manière dont mon existence s'est arrêtée :

Well, today is grey skies
Tomorrow's tears,
You'll have to wait 'til yesterday is here.
Aujourd'hui, les cieux sont gris,
Demain, ce seront les larmes,
Tu devras attendre que revienne hier.

Attendre qu'hier revienne : je crois hélas que cette phrase décrit parfaitement ma vie. En tout cas, depuis quarante ans. Ou comme le dit mon frère : tu ne prends aucune décision et te voilà paralysé !

Aujourd'hui, je dis : ça suffit !

Mon Eiríkur, mon cher Eiríkur, mon cher fils, ma fierté et mon bonheur ! Cette lettre marque le début d'une ère nouvelle ! J'ai décidé de recommencer à exister vraiment. À m'impliquer dans la vie. Imagines-tu depuis combien d'années j'en rêve ? Depuis combien de temps je nous vois assis, tous les deux sereins, chacun heureux d'avoir la compagnie de l'autre, et jouant ensemble « I'll Follow The Sun ». C'est mon rêve le plus cher. Et je suppose, non, je sais, que c'est uniquement à moi de m'arranger pour qu'il se réalise !

NUL NE DEVRAIT JAMAIS CONFIER SA VIE À AUTRUI

Eiríkur lit la lettre pour la troisième fois, Ekram sort de son restaurant, il lui apporte un dîner et une carafe de vin, même s'il n'a rien commandé. Ce plat s'appelle mansaf, explique Ekram d'un ton presque solennel. C'est la première fois que tu en manges, d'ailleurs, nous préférons ne pas le proposer dans notre menu. Le mansaf est un mets qu'on apporte à un ennemi pour l'apaiser, pour gagner le cœur d'une personne, pour réjouir un ami ou consoler celui qui a besoin de l'être. On ne le sert donc pas tous les jours. J'ai dit à ma petite Batoul que tu avais l'air particulièrement mélancolique et qu'il fallait qu'elle te cuisine un plat très spécial. Dans ce cas, je vais lui préparer un mansaf, a-t-elle répondu. Certains disent que c'est un mets de roi – moi, j'affirme que lorsque Batoul le prépare, c'est un plat pour les dieux. Peut-être que ma fille compte faire de toi un dieu ce soir, monsieur l'Islandais !

Eiríkur est tellement dans la lune, tellement bouleversé par la lettre, qu'il ne le remercie même pas. Quand il reprend ses esprits, Ekram est déjà reparti dans le restaurant après avoir dressé la table et rempli son verre en lui tapotant l'épaule.

Peut-être compte-t-elle faire de toi un dieu.

Ekram est un homme passionné, il parle beaucoup et avec énergie, il a tendance à faire de grandes déclarations, si bien qu'Eiríkur se demande parfois s'il faut prendre ses propos au sérieux. En tout cas, il est heureux qu'il lui ait apporté à manger, il n'a rien avalé depuis ce matin, il est mort de faim et ce mansaf absolument délicieux parvient à apaiser légèrement le tourbillon d'émotions qui l'agite après la lecture de cette lettre. Des émotions tellement désordonnées et partagées qu'il ne sait même pas ce qu'il est censé ressentir.

Sa première réaction est toutefois la colère. Eiríkur se dit que Halldór formule à son égard des exigences injustes. Et il n'a pas envie de se retrouver avec son père sur les bras.

Puis il relit la lettre et sa colère se calme, remplacée par le doute.

Il sait évidemment que cette lettre aurait réjoui Skúli et Hafrún, ses grands-parents. Il sait qu'il devrait – ne serait-ce que pour eux – en accuser réception. Et donner une chance à Halldór.

Est-ce que je peux lui faire confiance, pense-t-il. Si je lui donne mon petit doigt, il risque de m'avaler tout le bras. Devrai-je alors m'attendre à ce qu'il me téléphone, complètement ivre, à toute heure du jour et de la nuit ? Devrai-je écouter ses divagations, ses mièvreries, ses regrets, ses accusations ? Est-ce que ce sera le tribut à payer ? Pourtant, par égards pour grand-mère et grand-père, il faut que je lui offre sa chance... à moins que le problème, que le nœud, ne réside autant chez moi que chez lui. Serais-je le jeune homme qui vient hanter ses rêves ?

Il se remet à lire la lettre pour la quatrième fois. Arrivé à la moitié, il perçoit comme un changement dans l'atmosphère. Il lève les yeux. Batoul, la fille d'Ekram et de Melania, sort du restaurant, deux verres à liqueur et une bouteille de raki à la main. Trois ou quatre hommes assis à d'autres tables se redressent machinalement et la suivent du regard tandis qu'elle se fraie un chemin entre les clients. Grande, les jambes aussi longues que celles d'un cheval arabe, insoucieuse de sa beauté, elle s'arrête devant la table d'Eiríkur, y dépose la bouteille et les verres, puis demande, je peux, la main appuyée sur le dossier de la chaise vide face à lui.

Il se recule sur la sienne, surpris.

Aussi grande, mais plus svelte que sa mère, Batoul est dans la famille celle qui se mêle le moins aux clients. Il lui arrive de quitter sa cuisine pour s'occuper de son fils, un garçonnet joyeux âgé de cinq ans qui joue souvent dans le quartier avec les autres enfants de son âge ; lui et sa mère sont très proches. Eiríkur lui a parlé plusieurs fois, il n'a cependant jamais aperçu aucun père dans les parages. Batoul est toujours adorable quand les clients engagent la conversation avec elle, il y a toutefois dans son attitude et dans ses grands yeux noirs quelque chose qui maintient ses interlocuteurs à distance.

Je peux ? répète-t-elle, Eiríkur hoche la tête. Elle esquisse un sourire, peut-être face au silence de l'Islandais, elle s'assoit, remplit les verres à liqueur, pousse l'un des deux dans sa direction, attrape le sien, lève nonchalamment la tête et avale lentement l'alcool fort. Ses longs cheveux bruns sont attachés en chignon, son cou gracile et sa peau lisse se dévoilent à son hôte.

Elle leur sert un autre verre et aperçoit le paquet de cigarettes posé sur la table. Aïe, soupire-t-elle, et dire que j'ai arrêté de fumer. Elle tend son bras, attrape une cigarette, l'allume, se recule sur sa chaise, les bras croisés, et la fume en silence tandis qu'Eiríkur finit son assiette.

Ils se connaissent à peine. Ils ne se sont adressé la parole que deux fois. Elle était sortie du restaurant pour surveiller son fils et s'était arrêtée à sa table pour lui poser des questions sur l'Islande et sur la langue islandaise. Elle ne s'était pas attardée, pourtant, quelque chose en elle avait éveillé la curiosité d'Eiríkur. Une chose tout à fait étrangère à sa beauté et à la séduction qui émanait d'elle, et que sa tenue vestimentaire négligée échouait à dissimuler.

Il termine son plat, s'efforce d'en apprécier les saveurs même s'il a conscience d'être tellement bouleversé qu'il ferait mieux de rentrer chez lui. Avant de commencer à dire des bêtises…

C'est délicieux, dit-il. Le mansaf – un plat pour sceller la paix entre les ennemis ou pour consoler, je souscris entièrement. Tu es une magicienne. Merci de me l'avoir cuisiné ! Et aussi, d'avoir préparé tous les autres mets que j'ai mangés ici !

Batoul affiche un joli sourire qui illumine l'ensemble de son visage aux traits anguleux bien qu'il ne parvienne qu'à peine à rider la surface sombre et abyssale de ses yeux.

Papa m'a dit que cette lettre avait l'air de te bouleverser, explique-t-elle, sa cigarette entre ses longs doigts, il s'inquiète pour toi. C'est pour cette raison que je t'ai préparé ce plat. J'espère qu'elle ne t'a pas annoncé un décès.

Elle remplit à nouveau leurs verres, il vide aussitôt le sien, espérant que l'alcool apaisera les doutes et les émotions qui l'agitent. À cause de cette lettre, ou peut-être de la présence de cette femme à sa table. Il faut que je rentre chez moi, se dit-il à nouveau. Mais je ne peux pas partir comme ça. Puisqu'elle est venue s'asseoir ici avec cette bouteille. Je lui dois au moins quelques explications.

Elle les ressert une fois encore. Une fois encore, il vide aussitôt le sien. Mauvaise idée, se dit-il, conscient que son attention commence à faiblir. Concentre-toi, s'ordonne-t-il. Et je t'interdis de regarder ces yeux. Ils sont si sombres et si profonds qu'on peut facilement s'y noyer. Bon, je lui dis que c'est une lettre de mon père, puis j'y vais.

C'est une lettre de mon père, annonce-t-il avec un sourire avant d'ajouter, je n'en ai jamais reçu aucune de lui, c'est la première.

La première, répète-t-il.

La première lettre.
Je n'exige rien de toi.
C'est mon rêve le plus cher.
Un tracteur rouillé.

Ce que je suis devenu fait honte au jeune homme que j'ai jadis été. Ce jeune homme me méprise.

Bon, il est tard, ça m'a fait plaisir de discuter avec toi. C'était très agréable. Merci encore pour tous les plats que tu me prépares. Tu pourrais sans doute changer le monde grâce à ta cuisine. J'aime venir ici, je m'y sens bien. Et j'aime aussi parler avec ton fils. Je n'ai jamais aperçu son père – peut-être qu'il n'en a pas ?

Bon Dieu, qu'est-ce que je raconte ?

Pardonne-moi, ma question est aussi stupide qu'indiscrète !

Elle baisse les yeux sur la table. J'aime bien cuisiner pour toi, répond-elle, parlant avec lenteur, comme si elle tenait à s'appliquer. Je t'ai vu jouer avec ton groupe dans le club. Je peux même te dire que je t'ai observé attentivement. Et que je crois que tu es une belle personne. Mais ce n'est pas la première fois que je crois ce genre de chose et il m'est arrivé de me tromper. Tu sais, certains sont si petits et mesquins qu'ils peuvent devenir méchants quand on leur en donne l'occasion. En tout cas, mon petit Jojo n'est pas le fruit d'une immaculée conception. Dieu ne porterait jamais son regard sur moi. Pourtant, en effet, cet enfant n'a pas de père.

Eiríkur l'a manifestement blessée. Il faut, pense-t-il pour la troisième fois, que je rentre chez moi. Mais voilà qu'à cause de mes propos stupides, je lui dois une explication, et puis, elle m'a tout de même préparé ce plat délicieux. J'ai une dette envers elle et envers sa famille, ces gens m'ont accueilli si gentiment ici soir après soir, en réalité, ils m'ont offert un refuge. Je n'ai qu'à lui dire que je suis bouleversé après avoir lu cette lettre, que je suis déboussolé, un peu ivre, et qu'il est préférable pour tout le monde que je sois seul. Je peux bien lui expliquer que mes relations avec Halldór sont compliquées, évidemment, sans lui donner plus de précisions. Je n'ai pas le droit de le faire, ni envers Halldór, ni envers elle. Comme le dit Javier Marías : personne ne devrait jamais s'épancher auprès de quiconque, ce serait une chose impardonnable.

Eiríkur la regarde et elle lève les yeux. Ces yeux, pense-t-il, ressentant brusquement un profond désir de se délester de son fardeau et, sans même s'en rendre compte, il se met à parler sans pouvoir s'arrêter. Il commence au beau milieu d'une phrase. Au beau milieu d'une pensée. Comme si cette femme connaissait son histoire, connaissait le contexte.

J'ai trahi ceux que j'aime. Pardonne-moi, je n'ai pas le droit de te raconter ça, mais j'ai trahi ma grand-mère, j'ai trahi mon grand-père. Ce sont eux qui m'ont élevé. Ils étaient mes parents, et je n'étais pas auprès d'eux le jour de leur décès, c'est douloureux, c'est une blessure, mais ce qui est pire encore, c'est que j'avais été absent de leur vivant. J'ai aimé. Aujourd'hui, cette histoire est finie. Pourtant elle ne l'est pas, pas au fond de moi. J'appartiens maintenant aux regrets et à la nostalgie, et il en sera toujours ainsi. Tout cela, c'est en rapport avec la matière noire. Et avec le fait de ne vivre qu'à hauteur de quinze pour cent, ce qui permet tout juste de laver ses chaussettes, de boire des bières et de trahir ceux qu'on aime. Aujourd'hui, il n'y a plus que moi et mon père. Et aussi, Palli, mon oncle. Palli est un géant. Je dirais qu'il est aussi grand que la Lune. C'est une âme belle et lumineuse, mais j'ai l'impression que parfois, le destin se sert de lui comme d'une guimbarde pour jouer du blues. Mon Dieu, comme il me manque ! Lui aussi, je l'ai trahi. On se retrouve paralysé, on trahit ceux qu'on aime. Palli est pêcheur et titulaire d'un doctorat sur Kierkegaard. Ce nom signifie cimetière en danois. Vous avez toujours dans la vie deux choix possibles, quel que soit le vôtre, vous éprouverez des remords, si vous ne faites aucun choix, vous vous transformerez en une existence à quinze pour cent. Je crois que Palli est la plus belle personne que je connaisse. Il bégaie, parfois tellement qu'on a l'impression que c'est la vie elle-même qui essaie de le faire taire.

Ta mère, demande Batoul. Il lui répond aussitôt, morte parce que je suis né. C'est le contrat, une vie en échange d'une mort, et je continue à payer l'addition. Nous continuons à la payer tous les deux, papa et moi.

C'est lui qui t'a écrit cette lettre ?

Oui, contre toute attente ! Quand j'étais gamin, poursuit Eiríkur, je rêvais de devenir son meilleur copain. D'être celui qu'il voudrait avoir à ses côtés dans son groupe de rock, pourtant, chaque fois qu'il essayait de communiquer avec moi en toute sincérité ou de m'étreindre, je me sentais mal à l'aise et inquiet. Je me raidissais quand il me serrait dans ses bras. C'est dommage. J'ai trente-six ans et je crois que nous ne nous sommes pas serrés dans les bras depuis trente ans. J'ai l'impression qu'une partie de lui est morte quand je suis venu au monde. Il boit trop. En résumé, j'ai été élevé dans un fjord tout au nord du monde, chez mes grands-parents qui m'ont donné tout leur amour, mais n'en ont reçu que très peu de ma part en retour. Mon père était comme les oiseaux migrateurs d'Islande, il arrivait au printemps et repartait à l'automne. Le reste du temps, je le voyais rarement. En fait, je ne sais pas quelle a été sa vie. Je crois ou plutôt je crains de n'avoir jamais su quel sentiment, de l'angoisse ou de l'impatience, était le plus fort en moi quand nous attendions son retour à la maison. J'avais constamment l'impression de devoir faire mes preuves face à lui. Il fallait que je sois drôle, intelligent, mais que je fasse en même temps attention à ne pas le fatiguer, à ne pas l'agacer par ma présence. Mon désir le plus profond était d'obtenir de sa part une reconnaissance. Mon père est très bon guitariste, il a joué dans plusieurs groupes étant jeune et je crois qu'il se débrouille encore très bien aujourd'hui. Chaque fois qu'il repartait, toujours pour aller travailler ailleurs, à Reykjavík, à l'est, à l'ouest, en mer, comme maçon, s'absentant de longs mois, il choisissait une chanson que je devais apprendre à jouer à la guitare et lui jouer à son retour. Je me souviens que la première s'intitulait « I'll Follow The Sun » des Beatles, ce petit bijou écrit par McCartney. Je n'avais que sept ans, je me suis entraîné et j'ai répété comme un possédé, je connaissais la mélodie et le texte au point et à la virgule près quand il est rentré. Au moment où je l'ai vu descendre de voiture devant la ferme, j'ai ressenti un tel stress et une telle angoisse que je suis complètement rentré dans ma coquille et que j'avais l'impression d'avoir une énorme pierre à la place de l'estomac. Papa m'a installé à la table de la cuisine, je me suis mis à jouer. Je crois que le résultat était convenable, mes doigts connaissaient les notes à force de les avoir répétées, malgré ça, j'étais tellement terrifié que j'avais l'impression que mon esprit s'était échappé de mon corps, j'avais presque entièrement oublié les paroles et je me suis contenté de répéter encore et encore de ma voix grêle d'enfant les quelques bribes dont je me souvenais : And now the time has come, and so, my love, I must go. Maintenant, le moment est venu, alors, mon amour, je dois m'en aller. Je crois que personne n'a remarqué mon trouble, peut-être qu'aucun des membres de ma famille ne s'attendait à ce qu'un enfant de sept ans soit capable d'interpréter une chanson comme celle-là. En tout cas, mon père jubilait. Il m'a pris dans ses bras et tout à coup, je me suis retrouvé au volant de sa belle voiture, il m'a laissé la conduire jusqu'à l'école qui se trouve à cinq cents mètres de la ferme et faire quelques tours sur le parking jusqu'à être bien certain que suffisamment de gamins avaient assisté au spectacle. D'ailleurs, les jours suivants, les élèves ne parlaient pratiquement que de ce coup d'éclat, les garçons étaient verts de jalousie, j'avais conduit une vraie voiture et j'avais un père génial. Pourtant, aucun d'eux ne désirait autant que moi être le fils de l'homme qu'ils voyaient en lui.

QUELQUES MOTS SUR LA COLONNE DES LARMES, ET SUR LA HAUTEUR À LAQUELLE ELLE S'ÉLÈVE

Oh, là, là, tout ça me semble bien mal engagé, dis-je, lançant un regard furtif en direction du chauffeur de bus sanctifié. Un regard furtif et inquisiteur – est-ce qu'il était au courant de tout ça lorsque j'ai décrit la manière dont Eiríkur avait joué « I'll Follow The Sun » à la table de la cuisine d'Oddi, cette mélodie simple et mélancolique, « répétant encore et encore les seuls vers qu'il avait réussi à apprendre » ? Était-il au courant de l'angoisse qui étreignait Eiríkur, de ses répétitions incessantes, de ce qu'il ressentait en réalité, et m'a-t-il laissé décrire cette scène de manière à ce qu'il y manque… la clef ? A-t-il gardé cette information pour lui de manière à percevoir sa supériorité par rapport à moi ? Je le regarde furtivement sans rien pouvoir décoder des rides de son visage, de ses maudits yeux bleus, et le doute s'empare de moi, une fois encore.

Je regarde à nouveau mes feuilles, j'ai envie de connaître la suite, de savoir comment Eiríkur réagit à cette lettre, comment il gère les conséquences qu'elle a sur lui – et ce qu'il se passe entre lui et la belle Batoul aux yeux de nuit –, je baisse les yeux sur mes feuilles, Marseille s'est évanouie, Eiríkur vient de mettre la chanson « Mosaïque solitaire » du chanteur belgo-congolais Damso, pour Elías ; les notes entêtantes et mélancoliques retentissent au-dessus du fjord si calme qu'il ressemble au bonheur.

Je ne pleure que de l'intérieur pour que mes soucis se noient.

Mon français est tellement rouillé, dit Elías, que j'ai du mal à comprendre les paroles – que dit-il au juste à propos des pleurs ?

Qu'il ne pleure que de l'intérieur pour noyer ses soucis, traduit Eiríkur.

Elías : C'est bien ce que je pensais. C'est un beau vers, il me rappelle ceux, inoubliables, de Werner Asperström : À quelle hauteur s'élève en toi la colonne des larmes ? / Jusqu'au nombril ? À la poitrine ? À la gorge ?

Eiríkur : C'est un beau poème, écrit par un poète qui compte.

Tu sais, jeune homme, reprend Elías en balayant le fjord du regard, on ne voit aucune trace de vie sur Terre depuis la Lune, quant à la plupart d'entre nous, nous sommes des phénomènes tellement éphémères par rapport à l'histoire géologique que dans une centaine d'années, plus personne ne se souviendra de nous et que toutes nos traces auront disparu. Malgré ça, l'existence est parfois difficile. Extrêmement difficile. Tu sais à quel point il me manque.

Oui, je sais, répond Eiríkur. Il me manque à moi aussi.

J'ai longtemps cru, poursuit Elías, que le temps finirait par atténuer la douleur. J'en étais persuadé, il faut qu'il en aille ainsi, c'est ce qui nous permet de survivre – pourtant, cette douleur et ce manque sont toujours aussi forts au bout de trois ans. Sais-tu que je lui parle tous les jours, et que je commence en général dès le réveil ? Allez, mon cher Palli, dis-je, à peine sorti du lit, je vais faire le café ! Ça ne te dérangerait pas de donner à manger au chat pendant ce temps-là ? Évidemment, j'ignore s'il m'entend. Je ne saurais dire à quelle distance portent nos paroles. Certains jours, je crains qu'elles se heurtent aux limites du vivant et je me dis que ma parlotte ne fait qu'entretenir ma tristesse. La nourrir et l'engraisser. Pourtant, je continue. Je ne peux pas m'empêcher de continuer.

Continuer, c'est ce que nous leur devons à tous, répond Eiríkur, en posant sa main sur celle, longue et maigre, de l'ancien professeur, cette main parsemée de veines qui ressemblent au delta d'un fleuve aux eaux bleues. Il y pose doucement la sienne, la serre fort, d'un geste chaleureux et ajoute : et nous nous aidons mutuellement à le faire. Bientôt, de très belles choses arriveront. J'en suis certain.

Quelque chose se brise en Elías, des larmes silencieuses coulent sur ses joues décharnées et rasées de près.

À quelle hauteur s'élève en toi la colonne des larmes ?

Je ne pleure que de l'intérieur…

LÀ OÙ LES MOTS S'IMMOBILISENT

… pour que mes soucis se noient. Je crois qu'Eiríkur nous a appris à tous, à papa, à ma sœur, à Dísa, à Elías et à moi, à apprécier le rap, me dit Rúna au moment où nous nous garons sur le parking de l'hôtel, nous descendons de voiture et la chanson de Damso nous emplit comme un oiseau sombre et majestueux. Je regarde la ferme d'Oddi, on distingue encore l'emplacement de l'ancienne maison. Les deux frères ont soigneusement nettoyé les lieux après l'incendie même s'ils ont tenu à laisser de la vieille ferme quelques vestiges qui apparaissent dans le paysage comme une balafre.

Pourquoi Halldór a-t-il mis le feu à cette vieille maison, demandé-je à Rúna. Était-elle devenue vétuste ?

Rúna contourne la voiture pour me rejoindre. Elle observe avec un sourire les touristes japonais qui pataugent joyeusement en riant et en poussant des cris dans la piscine.

Vétuste ? répète-t-elle. Bâtie par Skúli et entretenue avec amour, sûrement pas ! Halldór n'a donné aucune explication à son geste, ajoute-t-elle. Maman lui en a tellement voulu qu'elle ne lui a pas adressé la parole pendant des semaines, quant à mon père, il souffrait de les voir à ce point en froid tous les deux. J'habitais aux États-Unis à l'époque, d'après papa, Halldór soutenait que le souvenir de ses parents et de leur bonheur dans cette maison était tellement écrasant qu'il se sentait paralysé, et que tout ça le poussait à boire encore plus. Je crois qu'il a réussi à se convaincre lui-même qu'en incendiant cette maison et s'en construisant une qui serait la sienne, cela l'aiderait à trouver son équilibre dans la vie et à revenir sur le droit chemin. C'est là un raisonnement tout à fait illogique et illusoire.

Et elle a été réduite en cendres ?

Oui, elle a bien brûlé. D'ailleurs, les souvenirs sont un excellent combustible. Aïe, c'était une épreuve pour tout le monde. Palli voulait continuer à vivre dans l'ancienne maison, mais il a fini par céder aux idioties de son frère. Et par le laisser décider. Je crois qu'il n'avait pas la force nécessaire pour s'opposer à Halldór, il consacrait toute son énergie à vivre, à attendre, à espérer et… en tout cas, les deux frères ont vidé la vieille maison, ils ont stocké dans la grange les meubles pour lesquels il n'y avait pas la place dans la nouvelle. Certains meubles sont des souvenirs, comme disait Halldór, et on préfère ne pas les sacrifier. Il a évidemment raison même si on ne peut pas dire que tout ça se soit bien terminé.

Peut-être que rien ne se termine bien, me dis-je tandis que Rúna s'avance vers l'hôtel, sa sœur discute avec le couple de Canadiens devant l'entrée. Le mari, grand et affublé d'une bedaine tellement proéminente qu'on dirait qu'il a avalé un baleineau, affiche une mine rayonnante et rit de bon cœur à une anecdote que raconte Sóley. Son épouse, trapue, nimbée d'une douce et chaleureuse aura, rit avec lui. Les deux sœurs les regardent en souriant. Rúna, légèrement plus petite, le teint plus mat, ressemble à une note en mineur, à côté de sa sœur avec son énergie lumineuse et communicative. Et avec ce sourire qui produit sur moi un tel effet que je me retourne et que je ferme brièvement les yeux, peut-être dans l'espoir que mon mystérieux compagnon va tapoter la bouteille de whisky, me ramener d'un coup dans la caravane qu'on aperçoit depuis l'entrée de l'hôtel, m'informer de ce que nous réserve le destin, m'expliquer à quel endroit les mots s'immobilisent, puis me renvoyer ici – dans le présent. Mais me voilà parti. Parce que lorsqu'elle sourit, il se passe des choses que je ne comprends pas.

Tu me souris et j'ai envie d'exister.
Tu m'as souri et désormais, je ne sais plus si j'ose me risquer à vivre.

IL NE CONNAÎT PAS ÉMILE ZOLA, CE QUI LUI COÛTE SON TRÉSOR, C'EST LE PRIX À PAYER

Est-ce là un poème, demande le révérend Pétur à Hölderlin tandis qu'il chevauche vers Stykkishólmur sur sa jument Ljúf – quelques heures plus tard, il pénètre dans le grand salon de la maison du médecin et annonce que ces salauds veulent arrêter Émile Zola !

Le cœur de Guðríður bat si fort lorsque Pétur entre, séduisant tout le monde par sa présence et sa passion, qu'elle craint que ses battements n'enjambent les hautes terres avant de parvenir à la ferme d'Uppsalir et jusqu'à Gísli. Il ne faut surtout pas que cela se produise. Il ne doit pas entendre son cœur qui s'affole. Elle regarde le révérend et pense que Gísli ne connaît pas Émile Zola.

Ce qui est tout à fait vrai. Il ignore qui est Émile Zola. Et il n'a sans doute pas non plus entendu parler de l'affaire Dreyfus.

Gísli n'aime pas lire. Non seulement la lecture lui prendrait du temps sur son travail, mais surtout, c'est une activité généralement ennuyeuse. Ah oui, il est plutôt mal dégrossi, même s'il a un jour commis un vol, sans doute uniquement pour voir Guðríður lui sourire comme elle seule sait le faire.

Ce geste n'est-il pas empreint d'une certaine beauté, n'est-ce pas là un poème d'amour ?

Il a volé pour la voir sourire. Volé parce qu'il a toujours eu peur de la perdre. Une peur sans doute si forte que c'est une des raisons qui l'a poussé à venir s'installer sur la lande, ignorant les conseils de la plupart des gens.

Peut-être était-ce même la raison principale ?

Ce n'était donc pas son désir entêté d'indépendance qui l'avait conduit vers les hautes terres, contrairement à l'opinion générale, mais la peur de perdre Guðríður : cette lutte sans fin contre les rudesses de la lande était-elle le grand poème d'amour qu'il avait écrit à Guðríður ?

C'est toute la question. Aujourd'hui, vingt années ont passé.

Gísli est assis dans la mangeoire à la bergerie, Guðríður est à Stykkishólmur dans une soirée élégante, entourée d'intellectuels.

Elle est partie ce matin. Elle avait fière allure sur sa jument. C'était un plaisir de la regarder. Voilà donc la maîtresse de maison partie, avait dit Sigrún dans le dos de Gísli.

La courageuse Sigrún, arrivée à la ferme la veille. Envoyée par Steinunn, la mère de Gísli.

Bien sûr, lorsque le médecin Ólafur avait envoyé une lettre à Guðríður pour l'inviter à siéger au comité de rédaction en septembre à Stykkishólmur, il avait supposé, il avait même été certain que si son épouse s'absentait, sa mère lui enverrait Sigrún. Il s'en était aussitôt réjoui, et depuis quelques jours, il avait tellement hâte de la voir qu'il lui était arrivé d'avoir du mal à trouver le sommeil, allongé à côté de Guðríður, pensant à la manière dont Sigrún avait ôté sa chemise de nuit et dont elle s'était penchée en avant pour…

Cette hâte de revivre pareils instants était comme une démangeaison depuis deux mois, elle avait atténué ou disons mis de côté son angoisse de perdre Guðríður pendant toutes les journées qu'elle passerait à Stykkishólmur – sachant qu'elle serait entourée d'hommes érudits, parmi lesquels se trouvait ce fameux pasteur. Il avait tellement hâte, il pensait et repensait à la manière dont il serait allongé dans son lit, feignant de dormir pendant qu'elle se déshabillerait le soir, quand les filles seraient endormies. Il avait hâte de la voir dévoiler ses seins lourds, de la voir se pencher doucement en avant, de voir ses fesses se séparer, et d'apercevoir… tandis qu'il caresserait son membre dur comme l'acier, excité à l'idée qu'elle ne dorme pas et qu'elle l'entende gémir…

Et maintenant, la voilà ici !

Elle l'attend à l'intérieur. Il en a conscience. Il sait qu'elle l'attend. Il a vu la manière dont elle l'a regardé pendant le souper. C'est pour cette raison qu'il s'est réfugié ici, dans la bergerie, et qu'il ose à peine retourner dans la maison !

Parce que la réalité lui a sauté aux yeux dans toute sa simplicité, dans toute son évidence, lorsqu'il a senti le regard de braise de Sigrún se poser sur lui : s'il cède à son désir, il trahira Guðríður. On ne saurait interpréter ça d'une autre manière. Et dans ce cas, il la perdra. Tout laisse à penser qu'il en ira ainsi. Le Tout-Puissant veillera à ce qu'il se passe des choses affreuses. Il perdra son trésor, c'est le prix à payer. Voilà pourquoi il n'ose pas retourner dans la maison.

Je ferme les yeux et je vois Gísli dans la bergerie, ses épaules se sont mises à trembler. Je ferme à nouveau les yeux et je vois Halla à la table de travail de Pétur, dans son bureau où le moindre objet lui rappelle son mari. Lui rappelle l'homme qu'elle aime toujours aussi passionnément que le jour où leurs vies se sont liées, il y a un peu plus de vingt ans. L'homme qu'elle ne peut pas cesser d'aimer.

Je t'aime, Pétur, lui a-t-elle murmuré ce matin quand il est parti.

Debout à côté de sa chère jument Ljúf, manifestement pressé de se mettre en route, les rênes à la main, il avait au fond des yeux cette étincelle que Halla faisait jadis naître si facilement, et qui lui donnait l'air délicieux d'un jeune homme.

Je t'aime, Pétur, lui avait-elle dit. Elle avait murmuré ces mots tout bas, comme si elle n'avait plus le droit de les lui dire, puis elle l'avait serré fort dans ses bras. Fort et longuement. Elle avait envie de lui dire tant de choses, mais désirait bien plus encore qu'il lui en dise à elle. Qu'il prononce son prénom. Qu'il lui dise qu'il l'aimait. Parce que, ainsi, elle n'aurait plus besoin d'avoir peur. Comme elle a peur depuis tant d'années. Elle l'avait serré dans ses bras, avait murmuré son prénom et il lui avait caressé le dos. Presque comme s'il avait caressé un cheval. Elle avait alors ravalé sa salive et relâché son étreinte. Pétur s'était mis en selle, elle avait à nouveau prononcé son nom, incapable de se retenir. Elle l'avait prononcé sur un ton suppliant et il avait affiché son air de circonstance. Elle avait vu qu'il remuait les lèvres.

Elle écoute le journalier qui chante des berceuses aux filles de l'autre côté de la cloison. Elle sait que la plus jeune des servantes est allongée tout près, les yeux fermés, et qu'elle écoute. Je dois écrire une lettre, lui a dit Halla avant de se réfugier dans le bureau pour y être seule. Elle écoute le chant du journalier et, en un rien de temps, les larmes se mettent à couler. Elles coulent en silence sur son joli visage et restent suspendues un instant, impuissantes, prostrées, sur son petit menton, avant de tomber sur son corsage. Mon amour, murmure-t-elle, comme s'adressant à la table de travail. Elle attrape le chandail que Pétur a laissé à côté de sa chaise, le porte à son visage, le respire, se gorge de l'odeur, et sanglote si douloureusement qu'on l'entend dans le reste de la maison.

J'ouvre les yeux, je balaie le fjord du regard, les pleurs déchirants de Halla résonnent en moi, je crains qu'il ne soit pas en mon pouvoir de la consoler. Je crains que la vie ne soit tellement injuste que parfois, il n'existe aucune consolation. Parfois, un être humain n'a pas d'autre choix que de verser des larmes et d'accepter sa souffrance – dans l'espoir qu'il y survivra.

... SCARED TO SAY I LOVE YOU... PEUR DE DIRE JE T'AIME – ET LES MONDES FUSIONNENT

Est-il absolument certain que Dreyfus soit innocent, s'enquiert Ólafur l'impassible, fixant Pétur avec un sourire.

Innocent, répond le pasteur, qui peut se prévaloir de l'être, l'innocence parfaite est-elle humaine, chaque être humain ne porte-t-il pas en lui une forme de culpabilité ? Et où commence cette culpabilité, est-ce dans la pensée, est-ce dans les actes, est-ce cela qui fait la différence ? N'oublions pas non plus qu'un fait considéré comme répréhensible, voire comme un crime impardonnable par certains, est envisagé par d'autres comme un acte courageux qui consiste à enfreindre la loi pour empêcher la vie d'étouffer. D'étouffer comme... comme un lombric aveugle sous la terre, conclut-il, levant le verre que la jeune servante vient de lui apporter et tentant de rassembler son courage pour regarder Guðríður dans les yeux, Guðríður qu'il n'a pas revue depuis qu'il a quitté la ferme d'Uppsalir sur sa chère jument Ljúf. Simple fermière sur les landes, n'étant jamais allée à l'école, elle était alors dans son environnement naturel : la voici maintenant dans le riche salon de Kristín et d'Ólafur. Un tout autre contexte, et rien ne permet d'affirmer qu'elle y sera à son avantage.

Vois-tu, a-t-il confié à Hölderlin sur le chemin de Stykkishólmur, on peut se demander si elle y sera à son avantage.

Tu veux dire que cela risque de la desservir d'être arrachée à son environnement habituel – qu'être ainsi transportée entre deux univers, de quitter celui de la pauvreté et de l'ignorance pour entrer dans un monde d'abondance et de savoir, risque de la déprécier, de la flétrir ?

C'est bien possible. Et je l'espère. Je ne suis pas tranquille. Je suis même très inquiet. Sois prudente, ai-je dit à Halla quand je suis parti ce matin. Je crois que Halla est la personne la plus belle que j'aie jamais connue. Je lui dois tout. Jadis, je l'ai aimée avec passion. Sans elle, j'existerais à peine. J'ai vu qu'elle luttait contre les larmes à mon départ, je savais exactement ce que je devais lui dire, je savais les mots qu'elle voulait entendre. Pourtant, je me suis contenté de lui dire ça : sois prudente ! Prudente en quoi ? Elle me demande de l'amour, elle me demande de la rassurer, de la prendre dans mes bras et moi, je lui caresse le dos comme je caresserais un cheval, puis je lui conseille d'être prudente ! Serais-je un monstre ?

Est-ce courage ou lâcheté que d'aimer, a répondu Hölderlin, est-ce faiblesse ou force que d'étouffer l'amour, est-ce égoïsme ou pureté que d'être aux ordres de son cœur ?

Je te demande de m'aider, pas de m'interroger !

Étant défunt, mon rôle est de poser des questions, étant vivant, le tien est de chercher des réponses.

Pétur lève son verre, le sourire aux lèvres, il mentionne le lombric, puis regarde Guðríður, maigre, le dos voûté, grise et campagnarde, assise dans le grand fauteuil danois. Voilà le danger écarté !

Quel soulagement !

Hélas, il n'en est rien.

Parce qu'elle n'est pas maigre, mais gracile. Et qu'elle n'a rien d'une campagnarde.

Assise le dos parfaitement droit, tellement majestueuse qu'elle est plus belle encore que dans son souvenir. Plus belle qu'il n'osait jusque-là se le rappeler.

Il maudit Hölderlin, mentionne le lombric et lève son verre vers elle. Ne souris pas, demande-t-il en silence, je t'en prie, ne souris pas, je…

… je ne suis pas sûr de le supporter, me dis-je, ouvrant les yeux en me retournant sur le parking de l'hôtel. Il y a encore quelques Japonais qui rient dans la piscine et j'en aperçois d'autres qui sont montés cueillir des myrtilles gorgées de soleil sur la pente en surplomb de l'hôtel. Les deux sœurs, la lumineuse et l'enténébrée, continuent à discuter devant la réception, mais le couple de Canadiens a disparu. Puis Sóley entre dans l'établissement. Emportant son dos gracile, son énergie lumineuse et communicative. Elle entre sans m'adresser un regard, me voilà hors de danger. Jusqu'au moment où il faut absolument qu'elle hésite, un instant, à la porte, comme si elle se souvenait brusquement d'un détail, elle tourne la tête, me regarde par-dessus son épaule – et sourit. Me décoche ce sourire qui enfreint toutes les lois et semble tout transformer alentour. Elle sourit et les dieux décrètent le couvre-feu. Elle sourit, et je dois tout réécrire, elle sourit et Hölderlin marmonne : La vie se change en mort, la mort en vie, et les mondes fusionnent.

Elle sourit, elle entre dans l'hôtel.

Je regarde son dos gracile disparaître et les notes d'un piano mélancolique résonnent en moi. À moins que ce ne soit un des morceaux de la compilation de la Camarde. Je ne fais plus la distinction : les mondes se mélangent. Des notes mélancoliques auxquelles vient bientôt s'ajouter une voix limpide bien que brisée, déchirée : I'm scared to say I love you, afraid to let you know. J'ai peur de dire je t'aime, je crains de te l'avouer.

Il me suffirait de faire quelques pas sur le parking pour atteindre la porte de l'hôtel. Qu'est-ce qui m'empêche d'y aller, de poser mes mains sur ces épaules frêles, et de prononcer les mots qui ont si souvent été prononcés dans ce monde, par tant et tant de gens, et dans toutes les langues de la terre ? Les seuls mots qui semblent ne jamais se galvauder. Si je les dis, quelque chose adviendra. Si je les dis, je retrouverai la mémoire.

Je t'aime, Pétur. Je ne peux pas cesser de t'aimer. Ne me quitte pas, ne m'abandonne pas, mon amour, j'ai tellement peur, comment ferai-je pour continuer à vivre si tu cesses de m'aimer ?

Sois prudente, répond Pétur, avant de s'en aller à cheval.

Un jour, Gísli a volé, un jour, il a enfreint la loi, c'était là son poème d'amour, le voilà maintenant assis dans sa bergerie, il n'ose pas retourner dans la maison.

Et ils vont arrêter Émile Zola !

Et d'ailleurs, a-t-on jamais vu quelqu'un être assis avec pareille majesté dans toute l'histoire de l'humanité, ou verser des larmes aussi amères à la table de travail de son époux ? Pétur s'en va sur sa jument, Gísli reste assis dans la mangeoire, Halla pleure, Guðríður est assise, le dos parfaitement droit, et Sóley disparaît à l'intérieur de l'hôtel, je la vois qui s'évanouit tandis que la chanson continue à résonner entre les systèmes solaires, entre les univers, That simplest of words won't come out of my mouth… Le plus simple des mots refuse de franchir mes lèvres…

Je sais, je sais, marmonné-je, penché sur mes feuilles, sur mon écriture déchiquetée, veillant à ne pas lever la tête pour éviter de croiser le regard du chauffeur de bus sanctifié qui m'observe, posté à la fenêtre d'où on aperçoit l'hôtel. Je sais que je dois mettre mon amour de côté, même si c'est apparemment la seule chose qui subsiste de ma vie antérieure, et sans doute la seule chose susceptible de me ramener à mon ancienne existence. Mais peut-être cet amour est-il comme cette chanson, « Scared », peut-être doit-il rester secret, peut-être doit-il être une *hidden track*, une piste cachée ? Je baisse les yeux sur mes feuilles et je vois tout ça, Pétur s'éloigne à cheval, Halla pleure, Gílsi n'ose pas se lever de la mangeoire, Guðríður est assise avec une telle majesté que c'en est sans doute fini de Pétur.

L'espace qui sépare les galaxies est exactement celui-là.

Et c'est également la chanson « Scared », cet espace est une piste cachée.

Cet espace, c'est la trahison, la déception, ce sont les larmes versées sur un bureau il y a cent vingt ans. L'espace entre les galaxies, c'est le moment où l'on cesse de se soulager dans une chaussette, celui où on lève son verre à la culpabilité, au courage, aux poètes aveugles, cet espace, c'est l'abus d'alcool, cet espace, ce sont les lettres que l'on n'a jamais écrites, ou jamais envoyées, cet espace, c'est la première lettre que Halldór a envoyée à Eiríkur à Marseille.

Cet espace, c'est la nostalgie de toi.

Cet espace, c'est la douleur d'avoir perdu ce qui jamais n'adviendra.

SUR LA TRAHISON, LES CHOSES QUI ÉCHAPPENT À NOTRE ENTENDEMENT ET LE CHOIX DE LA MUSIQUE ADÉQUATE

On a le droit d'être nostalgique, mais il faut se garder d'oublier de vivre.

Eiríkur avait raconté à Batoul des choses qu'il n'avait jusque-là confiées à personne : and now the time has come, and so, my love, I must go. Le moment est venu, alors, mon amour, je dois m'en aller. Et le fait qu'aucun des gamins de l'école ne désirait autant que lui être le fils de l'homme qu'ils voyaient en son père.

Il lui avait raconté tout ce qu'il n'aurait pas dû dire. Lorsqu'il s'était enfin arrêté, Batoul était restée immobile un moment, les yeux dans le vague, pensive. Puis elle avait écrasé sa cigarette et s'était levée pour repartir dans le restaurant. Sans lui dire au revoir. Le laissant seul avec sa bouteille. Évidemment, avait-il pensé, j'ai dépassé les bornes ! J'aurais mieux fait d'écouter le conseil de Javier Marías qui a traduit Shakespeare et écrit des livres de bonne épaisseur et tellement excellents qu'il doit savoir un certain nombre de choses.

Eiríkur range la lettre dans son sac à dos, en sort l'intégrale des œuvres poétiques de Jorge Luis Borges, lit trois poèmes, espérant ainsi reprendre ses esprits avant d'aller payer, mais il s'en veut tellement, il est tellement bouleversé qu'il n'arrive pas à se concentrer. Il vide son verre de rouge et se lève. Il sait qu'il ne reviendra jamais ici. Il vient de perdre son refuge. Celui qui ouvre son cœur aux inconnus n'a plus nulle part où se réfugier, il est vulnérable, il est à la merci du monde.

Il se lève, s'apprête à entrer dans le restaurant, puis affiche un sourire radieux en voyant Batoul franchir la porte et venir à sa rencontre – puis les voilà brusquement chez lui. Comme ça.

Merci de m'avoir dit toutes ces choses, lui avait-elle dit en revenant. Ça m'a touchée, c'est très beau. Tu as été généreux, je crois que tu n'es pas habitué à ouvrir ton cœur de cette manière. Ne t'inquiète pas, cela restera entre nous. Chacun a besoin de parler de temps en temps. De raconter sa vie. Sinon, il se change en pierre. Je te raccompagne, avait-elle ajouté. Ou plutôt annoncé. Comme s'il avait besoin d'une protection. Comme s'ils avaient besoin l'un de l'autre. Et il avait pensé, en toute humilité : arrivera ce qui arrivera.

Et c'est arrivé.

Ils sont allés chez lui.

Dans le petit appartement où aucune femme n'était jamais venue. En dehors de Tove, d'ailleurs, les murs semblent intimidés, ils ne savent pas quelle attitude adopter. Tove y était entrée pour la dernière fois un an plus tôt, elle y avait passé la nuit. Qui avait été leur dernière. Je t'aimerai toujours, avait-elle dit. Mais je ne peux plus vivre comme ça. Je ne peux pas quitter mon mari. Je ne peux pas, je n'ai pas le droit de détruire sa vie et de malmener celle de mes enfants. Je dois faire un choix et je fais celui qui nous blesse uniquement nous deux. Pardonne-moi. Je ne vois pas d'autre solution. Tu me manqueras éternellement. Tu resteras toujours dans mon cœur.

Toujours dans mon cœur. Enfermé. Bloqué.

Batoul est debout à côté du canapé, à l'endroit où Tove se trouvait lorsqu'elle a prononcé ces paroles, enfermant Eiríkur dans son cœur. Elle se tient là, grande, les jambes interminables, ses cheveux noirs attachés en chignon, et emplit l'appartement de sa présence. Il est tellement heureux qu'elle soit ici, et il a tellement peur. Peur de tomber amoureux d'elle. Et de trahir Tove. De trahir… sa nostalgie, sa douleur. Dans un autre univers, pense-t-il, dans une autre vie, j'aurais désiré coucher avec elle. Mais dans ce monde-ci, je ne le peux pas. Je n'en ai pas le droit. Comment puis-je le lui faire comprendre ?

Il ouvre une bouteille de vin rouge, ainsi, il a les mains occupées et c'est une bonne chose. Elle balaie le salon du regard, elle le mesure, prenant aussi la mesure de la vie d'Eiríkur, les trois bibliothèques, l'élégante chaîne hi-fi, le mur recouvert de vinyles et de disques compacts. Mais elle s'attarde surtout sur la grande photo aérienne du fjord au-dessus du canapé. C'est de là-bas que tu viens, demande-t-elle. Il hoche la tête. Que cet endroit est beau, il a la forme d'une étreinte, dit-elle. T'accueille-t-il en te serrant dans ses bras ou te retient-il captif ?

Je ne suis pas certain de connaître la différence, répond Eiríkur. Il sert deux verres, lui en tend un, puis attrape la télécommande. N'ayant ni la sérénité ni la concentration nécessaire pour choisir un disque, il laisse Spotify s'en charger. Il a évidemment oublié la chanson qu'il écoutait ce matin, elle reprend là où il l'avait interrompue : I'm sick of love, I hear the clock tick, this kind of love, I'm lovesick. Je n'en peux plus de cet amour, j'entends la pendule et son tic-tac, c'est cet amour-là, j'ai le mal d'amour.

« Love Sick ». La chanson semble avoir été composée pour décrire sa douleur d'avoir perdu Tove.

Excuse-moi, dit-il, ça ne te gêne pas si je change de musique ?

Elle hausse les épaules, presque imperceptiblement, tu es chez toi, répond-elle.

I'm sick of love, I wish I'd never met you, je n'en peux plus de cet amour, je voudrais ne jamais t'avoir rencontrée, chante Dylan.

J'ai sans doute trop écouté cette chanson, explique-t-il en guise d'excuse avant d'ajouter, puisqu'il lui a déjà presque tout dit : Parfois, j'ai l'impression que Dylan a écrit cette chanson pour moi.

Just don't know what to do, I'd give anything to be

with you. Je ne sais pas quoi faire, je donnerais n'importe quoi pour être avec toi.

Comment s'appelle-t-elle, demande Batoul.

Qui ça ?

Celle qui occupe tellement tes pensées qu'on ne peut pas t'atteindre ?

Il sourit d'un air penaud : ça se voit tant que ça ? C'est écrit sur mon visage ? Enfin, je peux bien te dire son nom, ça ne changera pas grand-chose, tu la connais à peine. Elle s'appelle Tove. Toutes les Danoises s'appellent Tove. Pardon, ajoute-t-il, sans savoir s'il s'excuse auprès de Batoul, de Tove ou de Dylan. Il lève la télécommande pour changer de chanson, mais le morceau s'achève et Billie Holiday, la reine de la mélancolie, prend évidemment le relais. La voix tellement éraillée que tous deux y discernent l'annonce de sa fin, de sa fin tragique. I'm a fool to want you, such a fool to hold you, to seek a kiss not mine alone, to share a kiss that the devil has known. Je suis idiote de te vouloir, tellement idiote de t'étreindre, de chercher un baiser qui n'est pas qu'à moi seule, de partager un baiser qu'a connu le démon.

Debout au milieu du salon, Eiríkur tient la télécommande d'une main et son verre de vin de l'autre, une mèche de cheveux noirs retombe sur sa tempe comme une corde sombre. Il lève les bras, ivre après avoir avalé tous ces verres de raki, vulnérable après avoir ouvert son cœur, et annonce, comme s'il annonçait sa reddition : Pardon, mais tu ne trouveras sans doute rien d'autre ici que tristesse et nostalgie.

Batoul repose son verre, s'avance vers lui et répond : Je n'ai rien contre la tristesse, je la trouve plutôt jolie. On a le droit d'être nostalgique, mais on ne doit pas oublier de vivre.

Elle est tout près de lui, il la dépasse à peine de cinq centimètres. Il perçoit la chaleur de son corps, son odeur douce et épicée. Il y a trop longtemps qu'il ne s'est tenu si près d'une femme. Il lutte contre son désir de se pencher vers elle pour mordiller son joli cou. Il sent son sexe qui durcit. Cela se produit si vite qu'il ne peut rien faire pour y remédier. Elle s'en rend compte, quelque chose change dans le regard de Batoul, une chose qu'il ne comprend pas. Pardon, dit-il, c'est comme ça, je n'y peux rien. Je ne voulais pas. Excuse-moi.

Tu veux dire que tu n'en as pas envie, demande-t-elle.

Je ne sais pas, répond-il, sincère, en plongeant dans son regard sombre d'une profondeur vertigineuse, laissant échapper : Qui as-tu embrassé de Dieu ou du diable pour avoir de tels yeux ?

I'm a fool to want you, je suis idiote de te vouloir, pity me, I need you, prends pitié de moi, j'ai besoin de toi, I know it's wrong, it must be wrong, je sais que c'est mal, ce doit être mal, chante Billie Holiday.

Tu m'as demandé, reprend Batoul, qui ne s'est manifestement pas offusquée de la bêtise de sa question, si mon fils avait un père. Mon fils est la meilleure et la plus belle chose qui me soit arrivée. Il est ce que j'aime le plus, le plus passionnément, le plus profondément. Il est mon but dans la vie, pourtant, il est venu à moi en passant par la haine. Non, il n'a pas de père. Il est le fruit de la haine, du mépris et de la violence. Peut-être était-ce l'œuvre du diable, il n'est pas aussi exigeant que Dieu. Peut-être est-ce pour cette raison que j'ai maintenant ces yeux. Avant ça, je ne savais pas qu'il était si difficile de vivre.

Ses longs doigts glissent, hésitants, sur le bras

d'Eiríkur, puis elle remonte et lui caresse le visage avec le dos de la main, les oreilles et la nuque du bout des doigts, comme si elle l'observait, le mesurait. Je t'observe, dit-elle, depuis la première fois où tu es venu dans notre restaurant. Nous te prenions pour un poète ou un rockeur en déroute, fuyant l'existence. J'ai demandé à mes frères de découvrir qui tu étais, et je suis venue quatre fois t'écouter en concert. Je voulais découvrir ton être intérieur. Pourtant, il y a encore des tas de choses que je ne comprends pas. Je t'ai cuisiné en tout trente-huit plats, peut-être ai-je essayé de te séduire par chacun d'entre eux. Je crois que j'ai envie de toi parce que tu es triste. J'ai envie de te chevaucher parce que j'ai l'impression que tu n'es pas dangereux, ni sans doute méchant, parce que je crois que tu es gentil, triste et perdu. J'ai envie de toi parce que je pense que tu aimes une autre femme et que, par conséquent, tu ne pourras pas tomber amoureux de moi. J'ai envie de toi parce que je suis presque certaine que tu ne me blesseras jamais.

Elle lui caresse le visage, lui caresse la bouche, se penche vers lui, pose doucement ses lèvres pulpeuses sur les siennes et murmure, je peux t'attacher ?

CELUI QUI EST EN QUÊTE DE LA RÉALITÉ TROUVE LA POÉSIE

Alors, il l'a laissée l'attacher ? Est-ce qu'il avait des cordes ou des ficelles assez longues, ou a-t-il dû aller en emprunter à ses voisins : pardon, je m'appelle Éric, j'habite ici, au quatrième, nous nous sommes déjà croisés dans la cage d'escalier, vous n'auriez pas quelques cordes à me prêter ? Voyez-vous, je reçois en ce moment même la visite d'une femme, elle a des jambes interminables comme un cheval arabe, et des yeux aussi sombres et profonds que les nuits du désert. To share a kiss that the devil has known, partager un baiser qu'a connu le démon – je la soupçonne d'avoir eu comme amant le diable en personne et là, voici mon tour, c'est fantastique, pour ne pas dire terrible. À mon avis, la courbe de ses reins est plus belle que toutes celles que Salvador Dalí a pu peindre, ses seins ont le pouvoir de déclencher des guerres, le Christ lui-même n'aurait pas pu s'empêcher de les regarder et de nourrir des pensées qui n'ont pas grand-chose à voir avec le Sermon sur la montagne. Et elle veut m'attacher. Je n'ai jamais fait ça, je ne l'ai même jamais envisagé, mais j'avoue que l'idée est assez excitante de se faire prendre comme ça, de se laisser chevaucher de cette manière. Mon Dieu, j'espère que vous avez des cordes ! Je ne me suis pas senti aussi excité depuis le jour où je me suis masturbé sur les confessions d'une prostituée, il y a de ça un quart de siècle. J'ai tellement hâte de la laisser me chevaucher que je…

Tu as fini, demandé-je, ayant reposé mon crayon à papier, le regard rivé sur le chauffeur de bus sanctifié. Surpris par cette… subite éruption de sa part, me demandant s'il n'est pas devenu le démon en personne, et supposant qu'il a à nouveau enfilé son short ridicule assorti d'un tee-shirt conforme à sa logorrhée qui transpire le stupre : peut-être à l'effigie des Stones avant qu'ils ne se transforment en momies parcheminées, ou de Rihanna chantant « Sex With Me ». Non, il porte toujours son costume sombre. Son visage entaillé de rides, sa barbe rousse et ses yeux qui ouvrent les portes de l'enfer où ils ont tout vu tranchent violemment avec son discours.

Je lui demande s'il a fini. Il ne semble pas m'écouter et se contente de regarder par la fenêtre, comme s'il n'avait pas dit un mot. Il lève les yeux vers l'hôtel et nous observe, Rúna et moi, qui attendons, assis sur un banc, au pied du mur cuit par le soleil. Elle vient de me dire que Sóley a convenu avec le groupe de Japonais qu'elle leur préparera un beau buffet où ils pourront se servir à volonté, ce qui leur permettra à toutes les trois, à elle et aux deux sœurs syriennes, de venir à la fête en l'honneur de la vie, d'Elvis et de Palli. Rúna ne parle que d'elles trois, elle ne mentionne pas Ómar, on dirait qu'il s'est évaporé, que j'ai réussi à l'éjecter de cet univers par mes écrits, et d'ailleurs, pourquoi pas ? – on a déjà vu ça dans l'histoire de l'humanité où un paradoxe en chasse un autre. Et alors, qu'importe qu'un personnage disparaisse d'une histoire sans laisser de traces ? Celui qui est en quête de la réalité trouve la poésie. Celui qui est en quête de poésie se trouve lui-même. Celui qui est en quête de lui-même a le pouvoir de voyager entre les univers.

Je baisse les yeux sur mes feuilles, je lis :

JE T'AI CHOISI PARCE QUE TU ES EN PARTANCE

Eiríkur se laissa faire.

Je peux t'attacher, lui demanda-t-elle, il hocha la tête et répondit, oui, parce que je te fais confiance.

Elle lui attacha les jambes et les bras à une chaise de la cuisine avec des fils électriques. Elle découpa ses vêtements, se déshabilla, et il pensa, j'ai vu la beauté. Puis debout face à lui, elle baissa les yeux sur son membre. Sur cet organe érigé, dur, qui s'est rendu coupable de tant de choses laides et cruelles dans l'histoire, mais qui en ce moment, tremblait, vulnérable, suppliant, à l'avant de son silencieux porteur, Batoul afficha une expression si étrange qu'Eiríkur craignit un instant qu'elle n'aille chercher le couteau dont elle s'était servie pour tailler ses vêtements en pièces, et qu'elle ne le lui tranche. Au lieu de ça, elle lui empoigna les cheveux, lui rejeta la tête en arrière, plongea son regard dans le sien, et vint s'asseoir sur son sexe en lui ordonnant de ne surtout pas fermer les yeux. Elle se mit à le chevaucher. À le chevaucher lentement, mais avec détermination, presque avec colère, presque brutalement, les doigts agrippés si fort à sa chevelure qu'il ne pouvait pas bouger la tête.

Puis elle relâcha son étreinte et s'en alla.

Ainsi passèrent les jours. Elle lui interdisait de venir au restaurant, mais lui apportait un repas tard le soir, le regardait manger, l'attachait à la chaise ou au lit, et le prenait. Le baisait, avec dureté, avec fougue. Trois nuits passèrent. Il la laissait décider, il la laissait diriger. Percevant chez cette femme une fragilité extrême, il ne voulait rien gâcher, il voulait l'approcher, désirait la serrer dans ses bras et c'est pour cette raison qu'il la laissait diriger les opérations. Même s'il murmurait son nom pendant l'acte. La quatrième nuit, elle l'autorisa à l'embrasser, la cinquième, elle prononça son nom pendant la jouissance, la sixième, elle renonça à l'attacher et après ça, ils firent toujours l'amour sur le canapé, sous la grande photo aérienne qu'elle aimait tant. Elle se disait fascinée par cette alliance de beauté brute, de douceur et de brutalité. Je t'apporte à manger, lui disait-elle, et toi, en échange, tu me parles de ton fjord. Explique-moi comment on peut vivre dans un endroit dont tu affirmes que la température ne dépasse jamais les dix-sept degrés au plus fort de l'été, et où les hivers sont si longs et sombres qu'on a l'impression que le monde a trépassé.

Et pour la première fois depuis des années, Eiríkur eut envie de parler du fjord. Un douloureux désir de la convaincre et peut-être de se convaincre lui-même que c'était son fjord à lui, que c'était un endroit où il faisait bon vivre, s'empara de lui.

Il commença par décrire ce qui lui avait toujours manqué : la quiétude, les chants d'oiseaux, l'odeur fraîche de la mer, les nuits sombres de l'hiver, et le ciel hivernal parsemé d'une telle multitude d'étoiles qu'il semblait plus proche de la Terre qu'ailleurs dans le monde. Puis il lui parla des gens. Il lui raconta d'abord des histoires venues d'un passé reculé, des récits qu'il connaissait bien à travers les recherches et les entretiens de Halldór, et aussi pour en avoir lu certaines dans le *Strandarpósturinn / Le Courrier des Strandir*, quand il était enfant, à la ferme d'Oddi.

Tes yeux brillent si joliment quand tu parles de ton fjord, disait Batoul, on a l'impression que ta tristesse s'évanouit. Continue, ne t'arrête pas !

Et il continuait, il racontait, se rapprochant peu à peu de son époque, de lui-même. Il sentait qu'il le voulait, qu'il en avait envie. Il lui parla de Kári et de Margrét, d'Aldís et de Haraldur qui découvrirent que le destin tenait parfois à la crevaison d'un pneu, lui expliqua qu'ils étaient respectivement Dylan et Cohen sur leur Zetor rouge. Batoul apprécia tellement ces deux récits qu'elle voulut les entendre chaque nuit.

Il lui parla de sa grand-mère et de son grand-père.

De son grand-père qui était arrivé dans le fjord avec le facteur.

Il lui parla du jour de ses huit ans, si tu es amer, sois plutôt suave. Il lui parla même du moment où il s'était masturbé sur le livre *Quand seul l'espoir demeure* en pensant à sa mère. Puis il lui lut à voix haute la lettre que lui avait envoyée Halldór, d'abord en islandais, avant de la traduire grossièrement en français.

Tu lui as répondu, demanda-t-elle.

Non, je n'ai pas pu. Je ne suis pas capable d'écrire une lettre à Halldór.

Pourquoi l'appelles-tu Halldór plutôt que papa ?

Parce qu'il est bien plus Halldór que mon père. Je lui ai envoyé un mail où je le remercie de sa lettre, ça devrait suffire.

Qu'est-ce que tu lui dis dans ce mail ?

Merci pour ta lettre. Elle m'a étonné. Mais elle m'a réjoui.

C'est tout ?

Tout ? Il m'a fallu une heure pour lui écrire ça !

Relis-moi sa lettre, demanda-t-elle. Il s'exécuta, elle lui dit, tu recevras une autre lettre parce que tu lui as envoyé ce mail.

Elle avait raison. Une seconde lettre arriva. Halldór était manifestement très heureux d'avoir reçu une réponse à la première, tellement heureux qu'Eiríkur en avait pleuré et qu'en moins de temps qu'il ne faut pour le dire, il lui avait écrit une longue réponse.

Il lut ces deux lettres à Batoul la nuit suivante.

Après avoir fait l'amour, après cette lecture, elle resta un long moment sans rien dire, allongée à côté de lui. Elle lui caressait les cheveux d'un air triste, elle caressait tout le corps svelte de son amant du bout de son annulaire. Ce sont de belles lettres, annonça-t-elle après un long silence. Si belles que nous pouvons désormais nous passer l'un de l'autre. Je veux que tu saches que je t'ai choisi parce que tu es gentil, fragile et sensible, parce que j'avais envie de te serrer dans mes bras et parce que tu as été gentil avec mon fils. Parce que quand tu joues de la musique, quelque chose en moi se met à pleurer, et aussi, parce que je te savais en partance. Tu t'es maintenant libéré en écrivant à ton père, voilà pourquoi tu dois rentrer chez toi, dans ton fjord. Si tu ne le fais pas, tu ne pourras pas recommencer à vivre. Rentre chez toi, monsieur l'Islandais. Rentre avant de perdre ce que tu possèdes, et que tu as délaissé. Rentre avant qu'il ne soit trop tard. Rentre avant que quelque chose ne te cloue au sol.

THE NEXT DAY THEY'RE GONE – LE LENDEMAIN, LES VOILÀ PARTIS – CE SONT SANS DOUTE LA HÂTE ET L'IMPATIENCE QUI PERMETTENT À L'ÊTRE HUMAIN DE VOYAGER ENTRE LES DIMENSIONS

Marseille, 24 août 2017. Qu'est-ce que c'est que ça ? ai-je pensé en trouvant une enveloppe dans ma boîte à lettres il y a plus de trois semaines. J'étais en retard, j'avais réservé avec mon groupe un créneau en studio pour enregistrer trois jingles publicitaires qu'une radio locale m'avait commandés, j'ai attrapé la lettre, je l'ai rangée dans mon sac à dos et j'ai dû attendre la soirée pour avoir le temps de la lire… elle m'a tellement retourné que je n'ai pas réussi à y répondre, sauf par un courriel laconique. Elle a remué l'épaisse couche de boue qui stagne au fond de mon existence et l'a tellement agitée que je n'y voyais plus rien.

Personne ne devrait jamais s'épancher auprès de quiconque – c'est peut-être la phrase la plus sombre que je connaisse, et l'une des plus tristes, pourtant, elle a toujours été mon mantra. Mon soleil noir, ma lune de ténèbres, la lumière qui me guide. Hélas, celui qui ne se confie jamais à personne se change lentement et sûrement en mollusque. Il avance lentement à travers la vie, recroquevillé dans sa coquille, enroulé autour de lui-même – et toutes ces choses importantes qu'il n'évoque jamais finissent par se confondre avec cette coquille, elles s'épaississent, elles durcissent au fil des ans comme une carapace qui empêche les autres de l'atteindre, et lui barre la route vers autrui. Cette coquille devient à la fois refuge et prison. Veut-on vivre ainsi ? Veut-on mourir ainsi ?

Ah, écrivait-il, comme j'aimerais pouvoir te présenter la famille qui tient le restaurant italo-oriental devenu mon second domicile depuis six mois. Je suis sûr que tu t'entendrais bien avec Ekram, le patron. Qui se dit très heureux de me voir tous les soirs sur leur petite terrasse avec mon verre de vin, mon verre à liqueur, ma cigarette, et mon livre. Selon lui, comme je ressemble à la fois à Nick Cave et à Johnny Depp, je suis la publicité rêvée pour son établissement et il m'accorde une réduction de 30 % ! Quel homme merveilleux ! Il est capable de passer toute une soirée à te parler d'Elvis, de sa voix, de ses enregistrements et de sa vie sans jamais se répéter – ou bien de te donner sa liste personnelle de ce qu'il considère comme les cinquante meilleures parties d'échecs au monde. D'après lui, la plus lourde de conséquences s'est jouée dans le désert de Jordanie il y a plusieurs milliers d'années lorsque Dieu et le diable se sont disputé la domination de l'être humain. Heureusement, Dieu a gagné, ai-je dit. Qu'est-ce qui te dit que c'est le cas, a répondu Ekram…

Depuis que j'ai reçu ta première lettre, j'ai tellement pensé, puis tellement parlé de notre fjord qu'il a envahi mes nuits. Ce matin, je me suis réveillé au milieu d'un rêve dans lequel j'avais l'impression qu'il était assis à ma table comme un être en chair et en os, il y avait sa quiétude, ses montagnes anciennes et d'altitude modeste, l'odeur de la mer, les cris des sternes arctiques, le chant estival de la bécassine des marais, les bêlements des moutons sur les pentes, le meuglement des vaches de Skarð… Il était assis là avec son café et quand je suis entré dans la cuisine, il m'a dit : Voilà, Eiríkur, je suis venu te chercher. Il faut que tu rentres à la maison.

Alors, j'ai su ! Palli et toi, vous pouvez déjà faire la poussière dans ma chambre – je rentre ! Et crois-moi, je suis impatient. J'ai grandement hâte de respirer l'air de mon fjord, et de vous voir tous les deux, toi et Palli. Ce cher Palli que je n'ai pas serré dans mes bras depuis l'enterrement de grand-père. Je n'ai jamais eu l'occasion de te dire le choc que j'ai eu en les perdant, lui et grand-mère. Pendant des années, je ne pouvais même pas imaginer rentrer à la maison. Le fjord me semblait si affreusement vide et pauvre maintenant qu'ils n'étaient plus là. Je les pensais tout bonnement immortels, et par conséquent, ça ne m'alarmait pas de les délaisser. De ne leur donner que rarement de mes nouvelles. Je les croyais trop importants pour qu'ils puissent mourir, et je me disais que j'avais tout mon temps. La douleur d'avoir perdu ce qui jamais n'a été, ce qui jamais n'est advenu, est le plus lourd des fardeaux.

Une des chansons que j'écoute constamment ces jours-ci s'intitule « One Day » du groupe américain UGK. Well, well, ouais, ouais, chantent-ils en rappant, well, well, well, ouais, ouais, ouais, hello baby, salut, mon petit, for one day you're here, and then you're gone, un jour t'es ici, le lendemain, t'es parti. Man if you got kids, show'em you love'em 'cause God just might call'em home, 'cause one day they're here, baby, the next day they're gone, mon gars, si t'as des mômes, dis-leur que tu les aimes parce que Dieu pourrait les rappeler, un jour ils sont ici, mon petit, et le lendemain, les voilà partis.

Tu vas rire, et sans doute secouer la tête de consternation, je crois savoir que tu n'as jamais réussi à apprécier le rap, mais j'ai décidé que tous les trois, toi, Palli et moi, nous allons enregistrer « One Day » dans ton studio, et à notre manière, dès mon retour à la maison ! Trois paysans de la province des Strandir qui enregistrent du rap américain : qui aurait pu imaginer un truc pareil… Tu sais, Dieu a tendance à rappeler l'être humain au beau milieu d'une phrase, d'une fête, du bonheur, d'un baiser, et ensuite, il est trop tard pour prononcer le mot qu'on aurait dû dire, trop tard pour que trois paysans des Strandir enregistrent un rap américain dans un studio installé au fond d'une vieille grange, The next day you're gone, baby, le lendemain, te voilà parti, mon petit – tu n'imagines pas à quel point j'ai hâte d'entendre Palli déclamer ce vers de sa voix profonde…

… il me reste maintenant à terminer quelques petites choses à Marseille. Il me faudra du temps, il faut que je rompe des contrats, ça risque d'être un choc pour les gars de mon groupe, mais ils me comprendront, et se réjouiront avec moi. Ça prendra du temps, cela dit, je ne me donne pas plus de quatre semaines. J'ai déjà pris mon billet d'avion. J'ai tellement hâte ! Et comme il est écrit quelque part : « Ce sont la hâte et l'impatience qui permettent à l'être humain de voyager entre les dimensions. »

TOUT A UNE FIN

C'était une épaisse lettre. Eiríkur n'avait pas écrit un texte aussi long et d'une traite depuis ses études à Paris, c'est-à-dire dans une autre vie. Il n'attendait aucune réponse de Halldór, en tout cas, pas sous la forme d'une lettre, il était censé rentrer en Islande quatre semaines après avoir envoyé la sienne – il supposait en revanche qu'il recevrait un coup de fil ou un courriel. Et il avait en effet reçu un mail. Qui s'avérerait être le dernier que Halldór lui enverrait vers l'étranger.

On en arrive forcément là, tous autant que nous sommes. On arrive au dernier. Il en va ainsi.

Le dernier baiser. Le dernier sourire. La dernière jouissance. La dernière caresse. Le dernier café. La dernière chanson. La dernière lettre.

Un long courriel où Halldór commence par le remercier pour sa lettre que Sigga, la postière, lui a apportée de Hólmavík deux jours plus tôt, et qui l'a tellement réjoui qu'il a « eu l'impression que la journée se changeait en sourire, et mes bras en ailes ! ».

Cette lettre lui est parvenue le mercredi, il est allé faire des courses à Hólmavík pour les prochains jours le vendredi et était très fier d'avoir résisté à la tentation d'entrer dans la boutique de monopole d'alcool, située juste à côté de la Coopérative. Il y avait longtemps qu'il n'avait pas accompli une telle prouesse, même s'il ne la mentionnait pas dans son mail à Eiríkur. Il se contentait de lui dire qu'il avait dû aller faire des emplettes à Hólmavík, et qu'à son retour à la ferme, il avait été surpris de voir la voiture de Palli dans la cour, persuadé que son frère était parti en mer avec Elías.

Son courriel parlait d'ailleurs surtout de Palli.

Le spécialiste dysorthographique et bégayant de Søren Kierkegaard, longtemps enseignant à Keflavík, puis pêcheur sur la barque à moteur d'Elías, ancien professeur d'histoire.

Un docteur en histoire et un titulaire d'un troisième cycle en philosophie sur la même barque à moteur. Dans les profondeurs du golfe de Húnaflói, c'est un honneur d'être pêché par ces deux hommes – et ils attrapent les poissons au QI le plus élevé. Je vous prie de m'excuser : c'était un honneur. Parce qu'ils ne vont plus pêcher ensemble. Rappelez-vous, tout a une fin.

La dernière balade en voiture. La dernière course. Le dernier livre. Le dernier repas. La dernière bière. La dernière sortie en mer.

PUIS TOUT SE TAIT, PUIS TOUT SE PERD

C'est ainsi que cela se produit.

Halldór rentre avec les sacs de la Coopérative. Palli n'est pas dans la maison, Halldór suppose qu'il est parti dans le studio pour lire à voix haute *La Bibliothèque du capitaine Nemo* de Per Olov Enquist – c'est le quarantième roman que son frère enregistre. Il a débuté quand Hafrún était épuisée par son cancer, et a découvert que cette activité était à la fois tellement apaisante et gratifiante qu'il a continué après son décès. Halldór s'occupe ensuite de dupliquer les cassettes qu'il envoie à des amis, ici, dans le fjord, à Reykjavík, à Keflavík, et parfois à Eiríkur à Marseille.

Halldór prépare à manger puis va retrouver son frère. Il ouvre la porte de la grange et découvre la vieille table basse – que lui et Palli avaient rangée dans un coin – cassée au milieu de la pièce. Un de ses pieds s'est brisé, elle penche en avant comme un animal blessé, le museau à terre, l'arrière-train levé en l'air, comme la poupe d'un navire en perdition.

Et Páll est pendu à la corde qui la surplombe.

Elle avait un des pieds tellement abîmé, écrit Halldór dans son courriel à Eiríkur, qu'elle n'a pas supporté ses cent trente kilos, elle a cédé sous son poids, elle s'est affaissée et Páll s'est retrouvé les jambes dans le vide.

Il a sans doute tenté de remettre les pieds sur le plateau, ou du moins sur la partie qui saillait le plus haut. J'en suis presque certain à en juger par les marques de frottement sur son cou, hélas la table s'était tellement décalée qu'il a dû se débattre en vain. À mon avis, Palli n'aurait jamais voulu mourir de cette manière. Tu connais frérot. Toujours plein d'égards pour les autres, de bienveillance, il veillait à ne jamais blesser ni heurter personne. Je suis certain qu'il n'avait pas l'intention de se suicider. Il était tellement triste, tellement malheureux, je crois savoir pourquoi. Peut-être a-t-il essayé de se prouver que ce n'était pas la bonne solution. Il est resté là, le cou passé dans cette corde, jusqu'à être sûr de vouloir vivre. Puis le pied de la table s'est cassé. J'ai tellement peur qu'il soit mort en larmes, non de terreur, mais d'angoisse à cause de la douleur qu'il allait nous causer…

CETTE FEMME, JE L'AI EMBRASSÉE

Halldór avait passé la nuit à fabriquer le cercueil à partir du bois flotté qu'il avait raboté, et dont il comptait se servir pour agrandir le poulailler. Mais il n'avait pas été seul.

Ton père m'a appelé tard le soir pour m'annoncer la nouvelle, dirait plus tard Elías à Eiríkur. Il était le seul à être au courant de notre relation. Le seul à savoir que nous étions amants. Je suis immédiatement venu l'aider, sans toutefois oser lui avouer que c'était ma faute si Palli était rentré si tôt et s'il avait fait ça. Vois-tu, quand nous étions sortis en mer le matin, j'avais rassemblé mon courage et je lui avais annoncé que je n'avais pas la force nécessaire pour vivre notre amour. J'étais encore marié à Fanney et ce jeu de cache-cache qui durait depuis beaucoup trop longtemps était très difficile pour Palli comme pour moi. Je lui ai dit que je n'en pouvais plus et que j'étais obligé de choisir Fanney. Que c'était mon devoir. Pourtant, je n'ai jamais aimé personne d'autre que Palli. Et ça, il le savait. J'ai peur qu'il n'ait également su que la raison de ma décision, c'était que je n'avais pas le courage de faire le bon choix. De choisir notre amour. Je craignais le jugement de la société. La lâcheté est le pire défaut, comme il est dit dans *Le Maître et Marguerite*, et je reste là avec ce verdict sur les bras. En tout cas, j'ai aidé ton père à fabriquer le cercueil. Puis il est parti t'accueillir à l'aéroport.

Halldór est allé accueillir Eiríkur qui avait pris un billet d'avion pour rentrer en Islande, et qui devait atterrir tôt le lendemain matin. Il était parti vers Keflavík où il était arrivé si tôt qu'il avait décidé de faire un tour dans la bourgade. Il s'était garé à côté de l'église et promené dans le quartier ancien. Somnolant plus ou moins tout en écoutant Páll lire à haute voix *Pan* de Knut Hamsun sur son iPod.

On ne sait pas comment c'est arrivé, pas exactement.

Halldór était sans doute tellement concentré sur le récit de Hamsun et la lecture de son frère, tellement immergé dans sa voix, qu'il n'avait pas fait attention en traversant en biais la rue Norðfjörðsgata pour retourner à sa voiture. Il n'a pas fait attention, n'a pas inspecté les alentours, et la voix de Páll était si puissante et si grave qu'il n'a pas non plus entendu la jeep qui remontait la rue à vive allure. Le conducteur rentrait chez lui après sa nuit de travail, il somnolait au volant et cherchait « Something in The Night » de Bruce Springsteen sur Spotify pour se maintenir éveillé ; parmi les chansons de l'artiste américain, c'est d'ailleurs une des préférées de Halldór : « Quelque chose dans la nuit ». L'automobiliste avait trouvé le morceau, commencé à l'écouter, et relevé les yeux trop tard pour voir le fermier filiforme.

La violence de l'impact avait brisé les os du bassin de Halldór en le projetant sur la façade d'une maison tout au bord de la route ; sa tête avait heurté le mur, il était mort instantanément. En état de choc, l'automobiliste avait pris la fuite. C'était une jeune livreuse de journaux âgée de quatorze ans qui avait trouvé l'accidenté une demi-heure plus tard, elle s'était agenouillée à côté de lui, avait machinalement ramassé les écouteurs qui lui étaient sortis des oreilles, les avait placés sur les siennes et avait entendu la belle voix profonde de Páll lui lire : « Cette femme, je l'ai embrassée ! ai-je pensé. Et je me suis levé pour ne jamais me rasseoir. »

Eiríkur avait atterri environ une heure plus tard, et c'était le malheur qui l'avait accueilli.

Bonjour, Eiríkur, je suis le malheur, bienvenue en Islande, bienvenue chez toi. Je te transmets les meilleures salutations de ton père.

Le conducteur s'était rendu à la police deux jours plus tard.

Dévasté et repentant, prêt à accepter son châtiment. Le repentir est un joli mot, un mot respectable, même s'il n'a jamais eu le pouvoir de ramener les morts à la vie. Voilà pourquoi Eiríkur est rentré dans ce fjord loin au nord après un long séjour à l'étranger, avec deux valises, le corps de son père et *Pan* de Knut Hamsun enregistré par Páll. Cette femme, je l'ai embrassée.

LA VIE EST PARFOIS TELLEMENT DIFFICILE QUE C'EST VISIBLE DEPUIS LA LUNE

« Aucun mal ne m'afflige, si ce n'est mon désir de partir, de m'embarquer pour je ne sais où, vers un ailleurs lointain », écrit dans *Pan* le lieutenant Glahn, cet homme qui embrasse une femme, puis se lève pour ne jamais se rasseoir. Aucun mal ne l'afflige : pourtant, il meurt d'un coup de fusil, et Knut Hamsun a dû écrire cette scène. Exactement comme nous avons dû relater le suicide de Palli. Sans parler de tout le reste, l'accident de voiture sur la lande, la mort d'Aldís, la paralysie de Haraldur, la disparition de la petite fille du révérend Pétur et de sa femme Halla, le moment où Jón a péri, étouffé dans son vomi, la mort de Hulda, sa femme, et d'Agnes, sa fille, le décès de Margrét, celui de Hafrún et de Skúli ; et maintenant l'instant où Halldór se fracasse le crâne à Keflavík. Pourquoi n'écrivons-nous pas un peu plus sur la joie puisqu'il y a dans le monde tant de gens heureux : on rit dans les cafés, Untel klaxonne sans motif autre que sa gaieté, on ouvre une bouteille de champagne pour célébrer la vie, des enfants rient de si bon cœur et d'une manière si communicative qu'ils pourraient arrêter une guerre mondiale. Qu'ils y mettraient fin sans délai si notre monde était doté de raison. Ce qui est loin d'être le cas, ce qui explique que le lieutenant Glahn ait provoqué sa propre mort, que Páll se soit pendu, même s'il n'en avait pas réellement l'intention, même s'il voulait seulement se mesurer à la Camarde, lui demandant, tu viens danser, oui, merci, lui a répondu le sombre sire avant de monter sur la table basse avec lui, y ajoutant son poids que le pied usé n'a pas supporté, le pied qui s'est brisé, parce que toute chose est biaisée en ce monde et qu'on ne peut se dérober à notre devoir de l'écrire. Untel embrasse Unetelle, puis se tue d'une balle dans la tête.

Páll se pend, Halldór et Elías fabriquent son cercueil, puis Elías rentre chez lui et avoue tout. Sa trahison, son amour, sa lâcheté qui se transforme en corde, qui se change en pied de table vermoulu, tandis que Halldór roule vers Keflavík. Le lendemain, Eiríkur rentre dans son fjord, et tout le monde est mort : il rentre chez lui, presque quarante ans après que Svana, sa mère, l'a confié à Hafrún en le lui tendant par-dessus la table de la cuisine.

Tout cela, nous l'avons décrit.

Tout cela est arrivé parce qu'il y a cent vingt ans, le révérend Pétur et la fermière Guðríður sont allés à cheval jusqu'à la bourgade de Stykkishólmur, chevauchant chacun sa jument baptisée Ljúf.

Elle atteint sa destination à la mi-journée, lui arrive en soirée et annonce à tout le monde qu'on s'apprête à arrêter Émile Zola – pourquoi donc ?

Parce que Guðríður se tient tellement droite dans ce fauteuil que je suis prêt à tout trahir pour elle ?

Parce que le révérend a au fond des yeux cette lueur enfantine et mélancolique, parce que, lorsqu'il me regarde, je suis prête à commettre l'impardonnable, l'indéfendable ?

Et parce qu'on s'apprête à arrêter Émile Zola ?

Oui, mais également parce que Guðríður a écrit un article sur le lombric, le poète aveugle de la glèbe, et parce que cet article a conduit Pétur à chevaucher une journée entière jusqu'à cette ferme sur les landes, chargé de trois livres dont un avait appartenu au frère du démon. Tout cela ne pouvait que mal finir, d'ailleurs, ça n'a pas manqué.

Mais au fait, qu'en savons-nous, en quoi peut-on affirmer que tout ça a mal fini, tout dépend de la manière dont on l'envisage, la conclusion est tributaire du point de vue qu'on adopte.

Je connais le nom, déclare Gísli, et j'ai entendu parler d'un pasteur, mais que nous vaut l'honneur de cette visite ?

Que nous vaut l'honneur – est-ce en rapport avec l'arrestation d'Émile Zola ?

C'est possible, c'est bien possible. Simplement parce que ces deux hommes, Émile Zola et Pétur, ont suivi la boussole du cœur, ce qu'a d'ailleurs également fait Guðríður. C'est ainsi que tout a commencé. Elle rédige un article sur le lombric, qu'elle décrit comme le poète aveugle de la glèbe, la pensée divine, et voilà que la boussole du cœur se met à trembler. À moins que ce ne soit celle du destin qui oscille – peu de gens sont capables de faire la distinction.

Or qui peut se prévaloir d'être parfaitement innocent, n'est-ce pas là une question dont il faudrait débattre ? Ne doit-on pas définir ce qu'est le courage, ce qu'est la lâcheté, identifier le moment où nous trahissons, et celui où nous écoutons la voix du cœur ? Sans oublier que ce qu'Untel considère comme un crime impardonnable est envisagé par tel autre comme le courage de s'insurger pour que la vie n'étouffe pas. Parce que l'amour a pour chaperon le malheur, et que la trahison est assise à ses côtés sur le même banc de nage. Voilà pourquoi la vie est parfois tellement difficile que c'est visible depuis la Lune. Tellement difficile qu'elle vous conduit à attacher l'homme que vous aimez avec des fils électriques avant de le chevaucher – et à le chevaucher car vous n'osez pas lui faire réellement l'amour, figée que vous êtes dans votre terreur parce qu'un jour, vous avez été violée par des hommes que vous pensiez aimer et auxquels vous auriez confié votre cœur : parce que vous avez été violée par cet homme et ses trois copains, et que vous n'osez plus aimer.

Puis la voilà morte. Puis le voilà défunt. Et Páll se pend. Et Halldór décède. Ils sont tant et tant à avoir péri qu'en réalité, il ne reste plus qu'Eiríkur.

Peut-on se risquer à dire qu'Eiríkur Halldórsson est le point final et mélancolique d'une interminable phrase que le destin a commencé d'écrire au moment où Guðríður s'est assise au bord du lit qu'elle partageait avec Gísli, son époux légitime, en se servant de ses genoux comme d'un bureau, pour rédiger son article sur le lombric ?

Six mois plus tard, le révérend Pétur lève son verre, le bras tendu vers elle, dans le grand salon de la demeure du médecin de Stykkishólmur, en se disant, je t'en prie, ne souris pas ! Mais évidemment, Guðríður le regarde, et elle lui sourit.

Puis la trahison et le malheur prennent le relais ?

Ce sont les questions, les voilà toutes rassemblées ici, où donc sont les réponses ? Étant défunt, mon rôle est de poser des questions, étant vivant, le tien est de…

… raconter correctement, interrompt le chauffeur de bus sanctifié. Le ton autoritaire, le visage presque menaçant, tout ça ne le fait pas rire, cela lui inspirerait plutôt du dégoût.

Je lève les yeux, peinant à dissimuler ma satisfaction de le voir enfin sortir de ses gonds et perdre sa sérénité. Une allégresse, une sensation de liberté me traverse, tellement envahissante que je peine à réfréner le sourire triomphant qui me monte aux lèvres. J'ai l'impression d'être enfin libéré. Je ne sais pas exactement de quoi, peut-être de lui. Ou de ce qu'il représente.

Comment ça, dis-je d'un air innocent.

Tout le monde n'est pas forcé de mourir, ça ne se passe jamais comme ça, répond-il en s'étirant. Il grandit tellement que sa présence envahit brusquement tout l'espace de la caravane. Tu n'avais pas le droit de faire mourir Halldór. Tu as tué trop de gens au fil du temps, bien plus que tu ne l'imagines – puisque tu ne te rappelles plus rien. Tout ce qui subsiste de ton ancienne vie, c'est le souvenir du sourire de Sóley. Il ne reste rien d'autre, pourtant, c'est encore trop. Tu étais censé avoir tout oublié. Ta vie d'avant, son lot de souvenirs et de sentiments étaient censés être enterrés si profond en toi que ta conscience n'y verrait que du feu. On peut dire que c'étaient les termes du pacte. Tu étais censé entrer dans la lumière qui fend les ténèbres, puis te réveiller, parfaitement amnésique dans cette église, de manière à ce que ni toi, ni tes souvenirs, ni ta vie ne viennent colorer les événements que tu devais relater. Tu étais censé être une perception plutôt qu'une conscience. C'est un échec. Au lieu d'être effacés, tes souvenirs reposent dans les profondeurs de ton être comme une douloureuse nostalgie. Ça n'a pas fonctionné. Presque tout a capoté. Ce qui n'est pas gênant, nulle vie ne saurait prospérer en l'absence d'erreurs. On peut même aller jusqu'à dire que les erreurs sont les nécessaires fautes de calcul du destin. Tu n'es pas sans savoir que Dieu et le diable se sont unis pour façonner l'être humain ? La dernière faculté dont Dieu l'a doté, c'est la conscience – avant de déclarer que, désormais, sa création était parfaite. Puis le diable est venu ajouter l'inconscient. Pourquoi tu as fait ça, lui a demandé Dieu, tu ne vois donc pas que tu lui as donné une chose que nous-mêmes ne comprenons qu'à peine : tu as transformé notre création en énigme.

Et que lui a répondu le Malin ?

Rien du tout, c'était inutile, Dieu avait obtenu la réponse en formulant sa question.

Et cette réponse, quelle est-elle ?

Le chauffeur de bus sanctifié regarde par la fenêtre de la caravane, feignant de ne pas m'avoir entendu, il observe l'hôtel devant lequel je discute avec la famille canadienne, Rúna est entrée dans le bâtiment. Tous sourient et je sursaute en voyant le sourire de leur fille. Ce sourire, je l'ai déjà vu. Nous l'avons tous déjà vu. Je regarde mon compagnon d'un air hésitant, il pose de nouvelles feuilles sur la table et les pousse vers moi, j'y aperçois Halldór qui marche…

… et traverse en biais cette rue de Keflavík, tellement concentré sur la voix de son frère défunt qu'il ne remarque pas cette jeep qui approche un peu trop vite, cette jeep dont le conducteur somnole après sa nuit de travail – et qui le percute. Mais cette fois-ci, le chauffeur a le temps de donner un coup de volant au tout dernier instant avant l'impact, si bien qu'il ne percute pas le piéton de plein fouet, mais simplement sur le côté. Cela dit, le choc est tellement violent que l'automobiliste sursaute, perd le contrôle, heurte la plateforme d'un camion garé là et se retrouve assommé. La livreuse de journaux âgée de quatorze ans est témoin de l'accident, elle se précipite d'abord vers Halldór, s'agenouille à ses côtés, lui demande s'il l'entend. Ses écouteurs ont été éjectés de ses oreilles et son iPod de sa poche, l'appareil a sauté la piste du livre de Knut Hamsun, il est passé aux *Gymnopédies* d'Erik Satie.

L'œuvre que Pétur a jouée sur le piano du médecin et de son épouse à Stykkishólmur il y a cent vingt ans.

Le terme gymnopédie est un mot grec qui signifie danse d'enfants nus.

Je lève les yeux sur le chauffeur de bus sanctifié.

Il ne reste plus beaucoup de temps, prévient-il.

CE QUI ÉCHAPPE
À NOTRE ENTENDEMENT
REND LE MONDE PLUS VASTE

PUIS C'EST FINI

Les *Gymnopédies* nous accompagnent depuis que Pétur a interprété la première d'entre elles pour grand-mère Guðríður à Stykkishólmur il y a presque cent vingt ans, précise Eiríkur en reposant sa guitare, ayant terminé de jouer l'œuvre du compositeur français pour Elías.

Ils sont entrés dans la maison de Vík qu'Elías a radicalement transformée ces dernières années. Le rez-de-chaussée, autrefois divisé en plusieurs espaces de taille plus modeste, est aujourd'hui d'un seul tenant et forme la pièce à vivre, équipée d'une cuisine intégrée. Plusieurs des grandes baies vitrées qui donnent sur le fjord, sur la ferme de Nes et sur l'église, bâties sur l'autre rive, partent du plancher, ce qui permet de les ouvrir pour sortir directement dans le jardin.

C'est magnifique, dit Elías, et il est rare d'entendre ce morceau interprété à la guitare. N'hésite pas à me l'enregistrer à l'occasion. Mais tu viens de dire que Guðríður était ta grand-mère, je crois qu'il faut remonter d'un cran dans les générations. Elle serait plutôt ton arrière-grand-mère, n'est-ce pas ?

Pour moi, ça ne correspond pas à la réalité, répond

Eiríkur en tendant le bras vers la photo posée sur la grande table au sommet de la pile de documents en rapport avec Guðríður et Pétur qu'ils ont rassemblés avec Elías au cours des derniers mois. Ça ne correspond pas car, dans ce cas, elle serait pour moi hors d'atteinte. Or j'ai perçu sa présence très clairement quand je suis allé voir les vestiges de la ferme d'Uppsalir.

Tu sais que certains seraient tentés de qualifier ce que tu as vécu d'expérience occulte ?

Occulte ? Voilà un mot qui me déplaît ! En tout cas, quand je suis allé là-bas, il s'est passé quelque chose. Debout devant ces vestiges, j'ai fermé les yeux pour m'imprégner des lieux et j'ai perçu une odeur de crêpes tièdes dans l'air, là-haut sur la lande, à l'écart de toute zone habitée. Étrange, ai-je pensé – et c'est à ce moment qu'elle m'a traversé le corps. Ou plus exactement, que j'ai eu l'impression que quelqu'un passait à travers moi, et j'ai tout de suite su intuitivement que c'était elle. Sur le chemin du retour, j'ai appelé papa pour lui dire ce qu'il m'était arrivé, ce que je venais de vivre. Il n'était pas encore rentré du Canada avec Sævar, ils étaient coincés là-bas à cause du Covid, mais nos cousins d'Amérique étaient à leurs petits soins. Et là, une autre chose troublante est venue s'ajouter au reste. Le matin même, nos cousins avaient donné à papa cette photo – et il venait de me l'envoyer par email !

Elías repose son couteau, s'essuie les mains et passe de l'autre côté de la grande table pour venir s'asseoir auprès d'Eiríkur et regarder la photo en question.

Comme ils vont bien ensemble !

Oui, convient Eiríkur avec un sourire. Je suppose que c'est à ce moment que tout a commencé. Bientôt, Pétur se lèvera, il ira s'asseoir au piano pour interpréter la première *Gymnopédie* de Satie, et le destin se mettra en marche. Je sais bien que les choses ne se sont pas passées comme ça. Mais quand même… Regarde comme ils sont beaux tous les deux ! Ils vont tellement bien ensemble. Ils irradient littéralement de bonheur. Il leur a été donné d'être heureux à ce moment-là, ils en ont eu le droit – un bref instant. Parce qu'ensuite, ç'a été fini.

J'EXISTE PARCE QUE DES UNIVERS ONT DÉVIÉ DE LEUR COURSE

Parce qu'ensuite, ç'a été fini, répète le chauffeur de car sanctifié. À nouveau, j'ai l'impression que ses doigts sentent légèrement le soufre.

Il a sorti une autre bouteille de whisky, du Talisker. Je dois reconnaître que c'est un homme de goût. Il a posé son verre à liqueur devant lui, l'odeur de fumée du breuvage m'envahit les narines. Il vient de vider une bouteille entière et en commence une nouvelle, le whisky ne semble décidément pas avoir sur lui beaucoup d'effet. Il fait tourner son verre, intemporel comme l'atmosphère qui nous enveloppe. Je baisse les yeux sur mes feuilles au moment où Rúna sort de l'hôtel, vêtue d'un chemisier vert que lui a prêté sa sœur, et dont la couleur se marie parfaitement à ses cheveux bruns. Elle sourit. Elle est incapable d'arrêter de sourire parce que le journaliste parisien est en route. Il a atterri vers 15 heures 30 à Keflavík. « Je suis arrivé, a-t-il écrit dans le sms qu'il lui a envoyé, avec mon amour qui se promène sur le cadran solaire de ta vie. Prêt à habiter tout au bout du monde tant que tu y seras. Tant que tu consentiras à me regarder. Lorsque je pense, je pense à toi. Il en a été ainsi depuis que je t'ai vue. Tu le sais. Ta présence me rend tellement joyeux, tellement heureux, que les anges m'envient. Et si toi aussi, tu m'aimes, je tirerai avec toi à la carabine sur les poteaux de toutes les clôtures les cent prochaines années. »

Cette déclaration d'amour est tellement sympathique, a souligné Sóley en la lisant, qu'il doit être digne de toi. Tu dis que c'est un amant aussi doux que capable, la seule question qui se pose est de savoir s'il sera aussi doué pendant l'agnelage.

Rúna avait répondu à son Français : « La fête aura déjà commencé à ton arrivée. Viens directement à la ferme de Vík. Tout le monde y sera. Si je porte un chemisier vert, tu sauras que je t'aime. »

Tu sais que ce Français n'est pas seul dans la voiture, me fait remarquer le chauffeur de bus sans quitter des yeux la photo de Pétur et de Guðríður. Mais ne devrais-tu pas rapidement te mettre à raconter le moment où tout a commencé, le moment où les choses se sont mises en route ?

Mais je n'ai aucune idée de la manière dont tout a commencé, je suis incapable de répondre à cette question.

Aucune idée, vraiment ? Alors qui en aura, n'es-tu pas censé en l'occurrence endosser toutes les responsabilités ?

Si, sans doute. Mais, dans ce cas, je suis à la fois Dieu et le diable, puisque je suis parvenu à créer une chose que je ne comprends pas. Ce qui, à mon avis, n'est pas plus mal, puisque ce qui échappe à notre entendement rend le monde plus vaste.

À la bonne heure, répond le chauffeur de bus, m'offrant un de ses rares sourires, à la bonne heure !

Je m'empresse de baisser les yeux sur mes feuilles pour qu'il ne voie pas combien son compliment me réjouit. Et je lis :

Elle avait écrit son article sur le poète aveugle de la glèbe, Pétur avait joué la première des *Gymnopédies* sur le piano du médecin Ólafur et de son épouse Kristín. Le photographe était passé plus tôt dans la soirée à la demande de Kristín, et il avait pris trois photos. Elle et son mari sont tous deux assis sur le canapé sur les trois premières, les quatre autres invités se tiennent debout derrière eux. Alors que tout le monde croyait la séance terminée, Kristín avait dit, allons, encore une, et maintenant, c'est à vous deux, les jeunes, de vous asseoir sur le canapé. Je suis donc encore jeune, avait répondu Pétur, puis il avait souri, s'était assis à côté de Guðríður, lui avait adressé un regard avant de fixer le photographe. L'homme avait pris son cliché. Immortalisant l'instant.

Cent vingt ans plus tard, nous l'avons sous les yeux.

Ils sont assis si près l'un de l'autre qu'ils défient les convenances. Pétur a posé sa main sur celle de Guðríður, l'air penaud, comme s'il voulait lui dire, ah, pardonne-moi, mais il faut bien mettre ses mains quelque part. Il sourit. Tous deux sourient. Et les yeux de Guðríður brillent d'une lueur si intense que toute chose, et jusqu'aux trahisons, se change en beauté.

Parce qu'il faut parfois qu'il y ait une faille, déclare Eiríkur, méditant sur la photo. Il faut parfois que quelqu'un sombre dans l'infortune et la douleur. C'est affreusement injuste, mais on n'y peut pas grand-chose. Tout cela était écrit d'avance. J'existe parce que des univers ont dévié de leur course.

ILS N'ONT PRESQUE PAS DORMI

Parce qu'ensuite arriva ce qui ne devait pas advenir. Pétur joue la première des *Gymnopédies*.

Un de mes amis à Copenhague, annonce-t-il, assis au piano, se tient au courant des nouveautés en musique. Il m'a envoyé la partition de cette œuvre tout à fait spéciale et fascinante l'hiver dernier. Je vais essayer de l'interpréter de mon mieux, mais ne me jugez pas trop durement, pour l'heure, je ne l'ai jouée que sur le vieil harmonium fatigué de mon église, il est tellement désaccordé qu'il met les défunts en émoi.

Pétur ferme les yeux, prend une profonde inspiration, les rouvre, regarde Guðríður, et se met à jouer. Guðríður suffoque, les larmes lui montent aux yeux, puis elle pleure.

Elle pleure parce qu'elle n'a pas entendu quelqu'un jouer du piano depuis un quart de siècle, depuis que le capitaine français, l'ami de son père, leur a joué un des *Nocturnes* de Chopin dans la maison du commerçant et de sa femme. Elle pleure parce que la première des *Gymnopédies* est d'une telle beauté. Elle pleure parce que son père lui manque terriblement. Elle pleure parce que Pétur est si beau. Elle pleure parce qu'elle se rend compte que tant qu'elle vivra sur la lande avec son Gísli, elle passe à côté de la beauté du monde. Pétur joue et la voit qui pleure.

Deux heures plus tard, il entre par la fenêtre dans la grande chambre où elle dort.

Cette fenêtre située au rez-de-chaussée est tellement haute qu'il doit se hisser sur la pointe des pieds pour tapoter la vitre du bout des doigts. Guðríður arrive presque aussitôt comme si elle attendait sa visite. Ils se regardent dans les yeux quelques secondes, puis elle ouvre, recule, et attend. Mais Pétur peine à entrer. Il lui faut se hisser à bout de bras et il n'a pas vraiment la force nécessaire, il essaie de se faciliter la tâche en agitant les jambes dans le vide et en donnant des coups de pied. Ridicule, pense-t-il, ce serait un spectacle pitoyable si on me voyait ! Puis il atterrit tête la première sur le sol, le corps emmêlé dans les rideaux. Lorsqu'il parvient enfin à se mettre debout, Guðríður se tient face à lui et lui assène une gifle.

Ils n'ont presque pas dormi cette nuit-là. Pas plus d'ailleurs que la suivante. Ils ne pouvaient pas. Ils n'osaient pas. Et les moments qu'ils ont vécus étaient sincères, magnifiques et parfaitement impardonnables, ils étaient la plus radicale des trahisons.

Malgré ça, il y a de fortes chances que le tribunal qui juge des actes accomplis sur la Terre comme au Ciel, composé à parts égales des habitants des Cieux et de ceux de l'enfer, les ait déclarés non coupables. C'est que l'existence est une véritable énigme. Il suffit parfois d'un simple caprice du destin pour que vous soyez face à un douloureux dilemme.

Aucun choix n'est le bon.

Pourtant les deux le sont.

LES SERVITEURS DE BACCHUS

J'existe parce que des univers ont dévié de leur course, a dit Eiríkur, ce à quoi il aurait pu ajouter : Et parce que beaucoup de gens ont péri.

C'est vrai : il y a ici beaucoup trop de morts. Pourtant, il y a aussi de la vie.

Puisque Halldór n'a pas péri.

Certes, il est renversé par la jeep de Sævar qui rentre chez lui après sa nuit de travail. Fatigué, somnolant, le conducteur cherche un morceau de Bruce Springsteen sur Spotify, il a hâte de pouvoir chanter à tue-tête avec ce musicien américain qui l'accompagne depuis des dizaines d'années. Il trouve le morceau, lève les yeux, et renverse Halldór. En effet. Il parvient cependant au tout dernier instant à donner un coup de volant, si bien que seul l'angle du véhicule percute Halldór. Il roule hélas si vite et la jeep est si lourde que le piéton est projeté sur le côté, gravement accidenté, et que Sævar fonce dans un camion garé là, dont l'extrémité de la plateforme entre dans le pare-brise, côté passager.

Quand Eiríkur atterrit à peine une heure plus tard à l'aéroport de Keflavík, l'ambulance qui transporte Halldór a presque atteint Reykjavík.

Il souffre d'une fracture du bassin.

Mais ç'aurait pu être pire, explique le médecin à Eiríkur. Sans doute bien pire si votre père n'avait pas été ivre, pour être honnête, il était complètement soûl. Par conséquent, son corps était plus mou et ses muscles plus détendus au moment de l'impact.

Tu vois, en fin de compte, c'est l'alcool qui m'a sauvé la vie, annonce Halldór à son fils avec un sourire béat lorsqu'il se réveille après l'intervention. Il regrette aussitôt ses paroles, son sourire imbécile, et son trait d'humour qui tombe à plat. Il voit Eiríkur se raidir – et une foule d'occasions où il a observé chez son fils le même genre de réaction lui traversent l'esprit à toute vitesse comme autant de sombres comètes. Je le dégoûte, il me méprise, pense Halldór. Mais au lieu de lui faire des excuses, il lui dit qu'il faudrait que quelqu'un aille nourrir les bêtes et surveiller Bowie, ce pauvre chat, ainsi que ces malheureuses poules. Je ne peux pas le faire, cloué dans mon lit, ajoute-t-il.

Eiríkur s'abstient de mentionner l'évidence : il leur suffirait d'appeler Dísa ou Lúna de la ferme de Hof et de leur demander de passer à Oddi pour nourrir les bêtes. Il se contente de répondre, je te rappellerai pour les funérailles de Palli. Il rentre chez lui, honteux de la reconnaissance qu'il a éprouvée quand Sævar l'a appelé. L'épaule cassée, dévasté par l'accident qu'il avait causé, le conducteur de la jeep était hospitalisé dans la chambre voisine.

Une négligence impardonnable. Un moment d'inattention criminel, avait-il déploré. Springsteen. « Something in The Night ».

Bonne chanson. Super album, avait machinalement répondu Eiríkur, se mordant ensuite la lèvre pour ne pas le remercier de lui avoir évité d'être accueilli à l'aéroport par son père complètement soûl. Ce n'est pas votre faute, avait-il dit quelques instants plus tard. Mon père était tellement ivre qu'il n'a pas eu la présence d'esprit d'inspecter les alentours avant de traverser, ni celle de se réfugier sur le bord de la route. À strictement parler, ce n'est pas vous qui l'avez renversé, mais l'alcool.

Sævar avait alors baissé les yeux.

J'ignorais évidemment à l'époque que Sævar était tout comme mon père, et depuis longtemps, serviteur de Bacchus, explique Eiríkur à Elías en posant la pile de documents sur une autre table afin qu'elle ne les gêne pas dans la préparation du repas. J'en voulais tellement à papa que je souhaitais ne plus jamais le revoir. J'avais l'impression qu'il m'avait trahi, qu'il m'avait abusé et attiré ici par ces deux lettres où il avait feint d'être un homme digne de confiance. Je ne l'avais pas vu depuis trois ans, Palli venait de mourir, et il est venu à Keflavík complètement soûl dans l'intention de m'accueillir à l'aéroport. Je lui en voulais, je m'en voulais à moi-même de lui avoir fait confiance. Je suis arrivé à Oddi vers minuit et je suis allé directement dans la grange pour voir Palli, je me suis longuement recueilli devant son cercueil.

Puis me voilà assis à la table de la cuisine, j'ouvre l'enveloppe contenant la lettre de grand-mère et j'apprends que le monde dans lequel je vis depuis toujours n'a, d'une certaine manière, jamais existé.

PEUT-ÊTRE QUE JE N'EXISTE PAS

Quelques jours plus tard, Elías va chercher Halldór à Reykjavík.

Comme l'avait fait Hulda, épouse de Jón et mère de Skúli, environ quatre-vingts ans plus tôt, à l'extrémité de la péninsule de Snæfellsnes, Eiríkur et Elías parcourent le rivage en quête d'une pierre tombale pour la sépulture de Páll. Ils la trouvent, la rapportent en tracteur à la ferme d'Oddi, l'installent dans la grange en la posant sur la petite estrade qu'ils fabriquent pour que Halldór puisse y graver au burin, confortablement assis, le nom de son frère et la citation de Kierkegaard.

Ce à quoi il s'est appliqué quinze heures par jour. Il était tellement concentré, faisait tellement d'efforts, qu'on eût dit que l'œuvre de sa vie tenait tout entière dans l'épitaphe de son frère défunt. Si l'éternel oubli toujours affamé ne trouvait pas de puissance assez forte pour lui arracher la proie qu'il épie, quelle vanité et quelle désolation serait la vie !

Mais la main qui tenait le burin tremblait car il lui fallait de l'alcool, elle tremblait de tristesse, de regrets, de remords.

Et elle tremblait d'apitoiement sur soi.

Ne sois pas si cruel avec lui, lui avait demandé Elías.

Lui et Eiríkur avaient creusé la tombe à la pelle, cela s'imposait comme une évidence. Ils s'étaient enfoncés dans les ténèbres, s'étaient enfoncés dans les profondeurs du temps, où ils étaient tombés sur les poètes aveugles de la glèbe.

Ne sois pas si cruel, avait conseillé Elías. La colère et la rancune défigurent notre pensée, elles faussent tout et nous privent d'oxygène. En revanche, le pardon ouvre des portes et donne plus de grandeur à la vie.

Je sais, avait répondu Eiríkur, mais je ne peux pas m'en empêcher. J'ai l'impression d'être prisonnier d'une crevasse. De ne plus savoir qui je suis. Le sentiment que toute ma vie, j'ai été un autre que moi. Une lettre très surprenante de grand-mère m'attendait quand je suis rentré. Elle l'a écrite il y a presque quarante ans. Et maintenant que je l'ai lue, j'ai l'impression que jusqu'ici, toute ma vie n'a été qu'une sorte de *Truman Show*.

La mort de ma mère, avait-il poursuivi, a toujours été la montagne qui m'a servi, bien qu'inconsciemment, de repère dans la vie. En d'autres termes, c'est ce qui a fait de moi l'homme que je suis. Et voilà qu'à presque quarante ans, je découvre que cette montagne n'a jamais existé et que j'ai, par conséquent, été façonné par un événement qui n'a jamais eu lieu – cela signifierait-il que ma personne n'est qu'illusion, et ma vie un simple malentendu ? Et que ceux qui se sont attachés à moi au fil du temps, ceux qui m'ont apprécié, et même aimé, se sont attachés à une personne qui n'a jamais existé ? J'ai aimé une femme pendant quatre ans, c'était un sentiment réciproque. Puis elle m'a quitté et je crois que pendant longtemps, je suis resté prisonnier de la nostalgie d'elle. Ou de celle de l'amour. Oui, on peut être amoureux du manque et de la nostalgie. Mais est-ce moi qu'elle a aimé ou bien celui qu'elle et moi pensions que j'étais ? Je suis guitariste, je ne suis pas du tout mauvais, et même assez doué pour qu'on m'invite à participer à l'enregistrement de disques, surtout de jazz et de blues. J'ai développé une tonalité aisément reconnaissable, à la fois limpide et mélancolique. Il va de soi que cette tonalité est étroitement liée à ma personnalité – laquelle est fondée sur un malentendu... Ma vie a été paralysée par la nostalgie jusqu'à ce que je rencontre une autre femme qui m'a attaché à la chaise de la cuisine. Elle disait m'avoir entendu jouer et entrevu mon être intérieur. Je crois que je l'aime et je crois qu'elle m'aime aussi. Désormais, ça n'a plus aucune importance puisqu'elle a aimé un homme qui n'a jamais existé. Pardonne-moi, je divague et je me lamente, je devrais avoir honte, j'en ai conscience. Le pire de tout, c'est que j'en veux à tous ceux que j'ai aimés. Je suis tellement en colère, tellement mal, que ma tristesse face à la mort de Palli s'en trouve presque occultée. J'en veux même à grand-mère et grand-père, je me surprends à les maudire. Je n'en ai pas le droit. Je me méprise de le faire.

Parfois, avait répondu Elías, le plus difficile est de se pardonner. Et c'est parfois le plus important, c'est par là qu'il faut commencer.

Peut-être, avait répondu Eiríkur, c'est peut-être vrai. Mais ne faut-il pas savoir qui on est pour pouvoir se pardonner ?

ALLÔ, PAPA, ALLÔ SOLEIL

Elías et Eiríkur creusèrent la tombe de Palli, cette abyssale blessure dans la glèbe. On y posa la pierre. Les mots de Kierkegaard et le nom de Palli y étaient si profondément gravés que le temps aurait du pain sur la planche pour les effacer.

Le chef-d'œuvre de Halldór ?

C'est ainsi qu'il l'envisageait. Lorsqu'il s'était mis au travail, la main qui maniait le burin tremblait de tristesse, de regrets, de manque d'alcool et d'apitoiement sur soi. Eiríkur observait son père en pensant, jamais je ne pourrai lui faire confiance. Bacchus vint poser en douceur une couverture sur les épaules de Halldór en lui chuchotant, tu sais que je suis le seul à ne jamais te juger. Le seul à vraiment te comprendre. Mon domaine est constitué d'innombrables pièces. En effet, c'est vraiment là le chef-d'œuvre de ta vie, ajouta-t-il quand son serviteur reposa son marteau et son burin, Bacchus recula d'un pas pour admirer son travail. Tu peux en être fier, dit-il, désormais, plus personne n'aura le droit d'exiger quoi que ce soit de toi. Eiríkur reprendra la ferme, tu ne lui dois rien. Tu vois bien comment il te regarde. Je dirais, avec le plus froid des mépris ! Il ignore le sens du mot gratitude. Et il ne t'a jamais compris. Tu sais bien que personne ne te comprend en dehors de moi.

Halldór reprit son marteau, le soupesa, pensif, avant de le balancer dans la direction de Bacchus en lui disant : Je dissous notre compagnonnage !

Bacchus éclata de rire. Il avait si souvent entendu ce genre de propos, proférés par un tel nombre de gens, et à tant d'époques différentes. Il éclata de rire, polissant son grappin baptisé Faiblesse. Ce n'est pas grave, tu reviendras vers moi en rampant, mais ça non plus, ce n'est pas grave, parce que pour moi, même l'humiliation est beauté. Je pardonne tout. C'est pour cette raison qu'on m'aime.

Va te faire foutre, répondit Halldór.

Puis il retourna à Reykjavík. Après l'enterrement. Comme prévu. Pour faire sa rééducation après l'accident et l'opération. Logé chez des amis, il supposait qu'il rentrerait à la ferme d'ici à quelques semaines. Ce que supposait également son fils. Et que tous deux redoutaient. Mais les journées de Halldór à la capitale étaient difficiles et son besoin d'alcool n'avait pas tardé à devenir irrépressible. Elías, qui lui téléphonait tous les jours, comprit la situation, et alla le rejoindre dans l'espoir de parvenir à le convaincre de faire une cure au centre d'addictologie de Vogur.

Tu n'as qu'à tenter l'expérience pendant une semaine, suggéra-t-il. Tu le dois à Palli, tu le dois à Eiríkur et tu te le dois à toi-même.

Finalement, Halldór accepta. Par peur de refuser. Il n'avait jamais eu aussi peur de sa vie. Ne s'était jamais senti aussi vulnérable. Dix jours plus tard, il entra à Vogur où, à sa grande surprise, il retrouva Sævar qui venait d'être admis en cure.

Nous sommes ici tous les deux, moi-même et Bruce Springsteen, dit Sævar, étonné, mais heureux, et maintenant, te voilà ! Ce doit être un coup du destin. Peut-être que nous finirons par fonder un groupe de rock tous ensemble, toi, moi, le destin et Springsteen !

Ils s'accompagnèrent les six semaines que dura la cure, Springsteen était toujours avec eux. J'ai tout perdu à cause de l'alcool, confia Sævar, mon travail, ma femme, ma famille, grâce à un ami, j'ai trouvé un emploi de gardien de nuit, un boulot où je me terre depuis trois ans. Je travaille la nuit, je rentre chez moi au petit matin, je bois, j'écoute de la musique jusqu'à midi, je déambule dans ma petite maison jumelle avec Bruce, Billie Holiday, Bacchus, mon apitoiement sur mon sort et ma solitude. You fall in love with lonely, you end up that way. Tu tombes amoureux, solitaire, et c'est comme ça que tu finis. Je pensais que ma vie serait toujours ainsi et je commençais à l'accepter. Ou plutôt, je faisais semblant de l'accepter, alors qu'évidemment, j'étais simplement engourdi, parce que le roi Bacchus est comme l'araignée qui anesthésie sa victime pour s'en nourrir. Pour la dévorer vivante, la vider de sa substance et ne laisser que l'enveloppe, l'écorce, tant et si bien que sa proie est persuadée d'être encore en vie. Puis il a fallu que je te renverse, je crois que c'est la meilleure chose qui me soit arrivée. J'ai l'impression que nous sommes tous les deux tellement ratés que nous ne pouvons que compenser mutuellement nos failles. Que nous sommes tellement bons à rien que nous avons besoin l'un de l'autre.

Halldór s'installa à Keflavík après sa cure, et Eiríkur reprit la ferme sans rien dire, sans protester. Deux cents moutons, quatorze poules, un chat qui en était à sa huitième vie, auquel il ajouta trois chiots de race border collie lorsque leur propriétaire, un vieux célibataire vivant un peu plus au nord, mais qui avait toujours entretenu des relations avec les gens d'Oddi, avait appris qu'il souffrait d'un cancer incurable et était parti sur sa barque vers la haute mer avant que la maladie ne lui ôte sa dignité. Alors que la côte était encore visible, il avait envoyé à Eiríkur un sms pour lui demander de prendre soin de ses chiots. Eiríkur était allé les chercher, il les avait couchés dans un carton au fond duquel il avait mis une épaisse couche de foin et un vieux pull-over, et y avait plongé sa main quand les bébés chiens s'étaient mis à couiner sur la route d'Oddi. Ils étaient alors venus se blottir contre sa paume et lui avaient léché les doigts. Eiríkur avait souri.

Halldór et Sævar n'avaient pas tardé à fonder leur entreprise qu'ils avaient baptisée *Allô Soleil – Travaux et réparations !* et qui avait si bien prospéré qu'ils avaient décidé de s'offrir un voyage de rêve aux États-Unis. Ils étaient allés voir Elvis à Memphis, Billie Holiday à Baltimore, Jim Morrison en Floride et avaient fini chez Bruce Springsteen dans le New Jersey, où ils avaient demandé à quelqu'un de les prendre en photo. Une photo qu'Eiríkur avait trouvée sur son téléphone portable en se réveillant le lendemain matin.

Le père et le fils n'avaient pas beaucoup parlé tous les deux depuis que Halldór avait déménagé à Keflavík. Eiríkur était heureux qu'il ait arrêté de boire, mais il n'arrivait toujours pas à lui faire confiance et préférait se tenir à distance. Leurs seuls échanges concernaient l'exploitation et les terres de la ferme. Ils prenaient le plus souvent la forme de courriels ou de conversations téléphoniques, toujours brèves, et éprouvantes pour eux deux. Puis voilà qu'il reçoit cette photo où Halldór et Sævar sourient de toutes leurs dents devant la maison d'enfance de Bruce Springsteen. Chacun passe son bras par-dessus l'épaule de l'autre, Halldór a les yeux qui scintillent d'un bonheur parfait. En légende : À mon fils, Eiríkur : Hello sunshine, won't you stay ? Ohé, soleil, tu restes ?

Eiríkur avait longuement scruté la photo, il avait zoomé sur le visage de son père, sur ses yeux, et les avait regardés. Puis il avait ouvert son ordinateur pour écrire un courriel à Batoul, le premier en deux ans : Chère Batoul de mon cœur ! Es-tu en vie, as-tu toujours les jambes aussi longues que les églises s'embrasent à leur vue ? Je viens à Marseille dans dix jours pour le boulot, je reste deux semaines, une bière ?

Puis il avait envoyé le message, avait attrapé son téléphone, trouvé le numéro de Halldór, et l'avait appelé. Allô, papa ?

Allô, papa, allô soleil !

Halldór avait été tellement touché que son fils l'appelle et tellement bouleversé par son ton ouvert et chaleureux, qu'il en avait eu le cœur serré. La colonne de larmes lui était montée à toute vitesse, inexorablement, dans la gorge, lui colorant la voix, la troublant et la rendant si chevrotante qu'Eiríkur s'était subitement raidi. Il est soûl, avait-il pensé, bon sang, je raccroche, j'ai eu tort de l'appeler, il m'a encore une fois mené en bateau ! Halldór avait parfaitement perçu le silence subit et glacial à l'autre bout de la ligne, il avait serré le téléphone dans sa main, impuissant, incapable de dire quoi que ce soit. Sævar avait alors empoigné son ami par les épaules, ce qui avait sauvé la situation. Pardon, avait dit Halldór, ma voix s'est mise à trembler et j'ai failli pleurer. Je suis tellement heureux de t'entendre. Ce que je peux être devenu sentimental. Mais ne va surtout pas raconter ça à Kári !

Eiríkur avait ri.

Deux semaines plus tard, il retrouve Batoul à Marseille.

Elle avait répondu à son courriel le même jour en lui proposant un rendez-vous dans un café. Eiríkur arrive en avance, le cœur battant, essayant constamment de se convaincre que tout est fini entre eux. Il s'était arrangé pour qu'il en soit ainsi en gardant le silence. Et avait en outre appris qu'elle avait un amant. Il se dit, il faut juste que je la revoie une fois encore. Ensuite, je serai libre.

Elle se fait attendre, arrive avec plus de vingt minutes de retard, et éclate de rire en voyant la manière dont il la regarde.

Tu te moques de moi, dit-il, sans vraiment savoir s'il s'en réjouit ou s'il est blessé.

Oui, répond-elle avec un sourire, sans s'asseoir. Parce que je comprends maintenant pourquoi tu m'as fuie.

Pardon. Pardonne-moi. J'ai disparu, je sais bien, et je ne t'ai pas contactée. Est-ce que tu m'autorises à t'expliquer pourquoi ? Tu ne veux pas t'asseoir à ma table et me laisser une chance ?

Elle le toise de ses grands yeux sombres. Je t'ai attendu après ton départ, dit-elle après un silence. J'avais envie de te contacter, mais je savais que l'initiative devait venir de toi. Tu es de ceux qui sont capables d'aimer par pitié, et je ne veux pas de ce genre d'amour. Je t'ai dit adieu il y a plus de deux ans. Et je t'ai encouragé à t'en aller parce qu'une personne amoureuse est fatalement vulnérable. C'est tellement facile de la blesser, d'abuser d'elle, de lui faire du mal. Je n'ai pas osé. Et j'étais tellement soulagée de te voir partir. Mais je n'ai jamais été aussi malheureuse. D'après ma mère, je devais attendre. S'il est digne de toi, il te reviendra, disait-elle. Selon elle, c'était un test. Je devais m'armer de patience. Je dois quand même avouer que je commençais à m'inquiéter.

J'ai appris que tu avais un amant. C'est vrai ?

Le serveur, un quinquagénaire respectable qui attend et les observe à proximité, s'approche de leur table, recule la chaise vide pour la proposer à Batoul et leur demande avec un sourire : Que puis-je vous offrir : du champagne, de la bière, à moins que vous ne préfériez un revolver ?

Commençons par une bière, répond Batoul. Elle s'assoit, attend que le serveur reparte, et déclare, oui, c'est vrai, j'ai eu un amant. Tu es jaloux ?

Moi ? Et pourquoi donc ? Je n'ai pas le droit de l'être.

Doit-on demander l'autorisation pour éprouver de la jalousie ? Est-ce à dire que ça ne t'a pas dérangé, que cette nouvelle n'a produit sur toi aucun effet ?

Si, en fait, je n'ai pas dormi pendant des semaines.

Ah, comme je m'en réjouis ! Ma mère m'a également dit que si tu étais honnête, cette nouvelle te ferait perdre le sommeil. Mais je n'en ai eu qu'un seul. Et ça n'a pas duré. J'espérais qu'il réussirait à anesthésier mon désir et mon manque de toi. Au contraire, c'était encore pire. Et la comparaison était à ton avantage. En réalité, tu m'as tellement manqué que j'étais à deux doigts d'aller voir un médecin. Mon père et mes frères ont envisagé d'aller en Islande pour te donner une leçon, ça leur faisait mal de me voir ainsi, presque détruite par ton absence. On doit souffrir, m'a alors dit ma mère, tellement souffrir de l'absence de l'autre qu'on risque de perdre la raison. Ce n'est qu'à ce prix qu'on est certain d'aimer vraiment. Mais tu es là. J'ai vu la manière dont tu m'as regardée quand je suis arrivée. Est-ce que cela signifie que tu es mien ?

Eiríkur ouvre la bouche et prend la parole, mais une voiture passe au ralenti, le conducteur a abaissé sa vitre, et écoute Kanye West à un tel volume que Batoul n'entend pas ses mots qui se noient dans la musique : Hey hey hey hey hey, please say you will, for real, I pray you will. Hey hey hey hey hey, dis-moi oui, s'il te plaît, pour de vrai, je prie pour que tu me dises oui.

I pray you will !

Le serveur revient avec leurs bières puis tourne les talons en voyant la manière dont ils se regardent – il rapporte les demis au comptoir et réapparaît avec du champagne.

PARDONNER, CELA REVIENT PARFOIS À S'ACCEPTER TEL QU'ON EST

Tu es délicieusement naïf, dit Batoul. La bouteille de champagne est presque vide et Eiríkur lui a tout raconté, le suicide qui n'était pas censé en être un, son père renversé par Bruce Springsteen et Sævar, alors qu'il venait le chercher, complètement soûl, à l'aéroport ; puis, lui-même, Eiríkur, rentrant chez lui à la ferme d'Oddi et découvrant que toute sa vie n'a été qu'illusion, et te voilà qui dors ici, épuisé, dans un monde d'injustice.

Depuis, j'ai l'impression de ne plus savoir qui je suis. C'est pour ça que je ne t'ai pas donné de nouvelles. Je me disais que je n'avais pas le droit d'être… avec toi. Que je devais d'abord découvrir qui je suis réellement avant de pouvoir commencer à vivre. Je ne savais plus où j'en étais. Il m'arrivait de souhaiter ne jamais t'avoir connue. Mais je rêve constamment de toi. D'une vie à ton côté. Et avec ton fils. Ici, ou chez moi. J'ai d'abord dû me débarrasser de toute la colère qui me polluait le sang. J'ai dû l'affronter pour pouvoir pardonner aux gens que j'aime et que j'ai aimés. J'ai dû me trouver avant de te revenir.

Tu es délicieusement naïf, répond Batoul. Tu ignores qui tu es, et selon toi, tu n'as jamais été celui que nous voyions en toi ? Tu crois peut-être que moi, je n'ai jamais su qui tu étais ? J'ai plongé mes yeux dans les tiens au moment où tu es le plus vulnérable et parfaitement sincère. Tu te donnes tout entier quand tu me fais l'amour. Tu viens à moi de toute ton âme. Cela me manque tellement. À la naissance, chacun vient au monde avec son être, avec sa personnalité. Certes, les événements de la vie vous transforment, mais si le cœur est pur, ces événements n'en altèrent pas le fond. Tu es celui que tu es et que tu as toujours été. En revanche, tu as besoin de pardonner. Pardonner, cela revient parfois à s'accepter tel qu'on est. Celui qui pardonne se trouve. Et celui qui se trouve trouve la liberté.

VOILÀ POURQUOI NOUS CONTINUERONS

Bonheur et malheur proviennent de la même source, c'est pourquoi la vie est parfois tellement difficile que c'est visible depuis la Lune.

La Lune vers laquelle Eiríkur a tiré à la carabine alors que les camions passaient à toute vitesse sur la route. L'un des chauffeurs l'a pris en photo, brandissant son fusil.

Or, m'explique le chauffeur de bus, Eiríkur ne visait aucunement ces camions parce qu'il était furieux et malheureux d'avoir perdu ses chiots. Au contraire, il était sorti avec sa carabine pour célébrer la vie. D'ailleurs, il n'était absolument pas « tellement soûl après une demi-bouteille de calvados qu'il avait évidemment plus de chance de dégommer la Lune ou de se blesser lui-même que d'atteindre sa cible », parce qu'Elías, Rúna et Sóley se tenaient, souriants, devant la ferme, Elías une bière à la main, et les deux femmes, un verre de vin.

Je sais, dis-je, haussant les épaules comme pour m'excuser. Mais quand j'ai écrit ça, je ne pouvais pas savoir, j'ignorais également que Palli reposait dans la grange au fond de son cercueil quand Eiríkur est rentré à la maison. Du reste, ce n'est pas bien grave. On décrit toujours le monde tel qu'on le voit sur le moment. Et personne ne l'a jamais retranscrit de manière tellement fidèle qu'on ne saurait faire mieux.

Voilà pourquoi nous continuerons.

HÖLDERLIN A PERDU LA RAISON, IL CONFIRMERA DONC L'ENSEMBLE DE MES DIRES

Je me sens tellement perdue, avait écrit Guðríður à Pétur, de retour chez elle après son séjour à Stykkishólmur, la voix du révérend résonnait dans sa tête, ses mains et ses baisers lui incendiaient le corps, tellement perdue, parce que je n'avais jamais imaginé que bonheur et malheur puissent se confondre en une seule et même chose. Jamais je n'avais soupçonné qu'on pût trahir en aimant. Je voudrais ne jamais t'avoir rencontré. Je compte les jours, les heures, les secondes qui nous séparent du moment où je te reverrai. Crois-tu qu'être amoureux, c'est perdre la raison ? Mon amour, écris-moi ! Non, ne m'écris jamais ! Viens me voir ! Non, tu ne dois surtout pas me rendre visite !

Quelle réunion intéressante ! déclara Ólafur le placide quand lui et son épouse Kristín prirent congé de Guðríður et de Pétur. Ta présence a sur les vieilles badernes que nous sommes un effet bénéfique : notre revue gagnera en qualité en t'ayant à son bord.

Vous ferez route ensemble, c'est une bonne chose, ajouta Kristín en les serrant tous les deux dans ses bras au moment du départ.

Je pense qu'elle sait, s'inquiéta Guðríður alors qu'ils s'éloignaient à cheval. Crois-tu qu'elle... qu'elle nous ait entendus ?

Non, répondit le pasteur, ou plutôt, je ne l'espère pas ! Par contre, je crois qu'elle a compris ce qu'il se passait dès la première fois qu'elle m'a entendu prononcer ton nom. Je me demande parfois si son regard n'a pas la faculté de traverser les montagnes.

Et sans juger ?

Elle nous aime tous les deux, elle a le cœur si grand. Je crois qu'elle nous plaint.

Ils s'accompagnèrent la plus grande partie du chemin jusqu'à Uppsalir, puis Pétur fit demi-tour, il rentra chez lui.

Guðríður chez elle.

Avec quelques livres que Kristín et le médecin Ólafur lui avaient offerts, des friandises, des jouets pour les filles – et ses émoluments pour avoir assisté à la réunion. Elle, qui n'avait jamais reçu le moindre paiement en monnaie sonnante.

Elle rentre chez elle, ses filles se précipitent hors de la ferme et courent à sa rencontre en criant, accompagnées par les chiens qui sautillent autour d'elles. Gísli l'attend devant la maison, il est heureux de la voir rentrer, bien qu'il reste fermement adossé au mur, comme brusquement intimidé. Mon amour, dit-elle, la gorge nouée, tenant la longe de sa jument sur laquelle ses deux filles guillerettes sont montées.

Deux jours plus tard, elle écrit à Pétur, je suis tellement perdue, viens, ne viens surtout pas !

Puis passe l'hiver.

Avril revient avec sa lumière, et une seconde réunion de rédaction. Guðríður dort à peine les nuits précédentes, tant elle est impatiente. Tant elle est triste. Parce qu'elle a pris une décision. Pétur lui a écrit six longues lettres au cours de l'hiver, il les a cachées parmi des documents en rapport avec la revue. Je ne pense qu'à toi, écrit-il, toujours, constamment. J'ai l'impression de perdre la raison, et pourtant, je n'ai jamais été aussi heureux !

Et cette femme de la lande, assistera-t-elle également à la réunion, demande Halla à son mari tandis qu'il prépare son voyage. Elle s'appelle Guðríður, répond-il, oui, elle fait partie du comité de rédaction, tu le sais bien.

Et le cœur de Halla s'arrête de battre. Elle a posé sa question de cette manière pour entendre Pétur prononcer le prénom de cette femme. Et la voix du révérend le trahit. Sa voix et la lueur dans ses yeux. Il part, trois nuits passent, Halla ne dort presque pas, et maintenant, il est sans doute sur le chemin du retour. Le soir se pose, Halla peigne sa fille cadette, elle essaie de sourire à son bavardage. Elle vient de recevoir une lettre de sa sœur qui vit à Reykjavík, et qui lui dit que les charges de pasteur des paroisses de Lágafellsókn et de Kjalarnes seront bientôt vacantes. Elle peigne sa fille, elle essaie de sourire, et elle pense à la lueur qu'elle a vue dans les yeux de Pétur.

Aïe, maman, pas si fort, proteste la gamine. Papa ne devait pas rentrer aujourd'hui ?

Si, il est en route. La seconde réunion est terminée.

La seconde, car il n'y en a pas eu plus de deux pour Guðríður. Deux réunions, et puis plus rien.

C'est une cavalière qui a belle allure, elle chevauche avec majesté.

Elle pose pied à terre. Elle et Pétur sont arrivés sur la lande, Uppsalir est dans cette direction, le presbytère à l'opposé.

C'est ainsi.

Et elle s'apprête à partir.

Il faut qu'il y ait entre nous tout un océan, a-t-elle dit à Pétur la nuit précédente. C'est la seule chose qui puisse m'arrêter. Sinon, je quitterai tout, je te rejoindrai, et je détruirai tant de choses que je ne pourrai jamais réparer.

Elle pose pied à terre. Serre-moi dans tes bras, demande-t-elle. Ne me lâche pas, demande-t-elle. Ne me lâche jamais. Mon amour. Je dois m'en aller. Je ne suis rien sans toi. Mon cœur sera toujours auprès de toi, prends-en soin.

Je suis né pour t'étreindre, dit-il. Né dans l'unique but de te voir sourire. De t'entendre parler. Je ne serai plus capable de vivre si tu pars. Ne t'en va pas. Sinon, ma vie ne sera que ténèbres.

Cette vie-là ne nous est pas destinée, répond Guðríður avant de l'embrasser.

Je t'embrasse et nous demeurons à jamais ensemble. Interrogez Hölderlin, il a perdu la raison, et confirmera donc l'ensemble de mes dires.

À JAMAIS ENSEMBLE

Nous roulons sur le chemin tortueux qui permet d'accéder à la ferme de Vík. Il est régulièrement enfoui sous la neige en hiver, si bien qu'Elías doit souvent garer sa voiture sur la route principale, où la neige est moins abondante. Parfois, le fjord est tout entier recouvert d'un épais manteau, Elías sort alors ses skis ou sa motoneige. Mais il n'y a pas un seul flocon en ce moment, bien sûr que non, c'est l'été, le mois d'août, la terre bien verte rutile sous le soleil, les arbres plantés en surplomb et à côté de la maison sentent bon et résonnent de chants d'oiseaux. Nous avançons sur ce chemin tortueux, Eiríkur et Elías sont sortis pour nous accueillir. Elías est plus grand, légèrement voûté, il vient de discuter avec Batoul qui s'engage sur le plateau de Þröskuldar avec son fils, ses parents et le journaliste français qu'ils ont rencontré dans l'avion où ils se sont rendu compte qu'ils venaient tous chez nous. Batoul a appelé Elías pour obtenir confirmation qu'il préparait bien un mansaf à sa manière à elle.

Rúna éteint le moteur. Je suis assis à l'arrière, entre Wislawa et Oleana, mon cœur bat si fort qu'elles perçoivent les ondes de choc. Eiríkur s'agenouille à côté de sa chienne, lui gratte avec tendresse l'arrière des oreilles et nous regarde approcher. La fête est sur le point de commencer.

Je suis assis simultanément sur la banquette arrière et ici, dans cette caravane où j'aperçois Ási qui sort de la ferme de Nes en portant Haraldur dans ses bras, Gummi leur emboîte le pas avec le fauteuil roulant qu'il a replié comme une aile. Chacun emporte sa compilation des dix meilleures chansons composées depuis *Please Please Me*, chacun est impatient de soumettre la sienne à Eiríkur, tous font confiance à son verdict quant au choix le plus judicieux. Le téléphone de Haraldur sonne, il est encore dans les bras d'Ási. C'est Halldór qui veut savoir s'ils sont déjà arrivés à la fête. Avec Sævar, nous venons de dépasser Hólmavík, annonce-t-il, et toi, où es-tu ? Dans les bras d'Ási, répond Haraldur. Halldór éclate de rire, la voix de Paul McCartney résonne dans la voiture qu'il a achetée avec Sævar : la chanson « Do It Now » est justement celle que Halldór et Eiríkur prévoient de jouer ensemble pendant la fête. L'ode à la vie, ils l'ont rebaptisée ainsi. Do it now, do it now, while the vision is clear… if you leave it too late, it could all disappear.

Fais-le maintenant, pendant que la vision est claire… ne le remets pas à demain, sinon il sera trop tard. Et nous n'aurons plus que nos regrets.

Bon sang, j'ai l'impression que tout le monde est en route vers ici, dit Sóley, elle se tourne sur son siège et me regarde.

Je t'embrasse et nous demeurons à jamais ensemble.

Mais cette vie-là ne nous était pas destinée.

Regrets est le titre de travail des mémoires de Pétur. Environ trois cents pages manuscrites, conservées dans les profondeurs de Landsbókasafn, la Bibliothèque nationale.

« Cette vie-là ne nous était pas destinée. » – C'est ainsi que débute le texte.

Écrites non loin de Reykjavík, où Pétur et Halla ont déménagé avec leurs deux filles au début du siècle dernier. Et photocopiées quatre-vingts ans plus tard par Elías.

L'ouvrage est dédié « aux femmes de ma vie, Halla Magnúsdóttir et Guðríður Eiríksdóttir ». On ne saurait dire si Halla était au courant de l'existence de ce manuscrit. Conservé dans un coffre, et accompagné d'une collection conséquente de lettres, un coffre qu'Elías est le premier à ouvrir. Des missives par centaines, parmi lesquelles un grand nombre sont adressées à Hölderlin et une trentaine de la main de Guðríður. Pour la plupart expédiées du Canada, où elle avait déménagé début septembre, cinq mois à peine après avoir fait ses adieux à Pétur sur la lande. Où ils étaient restés si longtemps à se serrer dans les bras que leurs juments avaient commencé à s'impatienter.

Elle quitta l'Islande avec Gísli et ses parents. Le père et son fils se virent offrir un travail chez le frère de Gísli, un emploi chez la Camarde, et jamais Gísli ne rédigea ses mémoires. Bien sûr que non. S'il l'avait fait, l'ouvrage aurait sans doute porté le même titre que celui de Pétur : Gísli ne parvint jamais à surmonter sa nostalgie de l'Islande. Il regrettait ses moutons, regrettait la lumière de la lande, regrettait l'odeur du foin, regrettait de ne pouvoir aller pêcher en mer, regrettait de ne plus pouvoir appeler ses chiens. Ils étaient partis et sa vie était devenue une longue nostalgie. En échange, il put continuer à vivre avec Guðríður, il put continuer à se réveiller à ses côtés plusieurs milliers de matins.

Jusqu'à ce qu'elle s'éteigne dans son sommeil.

Je viendrai te rejoindre quand je serai morte, avait-elle promis à Pétur dans la première lettre qu'elle lui a écrite de l'étranger. Et elle avait pensé la même chose sur le navire qui l'emmenait loin de l'Islande alors que, debout sur le pont, elle et Gísli regardaient leur pays s'éloigner puis s'enfoncer dans la mer. Et il avait pleuré. Cet homme dur et robuste avait pleuré, aveuglé par les larmes, il avait cherché à tâtons la main de Guðríður. Il avait pleuré parce qu'il savait que jamais il ne reverrait son pays surgir de l'océan. Pleuré parce que c'était le prix à payer pour garder Guðríður à ses côtés. C'était le troisième poème d'amour qu'il lui écrivait. Il sacrifiait sa terre pour vivre avec elle. Pour étreindre cette femme dont il savait au fond de lui qu'il l'avait perdue. Et qui n'avait peut-être jamais été sienne.

Les montagnes s'enfonçaient dans la mer, les moutons, les chiens, la jument qui avait changé de nom, tout cela disparaissait à l'horizon et Gísli cherchait à tâtons la main de Guðríður pour ne pas se noyer. Debout à ses côtés, assistant au même spectacle, elle avait pensé, voilà mon cœur qui sombre. Malgré cela, elle n'avait pu s'empêcher de ressentir une légère impatience. Elle avait hâte de pouvoir inscrire les filles à l'école, ce qui lui permettrait de les garder plus longtemps sous son toit. Elle avait hâte de s'installer dans une ville et de pouvoir aller écouter des concerts, voir des pièces de théâtre, emprunter plus de livres. Je suis maintenant capable de lire des ouvrages en anglais, avait-elle écrit à Pétur, toute fière d'elle, environ un an plus tard.

Toute chose sombrait, elle était campée, les jambes écartées sur le pont, pour ne pas perdre l'équilibre, enceinte de cinq mois.

Le premier mot qu'il a dit était *mamma*, en islandais, et non *mum*, en anglais, avait-elle écrit à Pétur, ça m'a rendue heureuse. Voilà à quoi ressemblent maintenant la maman et son fils, avait-elle ajouté, joignant à sa lettre une photo récente d'elle et du petit Jón.

Je regarde tellement cette photographie que je suis en train de devenir aveugle, avait répondu Pétur.

Je t'embrasse et nous demeurons à jamais ensemble.

Mon amour, te voilà donc, s'est réjoui Pétur lorsque Guðríður est venue le retrouver une nuit, beaucoup plus tard. Presque trente ans plus tard.

Oui, tu n'as pas oublié ma promesse de venir te retrouver quand je serai morte. Désormais, je serai pour toujours auprès de toi.

Je t'embrasse et nous demeurons à jamais ensemble.

Et ainsi va la vie, arrive ce qui arrive, dit le chauffeur de bus.

Il s'est levé et semble subitement aussi grand que tout ce qui échappe à mon entendement. Tu t'en vas ? dis-je, mais il y a encore tant de choses à élucider, tant de questions sans réponses. Tant d'inconnues. Qu'en est-il de Svana, la mère d'Eiríkur, et qu'en est-il de…

Bien sûr qu'il reste quantité de choses à éclaircir et de questions sans réponses. Il en va nécessairement ainsi. Tu le sais aussi bien que moi. Sinon, nous n'aurions aucune raison de continuer.

Rúna s'arrête, éteint le moteur, et regarde sa sœur avec un sourire.

Eiríkur se relève, nos regards se croisent, et voici, elle peut commencer. Cette fête à laquelle sont conviés tous ceux qui comptent, vivants comme défunts. La bière a eu le temps de refroidir dans le ruisseau. La compilation de la Camarde est fin prête. Il ne nous reste plus qu'à vivre.

Et demeurer à jamais ensemble.

COMPILATION DE LA CAMARDE (FRAGMENTS)

Bob Dylan, « It's All Over Now, Baby Blue ». © Sony / ATV Music Publishing LLC

Ellý Vilhjálms, « Vegir liggja til allra átta ». Parolier : Sigfús Halldórsson. © Sena

Haukur Morthens, « Fyrir átta árum ». © Íslenskir Tónar

Leonard Cohen, « One of Us Cannot Be Wrong ». Copyright © Sony / ATV Music Publishing LLC

Nas, « No Introduction ». Paroliers : Erik Ortiz, Kevin Crowe, Kenny Bartolomei, Nasir Jones. © Warner Chappell Music Inc, Universal Music Publishing Group

Damien Rice, « It Takes a Lot to Know a Man ». Paroliers : Brian Kelley, Chase Rice, Jesse Rice. © Warner Chappell Music Inc

Nick Cave, « The Train Song ». Paroliers : John Samuel Carter, James Clay Fuller, Russell Black III Jones, Charles Clarence Pruet, Michael Ashok Sain. © Universal Music Publishing Group

GDRN, « Þarf þig ». © Alda Music

The Beatles, « I Don't Want to Spoil the Party ». Paroliers : John Lennon, Paul McCartney. © Sony / ATV Music Publishing LLC

Regina Spektor, « Summer in the City ». © Sony / ATV Music Publishing LLC
Tom Waits, « Broken Bicycles ». © Zoetrope Music Co, Fifth Floor Music Inc
Bubbi Morthens, « Í hjarta mér »
Pixies, « Where Is My Mind ». Parolier : Charles Thompson. © Universal Music Publishing Group
AZ, *S.O.S.A.*, album autoproduit
Elvis Presley, « Suppose ». Paroliers : George Goehring, Sylvia Dee. © Kobalt Music Publishing Ltd, Raleigh Music Publishing
Elvis Presley, « Can't Help Falling in Love ». Paroliers : George Weiss, Hugo Peretti, Luigi Creatore. © Kobalt Music Publishing Ltd
Madvillainy, « Accordion ». Paroliers : Thompson Daniel Dumile, Jackson Otis Lee. © Madlib Invazion Music, Lord Dihoo Music
John Coltrane & Duke Ellington, « In a Sentimental Mood ». Paroliers : Irving Mills et Manny Kurtz. © Impulse !
XXX Rottweilerhundar, « Vaknaðu ». © Dennis
Ella Fitzgerald, « I Love Paris ». Parolier : Cole Porter. © Warner Chappell Music Inc
Bubbi Morthens, « Afgan ». Parolier : Bubbi Morthens. © Steinar
Mac Miller, « Good News ». Paroliers : Jon Brion / Malcolm McCormick. © Kobalt Music Publishing Ltd, Universal Music Publishing Group
Bach, *Pastorale en fa majeur*
The Beatles, « I'll Follow the Sun ». Paroliers : Lennon John Winston, McCartney Paul James. © Mpl Communications Inc
Derek & The Dominos, « Bell Bottom Blues ». Paroliers : Eric Patrick Clapton, Bobby Whitlock. © Warner Chappell Music Inc
David Bowie, « Rock'n Roll Suicide ». Paroliers :

David Bowie, Jorge Seu. © Tintoretto Music, Chrysalis Music Ltd

Pink Floyd, « Your Possible Past ». Parolier : George Roger Waters. © BMG Rights Management

Etta James, « I'd Rather Go Blind ». Paroliers : Ellington Jordan, Billy Foster. © Arc Music, Arc Music Corp

Olga Guðrún, *Eniga Meniga*. © Spor

Paul McCartney, « My Love ». Paroliers : Paul McCartney, Linda Louise McCartney. © Sony / ATV Songs LC, Warner Chappell Music Canada Ltd, Sparko Phone Music, Sony / ATV Ballad, Bulbyyork Music, Songs Of Hear The Art, Nyankingmusic, Mpl Communications Inc, 23rd Precinct Music Ltd

Morrissey, « All the Lazy Dykes ». Paroliers : Steven Morrissey, Alain Whyte. © Artemis Muziekuitgeverij B.v., Universal Music Publishing Ltd

The Beatles, « Real Love ». Paroliers : George Harrison, John Lennon, Paul McCartney, Ringo Starr. © Parlophone EMI

Amy Winehouse, « Back to Black ». Paroliers : Amy Winehouse, Mark Daniel Ronson. © Emi Music Publishing Ltd

The Cure, « The Same Deep Water As You ». Paroliers : Laurence Andrew Tolhurst, Robert James Smith, Simon Gallup, Roger O'Donnell, Boris Williams, Porl Thompson. © Fiction Songs Ltd

David Bowie, « Ashes to Ashes ». © Sony / ATV Music Publishing LLC, Songtrust Ave, Tintoretto Music

Édith Piaf, « Non, je ne regrette rien ». Paroliers : Charles Dumont, Michel Vaucaire. © Peermusic Publishing, Semi, Reservoir Media Management Inc

Paul McCartney & David Gilmour, « Lonesome Town » (de Ricky Nelson). Parolier : Baker Knight. © Parlophone

Nina Simone, « Just Say I Love Him ». Paroliers : S. Ward, R. Falvo, M. Kalmanoff, J. Dale, J. Val. © Colpix Records

Chet Baker, « My Funny Valentine ». Paroliers : Richard Rodgers et Lorenz Hart. © Pacific Jazz Records

The Kinks, « You Really Got Me ». Parolier : Ray Davies. © Edward Kassner Music Co Ltd

Nick Cave, « Stranger Than Kindness ». Paroliers : Anita Lane, Blixa Bargeld. © Freibank Musikverlags und vermarktungs GmbH

Miles Davis & Bill Evans, « Blue in Green ». © Columbia Records

Tom Waits, « Yesterday Is Here ». Paroliers : Kathleen Brennan, Thomas Alan Waits. © Peermusic Publishing, Jalma Music

Damso, « Mosaïque intérieure ». Paroliers : Gaetano Antonio Toscano, Kevin Eddy Kali, Mounir Houllich, Soriba Konde, William Kalubi. © Universal Music Publishing Group

Paul McCartney, « Scared ». © Kobalt Music Publishing Ltd

Bob Dylan, « Love Sick ». © Special Rider Music, Universal Tunes

Billie Holiday, « I'm a Fool to Want You ». Paroliers : Frank Sinatra, Jack Wolf, Joel Herron, Taito Vainio. © Sergeant Music Co, Barton Music Corp, Bravo And Encore Music, Mpca Lehsem Music LC

UGK, « One Day ». Paroliers : Mr. 3-2, Chris Jasper, Rudolph Isley, Ronald Isley, O'Kelly Isley, Marvin Isley, Ernie Isley, Bun B & Pimp C. © Jive

Bruce Springsteen, « Something in the Night ». © Universal Music Publishing Group

Erik Satie, *Gymnopédies*

Bruce Springsteen, « Hello Sunshine ». © Universal Music Publishing Group

Kanye West, « Say You ». Paroliers : Jeff Bhasker, Ben Hudson Mcildowie, Benjamin Hudson-Mcildowie, Kanye Omari West, Malik Yusef Jones, Dexter Mills, Jay W Jenkins. © Universal Music Publishing Ltd, Emi Blackwood Music Inc, Universal Music Corp, Sony / ATV Songs LC, Way Above Music, Ultra Empire Music, Jabriel Iz Myne, Young Jeezy Music Inc, Ultra Empire Music (bmi), Get Ya Frog On Publishing, Please Gimme My Publishing Inc

Paul McCartney, « Do It Now ». © Mpl Communications Inc

DU MÊME AUTEUR

Aux Éditions Gallimard

ENTRE CIEL ET TERRE, 2009 (Folio n° 5212)

LA TRISTESSE DES ANGES, 2011 (Folio n° 5121)

LE CŒUR DE L'HOMME, 2013 (Folio n° 5713)

D'AILLEURS LES POISSONS N'ONT PAS DE PIEDS, 2015 (Folio n° 6267). Grand Prix SGDL de traduction 2016.

À LA MESURE DE L'UNIVERS, 2017 (Folio n° 6517)

Aux Éditions Grasset

ÁSTA, 2018 (Folio n° 6692)

LUMIÈRE D'ÉTÉ, PUIS VIENT LA NUIT, 2020 (Folio n° 7024)

TON ABSENCE N'EST QUE TÉNÈBRES (Folio n° 7169)

COLLECTION FOLIO

Dernières parutions

6749. Claire Castillon	*Ma grande*
6750. Fabrice Caro	*Le discours*
6751. Julian Barnes	*La seule histoire*
6752. Guy Boley	*Quand Dieu boxait en amateur*
6753. Laurence Cossé	*Nuit sur la neige*
6754. Élisabeth de Fontenay	*Gaspard de la nuit*
6755. Elena Ferrante	*L'amour harcelant*
6756. Franz-Olivier Giesbert	*La dernière fois que j'ai rencontré Dieu*
6757. Paul Greveillac	*Maîtres et esclaves*
6758. Stefan Hertmans	*Le cœur converti*
6759. Anaïs LLobet	*Des hommes couleur de ciel*
6760. Juliana Léveillé-Trudel	*Nirliit*
6761. Mathieu Riboulet	*Le corps des anges*
6762. Simone de Beauvoir	*Pyrrhus et Cinéas*
6763. Dōgen	*La présence au monde*
6764. Virginia Woolf	*Un lieu à soi*
6765. Benoît Duteurtre	*En marche !*
6766. François Bégaudeau	*En guerre*
6767. Anne-Laure Bondoux	*L'aube sera grandiose*
6768. Didier Daeninckx	*Artana ! Artana !*
6769. Jachy Durand	*Les recettes de la vie*
6770. Laura Kasischke	*En un monde parfait*
6771. Maylis de Kerangal	*Un monde à portée de main*
6772. Nathalie Kuperman	*Je suis le genre de fille*
6773. Jean-Marie Laclavetine	*Une amie de la famille*
6774. Alice McDermott	*La neuvième heure*
6775. Ota Pavel	*Comment j'ai rencontré les poissons*
6776. Ryoko Sekiguchi	*Nagori. La nostalgie de la saison qui vient de nous quitter*

6777. Philippe Sollers	*Le Nouveau*
6778. Annie Ernaux	*Hôtel Casanova* et autres textes brefs
6779. Victor Hugo	*Les Fleurs*
6780. Collectif	*Notre-Dame des écrivains. Raconter et rêver la cathédrale du Moyen Âge à demain*
6781. Carole Fives	*Tenir jusqu'à l'aube*
6782. Esi Edugyan	*Washington Black*
6784. Emmanuelle Bayamack-Tam	*Arcadie*
6785. Pierre Guyotat	*Idiotie*
6786. François Garde	*Marcher à Kerguelen.*
6787. Cédric Gras	*Saisons du voyage.*
6788. Paolo Rumiz	*La légende des montagnes qui naviguent.*
6789. Jean-Paul Kauffmann	*Venise à double tour*
6790. Kim Leine	*Les prophètes du fjord de l'Éternité*
6791. Jean-Christophe Rufin	*Les sept mariages d'Edgar et Ludmilla*
6792. Boualem Sansal	*Le train d'Erlingen ou La métamorphose de Dieu*
6793. Lou Andreas-Salomé	*Ce qui découle du fait que ce n'est pas la femme qui a tué le père* et autres textes psychanalytiques
6794. Sénèque	*De la vie heureuse* précédé de *De la brièveté de la vie*
6795. Famille Brontë	*Lettres choisies*
6796. Stéphanie Bodet	*À la verticale de soi*
6797. Guy de Maupassant	*Les Dimanches d'un bourgeois de Paris* et autres nouvelles
6798. Chimamanda Ngozi Adichie	*Nous sommes tous des féministes* suivi du *Danger de l'histoire unique*
6799. Antoine Bello	*Scherbius (et moi)*

6800. David Foenkinos *Deux sœurs*
6801. Sophie Chauveau *Picasso, le Minotaure. 1881-1973*
6802. Abubakar Adam Ibrahim *La saison des fleurs de flamme*
6803. Pierre Jourde *Le voyage du canapé-lit*
6804. Karl Ove Knausgaard *Comme il pleut sur la ville. Mon combat - Livre V*
6805. Sarah Marty *Soixante jours*
6806. Guillaume Meurice *Cosme*
6807. Mona Ozouf *L'autre George. À la rencontre de l'autre George Eliot*
6808. Laurine Roux *Une immense sensation de calme*
6809. Roberto Saviano *Piranhas*
6810. Roberto Saviano *Baiser féroce*
6811. Patti Smith *Dévotion*
6812. Ray Bradbury *La fusée* et autres nouvelles
6813. Albert Cossery *Les affamés ne rêvent que de pain*
6814. Georges Rodenbach *Bruges-la-Morte*
6815. Margaret Mitchell *Autant en emporte le vent I*
6816. Margaret Mitchell *Autant en emporte le vent II*
6817. George Eliot *Felix Holt, le radical.*
6818. Goethe *Les Années de voyage de Wilhelm Meister*
6819. Meryem Alaoui *La vérité sort de la bouche du cheval*
6820. Unamuno *Contes*
6821. Leïla Bouherrafa *La dédicace.*
6822. Philippe Djian *Les inéquitables*
6823. Carlos Fuentes *La frontière de verre.* Roman en neuf récits
6824. Carlos Fuentes *Les années avec Laura Díaz.* Nouvelle édition augmentée
6825. Paula Jacques *Plutôt la fin du monde qu'une écorchure à mon doigt.*

6826. Pascal Quignard — *L'enfant d'Ingolstadt. Dernier royaume X*
6827. Raphaël Rupert — *Anatomie de l'amant de ma femme*
6828. Bernhard Schlink — *Olga*
6829. Marie Sizun — *Les sœurs aux yeux bleus*
6830. Graham Swift — *De l'Angleterre et des Anglais*
6831. Alexandre Dumas — *Le Comte de Monte-Cristo*
6832. Villon — *Œuvres complètes*
6833. Vénus Khoury-Ghata — *Marina Tsvétaïéva, mourir à Elabouga*
6834. Élisa Shua Dusapin — *Les billes du Pachinko*
6835. Yannick Haenel — *La solitude Caravage*
6836. Alexis Jenni — *Féroces infirmes*
6837. Isabelle Mayault — *Une longue nuit mexicaine*
6838. Scholastique Mukasonga — *Un si beau diplôme !*
6839. Jean d'Ormesson — *Et moi, je vis toujours*
6840. Orhan Pamuk — *La femme aux cheveux roux*
6841. Joseph Ponthus — *À la ligne. Feuillets d'usine*
6842. Ron Rash — *Un silence brutal*
6843. Ron Rash — *Serena*
6844. Bénédicte Belpois — *Suiza*
6845. Erri De Luca — *Le tour de l'oie*
6846. Arthur H — *Fugues*
6847. Francesca Melandri — *Tous, sauf moi*
6848. Eshkol Nevo — *Trois étages*
6849. Daniel Pennac — *Mon frère*
6850. Maria Pourchet — *Les impatients*
6851. Atiq Rahimi — *Les porteurs d'eau*
6852. Jean Rolin — *Crac*
6853. Dai Sijie — *L'Évangile selon Yong Sheng*
6854. Sawako Ariyoshi — *Le crépuscule de Shigezo*
6855. Alexandre Dumas — *Les Compagnons de Jéhu*
6856. Bertrand Belin — *Grands carnivores*
6857. Christian Bobin — *La nuit du cœur*
6858. Dave Eggers — *Les héros de la Frontière*
6859. Dave Eggers — *Le Capitaine et la Gloire*

6860. Emmanuelle Lambert — *Giono, furioso*
6861. Danièle Sallenave — *L'églantine et le muguet*
6862. Martin Winckler — *L'École des soignantes*
6863. Zéno Bianu — *Petit éloge du bleu*
6864. Collectif — *Anthologie de la littérature grecque. De Troie à Byzance*
6865. Italo Calvino — *Monsieur Palomar*
6866. Auguste de Villiers de l'Isle-Adam — *Histoires insolites*
6867. Tahar Ben Jelloun — *L'insomniaque*
6868. Dominique Bona — *Mes vies secrètes*
6869. Arnaud Cathrine — *J'entends des regards que vous croyez muets*
6870. Élisabeth Filhol — *Doggerland*
6871. Lisa Halliday — *Asymétrie*
6872. Bruno Le Maire — *Paul. Une amitié*
6873. Nathalie Léger — *La robe blanche*
6874. Gilles Leroy — *Le diable emporte le fils rebelle*
6875. Jacques Ferrandez / Jean Giono — *Le chant du monde*
6876. Kazuo Ishiguro — *2 nouvelles musicales*
6877. Collectif — *Fioretti. Légendes de saint François d'Assise*
6878. Herta Müller — *La convocation*
6879. Giosuè Calaciura — *Borgo Vecchio*
6880. Marc Dugain — *Intérieur jour*
6881. Marc Dugain — *Transparence*
6882. Elena Ferrante — *Frantumaglia. L'écriture et ma vie*
6883. Lilia Hassaine — *L'œil du paon*
6884. Jon McGregor — *Réservoir 13*
6885. Caroline Lamarche — *Nous sommes à la lisière*
6886. Isabelle Sorente — *Le complexe de la sorcière*
6887. Karine Tuil — *Les choses humaines*
6888. Ovide — *Pénélope à Ulysse* et autres lettres d'amour de grandes héroïnes antiques

6889. Louis Pergaud	*La tragique aventure de Goupil* et autres contes animaliers
6890. Rainer Maria Rilke	*Notes sur la mélodie des choses* et autres textes
6891. George Orwell	*Mil neuf cent quatre-vingt-quatre*
6892. Jacques Casanova	*Histoire de ma vie*
6893. Santiago H. Amigorena	*Le ghetto intérieur*
6894. Dominique Barbéris	*Un dimanche à Ville-d'Avray*
6895. Alessandro Baricco	*The Game*
6896. Joffrine Donnadieu	*Une histoire de France*
6897. Marie Nimier	*Les confidences*
6898. Sylvain Ouillon	*Les jours*
6899. Ludmila Oulitskaïa	*Médée et ses enfants*
6900. Antoine Wauters	*Pense aux pierres sous tes pas*
6901. Franz-Olivier Giesbert	*Le schmock*
6902. Élisée Reclus	*La source* et autres histoires d'un ruisseau
6903. Simone Weil	*Étude pour une déclaration des obligations envers l'être humain* et autres textes
6904. Aurélien Bellanger	*Le continent de la douceur*
6905. Jean-Philippe Blondel	*La grande escapade*
6906. Astrid Éliard	*La dernière fois que j'ai vu Adèle*
6907. Lian Hearn	*Shikanoko, livres I et II*
6908. Lian Hearn	*Shikanoko, livres III et IV*
6909. Roy Jacobsen	*Mer blanche*
6910. Luc Lang	*La tentation*
6911. Jean-Baptiste Naudet	*La blessure*
6912. Erik Orsenna	*Briser en nous la mer gelée*
6913. Sylvain Prudhomme	*Par les routes*
6914. Vincent Raynaud	*Au tournant de la nuit*
6915. Kazuki Sakuraba	*La légende des filles rouges*
6916. Philippe Sollers	*Désir*
6917. Charles Baudelaire	*De l'essence du rire* et autres textes
6918. Marguerite Duras	*Madame Dodin*

6919. Madame de Genlis	*Mademoiselle de Clermont*
6920. Collectif	*La Commune des écrivains. Paris, 1871 : vivre et écrire l'insurrection*
6921. Jonathan Coe	*Le cœur de l'Angleterre*
6922. Yoann Barbereau	*Dans les geôles de Sibérie*
6923. Raphaël Confiant	*Grand café Martinique*
6924. Jérôme Garcin	*Le dernier hiver du Cid*
6925. Arnaud de La Grange	*Le huitième soir*
6926. Javier Marías	*Berta Isla*
6927. Fiona Mozley	*Elmet*
6928. Philip Pullman	*La Belle Sauvage. La trilogie de la Poussière, I*
6929. Jean-Christophe Rufin	*Les trois femmes du Consul. Les énigmes d'Aurel le Consul*
6930. Collectif	*Haikus de printemps et d'été*
6931. Épicure	*Lettre à Ménécée* et autres textes
6932. Marcel Proust	*Le Mystérieux Correspondant* et autres nouvelles retrouvées
6933. Nelly Alard	*La vie que tu t'étais imaginée*
6934. Sophie Chauveau	*La fabrique des pervers*
6935. Cecil Scott Forester	*L'heureux retour*
6936. Cecil Scott Forester	*Un vaisseau de ligne*
6937. Cecil Scott Forester	*Pavillon haut*
6938. Pam Jenoff	*La parade des enfants perdus*
6939. Maylis de Kerangal	*Ni fleurs ni couronnes* suivi de *Sous la cendre*
6940. Michèle Lesbre	*Rendez-vous à Parme*
6941. Akira Mizubayashi	*Âme brisée*
6942. Arto Paasilinna	*Adam & Eve*
6943. Leïla Slimani	*Le pays des autres*
6944. Zadie Smith	*Indices*
6945. Cesare Pavese	*La plage*
6946. Rabindranath Tagore	*À quatre voix*
6947. Jean de La Fontaine	*Les Amours de Psyché et de Cupidon* précédé d'*Adonis* et du *Songe de Vaux*

6948. Bartabas	*D'un cheval l'autre*
6949. Tonino Benacquista	*Toutes les histoires d'amour ont été racontées, sauf une*
6950. François Cavanna	*Crève, Ducon !*
6951. René Frégni	*Dernier arrêt avant l'automne*
6952. Violaine Huisman	*Rose désert*
6953. Alexandre Labruffe	*Chroniques d'une station-service*
6954. Franck Maubert	*Avec Bacon*
6955. Claire Messud	*Avant le bouleversement du monde*
6956. Olivier Rolin	*Extérieur monde*
6957. Karina Sainz Borgo	*La fille de l'Espagnole*
6958. Julie Wolkenstein	*Et toujours en été*
6959. James Fenimore Cooper	*Le Corsaire Rouge*
6960. Jean-Baptiste Andrea	*Cent millions d'années et un jour*
6961. Nino Haratischwili	*La huitième vie*
6962. Fabrice Humbert	*Le monde n'existe pas*
6963. Karl Ove Knausgaard	*Fin de combat. Mon combat - Livre VI*
6964. Rebecca Lighieri	*Il est des hommes qui se perdront toujours*
6965. Ian McEwan	*Une machine comme moi*
6966. Alexandre Postel	*Un automne de Flaubert*
6967. Anne Serre	*Au cœur d'un été tout en or*
6968. Sylvain Tesson	*La panthère des neiges*
6969. Maurice Leblanc	*Arsène Lupin, gentleman-cambrioleur*
6970. Nathacha Appanah	*Le ciel par-dessus le toit*
6971. Pierre Assouline	*Tu seras un homme, mon fils*
6972. Maylis Besserie	*Le tiers temps*
6973. Marie Darrieussecq	*La mer à l'envers*
6974. Marie Gauthier	*Court vêtue*
6975. Iegor Gran	*Les services compétents*
6976. Patrick Modiano	*Encre sympathique*
6977. Christophe Ono-dit-Biot et Adel Abdessemed	*Nuit espagnole*
6978. Regina Porter	*Ce que l'on sème*

6979. Yasmina Reza — *Anne-Marie la beauté*
6980. Anne Sinclair — *La rafle des notables*
6981. Maurice Leblanc — *Arsène Lupin contre Herlock Sholmès*
6982. George Orwell — *La Ferme des animaux*
6983. Jean-Pierre Siméon — *Petit éloge de la poésie*
6984. Amos Oz — *Ne dis pas la nuit*
6985. Belinda Cannone — *Petit éloge de l'embrassement*
6986. Christian Bobin — *Pierre,*
6987. Claire Castillon — *Marche blanche*
6988. Christelle Dabos — *La Passe-miroir, Livre IV. La tempête des échos*
6989. Hans Fallada — *Le cauchemar*
6990. Pauline Guéna — *18.3. Une année à la PJ*
6991. Anna Hope — *Nos espérances*
6992. Elizabeth Jane Howard — *Étés anglais. La saga des Cazalet I*
6993. J.M.G. Le Clézio — *Alma*
6994. Irène Némirovsky — *L'ennemie*
6995. Marc Pautrel — *L'éternel printemps*
6996. Lucie Rico — *Le chant du poulet sous vide*
6997. Abdourahman A. Waberi — *Pourquoi tu danses quand tu marches ?*
6998. Sei Shônagon — *Choses qui rendent heureux* et autres notes de chevet
6999. Paul Valéry — *L'homme et la coquille* et autres textes
7000. Tracy Chevalier — *La brodeuse de Winchester*
7001. Collectif — *Contes du Chat noir*
7002. Edmond et Jules de Goncourt — *Journal*
7003. Collectif — *À nous la Terre !*
7004. Dave Eggers — *Le moine de Moka*
7005. Alain Finkielkraut — *À la première personne*
7007. C. E. Morgan — *Tous les vivants*
7008. Jean d'Ormesson — *Un hosanna sans fin*
7009. Amos Oz — *Connaître une femme*
7010. Olivia Rosenthal — *Éloge des bâtards*

7011. Collectif — *Écrire Marseille.* 15 grands auteurs célèbrent la cité phocéenne
7012. Fédor Dostoïevski — *Les Nuits blanches*
7013. Marguerite Abouet et Clément Oubrerie — *Aya de Yopougon 5*
7014. Marguerite Abouet et Clément Oubrerie — *Aya de Yopougon 6*
7015. Élisa Shua Dusapin — *Vladivostok Circus*
7016. David Foenkinos — *La famille Martin*
7017. Pierre Jourde — *Pays perdu*
7018. Patrick Lapeyre — *Paula ou personne*
7019. Albane Linÿer — *J'ai des idées pour détruire ton ego*
7020. Marie Nimier — *Le Palais des Orties*
7021. Daniel Pennac — *La loi du rêveur*
7022. Philip Pullman — *La Communauté des esprits. La trilogie de la Poussière II*
7023. Robert Seethaler — *Le Champ*
7024. Jón Kalman Stefánsson — *Lumière d'été, puis vient la nuit*
7025. Gabrielle Filteau-Chiba — *Encabanée*
7026. George Orwell — *Pourquoi j'écris* et autres textes politiques
7027. Ivan Tourguéniev — *Le Journal d'un homme de trop*
7028. Henry Céard — *Une belle journée*
7029. Mohammed Aïssaoui — *Les funambules*
7030. Julian Barnes — *L'homme en rouge*
7031. Gaëlle Bélem — *Un monstre est là, derrière la porte*
7032. Olivier Chantraine — *De beaux restes*
7033. Elena Ferrante — *La vie mensongère des adultes*
7034. Marie-Hélène Lafon — *Histoire du fils*
7035. Marie-Hélène Lafon — *Mo*
7036. Carole Martinez — *Les roses fauves*
7037. Laurine Roux — *Le Sanctuaire*
7038. Dai Sijie — *Les caves du Potala*

7039. Adèle Van Reeth	*La vie ordinaire*
7040. Antoine Wauters	*Nos mères*
7041. Alain	*Connais-toi* et autres fragments
7042. Françoise de Graffigny	*Lettres d'une Péruvienne*
7043. Antoine de Saint-Exupéry	*Lettres à l'inconnue* suivi de *Choix de lettres dessinées*
7044. Pauline Baer de Perignon	*La collection disparue*
7045. Collectif	*Le Cantique des cantiques. L'Ecclésiaste*
7046. Jessie Burton	*Les secrets de ma mère*
7047. Stéphanie Coste	*Le passeur*
7048. Carole Fives	*Térébenthine*
7049. Luc-Michel Fouassier	*Les pantoufles*
7050. Franz-Olivier Giesbert	*Dernier été*
7051. Julia Kerninon	*Liv Maria*
7052. Bruno Le Maire	*L'ange et la bête. Mémoires provisoires*
7053. Philippe Sollers	*Légende*
7054. Mamen Sánchez	*La gitane aux yeux bleus*
7055. Jean-Marie Rouart	*La construction d'un coupable.* À paraître
7056. Laurence Sterne	*Voyage sentimental en France et en Italie*
7057. Nicolas de Condorcet	*Conseils à sa fille* et autres textes
7058. Jack Kerouac	*La grande traversée de l'Ouest en bus* et autres textes beat
7059. Albert Camus	*« Cher Monsieur Germain,... »* Lettres et extraits
7060. Philippe Sollers	*Agent secret*
7061. Jacky Durand	*Marguerite*
7062. Gianfranco Calligarich	*Le dernier été en ville*
7063. Iliana Holguín Teodorescu	*Aller avec la chance*
7064. Tommaso Melilli	*L'écume des pâtes*
7065. John Muir	*Un été dans la Sierra*

7066.	Patrice Jean	*La poursuite de l'idéal*
7067.	Laura Kasischke	*Un oiseau blanc dans le blizzard*
7068.	Scholastique Mukasonga	*Kibogo est monté au ciel*
7069.	Éric Reinhardt	*Comédies françaises*
7070.	Jean Rolin	*Le pont de Bezons*
7071.	Jean-Christophe Rufin	*Le flambeur de la Caspienne. Les énigmes d'Aurel le Consul*
7072.	Agathe Saint-Maur	*De sel et de fumée*
7073.	Leïla Slimani	*Le parfum des fleurs la nuit*
7074.	Bénédicte Belpois	*Saint Jacques*
7075.	Jean-Philippe Blondel	*Un si petit monde*
7076.	Caterina Bonvicini	*Les femmes de*
7077.	Olivier Bourdeaut	*Florida*
7078.	Anna Burns	*Milkman*
7079.	Fabrice Caro	*Broadway*
7080.	Cecil Scott Forester	*Le seigneur de la mer. Capitaine Hornblower*
7081.	Cecil Scott Forester	*Lord Hornblower. Capitaine Hornblower*
7082.	Camille Laurens	*Fille*
7083.	Étienne de Montety	*La grande épreuve*
7084.	Thomas Snégaroff	*Putzi. Le pianiste d'Hitler*
7085.	Gilbert Sinoué	*L'île du Couchant*
7086.	Federico García Lorca	*Aube d'été* et autres impressions et paysages
7087.	Franz Kafka	*Blumfeld, un célibataire plus très jeune* et autres textes
7088.	Georges Navel	*En faisant les foins* et autres travaux
7089.	Robert Louis Stevenson	*Voyage avec un âne dans les Cévennes*
7090.	H. G. Wells	*L'Homme invisible*
7091.	Simone de Beauvoir	*La longue marche*
7092.	Tahar Ben Jelloun	*Le miel et l'amertume*
7093.	Shane Haddad	*Toni tout court*

7094. Jean Hatzfeld — *Là où tout se tait*
7095. Nathalie Kuperman — *On était des poissons*
7096. Hervé Le Tellier — *L'anomalie*
7097. Pascal Quignard — *L'homme aux trois lettres*
7098. Marie Sizun — *La maison de Bretagne*
7099. Bruno de Stabenrath — *L'ami impossible. Une jeunesse avec Xavier Dupont de Ligonnès*
7100. Pajtim Statovci — *La traversée*
7101. Graham Swift — *Le grand jeu*
7102. Charles Dickens — *L'Ami commun*
7103. Pierric Bailly — *Le roman de Jim*
7104. François Bégaudeau — *Un enlèvement*
7105. Rachel Cusk — *Contour. Contour – Transit – Kudos*
7106. Éric Fottorino — *Marina A*
7107. Roy Jacobsen — *Les yeux du Rigel*
7108. Maria Pourchet — *Avancer*
7109. Sylvain Prudhomme — *Les orages*
7110. Ruta Sepetys — *Hôtel Castellana*
7111. Delphine de Vigan — *Les enfants sont rois*
7112. Ocean Vuong — *Un bref instant de splendeur*
7113. Huysmans — *À Rebours*
7114. Abigail Assor — *Aussi riche que le roi*
7115. Aurélien Bellanger — *Téléréalité*
7116. Emmanuel Carrère — *Yoga*
7117. Thierry Laget — *Proust, prix Goncourt. Une émeute littéraire*
7118. Marie NDiaye — *La vengeance m'appartient*
7119. Pierre Nora — *Jeunesse*
7120. Julie Otsuka — *Certaines n'avaient jamais vu la mer*
7121. Yasmina Reza — *Serge*

*Tous les papiers utilisés pour les ouvrages
des collections Folio sont certifiés
et proviennent de forêts gérées durablement.*

*Composition IGS-CP à L'Isle-d'Espagnac (16)
Impression Grafica Veneta
à Trebaseleghe, le 15 décembre 2022
Dépôt légal : décembre 2022*

ISBN 978-2-07-299197-4 / Imprimé en Italie

544093